Aziz
Nesin

Der
einzige
Weg

Die türkische Originalausgabe erschien 1978
unter dem Titel *Tek Yol*.

Die deutsche Erstausgabe erschien 1981
im ikoo Buchverlag, Pullenreuth.

Unionsverlag Taschenbuch 53
Diese Ausgabe erscheint mit freundlicher Genehmigung
des ikoo Buchverlags, Pullenreuth.

Rieterstrasse 18, CH-8059 Zürich, Telefon 01-281 14 00

Umschlaggestaltung: Heinz Unternährer, Zürich
Foto: Roland und Sabrina Michaud
Druck und Bindung: Clausen und Bosse, Leck
ISBN 3-293-20053-2

Die äußersten Zahlen der folgenden Zeile
geben die aktuelle Auflage
und deren Erscheinungsjahr an:

1 2 3 4 5 - 98 97 96 95

Einführung

Den Helden dieses Romans lernte ich 1951 im Paschakapi-Gefängnis Istanbul kennen. Er war ein notorischer Betrüger Mitte fünfzig und hatte ein entsprechend langes Vorstrafenregister. Alle nannten ihn Paschazade, also ›Sohn eines Paschas‹.

Wie viele Häftlinge war auch er ein meisterhafter Erzähler. Er konnte etwas soeben Erfundenes so berichten, als sei es ihm tatsächlich widerfahren. Wenn die ausgedachten Erlebnisse bei seinen Zuhörern gut ankamen, verbesserte er sie, ließ etwas weg, fügte etwas anderes hinzu, änderte einiges ab, schmückte das Ganze weiter aus und gab allem schließlich die bestmögliche Form, so wie ein Schriftsteller mehrere Konzepte entwirft, die er dann bearbeitet. Die wirkungsvollsten Schöpfungen erzählte er so oft, daß er zum Schluß selbst daran glaubte. Seine Schilderungen waren so eindrucksvoll, daß sie von seinen Zuhörern nicht angezweifelt wurden.

Als wir uns schon lange kannten, gestand er mir eines Tages, er wüßte manchmal selbst nicht mehr, welche Einzelheiten erfunden und welche tatsächlich geschehen waren. Er hatte sich in seinen eigenen Lügen verfangen. Ein Mensch kann aber über sich so viele Lügen erfinden, wie er will, seine Träume, seine Pläne, seine Sehnsüchte und seine Illusionen kommen dabei zum Ausdruck, so daß er letztlich doch von sich erzählt. Niemand kann Lügen erfinden, die ohne Beziehung zu ihm sind. Selbst wenn Paschazade erfundene Erlebnisse schilderte, gab er etwas von sich preis.

Keine seiner Betrügereien stellte er in Abrede. Nicht nur das, er bauschte sie sogar noch auf. Er gefiel sich sogar darin, seinen Vorstrafen noch einige hinzuzudichten. Paschazade gehörte auch nicht zu denen, die sich selbst mit Phrasen wie ›Das Schicksal hat es so gewollt‹ über ihr Unheil hinwegtrösteten. Er erfand ein menschlicheres Motiv, um sein Gewissen zum Schweigen zu bringen. Er sagte immer: »Mir blieb nur der einzige Weg: Betrug …« – »Ich hatte keine andere Möglichkeit, ich mußte betrügen.« – »Alle Wege waren mir verschlossen, ich hatte nur den einen …«

Aus diesem Grund habe ich meinen Roman »Der einzige Weg« genannt. Ich wollte über diejenigen schreiben, ›die keine andere Möglichkeit hatten‹ oder die glaubten, ›keine andere Möglichkeit gehabt zu haben‹.

Einer meiner Freunde hatte in Pendik am Ufer des Marmara-Meeres ein Lokal eröffnet. Als ich eines Abends hinging, sah ich Paschazade dort als Oberkellner arbeiten. In seinem schwarzen Anzug mit dem gestärkten weißen Oberhemd und der schwarzen Fliege ähnelte er mehr einem Diplomaten als einem Oberkellner. Als er mich sah, bekam er große Angst und flehte mich an, seinem Chef nichts zu verraten. Wo immer er eine Arbeit aufnahm, kam irgendwann heraus, wer er war, oder Polizisten erkannten ihn, und dann wurde er stets sofort entlassen. Er habe das elende Leben satt, sagte er mir, er wolle in diesem Alter nicht noch einmal ins Gefängnis.

»Sie sehen doch, ich bemühe mich, den einzigen Weg nicht noch einmal zu gehen.«

Mußte ich dem Wirt sagen, wer Paschazade war, oder sollte ich es lassen? Wenn ich es sagte, würde er den Weg, den er ›den einzigen‹ nannte, wahrscheinlich wieder einschlagen, mit Sicherheit gefaßt werden und erneut im Gefängnis landen. Wenn ich es nicht sagte, würde er den Wirt betrügen und wieder einen Vorwand finden, ›weshalb das der einzige rettende Ausweg gewesen sei‹ … Ich wußte nicht, wie ich mich verhalten sollte.

Das Leben eines vielfach vorbestraften Verbrechers ähnelt in einer Hinsicht dem eines Künstlers, insbesondere eines Schriftstellers. Pausenlos erzählt er von sich, in jeder erfundenen Geschichte ist er der Held.

An jenem Abend wollte mir Paschazade beweisen, was für ein vortrefflicher Koch er war, und erzählte deshalb von einem seiner großen Erfolge. Es war eine widerliche Geschichte.

Als er in dem Restaurant eines Luxushotels arbeitete, bestellte eine reiche Ausländerin ein französisches Gericht. Zu dieser späten Stunde war es unmöglich, hierfür alle erforderlichen Zutaten aufzutreiben.

Paschazade erklärte, er könne das Gericht zubereiten. Dann habe er einen alten, schwarzen Socken genommen, ihn mit einem Küchenmesser fein gehackt, Zutaten beigegeben und alles in Öl angebraten.

Peinlich genau berichtete er jede Einzelheit der Herstellung und garnierte alles vortrefflich. Nachdem die Ausländerin das Gericht verspeist hatte, soll sie gesagt habe: »Ich möchte Ihren Koch sprechen, ich muß ihn beglückwünschen. Bis heute habe ich dieses Gericht nicht so vorzüglich zubereitet gegessen.«

Um seine meisterliche Kochkunst zu beweisen, sagte er: »Selbst aus einem alten Socken kann ich noch ein schmackhaftes Essen zubereiten.«

Ich bin sicher, er hatte diesen magenumdrehenden Vorfall aus dem Stegreif erfunden. Von Bedeutung daran war, daß er – so haargenau wie ein meisterhafter Schriftsteller – auf alle notwendigen Einzelheiten so ausführlich einging, daß es glaubwürdiger klang als mancher Tatsachenbericht.

Während ich immer noch darüber nachdachte, ob ich sagen sollte, wer er war, fragte mich der Wirt: »Kennst du unseren Oberkellner?«

›Ich kenne ihn nicht‹, konnte ich nicht sagen, denn er hatte mich lange mit Paschazade sprechen sehen. Also fragte ich zurück: »Kennst du ihn denn?«

»Natürlich. Er ist ein berüchtigter Betrüger ...«

»Von wem weißt du das?«

»Polizisten waren hier und haben es mir gesagt. Aber er weiß nicht, daß ich es weiß.«

»Wirst du ihn entlassen?«

»Wie werde ich denn! Jahrelang habe ich niemanden gefunden, der in allen Dingen so versiert ist wie er, mal ist er Koch, mal Direktor, mal Oberkellner, und immer perfekt ... und billig obendrein.«

Das ist Paschazade, der Mann, der mich zu diesem Roman inspiriert hat, der Mann, von dem ich erzähle, den ich erzählen lasse. Er ist es und ist es auch wieder nicht. Aber wenn ich ihn nicht kennengelernt hätte, wären diese Aufzeichnungen nicht entstanden.

Wie ein Hefezopf ein Leben aus der Bahn wirft

Es wird Sie erstaunen, aber manchmal weiß ich nicht mehr, wer ich bin und wie ich heiße. Jahrelang habe ich unter falscher Identität gelebt. Wo ist mein richtiges Ich? Es liegt so weit zurück, daß ich mich nicht mehr daran erinnern kann.

Wenn jemand hinter mir »Ahmet!« ruft oder »Mehmet!« oder »Ali«, »Veli« oder irgendeinen anderen Namen, glaube ich, er meint mich, drehe mich um und sehe ihn an, denn alle diese Namen habe ich einmal getragen. Bin ich Saffet Bey, der Vorsitzende der Großen Strafkammer? Oder Inspektor Riza? Oder der Unternehmer Vehbi Bey? Bin ich Hauptkommissar Fidan? Dr. Reschat Tanyar oder Diplomingenieur Rifat Kocaeli? Alle falschen Namen, die ich benutzt habe, kann ich gar nicht aufzählen.

Viele Menschen glauben, sie könnten ihr Leben nicht ertragen. Sie stöhnen: »Ich will mein eigenes Leben führen.« Dabei tun sie es tagtäglich. Bei mir ist das anders. Jahrelang war ich immer ein anderer. Es war, als gäbe es mich gar nicht. Vielleicht war das meine wahre Identität: ein Mensch, der nicht sich selbst sein konnte …

Unbedeutende Ereignisse können das Leben eines Menschen völlig verändern. Plötzlich gerät unser Leben in eine andere Richtung. Es ist so, als ob man unterwegs über einen Stein stolpert oder in ein Wasserloch fällt. Man steht wieder auf und reibt sich die schmerzenden Beine eine oder zwei Minuten, dann geht man langsam weiter, trifft einen Bekannten. Er nimmt einen irgendwohin mit. Dort lernt man ein Mädchen kennen, in das man sich verliebt. Man heiratet. Was erzählt man darüber? Wenn ich nicht gestolpert und in die Pfütze gefallen wäre, hätte ich dort nicht den Bekannten getroffen, mich nicht in das Mädchen verliebt und nicht geheiratet. Von dem Augenblick an, wo man über den Stein gestolpert ist bis zur Heirat mit dem Mädchen, kann man sich noch viele Möglichkeiten ausdenken.

An meiner Stelle hätte mein Bekannter hinfallen können, dann hätten wir uns nicht getroffen. Er hätte mich woandershin mitnehmen können, dann hätte ich das Mädchen nicht kennengelernt. Unser aller Leben beruht auf einer Reihe belangloser Zufälle. Nein, nein, ich suche keine Begründung, weshalb ich ein so oft verurteilter Betrüger geworden bin, und ich will auch keine Motive erfinden. Ich glaube auch nicht an Schicksal ... Vorsehung haben Sie gesagt? So ist es ... Wenn solche dauernden Pechvögel wie ich keinen rechten Weg aus dem Gefängnis finden, glauben sie, daß es Vorsehung sein muß.

Es hört sich unglaublich an, aber es ist tatsächlich ein Hefezopf gewesen, der mein Leben völlig verändert hat.

Ich war Schüler der Kadettenanstalt, kein sehr fleißiger, aber ich wurde jedes Jahr versetzt und hatte schließlich die letzte Klasse erreicht. Sechs Wochen waren es noch bis zum Übertritt in die Militärakademie. Ich war ein unbändiger Junge, aber die Lehrer und Offiziere mochten mich. Ich war ein guter Sportler, Ringkämpfer und Ballspieler. Zudem gehörte ich in Mathematik zu den besten Schülern.

Da mein Vater, aus welchem Grunde auch immer, meine Geburt verspätet hatte registrieren lassen, war ich auf dem Papier vier Jahre jünger als in Wirklichkeit. Deshalb war ich der größte und älteste unter meinen Klassenkameraden. Während sie achtzehn oder neunzehn Jahre alt waren, war ich schon dreiundzwanzig. Groß und stattlich wie ich war, sah ich noch älter aus.

Damals in der Kadettenanstalt gehörte auch der Küchendienst zu unseren Pflichten. Jeden Tag kam ein anderer an die Reihe. An Tagen mit gutem Essen fanden wir Faulpelze Mittel und Wege, gerade dann Küchendienst zu machen. Die fleißigen Schüler wollten sowieso nicht, um keinen Unterricht zu versäumen. Ihren Dienst teilten wir uns unter ein paar Freunden auf. Wenn das einmal nicht ging, kauften wir uns den Küchendienst sogar. Für einen Teller gebratene Nieren oder ein paar Süßigkeiten war er allemal zu haben.

Der Efendi Küchenbulle nahm nicht am Unterricht teil, und der Küchendienst bot die beste Gelegenheit, Ränke zu schmieden. Der Küchenbulle mußte für sich und seine Freunde Hammelnieren, -herzen und -koteletts beiseite schaffen. Und wenn es an dem Tag auch Nachtisch gab, noch eine große Schüssel Süßspeise dazu … Da diese Dinge natürlich heimlich geschahen, wurde die Schüssel mit den Süßigkeiten, der Kupferkessel voller Traubenmus, erst in den Schlafsaal gebracht, wenn alle bereits im Bett lagen. Dann schlangen wir es hinunter.

Der Küchendienst sollte die Schüler bereits in diesem Alter an Verpflegungs- und Verwaltungsaufgaben heranführen, aber so, wie wir das praktizierten, wurde nur unsere Gefräßigkeit angeregt.

Ich glaube, ich muß hier etwas erklären. Als Paschazade mir sein Leben erzählte, sagte er nicht – so wie ich es jetzt formuliert habe: »Unsere Gefräßigkeit wurde angeregt«, sondern wörtlich: »Es war genau wie immer im Leben, in diesem Alter habe ich bereits ehrloses Benehmen und gemeines Vorgehen gelernt.«

Der unerbittlichste von uns war der treulose Recai. War er Küchenbulle, dann setzte es Fußtritte, wenn er uns aus dem Schlaf riß und eine Schüssel mit gebratenem Fleisch vor uns hinstellte. Er trieb uns schimpfend an: »Nun eßt schon, los, nun eßt doch!«

Wir konnten ja nichts übriglassen, es mußte alles aufgegessen werden. Zwischen zwei Kojen hockten wir uns nieder und stopften im Halbschlaf Fleisch und Süßigkeiten in uns hinein. Gegenseitig redeten wir uns gut zu. Jeder Mitschüler, der uns einmal etwas abgegeben hatte, mußte mitessen.

Eines Nachts wurde ich durch heftiges Schütteln aus dem Schlaf gerissen. Meine Güte, was sind das für verrückte Tage gewesen! Wenn ich schütteln sage, dann ist das gelinde ausgedrückt, eine Ohrfeige war gar nichts dagegen. Andererseits waren die Fußtritte und Ohrfeigen freundschaftlich gemeint, so daß man sie nicht zurückgeben konnte. Es war ein grober Spaß, nein, es war gar kein Spaß mehr, es war schon Brutalität …

Da ich an jenem Tag mein Langlauftraining absolviert hatte, war ich todmüde und nicht ganz einfach zu wecken. Der treulose Recai auf der einen Seite, Bedri-die-Maus auf der anderen versetzten sie mir abwechselnd Fußtritte und Fausthiebe ... Plötzlich sah ich sie alle, den treulosen Recai, Bedri-die-Maus, Klingel-Kemal, Lampen-Recep und Burhan Gong, wie eine Mannschaft von Todesengeln an meinem Kopfende stehen. Vor Müdigkeit und Schlaf bekam ich die Augen nicht auf und schrie sie an: »Verschwindet, ich will nichts essen!«

Aber es war, als ob keiner meiner Angreifer meine Worte verstanden hatte, denn einer riß mir die Bettdecke weg, während ein anderer daranging, mir die Unterhose hinunterzuziehen. Lampen-Recep nahm einen Mundvoll Wasser aus dem Hahn und spuckte mir ins Gesicht. Wer kann dabei weiterschlafen? Schimpfend stand ich auf. Zwischen den Kojen kauerten wir uns auf den Fußboden und begannen, eine gehäufte Schüssel voll gebratenen Fleisches in uns hineinzustopfen. Danach aßen wir noch drei Schalen Weintraubenmus.

In der letzten Unterrichtsstunde vor dem Mittagessen sagte Burhan, der stets ein Auge auf den Küchenzettel hatte, zu mir: »Morgen steht Hefezopf auf dem Eßplan. Du machst morgen Küchendienst!«

»Wenn Hakki Schmiedehammer morgen Offizier vom Dienst ist, mache ich keinen Küchendienst!« gab ich zur Antwort.

Hauptmann Hakki war unser Klassenoffizier. Er war stahlhart. Weil seine Faustschläge mit voller Kraft zu kommen pflegten, nannten wir ihn den ›Schmiedehammer‹. Er packte ein Gewehr am Lauf, hob es in die Luft, ohne seinen Ellenbogen durchzudrücken, und stellte es genauso wieder auf den Boden zurück. Als einmal ein Kadett abends aus der Schule fliehen und sich durch die eisernen Stäbe des Fenstergitters zwängen wollte, klemmte er sich dabei ein und kam schließlich weder vor noch zurück. Vor Schmerzen begann er zu schreien. Seine Mitschüler konnten die Gitterstäbe nicht auseinanderbiegen, um ihn zu befreien. Während sie sich noch abmühten, hörten sie vom Korridor her rufen: »Hakki Schmiedehammer kommt, Hakki

Schmiedehammer! ...« Sie stoben nach allen Seiten auseinander. Hakki Schmiedehammer kam heran, faßte mit jeder Hand einen Eisenstab und zog sie auseinander, als ob er einem gekochten Huhn das Fleisch von den Knochen löste, und zog den Jungen heraus. Das Wichtigste kam erst später ... Die Schüler, die weggelaufen waren, als sie hörten, daß Hakki Schmiedehammer nahte, standen hinter der Biegung des Korridors und beobachteten von dort aus, was nun geschehen würde. Nachdem Hakki Schmiedehammer den Kadetten befreit hatte, dieser zu Boden gefallen war und dort lag, schrie er ihn weder an, noch stellte er Fragen. Als sei nichts geschehen, drehte er sich um und ging zurück. Der Schüler würde nicht noch einmal fortlaufen! So ein Mensch war Hakki Schmiedehammer. In meinem ganzen Leben habe ich mich noch vor keinem Menschen so gefürchtet wie vor ihm. Alle Schüler hatten Angst vor ihm, aber gleichzeitig liebten und verehrten wir ihn. Wenn er es auch nicht zeigte und nicht zugab, so wußten wir doch, daß auch er uns sehr gern hatte. Wer in den Prüfungen durchfiel und sitzenblieb, mußte zum Regiment. Hakki Schmiedehammer wußte das, nahm uns streng heran und ließ uns hart arbeiten. Wenn es trotzdem einer nicht schaffte, war er sehr betrübt.

Der Erste Weltkrieg brach aus, als Hakki Schmiedehammer in der ersten Klasse der Kadettenanstalt war. Da viele Offiziere fielen, mußte man auf den Nachwuchs zurückgreifen. Von den Kadetten der obersten Klasse wurden die größten ausgewählt und nach kurzer Ausbildung als Offiziere in den Krieg geschickt. Als auch sie gefallen waren, kamen die niedrigeren Klassen an die Reihe. Da unser Hakki Schmiedehammer ein stattlicher Jüngling war, kam er noch vor Schulabschluß aufs Exerzierfeld, wurde ausgebildet und erhielt seine Feuertaufe. Im Kindesalter bereits wurde er im Granatenhagel geröstet. Dann war der Erste Weltkrieg zu Ende, und Hakki Schmiedehammer zog in den Befreiungskampf. Erst nach dessen Beendigung konnte er an einem Kursus für Offiziere teilnehmen. Da er wußte, was mangelhafte Ausbildung bedeutete, wollte er uns gut unterrichten. Auf diesem Gebiet verstand er keinen Spaß.

Er war sehr streng. In seinem Gesicht gab es nicht eine Lachfalte. Er lachte niemals, wir haben ihn nicht einmal lächeln sehen. Wenn er jemanden lachen oder grinsen sah, wurde er böse. Immer wieder sagte er zu uns: »Ein Soldat macht ein ernstes Gesicht.« – »Wie eine Frau zu lachen« ziemte einem Soldaten nicht, wie er sich ausdrückte. Ein Mann lachte nicht, und ein Soldat, der also den männlichsten aller Berufe hatte, lachte schon gar nicht. Ein strahlendes Gesicht paßt nicht zu einem Soldaten. Die tiefe Kerbe auf seiner linken Wange stammte von einem Schrappnell. Man sagte, er hätte acht Verwundungen am Körper. Wenn er zuschlug, tat er es unbarmherzig. Aber er prügelte selten, nur ein-, zweimal im Jahr. Damals war das Prügeln von Schülern noch ein Erziehungsmittel. Wochen, in denen wir nur ein-, zweimal Prügel bezogen, gab es nicht oft.

Seine Schläge waren so etwas wie ein historisches Ereignis, man sprach monatelang davon. Einmal schlug er Klingel-Kemal, der ein schlechter Schüler war, auf dem Korridor. Durch den Fausthieb flog der wie ein Gummiball ein paarmal von Wand zu Wand, fiel dann zu Boden und stand nicht wieder auf. Als Klingel-Kemal nach den Prügeln von Hakki Schmiedehammer aus seiner Ohnmacht erwachte, lächelte er die um ihn Herumstehenden zuerst an, dann seufzte er erleichtert: »Ach, ist das schön, meine Versetzung ist durch ...«

Eine gute Eigenschaft von Hakki Schmiedehammer war es nämlich, den verprügelten Schüler im Unterricht hart dranzunehmen, mit den anderen Lehrern zu sprechen und einen Weg zu finden, damit er versetzt wurde.

Als Lampen-Recep vor seiner Versetzung von der zehnten in die elfte Klasse stand, war ihm klar, daß er an Mathematik scheitern würde. Was blieb ihm übrig, er begann nach einem Weg zu suchen, von Hakki Schmiedehammer Prügel zu beziehen. Aber Recep konnte machen, was er wollte, Hakki Schmiedehammer tat so, als bemerke er es nicht, und es gab keine Prügel. Wir bereiteten uns intensiv auf die Prüfungen vor; Recep tat nichts dergleichen, er hatte es sich in den Kopf gesetzt, von Hakki Schmiedehammer Prügel zu beziehen. Er hatte eine erstaunliche Nummer auf Lager: Er blies seine rechte Wange auf, legte eine Hand an den Mund und brachte Töne wie eine Trompete hervor. Wenn Recep in diesem Jahr sitzen blieb, würde er zum Regiment müssen. Deshalb unterließ er nichts, um Prügel zu beziehen, schlich sich leise von hinten an Hakki Schmiedehammer heran und begann sein »barrt, barrt ...« auszustoßen. Als Hakki Schmiedehammer plötzlich dieses Geräusch hörte, muß er wohl erschreckt worden oder wütend geworden sein, jedenfalls drehte er sich herum, und dann sah er Recep angewurzelt wie einen begossenen Pudel dastehen. Er hielt Hakki Schmiedehammer sein Gesicht hin, um ihm das Prügeln so einfach wie möglich zu machen. Hakki Schmiedehammer ergriff ihn am Ohr und zog ihn so bis in sein Zimmer. Als wir das sahen, sprangen wir von unseren Aufgaben auf und drängten auf den Flur. Wir beobachteten die Tür von Hakki Schmiedehammers Zimmer; mal sehen, ob Recep heil herauskommt oder als halbe Leiche ... Wir warteten eine Zeitlang.

Schließlich kam Recep heraus. Er weinte wie ein Schloßhund. Als Kemal den Lampen-Recep so heulen sah, sagte er: »Der hat keine Prügel bezogen! Wenn Hakki Schmiedehammer auch nur einmal zugeschlagen hätte, wäre Recep jetzt ohnmächtig und könnte nicht so heulen.«

Wir fragten Recep, weshalb er so weine. Hakki Schmiedehammer hatte ihn nicht geschlagen, jetzt würde er sitzenbleiben und zum Regiment müssen. Hakki Schmiedehammer hatte ihn am Ohr ins Zimmer geschleift und gesagt: »Du kannst machen, was du willst, ich werde dich nicht schlagen ...«

»Aber, Herr Hauptmann, es macht Ihnen doch nichts aus, schlagen Sie zu, prügeln Sie mich durch, machen Sie einen Kerl aus mir ...«, hatte Recep zu betteln begonnen.

»Jammere nicht wie eine Frau, verschwinde!« hatte Hakki Schmiedehammer gesagt und ihn hinausgeworfen. Als Recep winselte: »Ich küsse Ihnen die Füße, aber seien Sie so gut, und geben Sie mir wenigstens eine Ohrfeige!« war Hakki Schmiedehammer, der Betteln und Flehen überhaupt nicht leiden konnte, sehr wütend geworden. Am liebsten hätte er ihn zwar durchgeprügelt, aber dann hätte er für seine Versetzung sorgen müssen. Deshalb machte er ein Gesicht, als ob er sich ekle, und fragte: »Junge, du beschmutzt deine Soldatenehre. Sei ein Mann und sag mir, in welchem Fach du hängst!«

Recep knallte die Hacken zusammen, stand stramm und begann ganz glücklich – so als mache er Meldung – mit maschineller Geschwindigkeit aufzuzählen:

»Algebra, Geometrie, Trigonometrie, Chemie, Physik, Kosmologie, Geologie, Geschichte, Geographie, Literatur, Psychologie ...«

Hakki Schmiedehammer merkte, daß die Aufzählung seiner Schwächen kein Ende nahm, und fiel ihm ins Wort: »Hol dich der Teufel, Junge, das reicht, mehr Fächer gibt es ja gar nicht ...«

Jetzt wurde Recep unverschämt: »In Turnen bin ich gut, Herr Hauptmann«, und dreist fügte er hinzu: »Da brauche ich Ihre Hilfe nicht!«

Receps Hoffnungen waren vergeblich, Hakki Schmiedehammer erwiderte: »Du brauchst dir gar keine Mühe zu geben, mein Sohn, ich schlage dich nicht ...«

Und als Recep ungeniert fragte: »Warum denn nicht, Herr Hauptmann?« bekam er zur Antwort: »Ich schlage nicht.«

»Aber dann bleibe ich sitzen und muß zum Regiment, Herr Hauptmann!«

Hakki Schmiedehammer brüllte ihn an: »Mach die Tür von draußen zu!«

Recep verließ das Zimmer. Dann waren die Prüfungen beendet. Recep mußte in Physik und Mathematik wiederholen. Die Mitschüler fuhren in den Ferien nach Hause. Recep stammte aus Ödemisch. Hakki Schmiedehammer ließ Recep während der Ferien nicht nach Hause fahren, er mußte in der Kadettenanstalt bleiben. Dann setzte er zwei fleißige Schüler, die keine Angehörigen hatten und deshalb auch in den Ferien in der Schule blieben, auf Recep an. Er schloß sie jeden Tag in einem Zimmer ein und ließ sie arbeiten. Wenn Recep sich drücken wollte, verprügelte Hakki Schmiedehammer ihn. Außerdem bat er seine Kollegen, Recep zwischendurch ein paar Stunden zu geben.

Als wir aus den Ferien zurückkamen, sagte Recep: »Freunde, vor lauter Prügel war ich grün und blau am ganzen Körper, aber meine Versetzung habe ich jetzt.«

Wir fragten ihn, wie er die Prügel überlebt hatte.

»Nach drei Wochen Hineinprügeln habe ich die Mathematik und Physik mit Stumpf und Stiel begriffen.«

Manchmal fragten wir Recep, wie er es gewagt hatte, hinter Hakki Schmiedehammers Rücken wie eine Trompete zu blasen.

»Was sollte ich denn tun, Freunde, ich wäre doch geflogen. Es ging um Sein oder Nichtsein. Ich hatte alles abgewogen.«

So war Hakki Schmiedehammer ... Ich stand Todesängste vor ihm aus. Wenn er Dienst hatte, wollte ich nicht Küchenbulle sein. Wenn er erfahren würde, daß ich den Dienst übernommen hatte, um den Unterricht zu schwänzen, wäre ich verloren ... Ich wollte keine Prügel von Hakki Schmiedehammer beziehen.

Da meine Klassenkameraden wußten, daß ich immer die meisten Süßigkeiten aus der Küche brachte, wollten sie, daß ich an dem Tag, an dem es Hefezöpfe gab, unbedingt den Küchendienst übernehmen sollte.

Ich sagte, der treulose Recai sei der kaltblütigste Küchenbulle, er solle den Dienst übernehmen. Aber da er schon heute Dienst hatte, konnte er es am nächsten Tag nicht noch einmal tun.

»Hakki Schmiedehammer ist morgen nicht Offizier vom Dienst, es ist Beschir Kersel«, sagte Bedri-die-Maus.

Beschir Kersel war ein Tornister-Offizier, wie sie es nannten, er war kein Absolvent der Militärakademie. Bei der Truppe war er Unteroffizier gewesen. Im Krieg hatte er seine Dienstzeit verlängert und war aufgrund seiner Tapferkeit erst zum Feldwebel und dann zum Leutnant befördert worden. Schließlich hatte er es bis zum Hauptmann gebracht. Seine Waffen- und Kampfgefährten waren Generäle geworden, er blieb Hauptmann. Er war alt, sanft und gutmütig.

Als ich erfuhr, daß er am nächsten Tag Offizier vom Dienst

sein würde, war ich bereit, den Küchendienst zu übernehmen. Ich kaufte ihn einem fleißigen Mitschüler für sechs Hefezöpfe ab.

Tagsüber hatte ich alles vorbereitet, eine Schüssel voller gebratener Innereien und zwei Schüsseln mit Hefezöpfen in der Küche versteckt.

Am Vortag war ein Inspektor der Militärakademie, ein Pascha, zur Besichtigung gekommen. Während des Chemie-Unterrichts betrat er unsere Klasse. Unser Direktor und weitere Offiziere folgten ihm.

Als der Pascha eintrat, rief unser Chemielehrer wie üblich: »Achtung!« und wir sprangen auf.

Der Anblick des Paschas versetzte uns in Erstaunen, mich am meisten. Es war, als ob ich mir selbst gegenüberstünde. Wie ich schon anfangs erwähnt habe, sah ich damals älter aus, als ich tatsächlich war. Und der Pascha sah genauso aus, genauso muskulös, genauso rotwangig, genauso jung wie ich.

»Was nehmen Sie gerade durch?« fragte er unseren Chemielehrer.

»Ich erkläre die Gewinnung von Schwefelsäure, mein Pascha.«

Wissen Sie, was dann geschah? Der Pascha zeigte mit dem Finger auf mich und sagte: »Steh auf und erkläre, wie Schwefelsäure gewonnen wird.«

Ich konnte es nicht beantworten. Aber ich begann dafür, etwas anderes zu erklären. Nachdem ich geendet hatte, fragte der Pascha: »Und dann?«

»Das ist alles«, sagte ich.

»Du mußt aber noch fleißig sein. Du bist nicht richtig bei der Sache und faselst noch zu viel herum. Du mußt besser lernen.«

»Zu Befehl, Pascha!«

Als der Pascha sich zur Tür wendete, rief der Chemielehrer noch einmal: »Achtung!« Nachdem er unseren Klassenraum verlassen hatte, fragte mich der Lehrer: »Bist du mit dem Pascha verwandt?«

»Nein«, antwortete ich.

Er war sehr erstaunt über die Ähnlichkeit.

»Das ist ja direkt unheimlich …«, sagte er.

Es wurde Abend. In Reih und Glied stellten wir uns im Hof zum Appell auf.

Nach dem Appell gingen wir in die Kantine zum Essen. Nach einer Weile zogen wir uns in die Studierzimmer zurück. Jeden Abend mußten wir noch eine Stunde arbeiten. ›Präparieren‹ wurde das genannt. Dann wurde zum Schlafen geblasen. Während meine Mitschüler in den Schlafsaal gingen, kontrollierte ich, ob die Küche gesäubert worden war. So konnte ich gegen Mitternacht das Fleisch und den Kuchen in den Schlafsaal bringen, denn erst um diese Zeit hatten sich alle zur Ruhe begeben, auch der Offizier vom Dienst.

Ich ergriff die Schüssel mit den Hefezöpfen an beiden Henkeln und begann in einem günstigen Augenblick loszulaufen.

Hinter den Korridorecken und unter den Treppen nahm ich Deckung und kundschaftete aus. Wenn ich niemanden sah und auch keinen Mucks hörte, lief ich auf Zehenspitzen los. Sah ich auch nur einen Schatten, wartete ich, bis dieser verschwunden war.

Als ich die Treppe zum zweiten Stockwerk hinaufging, sah ich aus einem Türspalt einen Lichtschein. Diese Tür war immer verschlossen, nur wenn ein Inspektor oder ein erwachsener Gast in die Anstalt kam, wurde sie geöffnet. Wir Kadetten durften den Flur, auf den diese Tür ging, nicht benutzen. Da dieser Gang aber wenig benutzt wurde, ging ich in jener Nacht dort entlang, denn niemand sollte mich mit der Schüssel voller Hefezöpfe sehen.

Ja, wenn ich in jener Nacht den gleichen Korridor wie sonst benutzt hätte, die gleiche Treppe wie immer zum Schlafsaal hinaufgegangen und nicht in den wenig benutzten Gang eingebogen wäre, damit mich niemand sieht, wäre ich jetzt kein vorbestrafter Häftling, sondern vielleicht ein General oder ein pensionierter Offizier, so wie meine Klassenkameraden … Woher konnte ich wissen, daß die Benutzung einer anderen Treppe als der sonst üblichen meinen ganzen Lebensweg veränderte.

Als ich an der Tür vorbeiging, hörte ich Schritte nahen. Da die Kadetten schon lange in den Schlafsälen waren, mußte es einer der Offiziere sein. Zudem waren es knarrende Schritte. Das durfte nicht sein … Ich kannte diese knarrenden Schuhe. Es war das Knarren von Hakki Schmiedehammers Lackstiefeln … Wenn wir das Knarren seiner Stiefel am anderen Ende des Flurs kommen hörten, stoben wir wie Hühner auseinander und liefen vor Furcht in unsere Klassenzimmer. Ich glaube, Hakki Schmiedehammer trug absichtlich so knarrende Stiefel, um uns schon von weitem zu warnen. Da an jenem Abend Beschir Kersel Offizier vom Dienst war, was hatte dann dieses Stiefelknarren zu dieser Stunde zu bedeuten?

Beschir Kersel mußte an jenem Abend etwas Wichtiges erledigen, hatte Hakki Schmiedehammer den Dienst übergeben und war gegangen. Was sagen Sie dazu? Ja, so war das, Hauptmann Beschir mußte etwas erledigen! Hätte er mich in jener Nacht mit der Schüssel voller Hefezöpfe erwischt, wäre ich nicht im Gefängnis gelandet.

Als ich das Knarren von Hakki Schmiedehammers Lackstiefeln näher kommen hörte, war ich vor Angst ganz verstört. Das Knarren wurde lauter und lauter … In meiner Angst schlüpfte ich in das Zimmer, aus dem der Lichtschein drang. Es war ein riesiger Salon. Von der Decke hing ein Kronleuchter herab. Der Boden war mit Teppichen bedeckt, auf denen vergoldete Sessel standen. Die Schritte hörte ich immer noch, sie kamen näher. Leise schloß ich die Tür. Das Knarren verlangsamte sich, hörte auf. Hakki Schmiedehammer stand vor der Tür.

Von dem Salon kam man in ein zweites Zimmer. Die Tür zu diesem Raum stand offen. Von dort hörte ich entsetzliches Schnarchen. Es war so laut, daß von draußen kein Geräusch mehr zu hören war. Ich legte das Ohr an die Tür und lauschte. Nach einiger Zeit hörte ich das Knarren wieder. Die Schritte entfernten sich. Schließlich war das Knarren nicht mehr zu hören. Hakki Schmiedehammer mußte wohl die Treppe hinauf in die Schlafsäle im obersten Stockwerk gegangen sein. Unter diesen Umständen konnte ich nicht hinausgehen. Ich mußte warten, bis Hakki Schmiedehammer seinen Rundgang beendet und sich in seinem Zimer zur Ruhe begeben hatte.

Während ich im Salon wartete, sah ich mich um. Da stand ein geschnitzter Tisch. Auf der Lehne des Sessels vor dem Tisch hing die Uniformjacke eines Paschas. Es war die Jacke des Inspektors. Er hatte die Tür zum Salon offengelassen oder zu schließen vergessen.

Leise stellte ich die Schüssel mit den Hefezöpfen auf dem Tisch ab. Von der Tür aus sah ich in das Zimmer, aus dem das Schnarchen kam. Der Pascha lag im Bett. Das Schnarchen hörte sich an, als ob er nie mehr aufwachen würde. Ich schlich mich zu dem Sessel. Meine Augen hingen an den glänzenden goldenen Knöpfen, an den Sternen auf den Schulterstücken, an der Goldlitze der Jacke, an der roten Paspel auf der Hose. Ich konnte meinen Blick nicht von den Farben, dem Glanz lösen. Dann begann ich, die Schulterstücke des Paschas zu berühren, die leuchtend goldenen Knöpfe zu streicheln, die Sterne anzufassen. Ich wollte auch ein Pascha werden. Dieser Wunsch hatte mich überwältigt.

Es kam mir in den Sinn, die Jacke anzuziehen und in den Spiegel zu sehen. Ich war dem Pascha tatsächlich sehr ähnlich. Dann zog ich meine Hosen aus und die des Paschas an. Da ich dem Pascha nun schon einmal so ähnlich sah, wollte ich in seiner Uniform in die Schlafsäle gehen, meinen Mitschülern Angst einjagen und sie hinterher damit aufziehen. Als ich die Uniform des Paschas anzog, hatte ich überhaupt nicht daran gedacht, was geschehen würde, wenn der Pascha plötzlich aus seinem Schlafzimmer käme. Aber nach der Lautstärke des Schnarchens zu urteilen, würde der Pascha nicht einmal aufwachen, wenn eine Granate neben ihm einschlug. Nachdem ich die Mitschüler etwas zum Narren gehalten hatte, wollte ich die Uniform wieder hierherlegen. Ich war gespannt, ob meine Kameraden mich erkennen würden, und zog mir die Schirmmütze tief ins Gesicht.

Meine Kleidung legte ich unter den Tisch auf den Boden. Es wäre gelogen, wenn ich sagen würde, ich hätte keine Angst gehabt, ich hatte ganz große Angst, aber dieses Gefühl versetzte mich in noch größere Begeisterung. Leise öffnete ich die Tür und trat auf den Gang. Nichts war zu hören. Ich ging die Treppe hinauf. Als ich in den Gang einbog, an dem die Schlafsäle lagen, begann ich den Lärm der Jungen zu hören. Sie schliefen noch nicht.

Früher trugen Paschas einen Spazierstock. Wenn einer schon vierzig Jahre Offizier war, selbst Oberst und Regimentskommandeur, einen Stock durfte er erst von dem Tag seiner Beförderung zum Pascha an benutzen. Ich wollte sehen, was die Jungen im Schlafsaal machen, wenn sie merken, daß der Pascha kommt. Also begann ich, laut mit dem Stock auf den Boden zu schlagen. Die Jungen hörten mich schon von weitem, riefen: »Der Pascha kommt, der Pascha ...!« und flüchteten in ihre Kojen. Den ganzen Flur entlang hörte man ihre Stimmen. Ich ging langsam und schlug mit dem Stock auf, damit ihnen genügend Zeit zum Fortlaufen blieb. Dann stellte ich mich an die Tür zum Schlafsaal und sah hinein; kein Mucks war zu hören.

Wenn ich den Jungen am Morgen sagen würde, daß ich in der Nacht in der Uniform des Paschas die Schlafsäle inspiziert hatte, würde mir keiner glauben. Ich mußte also etwas tun.

Da keiner der Jungen sich auch nur im geringsten rührte, war mir klar, daß ich dem Pascha ganz prächtig ähnelte. Ich betrat unseren Schlafsaal. Alle lagen in ihren Betten, waren unter ihre Decken gekrochen. Ich ging bis zu Recais Doppelbett. In der oberen Koje schlief er, in der unteren Bedri-die-Maus.

Der Teufel sagte zu mir: »Junge, die Gelegenheit kommt nicht wieder ... Wenn du schon den Stock des Paschas in der Hand hältst, dann schlag ihnen auch auf den Kopf, dem treulosen Recai, dem Burhan Gong, dem Kemal und dem Recep ... Wie Asseln sollen sie sich unter ihren Decken winden. Ein paar Schläge mit dem Stock – Pascha-Prügel –, das wird sie zur Vernunft bringen. Sie werden gar nicht wissen, wie ihnen geschieht. Keinen Ton werden sie von sich geben. Was sollen sie auch sagen – zu einem Pascha!«

Ja, das hatte mir der Teufel eingeflüstert. Kurz darauf würden sie erfahren, daß ich das alles getan hatte. Denn wenn ich es nicht preisgab, hätte ich ja nichts davon. Das würde ich nicht aushalten, ich mußte es sagen. Der Augenblick meines Untergangs war gekommen. Wenn sie erfuhren, daß ich der Pascha gewesen war, der sie verprügelt hatte, würden sie mich in Stücke reißen. Ich sagte zu mir: »Hör nicht auf den Teufel!« und ging weiter.

Da flüsterte hinter mir Bedri mit Recep: »Wahrscheinlich weiß der Hauptmann nichts davon, daß der Pascha durch die Schlafsäle geht, sonst wäre er mitgekommen. Wir müssen ihm Bescheid sagen.«

So, jetzt hatten sie sich die Prügel aber verdient. Da wollten sie doch tatsächlich zu dieser nächtlichen Zeit zum Offizier vom Dienst laufen und sagen: »Efendi, der Pascha geht durch die Schlafsäle«, und dann würde auch Hakki Schmiedehammer auftauchen.

Als ich ihr Geflüster hörte, beschleunigte ich meine Schritte. Am liebsten hätte ich mich ganz schnell davongemacht, aber ein Pascha, der ausgezogen war, die Schlafsäle zu inspizieren, konnte nicht wegrennen, als ob einer hinter ihm her wäre. Zum einen geziemt solche unbotmäßige Eile einem Pascha nicht, und zum anderen würden die Jungen Verdacht schöpfen. Deshalb stolzierte ich wie ein Pascha, verließ den Schlafsaal und ging würdevoll den Flur entlang.

Bevor sie losgingen und den wachhabenden Offizier benachrichtigten, würde ich schon längst weg sein, die Uniform des Paschas wieder an ihren Platz gehängt haben und in den Schlafsaal zurückkehren, dachte ich bei mir. Ich ging den Korridor entlang, nicht zu schnell und nicht zu langsam, erreichte den hinteren Flur, ging die Treppe hinunter, und auf der untersten Stufe stehe ich doch plötzlich Hakki Schmiedehammer gegenüber! Die Jungen mußten es ihm schon gemeldet haben. Als er mich sah, sprang er zur Seite, um mich nicht anzurempeln, nahm drei Stufen auf einmal und stürzte nach oben. Wenn er nicht so blitzschnell reagiert hätte, wären wir zusammengeprallt und die Treppe Stufe um Stufe gemeinsam hinuntergerollt, denn er hatte ein ganz schönes Tempo drauf.

Während er die Treppe hinaufstürmte, hatte ich die Absicht, paschagemäß im Flur um die nächste Ecke zu schreiten, dann die Schuhsohlen zu ölen, in einem der Klassenräume zu verschwinden und hinter einem Pult in Deckung zu gehen. Wie sollte mich Hakki Schmiedehammer dann finden, wenn er nichts weiter zu tun hatte, konnte er ja den Pascha bis zum Morgen in der riesigen Schule suchen ... Leider kam der Mann jedoch ganz behende an meine Seite, noch bevor ich um die Ecke gebogen war. Jetzt machte ich kehrt, lief zurück und begann, die Treppe hinaufzulaufen. Wenn ich jetzt zwei, drei Stufen auf einmal nahm, würde Hakki Schmiedehammer sofort merken, daß ich nicht der Pascha war. Deshalb ging ich Stufe für Stufe. Er folgte mir auf den Fersen.

Ich war so tief ins Mißgeschick geraten, daß ich nicht wußte, wie ich da wieder herauskommen sollte. Als meine Kameraden aus dem Bett gesprungen und zum Hauptmann gelaufen waren, mußte er wohl schon mit der Hand auf der Türklinke auf sie gewartet haben ...

Ich ging die Treppe hinauf und schritt den Korridor entlang. Aus den Augenwinkeln sah ich ab und zu unauffällig nach hinten. Hauptmann Hakki, zwei Schritte links hinter mir, knarrte mit seinen Lackstiefeln und beobachtete mich ehrerbietig. Er muß mich auch für den richtigen Pascha gehalten haben, daß er sich so respektvoll hinter mir hielt. Wie konnte ich ihm nur entkommen? Ich ging jetzt langsam und machte Pläne, ob ich dies tun sollte oder das ... Um in ihm keine Zweifel aufkommen zu lassen, daß ich der Pascha war, stieß ich auch ab und zu mit dem Spazierstock auf. Auf dem ganzen langen Flur war keine Menschenseele außer uns. Ich wußte, daß meine Freunde noch nicht schliefen; aus Angst vor Hakki Schmiedehammer taten sie nur so und vergruben sich unter ihren Decken ...

Wir liefen den Flur entlang, bogen um die Ecke in den nächsten Gang ein. Aber so konnten wir schließlich nicht bis zum Morgen weiterlaufen. Warum eigentlich nicht – nur so war das Ende zu verhindern.

Wirf dich Hakki Schmiedehammer zu Füßen, sagte ich

mir. Aber ich bekam es nicht fertig. Als wir uns meinem Schlafsaal näherten, dachte ich daran, plötzlich dort hineinzuschlüpfen; bis der Hauptmann seine Fassung wiedergewonnen hatte, würde ich längst im Bett liegen und hätte die Decke bis ans Kinn hochgezogen. Aber dann würden die Jungen sich wundern. Ganz bestimmt würden sie sich wundern, wenn plötzlich ein ausgewachsener Pascha angelaufen käme, um sich unter der Bettdecke zu verstecken.

Das Ganze würde Unruhe und Lärm verursachen, der Hauptmann würde kommen und mich am Ohr unter der Bettdecke hervorziehen.

Während wir also weiter den Gang entlangliefen, kam mir eine andere List in den Sinn. Ich würde in das Zimmer hineingehen, aus dem ich die Uniform genommen hatte, und die Tür von innen verriegeln. Der Hauptmann würde denken, jetzt geht der Pascha schlafen, und sich entfernen.

Dann würde ich dort eine Weile warten, die Uniform ablegen, meine eigenen Sachen wieder anziehen und in den Schlafsaal zurückkehren. Um diesen Plan zu realisieren, ging ich in das untere Stockwerk und gelangte an die Tür zu des Paschas Gemächern. Und was sehe ich, als ich im Begriff bin hineinzugehen: Da steht der Pascha am Tisch vor der abgestellten Schüssel und schlingt einen Hefezopf hinunter. Der erwachsene Pascha hatte sich im Pyjama über die Schüssel voller Hefezöpfe hergemacht … Was wäre geschehen, wenn ich ihn nicht durch den Türspalt gesehen hätte und plötzlich hereingeplatzt wäre? Wie reagiert ein Pascha im Pyjama, der einen Pascha in Uniform sieht?

Als ich durch den Türspalt den Pascha im Schlafanzug die Schlacht der Hefezöpfe schlagen sah, machte ich kehrt … Es war nur gut, daß Hakki Schmiedehammer hinter mir den Pascha nicht gesehen hatte. Er kam näher und fragte mich: »Haben Sie einen Befehl, Exzellenz?«

Schließlich war es annähernd Mitternacht. Wenn ich zu dieser Stunde über den Korridor lief, mußte ich irgendein Problem haben; danach erkundigte sich Hakki Schmiedehammer in wohlgesetzten Worten.

Wenn ich sprach, würde er merken, daß ich nicht der Pascha war. Deshalb warf ich den Kopf zurück und gab so zu verstehen, daß ich keinen Befehl für ihn hatte. Dieses Zeichen hätte er doch verstehen und sich endlich entfernen müssen, aber nein, er blieb hinter mir ... Wir gingen wieder die Treppe hinauf nach oben, wo sich die Schlafsäle befanden. Hakki Schmiedehammer muß geahnt haben, daß es einen Grund gab, weshalb wir mitten in der Nacht durch die Gänge liefen, denn vor jeder Schlafsaaltür erklärte er mir flüsternd: »Exzellenz, hier befindet sich der Schlafsaal der neunten Klasse ...« Vor einer anderen Tür: »Exzellenz, dies hier ist der Schlafsaal der obersten Klasse ...«

Während er sprach, war sein Mund ganz dicht an meinem Ohr, damit ich ihn verstand. Zum Zeichen dafür nickte ich mit dem Kopf. Weil ich nicht wußte, was ich tun sollte, beschleunigte ich meine Schritte. Hakki Schmiedehammer lief ebenfalls schneller, um mich wieder einzuholen. Ich begann zu rennen, der Hauptmann auch.

»Was ist los, Exzellenz, ist irgend etwas?« schnaufte er hinter mir.

Jetzt rannten wir durch die Gänge, als ob der Pascha flüchtete und der Hauptmann ihn verfolgte. Hakki Schmiedehammer muß an einen bestimmten Grund für meine Eile gedacht haben, denn als wir an den Toiletten vorbeirannten, rief er: »Exzellenz, hier sind die Toiletten!« Und in dem Augenblick muß er gemerkt haben, daß ich nicht der Pascha war, denn gleich hinterher brüllte er: »Mann!«

Dazu drückte er seine Hand auf meine Schulter. Mir wurde klar, daß er nicht wußte, wer ich war, denn er bückte sich und war bemüht, mir unter dem Mützenschirm ins Gesicht zu sehen. Dann wollte er mir die Mütze vom Kopf nehmen. Als ich merkte, daß er mich noch nicht erkannt hatte, befreite ich mich aus seinem Griff und lief fort. Als ob man Hakki Schmiedehammer entkommen konnte! Da er mich noch immer nicht erkannt hatte, brauchte ich nur aus der Pascha-Uniform herauszukommen und mich irgendwo zu verstecken, aber wie sollte ich die Uniform während meiner Flucht ausziehen? Als ich im Gang um die Ecke gebogen war, warf ich zuerst den Pascha-Spazierstock fort. Obwohl ich ihn nach vorn werfen wollte, warf ich ihn in meiner Aufregung hinter mich, genau auf Hakki Schmiedehammer. Daß der Stock ihm zwischen die Beine geraten und der Hauptmann gestolpert und hingefallen war, hörte ich an dem Gepolter und dem Fluchen. Ich lief weiter und zog mich dabei aus. Auch die Mütze des Paschas hatte ich abgenommen und weggeworfen. Jetzt knöpfte ich im Laufen die Jacke auf. Niemals hatte ich daran gedacht, daß die Jacke eines Paschas so viele Knöpfe hatte. So viele waren es doch gar nicht gewesen, als ich sie anzog und zuknöpfte ...

Die Jungen in den Schlafsälen wunderten sich, weshalb Hakki Schmiedehammer den Pascha so verfolgte, drängten sich an den Schlafsaaltüren und schauten uns nach. Später haben sie gesagt, sie hätten mich tatsächlich für den Inspektor gehalten. Hakki Schmiedehammer machte ein wütendes Gesicht, und sie beobachteten gespannt, was er tun würde, wenn er den Pascha einholt.

Obwohl ich jetzt alle Jackenknöpfe geöffnet hatte, gelang es mir nicht, die Jacke auszuziehen. Ich suchte nach dem Grund. In meiner Aufregung hatte ich den Gürtel nicht geöffnet, da konnte ich die Jacke natürlich nicht ausziehen. Ich warf den Gürtel fort, die Jacke hinterher. Hakki Schmiedehammer hätte mich schon längst eingeholt und festgehalten, wenn er nicht gestolpert wäre. Jetzt mußte er die Mütze, den Gürtel, den Spazierstock, die Jacke vom Boden aufsammeln, es wäre sonst eine Respektlosigkeit gewesen ...

Wir rannten immer noch die Gänge entlang. In meiner Panik dachte ich gar nicht daran, daß ich die Hosen nicht ausziehen konnte, wenn ich mich nicht vorher der Schuhe entledigte. Ich öffnete die Knöpfe der mit roter Tresse an den Seitennähten besetzten Pascha-Hose, und sie rutschte prompt hinunter, aber da ich klobige Stiefel trug, konnte ich die Hose nicht ausziehen und fortwerfen. Die Hosenbeine wikkelten sich um meine Waden, ich stolperte mit einem Bein über das andere und fiel zu Boden. Als das geschah, konnte

Hakki Schmiedehammer, der sich jetzt unmittelbar hinter mir befand, seine Geschwindigkeit nicht sofort bremsen und rannte an mir vorbei. Aufspringen, mich umdrehen und in entgegengesetzter Richtung fortlaufen war eins. Ich hatte ein wenig Zeit gewonnen, zog jetzt blitzschnell die Hose aus und warf sie fort.

Wie oft wir in jener Nacht durch die Gänge gelaufen sind, weiß ich nicht. Nachdem ich noch eine halbe Runde in Unterwäsche und Schuhen zurückgelegt hatte, schlüpfte ich in unseren Schlafsaal, kroch in mein Bett und zog mir die Decke über den Kopf. Meine Brust hob und senkte sich wie ein Blasebalg. Unter der Bettdecke hervor beobachtete ich die Tür.

Kurze Zeit später kam Hakki Schmiedehammer ganz außer Atem herein. In den Händen und über dem Arm trug er die Uniform des Paschas, den Spazierstock und die Mütze.

»Wer war das?« schrie er.

Keiner sagte einen Ton. Es schien, als sei gar nichts geschehen und als schliefen alle. Daß keiner meiner Kameraden mich preisgeben würde, wußte ich. Selbst wenn Hakki Schmiedehammer alle Jungen im Schlafsaal der Reihe nach verprügelte, würde mich keiner verpetzen. Einen solchen Verräter würde es nicht geben, und selbst wenn, dann wäre Hakki Schmiedehammer ihm am meisten böse. Ja, so ein Mann war Hakki Schmiedehammer. Wir waren Waffenbrüder, würden notfalls zusammen sterben, wie konnten wir uns da gegenseitig verraten. Ein solches Verhalten nannten wir treulos. Und Treulosigkeit verzieh Hakki Schmiedehammer niemals.

Wissen Sie, weshalb Hakki Schmiedehammer damals Recep nicht schlug, obwohl der sich solche Mühe gegeben hatte, verprügelt zu werden, um seine Versetzung zu erreichen, und weshalb er ihm dann doch zur Versetzung geholfen hatte? Ich will es Ihnen erklären.

Damals war der wöchentliche Feiertag noch nicht Sonntag, sondern Freitag. Donnerstagnachmittags bekamen die Schüler, die in Istanbul wohnten, Urlaub. Sie kehrten freitagabends in die Anstalt zurück. Wir anderen blieben in der Schule. Eines

Freitags war Hakki Schmiedehammer Offizier vom Dienst … Drei Kadetten waren in den Schlafsaal gegangen und hatten dort um Geld gewürfelt. Recep saß auf seinem Bett und nähte sich seine abgerissenen Jackenknöpfe wieder an. Die Würfelspieler hatten das Knarren von Hakki Schmiedehammers Stiefeln überhört. Aber er hatte die Verschwundenen im Verdacht, um Geld zu würfeln, war in den Schlafsaal gekommen und hatte Recep gefragt: »Wer hat hier gespielt?«

»Hier hat keiner gespielt«, hatte Recep geantwortet.

»Was haben sie dann gemacht, haben sie etwa Hasch geraucht?« hatte Hakki Schmiedehammer gebrüllt.

»Nein, Herr Hauptmann, Hasch haben sie auch nicht geraucht.«

»Ich habe doch vom Fenster aus gesehen, wie sie Geld vom Boden aufgesammelt haben und dann fortgelaufen sind. Wer war das?« fragte er noch einmal.

»Ich kenne sie nicht«, hatte Recep geantwortet.

»Du Hund, du willst deine Kameraden nicht kennen und noch dazu, wo sie hier gewürfelt haben?«

»Ich kenne sie nicht, Herr Hauptmann!«

»Komm mit«, hatte Hakki Schmiedehammer gesagt und Recep mit in sein Zimmer genommen.

»Du sagst mir jetzt, wer das war, sonst mache ich dich fertig …« Recep sagte keinen Ton.

»Nun sag es schon, mein Junge.«

»Ich kenne sie nicht, Herr Hauptmann.«

»Wer war es?«

»Ich habe sie nicht gesehen, Herr Hauptmann!«

»Sie waren doch nicht weit weg von dir, du mußt sie gesehen haben …«

An jenem Tag hatte er Recep so geschlagen, daß er sich zwischendurch ausruhen mußte, sich hinsetzte, eine Zigarette rauchte, einen Kaffee trank und ihn in drei Etappen schlug. Obwohl Recep so viel Prügel bezogen hatte, verriet er nichts.

Daraufhin hatte Hakki Schmiedehammer gesagt: »Paß auf, mein Junge, du wirst dieses Jahr sitzenbleiben und zum Regiment geschickt werden. Du sagst mir jetzt, wer gewürfelt hat, und ich bewahre dich davor.«

Wissen Sie, wie schlimm es in unserem Alter war, zum Regiment geschickt zu werden? Das ist schlimmer als der Tod. Manche verübten Selbstmord aus Angst davor.

Als Hakki Schmiedehammer das sagte, lief Recep das Blut zwar aus Mund und Nase, aber er hatte nicht eine Träne in den Augen und sah Hakki Schmiedehammer so an, daß der Hauptmann sagte: »Gut, dann nenn mir ihre Namen nicht, aber du weißt doch, wer es war, nicht wahr? Sag mir nur, daß du es weißt, das genügt …«

»Ich weiß es«, antwortete Recep, »aber ich kann es nicht sagen, lassen Sie mich zum Regiment schicken.«

»Bravo, mein Junge«, sagte Hakki Schmiedehammer, »ich hatte schon Angst, du nennst mir die Namen deiner Kameraden.«

Einerseits hatte Hakki Schmiedehammer Recep geschlagen und sich andererseits Sorgen darüber gemacht, er könne seine Freunde verraten. Nach diesem Vorfall tat Hakki Schmiedehammer alles, damit Recep versetzt wurde.

Mitten im Schlafsaal stehend fragte Hakki Schmiedehammer noch einmal: »Wer war das?«

Wir wußten alle, daß er zwar fragte, aber gleichzeitig nicht wollte, daß einer etwas sagt. Er wollte vielmehr, daß jemand von selbst aufsteht und sagt: »Ich war es, Herr Hauptmann.«

Ein paarmal wollte ich unter meiner Decke hervorkommen, aber ich bekam es nicht fertig. Ich verkroch mich noch tiefer.

Als ich spürte, daß das Stiefelknarren genau auf mich zukam, zitterte ich am ganzen Körper. Zu Basri im Bett neben mir sagte er: »Hast du ihn gesehen?«

Basris Kopf mußte also unter der Decke hervorschauen. Als selbst er, der schwächste unter uns, sagte: »Ich habe ihn nicht gesehen, Herr Hauptmann«, glaubte ich, die Gefahr sei nun vorbei. Da zog plötzlich jemand an meinem Fuß. Ich hatte die Schuhe noch an, weil ich keine Zeit gehabt hatte, sie auszuziehen. So hatte ich auch nicht gespürt, daß einer meiner Füße unter der Bettdecke hervorschaute.

»Steh auf, du Schamloser, steh auf!«

In meiner Unterwäsche kroch ich aus dem Bett.

»Zieh dich an, aber schnell!«

Was sollte ich anziehen? Meine Kleidung befand sich im Zimmer des Paschas. Ich stand da, den Blick zu Boden gerichtet.

»Nun zieh dich endlich an!«

»Ich habe nichts anzuziehen«, murmelte ich.

»Wo sind deine Sachen?«

»Sie sind dageblieben ... im Zimmer des Paschas.«

»Komm mit!«

Kerzengerade ging Hakki Schmiedehammer vor mir her, die Uniform des Paschas in der Hand, ich lief hinterdrein.

Kleinlaut betrat ich sein Zimmer. Ob ich ihn anflehen sollte? Aber ich wußte, daß er dann noch wütender werden würde.

Er stand drei, vier Schritte vor mir, sein starrer Blick ruhte auf meiner kleinlauten Gestalt. In diesem Augenblick klopfte es an die Tür. Ohne den Kopf zu wenden, rief er: »Herein!«

Mit einer Uhr an einem Riemen um den Hals gehängt, kam der Nachtwächter.

»Der Pascha ... Seine Exzellenz der Pascha ... Herr Hauptmann! Seine Exzellenz der Pascha ... sehr schlecht ... sehr schlecht ...«, stotterte er unverständlich herum.

Hakki Schmiedehammer stürzte hinaus. Das Knarren seiner Stiefel entfernte sich auf der Treppe.

Draußen begann ein eiliges Hin und Her. Die Tür ging auf. Der Wächter von vorhin brachte meine Kleidung. Ich zog mich sofort an. Sollte ich nun hier warten, oder sollte ich gehen? Ich wußte nicht, wie ich mich verhalten sollte. Als der Wächter hinausging, fragte ich ihn: »Was ist denn los?«

»Seiner Exzellenz dem Pascha ist schlecht geworden. Ärzte sind gekommen«, sagte er.

Langsam verließ ich das Zimmer. Noch ein, zwei Offiziere gingen die Treppe hinauf. Ich folgte ihnen zum Zimmer des

Paschas. Drinnen drängten sich viele Personen. Der Pascha lag ausgestreckt auf dem Teppich. Der Arzt hatte ihm den Pyjama abgestreift und war dabei, ihm eine Spritze zu geben. Hakki Schmiedehammer hatte mich gesehen und kam zu mir heran: »Er ist noch nicht wieder bei Bewußtsein! Wir sprechen uns am Morgen …«

Da es dem Pascha so schlecht ging, war ich wenigstens bis zum Morgen vor Hakki Schmiedehammers Prügeln sicher. Aber ich kam noch nicht auf den Gedanken, daß dem Pascha meinetwegen, wegen der Schüssel voller Hefezöpfe, schlecht geworden war.

Als ich in den Schlafsaal kam, waren alle auf den Beinen. Manche lachten, andere fragten neugierig: »Was war denn los?«

»Und wo sind die Hefezöpfe?«

»Jungens«, sagte ich, »dem Pascha ist schlecht geworden. Bis zum Morgen bin ich vor Prügel sicher.«

Recep, der bislang von uns allen die stärksten Prügel von Hakki Schmiedehammer erhalten hatte, sagte: »Er hätte dich nicht geschlagen. Wenn er prügeln will, benimmt er sich anders.«

»Was hätte er dann getan?«

»Hakki Schmiedehammer hätte dich mitgenommen und in den Karzer geworfen.«

Der Strafraum der Kadettenanstalt hieß Karzer, wahrscheinlich, damit es sich nicht so schrecklich anhörte.

»Weshalb ist dem Pascha denn schlecht geworden?« fragte Burhan Gong.

»Ich weiß es nicht«, gab ich zur Antwort.

Dann erzählte ich meine Geschichte. Ich schilderte die schreckliche Verfolgung in den schillerndsten Farben.

Am Morgen hatte ich mich von dem Eindruck des nächtlichen Erlebnisses erholt. Während der Arbeitsstunde waren viele Jungen im Klassenraum nicht bei der Sache, sie hänselten einander, nur ein oder zwei machten Schularbeiten. Es war, als sei der nächtliche Vorfall vergessen. Ich schrieb einen Brief an meinen Vater. Er war Schreiber in der Kaserne in

Kütahya. Auf den Schulterstücken seiner Uniformjacke trug er zwei silberne Sterne. In jenem Jahr sollte er in Pension gehen. Wir waren sieben Geschwister. Ich war der älteste. Mit Mühe und Not sorgte er für uns ... In jedem seiner Briefe schrieb er mir: »Am Monatsanfang schicke ich dir zweieinhalb Lire, mein Sohn«, aber das konnte er nur ein- oder höchstens zweimal im Jahr. Meine Mutter hatte ihr ganzes Leben ihren Kindern gewidmet, sie war eine kranke, kraftlose Frau. Nach der Pensionierung würde das Einkommen meines Vaters noch geringer sein. Alle Hoffnungen waren auf mich gerichtet. Ich war der älteste Sohn, ich würde der Ernährer der Familie werden. Dieser Verantwortung war ich mir bewußt. So schrieb ich meinem Vater an jenem Morgen, daß ich in sechs Wochen auf die Militärakademie kommen würde, in allen Fächern fleißig gearbeitet hatte, in zwei Jahren Offizier sein würde. Ich hatte gerade noch die Anschrift auf den Umschlag geschrieben, als die Briefe eingesammelt wurden. Die Schule gab die Briefe zur Post.

Während ich diesen hoffnungsvollen Brief an meinen Vater schrieb, war ich ruhiger und frohgemuter geworden. Da knallte etwas an meinen Nacken. Es war ein Papierflugzeug. Noch bevor ich mich umdrehte, flog es aus allen vier Richtungen heran. Wer keine Zeit mehr fand, ein Flugzeug aus Papier zu falten, knüllte seinen Bogen einfach zusammen und warf mir die Kugel an den Kopf. Das war unser Spiel, wenn wir einen Kameraden wütend machen und aus der Fassung bringen wollten. Wenn dann ein so Verhöhnter wütend wurde, lachten sie ihn noch mehr aus. In solchen Situationen tat ich immer so, als sei ich wütend, und verhöhnte sie meinerseits. Als die Papierflugzeuge und -kugeln an jenem Tag an meinen Kopf flogen, stellte ich mich auch wütend, brüllte herum und schimpfte. Am Ende gab es eine Riesenbalgerei.

Während des ganzen Radaus sah ich Kemal und Recep nebeneinander sitzen, die Köpfe zusammenstecken und tuscheln. Ich lief zu Recep hin und schrie ihn an: »Warum wirfst du mit Papier?«

Dabei ging ich auf ihn los. So hatte ich die Zielscheibe der

Klasse in eine andere Richtung gelenkt. Ich geriet mit dem völlig überraschten Recep in Streit. Wir rollten uns auf dem Boden bis zur Klassentür. Die Jungen riefen im Takt: »Hau zu! Hau zu! Hau zu!«

Während Recep mich mit seinen langen Armen wie ein verknotetes Tau umschlang, hatte ich ihn mit letzter Kraft bis an die Tür gestoßen. In diesem Augenblick wollte jemand von draußen die Tür öffnen und drückte dagegen. Da ich Recep von innen dagegendrückte, ging die Tür nicht auf. Recep merkte nicht einmal, daß jemand hereinkommen wollte, er lehnte sich gegen die Tür, so stark er konnte, um meinem Druck zu entgehen. Durch Receps Schraubstockgriff fiel ich zu Boden, er warf sich auf mich. Die Tür ging auf, Hakki Schmiedehammer kam herein.

Es wurde ganz still im Klassenzimmer. Ich wollte aufstehen, aber Recep hielt mich fest. Er lag mit dem Rücken zur Tür und sah Hakki Schmiedehammer nicht. Der Hauptmann ergriff Recep am Ohr. Dabei hatte er doch gar keine Schuld. Ich hatte ihn angestachelt. Sofort sprang ich vor: »Recep hat keine Schuld, Herr Hauptmann. Ich habe ihn nicht in Ruhe arbeiten lassen …«

»Komm mit …« sagte Hakki Schmiedehammer.

Wir gingen in sein Zimmer. Da ich mir jetzt die Prügel echt verdient hatte, wartete ich ungeduldig darauf. Hauptmann Hakki ballte die Fäuste und knirschte mit den Zähnen: »Warum hast Du das getan, mein Sohn, warum nur, mein Junge?«

Seine zitternde, sanfte Stimme erstaunte mich.

»Entschuldigen Sie, ich werde es nicht wieder tun. Ich verspreche es.«

»Was soll das heißen, ich werde es nicht wieder tun … Was willst du nicht wieder tun?«

»Sie haben mich von hinten mit Papier beworfen, und ich dachte, es war Recep.«

»Möge Allah dich strafen, wenn du gedacht hast, daß ich danach frage … Warum hast du das getan, warum?«

»Ich werde es nicht wieder tun, Herr Hauptmann«, wiederholte ich.

»Wolltest du die Uniform des Paschas denn noch einmal anziehen, weil du jetzt sagst, ich werde es nicht wieder tun?«

Daran hatte ich überhaupt nicht mehr gedacht. Der Vorfall lag für mich schon so weit zurück, als sei er vor Monaten geschehen.

Noch einmal sagte Hakki Schmiedehammer mit trauriger Stimme: »Ach, Junge, wie konntest du das nur tun, wie konntest du nur?!«

Als ich den Kopf gesenkt hielt und schwieg, fuhr er fort: »Gut, du hast eine Torheit begangen, der Teufel hat dich geritten, es war ein Unfug. Da hast du eben die Uniform des Paschas angezogen. Aber warum hast du nur die Schüssel mit den Hefezöpfen dortgelassen? Es hat nicht viel gefehlt, dann wäre der Pascha gestorben. Er ist dem Tod ganz knapp entronnen.«

Nachdem er eine Weile geschwiegen hatte, begann er: »Mein Kleiner …« Ich hörte das Wort zum erstenmal aus seinem Mund … »Mein Kleiner, ich habe mir große Mühe gegeben, aber es hat nichts genutzt … Es tut mir so leid, aber sie haben dich von der Schule gewiesen. Sie schicken dich zum Regiment.«

Mir wurde schwarz vor Augen. Decke, Fußboden und die vier Wände drehten sich. Ich sah zehn Hakki Schmiedehammer vor mir stehen, die sich auch alle drehten. Es wurden zwanzig, dreißig, vierzig Hakkis, und alle öffneten gleichzeitig den Mund und sagten: »Setz dich, mein Junge.«

Hakki Schmiedehammer nahm mich bei der Hand und führte mich zu dem Stuhl neben dem Tisch. Ich konnte nicht mehr an mich halten und begann zu weinen.

»Ich habe mir deinetwegen die größte Mühe gegeben, aber ich habe keinen Erfolg gehabt. Ich mag dich sehr gern, mehr als du weißt, du wärst ein guter Offizier geworden. Aber der Pascha ist zuckerkrank, deshalb verträgt er nichts Süßes … In der Nacht ist er aufgewacht und hat die Schüssel voller Hefezöpfe gesehen … Er hat gedacht, sie seien speziell für ihn zubereitet worden. Dann hat er einen nach dem anderen gegessen … Bis zum Morgen hat niemand von uns geschlafen. Der

Pascha ist erst am Morgen wieder zu sich gekommen. Als er erfahren hat, was geschehen war, hat er verlangt, daß du hinausgeworfen wirst. Ich konnte es nicht verhindern. Ich konnte nichts für dich tun, mein Junge.«

Ich sah, daß ihm Tränen in den Augen standen. Drei Jahre war er unser Klassenoffizier gewesen. Aber in diesem Augenblick stand ein ganz anderer Hakki Schmiedehammer vor mir, einer, den ich nicht kannte. Er versuchte, mich zu beruhigen. Er erklärte mir, daß ich noch ein Kind sei, daß das Leben mir noch viele Gelegenheiten bieten würde.

Das stimmte, das Leben hat mir tatsächlich noch viele Gelegenheiten beschert, aber immer, wenn ich es für eine große Chance hielt, hat es mich am Ende ins Gefängnis gebracht.

Sie schlossen mich im Karzer ein. Die Schulterstücke hatten sie mir abgerissen. Die meisten meiner Kameraden habe ich nie wieder gesehen. Am nächsten Morgen öffnete sich die Karzertür. Hauptmann Beschir war gekommen.

»Du bist noch zu jung«, sagte er, »du bist noch nicht alt genug. Deshalb gehst du jetzt nach Hause, im nächsten Jahr kommst du zum Regiment ...«

Nach einem Jahr würden sie mich mit dem Rang eines Unteroffiziers zum Regiment schicken. Auf diese Weise sollte ich die Kosten für meine Ausbildung in der Kadettenanstalt abtragen.

An dem Tag, an dem ich meinem Vater geschrieben hatte: »In sechs Wochen komme ich auf die Militärakademie«, flog ich von der Kadettenanstalt.

Wir Menschen sind oft Zufällen ausgeliefert, die niemand voraussieht. Wegen einer Schüssel voller Hefezöpfe entgleiste mein Leben, bekam eine andere Richtung. Aber war es denn meine Schuld, daß der Pascha so viele Hefezöpfe gegessen hatte?

Der Mensch, der das Schachspiel erfand, unterbreitete diese Erfindung seinem Landesherrn. Dem gefiel das Spiel so gut, daß er zu dem Mann sagte: »Du kannst dir von mir wünschen, was du willst!«

Der Erfinder des Schachspiels soll geantwortet haben: »Ich verlange nicht viel, gib mir zwei Weizenkörner für das erste

Feld des Schachbretts, und dann für jedes weitere das Vielfache davon.«

Der Herrscher war einverstanden.

Auf das erste Feld wurden zwei Weizenkörner gelegt, auf das zweite vier, auf das dritte Feld sechzehn, auf das vierte zweihundertsechsundfünfzig und so weiter ... Aber plötzlich merkten sie, daß alle Weizendepots im Land leer waren, ohne daß die versprochenen Körner für die Felder des Schachbretts ausgereicht hatten.

Im Leben eines Menschen sind die Möglichkeiten innerhalb kurzer Zeit noch vielfältiger; denn ein Schachbrett hat nur Länge und Breite, ein Menschenleben aber hat drei Dimensionen, das vermehrt die Möglichkeiten, die innerhalb von fünf Minuten in unser Leben treten können. In welch erschreckender, endloser Zahl können sie sich steigern ...

Weshalb bin ich jetzt in meinem Alter im Gefängnis? Warum bin ich ein notorischer Betrüger und nicht ein General, ein Politiker, ein Kaufmann oder ein pensionierter Oberst wie meine Kameraden? Wieso mußte ich an jenem unglückseligen Tag meinem Mitschüler den Küchendienst abkaufen? Warum hatte es an jenem Tag Hefezöpfe gegeben? Weshalb mußte der Offizier vom Dienst Beschir etwas vorhaben? Hätte Hakki Schmiedehammer an jenem Abend wenigstens keine knarrenden Stiefel angehabt, dann wäre ich nicht vor Angst in des Paschas Gemächer gelaufen. Oder ich hätte mit der Schüssel voller Hefezöpfe die andere Treppe benutzen können. Es gab so viele Möglichkeiten ...

Paschazades Ankunft

Bis zum Eintreffen der Telegramme war ich nur einer von vielen Häftlingen im Gefängnis gewesen. Dann kamen die Depeschen der Anteilnahme von Abgeordneten, angesehenen Persönlichkeiten und berühmten Leuten wegen meiner Verhaftung aus politischen Gründen. Danach war ich nicht mehr irgendein Strafgefangener, ich war wer.

Der Gefängnisdirektor ließ mich rufen. Diese Aufforderung wurde mir nicht etwa von einem Wärter überbracht, der Oberwachtmeister kam höchstpersönlich.

Ich betrat das Zimmer des Direktors. Der Erste Staatsanwalt war auch anwesend. Ich sah ihn zum ersten Mal. Beide behandelten mich wie einen befreundeten Besucher. Der Direktor bot mir einen Platz und etwas zu trinken an. Ich bat um Tee.

Wir unterhielten uns über Literatur. Der Direktor erkundigte sich, ob ich einen besonderen Wunsch hätte. Ich hatte keinen. Der Erste Staatsanwalt fragte fürsorglich, ob ich irgendeine Beschwerde bezüglich meiner Gemeinschaftszelle hätte.

Ich lag in der Quarantäne-Station, wo in jeder Zelle acht Häftlinge untergebracht waren. Alle Neuzugänge mußten dort die ersten zwei Wochen zubringen.

Ich ließ dem Ersten Staatsanwalt gegenüber nur ganz nebenbei durchblicken, daß es mir nicht unangenehm wäre, meine gesamte Strafe in dieser Station abzusitzen.

Das Gespräch kam wieder auf Literatur zurück. Sie redeten, ich hörte zu. Sie wollten mich wohl mit ihrem Wissen beeindrucken. Während der Erste Staatsanwalt sprach, drückte der Direktor auf die Klingel und flüsterte dem herbeigeeilten Wärter etwas ins Ohr.

Ich durfte jederzeit die Quarantäne-Station verlassen und meine Zeit in der Verwaltungsabteilung oder auf anderen Stationen verbringen. Durch diese Erlaubnis wollten sie mir den Gefängnisaufenthalt erleichtern.

Als ich in meine Zelle zurückkehrte, erkannte ich sie kaum wie-

der. Die anderen sieben Häftlinge waren verlegt worden. Der steinerne Zellenfußboden war blitzblank geputzt; davon zeugten noch einige feuchte Stellen. Ich hatte eine Zelle für mich allein. Dabei waren die übrigen Zellen der Station so überfüllt, daß Neuzugänge ihre Matratzen an manchen Tagen auf dem Gang auslegen mußten. Aber ich muß zugeben, daß mir diese Ungerechtigkeit zu meinen Gunsten nicht peinlich war.

Allein in der Zelle konnte ich in aller Ruhe lesen und schreiben. Wenn ich dessen überdrüssig war oder mich langweilte, ließ ich mir vom Wärter die Zellentür aufsperren, ging in die Wirtschaftsabteilung und setzte mich zum Frisör. Jeden Abend, wenn neue Häftlinge in dem roten Gefängniswagen gebracht wurden, ging ich hin, um mir ihren Einzug ins Gefängnis anzusehen.

Die Abendzeitungen mit den meisten Diebstahls-, Schmuggel- und Mordnachrichten wurden im Gefängnis bevorzugt gelesen. Viele Häftlinge kannten die Helden dieser Meldungen. Aus dieser Sicht ähnelten diese Zeitungen mehr einem Personalbericht. Schon immer habe ich diese Abendzeitungen gern gelesen, sie brachten die Polizeimeldungen nicht als Nachricht, sondern ausgeschmückt wie Kurzgeschichten in Illustrierten.

Eines Tages stand in einem dieser Blätter mit hoher Auflage auf der ersten Seite folgende Meldung:

Berufsverbrecher Paschazade wollte der Polizei als Kommissar h.c. helfen – auf frischer Tat ertappt!

Im gestrigen Polizeibericht tauchte der Name des seit Jahren unverbesserlichen, aus allen Zeitungen bekannten Betrügers Paschazade auf. Wie uns Paschazade in einem persönlichen Gespräch auf dem Polizeipräsidium erklärte, hatte er seinen Kindheitstraum, Polizist zu werden, nie verwirklichen, diesen heimlichen Wunsch aber niemals überwinden können. Als ihm schließlich ein Dienstausweis in die Finger geriet, machte er sich zum Hauptkommissar, pfuschte echten Polizisten ins Handwerk und übte seine neue Funktion erfolgreich aus. Auf den Dienstausweis schrieb er den erfundenen Namen Ibrahim Fidan. Dann setzte sich Paschazade als falscher Hauptkommissar Betrügern auf die Fersen und brachte die Leute, denen er zu Hilfe kam, zum Staunen. Das war der Grund für seine letzte Verhaftung. Alle Vorkommnisse hatte der falsche Hauptkommissar auf dem Weg der Versöhnung gelöst, anstatt sie weiterzuleiten. Entlarvt wurde er, weil er sich zu viel mit Dirnen abgab, die Nachtschwärmer ausplünderten. Zuletzt war er einem deutschen Diplomaten zu Hilfe gekommen, indem er eine dieser Frauen ›verhaftete‹. Er nahm ihr das gestohlene Geld wieder ab, schaffte sie in das Hotel des beraubten Diplomaten, ließ sie sich entschuldigen, gab ihm das Geld zurück und zog sich so dessen Bewunderung zu. Da ging dieser Mann doch tatsächlich zum Polizeipräsidium und bedankte sich beim Polizeidirektor für den außergewöhnlichen Erfolg des lobenswerten Hauptkommissars Ibrahim Fidan. Der Polizeidirektor ließ den pflichtbewußten Hauptkommissar suchen, um ihm für seinen Erfolg Sonderurlaub und eine Prämie zu gewähren. Bei der neugierigen Suche des Polizeidirektors war der falsche Hauptkommissar erwischt worden. Wegen des Vergehens, sich als Polizist ausgegeben zu haben, wurde Paschazade zur Eröffnung des Ermittlungsverfahrens der Staatsanwaltschaft überstellt.

Dazu brachte die Zeitung ein Foto von Paschazade und die Abbildung des gefälschten Dienstausweises.

Paschazades Bild in der Zeitung erregte mein Interesse. Das Gesicht gefiel mir nicht, aber es fesselte mich. Es zeigte den Verbrecher in voller Größe und stammte sicher aus seinen Strafakten. Ein riesiger Kopf. Ein sehr breites Kinn, fast so breit wie der Kopf. Es vermittelte mir den Eindruck von Brutalität. Man konnte glauben, daß er imstande sei, Eisen wie Kuchen zu kauen … Seine Wangen waren so eingefallen, daß die Backenknochen deutlich hervortraten. Die Stirn war nicht niedrig zu nennen. Sein Haar entsprach nicht seinem Alter, es war voll wie eine neue Bürste … Allerdings war auf dem Bild nicht zu erkennen, ob sein Haar grau war oder schon weiß. Was an dem Gesicht am meisten auffiel, waren seine in dem großen Kopf mit dem breiten Kinn von zwei schattenwerfenden Ringen eingerahmten kleinen Augen. Diese Ringe waren nicht seine Augenhöhlen, sondern die Lider. Sie wirkten wie dunkelfarbiger Lidschatten bei Frauen. Aus diesen dunklen Ringen schauten die Äuglein hervor. Im Verhältnis zur Größe dieser dunklen Umrandung erschienen sie sehr klein … Der Blick war stechend. Die Pupillen glichen Nadeln. Das war sogar auf dem Bild zu erkennen.

Während ich das Bild lange betrachtete, hörte ich Dandy-Fikrets heisere Stimme vom anderen Ende des Ganges nahen. Dandy-Fikret war einer der interessantesten Typen des Gefängnisses. Durch ständigen Heroinkonsum war er im Wachstum zurückgeblieben, ausgetrocknet, eingeschrumpft. Er hatte einen Buckel, ohne dabei übermäßig klein zu sein. Ich hielt seine Verwachsung für angeboren. Er verkaufte alte, gebrauchte Sachen für Häftlinge, die kein Geld mehr hatten. Ab und zu befanden sich darunter wertvolle Stücke, deren Erlös dazu dienen sollte, Heroin zu kaufen. Interessant war es, wie Dandy-Fikret seine Käufer mit heiserer Stimme anrief. Das ging immer so: »Ihr Diebe, ihr unglückseligen Brüder! Betrüger, Wegelagerer, Falschmünzer, Spitzbuben, Langfinger, Gauner, Falschspieler, Bauernfänger, Schwindler und Taschendiebe! Dandy-Fikret ist da … Ihr Nachteulen, Sonnenanbeter und Dachhasen! Meine Söhne … Glücksspieler und Heroinsüchtige … Hört her, ich habe hier ein Handtuch, echte Ware aus Bursa … Will es einer haben? Eine Sonnenbrille habe ich auch, aus Europa, und eingeschmuggelt dazu. Für Leute mit Rheuma habe ich eine lange Flanellunterhose, reine Angorawolle … Dandy-Fikret ist da, ihr Bruder … Keiner soll es überhören. Ist einer da, der Lackpantoffeln haben will? Wer die nicht kauft, hat entweder kein Geld oder keinen Verstand. Bei Dandy-Fikret gibt es Gelegenheitskäufe. Ganz billig, fast umsonst. Also, meine lieben Straßenräuber, Taschendiebe und Profitgeier, wo seid ihr? Dandy-Fikret ist da, er geht jetzt weiter … Schaut euch die Sachen wenigstens an, auch wenn ihr nichts kauft, ansehen kostet ja nichts, meine Brüder …«

Seine heisere, näselnde Stimme hallte den Gang entlang.

Als Dandy-Fikret vor meiner Zelle stand, trat ich hinaus. Ich gab ihm eine Zigarette. Dann zeigte ich ihm das Bild in der Zeitung und fragte ihn, ob er Paschazade kenne. Vielleicht war es wegen des Buckels, vielleicht auch, weil seine Halswirbel verkalkt waren, jedenfalls konnte Dandy-Fikret seinen Kopf nur mit Mühe heben, und dann sah er mich an: »Und ob ich den kenne. Wer kennt den nicht? Was hat er denn jetzt wieder ausgefressen? Entweder hat er sich als Richter ausgegeben oder als Arzt oder als Provinzgouverneur. Oder haben sie ihn in Offiziersuniform geschnappt?«

Ich reichte ihm die Zeitung. Er sah sich das Bild von Paschazade an: »Der läßt ja ganz schön die Ohren hängen. Bei dem weht nicht mehr der alte Wind. Wo ist der alte Paschazade geblieben … Wenn er früher mal wieder im Knast landete, kam er mit sieben, acht Koffern an wie ein Millionär von einer Schmuggelreise aus Europa … Und die Koffer waren voll bis oben hin … Das hat er mich dann Stück für Stück verkaufen lassen, zum Schluß noch die leeren Koffer. Dann hatte er seine Zeit abgesessen und wurde entlassen. Wenn Paschazade früher hier ankam, hat er eine Woche lang die Puppen tanzen lassen … Was war der freigebig … In der letzten Zeit ist nichts mehr mit ihm los … Seine Zeiten sind vorbei …«

Ich verließ die Station und ging zur Verwaltung hinüber, um die Wärter zu fragen, ob Paschazade mit dem Transport heute abend käme. Sie sagten, er träfe erst in zwei, drei Tagen ein.

Erstaunliche Geschichten wurden von meinen Mithäftlingen über ihn erzählt. Ich wollte ihn näher kennenlernen. Dem Gefängisdirektor sagte ich, es sei mir peinlich, allein in einer Zelle zu liegen, während die Station so überfüllt sei. Ich fragte ihn, ob er Paschazade bei seiner Ankunft zu mir legen würde. Wenn ich es wünsche, würde er es selbstverständlich anordnen. Ich dankte dem Direktor.

Auch zwei Tage nach der Zeitungsmeldung kam Paschazade immer noch nicht. Aus den Gesprächen der Häftlinge entnahm ich, daß er bei ihnen unbeliebt war. Einer erzählte, wie er in Leutnantsuniform über die Galata-Brücke gegangen war, als ihm plötzlich ein Major entgegenkam und er in seiner Verwirrung mit der linken Hand grüßte. Daraufhin sei der Major argwöhnisch geworden und habe Paschazade nach seinen Personalien gefragt. Es stellte sich heraus, daß er kein echter Offizier war.

Ein alter Häftling sagte: »Nein, so war das nicht …«

»Weshalb war es denn nicht so? Das hat doch damals in allen Zeitungen gestanden …« erwiderte der Erzähler.

»Du Glatzkopf, den Zeitungen kann man doch nicht einmal glauben, wenn sie schreiben, daß es nur einen einzigen Gott gibt …«, entgegnete der alte Häftling.

»Wie ist es denn gewesen, erzählt doch mal«, forderte einer auf.

»Wegen des Grüßens ist er ja erwischt worden, aber nicht, weil er mit der linken Hand gegrüßt hat. Der Ochse trug eine zerschlissene Uniform. Ein Betrüger muß immer gut gekleidet sein, nur so kann er andere begaunern. Habe ich recht? Deshalb trägt er die teuersten Schuhe und den teuersten Hut. Darauf schauen die Menschen zuerst. Damals war er in irgendeiner Behörde in Ankara Direktor oder Bürochef. Ein selbsternannter, einer, der die Regierung nichts kostete. Als Direktor hatte er seine Hand ständig an seinem Hut. Sobald er eines hohen Beamten ansichtig wurde, sagte er: ›Oh, mein Herr, möge Allah Ihnen ein langes Leben geben …‹, zog seinen Hut und verbeugte sich bis zum Boden. Da er kein echter Direktor war, wollte er jedem sympathisch sein und grüßte deshalb so untertänig. Er hatte sich schon richtig daran gewöhnt.

Dann kam heraus, daß er kein Direktor war, und er sollte verhaftet werden. Aber er war schlau und entkam noch rechtzeitig nach Istanbul. Um nicht erkannt zu werden, zog er sich eine Offiziersuniform an. Dann war er natürlich auch nicht untätig. Er hatte begonnen, eine Frau auszunehmen, und wollte sie angeblich heiraten. Wenn du unseren Frauen sagst, du bist Offizier, ist alles gelaufen …

Die Frau war sehr reich. Zusammen bestiegen sie den Dampfer. Da begegnete er einem Oberst. Natürlich mußte er grüßen. Er nahm die Offiziersmütze ab, wie er es sich als falscher Direktor mit seinem Hut angewöhnt hatte, und sagte: ›Oh, mein Herr, möge Allah Ihnen ein langes Leben geben …‹, und verbeugte sich bis zum Boden!

Die Leute auf dem Dampfer bogen sich vor Lachen.

›Mann, was sind Sie denn für ein Leutnant?‹ fragte ihn der Oberst und verlangte seine Personalien. So ist Paschazade damals verhaftet worden.«

Ein anderer Häftling mischte sich ein: »Beide Geschichten stimmen. Paschazade ist ja nicht nur einmal als falscher Offizier verhaftet worden, sondern mehr als zehn Mal … Ich kenne die Geschichte noch anders. Früher, in seiner Jugendzeit, soll er immer eine Leutnantsuniform getragen haben. Weil er sich so daran gewöhnt hatte, zog er keine Uniform mit höheren Rangabzeichen an. Dabei hatte der Kerl bereits das Alter eines Paschas … Da befördert man sich doch, macht sich mindestens zum Hauptmann. So ein blöder Hund … Oder wollte er warten, bis seine Beförderung vom Generalstab kam … Da kauft man sich noch zwei Sterne, steckt sie sich auf die Schulter und fertig. Ob nun falscher Leutnant oder falscher Hauptmann … Die Strafe ist doch deswegen nicht geringer… Wenn die Leute einen alten Knacker sehen, der im Alter eines pensionierten Paschas in Leutnantsuniform herumläuft, fangen sie sich natürlich zu wundern an. Deshalb ist er verhaftet worden.«

Es war ein nebliger, feuchter, früh hereingebrochener Februar-Abend … Unter den Häftlingen, die aus dem roten Gefängniswagen stiegen, befand sich auch Paschazade. Mit gefesselten Händen gingen die Männer der Reihe nach in den sogenannten Keller. Die Gendarmen nahmen ihnen die Handschellen ab, zählten sie und übergaben sie dem Oberwachtmeister. Mit geübten Händen tasteten die Wärter die Häftlinge ab und durchsuchten ihre Taschen, während der Oberwachtmeister mit ihnen sprach. Da die meisten Häftlinge nicht zum ersten Mal im Gefängnis waren, kannte sie der Oberwachtmeister. Als die Reihe an Paschazade kam, versetzte der alte Wärter dem bekannten Verbrecher mit dem Ellenbogen einen Stoß in die Rippen und sagte: »Na, alter Knabe … bist du mal wieder hier gelandet! Ein alter Fuchs rennt hierhin und dorthin, am Ende landet er doch beim Kürschner, das habe ich schon immer gesagt«, meinte der Oberwachtmeister.

Paschazade sah ernsthaft drein und sagte dann unerwartet lächelnd: »Ich habe unsere Trennung nicht ausgehalten, Väterchen … Deshalb habe ich eine Rückfahrkarte genommen …« Während er das sagte, verschwand das Lächeln schon wieder, und sein Gesicht erstarrte …

Der Wärter durchsuchte seinen Lederkoffer. Dann zählte er das Geld in seiner Brieftasche: fünfhundert Lire und ein wenig Kleingeld.

»Hast du noch mehr Geld, du Gauner?« fragte er.

In unterwürfigem Ton, der überhaupt nicht zu seiner Kleidung und Erscheinung paßte, sagte er typisch wie ein alter Häftling: »Nein, bei meiner Ehre, das ist alles …«

»Mann, mit so wenig Geld kommst du doch nicht ins Gefängnis, sag die Wahrheit!«

»Diesmal bin ich blank …«

Da der Oberwachtmeister die Geldsumme als gering ansah, nahm er sie nicht unter Verschluß, sondern ließ sie Paschazade.

Während die Namen der Neuzugänge aufgelistet wurden, beobach-

tete ich Paschazade. Als er gesagt hatte, er besitze nicht mehr Geld, schien ihm das so peinlich zu sein, als ob er eine Schmach eingestehe.

Er sah aus wie ein wohlhabender Geschäftsmann. Wenn ihn einer, der ihn nicht kannte, hier sah, konnte er ihn wenigstens für einen zur Inspektion gekommenen Staatsanwalt halten. Sein schwarzer Filzhut und die ergrauten Schläfen verstärkten den Eindruck der Seriosität. Er trug einen flauschigen Kamelhaarmantel. Die Fingerspitzen seiner braunen Handschuhe schauten aus der Manteltasche hervor. Seine dunkle Hose hatte scharfe Bügelfalten, die Schuhe glänzten.

Die durchsuchten Häftlinge wurden wie immer zuerst zum Haareschneiden geschickt. Fünf Frisöre schoren den Häftlingen lieblos und gleichgültig die Köpfe. Paschazade steckte dem Frisör einen Fünfzig-Lire-Schein in die Kitteltasche. Er tat so, als sollte es keiner sehen, dadurch wurde es noch auffälliger. Fünfzig Lire waren ein stattliches Trinkgeld für den Frisör. Daraufhin rasierte er Paschazade sorgfältig und schor ihn auch nicht kahl, er verkürzte lediglich seine Haare ein wenig. Als Paschazade den Raum verließ, gab er dem Lehrling auch noch ein Trinkgeld.

Danach kamen die Häftlinge ins Bad. Ihre am Boden liegende Kleidung und Unterwäsche wanderte in den Desinfektionsapparat. Wie gewohnt drückte Paschazade dem Desinfizierer auch flink Geld in die Hand, seine Kleidungsstücke wurden nicht mitgenommen. Auch die als Badewärter arbeitenden Mithäftlinge bedachte Paschazade reichlich. Durch die Tür zum Bad zog ein feuchter Schmutzgeruch nach draußen.

Ich beobachtete Paschazade weiter, der bereits am Eingang des Bades Kaffee trank. Die Zellen wurden zugewiesen, und zusammen mit ihm betrat ich die Quarantäne-Station.

Ich brachte Paschazade in meine Zelle. Da er ehrerbietig mit mir sprach, war ich gezwungen, ihn genauso höflich zu behandeln. Er wollte in der unteren Koje schlafen.

Er sagte, die obere sei nichts für einen Mann in seinem Alter. Bettzeug gab es nicht. Aber wenig später brachte ihm Dandy-Fikret ein Laken, eine Decke und auch ein Kopfkissen.

Sie flüsterten miteinander. Als ich merkte, daß sie nicht wollten, daß ich zuhöre, ging ich auf den Gang hinaus. Wenig später verließ auch Paschazade die Zelle. Er rief einen der inhaftierten Jungen, die sich auf dem Gang balgten, und gab ihm Geld. Er beauftragte ihn mit leiser Stimme, vier Päckchen billige Zigaretten und eine Schachtel Serkildoryan zu kaufen. Ich hatte es aber trotzdem verstanden. Serkildoryan war damals eine der teuersten Zigarettenmarken.

Ich ging auf dem Flur auf und ab, er stand in der Zellentür und wartete auf den Jungen. Der brachte die Zigaretten. Er nahm sie ihm ab und war bemüht, es niemanden sehen zu lassen.

Nach dem Appell wollte ich mit ihm essen.

»Das habe ich gerade hinter mir, Efendi«, sagte er.

Dabei hatte ich ihn gar nicht essen sehen. Nachdem ich meinen Teller geleert hatte, sagte er zu mir: »Bitte sehr, trinken wir einen Tee zusammen ...«

Ich stieg von meiner Koje herab. Er bot mir einen Platz auf seinem Bett an und zog die Schachtel Serkildoryan hervor. Mit dem Daumennagel öffnete er die Banderole und hielt mir die Schachtel hin: »Bitte sehr, Efendi.«

Ich nahm eine Zigarette aus der Schachtel. Mit seinem goldfarbenen Feuerzeug zündete er sie mir an. Während er mir Feuer reichte, zog er mit der linken Hand eine andere Zigarette aus seiner Tasche. Er bemühte sich, mich diese nicht näher sehen zu lassen, als er sie sich anzündete. Mir wurde klar, daß er mir eine Serkildoryan angeboten hatte, während er selbst eine billige rauchte. Das war es also, was er vor mir zu verbergen suchte. Dieser kleine Vorfall beeindruckte mich sehr; denn er zeigte, daß dieser alte, mehrfach Vorbestrafte zu der Sorte von Menschen gehörte, die Blut spucken und vornehm sagen: »Ich habe rotes Kompott gegessen.« Nachdem ich Zeuge dieses kleinen Vorfalls geworden war, empfand ich ein Gefühl der Wärme für diesen Paschazade mit dem unsympathischen Blick und der würdigen Erscheinung. Später wurde mir klar, daß sein Verhalten keine Farce war. Wer immer als Gast auf seiner Koje saß, dem bot er Serkildoryan-Zigaretten an.

Um das Gespräch zu eröffnen, sagte ich, er sei erst vier Tage, nachdem die Zeitungen über seine Verhaftung berichtet hatten, im Gefängnis eingetroffen. Hinter diesen Worten verbarg sich eine heimliche Frage.

»Sie kennen Jäger«, begann er zu reden, »die zeigen ihre Beute gern herum. Mehr als die Jagd lieben sie es, die Beute einzusacken und einen

Hasenlauf oder -löffel oder den Flügel eines Vogels oben herausschauen zu lassen und damit herumzuprahlen. Viele gehen nicht wegen des Fleisches auf die Jagd, sondern wegen der Angeberei. Was für den Jäger seine Beute, das sind wir Verbrecher für die Polizisten. Sie zeigen uns den Journalisten, lassen uns schön fotografieren … Haben Sie schon einmal Bilder von Großwildjägern gesehen, wie sie sich mit ihrer Beute zusammen fotografieren lassen? Natürlich haben Sie das … Der erlegte Löwe, Tiger oder Elefant liegt auf dem Boden. Der Jäger hält in einer Hand sein Gewehr, einen Fuß hat er auf die erlegte Beute gestellt und lacht erfolgreich ins Objektiv, wobei sein Mund von einem Ohr zum anderen reicht. Was beweist dieses Bild? Einen Sieg oder eine Grausamkeit? Wie gesagt, für Polizisten sind wir Verbrecher eine solche Jagdtrophäe. Ganz genau so … Und erst die noch nicht straffällig Gewordenen, die Ärmsten, die ihre erste Straftat begangen haben … Sie versuchen, ihr Gesicht vor den Objektiven der Pressefotografen zu verbergen, sich vor dem aufflammenden Blitzlicht zu verstecken. Sie schämen sich. Sie sind noch nicht abgebrüht. In den Zeitungen haben Sie schon viele solcher Bilder gesehen: die Hand eines Polizisten wie die Pranke eines wilden Tieres, die ein beschämtes Gesicht, das sich vor der Kamera verbergen möchte, am Kinn oder am Kopf packt und es mit Gewalt zum Objektiv dreht … Der Polizist zeigt: ›Dieses Wild habe ich erlegt, ich habe es gefangen. Jeder soll meinen Erfolg sehen …‹ Polizisten drücken die armen Frauen, Mädchen und Jungen, die ihre erste Straftat begangen haben, gewaltsam in die von ihnen gewünschte Pose. Handelt es sich gar um einen Dieb, stellen sie das Diebesgut daneben, geben es ihm in die Hand oder hängen es ihm um den Hals und lassen ihn so fotografieren.

Nun sagen Sie mir, ist dieses Verhalten der Polizei eine geringere Schuld als deren erster Diebstahl oder Betrug? Meiner Meinung nach ist es ein viel schlimmeres Vergehen; denn niemand, auch nicht ein Ersttäter, will ein Verbrechen begehen. Wer will denn schon ein Dieb, ein Betrüger sein … Der Mensch verübt seine erste Straftat, weil er nichts hat, weil er sich in Schwierigkeiten befindet, weil er keinen Ausweg mehr weiß. Die Polizei hingegen wird durch nichts gezwungen, das beschämte Gesicht eines Menschen allen Leuten zu zeigen. Wenn Diebstahl ein Vergehen ist, ist es dann keines, das Schamgefühl eines Menschen zugrunde zu richten?«

Es war unverkennbar, daß Paschazade das Bedürfnis hatte, sich auszusprechen. Ein Junge brachte den Tee. Wieder hielt er mir die Serkildoryan-Schachtel hin. Er rauchte eine Zigarette, die er sich aus der Tasche fingerte.

»Sie haben sie verhaftet, ihnen die Hände gefesselt … und trotzdem fassen sie sie mit so einem Griff am Arm und stoßen sie in den Rücken, wenn sie sie zur Staatsanwaltschaft, ins Gefängnis oder aufs Revier bringen …«

Ich fragte ihn, ob er deshalb erst vier Tage nach seiner Festnahme ins Gefängnis gebracht worden sei.

»Nicht nur deswegen«, sagte er, »Gegenüberstellungen gab es auch. Wenn man so einen alten Verbrecher wie mich erst einmal wieder hat, werden ihm alle unaufgeklärten Betrugsfälle angelastet. Deshalb haben sie mich durch ganz Istanbul von Revier zu Revier gereicht. Zur Gegenüberstellung vier Tage auf Revieren herumzulaufen ist schlimmer als vier Jahre im Gefängnis. Sie bringen einen von Revier zu Revier und stellen einen den geschädigten und betrogenen Mitbürgern gegenüber. Die Betrogenen sehen mich an und sagen, ich sei es nicht gewesen. Der Polizist sagt: ›Schauen Sie ihn genau an, er ist es sicherlich … Schauen Sie gut hin, das ist er!‹ Er will unbedingt, daß ich beschuldigt werde. Einmal hat ein Polizist einer Frau gegenüber so darauf bestanden, daß ich es gewesen sein sollte, der sie betrogen hatte, daß sie ihn schließlich anschrie: ›Sind Sie betrogen worden oder ich? Meinen Sie, ich weiß nicht, wie er aussah?‹ Der Polizeikommissar nahm der Frau diese Bemerkung übel und murrte: ›Dieser Schuldige scheint noch nicht das Passende für die Dame zu sein.‹

Auf dem Kommissariat wollte ein Kriminalbeamter mir noch ein, zwei Betrugsfälle gegen Unbekannt anhängen und schrie mich an: ›Was ist denn schon dabei, wenn du die auf dich nimmst … Auf einen Fall mehr oder weniger kommt es bei dir doch wirklich nicht mehr an.‹

Das stimmte … Zumindest würde die Polizei einen Erfolg zu verzeichnen haben und den einen oder anderen Vorgang gegen Unbekannt als geklärt abschließen können.«

Paschazade erzählte den ganzen Tag. Nachts brachte ich es zu Papier. Da ich es so aufschrieb, wie ich es im Gedächtnis behalten hatte, ging leider manches schöne Detail verloren.

Ich bat ihn, mir sein Leben von Anfang an zu erzählen. Dieser Vorschlag gefiel ihm. Was mich daran erfreute, war sein Gedanke, daß es für andere Menschen nützlich sein könnte, von seinem Leben zu erfahren.

Er begann an der Stelle zu berichten, wo sein Leben durch Hefezöpfe eine andere Richtung bekam. Ich weiß nicht, ob die Geschichte tatsächlich geschehen ist oder bis zu welchem Ausmaß sie der Wahrheit entspricht. Für mich war es das wichtigste, daß ich den Eindruck hatte, sie hätte sich so zugetragen.

Wer hat den Schaden?

Ich sollte in Begleitung zweier Soldaten zu meinem Vater gebracht werden.

Wenn er mich nach meinem letzten Brief so unter Bewachung ankommen sah und hörte, daß ich die Kadettenanstalt verlassen mußte, würde es ihm das Herz brechen.

Mein zukünftiger Kommandeur war väterlich.

»Ist die Welt eingestürzt, und du bist drunter liegengeblieben?« fragte er mich. »Was ist vorgefallen, daß du das Gymnasium verlassen mußtest? Schließlich warst du doch schon in der letzten Klasse?«

Er erzählte mir von seinem eigenen Sohn. Der war ein Faulpelz gewesen, und er hatte eine Menge Geld ausgegeben, um den Jungen etwas lernen zu lassen. Wagenladungen voller Knüppel hatte er auf seinem Rücken zerbrochen, ihn angefleht, ihn ermahnt, aber er hatte nicht einmal die Mittelschule geschafft. Trotzdem verdiente sein Sohn jetzt mehr Geld, als er Sold erhielt.

»Ich habe studiert, und was ist aus mir geworden«, sagte der Oberst und begann, mir von den Erfolgen meiner der Kadettenanstalt verwiesenen Kameraden zu erzählen.

»Die Schule des Lebens – die ist die wichtigste im Leben!« schloß er seine Rede.

Da mir keine andere Möglichkeit blieb, hatte ich nur die Hoffnung, nicht auch noch von der Schule des Lebens verwiesen zu werden und niemandem zur Last zu fallen.

Ich mußte warten, bis die Zahlungsanweisung kam, damit sie mich zu meinem Vater bringen konnten. Es hieß, sie käme in zwei bis drei Tagen.

Wenn es schon eine Schule des Lebens gab, würde ich also die absolvieren. Ich beschloß, was immer auch käme, bevor ich diese nicht beendet und Erfolg gehabt hätte, würde ich nicht zu meiner Familie zurückkehren. Ich machte mich aus dem Staub.

Es war ein schöner Apriltag. An den Zweigen der Bäume sproß erstes Grün. Wie ich so durch die Straßen lief, hatte ich den starken Wunsch, die ganze Stadt sollte mir gehören. Ich wollte nicht nur die Häuser, Geschäfte und Wohnungen kaufen, sondern auch die Straßen und Plätze.

Ich wollte arbeiten. Ich würde jede Arbeit annehmen. Der Gedanke an die Abenteuer der Männer, die mit nichts angefangen hatten und Millionäre geworden waren, wovon ich in Zeitungen und Illustrierten gelesen hatte, belebte mich. Amerika ... Ich dachte an die reichen Amerikaner. Ich glaubte, sogar ein Müllmann könne Millionär werden. Ich glaubte fest daran, daß ich eines Tages, und zwar eines nicht allzu fernen Tages, Millionär sein würde. Die Hoffnung, ein Pascha zu werden, hatte dem Millionär Platz gemacht. Wenn ich erst reich war, würde ich meine Familie aus der Armut herausholen.

Die Gebäude, an denen ich vorüberging, schaute ich an, als gehörten sie mir bereits. Mit den Händen in den Taschen ging ich pfeifend durch die Straßen und baute Luftschlösser.

Ich verspürte Hunger. Um große Taten vollbringen zu können, muß man Entbehrungen auf sich nehmen, dachte ich bei mir und begann, an meine Fähigkeiten und an meine Genialität zu glauben.

Ich wollte ein großes Eßlokal oder eine Konditorei finden, hineingehen und zu dem Besitzer sagen: »Ich mache alle Arbeiten, ich putze auch. Geld verlange ich nicht. Es genügt, wenn Sie mir zu essen geben und eine Schlafstelle.«

Einen solchen Vorschlag würde der Inhaber bestimmt nicht ablehnen. Er würde meinen Fleiß sehen und meine Fähigkeiten erkennen, mich nicht verlieren wollen, würde mir eines Tages auch Lohn zahlen und diesen noch später erhöhen.

Als ich den Gedanken realisieren wollte, befiel mich ein Gefühl der Schüchternheit. Minutenlang stand ich abwartend vor den großen Glasscheiben eines Lokals. Mir fehlte der Mut, dem Wirt zu sagen, was ich dachte. Um die Courage hierfür aufzubringen, ging ich zu einem zweitklassigen Lokal. Aber wieder traute ich mich nicht hinein. Ich stellte mich vor ein noch kleineres Lokal – eine Garküche. Schließlich trat ich ein. Bevor ich meinen Mund auftat, stürzte mir der Kellner mit einem »Bitte sehr, bitte sehr! …« entgegen und brachte mich aus dem Konzept.

Er deutete auf einen Platz an einem der leeren Tische und schob mir den Stuhl zum Hinsetzen zurecht. Was sollte ich in dieser Situation sagen! … Ich konnte doch zu ihm, der mich für einen Gast hielt und mir respektvoll einen Platz anbot, nicht sagen: »Ich spüle auch Geschirr, ich mache alle Arbeiten, ich verlese auch Reis und schäle Zwiebeln … Lassen Sie mich hier arbeiten, damit ich satt werde …«

Weil ich das nicht fertigbrachte, ließ ich mich auf dem Stuhl nieder.

»Was wünschen Sie?« fragte er mich.

O verflucht … was ich wünschte … Arbeit wollte ich haben.

»Was befehlen der Herr?«

Mein Befehl? Hier arbeiten, um satt zu werden …

»Was haben Sie denn?« fragte ich den Kellner.

»Suppe, Fleischspieße, Buletten, weiße Bohnen, Salat, Reis und als Nachspeise Grießflammerie …«

Während er das sagte, sah ich mir die Preise auf der Speisekarte an.

»Suppe!« sagte ich.

Bis die Suppe kam, rechnete ich mir wohl zehnmal aus, ob mein Geld zum Essen reichen würde. Pausenlos zählte ich mit der Hand die Münzen in meiner Tasche.

Ich aß eine Suppe, Buletten und Grießflammerie, danach war ich gut gesättigt. Beim Bezahlen vergaß ich auch nicht, fünfzehn Piaster Trinkgeld auf dem Tellerchen liegen zu lassen. Als ich die Garküche verließ, hatte ich noch zwanzig Piaster in der Tasche.

Mit so vollem Magen, als würde ich nie wieder Hunger bekommen, drückte ich mich in den Straßen herum und hing großen Träumen nach.

Vor einem im Bau befindlichen Gebäude blieb ich stehen. Bis zum vierten Stockwerk war es bereits hochgezogen. Mit

Schubkarren fuhren die Arbeiter Sand und Zement an. An einer Winde wurde Mörtel in die oberen Stockwerke gebracht. Es wurde gearbeitet wie in einem Bienenstock. Ich stand lange dort und sah zu, dabei war ich mit meinen Gedanken ganz woanders und hatte meine Arbeitssuche völlig vergessen. Erst geraume Zeit später kam ich zu mir; hier konnte ich doch auch arbeiten! Während ich um den Bau herumschlenderte, sah ich auf dem Bauplatz beschäftigte Männer hin und her laufen, die ich für Ingenieure oder Angestellte hielt. Ich betrat die Baubude. Alle waren furchtbar geschäftig, keiner sah von seiner Arbeit auf und beachtete mich.

Ich blieb stehen und sah ihnen zu. Zu welchem von ihnen sollte ich gehen und um Arbeit bitten ... Es gefiel mir, ihr emsiges Treiben zu beobachten. Inzwischen hielt eine Luxuslimousine vor der Tür zur Baubaracke. Jetzt liefen alle Beschäftigten durcheinander. Der aus dem Wagen gestiegene Fahrer und ein Mann, der aus der Baubaracke stürzte, wollten gleichzeitig den Wagenschlag aufreißen. Ein gutangezogener Mann um die Fünfzig stieg aus und betrat die Baubaracke. Dort sprach er mit mehreren Leuten. Er beugte sich über die auf dem Tisch ausgebreiteten Pläne, hörte den Erklärungen zu und stellte Fragen. Beim Hinausgehen sah er mich an und fragte: »Weshalb stehst du hier herum?«

»Nur so!« antwortete ich.

»Was heißt: Nur so?«

»Nur so eben!«

»Hast du nichts zu tun? Wo arbeitest du denn?«

Ich schwieg. Er fragte die Männer: »Wer ist das?«

Erstaunt sahen mich alle an, als sei ich ein Wesen, wie sie es noch nie gesehen hatten. An der Hitze, die in mir aufstieg, merkte ich, daß mein Gesicht knallrot anlief.

Irgendwie brachte ich es dann heraus: »Efendi, ich suche Arbeit ...«

»Dann komm mal mit ...«

Er ging in einen anschließenden Raum. Ich folgte ihm. Er stützte eine Hand auf den Schreibtisch und musterte mich: »Was kannst du denn?«

»Ich mache alles, Efendi …«

»Hmm, du machst alles; bist also einer von denen, die zu nichts taugen … was? Ist das so?«

Ich senkte den Kopf und schwieg.

»Lesen und schreiben kannst du doch, nicht wahr?«

»Ja.«

Er drückte auf die Klingel. Zu dem herbeigeeilten Mann sagte er: »Bring ihn zum Bauführer Hasan, der wollte einen Bauschreiber haben. Frag ihn, ob er ihn gebrauchen kann.«

Als wir hinausgingen, flog ich förmlich vor Freude.

Zwischen Mörtel, Ziegeln, Steinen und Eisenträgern lief ich hinter dem Mann her. Dort, wo mit der Winde Mörtel in die oberen Stockwerke transportiert wurde, stand ein Mann auf dem Gerüst und schrie den Arbeitern etwas zu.

Der Mann, der mit mir ging, rief ihn an: »Bauführer Hasan, den schickt dir der Beyefendi …«

Das war er also. Er schaute ständig nach oben und sagte etwas zu den Arbeitern. Ohne den Kopf zu wenden, fragte er: »Was ist er denn?«

»Er soll als Bauschreiber arbeiten …«

»Ja … ist gut … dann soll er mal arbeiten … Bist du das?«

Dabei sah er weiter nach oben.

»Ja … ich bin das!« sagte ich.

Bis jetzt hatte er noch nicht einmal zu uns heruntergesehen. Mit dem Blick immer noch nach oben gerichtet, rief er: »Du schreibst ständig das eintreffende Material auf und gibst es dem Lagerhalter!«

»Jawohl …«

»Und dann schreibst du das aus dem Lager herausgehende Material als Ausgang auf … Hast du verstanden?« – »Jawohl …«

Plötzlich rief er einem Arbeiter auf dem Gerüst zu: »Mann! … Dummkopf, du hast die falschen Formen genommen … Die haben doch nicht das richtige Maß! …«

Ohne eine Pause einzulegen, wendete er sich wieder an mich: »Dann schreibst du die Tageszettel für die Arbeiter … in Ordnung?

»Jawohl …«

Dann brüllte er wieder die Arbeiter an: »He, ihr Tölpel, wo sind die Formen Nummer vier? ... Schlag das da drüben ein, nun mach schon, stütz das ab!«

Ohne innezuhalten schrie er die Arbeiter an, sagte etwas zu mir, rief den Arbeitern wieder etwas zu. Da er mich die ganze Zeit überhaupt nicht angesehen hatte, brachte ich alles durcheinander, was er sagte.

»Alii! ... Gib mir mal die Waage, los, die Waage! ... Du schreibst auf, wieviel Leute täglich arbeiten und wie lange ... Junge ... Ich rede mit dir ...«

»Mit mir?«

»Führ das Seil hier entlang ... Du schreibst das ganze Material auf, das der Bauunternehmer schickt ... Heee, Winde hoch, Winnnndeee! ... Auf die eine Seite schreibst du die Eingänge, auf die andere die Ausgänge ... Nicht dorthin, Mann, nicht dorthin ...«

»Ich schreibe es dahin, wo sie es sagen ...«

»Paß auf, links, links ... Nimm den Rahmen zurück ... Nun geh los, hol die Bücher und fang an.«

Wahrscheinlich galten die letzten Worte mir. Aber er wendete keinen Blick von den Arbeitern auf dem Gerüst, daß ich ihn hätte fragen können. Ich sah mich um, der Mann, der mich gebracht hatte, war auch verschwunden ...

»Was stehst du denn noch herum und schaust zu. Geh und hol die Bücher aus der Baubude! ...«

Wie konnte der Bauführer mich denn sehen, wo er gar nicht hersah? ...

»Holt die Betonformen herauf! ... Was stehst du herum, Junge, geh zur Baubude und hol die Bücher!«

Er mußte mich gemeint haben. Ich ging in die Baracke, sah die dort Beschäftigten der Reihe nach an, suchte und fand den Mann, der mich zum Bauführer gebracht hatte. Schüchtern sagte ich: »Da soll ein Buch sein.«

Er brachte mich zu einem anderen: »Er soll als Bauschreiber arbeiten und will die Bücher haben ...«

Der Mann am Schreibtisch hob den Kopf und fragte: »Wer hat das gesagt?«

»Der Beyefendi.«

»So, na gut.«

Er nahm vier Bücher aus dem Schrank und hielt sie mir hin: »Das ist für die Arbeiter, das für die Tageszettel, das fürs Lager und das fürs Material ... Na, du weißt schon!«

Ich verstand nicht, was ich wissen sollte. Aber aus Angst, ich bekäme die Stelle nicht, wenn ich das sagte, antwortete ich: »Ja, ich weiß! ...«

Verdattert stand ich mit den vier Büchern unter dem Arm da.

Unterdessen erhoben sich einige, manche zogen sich ein Jackett an, andere zogen ihre Arbeitskluft aus. Lachend und redend gingen sie hinaus, ich folgte ihnen. Die Arbeiter hatten Feierabend gemacht.

Mit den vier Büchern in der Hand stand ich vor der Baubude. Plötzlich befand ich mich in einer ganz ungewohnten Situation; ich verstand nichts. Erst einmal wunderte ich mich, wie leicht es war, eine Arbeit zu finden. Die Leute wußten doch nicht, wer ich war, kannten nicht einmal meinen Namen, wieso vertrauten sie mir diese Arbeit an? ... Wie konnten sie mir diese Bücher in die Hand drücken? ... Das Wichtigste war, daß ich Arbeit gefunden hatte, aber was für eine Arbeit war das, wieviel würden sie mir zahlen? Während ich so dastand und die Gedanken in meinem Kopf durcheinander liefen, hatte ich gar nicht bemerkt, daß der Bauführer Hasan vor mir stand. Erst als er zu sprechen begann, erkannte ich ihn.

»Wie heißt du?«

Na, Allah sei Dank, wenigstens einer fragte nach meinem Namen.

Ich nannte ihn. Woher kannte mich der Mann, wo er doch mit mir gesprochen hatte, ohne mich dabei auch nur ein einziges Mal anzusehen? Später, als ich dort arbeitete, habe ich gemerkt, daß er Menschen, die weniger waren als er, die unter ihm standen, die weniger verdienten als er, nie ansah, wenn er etwas zu ihnen sagte. Er sah ihnen nicht ins Gesicht, aber – so unglaublich es klingt – er sah sie auch so. Nur den Bauunternehmer, den Ingenieur, Männer dieses Standes sah er an, wenn er mit ihnen sprach. Er hatte noch eine Angewohnheit: Er konnte mit zwei, drei Personen gleichzeitig sprechen. In jungen Jahren hatte er als Bauarbeiter begonnen. Wie er selbst recht häufig und auch andere sagten, war er jetzt ein Experte in seinem Fach, der sogar Ingenieure in die Tasche steckte. Schon seit Jahren arbeitete er bei diesem Bauunternehmer. Er war ein gewitzter Mann mit einem ausgezeichneten Gedächtnis, verstand seine Arbeit, und sehr fleißig war er auch.

Er drehte mir fast den Rücken zu, als er sagte: »Morgen früh fängst du mit der Arbeit an!«

»Jawohl …«, sagte ich.

»Die Arbeit beginnt um acht. Du mußt um halb acht hier sein und die Namen der Arbeiter in den Kolonnen aufschreiben. Wohnst du weit weg?«

Ich schwieg. Jetzt drehte er sich ganz ab.

»Wenn du weit wohnst, kannst du hierbleiben.«

Er ging weiter und sprach dabei: »Du gehst ins Lager und sagst, daß ich gesagt habe, sie sollen dir einen Platz geben.«

Daß er sich immer so benahm, erfuhr ich später. Wenn er mit den Arbeitern sprach, drehte er ihnen den Rücken zu, hielt die Hände nach hinten, lief umher und redete. Der Arbeiter, mit dem er sprach, hatte hinter ihm herzulaufen. Da ich das nicht wußte, blieb ich stehen. Er lief weiter und sprach dabei halblaut vor sich hin. Ich hielt ihn für nicht ganz normal. Die letzten Worte, die ich verstand, waren: »Also früh … Wenn es heißt, jetzt ist es sieben, dann bist du hopp hopp … auf den Beinen!«

Die Nacht verbrachte ich dort, wo mir der Lagerist einen Platz zuwies, mit den anderen dort schlafenden Arbeitern zusammen. Es war im untersten Stock des Neubaus. Gegen die Kälte der Nacht verbrannten die Arbeiter Bretter, Bauholzreste und Späne. Der pausenlos aus dem Ofen strömende Qualm zog durch die Fenster ab.

Bis zum Morgen tat ich kaum ein Auge zu.

Nach zwei, drei Tagen hatte ich meine Arbeit gelernt. Die Firmen lieferten Sand, Kies, Bauholz, Zement, Dübel und anderes Material an. Ich nahm es in Empfang und übergab es dem Lageristen, der nicht lesen und schreiben konnte. Das Material an die Gesellen hatte ich auch herauszugeben. Für alles führte ich gesonderte Bücher. Ich bemühte mich sehr, die angelieferten und ausgelieferten Materialien in den Büchern nicht durcheinanderzubringen. Außerdem führte ich die Tageszettel für die Arbeiter. Am Wochenende wurden sie nach diesen Zetteln ausbezahlt. Ich erhielt pro Tag zwei Lire. Wenigstens fünfzig Piaster davon sparte ich. Abends nach Arbeitsschluß stieg ich zum obersten Stock hinauf, klimperte mit den Münzen in meiner Hosentasche, sah mir die Stadt aus der Vogelperspektive an und dachte daran, daß mir eines Tages zumindest ein Teil davon gehören würde.

Eines Abends erzählten die Arbeiter, mit denen ich zusammen nächtigte, recht amüsiert, daß am nächsten Tag der Kontrollingenieur kommen würde. Offen gesagt habe ich mich mit den Arbeitern nie angefreundet. Ich drehte mich zwar nicht weg wie der Bauführer Hasan, wenn ich mit ihnen sprach, aber ihre grobe Art und ihre Unsauberkeit stießen mich ab.

Am nächsten Tag ließ der Bauführer Hasan die Arbeiter mit dem Betongießen beginnen. Eisenflechter brachten die Träger, die Betonmischmaschine lief ununterbrochen, und die Arbeiter füllten die Formen mit Mörtel. Wenn es im Lager nichts zu tun gab, sah ich den Arbeitern zu und beobachtete das Wachsen des Neubaus interessiert.

Nach der Mittagspause dauerten die Mörtelarbeiten auf den Eisenmatten an. Gegen Abend kam wieder der Chef in seiner Luxuskarosse. An seiner Seite befand sich ein junger Mann. Von den Arbeitern erfuhr ich, daß das der Kontrollingenieur war. Er war schon früher mehrmals dagewesen, um den Neubau zu überprüfen. Ab und zu hakte der Chef den jungen Ingenieur unter und erzählte ihm irgend etwas Spaßiges.

Sie gingen in die Baubude. Als sie nach einer Weile wieder herauskamen, hatte der Kontrollingenieur die Baupläne in der Hand. Er begab sich zu den Gußformen, sah auf den Plan und dann auf das Eisen in den Formen, teilweise zählte er auch die Eisenträger. Er nahm seine Arbeit sehr ernst. Ab und zu sagte er zum Chef, der sich an seiner Seite hielt: »Sehr gut … Es ist alles in Ordnung … Es stimmt … Sehr schön …«, und der Chef lächelte:

»Bei uns geht kein Millimeter verloren … Alles ganz nach Plan …«

Die Kontrolle war beendet. Nachdem sich beide noch eine Weile in der Baubaracke aufgehalten hatten, bestiegen sie den Wagen und fuhren ab. Die Uhr zeigte Feierabend. Aber alle Arbeiter machten emsig weiter. Bauführer Hasan stand an ihrer Spitze und trieb sie schreiend zu noch größerer Eile an. Aber jetzt füllten sie keinen Mörtel mehr in die Formen. Im Gegenteil, zwei, drei Arbeiter rissen gemeinsam die Eisenträger heraus, auf die der Mörtel gegossen worden war. Aus jeder Eisenmatte wurden zwei Eisenträger aus dem Beton herausgezogen. Das war ein großer Haufen. Die Arbeiter bewegten sich mit nie gesehenem Tempo, aber Bauführer Hasan trieb sie immer noch mehr an: »Los, steht da nicht herum, schaut nicht so dumm drein! Ihr da, los, auch arbeiten!« schrie er.

Er stand zwar mit dem Rücken zu mir, aber er meinte den Lageristen und mich. Also fingen wir auch an, Eisenträger, die sie uns zeigten, aus dem Beton zu reißen. Ich fragte den Lageristen, weshalb nicht Feierabend gemacht werde.

»Die Eisen müssen heraus!« sagte er.

»Geht denn das nicht morgen?«

Der Lagerist war zwar ein Analphabet, aber er sagte zu mir: »Du Dummkopf, der Beton beginnt nicht erst morgen, sondern bereits in zwei Stunden hart zu werden, dann bekommt man die Eisen nicht mehr heraus …«

Da sie sowieso herausgerissen werden mußten, fragte ich erst gar nicht, warum man sie überhaupt in die Formen getan hatte. Die Eisen waren nur für die Kontrolle hineingetan worden, sie hatten ihren Zweck erfüllt.

»Und hinterher stürzt das Haus nicht ein?« fragte ich den Lageristen, während ich mich gemeinsam mit ihm bemühte, einen Eisenträger aus dem frischen Beton zu ziehen …

»Mensch, bist du Ingenieur?« sagte er. »Kümmere dich lieber um deine Arbeit …«

Bauführer Hasan stand immer noch mit dem Rücken zu uns und schrie dauernd: »Rausziehen, rausziehen! Ein bißchen schneller, der Beton wird hart!«

Nach drei Wochen betrugen meine Ersparnisse vierzehn Lire. Ich werde es nie vergessen. Es war ein Montag. Ich wollte zehn Lire von dem Ersparten an meine Mutter schicken. Danach wollte ich einen langen Brief nach Hause schreiben und erklären, was geschehen war. Ich wußte, daß meine Eltern sich über das Geld sehr freuen würden. So wollte ich den Hinauswurf aus der Kadettenanstalt mildern. Da die Post nach unserem Feierabend immer bereits geschlossen war, konnte ich das Geld nie absenden. Am Montag nachmittag ging ich während der Arbeit zum Bauführer Hasan, um ihn um eine halbe Stunde Urlaub zu bitten. Als er mich schon von weitem ankommen sah, drehte er sich um und begann die Arbeiter anzuschreien, die Bauhölzer ausschalten.

»Was ist denn das für Eisen, Mann … Zieh die Drähte fester … Was willst du denn?«

Die Frage galt mir. Aber er hatte schon wieder begonnen, die Arbeiter anzubrüllen, als ich antwortete: »Eine halbe Stunde …«

»Los, los, Mann, du sollst die Drähte fester anziehen … Schneid die Spitze ab! Nun sag schon, was du willst! … Was ist denn das für eine Form … Oh, diese Dummheit! … Zieh an dem Ende! … Nun sag schon, Junge, was willst du?«

Ich stotterte mehrmals: »Eine halbe Stunde, eine halbe Stunde«, aber als ich den Satz gerade beenden wollte, schrie er schon wieder die Arbeiter an, und mir blieben die Worte im Halse stecken. Ich wurde so wütend darüber, immer den Rücken des Mannes anreden zu müssen … Plötzlich stellte ich mich vor ihn hin. Als er mich sah, drehte er sich um. Jetzt befanden sich die Arbeiter hinter ihm, aber er brüllte sie weiter an. Ich stellte mich wieder vor ihn, und er drehte sich wieder um. Das ging ein paarmal so. Ich hätte den Mann zum Wahnsinn getrieben, aber da rief der Lagerist: »Kantholz ist gekommen, Kanthoooolz!«

Der Lastwagen mit den Kanthölzern war an das Lagertor

herangefahren. Der Bauholz-Unternehmer war auch dort. Ich rannte sofort zum Lager und holte das Wareneingangsbuch.

Der Fahrer sagte: »Das sind vierundzwanzig Kubikmeter, gib mir eine Quittung, ich muß weiter.«

Ich tat meine Arbeit sehr gewissenhaft, um nicht hinausgeworfen zu werden.

»Gestatten Sie, daß ich es nachmesse!« sagte ich.

»Was willst du denn messen, Junge«, sagte der Unternehmer, »willst du in einem alten Dorf neue Sitten einführen. Nun gib schon die Quittung her …«

»Gestatten Sie, ich messe es sofort«, sagte ich und begann auch schon damit. Währenddessen fragte der Mann mich: »Was soll das, hast du kein Vertrauen zu mir?«

»Aber ich bitte Sie«, sagte ich, »weshalb sollte ich denn kein Vertrauen zu Ihnen haben … Aber ist es nicht besser, wenn ich es nachmesse? Ich vertraue Ihnen, aber ob die anderen mir vertrauen? Ich muß es doch nachher dem Lageristen übergeben.«

»Nun sieh einer den Querkopf an!« sagte er Lieferant. »Wer hat denn den Übergeschnappten hier eingestellt?«

Nach einem groben Überschlag schien mir das Kantholz zu wenig zu sein, höchstens achtzehn Kubikmeter … Jetzt nahm ich genau Maß.

»Nun sag doch schon etwas!« forderte der Lieferant den Lageristen auf.

Zu mir sagte er: »Nimm schon ab, Bruder.«

»Wie kann ich das abnehmen, falls es zu wenig ist? Und mir kommt es zu wenig vor. Warten Sie, in fünf Minuten habe ich es ausgemessen.«

Der Lieferant stellte sich neben mich: »Was willst du denn noch! … Nimm es endlich ab!«

Weil er mir so zusetzte, wurde ich erst recht mißtrauisch und fragte den Lageristen: »Nimmst du mir das Material ab, wenn es zu wenig ist?

»Zu wenig oder nicht, ich nehme es dir ab.«

Hoppla! …

»Du gibst mir also eine Quittung, daß du vierundzwanzig Kubikmeter Kantholz von mir übernommen hast?«

»Die bekommst du doch jedesmal ... Habe ich das Material von dir schon einmal nachgemessen?«

Tatsächlich – ich hatte von dem Lageristen immer eine Quittung erhalten, ohne daß er nachgemessen oder nachgezählt hatte. Er hätte ja gar nicht nachmessen können, der Analphabet.

Der Lieferant hielt mir einen Zehn-Lire-Schein hin: »Nun los, nimm das und geh mal ordentlich essen ... Aber halt uns hier nicht länger auf ... Großartig, du wirst es mal zu etwas bringen ...«

Der Lagerist grinste hämisch: »Der benimmt sich ja ziemlich vorlaut!«

»Man sieht es ihm an den Augen an«, meinte der Lieferant, »er ist ein kluges Kind ...«

»Umsonst heißt es ja nicht ›Die Hörner wachsen später, aber hören kann er jetzt schon‹!«

Die Hand des Lieferanten mit dem Zehn-Lire-Schein hing in der Luft.

»Danke sehr, das ist nicht nötig«, sagte ich und fuhr mit dem Ausmessen der Kanthölzer fort.

»Dem sind zehn Lire zu wenig!« sagte der Lagerist.

»Der Junge ist schlauer, als ich dachte«, sagte der Lieferant – und dann zu mir gewendet: »Fang gar nicht erst an, so schnell reich werden zu wollen, mein Sohn ...«

Jetzt hielt er mir zwei Zehn-Lire-Scheine hin.

»Nun nimm schon, nimm!«

»Ich will kein Geld von Ihnen, ich werde hier bezahlt. Lassen Sie mich jetzt bitte weitermessen.«

»Das ist aber nicht gut für dich ...«

Als er sah, daß ich mit der Arbeit fortfuhr und nichts sagte, fügte er hinzu: »Na gut, du mußt es ja wissen. Mir kannst du nachher nicht die Schuld geben ...«

Laut rief er: »Bauführer Hasan! ... Bauführer Hasan, komm doch bitte mal her.«

Als der Bauführer die Stimme des Kantholzlieferanten hörte, ließ er Arbeit Arbeit sein und kam angelaufen.

»Also, Hasan«, sagte der Lieferant, »wo hast du denn diesen

Neunmalklugen gefunden, mein Lieber? Werden bei uns die Leute knapp, daß du keinen anderen zum Durchfüttern gefunden hast?«

Bauführer Hasan stand mit dem Rücken zu mir: »Was ist denn los, was hat er ausgefressen?« fragte er den Lieferanten.

Ich war mir sicher, daß der Bauführer auf meiner Seite stehen würde, wenn er den Sachverhalt erfuhr. Der Mann wollte doch offensichtlich meinen Arbeitgeber übervorteilen. Wenn Hasan meine Ehrlichkeit sah, würde er vielleicht sogar meinen Lohn erhöhen. Nur so kann man vorwärts kommen, etwas werden, ganz gleich in welchem Beruf.

»Der besteht darauf, das Kantholz zu messen ... Von mir aus soll er doch. Du weißt ja, daß ich nie zu wenig anliefere ... Aber der Laster kann doch hier nicht ewig herumstehen ... Jetzt sag du ihm mal was ...«

Der Bauführer stand ganz mit dem Rücken zu mir und tat, als spreche er in die Luft: »Was ist denn, Junge, warum übernimmst du das Kantholz nicht?«

»Weil es zu wenig ist«, sagte ich, »ich übernehme es ja, aber quittieren tue ich nur die tatsächliche Menge.«

»Na, sieh mal einer an, da haben wir ja die Ehrlichkeit in Person ... Nun nimm das schnell ab, und stell die Quittung aus ...«

Ich trat vor den Bauführer hin, und da dort auch der Lieferant stand, konnte er ihm nicht den Rücken zukehren. Deshalb drehte er nur den Kopf weg.

»Aber, Bauführer Hasan«, sagte ich, »ich muß das Material dem Lageristen übergeben ...«

»Was willst du denn, von mir bekommst du doch eine Quittung über die ganze Lieferung«, sagte der Lagerist.

»Gut, aber ich muß das Material aus dem Lager Bauführer Hasan übergeben«, wendete ich ein. »Ob der Bauführer mir achtzehn Kubikmeter Holz abnimmt und für vierundzwanzig unterschreibt?«

»Los, los«, sagte der Bauführer, »nun geh aber nicht zu weit! Wieviel Kubikmeter als Wareneingang dastehen, für die unterschreibe ich auch bei der Übernahme.«

Die Sache hatte einen Haken, ich begriff nur nicht, wo er lag.

»Aber ich habe die Verantwortung«, sagte ich.

»Was hast du denn für eine Verantwortung? Sieh mal einer an. Du bist ein ganz kleiner Schreiber, mein Junge. Du hast nur die Pflicht, Eingang und Ausgang aufzuschreiben. Was in das Lager hereinkommt, das geht auch wieder hinaus … Was willst du denn noch?«

So war es tatsächlich. Soviel Material ich annahm, soviel gab ich auch weiter. Aber trotzdem kam es mir vor, als hätte die Sache irgendwo ein Loch. Achtzehn Kubikmeter Kantholz kommen ins Lager und achtzehn gehen wieder hinaus. Aber im Buch stehen vierundzwanzig Kubikmeter Eingang und vierundzwanzig Kubikmeter Ausgang.

»Und was ist mit den sechs Kubikmetern Differenz?« fragte ich.

Der Bauführer schrie: »Was geht denn dich das an? Der ist verrückt, der treibt einen zum Wahnsinn … Stell die Quittung aus, aber ein bißchen schnell!«

»Das kann ich nicht …«

»Junge, was geht denn dich das an? Da hat doch niemand einen Schaden … Vierundzwanzig Kubikmeter rein und vierundzwanzig raus. Wo ist denn da ein Verlust?«

Wahrscheinlich wollten sie den Bauunternehmer, der mich eingestellt hatte, gemeinsam hereinlegen.

»Das kann ich nicht machen …« sagte ich.

»Ich werfe dich hinaus, Bengel …«

»Und ich sage es dem Beyefendi …«

Jeder hier nannte den Bauunternehmer »Beyefendi«.

»Erst einmal sage ich dem Beyefendi etwas über dich und lasse dich hinauswerfen.«

Der Bauholzlieferant und der Bauführer gingen zusammen fort.

»Das hast du gar nicht gut gemacht«, sagte der Lagerist, »für dich ist das gar nicht gut … Da läßt du dir zwanzig Lappen durch die Nase gehen und wirst obendrein noch hinausgeworfen … Am Anfang hast du es richtig gemacht. Bravo, das ist ein schlauer Junge, habe ich bei mir gedacht. Aber dann hast du dich mit zwanzig Lire nicht zufriedengegeben. Es heißt doch: Kleine Gier bringt großen Schaden. Was meinst du, wie vielen Leuten der Mann bis zum Abend noch Geld in die Hand drückt. Mir, dir, dem Bauführer … Und das alles für sechs Kubikmeter Differenz … Das ist ein guter Mann, der ist großzügig.«

Ich schwieg.

»Du hast doch keinen Schaden davon«, redete der Lagerist weiter, »vierundzwanzig nimmst du ab, und vierundzwanzig gibst du weiter …«

»Aber der Beyefendi hat den Schaden«, sagte ich.

»Wo entsteht denn dem Beyefendi ein Schaden, Bruder, was hereinkommt, das geht auch wieder hinaus. Da ist doch keine Differenz entstanden … Wenn vierundzwanzig Kubikmeter angeliefert würden und achtzehn gehen hinaus, dann entsteht dem Beyefendi ein Verlust.«

»Gut, aber wer hat denn dann den Schaden?«

»Niemand …«

»Allah, Allah … aber wenn sechs Kubikmeter einfach verschwinden, kann doch unmöglich niemand einen Schaden haben?«

»Dann sag mir mal, wer den Schaden hat!«

Da entstand doch einem Verlust, aber ich fand einfach nicht heraus, wer das war. Ich war ganz durcheinander.

»Da ist schon einer, der den Schaden davon hat«, erklärte mir der Lagerist, »das bist du, du hast dir die zwanzig Piepen durch die Lappen gehen lassen … Mir ist das egal … Wenn du das Holz nicht abnimmst, tut es ein anderer … Mein Geschäft platzt davon nicht …«

Ich mußte zum Beyefendi gehen und ihm alles erzählen, aber das kam mir wie Verrat vor. In der Kadettenanstalt waren Denunzianten nicht gut angesehen. Ich glaubte, die Wahrheit würde sowieso an den Tag kommen.

Da sagte ein Arbeiter: »Du sollst zum Beyefendi kommen.«

Ha, das war gut, jetzt würde es sich klären. Ich würde genau erzählen, was geschehen war.

In der Baubude klopfte ich an die Tür von Beyefendis Büro und trat ein. Der Lieferant und der Bauführer waren auch da.

»Du bist das?« fragte der Beyefendi.

Ich wußte nicht, was ich antworten sollte. Jetzt fragte er weiter: »Warum stellst du keine Übernahmequittung aus?«

Ja, jetzt war der Zeitpunkt gekommen. Und dazu noch vor dem Lieferanten und dem Bauführer.

»Efendi«, begann ich, »sie bringen mir achtzehn Kubikmeter Kantholz und wollen von mir eine Empfangsquittung über vierundzwanzig!«

»Ja … na und … dann gib ihnen die Quittung doch!«

Ich hatte mich wohl nicht deutlich genug ausgedrückt.

»Efendi, ich habe es nicht richtig erklärt. Sie bringen mir achtzehn Kubikmeter Kantholz und wollen von mir eine Quittung über sechs Kubikmeter mehr.«

»Na, wenn schon, was macht denn das?«

Allah, Allah …

»Da bleibt eine Differenz von sechs Kubikmetern offen, Efendi.«

»Junge, und wenn überhaupt kein Kantholz kommt, und sie wollen von dir keine Quittung über zwanzig Kubikmeter haben, sondern eine über hundert, was machst du dann?«

Jetzt verstand ich nicht, was er meinte.

»Du stellst eine Quittung aus!« schrie er.

Als ich anfing: »Wenn Sie gestatten, erzähle ich alles …«, schnitt er mir das Wort ab: »Du hast schon viel zu viel geredet. Stell die Quittung aus, aber schnell!«

In meiner Verwirrung hätte ich beinahe »Zu Befehl!« gesagt, aber dann erzählte ich alles. Vor Verlegenheit lachte der Chef über meine Einfalt: »Ach, Junge«, sagte er, »wenn du für vierundzwanzig Kubikmeter quittierst, unterschreibt dir dann der Bauführer, daß er vierundzwanzig Kubikmeter erhalten hat?«

»Ja …«

»In Ordnung … Das heißt also, es geht genau soviel aus dem Lager hinaus, wie hereingekommen ist …«

»Aber die sechs Kubikmeter Differenz?«

»Von was für sechs Kubikmetern phantasierst du denn?«

»Da liegt der Verlust, Efendi.«

Vor Zorn lief der Chef an wie eine rote Rübe: »Was für ein Verlust denn?« schrie er kurz vorm Explodieren. Seine Stimme wurde leise: »Gut, dann sag mir, wer den Verlust hat. Der Lieferant?«

»Nein.«

»Das Lager?«

»Nein.«

»Der Bauführer?«

»Nein.«

»Du?«

»Nein.«

»Wenn du keinen Schaden bei der Sache hast, warum bringst du dann alles durcheinander ... Was hast du denn davon?«

»Aber da sind sechs Kubikmeter Verlust, Efendi ...«

»Was denn für ein Verlust, Junge! ... Du treibst einen zum Wahnsinn ... Wer hat einen Schaden?«

»Wahrscheinlich sind Sie es, der den Schaden hat.«

Er lachte spöttisch: »Donnerwetter ... Ich habe also den Schaden, was? Und deine Sache ist es wohl, mich davor zu bewahren? Dann mußt du mir aber auch sagen, wieso ich einen Schaden habe.«

In meinem Kopf ging alles durcheinander.

»Ich verstehe es ja auch nicht. Aber irgendwer hat den Verlust zu tragen, ganz bestimmt ...«

Über mich sagte der Chef zum Lieferanten: »Ist das ein Esel ... aber einen so starrköpfigen habe ich noch nicht gesehen.«

Er wendete sich an den Bauführer: »Wo hast du denn den aufgetrieben?«

»Ich habe ihn nicht aufgetrieben, Sie haben ihn mir geschickt ...«

»Ich? Wann?«

»Der frühere Bauschreiber war sehr gut, der war fügsam.«

»Der hier hat bis jetzt auch noch keine Schwierigkeiten gemacht«, sagte der Lieferant, »weder beim Sand noch beim Zement oder beim Eisen hat er sich so aufgeführt.«

Jetzt wurde mir klar, daß ich schon früher übers Ohr gehauen worden war. Bei der Übernahme von Sand, Zement und Eisen hatte ich nicht kontrolliert.

»Wie heißt du?« fragte mich der Chef.

Obwohl ich schon so lange dort arbeitete, erfuhr er meinen Namen erst jetzt. Ich nannte ihn ihm.

»Bist du jemals zur Schule gegangen?«

»Ja, ich bin von der letzten Klasse im Gymnasium abgegangen.«

»Was?« schrie er, »vom Gymnasium? Dann war deine Superklugheit wohl umsonst? Na gut, warum hast du nicht Abitur gemacht?«

Als ich sagte, daß ich von der Kadettenanstalt geflogen war, meinte der Chef: »Soso, jetzt wird mir manches klar. Wer weiß, was du verbrochen hast, daß sie dich hinausgeworfen haben.«

Er wendete sich an den Bauführer: »Wer weiß, was das für ein Dreckskerl ist! Wie konntest du nur so einen Dieb einstellen, ohne ihn nach seinem Vorleben zu fragen? Wir brauchen einen vertrauenswürdigen Mann.«

»Aber …«, ich wollte etwas sagen.

»Hau ab! Verschwinde! Du bist entlassen!« schrie er.

Ich ging fort, ohne zu verstehen, warum mir das geschehen war. Ich hatte mir eine Garnitur Unterwäsche gekauft. Als ich die von meiner Schlafstelle holen ging, fragte mich der Lagerist: »Was war los?«

»Ich bin entlassen«, sagte ich.

»Mit dem Dickkopf wirst du noch oft entlassen werden.«

»Ich möchte dich etwas fragen«, sagte ich. »Wenn das Material, das ins Lager kommt, nicht gemessen und nicht gewogen werden soll, warum bin ich dann überhaupt eingestellt worden?«

»Das ist so Sitte … Man nimmt sich einen Bauschreiber, damit die Buchführung stimmt. Das bist entweder du, oder es ist ein anderer … Jetzt stellen sie sofort einen anderen für dich ein …«

»Da ist noch etwas, was ich nicht verstehe«, sagte ich. »Der Beyefendi hat gesagt, ›wir brauchen einen vertrauenswürdigen Mann‹. Wie kann er denn einem Mann vertrauen, der Material annimmt und ausgibt, ohne es auszumessen und zu kontrollieren?«

»Willst du mich auf den Arm nehmen, oder bist du tatsächlich so dumm?« fragte der Lagerist.

»Ich weiß es wirklich nicht!«

»Ein vertrauenswürdiger Mann ist einer, der hier, ohne etwas zu sagen, nichts aus dem Abfall holt und keinen Nagel draußen verkauft. Seit dem Baubeginn hier ist der Bauschreiber schon neunmal ausgewechselt worden. Alle wurden beim Stehlen erwischt und rausgeworfen. Du warst der einzige, der nicht geklaut hat, und ausgerechnet du hast diese Dummheit begangen.«

»Ich bitte sehr um Entschuldigung, aber ich möchte noch etwas fragen.«

»Frag nur zu …«

»Sieh mal, jetzt werden achtzehn Kubikmeter angeliefert, und für vierundzwanzig Kubikmeter gibt es eine Quittung. Der Bauführer gibt eine Quittung, daß vierundzwanzig Kubikmeter von hier übernommen wurden. Ist das soweit richtig?«

»Ja.«

»Ich habe keinen Schaden, du hast keinen Schaden, der Lieferant hat keinen Schaden …«

»Ja … und?«

»Der Bauführer hat keinen Schaden, der Chef hat keinen Schaden … Wer hat denn nun den Schaden, Mann?«

»Da hat überhaupt keiner einen Schaden.«

»Ich werde verrückt, was ist denn mit den sechs Kubikmetern Differenz, haben die sich in Luft aufgelöst?«

Jetzt hörte ich die Stimme des Bauführers. Er schrie mich an: »Bist du immer noch hier? Los, los, nimm deine Siebensachen, und zieh ab!«

Während er das sagte, hatte er dem Lageristen und mir den Rücken zugedreht. Er rief ihn. Mit den Händen auf dem

Rücken lief der Bauführer herum und sprach dabei, der hinter ihm herlaufende Lagerist hörte ihm zu und sagte zwischendurch: »Jawohl ... jawohl ... geht in Ordnung ...«

Ich konnte noch hören, wie der Bauführer über mich sagte: »Laß den Kerl nicht noch einmal hier herein!«

Ich nahm meine in Zeitungspapier eingewickelte Unterwäsche unter den Arm und lief ziellos durch die Straßen.

Ich weinte. Dabei grübelte ich immer noch darüber nach: Was war mit den sechs Kubikmetern? Da hatte einer den Schaden, aber wer war das?

Jahre später verstand ich es. Den Schaden hatte der Staat. Der Bau war ein Regierungsauftrag gewesen, das Material wurde auf Staatskosten angeliefert und den Quittungen entsprechend bezahlt. Soviel Material, wie angeliefert wurde, soviel wurde beim Bau verbraucht. Es sah jedenfalls so aus, als sei es verbraucht worden.

Unternehmer wollen keine Diebe bei sich arbeiten lassen. Auch das lernte ich Jahre später. Diebe wollen nicht, daß andere auch dort stehlen, wo sie es selbst tun. Und daß gestohlen wird, ohne daß sie etwas davon erfahren, mögen sie schon überhaupt nicht. Die großen Diebe beschützen die kleinen Diebe und sagen ihnen, wieviel sie stehlen dürfen. Dafür lassen sie sich dann sagen: »Möge Allah Ihnen ein langes Leben geben, Efendi!«

Ein schrecklicher Traum

Ich glaube, jeder Mensch hat Träume, die er nicht vergißt.

Vierzig Jahre sind vergangen, seit ich einen Traum hatte, an den ich heute noch häufig denke. Ich habe von meiner Zukunft geträumt.

Es war meine letzte Nacht in der Baubaracke. Ich hatte mir ein Lager aus leeren Zementsäcken zurechtgemacht. In dem Neubau nebenan waren in einem Raum, dessen Fußboden aus Erdreich bestand, viele Bauarbeiter, die meisten vom Dorf. Von meinem Schlafraum aus hörte ich ihren Lärm. Das matte Licht der Baulaterne im Raum ließ die Nacht noch dunkler erscheinen und erhöhte meine Einsamkeit. Es war stürmisch und goß in Strömen. Furchterregender Donner brachte das Blechdach der Baubude und die Regenrinnen zum Klappern, ließ die Fensterscheiben klirren. Ab und zu versetzte ein Blitz meinen Raum in gleißendes Licht.

Für die Baulaterne auf dem Tisch hatte ich aus Schalbrettern eine Art Lampenschirm angefertigt. Durch die Löcher schien das Licht in großen Ringen an die Decke.

Beim Geräusch von Donner und Regen schlief ich ein.

Ich befand mich splitterfasernackt in einer Arena, in einer riesigen Arena. Dabei war es kalt, es regnete, ich fror, ich zitterte wie Espenlaub, meine Zähne schlugen aufeinander.

Die Mauern der Arena waren hoch. Es war Nacht ... Man konnte nicht die Hand vor den Augen sehen ... Plötzlich erhellte ein leuchtender Strahl die Arena. In dieser Helligkeit erkannte ich Tausende von Zuschauern in mit rotem Samt ausgeschlagenen und mit vergoldeten Schnitzereien verzierten Logen. Alle sahen mich an ... Ich schämte mich meiner Nacktheit und wollte mich irgendwohin flüchten. Während ich versuchte, meine Blöße mit den Händen zu bedecken, stieg aus der Menge ein grausames Gelächter auf.

Ich hockte zusammengekauert am Boden und weinte.

Plötzlich sah ich in den dicken Mauern viele beleuchtete, sehr schön geschnitzte, vergoldete Türrahmen, die Saray-Türen ähnelten. Von jedem der Türrahmen ging sanfter Lichtschein in verschiedenen Farben aus. Um mich vor den Zuschauern zu retten und zu verstecken, lief ich zu der mir nächstgelegenen Tür. Von dort breiteten sich rosa Lichter in den verschiedensten Farbtönen aus. Ich bemühte mich immer noch, meine Blöße mit den Händen zu bedecken, während ich gebeugt loslief. Gerade als ich die erleuchtete Stelle erreicht hatte und mich in Sicherheit bringen wollte, sprangen plötzlich riesige Männer auf mich zu, die rosafarbene, lange Peitschen in den Händen hielten. Sie begannen, auf mich einzuschlagen. Erst geraume Zeit später merkte ich, daß es nicht Peitschen, sondern lange, sehr lange, rosafarbene Würmer waren. Die Männer schlugen mir auf den Rücken, die Schlangen klatschten auf meine nackten Schultern. Ich versuchte zu fliehen, sie jagten hinter mir her. Sobald ich mich entfernte, wurden die Würmer in ihren Händen immer länger, wo immer ich hinlief, wickelten sie sich um meinen Leib, um meine Arme.

Das spöttische Gelächter, das durchdringende Geschrei der Zuschauer dröhnte bis zum Himmel. Um mich aus meiner Einsamkeit, aus meiner Kälte, vor dem Regen, aus Scham, vor diesem unbarmherzigen Gelächter in Sicherheit zu bringen, lief ich zu der blau beleuchteten Tür. Hier kamen hünenhafte Männer hervor, die blaue Würmer in den Händen hielten ... Ich lief zu den offenen Türen mit gelbem, weißem, grünem, rotem Licht. Aus allen offenen Türen sprangen Männer auf mich zu. Sie hatten Würmer in verschiedenen Farben in den Händen. Der kalte Schmerz der auf meine Haut klatschenden fetten Würmer ging mir durch und durch.

Alle diese Männer bemühten sich, mich auf ein enges Loch zuzutreiben, mich in dieses Loch hineinzudrücken. Trotzdem hoffte ich, das sei meine Rettung, und lief auf das Loch zu. Aber es war eng und niedrig, ich kam nicht hinein ... Zudem sprühten heiße Funken daraus hervor.

Ich sah in das enge Loch hinein. Oh, du meine Güte! Es

war ein tiefer Brunnen … Darin brodelte ein weißglühendes Feuer, die Flammen züngelten hoch und gabelten sich …

Die Männer wollten mich also in den brennenden Brunnen werfen. Plötzlich … flog ich. Mit meinen Armen als Flügeln flog ich ganz langsam, meine Füße hoben sich vom Boden. Die Arena befand sich unter mir. Aber sehr hoch konnte ich nicht fliegen. Ich kam nur bis zur Höhe der Zuschauer. Ich sah mich Tausenden geöffneten Mündern gegenüber, in denen sich kleine Zungen wie Würmer kringelten. Ich sehe Tausende Augen; sie kommen mir wie giftige Glühwürmchen vor. Die Blicke dieser Augen durchbohren mich wie Geschosse.

Von unten reichen die Würmerpeitschen an mich heran. Höher kann ich nicht fliegen. Sie schlingen sich um meine Beine, meinen Leib und beginnen mich hinabzuziehen. Sie ziehen mich auf den Erdboden hinunter und stoßen mich wieder auf das enge Loch mit dem Feuerbrunnen zu. Ich will schreien, aber ich bringe keinen Ton heraus.

Von meinen erregten Zuckungen wurde ich wach. Ich war in Schweiß gebadet und zitterte vor Angst.

Eine Weile sah ich auf die Lichtringe, die von der Baulaterne durch die Löcher des darüberliegenden Brettes an die Dekke geworfen wurden. Ich stand auf. Ohne mir auch nur meine Hose anzuziehen, trat ich vor die Tür. Der Himmel hatte immer noch alle Schleusen geöffnet, es donnerte und blitzte. Ich füllte meine Handflächen mit Regenwasser und wusch mir das Gesicht. In jener Nacht konnte ich bis zum Morgen nicht wieder einschlafen.

Der Traum wurde mir zur fixen Idee. Später hatte ich ihn noch einmal, ein wenig verändert … In meinem Traum kommt mir die Arena wie ein Ort vor, an dem ich in meiner Kindheit tatsächlich gelebt habe …

Aber war dies wirklich ein Traum, oder hatte ich meine Zukunft gesehen …?

Männer standen an schönen Eingängen, hinter denen sie wohnten und in Sicherheit waren, während sie mir nur ein Loch ließen, durch das ich eintreten konnte. Wenn ich mich retten wollte, schoben sie mich in das Loch und ließen mich in den Feuerbrunnen fallen. Dabei wollte ich doch dort gar nicht hinein …

Alle Türen waren mir verschlossen, alle Wege versperrt. Mir blieb nur ein einziger Weg, ein einziges Loch, jeder zwang mich dort hinein. Da ich keine andere Wahl hatte, ging ich – ob ich wollte oder nicht – diesen einzigen Weg, durch dieses einzige Loch, bis hin zum Gefängnis.

Zwei Tage lief ich hungrig durch die Millionenstadt und fand keine Arbeit. Ich kletterte auf den Beyazit-Turm. Wenn mir die Beine den Dienst versagten, schleppte ich mich an der Mauer tastend die Treppe hinauf, setzte mich auf die Stufen und ruhte mich aus.

Als ich von der Turmbrüstung auf die ausgedehnte Stadt sah und dann zum Himmel, dem ich glaubte nähergekommen zu sein, war ich voller Hoffnung … Diese Welt war schön! Dort und dort auch, diese Straßen, diese Gärten, diese Häuser würden doch wohl eines Tages mir gehören? … Das konnte doch sein … Mit dieser knospenden grünenden Hoffnung, so, als würde ich sogleich unten erwartet, stieg ich vom Turm hinab … Die Menschen gefielen mir wieder. Ich tauchte ein in die Menge.

In jeder Lüge steckt eine Wahrheit

Stimmten Paschazades Erzählungen, oder hatte er sie erfunden? Ich habe lange darüber nachgedacht. Er wußte, daß ich nachts aufschrieb, was er mir tagsüber erzählte. Vielleicht lachte er innerlich, weil ich seinen Lügen glaubte, weil er mich hereingelegt hatte. Falls die Geschichten erlogen waren, hatte er mich genauso betrogen wie alle anderen Leute. Aber weshalb? Von mir erwuchs ihm doch kein Nutzen, kein Vorteil … Es konnte höchstens aus einem Gefühl der Überlegenheit sein oder aus dem Wunsch nach Unsterblichkeit, den alle Menschen haben … Ja, das konnte es sein. Ich hatte ihm zwar nicht gesagt, daß ich seine Geschichte in einer Zeitung veröffentlichen würde oder in Buchform, aber selbstverständlich war ihm das klar. Er würde ein Mensch sein, dessen Leben in die Literatur eingeht. Dementsprechend mußten Besonderheiten in seiner Persönlichkeit liegen. Deshalb erzählte er mir nicht sein wahres Leben, sondern das, von dem er träumte.

Dann dachte ich wieder, die Geschichten können doch nicht alle erlogen sein. Ich glaubte ihm. Weshalb hätte ich sie sonst aufschreiben sollen. Seine Erzählungen gingen so ins Detail, daß es unmöglich war, sie nicht zu glauben. Es waren Einzelheiten darunter, die man gar nicht erfinden konnte, wenn man sie nicht erlebt hatte.

Zuerst mußte ich mir darüber klar werden, was für mich zum Thema Paschazade von Bedeutung war. Wenn dieser Mann seine Erlebnisse erzählte und er all das tatsächlich erlebt hatte, war es dann von mehr Bedeutung, als wenn er es erfunden hatte?

Ich war unschlüssig. Erfundenen Abenteuern zuhören, als seien sie tatsächlich geschehen, und diese dann aufschreiben, das wollte ich nicht. Ich wollte Tatsachen.

Schon früher war ich Menschen begegnet, die von Erlebnissen träumten und diese wie wahre Begebenheiten erzählten. Unter ihnen hatten sich bekannte, angesehene Persönlichkeiten befunden. Weshalb hatten sie gelogen? Gelogen wie Kinder … Um Aufmerksamkeit auf sich zu lenken, Wertschätzung zu erlangen, Größe zu empfinden … Wenn das so ist, welches ist dann das wirkliche Leben?

Als ich über diesen Punkt nachdachte, erinnerte ich mich an ein Buch, das ich vor Jahren gelesen hatte. Ich wußte nicht mehr, wovon es handelte, hatte den Titel und auch den Namen des Verfassers vergessen. Aber es gab ein Kapitel in dem Buch, das in meinem Gedächtnis haftengeblieben war. Der Vorfall hatte sich in China zwischen einem Kommunisten und einem Geheimpolizisten zugetragen. Zu der Zeit, als die chinesische kommunistische Partei noch im Untergrund arbeitete, mußte der Geheimpolizist einen Kommunisten beschatten. Er folgte ihm auf Schritt und Tritt. Diese jahrelange, hautnahe Verfolgung hatte der Polizist so satt, daß er dem Kommunisten eines Tages einen Vorschlag machte: »Ich weiß, daß dich diese ständige Verfolgung furchtbar mitnimmt. Glaube ja nicht, daß es mir gefällt! Ich bin der Sache genauso überdrüssig wie du. Aber es ist mein Beruf. Ich werde dafür bezahlt. Zudem muß ich jeden Abend einen Bericht abliefern. Leicht ist es nicht, dich zu verfolgen. Du bereitest mir eine Menge Schwierigkeiten. Wenn du in ein Gebäude mit zwei Türen zur einen hineingehst, denke ich, daß du zur anderen wieder herauskommst, um mich abzuschütteln. Ich laufe also dorthin, und dann hältst du mich zum Narren, indem du wieder aus der Tür herauskommst, durch die du hineingegangen bist. Ich weiß, daß du – nur um mich zu quälen – in öffentliche Bibliotheken gehst und dort stundenlang liest. Du hast mich bereits lebensmüde gemacht. Ich habe diese Verfolgung schon jahrelang satt und du auch. Komm, laß uns ein Übereinkommen treffen.«

Der Kommunist weiß, daß man einem Geheimpolizisten nicht trauen darf, daß ein Abkommen mit ihm niemals angebracht ist.

»Was denn für ein Übereinkommen?« fragt er.

»Ich mache dir einen Vorschlag. Ich werde dich von jetzt ab nicht mehr beschatten. Dafür werden wir uns jeden Abend in irgendeinem Teehaus treffen. Dort erzählst du mir in allen Einzelheiten, was du tagsüber getan hast, und ich fasse meinen Bericht dementsprechend ab. Na, wie findest du das? Werden wir uns einig?«

Argwöhnisch fragte der Kommunist: »Woher willst du denn wissen, ob ich dir die Wahrheit sage? Wenn ich mir nun etwas ausdenke?«

»Ich vertraue dir.«

Der Kommunist lachte.

»Ich bin Mitglied einer verbotenen, im Untergrund arbeitenden Partei. Du weißt doch, daß ich einem Geheimpolizisten nicht die Wahrheit sage.«

»Das ist unwichtig. Ich habe etwas für meinen Bericht, das reicht mir. Von mir aus kannst du dir etwas ausdenken und lügen. Von mir aus kannst du sagen, was du willst.«

Sie wurden sich einig. Der Geheimdienstler wird ihm sowieso weiterhin auf Schritt und Tritt folgen, um zu erfahren, was er den ganzen Tag über tut, so als gäbe es das Übereinkommen nicht.

Der Kommunist möchte in keine Falle geraten, deshalb paßt er auf. Zusätzlich setzt er noch seine Genossen zur Beobachtung ein. Schließlich stellt sich heraus, daß der Geheimpolizist ihn tatsächlich nicht mehr beschattet.

Jeden Abend zur verabredeten Zeit treffen sich die beiden in einem Teehaus. Der Kommunist erzählt dem Geheimpolizisten, was er den Tag über getan hat. Nichts von dem ist wahr, alles ist erfunden. Obwohl der Polizist das nur zu gut weiß, macht er sich Notizen. Später reicht er seinen Bericht ein.

Im weiteren Verlauf beginnen eigenartige Dinge zu geschehen. Die geheimen Verbindungen des Kommunisten kommen Stück für Stück ans Tageslicht. Es war aber ganz gewiß, daß er nicht verfolgt wurde. Wie konnte das also passieren? In Wirklichkeit war folgendes geschehen: Der Geheimdienstler hatte die ausgedachten Geschichten des Kommunisten wortwörtlich aufgeschrieben und die Berichte abgegeben. Von der Polizei wurde der Charakter des Kommunisten eingehend analysiert. Es gab Spezialisten, die in seinen erfundenen Geschichten verborgene Fakten fanden, denn es ist ein Ding der Unmöglichkeit, daß ein Mensch eine Lüge erfindet, die nicht irgendwelche seiner geheimen Wahrheiten enthält. Jede Lüge trägt in sich eine heimliche Wahrheit, jede Erfindung versteckt sie. So sehr der Mensch auch lügt, er kommt von der Wahrheit nicht los.

Aus den erfundenen Geschichten des Kommunisten war deutlicher zu erkennen, was er jeden Tag tat, als wenn er beschattet worden wäre.

Als ich mich daran erinnerte, wie beeindruckt ich damals beim

Lesen gewesen war, dachte ich bei mir: Selbst wenn Paschazade lügt, ist das die versteckte Wahrheit.

Trotzdem bedrückte mich die Möglichkeit, daß er mich vielleicht belog. Aus diesem Grund kümmerte ich mich ein, zwei Tage nicht um ihn. Aber er war intelligent und mußte gemerkt haben, was ich dachte, denn eines Tages erzählte er mir, wie ein Mensch so dickfellig wie ein Fußball wird.

Wie man dickfellig wird

Jahrelang hat mir niemand, nicht einmal einer meiner Gefängnisgenossen, geglaubt, daß ich unschuldig war und zu Unrecht im Gefängnis saß. »Ja, ja«, sagten sie, »beim ersten Mal war es eine falsche Anschuldigung, beim zweiten Mal Ungerechtigkeit, beim dritten Mal aufgrund einer Lüge, beim vierten und fünften Mal ebenfalls ... Gut, und das wievielte Mal ist es jetzt? Das sollen alles falsche Anschuldigungen und Justizirrtümer gewesen sein? Die kommen dahergelaufen und finden immer ausgerechnet zu dir?«

Schon lange sage ich nicht mehr, daß mir Unrecht widerfahren ist. Ich weiß, es glaubt keiner. Ich an ihrer Stelle würde es auch nicht tun. Einem anderen würde ich es nicht erzählen, aber Sie haben mir so viele Fragen gestellt, deshalb sollen Sie die Geschichte hören.

Vor Jahren habe ich im Irrenhaus von einem Verrückten den Grund dafür erfahren, daß dem gleichen Menschen immer wieder, sein ganzes Leben lang, ununterbrochen Ungerechtigkeit widerfährt. Wenn ich »verrückt« sage, meine ich keinen Tobenden. Man sollte ihn besser halbverrückt nennen. Wenn Sie mich fragen, war er nicht einmal das ...

Unter meinen Betrügereien war auch vorgetäuschter Irrsinn. Aufgrund der mir dicht auf dicht widerfahrenen Ungerechtigkeiten war ich mit den Nerven fertig. Ich befand mich wieder einmal wegen einer Hochstapelei im Gefängnis und war völlig am Ende. Ich dachte sogar an Selbstmord. Ich wollte meiner schmutzigen Umwelt – und sei es auch nur ein ganz klein wenig – entfliehen. Es muß wohl unter diesem Druck gewesen sein, daß ich Selbstgespräche zu führen begann. Im Gefängnishof oder auf dem Gang, wenn ich mir die Beine vertrat, gestikulierte ich dabei heftig mit den Armen und stellte mir vor, ich hätte die Leute vor mir, die mich ins Unglück gestürzt, die mich ungerecht behandelt hatten. Ich stritt und diskutierte mit ihnen. Ab und zu kam ich zu mir, aber wenig später verlor ich meine Selbstbeherrschung wieder und begann erneut damit. Ich konnte nicht an mich halten. Im Gefängnis begannen sie schon, sich über mich lustig zu machen. Auf Veranlassung der Zellengenossen wurde ich ins Gefängniskrankenhaus gebracht. Vor dem Arzt mimte ich den Verrückten und wurde ins Irrenhaus verlegt. Dort spielte ich meine Rolle weiter. Es sollte eine Abwechslung für mich sein, eine Zeitlang unter Geisteskranken zu leben. Ich dachte mir, da ich ja nicht wirklich verrückt war, konnte ich jederzeit, wenn ich es wollte, wieder herauskommen.

In der Nervenklinik wurde ich behandelt. Ich meine, ich gab es auf, Selbstgespräche zu führen. Behandelt wurde ich nicht von Ärzten, sondern von einem anderen Patienten, den ich dort kennengelernt hatte. Auf der Station der für verrückt Erklärten – Verrückte mögen es nicht, wenn man sie verrückt nennt – freundete ich mich mit einem alten Geisteskranken an. Wir hatten das gleiche Schicksal, wir waren uns sehr ähnlich. Ich kam nicht vom Gefängnis los und er nicht vom Irrenhaus … Der Mann erzählte mir, daß er Rechtsbeistand in einer kleinen Kreisstadt auf dem Lande und – genau wie ich auch – vorbestraft war; ich wegen Betruges, er wegen Beleidung hochgestellter Persönlichkeiten. Der Mann konnte es nicht lassen, prominente und einflußreiche Leute zu beleidigen. Das tat er schriftlich. Wer immer im Land bekannt und einflußreich war, dem schickte er beleidigende Briefe. So ging das seit vierzig Jahren. Aufgrund seiner Vorstrafen wurde er stets geschnappt, sobald die Empfänger diese Schreiben der Polizei übergaben. Früher hatte man ihn vor Gericht gestellt, verurteilt und ins Gefängnis gesteckt. Aber sobald er aus dem Gefängnis entlassen wurde, begann er sofort wieder, solche beleidigende Briefe zu schreiben. Später erklärten sie ihn für geistesgestört. Was es nicht alles für Krankheiten gibt; die Prominenz-Beleidigungskrankheit … Von nun an wurde er jedesmal, wenn er die beleidigenden Briefe absandte, ins Irrenhaus gesteckt.

Er sagte, wenn er herauskäme, würde er es wieder tun. Der Ärmste wurde nicht noch einmal entlassen. Nach Meinung der Ärzte bestand keine Aussicht auf Heilung. Sogar im Krankenhaus machte er weiter und bemühte sich, die Briefe durch Dritte heimlich auf den Weg zu bringen.

Da er eine Familie hatte und trotz allem ein ausgeglichener Mensch war, erstaunte mich sein Verhalten. Eines Tages fragte ich ihn, weshalb er sich so benehme.

»Ich bin zum Spielball geworden ...«, sagte er.

Ich verstand nicht, was er damit ausdrücken wollte.

Des öfteren wiederholte ich meine Frage, und jedesmal erhielt ich die gleiche Antwort.

Später erzählte er mir sein Leben. Anfangs glaubte ich seinen Erzählungen, aber nach und nach erwähnte er Dinge, die einfach unglaublich klangen. Ganz sicher log er; denn ständig redete er davon, welche Ungerechtigkeiten ihm widerfahren waren, wie er von allen Menschen nur Schlechtes erfuhr.

Eines Tages hielt er beim Erzählen plötzlich inne und sah mir lange in die Augen.

»Du glaubst mir nicht!« sagte er.

»Na ja, das gibt es doch gar nicht. Sind denn alle Menschen schlecht? Haben sich alle gegen dich verschworen?«

Er lachte bitter, so als bedaure er mich.

»Ja, so ist das. Wenn einer erst zum Spielball geworden ist, treten alle zu. Jedem Menschen kann in seinem Leben Ungerechtigkeit widerfahren. Entweder fängt er sich danach wieder, oder es gelingt ihm nicht, dann strauchelt er. Mancher bricht auch zusammen. Wenn einer sich fängt, ist alles gut ... Aber das gelingt nicht jedem. Wenn einem Unrecht widerfahren ist, geht er zu jemandem, der ihm nahe steht, zu einem Freund, erzählt, was ihm geschah, und bittet um Hilfe. Wenn dein Zuhörer merkt, daß du gestolpert bist, bekommt er Angst, du könntest dich auf ihn stützen, um nicht zu fallen, und ihm so zur Last werden. Um sich selbst zu schützen, versetzt er dem Hilfesuchenden ebenfalls einen Fußtritt, damit der verschwindet ... Jetzt geht er zu einem anderen Freund. Zuerst berichtet er von dem ersten Unrecht, das ihm widerfahren ist, und dann von dem zweiten. Der Zuhörer denkt nur daran, daß er sich keinesfalls auf ihn stützen möge, das soll er gefälligst irgendwo anders tun. Also versetzt er ihm einen noch stärkeren Fußtritt. Der Mann, der eine gute Tat erhofft hatte und Böses empfängt, weiß jetzt nicht mehr weiter. Weil er einen Fußtritt nach dem anderen einstecken muß, kann er sich nur noch mit Mühe auf den Beinen halten. Er geht zu einem weiteren Bekannten und berichtet von dem dreifachen Unrecht. Der Zuhörer denkt sich: Wenn dem tatsächlich so viele Menschen etwas Böses angetan haben, wird das schon einen Haken haben, da muß ich aber sehen, daß ich ihn so schnell wie möglich loswerde. Er versetzt ihm auch einen Fußtritt. Jetzt stürzt der Mann zu Boden. So schleppt er sich zu einem anderen Freund, erzählt, was ihm passiert ist. Der glaubt ihm nicht, genau wie du!

Der Mann stolpert von einem Bein aufs andere und ist zum Spielball geworden. Zu wem er auch geht, keiner glaubt ihm.

»Weißt du, was das Wichtigste ist?« fragte mich der alte Mann. »Wenn dir ein Unrecht widerfährt oder ein Unheil zustößt, darfst du nicht stolpern und nicht fallen, du mußt aufrecht stehenbleiben. Bist du erst einmal ausgerutscht, gestolpert und hingefallen, bist du verloren. Dann benutzen dich die Menschen wie einen Spielball, den sie einander zuwerfen, um dich loszuwerden. Ich bin auch so einer ... Du glaubst es mir nur nicht.«

Diese Worte des Geisteskranken brachten für mich das große Erwachen. Ich wollte mich noch einmal aufraffen, wieder auf die Beine kommen, nicht noch einmal zum Spielball anderer werden.

Dem Arzt, der mich untersuchte, sagte ich, daß ich mich besser fühle, daß ich gar nicht krank sei, daß ich mich im Gefängnis gelangweilt, deshalb zur Abwechslung verrückt gestellt habe und so hierher gekommen sei. Der Arzt lächelte: »Sich verrückt zu stellen, ist auch eine Art Irrsinn ...«

Er sagte es, aber er entließ mich aus dem Irrenhaus. Ich kam ins Gefängnis zurück.

Daß dieser Arzt mir einen Fußtritt versetzt hatte, erfuhr ich erst später. In seinem Bericht hatte er geschrieben: »Ein Geisteskranker, der das Betrügen nicht lassen kann.« Genau wie der Mann, der es nicht lassen konnte, Prominente zu beleidigen, konnte ich angeblich das Betrügen nicht lassen. Wenn er sich angehört hätte, was mir passiert war, anstatt mir einen Fußtritt zu versetzen, hätte er mich verstanden.

Das war der stärkste Fußtritt, den ich je erhalten hatte.

Jetzt hatte mich nicht nur die Justiz, sondern auch die Medizin wegen Betrugs verurteilt.

Später fragte ich nach dem Grund. Wie die Ärzte sagten, war es die Krankheit, reich zu werden. Ein von dieser Krankheit Befallener sucht entweder nach Schätzen in der Erde oder druckt Falschgeld oder begeht Gaunereien oder betrügt fortwährend, so wie ich. An dem Tag, an dem ich durch den Geisteskranken im Irrenhaus zu mir kam und beschlossen hatte, wieder auf die Beine zu kommen und nicht länger Spielball zu sein, hatte mich der medizinische Fußtritt wieder zu Boden geworfen.

Viele Häftlinge hätten etwas dafür gegeben, ein solches medizinisches Gutachten zu erhalten, das die Strafe auf ein Drittel herabsetzt. Aber ich berufe mich nie darauf ... Wenn ich das Gutachten zeige, komme ich aus dem Gefängnis zwar heraus, aber dafür ins Irrenhaus. Wenn bekannt wird, daß ich unheilbar unter der Krankheit leide, reich zu werden und zu betrügen, stecken sie mich für immer ins Irrenhaus.

Jetzt sind Jahre darüber vergangen. Trotzdem habe ich die Hoffnung nicht aufgegeben, eines Tages kein Spielball mehr zu sein.

Woher der Spitzname Paschazade stammt

Sie sind genauso neugierig wie alle zu erfahren, weshalb man mich Paschazade nennt. Manche glauben, ich sei tatsächlich ein Paschasohn. Es gibt sogar Leute, die wünschen, ich wäre es. Daß armer Leute Kind aus den Schlupflöchern am Stadtrand zum Dieb oder Betrüger wird, gilt als normal, aber wenn der Sohn eines Paschas ein Krimineller ist, das erregt Aufsehen. Menschen interessieren sich für außergewöhnliche Dinge. Da Paschawürde und Betrügereien entgegengesetzte Dinge sind, liegt darin ein gewisser Reiz. In den Menschen schlummert ein geheimes Gefühl, Kindern mächtiger oder hochgestellter Persönlichkeiten Versagen und Charakterlosigkeit zu wünschen. Wenn solche Kinder vom rechten Weg abkommen und zu Strolchen werden, sieht das Volk sein Rachebedürfnis befriedigt, das aus der sozialen Ungerechtigkeit resultiert.

Dieser Gedanke kam mir, als sich die Lüge hielt, ich sei der Sohn eines Paschas. Schließlich hatte ich mich niemals als Paschazade ausgegeben. Es war das belangloseste Erlebnis von allen, die mir je widerfahren sind.

Deshalb will ich Ihnen erst noch einen anderen Vorfall erzählen, ehe ich auf die Geschichte mit meiner Pascha-Abstammung komme. Der Anlaß war nämlich ein purer Zufall. Alle falschen Namen, die ich mir selbst zugelegt habe, sind in Vergessenheit geraten – der blieb an mir hängen. Ich wurde Paschazade …

Es war in jenen Tagen, als in Istanbul Ausnahmezustand herrschte. Er wurde äußerst ernstgenommen. Wie mit jeder Sache war das nur anfangs so, mit der Zeit ließ es nach. Deshalb fürchte ich immer den Beginn solcher Maßnahmen. Um nicht erneut ins Unheil zu schlittern, paßte ich genau auf. Aus gemeinsamer Tätigkeit mit dem treulosen Recai besaß ich Geld, meine Lage war gut. Ich war ordentlich gekleidet und dachte daran, Istanbul wegen des Ausnahmezustandes zu verlassen. Ich hatte die Hoffnung noch nicht aufgegeben, eine gute Stellung zu finden und ehrlich zu leben. Während ich eine Ewigkeit nach einer solchen Arbeit Ausschau hielt, kam das Unheil auf mich zu. Weshalb lachen Sie? Weil ich ›eine Ewigkeit‹ gesagt habe? Glauben Sie mir, es war eine Ewigkeit … Wenn ein Mensch seine eigene Situation schildert, kann er nicht neutral sein. Aber soweit mir das möglich ist, will ich den Vorfall so erzählen, wie er sich zugetragen hat, ohne mich dabei in ein besseres Licht zu rücken.

Viele Menschen haben Angewohnheiten, die andere nervös machen. Im Gefängnis gab es einen, der drehte durch, wenn eine nicht geschlossene Tür in den Angeln knarrte. Manche macht das Geräusch verrückt, das entsteht, wenn ihr Gegenüber mit der Zunge Speisereste aus den Zahnlücken holt … Es gibt Dinge, die Menschen in Rage bringt. Ich werde verrückt, wenn einer auf den Boden spuckt. Ich kann nichts dafür, ich kann dann nicht an mich halten, ich weise den Spucker scharf zurecht und bin deshalb schon mit einigen Leuten in Streit geraten.

Ich las damals einen Artikel in einer Zeitung. Der Verfasser hatte geschrieben, wenn die Istanbuler ihre Stadt lieben, müßten sie die Inspektorentätigkeit ehrenhalber übernehmen. In dem Artikel stand, die Beamten und Inspektoren der Stadtverwaltung reichten nicht aus. Die Einwohner sollten sich um diejenigen kümmern, die die Stadt verschmutzten, Abfall und Papier fortwarfen und auf die Straße spuckten. Mir gefiel der Artikel. Der Verfasser dachte genau so wie ich …

Ich befand mich auf dem Weg von Taksim nach Harbiye. Es war herrliches Frühlingswetter. Vor mir lief ein Mann schnellen Schrittes. Zuerst bemerkte ich ihn nicht, aber als er sich beim Laufen geräuschvoll den Rachen putzte und auf den Boden spie, wurde ich auf ihn aufmerksam. Schmutzfink! Ich drehte durch, lief hinter ihm her und packte ihn am Arm.

»Warum spuckst du auf den Boden, Efendi?« schrie ich.

Der Mann war von imposanter Größe und gut gekleidet. Er versuchte, sich aus meinem Griff zu befreien.

»Nun laß schon los, ich muß den Omnibus noch erreichen ... Ich habe es eilig.«

Ich ließ ihn nicht los. Und da viele Leute nichts zu tun hatten, wurden wir sofort von Passanten umzingelt.

»Warum spuckst du auf den Boden?«

»Was geht dich das an?«

»Was soll das heißen, was mich das angeht?«

»Laß meinen Arm los ...«

»Warum hast du auf den Boden gespuckt?«

»Das geht dich gar nichts an!«

»Das geht mich wohl etwas an!«

»Laß mich endlich los, ich hab's eilig ...«

»Zuerst erklärst du mir das ...«

»Da haben wir den Salat ... Jetzt kommt der Bus! Laß mich endlich los, sonst verpasse ich ihn.«

Der Menschenauflauf wurde immer größer. Ich merkte, daß ich zu weit gegangen war, aber jetzt hatte ich einmal angefangen. Während wir uns gegenseitig hin und her zogen, fragte er mich: »Du bist wohl ein Inspektor?«

»Ja, das bin ich. Hast du etwas dagegen?«

Ich muß noch unter dem Eindruck des Zeitungsartikels gestanden haben.

Um mich loszuwerden, sagte der Mann: »Wenn du ein Inspektor bist, dann gib mir eine Verwarnung, und damit hat es sich ... Ich zahle, aber laß mich los ... Ich hab etwas zu erledigen ...«

»Du darfst nicht auf den Boden spucken!« sagte ich.

Nachdem der baumlange Kerl »Und ich spucke doch!« geschrien hatte, spie er diesmal nicht auf den Boden, sondern mir ins Gesicht. Mit den Worten: »Hier hast du deine Strafe!« zog er einen Zehn-Lire-Schein aus der Tasche, warf ihn auf den Boden und rannte zum Omnibus. Da mir die Spucke des Mannes mitten im Gesicht klebte, konnte er mir entkommen. Ich hätte das Geld auf dem Boden liegenlassen, »möge Allah ihn strafen« sagen, mich umdrehen und weggehen sollen, aber in meiner

Verwirrung hob ich es auf und rief: »Heee, halt, bleib stehen!«

Der Mann muß tatsächlich in Eile gewesen sein, denn er war weg wie der Wind. Als ich ihm hinterherlief, folgte mir die Menge. Einer faßte mich am Handgelenk.

»Was für ein Inspektor bist du denn?«

»Was geht dich das an?«

»Was soll das heißen, was mich das angeht?«

Jetzt war ich in der gleichen Lage wie der Mann, den ich kurz zuvor festgehalten hatte.

»Das muß der Spuckinspektor sein, von dem in der Zeitung stand«, spottete einer der Umstehenden.

Eine Frau sagte: »So ein Betrüger behauptet, er sei Spukkinspektor und nimmt allen Leuten Geldstrafen ab.«

Jetzt saß ich in der Tinte. Da meine Hand mit dem Zehn-Lire-Schein merklich zitterte, wurde die Menge noch mißtrauischer.

»Polizei! Polizei!«

Wenn einer ruft, daß jemand gerade mit einer stumpfen Säge umgebracht wird, ist nicht ein einziger Polizist in der Nähe, und es kommt auch keine Menschenseele zu Hilfe, aber in diesem Augenblick kamen aus drei verschiedenen Richtungen Polizisten angelaufen!

»Dieser Mann hier hat sich als Stadtinspektor ausgegeben, den Leuten, die auf den Boden gespuckt haben, eine Geldstrafe abgenommen und das Geld eingesteckt, Herr Wachtmeister.«

Als die Polizisten mich vorneweg, die Zeugen im Geleit zum Revier brachten, dachte ich bei mir: »Was geht das dich nur an, wenn einer auf den Boden spuckt?« Ich war wieder einmal bei der Polizei gelandet!

»Hahaha, jetzt ist er auch noch Spuckinspektor!« spotteten die Beamten vom 2. Kommissariat, die mich kannten.

Sie riefen die Presse herbei und führten mich vor. Ich wurde in verschiedenen Posen fotografiert. Am nächsten Tag war mein Bild in allen Zeitungen auf der ersten Seite: Spuckinspektor h.c. festgenommen!

Zu jener Zeit nannte mich noch niemand Paschazade. Das begann erst nach jenem Vorfall.

Ja, so war das damals, aber sie gaben mir noch eine Chance. Gegen Kaution erließen sie mir die Untersuchungshaft. Der Prozeß lief, aber ich befand mich auf freiem Fuß.

Als ich erfreut den Gerichtssaal verließ, begegnete ich auf dem Flur einem meiner alten Knastbrüder.

Im Gefängnis und bei der Polizei war er unter dem Spitznamen »Pascha Niyazi« registriert. So wie manche Menschen die Angewohnheit haben, ihren Gesprächspartner mit »Meister«, »Mein Herr«, »Großer Bruder« oder »Mein Lieber« anzureden, nannte Niyazi jeden – ob jung, ob alt – »Mein Pascha«. Jeder seiner Sätze begann mit Pascha … Aus diesem Grund hatte er den Spitznamen »Pascha Niyazi« erhalten. Jetzt nannte ihn auch jeder »Pascha«. Er stammte von der Schwarzmeerküste und war ein ganz gerissener Bursche. In jungen Jahren war er nach Istanbul gekommen und hatte in einem Lokal als Aushilfe gearbeitet. Da der griechische Oberkellner zu den Gästen stets »Pascha«, »Zu Befehl, mein Pascha«, »Bitte sehr, Pascha«, »Jawohl, Pascha« sagte, hatte Niyazi sich das angewöhnt.

Sehen Sie, was aus den unmöglichsten Dingen entstehen kann.

Vor Freude, daß ich an jenem Tag nicht in Untersuchungshaft genommen worden war, wollten wir etwas trinken gehen. Geld hatten wir beide. Im Grunde genommen war das sehr unüberlegt. Wer bleibt schon dort, wo Ausnahmezustand herrscht? Wer schlau ist, sieht zu, daß er fortkommt, wenn er das Wort auch nur hört. Wir müssen blind gewesen sein. Aber es war nun einmal so …

Wir gingen in ein Casino am Bosporus. Dort am Wasser sprachen wir dem Alkohol zu. Gegen Abend hatten wir das Casino betreten, dann brach die Nacht herein. Eine laue Sommernacht. Eine leichte Brise, die vom Meer kam, streichelte uns.

»Herr Ober!« rief ich.

Er kam.

»Bitte sehr …«

Ich wendete mich an Niyazi: »Mein Pascha, was befehlen Sie?«

Pascha Niyazi befahl dem Ober: »Bring uns Schaschlik, mein Sohn …«

Kurz darauf rief ich wieder: »Herr Oooober!«

»Bitte sehr, mein Herr …«

Ich fragte Niyazi: »Wünschen Sie noch eine Flasche, mein Pascha?«

»Ja, er soll noch eine bringen …«

Als ich so aus alter Gewohnheit wie alle »mein Pascha« zu ihm sagte, begann auch der Ober, ihn mit »mein Pascha« anzureden.

»Zu Befehl, mein Pascha … Sofort, mein Pascha … Wie Sie befehlen, mein Pascha … Wünschen Sie Eis, mein Pascha?«

Mein Pascha hinten, mein Pascha vorn … Der Ober muß geglaubt haben, Niyazi sei ein richtiger Pascha. Daß Ausnahmezustand war, hatte ich ja schon erwähnt, also eine Zeit, wo ein Pascha eine wichtige Rolle spielt … Der Ober lief sofort zum Wirt: »Wir haben einen General zu Gast …«

Als der griechische Wirt in diesen Tagen des Ausnahmezustandes das Wort »General« hörte, war er sofort ganz Ohr.

»Was sagst du da? Wenn das wahr ist …«

Dann eilte er an unseren Tisch. Plötzlich sahen wir den wohlbeleibten Wirt, wie er sich die Hände rieb und einen Bückling nach dem anderen machte.

»Willkommen, mein Pascha, Sie erweisen meinem Casino eine große Ehre …«, schmeichelte er uns.

»Danke, danke …«, antwortete Mein-Pascha-Niyazi, ganz so, als sei er ein wirklicher Pascha, und winkte dem Mann ab. Der ließ sich aber nicht davon abhalten zu zeigen, was er von seinem Vater gelernt hatte, und pries seine Speisen aufdringlich an: »Pasteten, ganz heiß … gebackene Muscheln … gebratene Auberginen …«

Der Kerl kümmerte sich gar nicht darum, daß wir »Nein, danke« sagten. Er trieb seine Kellner an: »Los, los, bringt dem Pascha gedünstete Nieren … Los, los, bringt dem Pascha gebratene Leber … Los, los, bringt dem Pascha Seebarsch in Mayonnaise … Oder ob der Pascha lieber Steinbutt mag?« Pascha Niyazi war ärgerlich über das kriecherische Benehmen des Mannes und schrie ihn an: »Jetzt ist aber Schluß … Bezahlst du, oder bezahle ich das alles?«

»Wer spricht denn vom Bezahlen, mein Pascha … Jetzt haben Sie mich beleidigt … Sie haben uns eine große Ehre erwiesen … Bezahlen! … Da ist nichts zu zahlen.«

Da damals während des Ausnahmezustandes die Casinos häufig geschlossen wurden, lebte der Wirt natürlich dauernd in Angst … Allah allein weiß es, aber wahrscheinlich hat er Niyazi für einen General von der Befehlszentrale für den Ausnahmezustand gehalten. Weshalb sollte ich lügen, noch dazu nach so langer Zeit – aber weder Niyazi noch ich hatten anfangs kapiert, daß der Wirt ihn tatsächlich für einen echten Pascha hielt. Wir hatten es so wenig kapiert, daß Pascha Niyazi mir zuflüsterte: »Mann, der scheint uns für die Enkel von König Krösus zu halten, für eine goldene Gans …«

»Laß nur«, meinte ich, »wir wollen uns den Abend nicht verderben lassen, es ist doch ganz amüsant …«

Da wir beide genügend Geld hatten, ließen wir auch all das zu, was sie uns auftischten. Die Kellner kümmerten sich überhaupt nicht mehr um die anderen Tische, wie Propeller schwirrten sie um uns herum, der beleibte griechische Wirt bediente uns eigenhändig.

»Hummer, mein Pascha?«

»Bring her!«

»Garnelen, mein Pascha?«

Als ich ihm ins Wort fiel: »Ich esse keine Garnelen …«, sagte Mein-Pascha-Niyazi zu mir: »Du bist vielleicht ein komischer Paschazade …«, womit er zum Ausdruck bringen wollte, daß ich mich wie ein Snob benahm.

Jetzt fragte der Casino-Wirt: »Hammelhoden?«

»Die esse ich auch nicht …«, sagte ich.

Mein-Pascha-Niyazi spottete: »Du bist ein echter Paschasproß!«

Jetzt wendete sich der Wirt an mich: »Mögen Sie Weißfisch-Kaviar, mein Paschazade?«

»Ja, bring her …«

Wenn der Kerl Niyazi ansprach, nannte er ihn »mein Pascha«, mich redete er mit »mein Paschazade« an …

Unser Tisch war jetzt so voll, daß weitere Platten nicht

mehr darauf paßten. Es mußte noch ein Tisch herangestellt werden. Es sah aus wie ein Buffet für zehn Personen …

Mit Mühe und Not konnten wir den Wirt abwimmeln. Aber drei Kellner hatten sich vor uns aufgebaut und versuchten, uns die Wünsche von den Augen und Lippen abzulesen … Wir tranken uns ganz schön einen an. Das Meer war blau, die Musik gut … Alles war, wie es sein sollte. Und dann erschien eine Frau, stellte sich vor das Orchester und begann zu singen! Oha, oha! Ich hatte ein Auge auf die Sängerin geworfen, da trat auch schon eine zweite auf … Und ein junger Sänger dazu. In der Mitte drehten sich Paare im Tanz. Ich war so in Stimung, daß ich sagte: »Mein-Pascha-Niyazi, ich habe so ein Gefühl, daß das kein gutes Ende nimmt …«

»Was denn?«

»Der Abend hier …«

»Warum denn? Wir amüsieren uns doch nur mit unserem Geld …«

Als ob ich eine Vorahnung hatte, sagte ich: »Pascha, ich habe eine Menge Erfahrung, und wenn ich mich ein bißchen amüsiere, kommt garantiert etwas dazwischen, und zum Schluß sitze ich in der Tinte. Für fünf Minuten Spaß steht mir dann das Wasser bis zum Hals, und dieser Abend ist so schön, daß ich anfange, mißtrauisch zu werden …«

»Was soll denn passieren, sieh zu, daß du dich amüsierst«, sagte Pascha Niyazi und wendete sich wieder seinem Glas zu.

»Auf dein Wohl!«

»Auf das deine!«

Pascha Niyazi schaute dem spanischen Tanzpaar zu.

Genau genommen sah er auf den Tänzer. Ich widmete mich der Partnerin, die mit ihren Kastagnetten klapperte und »Olé!« rief. Plötzlich belästigte uns der Wirt wieder, deutete auf die spanische Tänzerin mit ihrer pechschwarzen Schmachtlocke und zwinkerte verschwörerisch mit einem Auge: »Hat mein Pascha einen Befehl?«

Stellen Sie sich vor, wie begriffsstutzig ich gewesen sein muß … Ich dachte, der Kerl wolle noch eine Vorspeise oder eine Beilage bringen, und sagte: »Ich kann nichts mehr essen, füll Raki nach …«

Aber Pascha Niyazi hatte verstanden: »Großartig, Odysseus, aber wir können uns doch gar nicht mit ihr unterhalten …«

»Sie spricht türkisch, mein Pascha … Sie ist eine Hiesige …«

Als der spanische Tanz zu Ende war, brachte der Wirt die Frau doch tatsächlich an unseren Tisch! Ich vermute, sie war eine unserer Schönen aus dem Freudenviertel …

Wir sprachen dem Alkohol zu. Pascha Niyazi hatte eine fürchterliche Angewohnheit. Die kann man bei vielen Leuten beobachten, die schon in jungen Jahre lange Zeit im Gefängnis zugebracht haben. Sie stehen nicht auf Frauen. Pascha Niyazi war auch von der Sorte. Als er in die Hände klatschte, wie man einen Badewärter ruft, kam der bereitstehende Kellner dienstbeflissen herbeigeeilt.

»Ruf mal deinen Chef!«

Der beleibte Wirt rollte sich schnell heran: »Bitte sehr, mein Pascha …«

Er flüsterte ihm etwas ins Ohr, aber ich konnte es hören. Er ließ den jungen Mann, der kurz zuvor den spanischen Tanz mit der Frau aufgeführt hatte, an unseren Tisch rufen. Der Wirt war sehr geschickt … Er brachte den Jungen untergehakt herbei. Jetzt waren wir zu viert am Tisch.

Pascha Niyazi amüsierte sich köstlich … Eine Flasche nach der anderen kam … Wir waren sternhagelvoll … Da alles getan wurde, was Mein-Pascha-Niyazi sagte und wünschte, wurde er anmaßend: »Hört mit dem Gedudel auf, spielt endlich einen Volkstanz!« rief er dem Orchester zu.

Wenn das einem Gast nicht gefiel, lief der Wirt hin und sagte: »Aber es ist ein Befehl des Paschas …«

Wer konnte es sich in Zeiten des Ausnahmezustandes erlauben, dem Befehl eines Paschas nicht nachzukommen … Ohne daß wir etwas davon bemerkten, blickten alle Gäste des Casinos zu uns herüber und redeten über uns. Nun stellen Sie sich dieses Pech vor, zwei der Gäste waren zwar nicht solche selbstgestrickten Paschas wie wir, dafür aber echte Bataillonskommandeure in Zivil mit ihren Ehefrauen. Sie waren am meisten über unsere Zecherei und unser Treiben erzürnt. Aber da sie Niyazi für einen echten Pascha hielten, sagten sie keinen Ton.

Als das Orchester einen Volkstanz spielte, schnappte sich Niyazi den Jungen und ging mit ihm auf die Tanzfläche. Andere Gäste schlossen sich an. Ich mag an sich diese Hopserei überhaupt nicht, aber der torkelnde Niyazi hörte nicht auf mich. Mit Gewalt zog er das Mädchen und mich mit zur Tanzfläche. Wenn ein Pascha einen Volkstanz vollführt, will natürlich keiner zurückstehen ... Bis jetzt war noch nichts Ungehöriges geschehen. Aber als Pascha Niyazi den Musikanten zurief: »Los, spielt einen Bauchtanz!«, eine Melodie vorgab und sein Jackett auszog, wurden die beiden Majore richtig wütend ... Als Niyazi in seiner Begeisterung unser Tischtuch wegzog, fiel alles, was darauf gestanden hatte, zu Boden und ging in tausend Scherben. Niyazi wickelte sich das Tuch um die Hüften und begann einen Bauchtanz.

Jetzt konnten die beiden Majore unser skandalöses Benehmen nicht länger ertragen. Sie wollten wissen, was für ein Pascha das war, und riefen bei der Zentralkommandantur und der für den Ausnahmezustand zuständigen Befehlsstelle an. Dort sagte man ihnen: »Wir kommen sofort!«

Vom Tanzen erschöpft, kam Niyazi an den Tisch zurück und redete einen Haufen Unsinn. Er konnte sich nicht mehr halten, stützte den Kopf in beide Hände, murmelte vor sich hin und belästigte seine Umgebung. Als ob ich etwas ahnte, rief ich den Ober und verlangte die Rechnung.

Der Ober rief den Wirt. Eilig sagte der: »Aber, mein Paschazade, ich küsse Ihre Füße ... Ich bitte um Vergebung ... Es kommt gar nicht in Frage, daß ich von Ihnen Geld nehme ...«

»Wieso?«

Wir hätten seinem Casino ausnahmsweise die Ehre erwiesen, wie könne er da Geld von uns nehmen! Das war genau zu dem Zeitpunkt, als die Kommandantur von unserem schlechten Benehmen gehört und Disziplinar-Offiziere losgeschickt hatte, um unsere Personalien zu überprüfen ... Wir wußten nur von nichts. Aber jedenfalls befanden Pascha Niyazi und ich uns allein am Tisch, als der Wirt die Offiziersstreife kommen sah und merkte, daß wir keine echten Paschas waren. Neugierig beobachteten die Gäste von weitem, was nun geschehen würde.

Mein-Pascha-Niyazi hatte sich wegen des Rakifeuers das Oberhemd aufgeknöpft und setzte seine behaarte Brust dem steifen Nordost aus, der jetzt vom Bosporus herüberwehte. Ob er vor Kälte wieder zu sich gekommen oder gar nicht mehr bei Verstand war, weiß ich nicht, jedenfalls begann er laut schluchzend zu weinen … So sehr ich auch versuchte, ihn zum Schweigen zu bringen.

»Laß das Pascha … nun hör doch auf …«

Er sagte: »Ich weine immer so, wenn ich getrunken habe … Laß mich weinen, das geht vorbei …«

Danach wurde er trübsinnig. Auf dem Bosporus zog ein beleuchteter Dampfer an uns vorbei.

Die beiden Majore schickten die Disziplinar-Offiziere an unseren Tisch und hörten dem Gespräch zu.

»Mein Pascha hat Kummer«, sagte ich.

Er murmelte vor sich hin. Jetzt begann er, Gedichte zu rezitieren. Er winkte dem vorübergleitenden Schiff zu und begann:

«O Schiff, du unbekanntes Schiff! …
bring mich in unbekannte Häfen, rette mich …
oh, unbekanntes Schiff …
du bist meine Rettung …
nimm mich mit! …
Rette mich! …«

Er redete ganz schön dumm daher. Als ich den Ober rief und ihn anwies: »Ruf ein Taxi!«, sah ich die beiden Offiziere neben mir stehen.

»Wie heißen Sie?«

Ich nannte meinen Namen. Mein-Pascha-Niyazi winkte dem Schiff immer noch zu. Ich stieß ihn an: »Scht … Mann, Pascha, komm zu dir!«

Einer der beiden Offiziere fragte: »Was für ein Pascha ist er denn?«

Diese Frage muß Niyazi verstanden haben, denn ohne den Kopf zu wenden begann er zu murmeln: »Mahmutpascha, Haydarpascha ...«

Einer der Offiziere sagte zu mir: »Und du bist wahrscheinlich sein Adjutant ...«

Mich überlief es siedend heiß, ich zitterte am ganzen Körper. Als sie uns am Kragen packten und in den Jeep verfrachteten, kam der dicke Wirt angelaufen: »Um Gottes willen, die Rechnung ...«

Da hatte der Kerl uns ganz schön hereingelegt ... Als er erfuhr, daß wir keine echten Paschas waren, nahm er Geld von uns.

Nach diesem ersten Schlag ins Gesicht bezogen wir in dieser Nacht auch dort noch Prügel, wo wir hingebracht wurden, und nicht zu knapp.

Jetzt können Sie sagen, es sei von den Prügeln gewesen oder vom Alkohol, jedenfalls habe ich das Bewußtsein verloren. Am nächsten Morgen wurden wir zum Verhör gebracht. So sehr ich auch redete: »Mein-Pascha-Niyazi ist sein Spitzname, alle nennen ihn ›mein Pascha‹, ich auch ...« Sie glaubten mir nicht.

Ein paar Tage später stand in den Zeitungen: Festgenommen wurden ein Pseudo-Pascha und sein angeblicher Adjutant, der sich als Paschazade ausgab.

Wenn es nur das gewesen wäre ... Es bestand angeblich die »große Wahrscheinlichkeit«, daß wir Spione waren; denn der Mann wurde ja auf frischer Tat ertappt, als er gerade einem vorbeifahrenden russischen Schiff Handzeichen gab.

Stellen Sie sich dieses Mißgeschick vor ... Betrunken wie er war, hatte doch Mein-Pascha-Niyazi dem vorbeigleitenden Schiff zugerufen: »Nimm mich mit, Kapitän, in unbekannte Häfen!« und hatte dazu gewinkt ... Woher hätten wir wissen sollen, daß es sich um ein russisches Schiff handelte? Die Verhöre zogen sich monatelang hin.

»Warum hast du dem russischen Schiff zugewinkt?«

»Ich habe nicht gewinkt, das war Niyazi ...«

»Warum hat er gewinkt?«

»Wir wußten doch gar nicht, daß es ein russisches Schiff

war … Meinen Sie, wir hätten sonst gewinkt … Wir dachten, es sei ein Bosporus-Dampfer, der zur Galata-Brücke fährt …«

»Das ist doch eine Lüge! Und außerdem: Was bedeutet ›Nimm mich mit in unbekannte Häfen, Kapitän‹? Ist die Dampferanlegestelle an der Brücke für euch ein unbekannter Hafen?«

»Efendi, ich habe nicht gewinkt … Mein Freund war betrunken, nur deshalb hat er gewinkt …«

»Wenn einer betrunken ist, übergibt er sich, aber er winkt nicht … Aber wenn dein Freund betrunken ist, der winkt?!«

»Er hat gewinkt, Efendi …«

»Womit hat er denn gewinkt?«

»Mit nichts.«

»Er soll auch mit einer Fahne gewinkt haben … Mit der Fahne hat er dem Kapitän Zeichen gegeben …«

»Er hat mit keiner Fahne gewinkt.«

»Er hat es getan … Es war eine weiße Fahne, so wie eine, mit der man sich ergibt … Wir haben Zeugen dafür, Leute, die es gesehen haben …«

»Es war keine Fahne, Efendi, es war ein Taschentuch … Ja, ein weißes Taschentuch war es … Er hat doch geweint, er hat sich die Augen damit gewischt …«

»Gut, und womit hast du gewinkt?«

»Ich habe gar nicht gewinkt …«

»Du hast auch gewinkt, du auch … Es gibt Zeugen! Du hast mit einer Fahne gewinkt, mit einer blauen Fahne!«

»Efendi, es war Nacht, als wir im Casino waren … Und als der Dampfer vorbeifuhr, war es sehr dunkel, da hätte man eine blaue Fahne vom Dampfer aus gar nicht erkennen können …«

»Wie habt ihr denn das Schiff im Dunkeln gesehen?«

»Es war beleuchtet …«

»Wo ist die blaue Fahne, mit der du gewinkt hast?«

Plötzlich fiel mir ein: »Efendi, das war keine Fahne, das war meine Krawatte. Sehen Sie, die ist blau. Vielleicht hat sie im Wind geweht.«

Nachdem wir bereits monatelang im Gefängnis saßen, stellte sich heraus, daß wir keine Spione waren. Aber Niyazi wurde verurteilt, weil er sich als General ausgegeben hatte. Der Casino-Wirt, dieser dickbäuchige Grieche, die Kellner, das Paar, das den spanischen Tanz aufgeführt hatte, und ein paar Gäste sagten gegen uns aus. Um im Casino nicht bezahlen zu müssen, soll ich gesagt haben, daß Niyazi ein General wäre, und ich hätte mich als Paschazade ausgegeben … Daß ich mich als Paschasohn ausgegeben hatte, war kein Vergehen … Der Sohn eines Paschas zu sein reicht angeblich nicht aus, um als Betrug gewertet zu werden. Aber als Adjutant? Ich schluckte es für den Adjutanten. Von der Anklage der Spionage kam ich frei, aber Niyazi wurde als falscher General und ich als sein falscher Adjutant, also als Ordonnazoffizier, verurteilt.

Die Pascha-Würde von Niyazi geriet in Vergessenheit, meine als Paschazade nicht. Sehen Sie, seit dieser Zeit werde ich Paschazade genannt. Unter so vielen Namen habe ich Betrügereien verübt, keiner ist an mir hängengeblieben, aber der Paschazade, über den die Zeitungen eine Zwei-Zeilen-Meldung gebracht haben, der ist geblieben. Wie finden Sie das? Ich habe viel darüber nachgedacht. Es kommt mir vor, als ob unterdrückte Menschen wollen, daß die aus der Oberschicht genauso unterdrückt werden wie sie. Auf diese Weise bürden Sie einem solchen Menschen ihre Sorgen und ihre Not auf und teilen sie mit ihm … Gleichzeitig nehmen sie eine gewisse Rache an ihm. Daß sich aus einem Nichts mein Spitzname Paschazade ausbreitete, war so eine heimliche Rache der Unterdrückten. »Na, seht nur, einer eurer Söhne ist unter uns« wollen sie damit zum Ausdruck bringen. Es ist ein gefundenes Fressen für sie.

Ich konnte sagen, so oft ich wollte: Ich bin kein Paschasohn. Es nutzte nichts … Im Gegenteil, sie erfanden noch Heldentaten und Ammenmärchen über mich dazu.

Scheich Sait der Nackte, Nachkomme des Propheten

Ich kam aus dem Gefängnis und wußte: In Istanbul kann ich mich nicht halten, ganz gleich, was ich anfange. In Großstädten ließ die Polizei mich nicht leben. Weil ich vorbestraft war, würden sie wegen nichts wieder hinter mir her sein. In anderen Großstädten wäre es dasselbe. Geld hatte ich. Während meiner Haft hatte ich auf der Station mit Lebensmitteln gehandelt und für die Häftlinge Briefe und Eingaben geschrieben und so eine beträchtliche Summe gespart. Ich wollte mich in einer Kleinstadt in Ostanatolien niederlassen und mir dort Arbeit suchen, weit weg von den Polizisten, die mich kannten. Arbeit würde ich schon finden, vielleicht auch einen klitzekleinen Laden aufmachen. Wie gesagt, ich war nicht am Verhungern …

Ich hatte sogar Angst, in Istanbul auf die Straße zu gehen, weil ich damit rechnen mußte, daß die Polizei mich wieder festnehmen und mir ein paar Straftaten anhängen würde, deren Täter unbekannt waren.

Mit dem Überlandbus fuhr ich gen Osten zu einem Ort, von dem ich nur den Namen wußte, ich kannte dort keinen Menschen. Wir fuhren den ganzen Tag und die Nacht hindurch. In mondloser Finsternis wurden wir durchgeschüttelt. Während der Omnibus eine steile Straße hinaufrüttelte, hing ich im Halbschlaf meinen Gedanken nach. Ich wollte in dem unbekannten Städtchen zunächst in einem Gasthaus Quartier nehmen.

Im Omnibus hatte ich einen Fensterplatz. Ich fragte den grobknochigen Mann neben mir, dem die zerrissene Kleidung am Leibe klebte, wann wir das Städtchen erreichen würden. Der Mann strich sich mit der Hand über seinen Schnurrbart, dessen Spitzen bis zum Kinn reichten: »Wenn es Allah gefällt und …« war seine Antwort.

»Und … was dann?« fragte ich.

»Und die Banditen uns nicht den Weg sperren, sind wir bei Tagesanbruch da …«

»Die Banditen? Was für Banditen?«

»Na, die Banditen eben … das weiß doch jeder …«

Ich legte meine Hand auf das Geld, das sich in der linken Innentasche meines Jacketts befand.

»Gibt es hier Banditen?«

»Was soll denn diese Frage? Das weiß doch jedes Kind! Sie warten in den Bergen. Die Berge gehören ihnen. Aber solche Banditen wie unsere gibt es sonst nirgends auf der Welt.«

Der Mann war des Lobes voll über die Räuber.

»Gibt es denn keine Gendarmen?« fragte ich.

Als sei das ganz natürlich, antwortete er: »Doch, doch, Gendarmen gibt es überall. Gendarmen gibt es und Banditen auch. Warum bist du so erstaunt?«

»Wie können irgendwo Räuber sein, wo es Gendarmen gibt?«

»Allah, Allah … Die Gendarmen machen ihre Arbeit und die Räuber auch … Allah läßt jeden sein Brot auf seine Weise verdienen … Es gibt doch auch Ärzte, und trotzdem gibt es Kranke! … Das ist das Gleiche. Die Räuber haben ihre Arbeit und die Gendarmen auch … Keiner redet dem anderen drein … Das habe ich nur so hingesagt, manchmal kümmern sie sich doch umeinander …«

»Wer kümmert sich um wen?«

»Die Räuber kümmern sich ja nicht um die Arbeit der Gendarmen, aber manchmal kümmern sich die Gendarmen um die Arbeit der Räuber …«

»Was tun sie denn?«

»Was sollen sie schon machen? Sie fangen an, die Arbeit der Räuber zu übernehmen … Dann geht die Ordnung kaputt … Wo bist du denn her?«

»Ich bin aus Istanbul.«

»Gibt es bei euch in Istanbul keine Diebe, Gauner und Betrüger?«

»Doch …«

»Und keine Polizei?«

»Doch, auch …«

»Na, siehst du. Hier ist es genauso: Wir haben Räuber und – Allah sei Dank – auch Gendarmen. Jeder verdient sein Brot auf seine Weise … Das hat Allah so gewollt … Das ist die Weltordnung, Bruder. Unsere Räuber hier sind stark, Allah und die Welt wissen das …«

»Werden sie uns jetzt ausrauben?«

»Das weiß man nie … Das ist Schicksal, Bruder … Wenn Betschedo woanders hingezogen ist, kommen wir durch; wenn nicht, und die Wache ist heute nacht aufgestellt, dann kommen sie …«

Der Mann redete, als ob er vom Dampferfahrplan sprechen würde.

Der Grund, weshalb ich mir dieses Städtchen als künftigen Wohnsitz ausgesucht hatte, war der, daß ich im Gefängnis einen Mann von dort kennengelernt hatte. Er hatte viel von seinem Heimatort erzählt und gesagt: »Ihr hier habt alle viel Geld, bei uns ist einer schon mit tausend Lire reich. Hier kannst du die Millionäre gar nicht zählen. Wenn du bei uns hundert Lire in der Tasche hast, bist du der erste Einzelhändler am Platz, hast du tausend, dann bist du der führende Kaufmann im Ort … Woher soll bei uns einer Geld haben …«

Die Sache interessierte mich. Ich hatte dreitausend Lire gespart. Mit diesem Geld wollte ich mich in dem Städtchen niederlassen, arbeiten und ehrbar leben. Die Polizisten und Gendarmen dort kannten mich ja nicht.

Was für Träume mir auf der Fahrt im Omnibus im Schlaf kamen … Ich würde einen Laden aufmachen, einen von denen, wie es sie überall in Anatolien gibt, wo man alles kaufen kann …

Während der Fahrt durch die Nacht hatte ich keine Angst vor den Räubern. Irgendwann würde es Morgen werden, und wir würden in dem Städtchen ankommen. Die Kraft, das zu glauben, verlieh mir vor allem der Gendarmerie-Korporal, der vorn neben dem Fahrer saß. Zuerst hatte ich Angst gehabt, als ich in den Omnibus stieg und den Gendarmen sah, weil ich ein neues Unheil befürchtete ... Aber als ich von meinem Nachbarn die Geschichte über die Räuber hörte, gab mir die Begleitung des Gendarmen ein Gefühl der Sicherheit.

Ich war eingenickt und träumte von meinem neuen Leben. Ab und zu öffnete ich die Augen und sah aus dem Fenster. Der Tag brach an. Felsspitzen und Sträucher waren bereits einzeln auszumachen. Da uns der Weg über einen hohen Berg führte, war es kalt; ich saß ganz zusammengekauert da. Als ein paar Kugeln durch die Gegend sausten und der Omnibus plötzlich scharf bremste, so daß mein Kopf gegen den Vordersitz prallte, schreckte ich auf. Frauen jammerten, Kinder weinten ... Als erste stiegen der Fahrer und sein Beifahrer aus, wir anderen der Reihe nach hinterher. Vor und hinter uns auf der Straße standen je ein Mann mit einer Strumpfmaske über dem Gesicht und einem Gewehr in der Hand.

Da der Fahrer und sein Gehilfe ihre Hände erhoben hatten, taten das die nach ihnen Ausgestiegenen ebenfalls. Mein Blick suchte den Gendarmerie-Korporal. Als ob er gerade am Gymnastikunterricht teilnehmen würde, hatte er beide Hände erhoben, die Beine gespreizt, und wartete.

Drei aus dem Gebüsch hervortretende Männer begannen die Reisenden zu durchsuchen. Geld, Brieftaschen, Uhren, Uhrketten, die Armreifen und Ohrringe der Frauen – was ihnen in die Hände kam, wurde eingesackt. Der Gendarm zitterte, aber das war die Kälte ...

Unter Verbrechern gibt es ein ungeschriebenes Gesetz: Diebe bestehlen einander nicht ... Wenn ich zu den Räubern jetzt gesagt hätte: »Kollegen, ich bin einer von euch ... Ich bin ein Betrüger ...«, hätten sie mich sicher laufen lassen ... Aber mit dem Gewehrlauf im Rücken war meine Zunge wie gelähmt, mir blieb fast der Atem weg. Ein maskierter Mann trat vor mich hin und leerte meine Taschen. Außer dem Geld nahm er mir auch all meine Sachen weg: Füllfederhalter, Uhr, Taschenmesser, Feuerzeug und Spiegel. Das reichte ihm noch nicht.

»Ausziehen!« befahl er und zeigte auf meine Schuhe. Ich hatte sie gerade erst in Istanbul gekauft.

Nachdem die Plünderung beendet war, ließen sie uns wieder in den Omnibus einsteigen. Drei der bewaffneten Banditen fuhren mit. Nach einigen Kilometern ließen sie den Omnibus anhalten, und ein paar Reisende mußten aussteigen. Manche ließen sie einzeln hinaus, mich auch, und der Omnibus fuhr weiter. Ich war barfuß und starr vor Kälte. Im Morgenlicht sah ich, daß der Berggipfel fast erreicht war. Vor Müdigkeit, Hunger und Kälte war ich am Ende. Auf der rechten Straßenseite ging es steil hinab, ich wurde ganz blaß … Auf der linken Seite war steiles Felsgeröll, und weiter vorn standen vereinzelt ein paar Latschenkiefern … Ich verließ die Straße und begab mich zu den Bäumen. Jetzt brauchte mir nur noch ein Bär zu begegnen, der mich in Stücke riß und mein Schicksal besiegelte …

Auf der Kadettenanstalt hatten wir einen Oberst aus dem Generalstab als Direktor gehabt, der ständig sagte: »Seht nicht jedes schlechte Ereignis sofort als großes Unglück und nicht jeden guten Vorfall sofort als großes Glück an. Wartet immer das Ende ab. Vielleicht ist dann das angenommene Glück ein Unglück und das, was ihr als Unheil angesehen habt, euer Glück.« Als Beispiel gab er ein eigenes Erlebnis zum besten. Als er noch als Hauptmann im Osten kämpfte, wurde ein Leutnant zu seiner Kompanie abkommandiert. Er war noch sehr jung und hatte sichtlich Angst vor dem Kampf und dem Kanonendonner. »Schickt mich doch irgendwo nach hinten«, jammerte er. Er war zwar frisch verheiratet, aber eigenartigerweise war er an die Front geschickt worden, ohne die Hochzeitsnacht hinter sich gebracht zu haben, was er pausenlos beklagte. Unser Direktor konnte das Gejammer nicht länger mit anhören, schuf einen Vorwand für den jungen Leutnant und schickte ihn für einen Monat nach Istanbul. Zum Abschied sagte der: »Sie haben mir das größte Glück meines Lebens beschert.« Aber unser Direktor jammerte später: »Wenn ich ihn doch nur nicht geschickt hätte … Aber woher konnte ich denn das ahnen.« Denn an dem Tag, als der Leutnant seinen Fuß auf Istanbuler Boden setzte und noch nicht einmal seine Frau gesehen hatte, starb er für nichts und wieder nichts durch die verirrte Kugel eines Raufboldes. Unser Direktor fühlte sich für den Tod des Leutnants verantwortlich.

Ja, so ist das … Am Anfang kann man nicht immer wissen, ob das, was auf einen zukommt, Glück oder Unglück bedeutet. Zuerst hatte ich auch geglaubt, es sei ein Unglück gewesen, als die Räuber mich zusammen mit den anderen Reisenden ausplünderten und barfuß auf dem Berg aussetzten, aber es nahm ein gutes Ende.

Ich machte mich auf den Weg, durchquerte einen Wald und gelangte auf eine steinige Ebene. In der Ferne sah man ein oder zwei Dörfer liegen, aus den Schornsteinen der Häuser stieg Rauch auf.

Eine Zeitlang dachte ich darüber nach, was ich jetzt tun sollte … Ich konnte doch nicht die Landstraße entlanglaufen, im nächsten Ort zur Gendarmerie gehen und sagen, ich sei ausgeplündert worden. Dann würden sie mich nach meinen Personalien fragen und herausfinden, daß ich vorbestraft war. Wenn sie mich fragen würden: »Was hast du denn hier zu suchen?«, war ich verloren. Ich besaß auch nichts mehr, was ich hätte zu Geld machen können, rein gar nichts … Während ich noch darüber nachdachte, ob ich in eines dieser fernen Dörfer laufen sollte, zog eine dunkle Wolke über den Berg, und dann öffnete der Himmel seine Schleusen. Die Kälte in dieser Höhe, die eisige Morgenluft und dann noch der Regen …Ich zitterte am ganzen Körper und hatte das Gefühl, ich stünde im Wasser. Ich sah mich nach allen Seiten um, aber es gab nirgends eine Höhle, in der ich hätte Unterschlupf finden können.

Ich lief unter die Bäume. Von den Zweigen floß das Wasser wie aus einer Regenrinne herab. War es noch nicht genug, daß die Räuber mich ausgeplündert hatten, mußte es jetzt auch noch regnen! Schließlich entdeckte ich eine höhlenähnliche Grotte. Kaum hatte ich mich dort hineingeflüchtet, hörte der Regen auf. Keine fünf Minuten später kam die Sonne hervor und brachte Wärme, die feuchte Luft verdampfte. Ich entkleidete mich sofort, drückte meinen Anzug und die Unterwäsche aus und hing die Sachen zum Trocknen auf die Sträucher. Ich war nun zwar splitterfasernackt, aber wer sollte mich sehen. Hierher setzte kein Mensch seinen Fuß. Da die Erde in der Grotte trocken war, ging ich hinein. Vor Kälte klapperten mir die Zähne. Ich rollte mich zusammen wie ein Maulwurf. Während ich darüber nachdachte, was mir widerfahren war, hörte ich doch von draußen Stimmen! Allah, Allah … Wäre die Grotte groß gewesen, hätte ich mich darin versteckt, aber sie war nur drei Schritt tief … Auf den Knien kroch ich nach vorn, und was sehe ich da: Die fünf Wegelagerer, die kurz zuvor den Omnibus ausgeplündert hatten. Als einer der maskierten Männer mich ausraubte, hatte ich an der Form seines Hinterkopfes und seiner Ohren feststellen können, daß er eine Glatze hatte. Einen anderen erkannte ich an seiner Kleidung wieder. O weh! … Wenn sie jetzt meinen Anzug und die Unterwäsche vom Gebüsch nähmen und weitergingen, würde ich wie Tarzan auf dem Berg zurückbleiben. Sie kamen direkt auf meine Grotte zu. Ich begann zu beten: »Mein Allah, es reicht, was du mir angetan hast. Es ist genug … Laß mich nicht ohne Unterhose auf dem Berg zurück.«

Dann kniete ich nieder, damit die Wegelagerer mich nicht sahen, steckte vorsichtshalber meinen Kopf zwischen die Oberschenkel und wartete. Ich zitterte wie Espenlaub. Meine Zähne klapperten, als hätte ich einen epileptischen Anfall. Mein ganzer Körper wurde geschüttelt. Einmal zitterte ich vor Kälte, tausendmal vor Angst. Die Männer unterhielten sich und kamen bis zu mir heran. Ich sah zwei Paar Schuhe auf dem Boden. Sie mußten mich auch gesehen haben, denn sie sagten: »Allah, Allah … Allah, Allah! Der Herr sei gepriesen …«, und traten zurück.

»Ist das ein Geist?«

Sollte ich den Kopf heben und sagen: »Ich bin kein Geist, ich bin ein Mensch wie ihr«? Oder sollte ich schweigen?

Die Männer blieben eine Weile stehen, flüsterten miteinander, dann kamen sie noch näher. Der vorderste griff mich an der Hand und zog daran. Ich wollte ihm meine Hand nicht überlassen, denn dann wäre ich vorn unbedeckt gewesen. Mein Handgelenk hielt natürlich dem Räuber nicht stand.

Aber wissen Sie, was er tat, als er meine Hand nahm? Er küßte sie und zog sie an die Stirn! Die beiden anderen taten das gleiche. Dann gingen sie.

Lange danach verließ ich die Grotte. Jetzt sah ich am Eingang ein Bündel und einen Hirtenmantel aus Lammfell ... Das mußten sie mir hingelegt haben. Ich wickelte mich in den Mantel und öffnete das Bündel: Fladenbrot, Käse, gebratenes Fleisch, Zwiebeln ... Ich war am Umfallen vor Hunger und aß mich richtig satt.

Dann sah ich nach meiner Kleidung, sie war noch nicht trocken. Ich wickelte mich in den Lammfellmantel und legte mich in die Grotte. Eine Weile dachte ich über das Geschehene nach, dann schlief ich ein. Durch ein paar eigenartige Geräusche wurde ich wach, aber ich stellte mich weiter schlafend. Jetzt verstand ich ein paar Worte wie »der Nackte« und »der Heilige«. Es hatten sich eine Menge Leute versammelt.

Eine Frau sagte: »So sah er aus, als er mir im Traum erschien, er war genauso nackt. Ich habe ihm die Hand geküßt. ›Nenne mir deinen Namen, Scheich‹, habe ich gesagt. ›Allahs Segen sei über dir, mein Kind. Ich bin Scheich Sait der Nackte‹, hat er geantwortet. ›Ich werde dreimal in einer Grotte auf dem Küntberg in Erscheinung treten. Sag das den Bewohnern, denn wisse, die Rettung ist nah‹, hat er gesagt. Und das ist der Mann, der mir im Traum erschienen ist.«

Sie sprachen über mich ... Der Mensch muß sich seiner Umgebung anpassen, also richtete ich mich mit den Worten: »O Allah, im Namen Allahs« auf und lehnte mich mit dem Rücken an den Felsen. Da ich nicht einmal eine Unterhose trug, wäre alles an mir in Erscheinung getreten, wenn ich den Schafspelz vorn nicht zugehalten hätte. Kaum hatte ich mich an den Felsen gelehnt, als ein schwarzbärtiger Mann, der ganz vorn stand, sagte: »Herzlich willkommen, nackter Vater!«

Einen Betrug hatte ich zwar nicht begangen, aber ich kann natürlich nicht bestreiten, daß meine Reaktion pfiffig war. Was blieb mir anderes übrig: ausgeplündert auf dem Berg, in einer fremden Gegend, hungrig und durstig und splitterfasernackt. Sollte ich sagen: »Nein, ich bin nicht der Nackte!« Alle

Männer und Frauen küßten mir der Reihe nach die Hand und die Füße. Ich tat, was die Frau erzählt hatte, der ich im Traum erschienen war. Ich sagte: »Allahs Segen sei über dir.« Dann knieten sie in einer Reihe vor mir nieder. Für einen Augenblick kamen mir bebilderte Bibelgeschichten in den Sinn. Ich stand eingehüllt in den Hirtenmantel, und vor mir knieten ärmlich gekleidete Männer und Frauen.

Ich wurde der berühmte Scheich Sait der Nackte. Alle Dorfbewohner aus der Umgebung, die krank waren oder sonst irgendwelche Sorgen hatten, kamen zu mir, empfingen mein Gebet und gingen wieder. Mein Ruhm verbreitete sich von Tag zu Tag weiter. Sogar die Erde, die mein Fuß berührte, wurde als heilig angesehen, die Leute nahmen eine Handvoll mit, um sie als Medizin gegen Krankheiten zu verwenden. Am Eingang zu meiner Grotte war keine Erdkrume mehr, die hätte weggekratzt werden können. Sie hatten Salben, Pasten, Säfte und Pillen daraus gemacht. Ständig baten sie mich, mich in einem ihrer Dörfer niederzulassen, aber um meine Herrschaft noch ein wenig andauern zu lassen, verschanzte ich mich hinter meiner Heiligenwürde und sagte, ich könne nicht weg von hier, mein Befehl laute so. Der Befehl war natürlich ein himmlischer. Keiner fragte mich, wo ich herkam, aber von selbst erfanden sie Geschichten über mich. Einige sagten, ich käme aus Buchara, aus Samarkand, aus Horasan, andere erzählten, ich käme aus Schiras, aus dem Hejaz. Ich ließ den Dingen ihren Lauf. Es war wie ein Traum. Natürlich blieb ich nicht in der Grotte. Als ich nicht mitging in eines ihrer Dörfer, errichteten sie mir auf dem Berg ein großes Haus. Zwei junge Leute wachten ständig vor meiner Tür. Die Frauen, die alle Arbeiten für mich verrichteten, ließen mich niemals allein. Daß ich klug daran getan hatte, mich nicht unter sie zu mischen, sondern auf dem Berg zu bleiben, wurde mir später klar. Sie hielten mich für so erhaben wie der Berg, genauso schwer erreichbar.

Um eine Handvoll Erde von meiner Türschwelle mitzunehmen, brachten sie mir Lämmer und Hammel, Käse, Töpfe voller Öl und Honig. Innerhalb kurzer Zeit besaß ich eine

Schafherde. Eines Tages fragten sie: »Der Bey bittet um Erlaubnis, Euch besuchen zu dürfen. Was sollen wir sagen?«

Da ich allwissend war und sogar Nachrichten aus dem Jenseits empfing, konnte ich natürlich nicht fragen: »Wer ist der Bey?«, sondern sagte: »Bitte sehr, er möge kommen ...«

Die Einsamkeit nagte an mir ... Um nicht familiär zu werden, hatte ich selten mit den Leuten gesprochen. Dieses Benehmen erhöhte mein Ansehen. Deshalb war ich neugierig auf den Bey. Ich hatte recht wenig über ihn in Erfahrung bringen können. Er war der Besitzer von achtzehn Dörfern in der Umgebung meines Scheichtums. Ich meine damit: Die Grundbuchauszüge befanden sich in seiner Hand.

Zur Gebetszeit verschwand ich mit den Worten »Es ist Zeit zur Andacht« in meinem Zimmer, zog die Vorhänge zu und legte mich schlafen. Eines Tages hatte ich mich wieder so richtig vollgegessen und war danach so schläfrig, daß mir die Augen zufielen. Deshalb sagte ich: »Es ist Zeit zur Verrichtung des Gebets«, ging in mein Zimmer und legte mich hin. Ich weiß nicht, wie lange ich geschlafen habe; denn manchmal legte ich mich nach dem Mittagessen ins Bett und kam erst nach der Zeit für das Nachmittags- und Abendgebet wieder heraus und setzte mich zu Tisch.

Als ich so auf drei weichen Matratzen schnarchend schlief, schreckte ich von meinem eigenen Schnarchen auf. Ich hörte draußen Stimmen und legte mein Ohr an die Tür. Mein junger Wächter sagte: »Seine Exzellenz Scheich Sait der Nackte befindet sich in der Rezitation ...«

Jemand schrie ihn an: »Mann, was ist denn das für eine komische Rezitation, gib die Tür frei ... Die Wände wackeln ja von seinem Geschnarche ... Seine Exzellenz der Scheich wird damit das Haus zum Einsturz bringen. Wecke Seine Exzellenz!«

»Das geht nicht«, hörte ich den jungen Wächter antworten, »wenn der Nackte Scheich rezitiert, darf niemand zu ihm.«

»Ich habe dir doch gesagt, daß das keine Rezitation ist!«

»Er rezitiert ... Das Echo ist so stark, weil er es aus seinem tiefstem Innern tut. Er hat eine Stimme wie fünf Kompanien

Soldaten, so schön rezitiert er … Es ist genauso, wie wenn Allah es donnern läßt …«

»Dann muß die Rezitation jetzt beendet sein, der Scheich hat aufgehört zu schnarchen … Wecke ihn!«

Da ich den jungen Wächter gut angelernt hatte, sagte er nun: »Nach der Rezitation betet er, dann verrichtet er die religiöse Waschung und legt sich nieder, um sich erleuchten zu lassen … Danach kommt er von selbst heraus …«

Da der Mann dem Wächter dauernd widersprach, dachte ich, es handele sich um eine amtliche Hausdurchsuchung, und stand zitternd hinter der Tür. Aber jetzt sagte er: »Leute, ihr könnt doch den Bey nicht auf seinem Pferd sitzen und warten lassen.«

Als ich durch die Tür rief: »Der Bey ist gekommen, bittet ihn herein!«, sagte mein junger Wächter gleich zu dem Mann: »Siehst du, Seine Exzellenz der Scheich ist ein Prophet. Daher weiß er auch, daß der Bey gekommen ist. Unser Scheich weiß durch die dicken Wände, was draußen in der Welt vor sich geht, und hört alles.«

»Er soll warten, Wir kommen …« rief ich, und dann durch die andere Zimmertür zu den Frauen: »Bittet die Gäste herein!«

Ich zog mich an, ging in das große Zimmer hinüber und setzte mich auf die mit Teppichen bedeckte Polsterbank, die wie ein Thron erhöht aufgestellt war.

Als ich aus dem Fenster sah, standen draußen acht bis zehn Reiter. Der vorderste war bestimmt der Bey… Ob ich jetzt an die Tür gehen und ihn hereinbitten, das Pferd am Halfter nehmen und ihm beim Absteigen behilflich sein sollte, oder ob ich mich nicht von der Stelle rühren sollte?

Ich strich mir mit der Hand über den Bart, den ich mir hatte wachsen lassen, seit ich ein Scheich war. Die Tür ging auf. Sechs Männer traten ein … Ich war zum Denkmal geworden und rührte mich nicht. Der schlanke Mann, der zuerst eingetreten war, mußte der Bey sein. Seine Begleiter waren so lang wie breit und trugen schwarze Schnurrbärte. Er küßte mir als erster den Rocksaum und ergriff meine Hand.

Ich sagte: »Allahs Segen sei über dir!« und entzog sie ihm. Sie knieten sich auf die Sitzkissen nieder.

Meine Männer, die die Bräuche kannten, kamen ebenfalls ins Zimmer und baten den Bey an meine Seite.

»Wir sind gekommen, um Euer Gebet zu empfangen, Efendi«, sagte er.

»Mein Gebet ist stets über euch ...«, erwiderte ich.

Kaffee wurde gereicht. Wir sprachen über dieses und jenes. Der Bey bat mich, seinem Haus die Ehre zu geben.

»Sehr gerne«, sagte ich, »ich nehme Ihre Einladung an.«

Da es ein offizieller Höflichkeitsbesuch war, küßten sie mir wieder die Hand und den Rocksaum und gingen. Ich erhob mich wieder nicht von meinem Platz. Meine Männer begleiteten die Besucher hinaus. Ein paar Tage später sandte ich dem Bey die Nachricht, daß ich ihn besuchen würde. Aber ich wußte weder, wo sich sein Haus befand, noch wie man dorthin kam, ich wußte gar nichts. Da ich angeblich allwissend war, konnte ich auch niemanden fragen, das würde meinem Ansehen schaden. Am Morgen des genannten Tages erschienen zehn Reiter mit zehn weiteren Pferden. Der Bey hatte sie geschickt. Zusammen mit meinen Männern bestiegen wir die Pferde. Aber ich konnte nicht reiten. Wenn ich vom Pferd fiel, wäre ich keinen roten Heller mehr wert. Der Nackte Scheich fällt nicht vom Pferd! Wenn ich mich plötzlich in die Luft erhöbe, würde das niemanden verwundern, aber ein Fall vom Pferd bestimmt.

An meiner einen Seite ritt der Verwalter des Beys, auf der anderen Meko, der Anführer der Omnibusräuber. Zu ihm sagte ich: »Meko, mein Sohn, Wir haben Mitleid mit dem Pferd, Wir wollen laufen. Aber Wir möchten niemanden außer dir an Unserer Seite haben ...«

Aus diesen Worten leitete Meko ein Lob für sich ab; ich hatte also nur zu ihm Vertrauen. Wir stiegen von unseren Pferden. Die Reiter entfernten sich.

»Wenn wir die Abzweigung nehmen, sind wir eher da als die anderen«, sagte er.

Meko, der Kurde, kannte sich in den Bergen aus, hier hatten sie den Gendarmen manches Schnippchen geschlagen. Sonst machte er sich nur in Begleitung von fünf, sechs Männern auf den Weg, aber mir als Scheich vertraute er und ging mit mir allein. Ich war soviel wert wie ein Bataillon Soldaten. Ich vertraute Meko auch. Solange er bei mir war, würde mich nicht ein einziger Räuber ausplündern. Da es kalt war, liefen wir schnell. Als wir ungefähr eine Stunde Weges hinter uns gebracht hatten, erreichten wir den Gutshof. Leute kamen angelaufen. Hinter ihnen eilte der Bey zum Empfang herbei. Er küßte mir sofort die Hand. Ich entzog sie ihm und strich mir über den Bart.

»Allahs Segen sei über dir, mein Sohn«, sagte ich, aber der Bey, den ich »mein Sohn« nannte, war mindestens fünf, sechs Jahre älter als ich.

»Wo sind meine Leute?« fragte der Bey.

»Sie sind noch unterwegs«, antwortete Meko.

Wir betraten das Gutshaus, wo der Bey mich in einen erstaunlich luxuriös eingerichteten Salon führte. Am meisten verblüffte mich die Tatsache, daß dieser Salon sich in nichts von denen in reichen Istanbuler Häusern unterschied. Es gab eine Bibliothek mit ledergebundenen Büchern. Dann wurde Kaffee gereicht. Der Bey erzählte mir, er fahre in Kürze nach Istanbul, er verbringe stets nur ein paar Monate im Jahr hier, ansonsten lebe er in Istanbul, zwei seiner Söhne studierten in England, und seine verheiratete Tochter lebe in der Schweiz. Mein Erstaunen nahm kein Ende. Zwischendurch sagte er: »Entschuldigen Sie mich einen Augenblick, Scheich Efendi«, und ging hinaus. Aus den Geräuschen draußen entnahm ich, daß die Reiter eingetroffen waren.

»Darf ich zu Tisch bitten, Scheich«, sagte er.

Wir gingen ins Eßzimmer hinüber und setzten uns an die Tafel. In meinem ganzen Leben hatte ich noch nie einen so pompös gedeckten Tisch gesehen. Zwei Bedienstete standen ehrerbietig da, eine Frau servierte. Was mich am meisten verblüffte, war die Raki-Flasche auf dem Tisch. Und dann füllte der Bey die Gläser eigenhändig! Was sollte das? Ich wies sofort auf meinen Glauben hin: »Uns ist das verboten, Wir trinken nicht, aber bitte sehr, Bey, wohl bekomm's.«

Hätte ich das nur nicht gesagt. Kaum hatte ich ausgesprochen, da grinste der Bey, der mir bis dahin mit so großer Hochachtung begegnet war: »Nun trink schon, du Heini, mir kannst du doch nichts vormachen!«

Ich sah ihn an – er meinte es ernst ... Meine Güte, wie sollte ich mich jetzt verhalten? Was tut man in einem solchen Augenblick? Man lächelt ...

Also lächelte ich: »Wir bitten Sie, trinken Sie doch, aber Uns würde es verunreinigen«, sagte ich.

Ich bemerkte, wie sich sein Gesicht umwölkte und er nervös die Hand bewegte. Dann schrie er: »Trink, habe ich gesagt, du Riesenganove!«

Ich sah auf die Diener. Jetzt hob der Bey die Hand und winkte. Die beiden Männer und die Frau gingen hinaus.

Als wir allein waren, hob der Bey sein Glas und sagte: »Auf Ihr Wohl, hoher Scheich.« Ich trank ihm ohne ein Wort zu. Was wollte der Mann mit seinem plötzlich veränderten Benehmen zum Ausdruck bringen? Ich hatte mich so in die Scheichwürde eingelebt, daß ich mich daran gewöhnt hatte, von allen respektiert zu werden.

Der Bey hatte mich genauso behandelt. Woher kam es, daß er sich plötzlich so benahm? Als ich mein erstes Glas geleert hatte, sagte er: »Prosit, alter Hahnrei! Wenn du nicht getrunken hättest, hätte ich dir so in den Hintern getreten, daß es dich tatsächlich verunreinigt hätte ...«

Der Kerl wurde plötzlich frech. Ich trank das zweite Glas.

»Ich glaube, du kommst mit der Scheichwürde zurecht, du gefällst mir«, sagte er.

Woher kam dieses Unglück, wie konnte ich ihm entrinnen? Oh, mein Allah, dachte ich und konnte gar nicht antworten.

»Wo kommst du eigentlich her?« fragte der Bey.

Was sollte ich antworten? Sollte ich sagen, ich käme aus Kaschgar, Buchara oder Horasan? Während ich noch darüber nachdachte, sprach er schon weiter: »Komm aus welchem Nest du willst, aber sag mir die Wahrheit, warst du schon mal im Kittchen?«

O je! ... Ob der mich aus dem Knast kannte?

»Aber nein …«, sagte ich, »an einem solchen Ort habe ich nichts zu suchen!«

»Sieh mal an, du siehst zwar einem im Verbrecheralbum sehr ähnlich, aber ich glaube dir … Es tut mir nur leid, daß du noch nie gesessen hast – schade.«

»Wieso?«

»Wenn du schon ein paarmal gesessen hättest, wüßtest du mehr, und das wäre gut. Dann wärst du jetzt ein Scheich ohne Fehl und Tadel … Dir fehlt noch etwas.«

Während ich mich unter seinen Worten duckte und stammelte: »Meine Scheichwürde ist vererbt«, klärte mich der Bey auf: »Mann, du Hochstapler, meinst du, hier könnte sich ein Vogel erheben, ohne daß ich davon wüßte? Du bist doch nur ein Scheich von eigenen Gnaden … Als sie dich splitterfasernackt auf dem Felsplateau gefunden haben, wurde mir berichtet: ›Wir haben einen nackten Kerl gefunden. Da haben wir Jagd Jagd sein lassen und sind hergekommen. Was sollen wir tun, Bey?‹ haben sie mich gefragt. Weil wir damals ganz schnell einen Scheich brauchten, habe ich gesagt: ›Männer, was steht ihr noch herum … Das ist unser Scheich, auf den wir so lange gewartet, den wir gesucht haben … Wir haben ihn im Himmel gesucht und auf Erden gefunden! Der Kerl ist splitterfasernackt, habt ihr gesagt? Dann ist er Seine Exzellenz der Nackte Scheich. Erweist ihm die Ehre und preist ihn in den höchsten Tönen‹, habe ich befohlen. Meine Männer haben zu mir gesagt: ›Bey, sein Name ist aber nicht Nackt, er hat gesagt, er heiße Ahmet.‹ – ›Da der Kerl nichts anzuziehen hat, kann er nicht die Kleidung wechseln, höchstens seinen Namen. Gebt nichts darauf, daß er sich Ahmet nennt. Er hat euch seinen wahren Namen verschwiegen. Geht zu ihm, und redet ihn mit 'Eure Exzellenz Nackter Scheich' an‹, habe ich gesagt. So war das …«

Ich merkte, daß der Bey die Sache mit dem Scheich nicht schluckte.

»Also durch Sie …«

»Als meine Melder kamen und sagten: ›Der Nackte Scheich will nicht ins Dorf kommen, er will auf dem Berg bleiben‹, habe ich mir gesagt: Unser Scheich ist schlauer, als ich gehofft hatte, und du gefielst mir. Bravo, du Gauner … Wenn du ins Dorf gekommen wärst, hättest du den Bewohnern unter die Augen treten müssen. Aber Beys und Scheichs halten sich vom Volk fern. Man schätzt sie, aber man weiß, daß man nicht einer der Ihren ist … Als man mir sagte: ›Seine Exzellenz der Nackte Scheich möchte nicht ins Dorf hinunterkommen‹, habe ich bei mir gedacht: Der Mann muß eine Menge im Knast gelernt haben, daß er so schlau ist! Einer, der noch nie im Kittchen war, hat doch nicht so viel Verstand … Deshalb habe ich dich gefragt, ob du schon gesessen hast. Jetzt sag mir die Wahrheit, hast du schon mal gesessen?«

Es würde nicht laufen, wenn ich lügte. Deshalb sagte ich lächelnd: »Na ja, ein bißchen schon, Bey.«

»Weshalb?«

Sollte ich etwa sagen: »Wegen Betrugs«?!

»Wegen einer Schlägerei«, antwortete ich.

Erst wollte ich sagen: »Ich habe einen umgebracht«, aber so sehr konnte ich nicht lügen.

Der Bey sah mich spöttisch an: »Mann, du siehst doch nicht aus wie einer, der sich schlägt. Sag schon die Wahrheit: War es wegen Diebstahl? Du siehst auch nicht aus wie einer, der den Mut hat, so etwas in der Nacht zu tun. Ich halte dich eher für einen kleinen Taschendieb. Haben sie dich geschnappt, als du einer alten Frau auf dem Bazar die Handtasche entrissen hast?«

»Ein paarmal haben sie mir Betrug angehängt, aber es stimmte nicht, es waren falsche Anschuldigungen …«

»Na, siehst du, jetzt haben wir es … Das gefällt mir schon besser. Du wirst mit dem Scheichtum schon zurechtkommen. Mann, wenn man einen wie dich sucht, findet man ihn gar nicht, außer man begegnet ihm zufällig … Dich hat tatsächlich Allah geschickt, und das Scheichtum ist dir wie bestellt in den Schoß gefallen …«

Da wir uns jetzt so gut verstanden, fragte ich ihn: »Verzeihung, Bey, aber weshalb haben Sie einen Scheich gesucht?«

»Man kann die Leute hier nicht ohne Scheich lassen … Früher hatten wir einmal einen einigermaßen brauchbaren

Scheich; er war ein Schweinehund, der dir in nichts nachstand, aber dann ist er mit dem Gesetz in Konflikt gekommen und wurde verbannt. Jetzt waren unsere Leute ohne Scheich. Ohne Brot können sie hier leben, aber ohne Scheich nicht ... Wir waren schon lange auf der Suche nach einem neuen. Hier und dort haben wir Freunde und Bekannte gebeten: ›Schickt uns einen geeigneten Scheich‹, aber sie fanden keinen. Dann hat Allah dich geschickt ... Dabei haben wir hier in den Dörfern unter den Einheimischen jede Menge Männer, die Scheich sein könnten ... ›Bey, mach mich zum Scheich!‹ sagen sie und fallen mir zu Füßen, aber ich habe keinen von ihnen ernannt.«

»Ernannt?«

»Ja, ernannt ... Was hast du denn gedacht?«

»Ich bin erstaunt, deshalb frage ich. Entschuldigen Sie, Bey, aber warum haben Sie keinen Einheimischen genommen?«

»Das geht nicht. Bei den Einheimischen wird es vom Vater auf den Sohn vererbt ... Wenn einer nicht durch Geburt, sondern später Scheich wird – so wie du –, ist ein Fremder besser. Unter den Einheimischen weiß jeder von jedem alles, und so ein Scheich hat nicht für zwei Piaster Respekt zu erwarten. Deshalb muß es ein Fremder sein, selbst wenn es nur ein Eselstreiber wäre. Es heißt doch: ›Keiner wird Prophet im eigenen Land‹ ... Deshalb gefiel mir, daß du nicht ins Dorf gekommen bist, sondern dich auf dem Berg eingenistet hast. Ein Mann von Format mischt sich nicht unters Volk, wenn er ein angesehener Mann bleiben will. Köroglu, unser volkstümlicher Räuber und Dichter, hat schon im 17. Jahrhundert gesagt: ›Seit das Schießeisen erfunden wurde, ist es mit dem Mut vorbei‹ ... Ebenso kann man sagen: ›Seit die Demokratie erfunden wurde, ist es mit dem Ansehen vorbei‹ ... Wenn du das Wort Demokratie einmal in den Mund nimmst und dich damit unters Volk mischst, bist du verloren ... Ja, gut, wir haben Demokratie ... Wir lassen auf unsere Demokratie auch nichts kommen ... Deshalb mischt man sich auch unters Volk, aber nur einmal, und dann geht man ganz schnell wieder fort. Hast du jetzt verstanden, Scheich Efendi, man mischt sich einmal unbedacht unters Volk, und gleich hat man einen schwachen Stand. Der alte Scheich war gut, er war nett, er war ein Scheich in der siebten Generation, aber dann hat er das Gesetz übertreten und wurde abgeschoben.«

Neugierig fragte ich: »Womit hat denn der alte Scheich das Gesetz übertreten?«

»Nun halt mal an, sei nicht so voreilig, du bekommst schon jede Lektion zu ihrer Zeit.«

»Wenn ich es nicht weiß, werde ich vielleicht den gleichen Fehler machen …«

»Dann fliegst du auf. Also stell nicht unbewußt etwas an, daß wir dann wieder ohne Scheich sind. Ich möchte nicht noch einmal diese Aufregung auf der Suche nach einem Scheich erleben müssen. So einen Galgenvogel wie dich findet man nicht alle Tage.«

Der Bey ging recht weit, aber aus Angst widersprach ich ihm nicht.

Er fuhr fort: »Die Feinheiten des Gesetzes wirst du nach und nach lernen. Laß dich jetzt nicht verwirren, ich will nur so viel sagen: Das Gesetz hier ist eine Dreieinigkeit, die du niemals zerstören darfst. Das ist wie mit der Dreieinigkeit im Gefängnis. Wenn ein Mann im Knast Heroin verkaufen will, was ist dann Voraussetzung? Er muß einen Händler finden, der ihm das Heroin von draußen schickt, das ist das eine … Drinnen muß er der anerkannte Anführer sein, das ist das zweite … Nun gut, aber wie kommt das Heroin von draußen hinein? Dazu muß einer von der Gefängnisverwaltung heimlich seine Hand im Spiel haben, das ist das dritte … Wenn diese drei Dinge nicht zusammenlaufen, wird im Gefängnis kein Heroin verkauft, und die heroinsüchtigen Häftlinge krümmen sich in ihrer Krise wie Würmer … Hier ist es ähnlich, du gerissener Scheich Efendi! Hier gibt es auch eine Dreieinigkeit. Die eine ist der Bey, das bin ich … Die zweite ist der Scheich, das bist du … Die dritte ist die Regierung, das ist der Gendarmerie-Kommandant …«

Als er das sagte, war ich so fertig, daß es der Bey bemerkte: »Als du das Wort Gendarm gehört hast, bist du ja ganz grün im Gesicht geworden, großer Scheich … Dem Gendarmen drehst du den Rücken, hast du verstanden?«

»Der alte Scheich hat also …«

»Zieh den alten Scheich da nicht hinein, der hat eine Menge ausgefressen. Wir beide haben uns ja gut verstanden und er und der Gendarm auch …«

»Was war denn dann?«

»Mann, Regierung habe ich gesagt! Wenn hier ein großes Tier von unserer Partei herkommt, mußt du ganz vorsichtig Politik machen, so wie die englischen Lords im Oberhaus. Das hat unser Scheich nicht fertiggebracht. So, das war deine erste Lektion … Wenn wir drei uns nicht verbrüdern, gibt es im Dorf eine Krise wie bei den Häftlingen ohne Heroin. Allah behüte uns davor … Deshalb unsere Aufregung, einen Scheich zu finden. Hätten wir nicht so eine Kreatur wie dich gefunden, hätten unsere Dörfler sich einen Scheich aus einer hohlen Eiche geschnitzt. Jetzt bist du ein richtiger Propheten-Scheich. Ich bin doch eben draußen gewesen, weißt du, was sie über dich sagen? Bist du nicht vom Pferd gestiegen und mit unserem Räuberhauptmann über die Abkürzung hierher gekommen?«

»Ja …«

»Deshalb seid ihr vor den Reitern hier gewesen …«

»Ja …«

»Weißt du, was der Räuberhauptmann jetzt draußen erzählt? Er sagt: Die Reiter hätten sich auf den Weg gemacht, und ihr seid dageblieben. Dann sollst du zu ihm gesagt haben: ›Wir müssen jetzt beten!‹«

»Das habe ich nicht gesagt …«

»Natürlich hast du das nicht gesagt, aber höre weiter … Ihr hättet dann gebetet – du sollst ja früher Imam gewesen sein –, und dieser berüchtigte Straßenräuber, der unzählige Morde und Plünderungen auf dem Gewissen hat, fühlt sich als deine Gemeinde und sagt, er habe dir nachgebetet. Zwei Gebete will er mit dir verrichtet haben. Nach dem zweiten sollst du ›Selam aleikum‹ und ›Gnade sei Allah‹ gesagt und deinen Kopf nach rechts gewendet haben … Und weißt du, was der Räuber dann gesehen hat …?«

»Was denn?«

»Na, du kannst Fragen stellen ... Wie er noch auf dich schaut, bist du auch schon hier. Du hast gestanden und gebetet, die Augen geöffnet, dann bist du plötzlich losgeflogen. Was du für Wunder vollbringen kannst! Die Reiter sprengen los und kommen eine Stunde nach dir an, ist das nicht wunderbar! Das ist deine Heiligentat ... Der Räuberhauptmann erzählt, und die Tölpel stehen mit offenem Mund um ihn herum, hören zu und sagen ›Allah ... Allah, Allah, Allah!‹«

»Das ist doch gelogen ... Wir sind gelaufen, über die Abkürzung, die der Räuberhauptmann mir gezeigt hat.«

»Natürlich ist das eine Lüge, mein Lieber ... Der Räuberhauptmann weiß auch, daß das ganze Gerede erfunden ist ... Die Trottel, die zuhören, wissen es, du weißt es, ich weiß es ... Meinst du, daß es einen Einheimischen gibt, der die Abkürzung von deinem Küntberg hierher nicht kennt und nicht weiß, daß man so in einer halben Stunde hier sein kann ... Das wissen schon die kleinen Kinder ... Weißt du, was mein Schurke von Verwalter zu der Geschichte des Räuberhauptmanns sagt? Der sagt auch: ›Allah, Allah ... Wir sind geritten, und plötzlich erschien vor mir eine weiße Wolke, und auf der weißen Wolke erschien ein Schimmel. Auf dem Schimmel erschien unser Scheich Sait der Nackte. Seine Exzellenz der Scheich flog auf dem Pferd dahin.‹ Als mein Verwalter das erzählt hat, haben die anderen gesagt: ›Ja, das haben wir auch gesehen, wir waren ganz verblüfft ... O Allah, welche Gnade, daß unser Scheich Sait der Nackte nicht vor unseren Augen vom Pferd fiel!‹«

»Als sie mich damals splitterfasernackt auf dem Felsplateau vor Kälte zitternd gefunden haben, kam eine Frau und sagte zu den Leuten, ich sei ihr im Traum erschienen.«

Mit diesen Worten wollte ich meine »heilige Position« festigen. Aber der schlaue Bey merkte das und sagte: »Man sollte deinen Bart an einen Maultierschweif binden und dich durch die Berge schleifen ... Du solltest dich schämen, du bist ja kein bißchen besser als die armen Schlucker ... Jetzt fängst du auch schon an, deine eigenen Lügengeschichten zu glauben. Und warum? Weil du ein ebenso armer Schlucker bist. Wenn sie dich von hier fortjagen, wirst du wieder ein ganz kleiner Dieb sein und im Kittchen landen. Das weißt du ganz genau.«

»Wissen jetzt alle im Dorf, daß ich nicht wirklich Scheich Sait der Nackte bin?«

»Natürlich ...«

»Aber sie glauben an ihre eigenen Lügen, nicht wahr?«

»Ja, das tun sie ...«

»Aber warum?«

»Meinst du, wir haben seit heute früh Märchenstunde? Das Dorf braucht einen Scheich ...«

»Aber warum denn?« fragte ich wieder.

»Warum, warum ... Das ist doch klar. Die Menschen hier haben keinen Arzt, keine Hebamme, keine Medizin, keine Straßen, keine Arbeit, kein Geld ... Sie sagen sich: Wenn wir schon gar nichts haben, wollen wir wenigstens einen Scheich ... Glaubst du Strizzi mit deinem besabberten Bart, daß die Dörfler nicht wissen, daß die Erde, auf die deine dreckigen Füße getreten haben und die sie als Salbe auf ihre Wunden schmieren oder als Medizin einnehmen oder daraus ein Getränk für ihre unfruchtbaren Frauen brauen, überhaupt nichts nutzt? Mann, sie haben keine Medizin und kein Geld ... Was sollen sie denn tun! Es ist eine Hoffnung, und wenn es nur eine leere Hoffnung ist ... Hätten die Leute ein menschenwürdiges Haus, Arbeit, einen Arzt, Medizin, würden sie dir einen Kanister an den Bart binden, damit es schön klappert, wenn sie dich zum Teufel jagen ...«

Von dem Gerede des Beys bekam ich richtiges Alpdrücken ...
»Und die Regierung?« fragte ich.

»Die Regierung! Nun sieh einmal an ... Was soll denn die Regierung tun? Wenn unsere Regierung Salbe hätte, würde sie sich die eigene Glatze einschmieren ... Wenn es keinen Aga gibt und keinen Bey und auch keinen Scheich, wie soll dann die Regierung mit den Leuten fertig werden? Das schafft sie nie! Hast du deine Arbeit endlich begriffen? Einerseits bist du kein offizieller Regierungsvertreter, aber was ist andererseits ein offizieller Regierungsvertreter neben dir ...«

Der Bey und ich, wir waren ganz schön betrunken. Ich blieb über Nacht. Am nächsten Morgen beim Frühstück ließ er immer noch nicht locker. Die ganze Zeit zog er mich auf: »Mann, Scheich, sieh mal, in dem Schrank stehen Bücher. Von denen kannst du dir welche mitnehmen. Lies, damit dein Geist arbeitet.«

Als ich mir die Bücher ansah, war ich erstaunt. Viele von ihnen waren gegen die Lehnsherrschaft und das Scheichtum. Er besaß Bücher, von denen ich wußte, daß sie verboten waren. Als er mir sagte: »Such dir dort ein paar aus!«, wollte er mich sicher auf die Probe stellen. Ich nahm mir zwei über die Nachlaßregelung von Verfassern, die unsere Regierung unterstützten.

»Zeig mal her«, sagte der Bey.

Ich reichte sie ihm.

Das hatte er sich so gedacht! Wollte wissen, ob ich für die Regierung bin oder dagegen.

»Weshalb hast du dir denn ausgerechnet die ausgesucht? Wem nutzen die denn?« wollte er wissen.

Er nahm ein Buch aus dem Schrank und gab es mir: »Hier, nimm das, lies es gründlich, und dann behandle die Leute entsprechend!«

Den Titel des Buches weiß ich heute noch: »Scheichtum und Agatum aus islamischer Sicht«.

»Lies es gründlich, und merk dir gut, wo dein Standort und der meine im Islam sind!« sagte er.

Als er mich verabschiedete und mir wieder seine Leute mitgab, geschah etwas Verblüffendes.

Beim Besteigen des Pferdes bezeugte der Bey mir denselben Respekt wie bei unserem ersten Zusammentreffen …

Vor meinen Schimmel hatten sie einen hohen Auftritt gestellt. Der große Bey half mir nicht nur beim Aufsteigen, er schob meinen Fuß sogar eigenhändig in den Steigbügel. Als ob die ganze Herumwinselei noch nicht ausreichte, nahm er meine Hand und küßte sie. Ich beugte mich zu seinem Ohr, als wollte ich ihm ein Geheimnis anvertrauen, und flüsterte: »Seit gestern abend kanzeln Sie mich ab. Was soll denn die respektvolle Behandlung jetzt wieder bedeuten, Sie-Bey-Sie?«

Er hatte mich beim Trinken so ausgezählt, daß ich, um meiner Ehre willen und um ihm nicht nachzustehen, begonnen hatte, ihn »Sie-Bey-Sie« zu nennen. Ich wollte ihn auch herabsetzen.

»Die Sitte will, daß ich dir diesen Respekt erweise, damit die Dörfler dich auch wie einen großen Mann behandeln, du ehrloser, nachgemachter Scheich. Haben unsere Väter nicht gesagt: ›Scharfer Verstand ist manchmal mehr wert als ein Wunder.‹ Nun wollen wir mal sehen, ob du ein Wunder vollbringst, damit niemand deine Heiligkeit anzweifelt.« Dabei drückte er mir die Hände noch einmal, küßte sie und fuhr mit lauter Stimme fort, damit alle es hörten: »Ach, mein lieber Scheich, schließt uns Sünder in Eure Gebete ein!«

Hinter mir Reiter, rechts und links ebenfalls, machten wir uns auf den Weg. Nach kurzem Ritt sagte ich wie auf dem Hinweg: »Wir haben Mitleid mit dem Pferd, Wir wollen absteigen.«

Da kam der Räuberhauptmann an meine Seite und sagte leise zu mir: »Ach, mein lieber Scheich, auf dem Hinweg sind wir den Berg herabgekommen, das ging leicht und schnell. Den steilen Aufstieg schaffen wir nicht zu Fuß. Es würde uns umbringen. In acht Stunden wären wir noch nicht angelangt. Sag also nicht, daß du absteigen willst …«

»Gut, gut, mein Sohn, aber ich kann mich nicht auf dem Pferd halten …«

»Mach dir keine Sorgen, ich führe dein Pferd am Zaum.«

Ja, so war das … Ich lebte wie ein König. Manchmal dachte ich, wo das alles hinführen sollte. Um zu vergessen, nahm ich ein Glas Wein zur Hand und streckte mich aus.

So verging die Zeit, und eines Tages hieß es: »Oberstleutnant Bedri kommt! Er hat einen Boten geschickt.«

Mir sagte es der Räuberhauptmann, und ich fragte ihn: »Wer ist denn Oberstleutnant Bedri?«

Er war sehr erstaunt über meine Unkenntnis, aber bemüht, es sich nicht anmerken zu lassen: »Oberstleutnant Bedri ist ein sehr strenger Gendarmerie-Kommandant …«, begann er mir zu erklären. Vor Oberstleutnant Bedris Zeiten waren diese Berge ein einziges Räuberlager gewesen. Dem Militär war die Säuberung nicht gelungen. Jeden Tag gab es Straßenraub und Überfälle. Kein Fahrzeug, ob Omnibus oder Privatwagen, konnte die Landstraße passieren. Die Räuber waren so gefährlich geworden, daß weder Gendarmerie noch Militär mit ihnen fertig wurden. Die Zeitungen zeterten: Es gäbe keine Sicherheit mehr, Leben, Besitz und Ehre seien nicht mehr gewährleistet. Wie viele Gendarmerie-Einheiten hatten die Banditen davongejagt. Keiner der häufig wechselnden Kommandanten war mit den Räubern fertig geworden. Schließlich kam dieser Oberstleutnant Bedri und hat die Räuber mit Stumpf und Stiel ausgerottet.«

Das erklärte mir ausgerechnet der Mann, der noch vor wenigen Monaten den Omnibus angehalten und uns Reisende mit seinen Männern ausgeplündert hatte.

»Wie hat denn dieser Oberstleutnant Bedri die Sache in den Griff bekommen?« fragte ich ihn.

»Er soll der Regierung versprochen haben: Gebt mir sechs Monate, dann habe ich die Räuber ganz legal mit Stumpf und Stiel ausgerottet! Da die Regierung keine andere Wahl hatte, soll sie entschieden haben: ›Gut, du hast sechs Monate Frist … Mach, was du willst. Unser Befehl lautet nur, die Räuber zu erledigen. Aber mach nichts Illegales!‹ Und dann hat dieser Oberstleutnant Bedri das in weniger als sechs Monaten geschafft.«

»Wie ist ihm das gelungen?«

»Er hat Mittel und Wege gefunden, mein Scheich. Unsere Leute hier sind aus Not und Armut zu Räubern geworden. Was sollen sie tun, wenn es keine Arbeit gibt. Die ersten zwei Monate nach seiner Ankunft hat sich Oberstleutnant Bedri überhaupt nicht um die Räuber gekümmert. Daraufhin gab es in den Bergen Banditen wie Sand am Meer. Es ging so weit, daß sich drei Räuberbanden um eine Felsenhöhle prügelten. Als es dann mehr Räuber als Nichträuber gab, überfielen sie sich gegenseitig. Oberstleutnant Bedri kümmerte sich nicht darum, er schickte nicht einen Gendarmen, er krümmte niemandem ein Haar. Darüber waren die Räuber so zufrieden, daß sie beteten: ›Möge Allah dich uns nicht wegnehmen …‹

Sie begannen also, sich gegenseitig zu überfallen und umzubringen. Wer bei diesen Kämpfen starb, der starb, wer am Leben blieb, den ließ Oberstleutnant Bedri wegen Totschlags festnehmen und ins Gefängnis werfen. So wurden die Räuber immer weniger.

Eines Tages ließ dann Oberstleutnant Bedri unseren Räuberhauptmann zu sich rufen. Aus Angst ging er nicht zu ihm; er fürchtete, festgenommen und ins Gefängnis geworfen zu werden, denn er hatte schon vielen das Lebenslicht ausgeblasen. Damals sagte unser Bey zu ihm: ›Sei nicht dumm, geh hin. Oberstleutnant Bedri ist ein Kerl. Wer sich unter seinen Schutz stellt, den vernichtet er nicht …‹

Da ging Meko. Er betrat die Kommandantur und stand vor Oberstleutnant Bedri stramm: ›Ach, Kommandant, vergelten Sie nicht Gleiches mit Gleichem‹, hat er gesagt, ›geben Sie mir eine Arbeit in der Kreisstadt, als Müllmann oder etwas Ähnlichem, mit einem festen Lohn bei einer Behörde, dann gebe ich das Räuberleben auf und lebe ehrlich. Es genügt, wenn wir satt werden, aber ich möchte gern eine Arbeit mit regelmäßigem Einkommen haben, so wie Sie …‹

›Bravo, du Hundesohn‹, soll Oberstleutnant Bedri geantwortet haben, ›du bist ein Kerl, wie ich es erhofft habe, aber das Räuberleben wirst du nicht aufgeben, du machst weiter! Ich ernenne dich zum König der Berge. Deine Befehle empfängst du von mir.‹

Den ersten gab er ihm gleich. Da waren noch zwei Räuberbanden in den Bergen, die sollte er in eine Falle locken. Um König der Berge zu werden, dürfe es außer ihm keinen Räuber geben. So wie kein Land zwei Könige habe könne, könne es auch auf einem Berg nicht zwei Räuber geben.

Als unser Räuberhauptmann ›Zu Befehl!‹ sagte und gehen wollte, bestimmte der Kommandant: ›Warte, hör zu! Du gehst jetzt direkt in die Küntberge. Dort begibst du dich in die

Grotte. Aus Istanbul ist ein Journalist gekommen, der mit dir sprechen will. Dein Ruhm hat sich im ganzen Land herumgesprochen. Alle Zeitungen schreiben über dich. Der Journalist wird dich auch fotografieren. Ich gebe ihm zwei Gendarmen mit und schicke ihn zu dir. Natürlich wissen wir nicht genau, wo du dich aufhältst … Du wirst mit dem Journalisten reden. Ich weiß nichts davon. Der Reporter wird dich fragen, weshalb du in die Berge gegangen und Räuber geworden bist. Dann sagst du keinesfalls: 'Aus Hunger und Armut', hast du verstanden?! Wenn du sagst: 'Wenn die Stadt mir eine feste Anstellung bei der Müllabfuhr gegeben hätte, wäre ich nicht in die Berge gegangen', lasse ich dich wie einen Hund herschleifen und breche dir die Knochen. Du sagst zu dem Reporter: 'Um meiner Ehre willen bin ich auf diesen Weg geraten. Als ich meinen Militärdienst ableistete, hatte ein tyrannischer Bey ein Auge auf meine Frau geworfen … Und um meine Ehre wiederherzustellen …' Hast du das verstanden? … Und dann sagst du: 'Ich habe noch nie einen Menschen umgebracht! Ich nehme es von den Reichen und gebe es den Armen. Armen Mädchen regle ich die Mitgift und richte ihnen die Hochzeit aus …' Wenn du das nicht sagst, hau ich dir aufs Auge …‹

Unser Räuberhauptmann sagte ›Zu Befehl!‹ und machte, daß er davonkam. Er zog sich in die Grotte in den Küntbergen zurück. Kurz danach kam der Reporter aus Istanbul. Der Räuberhauptmann hat so geredet, daß dem Journalisten die Tränen gekommen sind … ›Mann, du lügst so schön wie einer, der lesen und schreiben kann, du hast sogar mich zum Weinen gebracht … Ich werde deine Geschichte noch ausschmücken. Alle Leute werden beim Lesen so weinen, daß sie geschwollene Augen bekommen‹, sagte er.

Unser Räuberhauptmann fuhr fort: ›Allah sei Dank, außer mir gibt es hier jetzt keinen Räuber mehr. Zuerst dank Allah und dann auch dank Oberstleutnant Bedri haben wir die Räuber ausgerottet.‹«

»Und du?« fragte ich.

»Ich unterstehe der Regierung …«

Ich merkte, daß dieser Oberstleutnant Bedri klug und gerissen war; da er wußte, daß die Gegend nie frei von Räubern sein würde, hatte er eine Bande unter Befehl genommen und dadurch das Auftauchen anderer Räuber verhindert. Ganz ausrotten ließen sie sich nie, dann sollten sie wenigstens unter Gendarmeriebefehl stehen …

Bei diesem Gespräch erfuhr ich auch, weshalb der Scheich aus der Familiendynastie hinausgeworfen worden war.

Oberstleutnant Bedri war ein hundertprozentiger Republikaner und Kemalist. Der alte Scheich hatte eine Räuberbande gegründet und es verheimlicht. Darüber war Oberstleutnant Bedri erbost und hatte gesagt: »Wie konntest du mir das antun?«

Er ließ den alten Scheich wegen Opposition gegen die Republik und die Reformbestrebungen verbannen. Als er ging, hat Oberstleutnant Bedri gesagt: »Wenn wir einen Räuberhauptmann gefunden haben, wie wir ihn uns wünschen, werden wir auch noch einen geeigneten Scheich finden. Wir werden unser Volk nicht ohne Scheich lassen.«

Das war genau, was der Bey zu mir gesagt hatte! »Keine Herde kann ohne Herrn sein. Jede Herde hat einen Besitzer, einen Hirten und einen Hund. Jede Herde kann mehrere Hirten und mehrere Hunde haben, aber sie hat nur einen Herrn. Das Volk ist wie eine Herde, es muß einen Herrn haben, einen Bey oder einen Aga. Und dann brauchen sie einen Scheich wie dich und einen Räuber mit seinen Männern, der ihn beschützt …«

»Unser Oberstleutnant Bedri ist ein ganz harter Bursche«, sagte unser Räuberhauptmann.

Wenn er wütend war, konnte er einen bis zur Ohnmacht prügeln. So ein Mann wollte uns jetzt besuchen. Als ich hörte, daß er republikanisch eingestellt war und ein Reformist, bekam ich große Angst. Wenn dieser Oberstleutnant Bedri von meinen Vorstrafen erfuhr, war ich verloren, er würde mich verprügeln … Ob er etwa erfahren hatte, wer ich war, und kam, um mich zu verhaften?

Ich schrieb sofort einen Brief an den Bey. Zu einem meiner Männer sagte ich: »Mach schnell, mein Sohn, flitze wie ein

Pfeil! Bring diesen Brief zum Bey. Warte auf Antwort, und komm zurückgeflogen!«

Die Antwort des Beys kam: »Exzellenz, verehrter Scheich, mein scham- und ehrloser Efendi! Natürlich weiß ich, daß der Gendarmerie-Kommandant kommt, und habe auch meine Vorbereitungen getroffen. Habe ich dir, du krummer Hund, nicht gesagt, daß hier kein Vogel auffliegen kann, ohne daß ich es erfahre! Der Melder, der dir diesen Brief bringt, hat Kopfschmerzen. Du wirst ihm diesen Brief als Amulett geben. Mit eigener Hand wirst du ihn verbrennen und den Melder gegen seine Kopfschmerzen den Rauch des verbrennenden Papiers einatmen lassen, ohne ein Stäubchen davon zu vergeuden. Mit Allahs Gnade werden seine Kopfschmerzen verschwinden. Nun zeig mal deine Wundertaten, du Nichtsnutz! ... Falls du meinen Brief nicht verbrennst, sondern aufhebst, mußt du wissen, was du tust ... Ich grüße dich herzlich, mein verehrter Efendi, mein Scheich ...«

Als ich den Brief gelesen hatte, war ich ganz aus der Fassung geraten und sagte zu dem Meldereiter, er könne gehen.

»Der Bey hat gesagt ...«

»Was hat er gesagt?«

»Ich habe Kopfschmerzen, und da ...«

»Wer hat Kopfschmerzen?«

»Ich, und der Bey hat gesagt ...«

»Ja und ...«

»Wenn man den Rauch von einem Amulett einatmet, gehen die Kopfschmerzen weg.«

Ich merkte, der Mann hatte strikte Anweisungen, und zündete den Brief mit einem Streichholz an. Der Melder beugte sich über den Rauch und inhalierte. Dann streute er die Asche in den Wind, wie es ihm der Bey befohlen hatte.

An jenem Tag kam unser Räuberhauptmann Meko atemlos angelaufen: »O Scheich, Oberstleutnant Bedri kommt ...«

»Laß ihn nur, er ist Uns willkommen ...«

Vor Meko und seinen Leuten tat ich, als nehme ich die Sache auf die leichte Schulter, aber nach allem, was man sich über Oberstleutnant Bedri erzählte, überkam auch mich die

Angst. Wir Vorbestraften leben sowieso immer in Furcht. Ich träume ständig von Polizisten und Gendarmen.

Da ich nicht wußte, was das Protokoll in solchen Fällen für einen Scheich vorschreibt, bereiteten mir der Empfang und die Begegnung Sorgen. Wo hat der Scheich inmitten eines Beys, eines Gendarmerie-Kommandanten und ähnlichen Regierungsbeamten seinen Platz, ganz vorn oder ganz hinten? Wo mein Platz im Verhältnis zum Bey war, wußte ich. Wenn wir beide allein waren, nannte er mich dauernd »Du großer Schuft!« und beschimpfte mich, aber wenn andere dabei waren, ließ er mich vorneweg gehen, bezeugte mir Ehrerbietung und küßte mir die Hand. Aber wie war meine Stellung zu Oberstleutnant Bedri?

Sollte ich bei seinem Eintreffen zur Tür laufen oder ihm sogar entgegengehen? Sollte ich mich auf mein Fell setzen, ihn erwarten und dabei die Gebetskette durch die Finger gleiten lassen?

Ohne mir meine Unkenntnis anmerken zu lassen, brachte ich von meinen Leuten in Erfahrung, daß der Gendarmerie-Kommandant auch meinen Vorgänger besucht hatte, aber der hatte sagen lassen, er sei »beim Gebet« und hatte die Ankömmlinge eine halbe Stunde warten lassen, ehe er sie empfing …

Wenn ich mich jetzt genauso benähme, und dieser Oberstleutnant Bedri, dieser Räubertöter, würde sagen: »Mann, ich komme im Namen der Regierung, und du kriegst deinen Hintern nicht hoch, was?« und mich verprügelte …

Ich werde nie vergessen, was unser Geschichtslehrer einmal im Unterricht erzählt hatte. Wenn die Botschafter zum Großwesir kamen, wollte der sich vor ihnen nicht erheben, also empfing er sie stehend. Es wäre unpassend gewesen, wenn er, der mächtige Großwesir, beim Eintreffen der unbedeutenden Botschafter aufgestanden wäre – er, der niemanden außer dem Sultan über sich hatte. Sich zu erheben war unvereinbar mit seiner Position … Stand er aber, dann stand er nicht wegen der Botschafter, sondern weil er stehen wollte. War ich hier nicht genauso etwas wie ein Großwesir? Also sollte ich mich auch so benehmen. Ich zog mich in mein Zimmer zurück und stellte mich ans Fenster.

Sowohl im Hof als auch vor meiner Zimmertür warteten meine Männer. Ein Geländewagen fuhr auf den Hof. Aus ihm stiegen mehrere Personen. Draußen hörte ich eine Stimme. Sie ähnelte einem Gewittergrollen …

»Wird Seine Exzellenz der Scheich Efendi uns zu empfangen geruhen?«

Du meine Güte, wer sollte es sich erlauben, ein solches Grollen nicht zu empfangen? Ich konnte nicht verstehen, was meine Leute ihm antworteten, vielleicht hatte die Angst ihnen auch die Sprache verschlagen. Wissen Sie, was mir plötzlich in den Sinn kam? Was wäre, wenn ich mich Oberstleutnant Bedri zu Füßen werfen und ihn anflehen würde: »Vergelten Sie nicht Gleiches mit Gleichem!«? Denn falls dieser Oberstleutnant Bedri wußte, daß ich ein vorbestrafter Betrüger bin, würde ich hier nicht heil herauskommen.

Noch ein Grollen: »Oder betet der Scheich Efendi gerade?«

O je … Sollte ich jetzt hinter der Tür flüstern: »Ja, ich bete gerade«, aus dem Fenster springen und mich aus dem Staub machen? Jeder Betrug geht einmal zu Ende, ein falsches Scheichtum etwa nicht? … Schließlich besaß ich etwas Geld, sollte ich nun also aus dem Fenster springen und mich den Berg hinunter auf den Weg ins Städtchen machen? Aber dann würde der Oberstleutnant Bedri in seinen Geländewagen springen und mich unterwegs einholen! …

»Es ist doch gestattet? Mit Verlaub!«

Gleichzeitig mit dem lauten »Verlaub« flog die Tür auf, daß der Putz von der Wand rieselte, und ein Stiefel wurde sichtbar. Was sollte da noch die Frage, ob es gestattet sei? Einer, der mit Erlaubnis die Tür eintritt, würde mir wahrscheinlich ohne Erlaubnis das Dach über dem Kopf anzünden … »Ach, großer Allah …«, dachte ich bei mir, »laß mich bitte ein Scheich-Wunder vollbringen. Ich möchte den Oberstleutnant Bedri anhauchen und machen können, daß er zu einem steinernen Denkmal erstarrt. Wenn du mir dabei nicht hilfst, laß ihn sich wenigstens beruhigen.«

Lachen Sie nicht! ... Ich habe Ihnen doch gesagt, daß wir Vorbestrafte in unserer Hoffnungslosigkeit sehr deprimiert sind, zu phantasieren beginnen und an Dinge glauben, die es gar nicht gibt ...

Zuerst kamen die Stiefel, dann er ... Allah, Allah! ... War das der Oberstleutnant Bedri mit der Nebelhornstimme? Dieser Dreikäsehoch ... Wenn man ihn samt Kleidung und dem Schlamm an seinen Stiefeln wog, würden kaum fünfzig Kilo herauskommen ... Wo kam denn bei diesem Mann die Stimme her, und wie brachte er sie heraus? ... Ich zitterte vor Angst am ganzen Körper. Als ich vor ihn hintreten und »Willkommen« sagen wollte, vibrierten meine Lippen nur, ich brachte keinen Ton hervor. Wie sehr mich die Angst ergriffen hatte, können Sie daran ersehen, daß der Gendarmerie-Oberstleutnant, als er meine Lippen zittern sah, sich umdrehte und einen seiner Leute, die ehrerbietig und mit gefalteten Händen dastanden, angrollte: »Mann, nun sieh doch, du Esel ... Seine Exzellenz der Scheich ist beim Gebet ... Habe ich dir nicht gesagt, daß du fragen sollst, ob es gestattet ist?« Dabei gab er ihm eine Ohrfeige, daß der Mann sich mehrmals wie ein Kreisel drehte.

Es war das gleiche Spiel wie bei unseren Gefängniswärtern. Ha, schließlich war ich ein alter Knastbruder! Wenn der Aufseher von einem unerfahrenen Neuzugang Geld haben wollte, nahm er sich einen Mann mit, erfand einen Vorwand – genau wie der Oberstleutnant – und beschimpfte ihn, um den Neuen einzuschüchtern, und ohrfeigte ihn ... Dieses Spiel läuft immer gleich ab. Der Aufseher hatte sogar Männer, die er sich speziell für diese Ohrfeigen hielt. Wenn der Mann angebrüllt und geohrfeigt wurde, hallten die Geräusche in den Mauern wider, dabei hielt man dem Neuen das Tablett mit den Teegläsern hin und sagte zu ihm: »Möge Allah dich davor bewahren.« In seiner Angst vor solchen Prügeln legte der Mann fünfzig oder hundert Lire auf das Tablett.

Ich durchschaute Oberstleutnant Bedris Spiel. Mit dem Anbrüllen und Ohrfeigen des Mannes, der mit gefalteten Händen dastand, wollte er mir Angst machen. Als ob meine

Furcht noch größer hätte werden können ... Ich zitterte, und meine Lippen vibrierten immer noch. »Willkommen«, wollte ich sagen, aber mehr als: »Will ... Will ... Will ...« kam mir nicht über die Lippen.

Der Oberstleutnant reagierte gar nicht gut auf dieses Gestotter. Er runzelte seine buschigen Augenbrauen und fragte: »Was gibt's?«

Jetzt verschlug es mir die Sprache völlig. Furchtsam trat ich ein paar Schritte zurück. Schließlich brachte ich unter größter Anstrengung mit dünner Stimme ein »Willkommen« heraus.

Der Oberstleutnant behandelte mich mit äußerster Zuvorkommenheit: »Seien Sie gnädig, hören Sie mich an, Exzellenz Scheich Efendi ... Aber bitte, lassen Sie sich nicht stören, setzen Sie sich doch ...«

Während er das sagte, faßte er mich an den Schultern und drückte mich auf den Sitz. Er bezeugte mir seine Hochachtung und gleichzeitig seine Kraft ... Ich bin ja kein Raufbold, aber immerhin war ich in der Schule ein sehr guter Sportler ... Wenn ich mit dem Mann allein gewesen wäre, hätte ich ihn fertiggemacht, aber ich war allein, er hatte Gefolge ...

»Ich werfe mich Ihnen zu Füßen, setzen Sie sich, Exzellenz Scheich Efendi ...«, sagte er.

»Aber ich bitte Sie ...«

»Ich habe bisher noch nicht kommen können, vergeben Sie mir, daß ich diesen Besuch bis heute versäumt habe. Verzeihen ist das Privileg der Großen ...«

Genauso wie der Bey küßte er mir die Hand. Dann sassen wir uns gegenüber. Ein guter Plauderer war er auch, wir sprachen von diesem und jenem, als er plötzlich sagte: »Exzellenz Scheich Efendi, Sie sind allwissend, aber trotzdem möchte ich es aussprechen: Sie sind es, der Ruhe und Ordnung in dieser Gegend gewährleistet, nicht ich. Unsere Gendarmerie reicht nicht aus. Selbst wenn wir die gesamte Gendarmerie des Landes hier zusammenziehen würden, könnten wir der Lage nicht Herr werden. Von unseren Vorfahren haben wir uns sagen lassen: ›Ein Scheich ist soviel wert wie fünf Regimeter Gendarmen‹. Sie sind also hier die fünf Regimenter Gendarmen. Wir vertrauen Allah, und nach Ihm vertrauen wir Ihnen.«

Er war gar nicht so, wie man ihn mir geschildert hatte. Er war ein vornehmer, wohlerzogener, sehr höflicher Mann. Er fluchte auch nicht wie der Bey. Aber man kann nie wissen – ich benahm mich lieber zurückhaltend.

Und dann fragte er mich doch tatsächlich: »Wenn es stimmt, was ich gehört habe, stammen Sie aus Samarkand, oder war es Buchara?«

Allah sei Dank, er ließ mir keine Zeit zur Antwort, sondern fuhr fort: »Sie erinnern mich an einen Freund, drehen Sie sich doch mal zum Licht, mein Scheich!« Er nahm meinen Kopf in seine Hände und drehte ihn zum Fenster. Nachdem er mich prüfend angesehen hatte, wie man ein Stück Stoff bei Tageslicht betrachtet, sagte er: »Allah, Allah … Wenn Sie den Bart nicht hätten, mein Scheich, würden Sie genauso aussehen wie er … Wie kann man sich nur so ähneln …«

Mir war, als ob mir kochendes Wasser über den Kopf gegossen worden wäre. Er sprach weiter: »Auf dem Gymnasium hatten wir einen sehr netten Mitschüler. Er war ein großer Spaßvogel. Wenn er Küchendienst hatte, brachte er stets gebratene Leber, Nieren und Süßigkeiten schüsselweise in unseren Schlafsaal. Mit Fausthieben und Fußtritten weckte er mich aus dem schönsten Schlaf. ›Steh auf, Bedri!‹ Mitten in der Nacht stopften wir das Essen in uns hinein …«

Er schwieg und sah mich eine Weile aufmerksam an. Es war ein Blick, der sagen sollte: »Mann, du Gauner, ich habe dich doch erkannt!« Ich erkannte ihn auch. Er war einer meiner besten Kameraden in der Kadettenanstalt gewesen, Bedri-die-Maus. Nach so vielen Jahren war er also Gendarmerie-Oberstleutnant geworden. Am liebsten hätte ich ihn umarmt und »Bedri, mein Bruder!« zu ihm gesagt. Aber ich traute ihm nicht. Hatte er mich nun tatsächlich erkannt, oder glaubte er nur an eine Ähnlichkeit? Er benahm sich, als hätte er mich erkannt, wollte es aber nicht zu erkennen geben.

Um dies herauszufinden, fragte ich scheu: »Und was geschah dann?«

»Wem?« fragte er zurück.

»Ihrem Freund!«

»Welchem Freund?«

»Na, dem, von dem Sie erzählt haben …«

Durch das Zittern meiner Lippen hatte ich mich verraten. Er sah mir in die Augen: »Er flog von der Schule«‹, sagte er. »Ein General war gekommen, um die Kadettenanstalt zu inspizieren. Nachts zog er dessen Uniform an, um uns in Angst zu versetzen. Der Klassenoffizier Hakki Schmiedehammer hat ihn geschnappt …«

Plötzlich brach er mit der Feststellung ab: »Sie sind sehr interessiert …«

Jetzt spielten wir miteinander. Er wußte, wer ich war, und ich wußte auch, daß er Bedri-die-Maus war. Aber wir taten beide so, als kannten wir uns nicht. Er war Oberstleutnant Bedri, und ich war Scheich Sait der Nackte … Als ich sein »Sie sind sehr interessiert« nicht beantwortete, sah er mich wieder vielsagend an und lächelte: »Oder kennen Sie ihn etwa auch, mein Scheich?«

»Nein, ich kenne ihn nicht«, sagte ich.

»Ja, und dann hörten wir, daß er ein notorischer Betrüger und Hochstapler geworden ist. Die Zeitungen brachten häufig Bilder von ihm. Aber jetzt haben sie schon lange nicht mehr über ihn berichtet, keiner weiß, wo er zur Zeit gerade wen hereinlegt …«

»Vielleicht ist er im Gefängnis …«

»Das glaube ich nicht!«

Um das Spiel auf die Spitze zu treiben, fragte ich ihn: »Und nach der Schule sind Sie ihm nie wieder begegnet?«

»Nein …«

»Was würden Sie tun, wenn Sie ihn sähen?«

»Wenn er mir jetzt in die Hände fiele, müßte ich meine Pflicht erfüllen; ich würde ihn sofort der Staatsanwaltschaft übergeben.«

»Auch wenn er nichts getan hätte?«

»Der hat sich daran gewöhnt, der kann gar nicht mehr anders, als Straftaten begehen …«

Lange schwiegen wir beide. Er zündete sich eine Zigarette an.

»Der eigentliche Grund meines Kommens ist ein anderer«, sagte er. »Ich habe einen Anruf aus Ankara erhalten: Burhan Bey kommt. Sie müssen ihn auch kennen.«

Plötzlich vergaß ich, daß ich der Nackte Scheich war, und fragte: »Welchen Burhan Bey?«, und er war auch nicht konzentriert: »Na, Mensch, unser Burhan Gong ...« Dann nahm er sich wieder zusammen und sagte ernst: »Ich hatte einen Klassenkameraden Burhan. Da er stets auf das Signal zum Essen wartete, nannten wir ihn Burhan Gong. Der kommt. Der hat sich herausgemacht. In der Schule war er genauso schlecht wie ich, aber später bekam er Köpfchen. Als Leutnant nahm er seinen Abschied. Jetzt ist er Abgeordneter. Und ich krebse immer noch hier herum.«

Ich seufzte: »Schicksal ...«

»Da das hier Burhan Beys Wahlbezirk ist, kommt er nächste Woche, um mit seinen Wählern zu sprechen. Sie wissen ja, die Wahlen stehen vor der Tür. Früher war das einfach. Aber seit die Demokratie ins Land gekommen ist, macht das die Arbeit für die Abgeordneten schwieriger. Jetzt müssen sie jedes Jahr, aber mindestens einmal vor jeder Wahl durch ihren Bezirk reisen und mit ihren Wählern nett plaudern. Davor können sie sich nicht drücken. Sieh mich nicht so an. Meine Arbeit war schon vor der Demokratie schwer und ist es immer noch ... Das ist der eigentliche Grund meines Kommens. Burhan Bey ist mein Klassenkamerad, er muß unbedingt wiedergewählt werden ... Mein Scheich Efendi, wir werden uns anstrengen, und Sie unterstützen uns ... Es liegt in Ihrer Hand, daß Burhan Bey gewählt wird ... Versagen Sie mir diesen Gefallen nicht ...«

»Ich bitte Sie ... Aber was kann ich tun?«

»Sie können eine Menge tun, mein Scheich ... Wenn Sie zu diesen Einfaltspinseln sagen: ›Ihr gebt eure Stimme Burhan Bey!‹, ist alles gelaufen ... Auf Ihren Rat hören sie. Wenn ich mich hinstelle und sagte: ›Wählt Burhan Bey‹, weiß ich so sicher wie meinen Namen, daß sie aus Trotz das

Gegenteil tun. Dann wählen hier alle diesen Resul Hamido. Vor mir haben sie nur Angst und tun, als respektierten sie mich ... Sie wollen Resul Hamido wählen. Glauben Sie nicht, daß ich für Burhan Bey bin, weil er mein Klassenkamerad war ... Burhan Bey ist ein hundertprozentiger Kemalist ... Nicht so ein Konservativer wie Resul Hamido ... Sie kennen den Bey ... Wie man so hört, sollen Sie beide sich mögen ...«

»Ja ...«

»Dann gibt es noch den Selahattin Bey, ihm gehören dreißig Dörfer ... Er wohnt weit von hier. Neulich bin ich bei ihm gewesen. Das ist ein ganz schlauer Bursche. Er wußte sofort, was ich wollte, aber er stellte sich dumm. ›Bitte sehr, Kommandant‹, sagte er, ›Ihr Wunsch ist mir Befehl ...‹ – ›Wenn Sie wollen, wird Burhan Bey gewählt ... Das ist es, um was ich Sie bitte‹, habe ich gesagt. Seine Antwort war: ›Wenn man mir sagt, ich soll dreihundert Reiter aufstellen, tue ich das ... Wenn man mir sagt: Gib mir deine Söhne, ich nehme sie mit zum Militär, gebe ich meine vier Söhne her ... Wenn man mir sagt: Verpflege mein Gendarmerie-Regiment einen Monat ... tue ich das nicht einen Monat, sondern ein ganzes Jahr mit Milch und Honig und Fleisch ... Wenn man mir sagt: Die und die sind meine Feinde, laß sie umbringen ... erledige ich das sofort ... Aber wenn man von mir verlangt, daß ich meine Stimme nicht Resul Hamido geben soll ... Das kann ich nicht tun, nehmen Sie es mir nicht übel ...‹ Deshalb ist dieser Bezirk meine letzte Hoffnung für Burhan Beys Wahl. Der Bey ist einverstanden ... Zwischen ihm und Resul Hamido steht es gar nicht zum Besten, sie haben Streit miteinander ... Wenn Sie auch zustimmen, geht alles in Ordnung. Dann wird Burhan Bey gewählt. Wie ich schon sagte, er ist ein hundertprozentiger Kemalist. Er hat großen Respekt vor so ehrenwerten Scheichs wie Ihnen. Er ist auch ein guter Muslim. In einer Woche kommt er. Ich werde ihn nicht begleiten, damit es kein Gerede gibt, die Gendarmerie mische sich in die Politik und so ... Das ist meine Bitte, der Rest liegt bei Ihnen.«

Aber dieses »Der Rest liegt bei Ihnen« hörte sich an wie: »wenn du nicht tust, was ich sage, werde ich dir's zeigen. «

»Mann, wo seid ihr denn? Haben euch die Räuber überfallen, ihr Söhne eurer Väter!« rief er mit dröhnender Stimme, die die Fensterscheiben zum Klirren brachte. Dann wurde die Tür geöffnet, und drei Gendarmen stürmten auf einmal herein, schlugen die Hacken zusammen und standen stramm. Hinter ihnen standen zwei meiner Leute.

Mit äußerster Ehrerbietung sagte Oberstleutnant Bedri: »Beten Sie für mich, Exzellenz Scheich Efendi«, und ging.

Als sich das Motorengeräusch entfernte, fiel ich so müde auf meine Polsterbank, als hätte ich drei Tage lang tonnenweise Lasten geschleppt …

Was verstand ich von Politik? Ich hatte Geld. Ich dachte daran, meine Siebensachen zu packen und wegzulaufen, aber wo immer ich hinflüchtete, er würde mich finden. Das war der Sinn seiner Worte: »Der Rest liegt bei Ihnen.« Jetzt war ich in große Dinge verstrickt, ich steckte bis zur Nasenspitze in der Politik, da gab es kein Entrinnen …

An dem Tag, als Burhan Gong kam, sandte mir Oberstleutnant Bedri frühmorgens einen berittenen Gendarmen mit einer Nachricht.

»Der Herr Oberstleutnant hat mir Grüße aufgetragen, Efendi. Unser Gast soll heute nachmittag aus Ankara eintreffen. Der Herr Oberstleutnant hat gesagt, ja also, er hat darum gebeten: Vor je mehr Leuten Sie den Gast begrüßen, um so besser …«

»Gut«, sagte ich, »ich lasse den Herrn Oberstleutnant auch grüßen …«

Meine Dörfler brauchte ich nicht zu benachrichtigen, daß sie sich versammeln sollten. Sowohl der Oberstleutnant als auch der Bey hatten sie schon vorher verständigt. Die Dorfvorsteher, die Honoratioren, die Alten kamen. Mein großes Zimmer war voll. Keiner von ihnen war ohne Geschenk gekommen. Da man so viel Essen und Trinken gar nicht aufbrauchen konnte, verteilte ich die Sachen an arme Dörfler und alle waren erstaunt ob meiner Güte oder taten jedenfalls so, weil der Bey es wünschte.

Zur Zeit des Nachmittagsgebets traf Burhan Gong mit zwei

Begleitern ein. Ich war ganz Scheich und saß unbeweglich auf meinem Fell. Burhan Gong betrat mein Zimmer und eilte sofort auf mich zu. Zuerst küßte er meinen Thron, dann den Saum meines Überwurfs und schließlich meine Füße.

»Allahs Segen über dir, mein Sohn! … Komm, setz dich zu Uns!« sagte ich.

Ich mußte mir das Lachen verbeißen … Meine Güte, unser Burhan Gong … Ob Bedri-die-Maus Burhan Gong gesagt hatte, wer ich tatsächlich war? Oder ob Burhan Gong mich nicht erkannt hatte und mich wirklich für einen Scheich hielt?

»Willkommen, Burhan Bey«, sagte ich.

»O Scheich, Sie sind zu gütig. Ich hatte mir noch nicht die Freiheit genommen, meinen Namen zu nennen. Aber da Sie allwissend sind, wußten Sie auch das …«

Er winselte wie ein Hund, es war unbeschreiblich. Um das so richtig auszukosten, fragte ich:

»Und der Grund Ihres Besuches?«

»Efendi, es ist Ihnen ja bereits bekannt, der einzige Grund, weshalb ich aus Ankara hierhergekommen bin, ist, Sie zu sehen, Ihnen die Hand zu küssen, Ihr Gebet zu empfangen … Schon lange höre ich von Ihrem geheiligten Namen. Ich reise viel herum. Überall wird von Ihnen und Ihrer Güte gesprochen. Ich wollte Sie schon lange besuchen. Aber die Politik ließ mir keine Zeit. Schließlich hatte ich einen Traum, da habe ich alles stehen und liegen lassen und bin hergeeilt, um Ihre gesegnete Hand zu küssen.«

So ein krummer Hund! Um die Wirkung seiner Rede festzustellen, sah er die Dörfler bei jedem Wort an, er wollte deutlich machen, wie sehr er den Scheich verehrte.

Nach dem, was er sagte, war er nur gekommen, um mein Gebet zu empfangen. Andere Gründe erwähnte er überhaupt nicht. Seine Verbundenheit mit mir hatte er den Honoratioren der Dörfer bewiesen. Weshalb sollte er jetzt noch von Dorf zu Dorf ziehen und sich dabei ermüden, vor Leuten zu reden, die gar nicht verstanden, was er sagte! Für die Wahl genügte es, wenn er mein Wohlwollen gewann.

Nachdem wir unseren Kaffee getrunken hatten, sagte er:

»Mein Scheich, ich habe mein Nachmittagsgebet noch nicht verrichten können, wenn Sie gestatten, möchte ich mich zurückziehen …«

So ein Schurke … Der und beten!

»Wir haben bereits gebetet, möge Allah es erhören«, sagte ich. »Gehen Sie dort in das Nebenzimmer, und beten Sie!«

Er ging nach nebenan. Ich bezweifle, daß er überhaupt beten konnte.

Danach winselte er wieder: »Mein Scheich, der Bey hat mit Ihnen gesprochen. Der Oberstleutnant hat es Ihnen gesagt.«

Ich unterbrach ihn: »Wir wissen es …«

Zu allem, was er sagte, nickte ich wissend. Schon wenn er zum Sprechen ansetzte, hob ich die Hand und sagte: »Es ist Uns bekannt …«

Ich begann von unserer Schulzeit zu erzählen, um herauszufinden, ob er wußte, wer ich war. Da er mit großem Erstaunen zuhörte, merkte ich, daß er mich nicht erkannt hatte, und war beruhigt. Als ich einige Geschehnisse aus seiner Schulzeit erwähnte, fragte er erstaunt: »Richtig, aber woher wissen Sie das?«, und ich antwortete: »Es ist Uns bekannt …«

Als ich von den Prügeln sprach, die er von Hakki Schmiedehammer bezogen hatte, vergaß er völlig, daß er sich in Gegenwart Seiner Exzellenz Scheich Sait des Nackten befand, führte seine Hand zum Mund, und als ob er ein Selbstgespräch führte, hörte ich ihn sagen: »Ja, Sie scheinen es tatsächlich zu wissen …«

Mir war völlig klar, daß er später den Oberstleutnant Bedri fragen und die Wahrheit erfahren würde. Aber bis dahin sollte er platzen vor Unruhe.

Ich versprach ihm, alles in meiner Macht Stehende zu tun, um in diesem Bezirk Stimmen für ihn zu sammeln, und dann wimmelten Wir Uns den Kerl ab.

Hören Sie sich das nur an, mein Lieber, sogar jetzt, wo ich Ihnen den Vorfall erzähle, fange ich an zu reden wie damals als Scheich. Sie haben gehört, wie ich eben sagte: »Und dann wimmelten Wir Uns den Kerl ab.« Ein Bey oder ein Scheich sagt nicht: »Ich habe abgewimmelt«, »Ich habe getan«, »Ich habe gemacht«, er sagt: »Wir haben abgewimmelt«, »Wir haben getan«, »Wir haben gemacht« … Scheichs, Beys und Agas sind keine Einzelpersonen, sie sind ein Plural …

Burhan Gong war weg. Ich begann darüber nachzudenken, wie ich ihn die Wahl gewinnen lassen konnte. Würden diese Leute Burhan Gong wählen, wenn ich ihnen sagte: »Wählt ihn!«? Sie würden es nicht tun … Glauben Sie das nicht auch? Aber da hatte ich mich geirrt, mein Herr. Ich als Scheich von Allahs Gnaden hätte den Leuten ganz direkt sagen müssen: »Ihr gebt eure Stimme dem und dem!« Das war so Sitte … Da ich das nicht wußte, dachte ich, sie würden mich fragen: »Und was haben wir davon, wenn wir ihn wählen?« Was mußte ich den Leuten also sagen, warum sie ihre Stimme Burhan Gong geben sollten? »Landsleute«, würde ich sagen müssen, »wählt Burhan Bey, er wird dies und das und jenes tun …« Ja, das habe ich geglaubt. Und eine Angst hatte ich, daß ich es nicht schaffen würde. Mir war es ja egal, ob Burhan Bey gewählt würde oder nicht, aber der Bey und Oberstleutnant Bedri wollten es. Wenn er nicht genügend Stimmen bekäme, würde es an mir liegen, und dann wäre ich verloren, meine Zeit als Scheich zu Ende. Vor Gedanken darüber, wie ich Wählerstimmen für den Kerl zusammenbekommen sollte, fand ich keinen Schlaf mehr.

Wenn ich ab und zu eine Zeitung aus Istanbul in die Finger bekam, las ich sie zwar nicht, aber ich überflog die Schlagzeilen. Als die Wahl vor der Tür stand, wurden die Nachrichten immer erregter, die Schlagzeilen sprühten Funken. Und eines Tages las ich es in der Zeitung: Bodenreform … Bodenreform … Bodenreform … Was war das: Bodenreform? Ich wußte es nicht. Land sollte an die Dörfler verteilt werden … Einer der Parteivorsitzenden muß noch lauter als die anderen geschrien haben: »Wenn wir an die Regierung kommen, machen wir eine Bodenreform!«, denn die Zeitungen räumten seinen Worten den größten Platz ein. Als ich einmal noch nach Mitternacht keinen Schlaf fand, dachte ich scharf nach. Plötzlich kam mir eine großartige Idee, und ich sprang aus dem Bett … Das war es … Die Bodenreform, mein Lieber … Hatte mir unser Bey nicht sogar ein Buch darüber gegeben, das ich unbedingt lesen sollte? Ich suchte sofort danach und fand es. Weshalb hatte der Kerl, den sie den Bey nannten, es mir wohl gegeben?

Das Buch müßte ich jetzt hier haben, damit Sie es lesen könnten. Jedes Wort war Gift, und jeder Satz enthielt Feuer, um die Welt in Brand zu setzen … Jahre sind vergangen, aber ich erinnere mich noch: Wenn der Boden nicht an die Dörfler verteilt wird, können diese ihre Persönlichkeit und ihre Unabhängigkeit nicht entfalten … Im Osten gehören jedem Aga Tausende, manchen sogar Hunderttausende Dönüm Land und viele Dörfer. Jeder dieser Beys ist ein kleiner König. Die Scheichs und Beys wollen selbstverständlich keine Bodenreform; denn ein Dörfler, der Land erhält, wacht auf, glaubt nicht mehr an die erfundene Wunderkraft der Scheichs und jagt sie davon.

Das Buch brachte mich ganz durcheinander. Da stand, die Beys wollen keine Bodenreform. Das war mir bekannt. Aber unser Bey sagte doch immer: »Die sollten wirklich die Bodenreform durchführen!«

Ich würde also unseren Dörflern sagen: »Wenn ihr eure Stimme Burhan Bey gebt und er die Wahl gewinnt, wird Land an euch verteilt …«

Wenn ich das sagte, werden alle Burhan Bey ihre Stimme geben. Keiner von ihnen besaß auch nur einen Krümel Erde. Alle arbeiteten auf Feldern, die im Grundbuch auf den Bey eingetragen waren. Wenn die Männer hörten, sie könnten zu Land kommen, würden sie vor Begeisterung einen Freudentanz aufführen. Sie würden Burhan Bey wählen. Aber hinterher würde keiner von ihnen Land erhalten … Keiner … Wer hat denn schon Land zum Verteilen, man ist schließlich kein Grundstücksmakler … Aber erst sollen sie ihn einmal wählen, alles andere kommt später …

Früh am nächsten Morgen sandte ich den Dörflern Nachricht: Wenn Burhan Bey die Wahl gewinnt, wird Land verteilt, Felder werden verschenkt, ihr bekommt einen Acker!

Ich hatte das Problem gelöst, jetzt konnte ich eigentlich schlafen ... Ich ging zu Bett, aber ich tat kein Auge zu. Obwohl ich nächtelang wegen dieser Wahlsorgen nicht geschlafen und an diesem Abend eine Menge Wein getrunken, mich auch noch eingehend der Frau gewidmet hatte, die mir den Haushalt führte, so daß ich tatsächlich ganz schön müde war, konnte ich trotz der späten Stunde nicht einschlafen. Die im Gefängnis übliche Traumkrankheit überfiel mich. Ich stellte mir die Bodenreform vor, ich stellte sie auf die Beine und malte mir aus, wie man Boden an die Dörfler verteilt ...

Es herrscht großes Gedränge. Männer und Frauen schreien durcheinander.

»Ruhe hier! Was soll der Lärm ... Seid ruhig! ...«, sage ich. »Stellt euch an ... Der Reihe nach! ... Wer sich nicht anstellt, bekommt keinen Boden!«

Auf meinen Befehl stellen sich die Leute an. Der Vorsteher jedes Dorfes schiebt seine Männer in die Schlange. Jetzt erheben sich Stimmen:

»Ich will einen Acker auf feuchtem Boden!«

»Ich auch ...«

»Wenn du mir einen unfruchtbaren Acker gibst, nehme ich ihn nicht, bei Allah ...«

»Ich will keinen ausgelaugten Boden«, nörgelt einer. Sie beginnen über die Aufteilung der guten Felder zu streiten, Familien geraten sich in die Haare. Ich rufe: »Schluß jetzt! Wenn ihr so weiter macht, gebe ich keinem von euch einen Acker, habt ihr verstanden! Haltet den Mund! Schließlich bin ich Scheich Sait der Nackte ... Wir wissen schon, wem wir wo wieviel Land geben ...«

Ich frage einen aus der schweigenden Menge: »Wo willst du dein Feld haben: in der Ebene, am Hang oder im Sumpf?«

Ohne den Kopf zu heben, sagt der Mann: »Mein Scheich, ich will gar kein Feld.«

»Warum nicht?«

»Wem willst du denn wessen Acker geben? Das gehört doch hier alles dem Bey, nicht wahr? Wenn wir ihm seine Felder wegnehmen, prügelt er uns aus und jagt uns fort. Und wir finden auch keine neue Arbeit mehr ... Nein, ich will nicht. Es geht nicht ... Ich will auf keinen Fall ...«

Plötzlich kam ich zu mir. Was mache ich denn da, wem gebe ich wessen Land? Wenn das der Bey hört, bin ich verloren ...

Nun tat ich aus Angst vor dem Bey erst recht kein Auge mehr zu. Kaum war der Tag angebrochen, klopfte es an der Tür.

»Wer ist da? Was soll das um diese Zeit?« fragte ich.

Der Mann vor der Tür rief: »Mit Verlaub, mein Scheich ... Wenn du gestattest, habe ich eine Meldung. Der Bey hat seine Reiter geschickt ... Sie warten im Hof ...«

»Was soll das? Reiter um diese Zeit ... Will er in den Krieg ziehen? Wenn der Bey hierfür Unsere Erlaubnis erbittet, ist sie schon gewährt ... Zieht hin!«

»Ja«, sagte der Mann hinter der Tür, »der Bey will fort, aber vorher will er sich mit dir beraten ...«

»Ist er in dieser Dunkelheit etwa hergekommen?«

»Nein, Ihr sollt zu ihm kommen ... Die Reiter hat er geschickt, Euch abzuholen ...«

Ich kann gar nicht sagen, was für eine Angst mich überkam. Sie war größer als die Angst vor dem Tod, denn Tod ist letzten Endes Tod ... Aber dieser Bey bringt einen nicht einfach um, er foltert, und das halte ich nicht aus ... Woher weiß denn der Bey von meiner Landverteilung, daß er mich im Morgengrauen zu sich ruft ... Ich hatte doch niemandem etwas gesagt, ich hatte doch nur darüber nachgedacht ... Außerdem hatte ich den Gedanken doch schon wieder aufgegeben ... Allah, Allah! ... Der Hellseher bin nicht ich, er ist es ... Der Kerl weiß sogar, was ich nachts im Bett denke ... Oder war ich doch eingeschlafen und hatte im Schlaf gesprochen? Wenn ja, dann hatte ich gesagt: »Ich verteile die Felder des Beys ...« Meine Wächter, denen ich vertraute, waren also Spione und hatten mein Phantasieren gehört ... Dann waren sie mitten in der Nacht zum Bey gelaufen und hatten gesagt: »Der Nackte Scheich verteilt deine Felder!« ... Ich bin verloren, völlig verloren ... Der Bey wird mich in Stücke reißen ... Aber wenn sie gehört hatten, daß ich das Land des Beys verteilen wollte, warum hatten sie nicht hinterher gehört, daß ich meinen Fehler eingesehen und von der Sache Abstand genommen hatte? Nein, ich konnte nicht zum Bey gehen … Aber das Pochen an meiner Tür dauerte an … Ich schob den Vorhang ein wenig beiseite und sah auf den Hof … Allah, Allah! … Was war denn da? Alle Reiter trugen Waffen, ihre Anzahl war nicht zu überschauen, es waren zu viele … Mir wurde klar, daß sie mich einsacken und wegtragen würden, wenn ich nicht bereitwillig mitkäme. Ich war völlig entkräftet. Mit Mühe und Not kleidete ich mich an und ging hinaus. Der Verwalter des Beys war auch da …

»Willkommen, Verwalter Aga!« Ich lächelte. Eiskalt antwortete er: »Der Bey will dich sehen, es ist eilig …«

»Was gibt's? Eine eilige Angelegenheit? Ist es nicht mehr erlaubt, das Morgengebet zu verrichten?«

»Der Bey hat gesagt: Es eilt, es eilt sehr …«

Ich hatte richtig vermutet … Zwei Mann faßten mich an beiden Beinen und setzten mich auf ein Pferd.

Sollte ich wie beim letztenmal sagen: »Wir haben Mitleid mit dem Pferd« und absteigen? Würden sie mich absteigen lassen? Wenn ich abstieg … Sollte ich dann wieder ein Wunder vollbringen und die Abkürzung nehmen? Würden sie mich allein gehen lassen? Wenn mir das gelang, sollte ich dann schauen, daß ich hier fort und in die Stadt kam und von dort weiterfliehen direkt in die Hölle? Nein, diese Reiter würden mich nicht fortlassen …

Innerlich tröstete ich mich: Vielleicht hat es einen anderen Grund … Aber weshalb dann so früh am Morgen?

Bis wir das Haus des Beys erreichten, lief mir der Angstschweiß nur so hinunter. Als ich sah, daß er zu meiner Begrüßung vor die Tür getreten war, wurde ich ein bißchen ruhiger. Er kam herbeigeeilt und zog meinen rechten Fuß eigenhändig aus dem Steigbügel.

»Mein Scheich, ich bitte um Vergebung, ich habe Sie gestört … Aber ich muß sofort aufbrechen und zum Abschied …«
»Sie müssen aufbrechen?«

»Ja …«

Seite an Seite betraten wir im Gespräch das Gutshaus und gingen in sein Zimmer. Sobald wir allein waren, hörte die ehrerbietige Behandlung auf.

»Ich fahre gleich nach Istanbul«, sagte er.

Ich war so erleichtert, daß ich mich brüllen hörte: »Gute Reise!«

Der Bey erklärte mir, es sei nicht gut, wenn er sich während der Wahl hier aufhalte. Es gebe Gerede, daß er das Volk unter Druck setze, diese oder jene Partei, diesen oder jenen Wahlkandidaten fördere. Ein Bey habe stets neutral zu sein. Selbstverständlich gebe es auch Beys, die in einer Partei seien. Aber die seien mit der ganzen Verwandtschaft im Sumpf der Politik gelandet. Da jeder Mann in der Familie in eine Partei eingetreten sei, nehme der Clan nie Schaden, ganz gleich, welche Partei an der Macht sei. Aber von seinen Söhnen habe keiner Parteiinteressen und Herrschaftsgelüste.

»Allah weiß es«, sagte der Bey, »was sie brauchen, bekommen sie von mir … Parteienwirtschaft überlassen sie anderen … Wenn nur erst die Bodenreform durchkommt, dann bin ich alle Sorgen los. Weißt du, was ich um die Ohren habe?«

Als er das sagte, konnte ich mich nicht mehr beherrschen, ich sprang auf. Was sagte der Bey da? Hatte er Bodenreform gesagt? Ganz klar, er wollte sehen, wie ich darauf reagieren würde. Es war ihm also doch berichtet worden, was ich in der Nacht phantasiert hatte. Ich trat einen Schritt zurück.

»Möge Allah es nicht dazu kommen lassen …«

»Wozu soll Allah es nicht kommen lassen?«

»Zu dem Unglück, das Bodenreform heißt!«

»Mann, wer hat dich nur zum Scheich gemacht … Sag mir mal, was Bodenreform ist, wenn du es weißt …«

»Aber, Bey, sie werden Ihnen das Erbe Ihrer Väter und Vorväter wegnehmen, die Äcker und Felder, die Ihr Grund und Boden sind, und alles an die armen Schlucker und Hungerleider verteilen …«

»Na, das ist doch gut, wenn es nur erst endlich soweit wäre … Was soll mich denn sonst noch retten? Oder soll ich hier in den Bergen versauern ... Weshalb bin ich denn seit Jahren für soziale Gerechtigkeit eingetreten, doch nur deswegen ...«

Der will hören, wie ich reagiere ... Wenn mir dann herausrutscht, wie mir die armen Dörfler leid tun, kann ich dem Herrn über achtzehn Dörfer erzählen, was ich will, er wird sagen: »Aha, da haben wir also eine Schlange an unserem Busen genährt!« und wird mich genauso ohne Hemd und ohne Hose auf den Küntberg jagen wie am Tag meiner Ausplünderung auf der Omnibusfahrt.

»Das ist ein Ding der Unmöglichkeit!« schrie ich. »Selbst wenn Sie es wollen, Wir wollen es nicht ... Soziale Gerechtigkeit! ... Was heißt das? Soweit Wir wissen, ist das nichts weiter als Geschwätz der roten Heiden, das sind doch kommunistische Parolen ...«

»Halt den Mund! ... Du bist kein Scheich für den Küntberg, du bist ja ein Mann, der in die Regierung paßt ... Eben hast du geredet wie ein Politiker ... Sie werden den Besitz unserer Vorväter aufteilen ... Laß sie doch ... Es ist genau das, was ich will ...«

Schließlich merkte ich, daß er nicht auf meine Reaktion aus war. Aber ich konnte immer noch nicht verstehen, wie ein Bey, dem achtzehn Dörfer gehören, für soziale Gerechtigkeit und für die Bodenreform sein konnte ... Es war also doch, wie man sagte: Er war gutherzig und hatte Mitleid mit den Armen ... Möge Allah ihm gnädig sein, dachte ich bei mir ...

Er begann zu reden: »Ich bin Herr über achtzehn Dörfer ... Wenn es doch nur nicht so wäre ... Aller Augen sind auf mich gerichtet ... Ich bin nun mal der Bey ... Wenn ich jetzt wieder nach Istanbul fahre, kommen täglich mindestens drei bis fünf Leute zu mir, und ich kann nichts dagegen tun! Ich bin nun mal der Bey. Man muß sie beköstigen, ob man will oder nicht, und sie aufnehmen ... So geht das jeden Tag. Ich habe extra eine Wohnung für die Leute. Essen und Trinken wird von mir gestellt ... Ich bin nun mal der Bey. Jedes Jahr komme ich ein paart Monate her und drücke mich in den Bergen herum ... Was gibt denn dieser kahle, unfruchtbare Boden schon her? Wenn wir nur erst die Bodenreform hätten, damit wir ihn los werden ...!«

»Und wenn Ihr Grund und Boden weggenommen wird?«

»Mann, Scheich, sie sollen ihn haben ... Wer nimmt denn den Boden weg? ... Die Regierung ist doch kein Dieb. Sie werden selbstverständlich für meinen Boden bezahlen und ihn dann an die Dörfler verteilen ... Oh! Wird das eine schöne Zeit ... In Bausch und Bogen werde ich meine Dörfer an die Regierung verkaufen und mich in der Stadt auf die faule Haut legen ... Wenn ich noch einmal hierherkomme, will ich mir die Beine brechen ... Alle blicken auf die Grundbesitzer ... Wer blickt auf die Hausbesitzer in der Stadt? Wieviele Dörfer besitze ich? Achtzehn ... Für jedes Dorf kaufe ich ein Haus, was sagst du dazu? Was sind achtzehn Häuser in einer Stadt wie Istanbul oder Ankara? Selbst wenn ich nur zehn Häuser dafür kaufen kann ... Mensch, zehn Häuser in bar. Meinst du, diese Dörfer bringen mir jedes Jahr so viel ein, wie zehn Häuser Miete bringen? Nie ... Wenn die Regierung meine Ländereien nimmt, gibt sie zwar auch nicht das ganze Geld in bar, sondern zahlt in Raten ... Soll sie ... Was sie in bar auszahlen, reicht mir und vermehrt sich noch. Die restlichen Ratenzahlungen sind die Butter aufs Brot. Warum habe ich denn jahrelang nach Demokratie geschrien? Nur deswegen ... Wenn wir Demokratie haben, steht an ihrem Anfang und an ihrem Ende – ob wir es wollen oder nicht – soziale Gerechtigkeit. Wenn es soziale Gerechtigkeit gibt, ist die Regierung gezwungen, uns das Land abzukaufen und es an die Dörfler zu verteilen ... Aber alle Dorfbesitzer wollen das nicht ...«

»Natürlich ... Es sind ja nicht alle so ehrbar wie Sie!«

»Was denn für eine Ehre? Die haben nicht so unfruchtbaren Boden wie ich. Deshalb wollen sie keine Demokratie. Damit es keine Bodenreform gibt und sie ihren fruchtbaren Boden nicht verlieren ... Was meinst du, weshalb ich für Burhan Bey bin? Deshalb ... Wenn solche wie er im Parlament sitzen, ist alles in Ordnung ... Wenn die Dorftrottel das doch nur begreifen würden ... und begreifen, daß die Bodenreform eine feine Sache ist, aber sie kapieren es nicht ... Sie wollen einfach keine Bodenreform ... Aber ich bin vom Thema abgekommen. Der Grund, weshalb ich dich so früh habe rufen lassen, ist folgender: Ich fahre in Kürze ab. Wann ich zurückkomme, ist ungewiß. Aber die Wahl hier muß gewonnen werden. Burhan Bey ist bei mir gewesen und hat erzählt, ihr hättet euch unterhalten. Du hast ihm gefallen ... Oberstleutnant Bedri hat auch gut über dich gesprochen ... Jetzt mach, was du willst, aber Burhan Bey muß hier die Wahl gewinnen, hast du verstanden ...«

»Ich tue, was ich kann.«

»Was soll das heißen ... was du kannst ...« Plötzlich schrie er: »Es muß klappen!«

Dann verabschiedete mich der Bey, und ich kehrte zurück. Wie konnte ich ahnen, was diese Bodenreform mir noch für Schwierigkeiten bringen würde? Ich hätte wieder keinem etwas gesagt. Es war der andere Kandidat, der mich dazu trieb. Alle anderen Wahlredner kamen auch geradewegs zu mir, um meine Hand zu küssen und mein Gebet zu empfangen. Genau wie Burhan Gong bemühten sich alle, mir ihre Aufwartung vor einer großen Wählerzahl zu machen. Mein Selbstbewußtsein wuchs. Es würde geschehen, was ich wollte. Als ich mich mit einem intelligenten Kandidaten unterhielt, fragte ich ihn, was seine Partei plant, wenn sie die Wahl gewinnt. Er sagte, sie würde eine Bodenreform durchführen. Wie ich später von meinen Leuten hörte, ist dieser Kandidat von Dorf zu Dorf gezogen und hat gesagt: »Seit hundert Jahren werdet ihr ausgebeutet, was habt ihr durchgemacht, meine Landsleute! Wir werden euch aus dieser Armut erlösen.«

Als ein weißbärtiger Mann fragte: »Und wie wollt Ihr das machen?«, hat er geantwortet: »Darf ein Bey achtzehn Dörfer besitzen? Das ist doch schreiende Ungerechtigkeit. Wir nehmen ihm den Boden ab und geben ihn euch ... Dann seid ihr die Landbesitzer ...«

Während der Kandidat redete, sind die Dörfler einer nach dem anderen fortgegangen und haben den Mann auf einem Kaffeehausstuhl wie ein Huhn auf der Stange allein gelassen.

Als Meko mir das erzählte, fragte ich ihn: »Aber warum haben sie sich so benommen, wollen sie kein Land haben?«

»Aber nein.«

»Warum denn nicht, Meko? Willst du auch nicht?«

»Ich will auch nicht, Scheich Efendi ...«

Und wie er wollte – aber aus Angst, der Bey könnte etwas davon erfahren, behauptete er, er wolle nicht.

Um Propaganda für Burhan Gong zu machen, mußte ich mich in die Dörfer und ins Städtchen hinunter begeben und unters Volk mischen. Aber ich hatte auch die Worte des Beys nicht vergessen: Sich unters Volk mischen war so etwas wie im strengen Winter im Meer baden – man taucht hinein und springt schnell wieder heraus. Ich werde also in die Stadt gehen und zu den Leuten sagen: »Wählt Burhan Bey, gebt ihm eure Stimme!« Am Freitag ... Am heiligen Freitag gehe ich hinunter ins Städtchen, verrichte das Gebet in der Moschee und kehre dann sofort zurück.

Es war mein erster Gang ins Städtchen, aber der Bey hatte über mich gesprochen, ich war überall bekannt. Der Schah von Indien oder Jemen hätte nicht anders begrüßt werden können. Aber stellen Sie sich das Mißgeschick vor: An dem Tag, an dem ich ins Städtchen hinunterging, kam einer der Kandidaten zur Wahlpropaganda. Niemand war da, um ihn zu begrüßen. An jedem anderen Tag wären Jung und Alt auf den Beinen gewesen, aber weil alle zu meiner Begrüßung unterwegs waren, stand der Kandidat da wie eine Vollwaise. Doch auch er war ein aufgeweckter Bursche, und als er hörte, daß ich in der Stadt war, sagte er: »Mein Güte ... Was bin ich für ein Glückskind ... Welch eine Vorsehung! Bringt mich zu seiner Exzellenz Scheich Efendi!«

Ich stand am Eingang der Moschee und sah, wie die Menge sich teilte. Ein Mann kam direkt auf mich zu. Kaum hatte er mich erreicht, warf er sich mir zu Füßen.

»Exzellenz Scheich der Nackte ... Ich wähnte Euch im Himmel und fand Euch auf Erden ... Jede Nacht erscheint Ihr mir im Traum ... Ich kam, Euch meine Aufwartung zu machen«, und dann begann er sein Bittgebet.

Ich flüsterte dem Räuberhauptmann Meko, den ich mir als Leibwächter mitgenommen hatte, ins Ohr: »Wer ist denn dieser miese Kerl?«

Als Meko sagte, der Mann sei ein ehemaliger hiesiger Abgeordneter, nahm ich seine Hand, zog ihn hoch und sagte: »Aber ich bitte Sie …«

Da noch Zeit war bis zum Gebet, gingen wir über den Markt. Er hatte meinen Arm genommen. So sollten ihn die Markthändler sehen, das würde sein Ansehen heben … Die Leute waren ganz begeistert … Zwei, drei Trommler und Oboenspieler zogen hinter uns her … Früher war er bei jedem Besuch mit Musik begrüßt worden, aber diesmal hatten die Einwohner ihm keinen Empfang bereiten können, weil ich ins Städtchen gekommen war. Nun waren wir beide zusammen, und die Leute seiner Partei hielten es für die beste Gelegenheit, die Musiker herzuschicken; denn jetzt sah es so aus, als sei ich für seine Partei. Ich hatte gesagt, sie sollen Burhan Gong wählen. Sollte ich jetzt seinen Konkurrenten auch noch wählen lassen? Der Kerl war wie eine ansteckende Krankheit, ich wurde ihn einfach nicht los. Als ich sagte: »Ich möchte mich jetzt verabschieden«, klammerte er sich an mich und flehte: »Aber, mein Scheich, laßt einen armen Mann nicht allein!«

Während er auf mich einredete, schleppte er mich bis zu seinem Parteigebäude. Ich hätte nicht hineingehen dürfen, aber ich habe einfach nicht gewußt, daß es sein Parteibüro war. Wir begaben uns hinein. Sie boten uns starken Tee an. Vor dem Haus wurde getrommelt und Oboe gespielt …

Der Abgeordnete zeigte auf die Musikanten: »Es ist wie bei der Feier zum zehnten Jahrestag der Republik.«

Um den Mann aus der Fassung zu bringen, fragte ich: »Weshalb wie beim zehnten und nicht wie beim zwanzigsten Jahrestag?«

»Weil die Republik im zehnten Jahr noch jung und frisch war. Da herrschte große Freude – von innen heraus. Danach wurde die Republik immer älter, die Feiern sind nicht mehr, was sie früher waren. Sie werden gezwungenermaßen abgehalten und haben sich abgenutzt.«

Donnerwetter, der Mann hatte Geist. Seine sinnigen Anspielungen gefielen mir. Auch sonst benahm er sich wie der Bey. Als wir uns allein im Zimmer befanden, war auch von seiner Ehrerbietung, die er mir vor der Menge erwiesen hatte, nichts mehr vorhanden.

»Wie kommen Sie denn darauf, daß die Republik nach dem zehnten Jahrestag alt geworden ist?« fragte ich.

Wenn ich auch ein Scheich war, wollte ich vor einem Abgeordneten doch vorsichtshalber deutlich machen, daß ich vor allem erst einmal Republikaner war, und fügte hinzu: »Allah sei Dank, unsere Republik wird doch von Jahr zu Jahr frischer, setzt neue Triebe an, grünt und blüht ... Weshalb soll sie jedes Jahr älter werden?«

»Weshalb?« fragte er. »Na, hör mal ... Wir fangen doch schon wieder an, solchen Scheichs wie dir den Rocksaum und den Hintern zu küssen, weil wir damit Stimmen fangen und gewählt werden ... Was soll denn noch kommen! Im zehnten Jahr der Republik gab es Mauselöcher nur noch auf dem Schwarzen Markt, weil so viele von euch untergetaucht waren ...« Plötzlich fragte er: »Was bist du denn für einer?«

Was war das für eine Ausdrucksweise? Eine Ungezogenheit!

»Was wollen Sie damit sagen?«

»Nichts ... ich habe nur gefragt, was für einer du bist, das ist alles ...«

»Was bist du denn für einer?« fragte ich zurück.

»Ich bin Republikaner!« sagte er.

»Ach so, das ist etwas anderes ... Ich auch ...«

Seine Späße gefielen mir. Mit der Hand zeigte er aus dem Fenster auf die Musikanten.

»Scheich Efendi, verstehen Sie, was die Trommeln und Oboen sagen?«

»Was denn? Trommeln und Oboen können doch nicht reden! Das sind doch keine Menschen ...«

»Aber sie reden wie Menschen. Paß auf und hör genau hin. Hör gut zu, was die Trommel sagt. Sie sagt: ›Nah ... Naah ... Nah!‹ Stimmt's?«

Es war tatsächlich so ... Jedesmal, wenn der Trommler seinen Arm ausstreckte und mit seinem Stock auf die Trommel schlug, kam ein »Naah!« heraus. Der müde Trommler brachte auch bei jedem Trommelschlag ein »Nah ... nah!« heraus und fiel in den Ton der Trommel ein.

»Jetzt hör der Oboe zu«, sagte der Abgeordnete, »hör gut hin! Sagt die nicht auch ›Naaa ... na ... naaa!‹«

Der Mann streckte seine lange Oboe aus und rief: »Naa ... naaa ...«

Ja, es stimmte. Das »Nah!« der Trommel war kräftiger, das der Oboe zarter ...

»Ja«, pflichtete ich ihm bei, »beide sagen ›Naa!‹«

»Gut, und zu wem sagen sie ›Naa!‹?«

»Ich weiß nicht ...«

»Denken muß man ... Denken ... Weshalb sind Trommeln und Oboen Instrumente des Volkes geworden?«

»Ich weiß es nicht ...«

»Das solltest du aber wissen, du Scheich mit dem Streichelbart ... Es ist keine Wundertat, Nachrichten aus dem Jenseits zu empfangen ... So etwas zu wissen ist wahres Können! Weshalb sind Trommel und Oboe Volksinstrumente geworden? Es muß doch einen Grund dafür geben. Warum nicht Laute, Geige oder Flöte? Na? Weshalb? Wozu soll dir dein Bart etwas nutzen, wenn du das nicht weißt?«

Ich merkte, daß er sich genauso ungezogen zu betragen begann wie der Bey. Das ging doch nicht. Als ich sagte: »Aber ich komme zu spät zum Freitagsgebet«, faßte er mich wieder am Umhang und hielt mich fest.

»Ich werde es dir sagen ...«

Ich war wirklich neugierig auf seine Erklärung.

»Das ist doch klar. Dieses Volk darf seit Hunderten von Jahren nichts sagen. Wenn es den Mund auftut, bekommt es einen Faustschlag auf den Kopf ... Was soll es also tun? Es sucht und sucht und findet Trommel und Oboe. Die sollen statt seiner reden. Was das Volk nicht sagen darf, sollen sie sagen. Wenn ein berühmter Mann kommt, nimmt der Musikant sofort sein Instrument und läuft, um ihn zu begrüßen ... Weshalb? Zum Vergnügen etwa? Solche Heinis wie du denken, daß sie es zum Spaß tun … Mann, die Leute lassen die Trommel und Oboe das sagen, was sie selbst nicht sagen dürfen. Sie lassen uns ihr ›Naa … naaa!‹ ins Gesicht brüllen. Dann fühlen sie sich so erleichtert, als wären sie ihre ganzen Sorgen los. Sie finden Ruhe … Hast du es jetzt verstanden?«

»Aber das Freitagsgebet …«, erinnerte ich noch einmal.

»Haaalt! … Ich komme mit, wir beten zusammen, damit die Leute meine Ehrerbietung für dich sehen und mir ihre Stimme geben.«

Wir verließen das Büro … Das »Naa … Naa!« der Trommel und der Oboe blieb hinter uns zurück.

Jahre sind seitdem vergangen, aber ich habe die Worte des Mannes nicht vergessen. Wenn ich eine Trommel oder eine Oboe höre, kommt es mir jedesmal so vor, als ob sich das Volk mit ihrem »Naaa … naaa« für die jahrhundertelange Unterdrückung rächen würde.

Nach dem Freitagsgebet kehrte ich sofort zurück. Soviel ich hörte, hatte der Abgeordnete den Leuten versprochen, daß Boden und Felder an sie verteilt würden.

»Wieviel wollen sie denn verteilen?« fragte ich.

»Pro Haushalt zwanzig Dönüm«, hieß es.

Wenn der Mann den Dörflern das gesagt hat, bekommt er alle Stimmen und wird zum Abgeordneten gewählt, dachte ich. Dann guckt Burhan Gong in die Röhre … Ob er leer ausging, war nicht meine Sorge, aber wenn ich mein Wort nicht hielt, würden sie mich fortjagen. Deshalb mußte jener Kandidat übertroffen werden. Wo ich hinkam, ließ ich also verlauten, daß dreißig Dönüm verteilt werden, wenn Burhan Bey zum Abgeordneten gewählt wird – nicht pro Haushalt, sondern pro Kopf … Während ich so herumzog und das erzählte, bemerkte ich, daß mir die Leute – aus welchem Grund auch immer – nicht mehr so viel Ehrerbietung wie früher entgegenbrachten. Irgendwie mußte ich mir mein eigenes Grab geschaufelt haben, ohne es zu wissen … Wie bin ich nur in diese Falle geraten …

Eine der Frauen, die aus einem nahegelegenen Dorf zu mir arbeiten kam, hieß Fadik. In meinem Alter habe ich ja schon viele leichte Frauen gesehen – Allah sei Dank –, aber so eine noch nicht; und so eine gibt es auch nicht noch einmal ... Ich war der Nackte Scheich, der prophetische Gaben besaß, und welche Frau würde sich nicht freiwillig meinen Wünschen fügen. Es war ein gutes Werk. Deshalb wetteiferten die Frauen darum, in meinen Dienst zu treten, und warfen sich mir in die Arme, auf daß ihnen ihre Sünden vergeben werden. Da die Scheichwürde für mich das tägliche Brot bedeutete, beachtete ich die Frauen gar nicht. Anfangs konnten sie kokettieren, soviel sie wollten, ich war nicht darauf gefaßt. Der Bey, dem nichts entging, mußte das bemerkt haben, denn als wir eines Abends bei ihm Raki tranken, erzählte er mir unumwunden, wie er einem hungrigen Bettler Essen, Trinken und Kleider gegeben und wie dieser dann ein Auge auf seine Frau geworfen hatte.

Ich hatte verstanden, was der Bey damit sagen wollte, aber das genügte ihm nicht, er fügte hinzu: »Mann, du Hungerleider mit dem Scheichbart, du hast doch Blut geleckt ... Du kannst doch nicht ewig allein leben ... Wie ich höre, gibt es da jetzt auch eine Frau ... Ich habe Mitleid mit dir gehabt und die Sache eingefädelt ...«

Ich strich mir den Bart: »Du lieber Himmel ... Ich will nicht derjenige sein, der die rituellen Vorschriften nicht peinlich genau einhält und in wilder Ehe lebt ...«

»Los, nimm dein Glas! ... Auf dein Wohl, großer Nackter Scheich. Du bist doch kein Tugendbold, und ich habe nicht viel Zeit, dich großzuziehen ...«

Ja, mit den Frauen stand ich gut ... Kommen wir also zu Fadik ... Fadik war olala ... In ihrem bestickten Gewand drehte und wendete sie sich ... Sie machte mich verrückt ... Sie legte ihre Schlingen und wartete darauf, daß ich mich darin verfing. Heee Fadik ... Einen bestickten Gürtel hatte sie sich umgebunden, der die Brüste unübersehbar hochhob. Ich dachte mir: Wenn ich jetzt über dem Gürtel mit dem Finger an die Brust schnippe, müßte es klingen, als wenn man an chinesisches Porzellan schlägt ... Die Frau hatte einen dunklen Teint, so lieblich, wie ich ihn noch nie gesehen hatte ...

Diese Fadik machte mich verrückt ... Wenn sie mein wäre, würde ich mich in Richtung Mekka verneigen und Ihn lobpreisen. Meine Güte, du machst mich fertig ... Als ich sie in eine Ecke drängte, die selbst zum Beten zu eng war, sagte sie: »Ich faste, mein Scheich.«

»Mädchen, jetzt ist doch kein Fastenmonat ...«

»Ich faste drei Monate lang ...«

»Mädchen, aber jetzt ist doch nicht die Zeit für diese drei Monate ...«

»Sie fangen aber bald an ...«

Ich hatte eine echte Gläubige vor mir. Wenn ich doch nur eine günstige Gelegenheit fände, sie einmal in den Po zu kneifen oder meine Hand wie einen zu Boden gefallenen Gummiball ein paarmal hin und her hüpfen zu lassen.

Ich hielt das Feuer nicht aus, ich mußte Fadik loswerden; also schickte ich sie in ihr Dorf zurück. Aber das hielt ich auch nicht aus ... Ich legte mich zu Bett, als sei ich krank.

Fadik kam ...

Es war in der Zeit, als ich müde war vom Von-Dorf-zu-Dorf-Laufen, um Propaganda für Burhan Bey zu machen. Ich bedrängte Fadik.

»Es geht nicht«, sagte sie.

»Bist du keine Muslima?«

»Was soll denn das – natürlich bin ich eine Muslima, Allah sei Dank.«

»Kleines, was ist denn das für ein muslimisches Benehmen ... Wo gibt es einen Muslim mit einem solchen Herzen von Stein. Du bist ja das Holz zum Fegefeuer, das den Nackten Scheich zu Asche verbrennt.«

»Gehört es zum Islam, daß man die Zugehfrau anfaßt?«

»Was soll denn das heißen? Hat unser Prophet nicht bis zu vier Frauen gestattet? Und was tust du? Du stellst dich den Geboten unseres Propheten entgegen, du benimmst dich wie eine kleinkarierte Ungläubige. Ich werde dich ...«

»Der Prophet ist der Prophet, aber mit dir ist das etwas anderes ...«

»Was soll denn das nun wieder … Bin ich ein Abkömmling des Propheten oder nicht …«

Ja, diese Lüge habe ich ausgesprochen. Ich habe gesagt, ich stamme vom Propheten ab, das ist wahr. Woher sollte ich denn wissen, daß sie ein Komplott gegen mich schmiedeten.

Als Fadik hörte, ich stamme vom Propheten ab, begann das Eis zu schmelzen. Am nächsten Morgen wollte ich mich wieder früh auf den Weg in die Dörfer machen. Aber Fadik war nicht aus dem Bett zu kriegen … Sie stand nicht auf, und mich ließ sie auch nicht los … Zwischendurch sprang sie einmal aus dem Bett, schob die Vorhänge auseinander und sah aus dem Fenster. Dann kam sie ins Bett zurück.

»Laß, Mädchen, es ist genug, es reicht … Laß mich aufstehen.« Ich konnte sagen, was ich wollte, ich konnte mich nicht durchsetzen …

»Hör auf, Mädchen, Wir haben das Morgengebet versäumt …

»Wir können ja ein anderes beten …«

Wir begannen eine Kissenschlacht … Es war mehr eine Balgerei. Diese Fadik war nicht zu zähmen. Ich war an eine Dirne geraten, ohne zu wissen, wie: »Laß mich, Mädchen. Hör auf zu fummeln, es ist genug … Es reicht … Hör auf, mich zu kitzeln … Laß mich los, ich kann nicht mehr.«

Plötzlich Pferdehufe, Schüsse …

»Jetzt haben sie uns erwischt!« lachte Fadik fröhlich.

»Erwischt? Hee … Ich bin der große Nackte Scheich, was soll das heißen …«

Mit einem »Im Namen Allahs« auf den Lippen stand ich wie angewurzelt da.

»Gib mir meinen Umhang herüber …«

Fadik lachte sich kaputt und wiederholte einmal ums andere Mal: »Sie haben uns erwischt …«

Gleich würde sie vor Freude einen Bauchtanz beginnen, diese Dirne … Ich hatte noch nicht gemerkt, was gespielt wurde.

»Oh, Allah, oh, in Allahs Namen …«

Fadik wurde unverschämt: »Hast du nicht einen prophetischen Geist, dann zeig mal, was du kannst …«

»Als ob jetzt die rechte Zeit für so etwas ist! Laß meinen prophetischen Geist in Ruhe, wo ich hier nackt stehe. Gib mir endlich meinen Umhang herüber!«

Die Tür flog auf, knallte gegen die Wand, und alle drängten herein. Gendarmen, der Gemeindevorsteher, die Leute aus dem Dorf, Männer, Frauen, Kinder. Ich wollte ganz Scheich sein und böse werden, aber wie ich so in meinen Unterhosen dastand, nahm mich einer Huckepack und warf mich auf den Hof ... Und dann schlugen sie zu ...

»Aufhören ... Ihr Ungläubigen ... Was ist denn in euch gefahren ...«

Gewehrkolben, Koppel, Gürtel, Knüppel, Stricke, alles prasselte auf mich herab, auf meinen Kopf, auf meinen Körper ... »Du Mädchenschänder! ... Du bist vielleicht ein feiner Scheich! ...«

Sie schimpften wie die Rohrspatzen. Das hat mich alles nicht sonderlich getroffen, nur daß mich meine eigenen Leute am heftigsten schlugen. Leute, die ich hochgepäppelt hatte ... Gerade die ... Oder konnte ich etwa nicht behaupten, daß ich sie durchgefüttert hatte? Aber ja, denn zu dieser Zeit hatte ich mich schon recht gut in meine Scheichwürde eingelebt ... Ich hatte mich daran gewöhnt und zu glauben begonnen, daß ich Leute mit durchfüttere ... Auch unser Räuberhauptmann schlug unbarmherzig auf mich ein ...

»Hör auf, Meko, mein Sohn, halt ein ... Wer sich gegen einen Scheich erhebt, schneidet sich ins eigene Fleisch!«

»Du Scheich du ... Du bist mir ein schöner Scheich ... Wessen Felder und Äcker willst du denn an wen verteilen, du schamloser Kerl ...«

Bei diesen Worten merkte ich auf. Was sollte ich darauf antworten?

»Mann, du tust, als verteilst du den Besitz deines Vaters, du Hund! ...«

Ich fiel ohnmächtig zu Boden. Es war eine gespielte Ohnmacht ... Als ich das Gefühl hatte, sie würden mich totschlagen, jammerte ich: »O Allah, es geht zu Ende mit mir ...«

»Hört auf, ihr bringt ihn um, den Saukerl«, schrie der Gendarmerie-Unteroffizier.

Während ich noch dalag und bei mir dachte: Was für ein guter Mensch, möge Allah ihm gnädig sein hörte ich ihn weiterreden: »Oberstleutnant Bedri hat gesagt: Ich will ihn lebendig, du bringst ihn mir in die Stadt ...« Die Prügel hatten nun ein Ende, aber ich war völlig fertig.

»Bringt ein paar Eimer Wasser und gießt es über ihn, damit er zu sich kommt«, befahl der Unteroffizier.

Sie gossen mir das Wasser über den Kopf, Eimer um Eimer. Ich lag im Schlamm.

»Fesselt den Saukerl und nehmt ihn mit ...«

Diese Unbarmherzigen ließen mich nicht einmal meine Hose anziehen. In meiner langen Unterhose stellten sie mich auf die Beine, fesselten mir die Hände und gaben einem berittenen Gendarmen das Fesselende in die Hand.

»Los, lauf, du Hundesohn!« rief der Unteroffizier.

Ich lief zwischen den Gendarmen, die Dörfler rannten hinterher. Ich war barfuß, das Wasser lief an mir hinunter, ich war von Schlamm überzogen ... Ich fiel hin, stand wieder auf, wurde gestoßen und geschlagen ... Als wir nach Stunden das Städtchen erreichten, waren alle Einwohner auf dem Rathausplatz versammelt. Meines Wissens hatte der Ort gar nicht so viele Einwohner. Sie mußten auch aus den umliegenden Dörfern herbeigekommen sein, um mich zu sehen ... Da der Ort der Bevölkerung sonst keine Vergnügungen bot und nur alle Jubeljahre einmal etwas passierte, waren sie zum Zuschauen herbeigeströmt ... Als wir das Regierungsgebäude erreichten, stürzten sich alle auf einmal auf mich. Sie wollten mich in Stücke reißen.

Später habe ich viel über das Geschehene nachgedacht. Weshalb haben sich die Leute auf mich gestürzt, weshalb wollten sie mich umbringen? Ich hatte ihnen doch nichts getan. Was wollten sie also von mir? Wie blutrünstig griffen sie mich an ... Es kommt mir vor, als ob sie ihren lebenslangen Hunger, ihre Armut mir heimzahlen wollten, um sich dabei abzureagieren.

Wieso ich darauf komme? Weil mir der Abgeordnete das »Nah …!« der Trommeln und Oboen so erklärt hatte. Diese Menschen hatten viel durchgemacht und mußten es irgendwo loswerden. Gegen die Regierung konnten sie nichts unternehmen. Täten sie es trotzdem, würde es ihnen noch schlechter ergehen. Also nehmen sie sich einen vor, der festgenommen ist, haben die Regierung dabei hinter sich, reißen ihn in Stücke, schlagen ihn tot und fühlen sich besser. Wer der Mann ist, den sie verprügeln und vernichten, spielt keine Rolle. Er kann sein, wer er will, es genügt, wenn die Regierung hinterher nicht wieder gegen sie ist und sie nicht verhört … Da war einer, den konnte man verprügeln und hinterher ungestraft aus der Sache herauskommen …

Wenn die Gendarmen nicht gewesen wären, hätten sie mich dort in Stücke gerissen. Sie retteten mich, bevor ich gelyncht wurde, indem sie die Leute anschrien: »Laßt ab, hört auf, der Kommandant will ihn lebend haben!«

Als sie mich in die Kommandantur schleiften, bettelten die Leute: »Nun laßt uns ihm doch wenigstens noch ins Gesicht spucken!«

Männer und Frauen spien mich an, den Mädchenschänder. Vielleicht waren die Frauen, die mich anspuckten, einmal vergewaltigt oder verführt worden und nahmen an mir Rache für die Taten anderer Männer. Mit den Männern war es ähnlich: Es war ihnen einer in die Hände gefallen, den sie anspucken konnten, und sie taten es in Gedanken an einen anderen, dem sie nicht ins Gesicht spucken konnten. Sie wollten die Gelegenheit nutzen. Auf diese Weise hatten sie ihre Ehre wiederhergestellt.

Wissen Sie, wie hungrige Wölfe sich gegenseitig auffressen? Das hat mir einmal ein alter Häftling erzählt. Bis dahin hatte ich noch keinen wegen Unterschlagung, Bestechung oder Amtsmißbrauch verurteilten Beamten gesehen, der seine Schuld gestanden hätte. Wenn man sie fragt, sind sie alle unschuldig und zu Unrecht verurteilt. Nur ein einziger war geständig gewesen, ein alter Beamter, der mir erzählte, wie hungrige Wölfe sich gegenseitig auffressen ... »Ja, ich habe Schmiergelder genommen«, hat er gesagt, »aber ich war nicht der einzige ... Alle in unserem Amt waren bestechlich, die Summe richtete sich nach dem Dienstgrad. Als es keinen Menschen mehr gab, der noch nicht davon gehört hatte, mußten wir etwas unternehmen. Einer hat sich geopfert und damit alle anderen Kollegen reingewaschen. Wir haben gelost, und die Wahl ist auf mich gefallen. Und warum? Weil ich der Schwächste war, der Ärmste, der die geringsten Bestechungssummen genommen hatte ... Es ist genau wie bei den Wölfen, wenn sie hungrig sind und sich gegenseitig auffressen ... Wenn ein Rudel Wölfe in einem strengen Winter Beute sucht und nichts finden kann, kommt es bis in die Städte und Dörfer ... Der Hunger treibt sie ... Sie fallen in Ställe und Koppeln ein. Wenn sie dort auch nichts zu fressen finden, setzen sie sich weitab auf einem Berg im Kreis. Sie schauen sich gegenseitig in die Augen. Hungrige Wolfsaugen. Dabei zucken sie nicht ein einziges Mal. Sobald einer von ihnen müde wird oder sein Blick abschweift und – sei es auch nur ganz wenig – mit dem Auge zuckt, stürzen sich alle anderen gleichzeitig auf ihn und reißen ihn in Stücke.

Deshalb leuchten die Augen hungriger Wölfe in ihrer Todesangst so sehr. Das dauert stundenlang ... Aber am Ende läßt einer, der schwächste, der müdeste, der hungrigste, seinen Kopf langsam sinken, vor Hunger und Kälte kann er dem Schlaf nicht länger widerstehen und schließt die Augen. Das bedeutet den Tod für ihn. Die anderen Wölfe stürzen sich sofort auf ihn. Dann bilden sie wieder einen Kreis und beginnen sich erneut anzustarren. Das geht Tage und Nächte so ... Meine Kollegen im Amt haben ihre Augen auch weit aufgerissen und mich angestarrt, um ihre Haut zu retten.«

Bis heute habe ich nicht vergessen, was der verurteilte Beamte mir vor Jahren über hungrige Wölfe erzählt hat. Menschen sind genauso ...

Gefesselt, wie ich war, stürzten sie sich auf mich, schlugen zu, spuckten mir ins Gesicht ... Sie glaubten, damit könnten sie sich retten … Ihre Steinwürfe hatten mich am Kopf verletzt, ich blutete.

Im Regierungsgebäude schleiften mich die Gendarmen die Treppe hinauf. Als einer von ihnen an meiner Handfessel zog, hob ich den Kopf. Vor mir sah ich ein Paar Reitstiefel auf der Treppenstufe. Ja, das waren Oberstleutnant Bedris Füße … Wie man einen Lebensretter umarmt, streckte ich meine gefesselten Hände nach seinen Stiefeln aus. Als ich sagte: »O Kommandant, retten Sie mein Leben!«, trat einer der Reitstiefel nach meinem Kopf. Mir wurde klar, daß ich auf Bedri-die-Maus keine Hoffnungen zu setzen brauchte … Sie schleiften mich weiter, schoben mich in einen dunklen Raum und schlossen die Tür. Ich streckte mich auf dem Fußboden aus und begann nachzudenken … Was hatte ich verbrochen, wem hatte ich etwas getan? Dann verlor ich die Besinnung. Wie lange ich ohnmächtig war, weiß ich nicht. Ein Gendarm kam herein, löste mir die Fesseln und stellte mich auf die Beine. Ich konnte mich kaum auf den Füßen halten. Sie brachten mich in ein Zimmer im obersten Stock. Als ich aufsah, stand ich Oberstleutnant Bedri gegenüber … Der Gendarm ging hinaus, wir blieben allein …

»Mann, da sagst du: ›Ich stamme vom Propheten ab‹, dabei bist du gar kein richtiger Scheich. Und dann verführst du ein armes Mädchen vom Land …«

»Ich?«

»Nein, dein Vater! … Aus der Sippe des Propheten, daß ich nicht lache!«

»Ich schwöre, das ist gelogen, Kommandant …«

»So, so, gelogen ist das? … Daß du unfruchtbaren Frauen Gebete auf den Bauch geschrieben hast, damit sie schwanger werden, ist wohl auch gelogen, was?«

»Bringt die Klägerin herein!« rief er nach draußen. Dann erschien Fadik. Wie eine Nachtigall flötete sie herunter, was man ihr eingeschärft, sie auswendig hatte lernen lassen. Ich hätte sie damit verführt, daß ich ihr eingeredet hatte, ich sei ein Nachkomme des Propheten, und auch angeboten, ihr ein Gebet auf den Bauch zu schreiben … Die Dörfler seien ihr zu

Hilfe gekommen und hätten mich erwischt, als ich ihr unbekleidet in meinem Schlafzimmer nachstellte ... Dann hätten sie bei der Gendarmerie Anzeige erstattet ... Außerdem soll ich gesagt haben, daß ich mich den Gesetzen der Republik und der kemalistischen Reform nicht unterordne, daß wir wieder einen Kalifen bräuchten ... Zeugen marschierten auf und sagten aus ... Die Vernehmungen wurden durchgeführt, Protokolle ausgefertigt ... Dann verließen alle den Raum. Ich war wieder allein mit Bedri-der-Maus. Da ich das Leben satt hatte, war mir alles egal, und ich sagte: »Paß mal auf, Bedri! ...«

Der war ganz verblüfft, von mir plötzlich geduzt zu werden, und schrie: »Heee, heee!«

Wenn mir das auch ein wenig Angst machte, setzte ich mich doch kaltblütig auf einen Stuhl und fuhr fort: »Laß das, mir ist egal, was du tust. Aber du weißt, wer ich bin, und ich weiß, daß du Bedri-die-Maus bist ... Wir wollen uns nicht länger gegenseitig etwas vormachen ... Was du für einer bist, habe ich schon in der Schule gewußt ... Schließlich waren wir jahrelang befreundet ... Was geschehen ist, ist geschehen, du hast getan, was du wolltest ... Aber eins möchte ich gern noch wissen: Weshalb hast du mir das angetan?«

Bedri traten Tränen in die Augen: »Du weißt gar nicht, wie sehr ich dich mag ...«

Gleich würde er zu schluchzen anfangen.

»Du magst mich also. Warum hast du das dann getan?« fragte ich ihn. »Glaubst du etwa, ich habe gesagt, wir brauchen wieder einen Kalifen?«

»Natürlich nicht.«

»Glaubst du, daß ich der Frau ein Gebet auf den Bauch geschrieben habe?«

»Nein ... Aber was kann ich machen ... Du tust mir leid ... Du bist kein Mensch für so etwas ... Aber Freundschaft ist eine Sache, Pflicht eine andere ... Und jetzt bin ich im Dienst ... Dein Vorstrafenregister ist schon lange hier eingetroffen. Daß du mein Klassenbruder bist, habe ich schon vor meinem Besuch auf dem Küntberg gewußt.«

»Warum hast du dann dieses Spiel mit mir getrieben? Habe

ich Scheich werden wollen, oder hat man mich splitterfasernackt auf dem Berg festgesetzt und mich mit Gewalt zum Scheich gemacht?«

»Das ist eine Regierungsangelegenheit ... Die hohen Interessen der Regierung haben es erfordert. Es ist nicht richtig, daß ich dir das sage ... Es ist ein Staatsgeheimnis. Aber ich sage es dir, weil ich deiner Ehre und deiner Vaterlandsliebe vertraue. Ich weiß, du wirst es niemandem erzählen. Wir brauchten damals einen Scheich. Der Bey hatte mir von dir berichtet. Als ich herausfand, daß du mein alter Freund warst, war ich einverstanden. Burhan Bey hielt dich auch für geeignet ... Woher konnten wir ahnen, daß du dich so ungeschickt benehmen würdest, Bruder?«

»Wobei habe ich mich ungeschickt benommen?«

»Was willst du denn noch anstellen? In dieser Gegend gibt doch kein Mensch mehr Burhan Gong seine Stimme, du hast ihn vernichtet. Unser Burhan wird in seinem eigenen Wahlbezirk nicht eine einzige Stimme erhalten. Du hast einen Haufen Bockmist gemacht ... Meine Lage ist auch nicht die beste ...«

»Was habe ich denn getan?«

»Du meine Güte, du tust immer noch, als ob du es nicht wüßtest ... Die Dörfler haben sich in Ankara über dich beschwert ... Bruder, wie kann man diesen Leuten sagen: Ihr bekommt Land, wir machen eine Bodenreform wie kann man denn nur ...«

Er wurde immer wütender: »›Wenn Burhan Bey gewählt wird, bekommt ihr Land‹, hättest du sagen müssen ...«

»Das habe ich ja gesagt, und das soll falsch gewesen sein ...«

»Daß du ein so riesengroßer Esel bist, habe ich wirklich nicht gewußt. Wessen Land verteilst du denn an wen?«

»Das Land des Beys ... Er hat mir selbst gesagt: ›Ich bin für die Bodenreform. Die Regierung soll mir die Dörfer abkaufen und an die Leute verteilen, dann bin ich sie los. Mit dem Geld gehe ich nach Istanbul und kaufe mir Häuser. Von der Miete kann ich dann wirklich wie ein Bey leben. Was habe ich denn von diesem unfruchtbaren Boden ...‹, hat er gesagt.«

»Mann, der Bey hat dich für ein kluges Kerlchen gehalten und dir dieses Geheimnis anvertraut. Natürlich ist er für die Bodenreform. Er wird der Regierung sein Land andrehen und es sich in Istanbul gut sein lassen … Aber das ist ganz allein seine Sache. Darüber spricht man nicht! Man sagt nicht zu den Leuten: Ich gebe euch mein Land! …«

Jetzt war ich vollends durcheinander. Was war das nur für eine komische Sache? Ein Bey, dem Dörfer gehören, ist für die Bodenreform, und die armen Leute, die das Land bekommen sollen, sind dagegen …

»Schön und gut«, sagte ich, »aber der andere Kandidat fährt herum und sagt, er ist für die Bodenreform …«

»Soll er doch … Mal sehen, ob er auch nur eine Stimme bekommt!«

»Wenn das so ist, warum schreiben dann die Zeitungen, die Bodenreform soll durchgeführt werden?«

»Das sind Zeitungen, die schreiben eben … Weshalb haben wir denn Demokratie? Jeder soll sagen, was er denkt. Einer ist für die Bodenreform, einer ist dagegen. Wie stellst du dir Demokratie vor, du Trottel? In der Schule warst du ein Teufelskerl, aber dann muß dein Verstand eingerostet sein … Wie konntest du mit dem Spatzenhirn so viele Leute betrügen … Meinst du, wenn die Dörfler nicht wollen, kann man ihnen das Land aufzwingen …«

Allmählich dämmerte es mir. Wenn ich gesagt hatte: »Wenn Burhan Bey gewählt wird, kommt das Gesetz über die Bodenreform«, hatten mich alle stumm und feindselig angesehen. Deshalb also … Aber warum wollten sie kein Land haben?

»Wer soll ihnen das Land denn geben?«

»Der Staat …«

»Der Staat?«

»Die Regierung …«

»Die Regierung! Die Regierung könnte den Leuten eine Handvoll Gold hinhalten, sie würden es nicht nehmen. Jeder weiß doch, daß er hinterher wieder der Hereingelegte ist. ›Sie geben mir zwar Gold‹, sagen sie, ›aber, wer weiß, was sie mir dafür wegnehmen, hinterher ziehen sie mir die Muttermilch aus der Nase‹. Die Leute haben ihre Erfahrungen, sie haben kein Vertrauen … ›Erst geben sie mir fünf Dönüm Land, dann bringen sie meine Mutter zum Weinen‹, sagen sie … Die Leute haben Angst … ›Wenn die Regierung Land verteilt, hat die Sache bestimmt einen Haken‹, denken sie … Hast du es jetzt kapiert, du Dummkopf? Der Bey jubiliert zwar, weil er sein Land an die Regierung verkaufen wird, aber das sagt er den Leuten nicht. Heimlich, still und leise zwingt er der Regierung die Bodenreform auf, aber nach außen hin ist er dagegen … Wenn dann die Bodenreform kommt, stöhnt er: ›Mit Gewalt haben sie mir mein Land weggenommen, das gute Land, ganz für umsonst.‹«

»Ist das kompliziert!«

»Ja, das ist es … Hast du gedacht, es ist leicht, Gendarmerie-Kommandant zu sein? Womit ich mich hier alles abgeben muß … Gendarmerie-Kommandant zu sein bedeutet nicht nur, einen Landsmann festzunehmen und ihm eine Bastonade zu verabreichen, weil er das Polizeischild im Vorbeigehen schief angesehen hat …«

»Ich möchte dich etwas fragen: Bist du für die Bodenrefom?«

»Selbstverständlich … Wie sollen die armen Dörfler denn sonst zu etwas kommen …«

»Du bist also für die Bodenreform, der Bey ist dafür, und die Dörfler, meinst du, sind das auch … Jeder will die Bodenreform. Aber ich habe Unannehmlichkeiten wie noch nie, weil ich es offen ausgesprochen habe. Die Dörfler verstehe ich ja … Weil sie der Regierung nicht vertrauen und wissen, daß die mit dem Bey Hand in Hand arbeiten, sagen sie nicht offen, daß sie für die Bodenreform sind. Aber weshalb tut der Bey, als sei er dagegen, obwohl er dafür ist?«

»Mann, das ist eine Frage des Preises! Er tut, als ob er sein Land nicht verkaufen will, um den Preis hochzutreiben …«

Jetzt hatte ich alles verstanden.

»Und wie komme ich aus der Sache heraus?«

»Gar nicht … Du bist aufgeflogen.«

Es klopfte an die Tür. Bedri-die-Maus setzte sofort ein anderes Gesicht auf, ein energisches.

»Steh auf! Die Freundschaft ist zu Ende, jetzt beginnt die Pflicht … Reiß dich zusammen, Mann …«

Kleinlaut erhob ich mich. Nachdem ich so auseinandergenommen worden war, grollte er mit seiner Nebelhornstimme: »Herrrein!« und befahl dem eintretenden Gendarm: »Nimm ihn mit, bring ihn zur Staatsanwaltschaft!«

Das war mein Ende als Scheich … Alle Zeitungen brachten Bilder von mir und die Meldung: Der vorbestrafte Betrüger Paschazade hat sich als Nachkomme des Propheten und Scheich ausgegeben und leichtgläubige Dörfler gegen die Republik und unsere kemalistischen Reformen aufgewiegelt. Er wurde verhaftet, als er einer unfruchtbaren Frau ein Gebet auf den Bauch schrieb. Gendarmen retteten ihn davor, vom aufgebrachten Volk gelyncht zu werden.

Der unechte Leutnant

Nachdem ich von der Schule geflogen war, wollte ich meinen Klassenkameraden nicht mehr begegnen. Sie waren auf die Militärakademie gegangen und Offiziere geworden. Es war mir peinlich, sie zu treffen.

Überall fragte ich nach Arbeit. Es war Winter, es lag matschiger Schnee. Da meine Schuhsohlen Löcher hatten, lief das Schmelzwasser herein. Meine Schuhe quietschten vor Nässe.

Hinter mir hörte ich meinen Namen rufen. Ich drehte mich um. Als ich sah, wer es war, wußte ich nicht, was ich machen sollte. Es war mein ehemaliger Klassenkamerad Recai, der gerufen hatte.

Wenn ich bis dahin früheren Klassenkameraden auf der Straße begegnet war, hatten sie mich übersehen und waren vorbeigegangen. Ich benahm mich genauso. Mit dem treulosen Recai konnte ich nicht so verfahren, da er mich gerufen hatte. Er kam hinter mir her, legte mir die Hand auf die Schulter, dann umarmte er mich. Diese Herzlichkeit hatte ich nicht von ihm erwartet. In der Schule hatte ich mich nie für ihn erwärmen können, er war ein verschlagener, hinterhältiger Junge gewesen. Die Anstaltskleidung behagte ihm nicht. Er trug einen maßgeschneiderten Anzug und einen Mantel aus weit besserem Stoff. Der Grund, weshalb wir ihn den »treulosen« nannten, war der, daß er seine Freundinnen ständig wechselte. Er prahlte mit seiner Treulosigkeit. In die Poesiealben der Mädchen vom Gymnasium schrieb er sich sogar mit diesem Spitznamen ein.

Seit ich die Schule verlassen hatte, war es das erste Mal, daß ich den treulosen Recai traf. Er mußte inzwischen Offizier geworden sein.

»Du trägst ja zivil«, sagte ich in meiner Verlegenheit.

»Ich bin Zivilist«, erwiderte er zu meinem Erstaunen.

Noch bevor ich Fragen stellen konnte, erzählte Recai, daß sie ihn kurz nach mir von der Schule gewiesen hatten. Nach dem, was ich seinen Erzählungen entnehmen konnte, hatte er einen Weg gefunden, vom Arzt des Krankenreviers der Kadettenanstalt ins Krankenhaus überwiesen zu werden, obwohl er gar nicht krank war. Vom Gesundheitsdienst des Krankenhauses hatte er sich ein Attest für Luftveränderung beschafft. An diesem Attest hatte er manipuliert. Als das herauskam, war er ohne Rücksicht auf sein Alter wegen Urkundenfälschung aus der Anstalt geflogen. Er war seit etwa drei Jahren Zivilist. Ohne daß ich etwas dazu gesagt hatte, meinte er: »Ich war sowieso nicht zum Offizier geschaffen, aber um dich ist es schade.«

Er war vorzüglich gekleidet, seine Geschäfte gingen also gut. Meine Schuhe quietschten bei jedem Schritt, meine Kleidung war schäbig. Da ich mich schämte, wollte ich mich so schnell wie möglich wieder von ihm trennen. Ich könnte eine wichtige Besorgung vorschieben … Hätte ich das getan, wäre mein Leben anders verlaufen. Aber wer kann denn wissen, daß fünf Minuten Zusammensein mit einem alten Bekannten alles verändern würde? … Er nahm meinen Arm. Da konnte ich mich doch nicht losreißen. Damit er mich nicht fragt, was ich mache, stellte ich auch keine Fragen nach seiner Arbeit. Meistens redete sowieso er.

»Los, komm mit zu mir nach Hause …«, sagte er.

Als ich mich dazu nicht äußerte, fuhr er fort: »Aber vorher kaufen wir dir noch ein Paar Schuhe.«

Ich konnte nicht ja und nicht nein sagen. Aber ich merkte, wie mir das Blut zu Kopf stieg. Vor einem großen Schuhgeschäft blieben wir stehen. Um zu antworten, sagte ich schließlich:

»Es ist gut gemeint, aber ich will das nicht, laß das …«

»Was soll ich lassen, Mann? Such dir welche aus!« Er kehrte den alten Freund hervor.

»Die da sehen ganz gut aus …« Ich zeigte auf ein Paar.

Jetzt nahm er wieder meinen Arm, wir gingen weiter. Ich dachte, der erlaubt sich einen Scherz mit dir. Vor jedem Schuhgeschäft blieb er stehen. Wir hatten uns die Schaufenster von nahezu zehn Schuhläden angesehen. Schließlich zeigte er auf ein Paar: »Sieh mal, sind das nicht die gleichen wie die, die dir gefallen haben?«

Sie waren es tatsächlich.

»Es scheint das gleiche Modell zu sein …«, sagte ich.

Er fragte mich nach meiner Schuhgröße.

»Zweiundvierzig.«

»Wir gehen jetzt in diesen Laden. Du hältst dich hinter mir. Zu allem, was ich sage, antwortest du ›Jawohl‹.«

Wir betraten das Geschäft. Der Verkäufer eilte herbei.

»Bitte sehr«, sagte er.

Energisch sagte der treulose Recai zu mir: »Du wartest da!«

Ich sagte »Jawohl« und stellte mich an die Tür.

Er zeigte dem Verkäufer die Schuhe, die mir gefallen hatten, und befahl: »Nehmen Sie die aus der Auslage …«

Aus einer der Schachteln im Regal nahm der Verkäufer ein entsprechendes Stück.

»Welche Größe ist das?«

»Vierzig.«

»Haben Sie den auch in zweiundvierzig?«

»Ja, mein Herr.«

Der Verkäufer holte ein Paar Größe zweiundvierzig hervor.

»Die möchte ich in Braun.«

Der Verkäufer zog sie in Braun hervor.

»Noch etwas heller …«

Nachdem der Verkäufer in vielen Schachteln nachgesehen hatte, fand er ein Paar in etwas hellerem Farbton.

Recai prüfte den Schuh in der Hand, dann fragte er: »Haben Sie keine aus weicherem Leder?«

»Das ist weiches Leder, aber wir haben noch weicheres.« Er holte die noch weicheren hervor.

Mir war es peinlich, wieviel Mühe Recai dem Verkäufer machte. Ach, Allah, dachte ich bei mir, dieses verfluchte Geld … Er will mir etwas Gutes tun und es mir dabei heimzahlen …

»Haben Sie sie auch etwas breiter?«

»Ja, mein Herr«, antwortete der Verkäufer, aber ich dachte, wenn Recai noch einmal mehr zeigt, wie schwer er zufriedenzustellen ist, wird ihm der Mann entweder die Schuhe an den Kopf werfen oder uns beide vor die Tür setzen.

Der Mann sah in den Schachteln im Regal nach und brachte ein Paar breitere. Recai nahm den Schuh, drehte ihn hin und her, sah ihn sich von allen Seiten an, und dann fragte er nach dem Preis. Danach begann er zäh zu feilschen. Er handelte, obwohl ich das nicht ausstehen kann. Dann einigten sie sich. Als ich Recai sagen hörte: »Ich will die Schuhe für meinen alten Herrn kaufen«, war ich völlig verblüfft. Ich hatte gedacht, die sollten für mich sein!

»Mein Vater ist krank, er liegt zu Hause«, fügte er hinzu. »Er kann nicht auf die Straße gehen. Ich werde einen Schuh mitnehmen.« Er zeigte auf mich. »Mein Begleiter soll ihn nach Hause tragen. Mein Vater soll ihn anprobieren. Wenn er ihm paßt, kommt mein Begleiter und holt den zweiten ...«

Ohne dem Verkäufer Gelegenheit zu einer Antwort zu lassen, sagte er zu mir: »Nimm den Schuh. Spring in ein Taxi, und bring ihn schnell zu meinem Vater!«

»Jawohl«, sagte ich.

Dem Verkäufer befahl Recai, ihn schnell einzuwickeln.

Genau wie ich sagte der Verkäufer auch schon: »Jawohl.«

Jetzt zog Recai seine Brieftasche und fragte: »Wieviel Geld soll ich hierlassen?«

»Zahlen Sie, wenn Sie den zweiten abholen«, sagte der Verkäufer. Und zu mir: »Hier, nimm das Päckchen!«

»Jawohl«, sagte ich und ergriff den eingewickelten Schuh.

»Es wird keine Stunde dauern, daß mein Begleiter zurückkommt«, sagte Recai.

»Es hat keine Eile, mein Herr. Wenn er gegen Abend kommt, genügt es.«

Recai vorn, ich dahinter, verließen wir das Geschäft.

Nachdem wir eine Weile schweigend gelaufen waren, fragte ich: »Und was ist mit dem einen Schuh?«

»Wir werden schon einen Dummkopf finden, der uns den zweiten dazu gibt ...« Er kaufte einem Jungen eine Zeitung ab und wickelte das Schuhpaket sorgfältig ein.

Dann gingen wir zu dem ersten Geschäft zurück. Dort spulte Recai das gleiche ab wie in dem anderen Laden. Er hatte einen Haufen Wünsche und brachte den Verkäufer zur Weißglut, dann erzählte er wieder von seinem kranken Vater zu Hause, bat um einen Schuh, und der Mann gab ihm ein Päckchen mit dem rechten Schuh. Jetzt sagte Recai: »Geben Sie mir den linken, am rechten Fuß hat mein Vater ein Hühnerauge. Er muß den linken anprobieren, der rechte paßt immer ...«

Mir befahl er wieder, den eingewickelten Schuh zu nehmen, und schärfte mir ein: »Aber beeile dich, nimm ein Taxi, damit der Herr nicht unruhig wird.«

»Ich bitte Sie, Efendi«, sagte der Mann, »das hat doch keine Eile ... Bringen Sie ihn bis zum Abend zurück ...«

Dann griff Recai wiederum nach seiner Brieftasche, und der Mann sagte ebenfalls, er solle erst bezahlen, wenn er den anderen hole.

Recai bedankte sich. Wir verließen das Geschäft. In einem Kurzwarenladen kaufte er ein Paar Socken. Wir bogen in eine Seitenstraße ein und betraten ein Mietshaus. Im Hausflur sagte er: »Zieh deine Schuhe aus, und zieh die hier an ...«

Ich zog meine alten, löchrigen Schuhe und die nassen Socken aus und dafür die neuen Socken und Schuhe an.

Das war die gute Tat, die Recai mir erwiesen hatte. Man kann es auch die erste Bosheit nennen. Ich glaube, dieser Vorfall reicht aus, um zu schildern, was für ein Mensch Recai war.

Die Kleidung fiel mir bald vom Körper, aber meine neuen Schuhe waren bequem, meine Füße wurden warm.

»Jetzt haben wir aber Hunger«, sagte Recai.

Wir gingen in ein Luxusrestaurant. Er bestellte etwas Teures zu essen. Wein tranken wir auch.

Während des Essens fragte ich ihn, was er getan hätte, wenn die Händler für die einzelnen Schuhe Geld verlangt hätten.

»Ich hätte es Ihnen gegeben ... Zwei Stunden später hättest du den einzelnen Schuh zurückgebracht und gesagt: ›Dem Vater des Beyefendi hat der Schuh nicht gepaßt, und andere will er auch nicht‹, und hättest das Geld zurückbekommen ...«

Nach dem Essen bat er den Ober um die Rechnung. Der legte sie auf den Tisch.

»Ruf den Chef!« verlangte Recai.

Aber dann stand er auf, ohne auf ihn zu warten. Mir machte er Zeichen, ihm zu folgen. Er begab sich in die Küche des Restaurants, hob die Deckel von den Töpfen und sah hinein.

»Was ist das für ein Dreck!« rief er.

Der Koch mit der weißen Mütze lief um Recai herum und murmelte etwas Unverständliches. Aber Recai rief immer wieder: »Was ist das nur für ein Dreck!«

Ein Mann kam aufgeregt herbei, das mußte der Wirt sein. Damit die Gäste im Lokal Recais Geschrei nicht hörten, schloß er die Küchentür. Recai tat, als bemerke er den Besitzer nicht, und rief: »Kommt denn hier nie eine Kontrolle vom Gesundheitsamt?«

Der Besitzer hinter Recai wurde ganz klein: »Unsere Küche ist immer sauber, blitzblank, Beyefendi ...«

Recai zeigte auf zwei Kakerlaken, von denen eine auf dem Regal und die andere auf den weißen Kacheln lief.

»Ist das Ihre Sauberkeit?«

Der Besitzer und der Koch rissen Mund und Augen auf und blickten so erstaunt drein, als ob da keine Kakerlaken in der Küche wären, sondern ein Elefant.

»Wir werden jetzt ein Protokoll aufnehmen«, sagte Recai.

»Aber Beyefendi ...«, der Chef griff nach Recais Hand.

»Das gibt eine Geldstrafe, und das Lokal wird geschlossen ... Der Beschluß der Stadtverwaltung wird an die Tür gehängt.«

Der Wirt begann zu jammern. Das hier sei ein renommiertes Restaurant. Er sei bereit, eine Geldstrafe zu zahlen, aber wenn sich herumspräche, daß es in seiner Küche Kakerlaken gebe, sei er blamiert. Recai erwähnte noch, daß es auch in der Zeitung stehen würde.

»Wo ist das Telefon?« fragte er mit lauter Stimme.

Er wußte, wo sich das Telefon befand, denn bevor es ihm gezeigt wurde, ging er hin, nahm den Hörer ab und wählte eine Nummer.

»Hallo … Stadtverwaltung … Stadtverwaltung? Wer spricht da …«

Dem Wirt perlte Schweiß von der Stirn. Er ging zu Recai und flüsterte ihm etwas ins Ohr. Recai legte den Hörer auf. Der Wirt nahm seinen Arm. Zusammen gingen sie beiseite. Etwas später kamen sie zurück. Der Wirt drückte Recai die Hand: »Auf Wiedersehen, Herr Inspektor …«

»Was heißt hier Inspektor«, sagte Recai, »ich bin kein Inspektor … Ich bin ein ganz normaler Bürger, ein Gast Ihres Lokals …«

Der Wirt war ganz zerknirscht, aber er ließ es sich nicht anmerken.

»Bitte beehren Sie uns bald wieder, Beyefendi …«, sagte er.

Wir verließen das Lokal. Mir hatte es die Sprache verschlagen.

»Los, jetzt gehen wir nach Hause«, sagte er.

Seine Wohnung lag in der Nähe. Er wohnte zur Untermiete. Die Zimmerwirtin war eine alte Griechin. Sie fragte Recai: »Waren Sie das, der vor kurzem angerufen hat? Ich habe doch Ihre Stimme erkannt … Aber warum haben Sie andauernd ›Stadtverwaltung, Stadtverwaltung‹ geschrien?«

»Madame, machen Sie uns einen Kaffee«, sagte Recai.

Wir befanden uns in einem gut möblierten Zimmer.

»Der Wirt hat dich anscheinend für einen Inspektor von der Stadtverwaltung gehalten«, sagte ich.

»Ja, das hat er, er hat mir fünfhundert Lire gegeben.«

»Aber du hast doch gesagt, daß du kein Inspektor bist …«

»Natürlich sage ich das … Diese Schufte geben Bestechungsgelder, aber gleichzeitig kennen sie einflußreiche Leute, und hinterher wird man als falscher Inspektor verhaftet«, erklärte er.

»Was du tust, das ist Betrug«, sagte ich.

»Wenn ich ein Betrüger wäre, würde ich so tun, als sei ich ein Inspektor …«

»Da hast du aber Glück gehabt, daß du die Kakerlaken in der Küche gefunden hast … Sonst hättest du das Essen bezahlen müssen«, sagte ich.

Er lachte spöttisch, nahm eine Streichholzschachtel aus der Tasche und zog sie auf.

»Auf sein Glück darf man sich nie verlassen!«

Drei Kakerlaken sprangen aus der Schachtel. Er steckte sie wieder zurück.

Jetzt wurde mir klar, warum er sich in der Küche des Restaurants eine Zigarette angezündet hatte. Fingerfertig hatte er dabei die beiden Kakerlaken aus der anderen Streichholzschachtel freigelassen. An der Wand hing eingerahmt das Diplom einer juristischen Fakultät. Als ich darauf Recais Foto sah, war ich erstaunt. Seine Personalien standen auch darauf.

Während ich das Diplom aufmerksam betrachtete, sagte er: »Wenn du willst, lasse ich dir auch ein Diplom ausstellen …«

In diesem Augenblick brachte Madame den Kaffee.

Er schlug vor, am Abend zusammen auszugehen. Obwohl ich das sehr gern getan hätte, dankte ich ihm und verabschiedete mich, weil ein unerklärliches Angstgefühl in mir aufkam.

»Wenn du einen dicken Kopf hast oder etwas brauchst, erwarte ich dich, dann komm her«, sagte er.

Er gab mir auch Geld. Ich brachte es nicht fertig, es abzulehnen. Beim Abschied umarmten und küßten wir uns.

Ein paar Tage, nachdem ich den treulosen Recai getroffen hatte, las ich in einer Zeitung die Anzeige einer Bank. Sie suchten Angestellte und Boten. Die Einstellung wurde von einer Prüfung abhängig gemacht. Die Angestellten sollten Abitur haben. Unter diesen Umständen konnte ich mich nur als Bote bewerben. Hauptsache, ich fand überhaupt Arbeit …

Meine Schuhe waren zwar funkelnagelneu, aber mein Anzug war schäbig. Wenn ich in dem Aufzug zur Prüfung ging, hatte ich keine Chance. Der treulose Recai hatte ja hilfsbereit zu mir gesagt, ich solle zu ihm kommen, wann immer ich etwas brauchte. Zaghaft ging ich zu ihm. Beim ersten Mal war er nicht zu Hause. Am Abend versuchte ich es noch einmal. Er war wieder nicht da. Ich wartete vor der Tür. Zu später Stunde kam er betrunken in einem Taxi vorgefahren. Ich erzählte ihm, um was es ging. Ob er mir nur für die Prüfung auf einen Tag einen seiner alten Anzüge leihen könne? Wir gingen in sein Zimmer. Er öffnete den Kleiderschrank.

»Nimm, was dir gefällt, und zieh es an ... Du kannst es behalten«, sagte er.

Alle seine Anzüge konnte man als neu bezeichnen. Ich nahm einen und zog ihn an. Ein Hemd und eine Krawatte bekam ich auch. Das Wetter war kalt, aber ich schämte mich, noch um einen Mantel zu bitten. Daß es ihm nicht in den Sinn kam, mir einen zu geben, lag wohl daran, daß er betrunken war.

Als wir uns trennten, sagte er: »Laß mich das Ergebnis wissen ...«

Zehn Boten sollten eingestellt werden, aber zur Prüfung waren mehr als zweihundert erschienen. Als ich meine Mitbewerber sah, schämte ich mich. Die meisten von ihnen hatten höchstens die Grundschule absolviert oder bereits vorzeitig verlassen. Mit ihnen sollte ich mich messen. Zuerst gingen wir in die mündliche Prüfung. Die Fragen habe ich vergessen, aber sie waren natürlich sehr leicht. Nach dieser Sichtung waren wir noch fünfzig Bewerber. Ich war überzeugt, daß ich auch die schriftliche Prüfung bestehen würde. Etwas anderes kam in Gegenwart dieser Leute gar nicht in Frage.

Das Ergebnis sollten wir in zwei Wochen erfahren.

Als es soweit war, ging ich zusammen mit Recai hin. Er war mir böse, weil ich nicht in die Angestellten-Prüfung gegangen war, und zog mich damit auf. Er sagte, es sei zwecklos, nach dem Resultat zu fragen; ich hätte bestimmt nicht bestanden. Schließlich wurde ich ärgerlich und schrie ihn an: »Weshalb soll ich denn nicht bestanden haben? Es war doch kaum einer dabei, der die Grundschule absolviert hat. Ich konnte alle Fragen beantworten ...«

Recai lachte. »Schon gut, aber du hast bestimmt nicht bestanden. Du bist durchgefallen. Das ist doch klar. Wollen wir wetten? Wenn du bestanden hast, lade ich dich ein, wohin du willst. Wenn du nicht bestanden hast, lädst du mich ein ... Später, wenn du mal Geld hast ...«

Wir gingen zur Prüfungsstelle. Ich fragte eine Sekretärin, wo ich das Ergebnis erfahren könne. Sie sah auf meine gute Kleidung und fragte: »Für die Assistentenstelle?«

»Nein!« sagte ich. Daß es für die Boten-Prüfung war, brachte ich nicht heraus.

»Die Angestellten-Prüfung?« fragte sie weiter.

»Als Bote«, sagte ich leise. »Die haben Sie leider nicht bestanden ...«

Wir verließen die Bank. Ich war wie erstarrt. Wäre ich niedergestochen worden, ich hätte nicht geblutet.

Wie konnte das passieren?

»Hast du jetzt verstanden?« fragte Recai.

»Ja ... ich bin durchgefallen ...«

»Das war nicht meine Frage«, sagte er, »ich meine, ob du verstanden hast, weshalb du durchgefallen bist? Junge, aus dir wird nie etwas werden ... Streng doch mal dein Köpfchen an ... Die Frau kennt dich nicht, woher sollte sie wissen, daß du die Prüfung nicht bestanden hast, ohne dich nach deinen Personalien zu fragen?«

»Du hast recht ... Woher weiß sie das?«

»Junge, ich habe doch schon vor der Frau gewußt, daß du durchgefallen bist ... Wer besteht, liegt doch schon vor der Prüfung fest.«

»Wenn das stimmt, warum veranstalten sie denn überhaupt so eine Prüfung, wollen sie uns auf den Arm nehmen?«

»Aber nein, warum sollen sie Leute wie dich auf den Arm nehmen? Sie tun ihre Pflicht. Im Bankenaufsichtsgesetz und in der Geschäftsordnung steht, daß eine Prüfung abzuhalten ist, da veranstalten sie eben eine ... Wenn dann einer, der zum Bankdirektor taugt und auch so aussieht, Bote werden will, besteht er die Prüfung natürlich nicht ...«

Der treulose Recai hat mir tatsächlich viele Lektionen erteilt.

An jenem Tag war ich sehr bedrückt. Recai ließ mich nicht gehen. »Ich werde dir in der Bank, in der du die Botenstelle nicht bekommen hast, eine Stellung als Angestellter verschaffen«, sagte er.

Ich widersprach nicht. Wir gingen zu einem Fotografen, der Paßbilder innerhalb von zehn Minuten anfertigte. Recai ließ ein Dutzend von mir machen. Dann gingen wir zu ihm nach Hause. Er hielt mir ein Blatt Papier hin.

»Schreib!« befahl er.

Er diktierte, ich schrieb.

An den Generaldirektor der Bank soundso … Ich bewerbe mich um eine Einstellung als Angestellter. Dann die Unterschrift. Als Anschrift gab ich Recais Adresse an.

Hoffnung hatte ich nicht die geringste. Aber trotzdem ging ich hin und wieder zu Recai und fragte, ob eine Antwort von der Bank gekommen sei. Es war das zweite oder dritte Mal … Als Recai mich sah, sagte er: »Gute Nachricht …« und gab mir den Umschlag.

Die Bank hatte mich für ihre Zweigstelle in Izmit eingestellt. Ich war so aufgeregt, daß ich das Schreiben küßte und mir die Tränen kamen. So, jetzt hatte ich den ersten Schritt getan.

»Weine nicht«, zog der treulose Recai mich auf, »du brichst mir das Herz …«

Er ahnte nicht, was ich durchgemacht hatte … Ganz besonders freute ich mich über die Versetzung nach Izmit. Ich würde die Großstadt hinter mir lassen, und es war trotzdem nicht weit … Wenn ich wollte, konnte ich am Wochenende nach Istanbul herüberkommen.

Als ich mit dem Zug nach Izmit fuhr, hatte ich so viele Träume, daß sie für ein ganzes Menschenleben ausreichten. Von meinen Eltern hatte ich nichts gehört. Sie wußten nicht, was aus mir geworden war. Ich hatte mich noch nicht dazu aufraffen können, ihnen zu schreiben. Von meinem ersten Gehalt bei der Bank wollte ich ihnen etwas schicken. Mit der Zeit würde es immer mehr werden. Ich würde mir eine 1- bis 1½-Zimmer-Wohnung mieten und sehr fleißig sein. Auf einer Abendschule wollte ich ein Abitur nachholen. Der treulose Recai hatte zwar nur gespottet: »Du legst eine Prüfung als Bote bei der Bank ab, deren Direktor du eines Tages sein wirst«, aber ich würde wirklich eines Tages der Direktor dieser Bank sein … Was für Träume hatte ich damals im Zug …

Die Fahrt nach Izmit nahm kein Ende … Ich wollte sofort zur Bank gehen und die Arbeit aufnehmen. Als ob die Bank dabei wäre, in Konkurs zu gehen und ich sie davor bewahren könnte, wenn ich die Arbeit nicht erst morgen aufnahm …

Als ich Izmit erreichte, war es Nachmittag. In einer Stunde würde die Bank schließen. Um diese Zeit noch hinzugehen, ergab keinen Sinn.

Zuerst suchte ich mir ein billiges Hotel, billig, aber sauber. Der Portier gab mir ein Zwei-Bett-Zimmer. In dem anderen Bett schlief ein Reserveoffizier.

»Er ist ein junger Mann in Ihrem Alter«, sagte der Portier, »Sie werden sich verstehen. Er kommt abends immer um diese Zeit ...«

Tatsächlich kam mein Zimmergenosse, der Reserveoffizier, kurze Zeit später. Er war mir sofort sympathisch. Ein netter Kerl. In kurzer Zeit kamen wir uns näher. Genau wie ich hatte auch er nicht viel Geld und mußte sparsam sein. Er sagte, die Unterkunft im Hotel und das Essen im Lokal käme teuer. Ob ich nicht mit ihm zusammen eine Zwei-Zimmer-Wohnung nehmen wolle? Das sei billiger und zudem auch viel gemütlicher. Bei Bedarf könnten wir sogar Gäste einladen, unsere Freundinnen und so ...

Sein Vorschlag leuchtete mir ein. Ich merkte, daß er ein Frauenheld war. Aber sollte er, was ging es mich an ... Ich hatte einen anderen Grund, weshalb ich mit ihm zusammenziehen wollte. In einem eigenen Heim konnte ich es mir bequem machen und besser für das Abendabitur arbeiten. Wir wollten auch selbst kochen. Ich hatte Glück gehabt. Und einen Freund nach meinem Geschmack dazu gefunden. Ich war so glücklich, daß ich ganz ungeduldig wurde. Wir aßen zusammen in einem Lokal zu Abend. Dann gingen wir auf unser Zimmer. Der Reserveoffizier hatte viele Bücher auf dem Nachttisch zu liegen. Ich nahm mir eins und begann zu lesen.

»Ich habe eine Bitte an dich«, sagte er.

»Schon genehmigt!«

Da er seit sechs Monaten in Izmit war, hatte er eine Freundin. Er wollte sich heute abend mit ihr treffen, aber er hatte keine Zivilkleidung. Die Uniform war so unbequem beim Spazierengehen. Ob ich ihm wohl für den heutigen Abend, auf ein bis zwei Stunden, meinen Anzug borgen könne?

Was war dabei ... Innerhalb weniger Stunden hatten wir

Freundschaft geschlossen, als würden wir uns schon zehn Jahre kennen. Und zusammenziehen würden wir auch …

»Natürlich … zieh ihn an, wenn er paßt«, sagte ich.

Ich zog mich aus und gab ihm den Anzug. Es war der des treulosen Recai. Er war noch relativ neu und gut. Er zog die Offiziersuniform aus und meinen Anzug an und sah tipptopp aus. Als ich ihn in dem Anzug sah, merkte ich erst, wie gut er war. Wir hatten jeder nur einen Anzug, ich meinen zivilen, er die Uniform …

Er ging.

Ich legte mich aufs Bett und las. Mitternacht ging vorbei, mein Freund kam nicht zurück. Ab und zu nickte ich über dem Buch ein. Wenn ich noch später einschlafe, kann ich morgen früh nicht aufstehen, dachte ich. Ich mußte zeitig zur Bank gehen. Also löschte ich das Licht und legte mich schlafen.

Ich wachte früh auf. Dann entdeckte ich das unbenutzte Bett des Reserveoffiziers. Er schien nicht zurückgekommen zu sein … Im Halbschlaf dachte ich, er sei vielleicht schon ganz früh gekommen und zu seiner Einheit gegangen, aber dann kam ich zu mir – er konnte ja nicht in meinem Anzug zum Dienst gehen … Und seine Uniform hing im Zimmer.

Es wurde acht, es wurde neun. Keine Spur von dem Reserveoffizier. Es war zum Verrücktwerden. Ich fragte einen Mann vom Hotelpersonal, wo der Reserveoffizier sein könnte. Er wußte es auch nicht. Es wurde Mittag, er war noch nicht gekommen. Es war nicht mehr zum Verrücktwerden, ich hätte ihn umbringen können. Der sollte nur kommen, dann würde ich ihm ins Gesicht sagen, daß ich nicht mit ihm zusammenziehe. Es wurde Abend, er war immer noch nicht da … Wenn der kommt … Ich werde nicht mit ihm zusammenziehen, mit der Faust werde ich ihm ins Gesicht schlagen und ihn windelweich prügeln. Der solle nur kommen … Es wurde Nacht. Ich war im Hotelzimmer gefangen und aß, was man mir aufs Zimmer brachte.

Ich fand keinen Schlaf. In der zweiten Nacht wird er ja kommen, dachte ich. Wenn er doch nur käme … damit ich meinen Anzug wieder hätte ... Früh am Morgen wollte ich zu der Bank laufen und meine Arbeit aufnehmen. Zu der Bank? Nein, nicht zu der Bank, zu meiner Bank! Diese Bank war nicht irgendeine, es war meine Bank.

Die Morgendämmerung drang in mein Zimmer, langsam brach der Tag an. Ich glaubte nicht mehr an die Rückkehr des Reserveoffiziers und dachte darüber nach, was ich machen sollte. Gerade als das Glück mir lachte, passierte mir dieses Mißgeschick. Was konnte ich tun? Die Arbeit bei der Bank, bei meiner Bank, durfte ich keinesfalls verlieren.

Ich rasierte mich und wusch mir das Gesicht. Da ich nicht in Unterwäsche auf die Straße gehen konnte, zog ich die Uniform an. Im Spiegel des Hotelzimmers, der schon recht blind war, betrachtete ich mich. Ich begnügte mich nicht damit, mein Gesicht zu mustern. Ich hatte den Spiegel vom Nagel genommen und besah mir die Brust, die Hüften, rundum Stück für Stück alle Körperteile, die in der Offiziersuniform steckten. Dann lehnte ich den Spiegel an die Wand. Ich stellte mich an die gegenüberliegende Wand und sah mir meine Beine in der Offiziershose an. Schade, daß ich mich in dem fast blinden Spiegel mit der zerbrochenen Ecke nicht in voller Größe sehen konnte.

Ich gefiel mir unsagbar. So hätte ich also ausgesehen, wenn ich wie meine Klassenkameraden ein Offizier geworden wäre.

Ich konnte mich doch nicht selbst im Hotelzimmer einsperren. Aber am ersten Tag bei der Bank, bei meiner Bank, konnte ich doch auch nicht in Offiziersuniform zur Arbeit erscheinen. Am besten war es, sofort nach Istanbul zurückzukehren. Ich würde zum treulosen Recai gehen, ihm erzählen, was mir passiert war, und ihn bitten, mir noch einmal einen Gefallen zu tun. Er würde mir einen Anzug kaufen oder mir noch einen von seinen geben. Wenn ich früh am Morgen aufbrach, konnte ich alles an einem Tag erledigen und am nächsten nach Izmit zurückkehren. Dann würde ich die Arbeit bei der Bank, bei meiner Bank, mit zwei, vielleicht mit eineinhalb Tagen Verspätung aufnehmen.

Dem Hotelportier sagte ich beim Bezahlen, ich wüßte

noch nicht, ob ich in demselben Zimmer bleiben würde; wenn der Reserveoffizier komme, solle er auf mich warten.

Ich kaufte eine Fahrkarte für den nächsten Zug nach Istanbul und hatte es unerklärlich eilig. Der Zug war noch nicht richtig zum Stehen gekommen, da sprang ich schon auf, als ob ich ihn damit zum Schnellerfahren bringen könnte. In meinem Abteil saßen noch eine junge Frau und ein alter Mann. Die junge Frau schätzte ich in meinem Alter oder ein, zwei Jahre älter. Das Alter von Frauen zwischen zwanzig und fünfundzwanzig ist schwer zu bestimmen. Zuerst dachte ich, der alte Mann sei der Vater der jungen Frau, aber sie sprachen nicht miteinander. Die Frau benahm sich kokett. Als der alte Mann auf den Gang hinaustrat, merkte ich, daß sie nicht zusammengehörten.

Ich erinnere mich jetzt nicht einmal mehr daran, wie unser Gespräch begann. Der alte Mann holte seinen Korb aus dem Abteil und stieg aus, als der Zug das erste Mal hielt. Ich weiß auch nicht mehr, worüber wir uns später unterhielten, aber daß sie sich ganz leicht über etwas freuen konnte, leicht lachte, und zwar nicht nur mit dem Mund, sondern von den Beinen bis zu den Haarwurzeln, daß sie hübsch war, habe ich nicht vergessen. Ich glaube, das waren auch die Gründe dafür, weshalb wir uns auf dieser kurzen Fahrt so gut verstanden und anfreundeten. Sie lachte über alles, was ich sagte, aber alles, was ich sagte, sollte sie ja auch zum Lachen bringen. Es machte mich glücklich, wenn sie über meine Worte lachte. Ich verspürte ein solches Glücksgefühl zum ersten Mal in meinem Leben. Bis zu jenem Tag hatte ich noch keine Freundin gehabt, war noch keiner Frau näher gekommen. Seit Kindesbeinen war ich im Internat gewesen. Deshalb hatte ich in der Schule auch den Erzählungen des treulosen Recai über seine Freundinnen und Beziehungen zu Frauen so interessiert zugehört. Er war mir vorgekommen wie ein Mensch aus einer anderen Welt, in die ich nie einen Fuß setzen würde. Aber an jenem Tag im Zug saß mir das gegenüber, von dem ich geglaubt hatte, es würde mir nie begegnen, sich nie ereignen. Ich werde diesen Tag nie vergessen.

Wir erzählten uns unser Leben von Anfang an. Ich mußte lügen. Einer so schönen Frau, die mir ihr Interesse bekundete, konnte ich doch nicht erzählen, daß ich die Schule hatte verlassen müssen, daß ich die Offiziersuniform tragen mußte, weil ein Reserveoffizier meinen Anzug angezogen hatte und getürmt war. Es war auch nicht notwendig, zu erzählen, daß ich nach Istanbul fuhr, um mir von einem Freund einen Anzug zu borgen. Deshalb sagte ich ihr, ich sei Offizier und fahre auf Urlaub nach Istanbul. Ich will mich jetzt nicht verteidigen, es ist die Wahrheit: Wenn ich gewußt hätte, daß die Verbindung mit dieser jungen Frau nach der gemeinsamen Fahrt nicht endete, glauben Sie mir, ich hätte nicht gelogen. Aber woher sollte ich das wissen? Wer weiß, was in fünf Minuten sein wird …

Als Paschazade an dieser Stelle war, kam der Kalfaktor in unsere Zelle. Er sagte, ich solle zur Verwaltung kommen. Jetzt lachte Paschazade: »Sehen Sie, das haben Sie vorher nicht gewußt. Mal sehen, was Ihnen geschieht.« Als ich zurückkam, sagte ich zu ihm, mir sei nichts Aufregendes widerfahren, ein Freund habe erbetene Bücher für mich abgegeben.

Ich wollte wissen, ob die hübsche, junge Frau verheiratet war. Während ich noch nachdachte, auf welchem Weg ich das herausbekommen könnte, erzählte sie es von selbst: Sie war seit kurzem geschieden, aber noch nicht aus der gemeinsamen Wohnung ausgezogen.

Zum ersten Mal atmete ich weiblichen Durft so aus der Nähe ein. Es war ein glücklicher Tag für mich …

Als wir in Haydarpascha den Zug verließen, konnten wir uns nicht voneinander trennen. Wir konnte uns nicht voneinander losreißen, ist wohl besser ausgedrückt. Sie machte den Vorschlag, gemeinsam zu ihr nach Hause zu gehen.

Sie war, wie gesagt, die erste Frau in meinem Leben. Ich dachte daran, daß ich ihr die Wahrheit sagen mußte … Wir würden heiraten, ein glückliches Heim haben …

Ein gewaltiges Geräusch ließ mich aus dem Bett springen. Im Zimmer war es stockfinster. Nur ein Funke, leuchtend wie ein Blitz, flammte aus einem kleinen Loch auf und erlosch. Ein Knall. Als letztes hörte ich den lauten Schrei einer Frau … Es war ein Schrei, als ob jemandem mit spitzen Fingernägeln eine verkrustete Wunde aufgekratzt wird …

Als ich die Augen öffnete, befand ich mich in einem Krankenhaus, im Militär-Hospital. Da sie mich für einen Offizier gehalten hatten, war ich dorthin gebracht worden. Ich hatte zwei Tage ohne Bewußtsein gelegen. Eine Kugel war in meine linke Schulter eingedrungen …

Ich hatte ihr vorgelogen, ich sei Offizier. Und sie hatte mir vorgelogen, sie sei geschieden. Dabei lief die Scheidung noch. Der eifersüchtige Ehemann wollte sich nicht scheiden lassen, er hatte uns nachts in der Wohnung überrascht.

Als ich im Hospital zu mir kam, fragten sie mich nach meinen Personalien und meiner Einheit. Es kam heraus, daß ich kein echter Offizier war. Als ich wegen Ehebruch und der Tatsache, daß ich mich als Offizier ausgegeben hatte, vor Gericht stand, kam noch mehr ans Tageslicht: Vorlage eines gefälschten Reifezeugnisses, Benutzung der Visitenkarte einer prominenten Persönlichkeit und Fälschung einer Unterschrift, um mir Vorteile zu verschaffen, indem es mir dadurch gelang, Anstellung bei einer Bank zu finden.

Zu alledem war es gekommen, weil der treulose Recai mir einen Gefallen tun wollte. Beim Prozeß gab ich seinen Namen nicht preis. Das war keine Heldentat von mir; sie hätte meine Strafe nicht verringert, deshalb …

Ein falscher Offizier war verhaftet worden, aber die Zeitungen veranstalteten ein solches Gezeter wegen des Betrügers, der sich als Leutnant aufgespielt hatte, bauschten alles gehörig auf und zogen mich so durch den Blätterwald, daß ich zum Mann des Tages wurde.

Als ich meine Strafe abgesessen hatte, war ich bei meiner Entlassung noch forscher als früher. Das Unheil, das mir widerfahren war, animierte mich, mein Enthusiasmus war ungebrochen.

Paschazade, der vorbestrafte Heiratsschwindler

Der treulose Recai war zwar nicht mißgestaltet, aber er hatte ein geistiges Gebrechen. Jahrelang waren wir zusammen im Internat gewesen, ohne daß ich etwas davon bemerkt hatte.

Er war geisteskrank. Er tat etwas Böses nicht wegen des Vorteils, er tat es um der Bosheit willen. Weshalb ich nach meiner Entlassung aus dem Gefängnis zu Recai gegangen bin? Damals habe ich noch nicht gewußt, wie schlecht er war. Außerdem hatte ich keinen anderen, zu dem ich hätte gehen, den ich um Hilfe hätte bitten können. Ich hatte keine andere Wahl.

Im Gefängnis hatte er mich nicht ein einziges Mal besucht. Gefühle wie Verbundenheit, Freundschaft und Kameradschaft kannte er nicht, aber er empfing mich, als hätten wir uns erst kürzlich getrennt.

Wenn er wollte, hätte er reich sein können, aber natürlich nicht durch ehrliche Arbeit … Er war es nicht, aber er konnte stets so leben, als sei er es. Wenn er sein Geld bis zum letzten Piaster ausgegeben hatte, dachte er sich etwas Neues aus. Als ich ihn fragte, warum er das tue, sagte er mir, ihm fiele nur etwas Neues ein, wenn er blank sei.

Eines Tages standen wir auf dem Taksim-Platz. Er blieb eine Weile auf einem Fleck stehen und zeigte auf die Menge: »Siehst du diese Leute?«

Ohne zu antworten sah ich ihn an.

»Alle diese Schwachköpfe, alle in der ganzen Stadt und alle im ganzen Land, alle arbeiten für mich. Wie kann einer, der auch nur ein bißchen Verstand hat, ohne Geld dastehen, wenn es so viele Hornochsen gibt«, fügte er hinzu. Mit diesen demütigenden Worten meinte er mich.

Wenn ich erzähle, daß er eines Abends, als er kein Geld hatte, die Regenrinne aus Zink und die Rohre des Hauses, in dem er zur Untermiete wohnte, abmontierte und verkaufte, verstehen Sie, was für ein Mensch er war. Er tat das nicht nur, weil er kein Geld hatte, sondern auch, um seiner Wirtin, dieser alten Frau, etwas Böses anzutun. Das genügte ihm noch nicht, er beging eine noch größere Gemeinheit. Eines Abends verkaufte er die alte Frau an einen reichen Provinzonkel. Die Ärmste ahnte nichts. Auf der Straße handelte er den Preis mit dem Freier aus, steckte das Geld ein und brachte den Mann in die Wohnung. Er öffnete die Tür zum Zimmer der alten Frau und schob den Schürzenjäger mitten in der Nacht hinein ... Wenig später hörten wir das Geschrei der alten Frau und das Gebrüll des Provinzonkels. Recai war in bester Stimmung. Er sagte, die Frau würde schließlich schon einverstanden sein, und hinterher wäre sie ihm bestimmt noch dankbar. Dabei lachte er sich halbtot. Als das Geschrei aus dem Zimmer drang, verließen wir die Wohnung.

Eines Tages sagte Recai: »Los, wir fahren nach Ankara ...«

Da ich ohne Geld und ohne Arbeit war, mußte ich mitfahren. In Ankara stiegen wir in einem Luxushotel ab. Recai telefonierte mit der Rezeption und bestellte zwei Zeitungen aufs Zimmer. Als diese kurz darauf gebracht wurden, gab er eine mir, die andere behielt er. Er streckte sich auf dem Bett aus und begann zu lesen.

In meiner Zeitung stand auf der ersten Seite die Nachricht von einer sich sehr schnell ausbreitenden tödlichen Grippe. Der Gesundheitsminister warnte die Bevölkerung. Wissenschaftler erklärten, welche Vorsichtsmaßnahmen zu ergreifen waren. Der Grippevirus sollte sogar durch Telefonapparate übertragen werden. Auch die Benutzung öffentlicher Telefone war gefährlich; wer trotzdem telefonieren mußte, sollte den Mund nicht zu dicht an den Hörer halten. Plötzlich warf Recai die Zeitung fort und sprang auf. »Ich hab's«, rief er.

Ich fragte, was er habe.

»Wir haben ins Schwarze getroffen!« antwortete er.

Anfangs sagte er selbst mir nicht, was er vorhatte, obwohl wir doch zusammenarbeiteten.

»Los, steht auf, wir haben zu tun ...«

Jetzt würde er wieder eine Schandtat begehen und mich dazu benutzen. Wir verließen das Hotel. Nach einigem Suchen fand er eine kleine Druckerei. Dort bestellte er zwanzig Quittungsblöcke zu je fünfzig Blatt. Lang und breit erkärte er dem Druckereibesitzer, was auf den Quittungen zu stehen habe und in welcher Form; er entwarf ein Muster. Oben sollte stehen: Regierungsbezirk Ankara – Gesundheitsdienst, 3. Desinfektationsabteilung.

Als ich das las, sagte ich ihm, daß Desinfektationsabteilung falsch war.

»Weißt du denn, was ich machen will, daß du das beurteilen kannst?« fragte er.

»Das weiß ich nicht, aber ich nehme an, du wolltest ›Desinfektion‹ schreiben«, sagte ich.

Er berichtigte: »3. Desinfektionsabteilung.« Er schrieb noch eine Menge auf: Kontrolldatum, ausstellender Beamter, Distriktnummer …, Anschrift …

Der Druckereibesitzer sagte, die Quittungen seien in drei Tagen fertig. Jetzt fing Recai wieder angestrengt zu feilschen an. Bei dem genannten Preis wollte er die Quittungen innerhalb von zwei Tagen haben.

An dem Tag, an dem wir sie abholen wollten, streiften wir durch Gebrauchtwarenläden. Nach langem Suchen fand Recai einen Zerstäuber. Er war etwas größer als eine Flit-Spritze. Vielleicht hatte man ihn zum Spritzen von Blumen mit Pflanzenschutzmitteln benutzt. Recai füllte ihn mit Wasser und kontrollierte, ob er funktionierte. Bei einem anderen Trödler kaufte er eine große Tasche, in die der Zerstäuber hineinpaßte. Dann gingen wir zu der Druckerei. Der Besitzer sagte, er habe den Auftrag nicht schaffen können, der Druck sei abgeschlossen, aber die Blöcke seien noch nicht gebunden, das sei erst morgen fertig. Recai war darüber so wütend, daß es mich in Erstaunen versetzte … So schlimm war das doch nicht. Am Ende sagte er ganz unerwartet: »Ist schon gut, geben Sie mir nur ein paar von den gedruckten Quittungen … Morgen holen wir die fertigen Blöcke ab.«

Der Druckereibesitzer gab ihm einen Stapel Quittungsblätter.

Auf dem Rückweg ins Hotel sagte Recai: »Ich wußte gleich, daß er das bis heute nicht schafft … Wenn die Blöcke fertig gewesen wären, hätte ich sie gar nicht bezahlen können …«

Ich begriff, daß er sich so wütend aufgeführt hatte, um die ungebundenen Quittungsblätter ohne Anzahlung mitnehmen zu können.

Im Hotelzimmer füllte er den Zerstäuber mit Wasser und gab ihn mir.

»Wo ich ›Spritzen!‹ sage, wirst du spritzen «, sagte er.

Wir legten den gefüllten Zerstäuber in die Tasche und betraten ein großes Geschäftshaus. Ich glaube, das erste Büro war eine Versicherungsagentur. Recai ging voraus. Nachdem er mit äußerster Höflichkeit gegrüßt hatte, fragte er: »Beyefendi, Sie haben doch ein Telefon, nicht wahr?«

»Ja«, sagte der Mann.

»Wir kommen vom Gesundheitsdienst Ankara, Desinfektionsabteilung …«

»Ja, und …?« fragte der Mann.

»Sie wissen doch, daß die Grippe sich sehr ausgebreitet hat … Die meisten Menschen stecken sich am Telefon an … Möchten Sie, daß Ihr Telefon desinfiziert wird?«

Ganz erfreut sagte der Mann: »Aber natürlich, selbstverständlich … Ich bitte darum.«

Recai ging auf den Schreibtisch zu, zeigte auf das Telefon und sagte zu mir: »Spritzen, mein Junge …«

Ich öffnete sofort die Tasche, holte den Zerstäuber heraus und begann das Telefon zu bespritzen.

So leise, daß der Mann es nicht hören konnte, sagte er zu mir: »Was machst du denn … Nimm das Telefon auseinander und schraub die Sprechmuschel auf!«

Ich hob den Hörer ab. Als ich Wasser draufsprühte, hörte ich eine kräftige Stimme rufen: »Was ist denn da los?«, und da ich sowieso Angst hatte, wir würden jeden Augenblick verhaftet werden, packte ich die Spritze wieder ein.

Um Recai zu verstehen zu geben, sie hätten uns geschnappt, rief ich laut: »Alles in Ordnung, sind Sie zufrieden?«

Recai beachtete mein Benehmen nicht. »Nein«, sagte er,

»ich bin gar nicht zufrieden, desinfiziere noch einmal, aber ordentlich …«

Zu diesem Zeitpunkt steckte der Mann seinen Kopf durch die Verbindungstür und rief ins Nebenzimmer: »Es ist nichts weiter … Beamte vom Gesundheitsdienst desinfizieren das Telefon.«

Jetzt wurde die Zwischentür ganz geöffnet, ein Mann kam lachend herein: »Gerade als ich telefonierte, kam das Gezische aus dem Hörer, ich war ganz verdutzt.«

Jetzt verstand ich, was geschehen war. Die Firma hatte in beiden Räumen parallelgeschaltete Telefone. Auf dem anderen Apparat hatte jemand telefoniert. In dem Moment hatte ich den Hörer abgehoben und zur angeblichen Desinfektion Wasser hineingespritzt. Deshalb hatte der Mann gerufen: »Was ist denn da los?«

Der Telefonapparat war jetzt ganz feucht. Recai schrieb etwas auf die Quittung, unterschrieb und reichte sie dem Mann. Der hielt ihm einen Zehn-Lire-Schein hin, sagte: »Ich danke Ihnen vielmals …« und nahm die Quittung.

Der Mann aus dem Nebenzimmer bat: »Desinfizieren Sie mein Telefon auch, wenn es Ihnen nichts ausmacht …« Er bettelte fast.

Ich ging in das andere Zimmer hinüber und spritzte sein Telefon auch naß. Recai füllte noch eine Quittung aus und bekam von ihm auch zehn Lire. Sie bedankten sich ein Mal über das andere.

Im gleichen Stockwerk des Hauses betraten wir ein anderes Büro. »Beyefendi, wir kommen vom Gesundheitsdienst … Ankara, Desinfektionsabteilung … Wegen des Grippebazillus … Möchten Sie Ihr Telefon desinfizieren lassen? Sie wissen, daß der Virus sehr ansteckend ist …«

Immer die gleichen Worte an jeder Tür. Alle empfingen uns sehr freundlich.

Wenn wir eintraten, sagte Recai: »Spritzen, mein Junge …«, und ich bewässerte die Telefonapparate.

Manche fragten: »Wie lange hält das vor?«, wenn sie die Quittung in Empfang nahmen und Recai das Geld gaben.

Neunmalklug antwortete Recai dann: »Mindestens einen Monat …«

»Und was ist dann?«

»Dann kommen wir wieder vorbei, Beyefendi …«

»Aber bestimmt, vergessen Sie mich nicht …«

Es gab sogar Leute, die uns zusätzlich fünf oder zehn Lire gaben, nachdem sie zehn Lire gegen Quittung bezahlt hatten, damit wir ihre Telefone öfter bewässern. Damals waren fünf Lire noch eine Menge Geld …

Manche fragten auch, was für Vorsichtsmaßnahmen man treffen solle, um sich beim Telefonieren nicht anzustecken. Wie ein Arzt sagte der treulose Recai dann ganz ernst: »Sie müssen beim Sprechen Ihren Mund soweit wie möglich vom Hörer fernhalten … Noch besser ist es, wenn Sie sich beim Sprechen ein Taschentuch vor den Mund halten … Und dann dürfen Sie beim Sprechen keinesfalls ins Telefon niesen …«

Einer der Firmenchefs rüffelte nach diesen Worten von Recai einen seiner Angestellten: »Da hörst du es … Ich sage dir immer, du sollst beim Telefonieren nicht husten … Sobald du das Telefon anfaßt, fängst du immer zu husten an …«

Wir hatten noch nicht bei der Hälfte der Firmen in diesem Bürohaus die Telefone bewässert, als unsere Quittungen zu Ende gegangen waren. Und alle wollten ihre Telefone unter Wasser gesetzt haben. Als Recai sagte: »Meine Quittungsformulare sind aufgebraucht, Efendi, wir kommen nach der Mittagspause wieder«, meinten sie: »Das ist doch nicht so wichtig, dann machen Sie es eben ohne Quittung.«

Aber Recai erklärte ihnen wie ein pflichtbewußter Beamter, daß er entschieden kein Geld annehmen dürfe, ohne eine Quittung auszustellen.

Wir kehrten ins Hotel zurück. Die Taschen des treulosen Recai waren voller Geld. Er leerte sie aus und warf das ganze Geld aufs Bett.

»Hast du gesehen, wie uns alle arbeiten lassen …«

Ich sagte, ich hätte Angst, wir könnten verhaftet werden. Er erklärte mir, daß wir nichts Verbotenes tun. Der Name auf den Quittungen sei eine private Bezeichnung. Jeder könne eine Firma »Gesundheitsdienst Ankara« gründen ... Wir sammelten ja kein Geld im Namen einer Behörde, man könne uns keines Betruges bezichtigen. Aber wir hatten doch die Telefone mit einfachem Leitungswasser besprüht, statt mit einem Desinfektionsmittel.

»Ja, das ist wahr«, gab er zu.

Wir hatten Wasser gesprüht, weil wir kein Geld hatten. Jetzt kauften wir in einer Apotheke Permanganat als Bazillentötungsmittel und fügten es dem Wasser im Zerstäuber bei.

Wir holten die fertigen Quittungsblöcke ab und bezahlten. Recai dankte dem Druckereibesitzer und gab ihm etwas mehr Geld. Langsam lernte ich seine Taktik.

Wie am Morgen zogen wir los und sammelten den ganzen Tag Geld ein. Ich war in ständiger Angst vor Verhaftung. Wenn ich das offen aussprach, sagte Recai: »Heute oder morgen platzt die Bombe sowieso, man muß das Eisen schmieden, so lange das Feuer brennt!«

Eines Tages trafen meine Befürchtungen ein. Wir betraten die Kanzlei eines Rechtsanwalts. Recai sagte wieder sein Verslein auf: »Beyefendi, wir kommen vom Gesundheitsdienst ...«, und so weiter ...

Ich hatte den Hörer abgenommen und besprühte ihn mit Permanganat-Lösung. Um viel zu schaffen, arbeiteten wir sehr schnell, und ich hatte den Rechtsanwalt gar nicht angesehen. Ich tat meine Arbeit, als sich eine Hand ausstreckte und mich am Handgelenk faßte.

»Halt!«

Ich hob den Kopf und sah den Mann hinter dem Schreibtisch an. Meine Knie versagten mir den Dienst. Ich ließ die Spritze fallen.

Ich kannte den Rechtsanwalt, der meine Hand gepackt hielt. Er lachte, aber er lachte so, als wollte er damit sagen: jetzt hab ich dich ...

Ich erinnerte mich. Ich war das erste oder das zweite Mal im Gefängnis gewesen. Niemand kam mich besuchen. Ich schrieb Briefe und Gesuche für die Mithäftlinge, um mir wenigstens Geld für Zigaretten zu verdienen. Auch für einen Rauschgifthändler hatte ich eine Eingabe an das Gericht verfaßt. Nach einiger Zeit sagte dieser Häftling zu mir, sein Anwalt wolle mich sprechen. Ich war einverstanden. Im Büro des Gefängnisdirektors trafen wir zusammen. Damals war er noch jung, aber er war schlau … Er hatte meine Eingaben für den Rauschgifthändler und die anderen Häftlinge gelesen. Sie hatten ihm gefallen. Sie sollen beeindruckend gewesen sein.

Er war erstaunt, als ich sagte, vor der Abfassung hätte ich die betreffenden Paragraphen des Strafgesetzbuches und die Kommentare dazu gelesen. Zuletzt machte er mir einen Vorschlag. Wir sollten zusammenarbeiten. Ich im Gefängnis, er draußen … Ich sollte ihm Mandanten besorgen. Je mehr Geld sie hatten, desto besser würde es für mich sein … Von jedem ihm vermittelten Mandanten sollte ich vom Honorar einen Anteil bekommen. Falls ich ihm einen reichen Mörder oder Schwarzhändler als Klienten verschaffte, würde ich eine Menge Geld verdienen können.

Er war ein echter Bauernfänger. Er war jung und wollte Karriere machen. Das war nicht schwer zu erraten, nachdem er sich mit mir unterhalten hatte.

Ich sagte, ich könne seinen Vorschlag nicht annehmen. Er meinte, falls wir zusammenarbeiten und ich ihm helfe, würde er sich um meine Prozesse kümmern und mich ohne Honorar verteidigen. Meine Prozesse? Meine Verteidigung? Ich war doch längst verurteilt.

Er kniff die Augen zusammen: »Aber auf dich kommt noch eine Menge zu«, sagte er damals, »du wirst einen Rechtsanwalt nötig haben …«

Dabei hatte ich doch beschlossen, nicht noch einmal im Gefängnis zu landen, nicht vom rechten Weg abzuweichen und mir meinen Lebensunterhalt redlich zu verdienen.

Ich hatte seinen Vorschlag offen und etwas scharf abgelehnt. Er grinste widerwärtig: »Du mußt ja wissen, was du tust, ich wollte dir einen Gefallen tun, du hast es nicht verstanden … Aber auf dich kommt noch eine Menge zu …«

Jetzt, in seinem Büro, als er mich am Handgelenk ergriff, grinste er genauso. Dann ließ er mich los und nahm von Recai die ausgefüllte und unterschriebene Quittung entgegen. Er studierte sie eingehend, schüttelte vielsagend den Kopf, knurrte ein paarmal »himmm …« und sagte: »Bitte, nehmen Sie Platz!«, aber es klang wie »Los, hinsetzen!«.

Wir waren auf frischer Tat ertappt. Der Mann hatte uns in der Hand. Wir setzten uns. Zu mir sagte er: »Du bist ja ganz schön berühmt geworden …«

Ich gab keine Antwort.

»Erinnerst du dich, was ich dir damals gesagt habe?«

Ich schwieg immer noch.

Er sprach wieder von Zusammenarbeit. Er wollte mir helfen, mich auf den rechten Weg bringen. Ich kannte sein Ziel. Aber was blieb mir übrig, ich hatte keine Wahl. Sehen Sie jetzt, wie sich alle Wege vor mir verschließen und mir nur dieser einzige Weg offensteht … Ich wurde sein Sekretär. Auf alle Fälle war es Arbeit und selbstverständlich viel besser, als vom »Gesundheitsdienst Ankara – Desinfektionsabteilung« Telefone zu bewässern.

Der treulose Recai trennte sich von mir mit den Worten: »Junge, die Sache stinkt …«

Ich weiß nicht, wo er hingegangen ist. Aber gemein wie er war, gab er mir nichts von unserem verdienten Geld. Ich wollte auch nichts haben.

Die Tätigkeit als Anwaltssekretär war für mich so etwas wie ein Jurapraktikum. Ich war sehr eifrig. Nach ein paar Monaten begann ich, dem Tun des Anwalts bei der Justiz und bei den Gerichten nachzuspüren. Dazu las ich aufmerksam alle Prozeßakten.

Anfangs trug ich ihm seine Aktentasche, machte das Büro sauber und erledigte Gänge für ihn. Aber nach einiger Zeit war ich ein richtiger Kanzleisekretär. Wenn der Rechtsanwalt auf dem Gericht war oder anderen Geschäften nachging, war ich in der Lage, die Kanzlei allein zu führen. Der Rechtsanwalt, der auch unseriöse Mandanten nahm, hatte inzwischen die Stufen des Ruhmes erklommen. Mit mir war er sehr zufrieden. Bei vielen undurchsichtigen Geschäften benutzte er mich als Mittelsmann, besonders bei Geldtransaktionen …

Eines Tages unterhielt ich mich in der Kanzlei mit einem unserer Mandanten, einem Großschieber. Die Tür ging auf. Zwei Männer kamen herein. Beide musterten mich mit eisigen Blicken und lächelten.

»Bitte sehr …«, sagte ich.

Einer der beiden fragte: »Bist du nicht Paschazade?«

Mir war, als hätte mir jemand kochendes Wasser über den Kopf gegossen.

»Wer sind Sie, ich kenne Sie nicht …«, sagte ich.

»Komm mit, dann lernst du uns kennen …«

Auf ging's zur Kriminalpolizei, Abteilung zwei … Sie nahmen mich in die Mitte. Ich beteuerte ständig, es müsse ein Irrtum vorliegen, ich hätte nichts Unrechtes getan, und wollte wissen, wessen ich beschuldigt werde. Aber wen ich auch fragte, die Antwort war stets: »Halt den Mund!« Einer reagierte mit einem Kinnhaken. Wenn ich noch weiterginge, würde es mir schlecht bekommen, das wußte ich aus Erfahrung. Also schwieg ich und wartete darauf, was kommen würde.

Am nächsten Tag wurde ich mit zwei Polizisten nach Istanbul geschickt. Den Grund für meine Verhaftung kannte ich immer noch nicht. Ich konnte doch allenfalls darüber vernommen werden, daß ich als »Gesundheitsdienst Ankara« die Telefone unter Wasser gesetzt und Geld dafür genommen hatte. Deshalb hätte man mich doch nicht nach Istanbul zu bringen brauchen. Das Ding hatten wir doch in Ankara gedreht. Außerdem hatte Recai immer beteuert, es sei kein Vergehen. Den Namen einer Behörde hatten wir nicht benutzt. Betrogen hatten wir auch nicht. Die Telefone waren gegen Bezahlung tatsächlich mit Permanganat-Lösung desinfiziert worden, und zwar auf Wunsch der Telefonbesitzer. Gebeten hatten sie uns sogar darum.

Im Polizeipräsidium Istanbul lochten sie mich in der allgemeinen Abteilung ein. Am nächsten Tag wurde ich zum 2. Kommissariat gebracht. Dort waren ein paar Kriminalbeamte anwesend, und im Sessel saß zwar ein menschliches Wesen, aber ich konnte nicht sagen, war es ein Mann oder eine Frau.

Einer, den ich für den Kommissar hielt, zeigte auf mich und fragte das Wesen im Sessel: »Sehen Sie ihn sich an, war es der, meine Dame?«

Jetzt wußte ich wenigstens, daß es eine Frau war. Sie hatte einen Kopf wie eine Kröte. Einen so häßlichen Menschen gab es doch gar nicht ... Den geschwollenen, blutunterlaufenen Augen war anzusehen, daß sie viel geweint hatte. Sie weinte immer noch. Erstaunt und ängstlich sah ich die Frau an, die auf ihrem Taschentuch herumkaute, mit dem sie sich häufig die Tränen abwischte.

»Ja, Beyefendi, das ist er! Ganz bestimmt«, sagte sie.

»Na, war das ein Irrtum, Mann, hast du nichts verbrochen?« fragte mich der Kommissar.

Da ich ständig nur an die desinfizierten Tclefone dachte, schwor ich: »Das Telefon dieser Dame habe ich nicht desinfiziert.«

Die Polizisten lachten. Mir wurde klar, daß sie von unserem Telefonschwindel nichts wußten. Zum Glück maß der Kommissar der Sache keine Bedeutung bei.

»Kennst du diese Frau?« fragte er mich statt dessen.

Ich sah sie genau an.

»Nein.«

Jetzt fing das Wesen laut zu weinen an: »Nun kennst du mich nicht mehr ...«

Ich sah noch genauer hin. Nein, die kannte ich bestimmt nicht.

»Woher sollten wir uns denn kennen, gnädige Frau?« fragte ich.

Sie schluchzte. »Du Schuft! ... Was hast du mir für Schmeicheleien gesagt ... Das war also alles gelogen ...«

»Was?«

»Das wagst du noch zu fragen ... Hat es dir gefallen, als du mich vergewaltigt hast?«

Da ich nicht verstand, in welche Katastrophe ich hier hineingeriet, fragte ich einfältig: »Gnädige Frau, ich bitte Sie ... Ich habe keine Ahnung. Ich flehe Sie an, sagen Sie die Wahrheit: Wann habe ich Sie vergewaltigt?«

»Das weißt du besser als ich … Ich war ja gar nicht bei Sinnen.«

Ich verlegte mich aufs Bitten: »Ich küsse Ihre Füße … Sehen Sie mich genau an. Ich bin nicht der, den Sie meinen. Sie müssen mich mit jemandem verwechseln.«

Jetzt schaltete sich der Kommissar ein: »Mann, Sie hat dich nicht verwechselt, aber ich werde dir die Ähnlichkeit schon beibringen …«

»Der schämt sich nicht, mir in die Augen zu sehen und mich anzulügen«, sagte die Frau.

»Menschen sehen einander ähnlich«, sagte ich. »Man sagt, sie werden paarweise geschaffen. Sehen Sie mich genau an!« Ich hielt ihr mein Gesicht entgegen.

Der Kommissar sprach die Frau an: »Los, Mädchen, geh nach Hause … Mach dir keine Sorgen, wir beschaffen alles wieder, was dieser Betrüger dir abgenommen hat. Wir werden ihm die Muttermilch aus der Nase ziehen.«

Plötzlich sprang sie auf und mich an. Erst dachte ich, sie wollte mich schlagen. Aber statt dessen schlang sie ihre Arme um mich:

»Akiif … Akiif! … Warum hast du meine Hoffnungen, meine schönen Träume zerstört … Wie konntest du mir das antun! …«

Jetzt würde sie mich gleich küssen … Allah möge sie dafür strafen!

Als sie aufstand, wurde ihre Häßlichkeit noch größer; außer dem Krötenkopf hatte sie auch einen Buckel …

Ich nahm die Hände der Frau von meinem Körper und sagte zu dem Kriminalbeamten hinter dem Schreibtisch: »Sie haben doch gehört, Efendi, sie nennt mich Akif. Ich muß einem ähnlich sehen, der Akif heißt …«

Jetzt ging der Kommissar in die Luft … Er sprang plötzlich auf und warf sich auf mich. Er prügelte so auf mich ein, daß die Frau dazwischen ging, mir den Rücken zudrehte und mich mit ihrem Buckel deckte.

»Bringen Sie ihn nicht um, Herr Kommissar, bringen Sie ihn nicht um … Schlagen Sie mich, aber schlagen Sie nicht ihn!« begann sie zu betteln.

»Du Kerl«, sagte er, »du hast das arme Mädchen nicht unter deinem richtigen Namen vergewaltigt, ihren Schmuck und ihre Edelsteine weggenommen, du Hund!«

Ich verstand nicht, wie ich in dieses Unglück hineingeraten war. Es war mir furchtbar peinlich.

»Bitte, weinen Sie nicht, es zerreißt mir das Herz, gnädige Frau«, sagte ich. Ich habe ein weiches Herz. Die Frau tat mir leid. Außerdem war mir auch wegen der Situation, in der ich mich befand, zum Weinen zumute.

»Bei Allah, Sie verwechseln mich …«, sagte ich.

»Warte nur, du, ich werde dich auch mal verwechseln«, sagte der Kommissar, und dann zu den Polizisten, die herumstanden: »Abführen! … Zeigt ihn der Presse!«

Die Polizisten brachten mich ins Pressezimmer. Dort warteten Reporter und Fotografen schon auf mich wie eine Spinne in ihrem Netz auf Fliegen. Sobald sie mich sahen, flammten ihre Blitzlichter auf. Das genügte nicht. Die beiden Polizisten an meiner Seite sagten: »Sieh dort hin!« – »Heb den Kopf … noch höher!« – »Dreh dich nach rechts!« – »Gesicht nach links!« und ließen mich für die Pressefotografen posieren. Einer der Polizisten hob mit der Hand mein Kinn an, um zu gewährleisten, daß ich auf den Bildern auch gut zu erkennen bin, der andere versetzte mir einen Faustschlag ins Genick, damit ich nicht die Augen schließe, wenn das Blitzlicht aufflammt.

Dann faßten sie mich an den Armen und wollten mit mir zusammen fotografiert werden. Die Bilder würden in der Presse erscheinen, man würde sehen, daß sie – die Helden – einen vor nichts zurückschreckenden Verbrecher verhaftet hatten.

Die Fotografen drehten mich von einer Seite zur anderen: »Nun noch mal so!« – »Und nun noch mal so!«

Es stand mir bis zum Hals. Ich konnte die Fotografen nicht mehr länger ertragen und vergaß meine gute Erziehung.

»Ich kann ja auch Striptease machen, und ihr fotografiert mich dann so!« sagte ich.

Als sie mit dem Fotografieren fertig waren, begannen die

Reporter mit ihren Fragen. Was hatte ich mit dem Schmuck getan, den ich dem Mädchen abgegaunert hatte? Wo waren die Juwelen? Wem hatte ich sie gegeben oder verkauft?

Als ich erklärte, ich wüßte von all dem nichts und hätte die Frau in meinem ganzen Leben noch nicht gesehen, sagte der eine Polizist zu den Reportern: »Kommissar, hat er gesagt, ich sehe dem Mann wahrscheinlich ähnlich ... Na, wir werden ihm die Ähnlichkeit schon noch beibringen. Dann wird er zwitschern wie eine Nachtigall und alles zugeben.«

Sie führten mich in einen anderen Raum. Dort brachten sie mir die Ähnlichkeit so gründlich bei, daß ich vierundzwanzig Stunden nicht zu mir kam. Als ich dann wieder bei Bewußtsein war, schien es mir, als ob jeder meiner Knochen an vier, fünf Stellen gebrochen war. Meine Mithäftlinge zeigten mir die Meldungen über mich in der Tagespresse, die sie sich hatten kaufen lassen.

Seitdem ist viel Zeit vergangen, ich habe vergessen, was sie alles geschrieben haben. Aber eins weiß ich noch: »Don Juan Akif hat einem Mädchen die Ehe versprochen und dann bei ihr Maß genommen.«

Das gab es doch gar nicht ... Ohne daß ich etwas dafür getan hatte, war ich zum Don Juan avanciert. Was hatte denn das Mädchen für Maße? Da war doch nur diese bucklige Kröte, der ich mich als Offizier vorgestellt und einen Heiratsantrag gemacht haben sollte. Das unschuldige Mondkalb hatte mir angeblich geglaubt. Vor der Hochzeit soll ich zu ihr gesagt haben: »Ich will dir aber wenigstens ein paar Schmuckstücke kaufen. Dazu brauche ich deine Maße. Gib mir deinen Ring, deinen Armreif und deine Halskette, ich will sie zum Goldschmied mitnehmen und dir wertvolle Juwelen kaufen.« Die naive Kuh liebte mich und dachte nicht nach, sondern gab mir ihren Schmuck. Dann wartete sie. Tage vergingen, ich kam nicht und ließ auch nichts von mir hören. Sie merkte noch nicht, daß sie betrogen worden war, sondern dachte, ich sei verlorengegangen, und lief zur Polizei. »Mein Verlobter Akif ist weggegangen und hat meinen Schmuck mitgenommen. Seit einer Woche ist er nicht zurückgekommen, er ist verschwunden«, sagte sie. Akif solle gesucht werden. Als sie das sagte, hatte sie auch erwähnt, daß ihr Verlobter Maß genommen hatte. Die Polizei hatte daraus geschlossen, daß sie sowohl vergewaltigt als auch betrogen worden war. Wer war dieser Akif? Ein Leutnant … Wer betrügt Frauen und gibt sich dabei als Leutnant aus? … Ja, ich hatte doch eine solche Vorstrafe … Sie hatten mein Strafregister, mein Foto, meine Fingerabdrücke. Aus der Lichtbildkartei legten sie dem Mädchen Fotos von angeblichen Offizieren vor. Es soll sich die Bilder eins nach dem anderen angesehen und dann auf meins gezeigt und gesagt haben: »Das ist Akif!«

Die Polizei hat bekanntlich einen langen Arm. Den hat sie ausgestreckt, mich in Ankara verhaftet und hergebracht.

Weshalb hatte die Frau unter den ganzen vorbestraften Heiratsschwindlern ausgerechnet mich ausgesucht? Das war es, was ich nicht verstand. Wenn ich weiter keine Sorgen gehabt hätte, wäre es noch gegangen … Aber das war nicht alles.

Ich wurde wieder in das Zimmer des Kommissars gebracht. Jetzt saß eine andere Frau in demselben Sessel. Das war wenigstens eine Frau. Nicht schön, aber eben eine Frau …

Der Kommissar zeigte auf sie: »Und diese Dame kennst du sicher auch nicht, nicht wahr?« spöttelte er.

»Nein …«, sagte ich.

»Pfui, schämst du dich nicht … Schäm dich wenigstens bei deiner Berufsehre«, sagte sie.

Welche Berufsehre denn? Ich hatte nur mal hier, mal da und dann ein paar Monate bei dem Rechtsanwalt gearbeitet, das war alles … Ständig sagte die Frau »Mazlum« zu mir.

»Mazlum, das hättest du mir nicht antun dürfen …«

Als angeblicher Offizier soll ich ihr die Ehe versprochen haben.

Ich sagte dem Kommissar nicht noch einmal, daß ich die Frau nicht kannte. Sonst würde er mir wieder die Knochen brechen. Ich senkte den Kopf und schwieg.

Innerhalb einer Woche wurde ich fünf weiteren Frauen gegenübergestellt. Nur eine sagte, daß ich nicht der Mann in

Offiziersuniform war, der sie betrogen hatte. Wie sehr sie die Frau auch bearbeiteten, sie sah mich an und sagte: »Bei Allah … ich lüge nicht, das war er nicht …«

Eine der Frauen, die behaupteten, von mir betrogen worden zu sein, war so verlogen, daß sie mich zu einer Zeit kennengelernt haben wollte, als ich in Ankara war.

Die Zeitungen schrieben jeden Tag über mich. Sie übertrieben maßlos: Paschazade hat sich als Offizier ausgegeben und mehr als zwanzig Frauen die Ehe versprochen, sie vergewaltigt und betrogen. Die Anzahl der von dem berüchtigten Heiratsschwindler betrogenen Frauen stieg von Tag zu Tag.

Mir kam es vor, als ob manche dieser armen Frauen, die das lasen, mich tatsächlich für einen Paschasprößling hielten und dachten: Vielleicht heiratet er mich. Oder aber sie könnten zu ein paar Wertsachen kommen, die ich laut Zeitungsmeldungen ergaunert hatte. Sie gingen zum Polizeipräsidium und sagten: »Efendi, mir hat er auch die Ehe versprochen …« Die Zeitungen konnten nicht oft genug erwähnen, was ich den Frauen alles abgeschwatzt hatte: unschätzbaren antiken Schmuck, Diamanten, echte Perlen, güldene Gürtel, Brilliantringe, Platingeschmeide, Rubincolliers … Einigen Frauen hatte ich ihre Ländereien, Häuser, Eigentumswohnungen abgenommen und im Grundbuch auf mich umschreiben lassen. Das konnte den Frauen Appetit gemacht haben.

Die Zeitungen hatten von zwanzig betrogenen Frauen geschrieben, aber tatsächlich waren es nur vier, die das behaupteten. Eine hatte sich auch aus Ankara gemeldet und Anzeige erstattet. Unter den Frauen war nicht eine, die man hübsch nennen konnte, sie waren nicht einmal ansehnlich.

Bei der Gegenüberstellung sagte ich nicht mehr wie anfangs, ich kenne sie nicht. Die Polizei glaubte mir doch nicht. Es brachte mir nur Prügel ein.

Beim Termin sagte ich zu dem Richter: »Ich kenne nicht eine dieser Frauen. In meinem ganzen Leben habe ich keine von ihnen jemals gesehen. Hier liegt eine Verwechslung vor, Efendi. Es kann nur so sein, daß die Frauen mich für jemand halten, dem ich ähnlich sehe.«

Der Richter lächelte spöttisch: »Ja, ja, alle diese Frauen verwechseln dich mit einem anderen …«

Anstelle des Richters hätte ich genauso gedacht.

Der Staatsanwalt forderte meinen Strafregisterauszug an. Er wußte, daß ich als angeblicher Offizier schon einmal beim Ehebruch erwischt worden war. Meine Vorstrafe kam auf den Tisch.

Damals habe ich eine schöne Zeit im Gefängnis verbracht. Zwei von den Frauen, die behauptet hatten, ich hätte sie betrogen, kamen mich jede Woche besuchen und brachten mir zu essen und Kleidung. Eine von ihnen war die bucklige Kröte, die andere war die, die mich »Mazlum« genannt hatte.

Erst beim zweiten Besuch wurde mir klar, weshalb sie kamen. Beide wollten mich heiraten. Da ich aufgrund ihrer Anzeigen verurteilt worden war, konnte ich angeblich aus der Haft entlassen werden, wenn sie ihre Anzeigen zurücknehmen würden. Aber das stimmte nicht; denn ich war ja nicht nur wegen dieser beiden verurteilt worden, sondern weil ich angeblich vier Frauen betrogen hatte. Alle hätten ihre Anzeige zurücknehmen müssen. Da ich nicht alle vier heiraten konnte, war es nichts mit meiner Freiheit.

Trotzdem nahm ich den beiden Besucherinnen die Hoffnung auf Heirat nicht gänzlich. Aber ich machte ihnen auch keine Versprechungen. Ich wollte erfahren, weshalb sie mir das angetan hatten …

Eines Tages fragte ich die Frau danach, die ausgesagt hatte, ich hätte sie als Leutnant Mazlum betrogen. Wenn sie wolle, daß ich sie heirate, müsse sie mir die Wahrheit sagen … Sie sagte es nicht ganz offen, aber ich verstand es auch so. Sie war tatsächlich von einem Mann, der sich als Leutnant ausgegeben hatte, betrogen worden und konnte den Verlust über den verlorenen Schmuck nicht verschmerzen. Als sie aus der Presse erfuhr, daß ein berüchtigter Heiratsschwindler verhaftet worden war, hatte sie neue Hoffnungen geschöpft. Ihre Juwelen waren sowieso weg. Aber sie konnte von einigen Schmuckstücken, die ich hatte, behaupten, es seien ihre.

Die Polizisten hatten den Frauen versprochen, sie würden

alles zurückerhalten, was ich ihnen abgenommen hatte. Da ich keiner Frau Schmucksachen abgenommen hatte, war nichts bei mir gefunden worden. Nun wollte sie wenigstens einen potentiellen Ehemann nicht verpassen und kam mich deshalb im Gefängnis besuchen …

Ich bestellte beide Frauen zu verschiedenen Zeiten. An den Besuchstagen kam die eine vormittags, die andere nachmittags. Eines Tages trafen sich sich dann aber doch vor dem Gefängnis, plauderten bis zur Öffnung der Tore miteinander und merkten, daß sie denselben Mann besuchten, den sie nicht würden teilen können. Beide bezeichneten sich als meine Verlobte. Zuerst stritten sie sich, dann gerieten sie sich in die Haare. Die Bucklige hätte die andere fast in Stücke gerissen … Ganz zerschunden, halb ohnmächtig, mit zerrissener Kleidung hatte die andere noch knapp flüchten können.

Als ich alles zusammensetzte, was sie bei ihren diversen Besuchen gesagt hatte, verstand ich, weshalb die Kröte mich fälschlich beschuldigt hatte. Solange die Ärmste denken konnte, war sie immer Dienstmädchen gewesen. Sie war so häßlich, daß bis zu diesem Alter kein Mann in ihr Leben getreten war. Ihre jahrelangen Ersparnisse als Dienstmädchen hatte sie in Gold- und Silberschmuck angelegt. Sie hatte das alles in der Hoffnung gekauft, damit leichter heiraten zu können. Ein Betrüger hatte ein Auge darauf geworfen, hatte sich in eine Offiziersuniform gestürzt und sie betrogen. Ein Offizier war für sie ein Heiratskandidat, der jenseits ihrer Vorstellungen lag. Deshalb kamen ihr auch überhaupt keine Zweifel. Sie gab ihm alles, was sie besaß. Beim Betrachten der Polizeifotos hatte ihr Herz für mich geschlagen … Es ging ihr nicht um ihren verlorenen Schmuck, sondern um den entwischten Ehemann. Wenn nicht er, dann sollte ich es sein. Deshalb hatte sie geheult und mich umarmt.

Von den anderen Frauen wußte ich nicht, weshalb sie gelogen hatten. Vielleicht hatten die Polizisten sie mit ihrer Bemerkung beeinflußt: »Sehen Sie sich den gut an, der müßte es gewesen sein …«

Als ich die Bucklige bei einem ihrer Besuche fragte: »Du

fürchtest Allah nicht, du bist hartherzig und schamlos. Warum hast du gerade mich unter so vielen Fotos und Vorbestraften ausgewählt?«, war sie völlig überrumpelt und hatte gestanden: »Was sollte ich denn machen, mein Süßer, du sahst am besten aus und sahst ihm am ähnlichsten, du gefielst mir.«

An dem Tag habe ich sie fortgejagt.

Das war meine zweite Haft als falscher Offizier. Wie oft ich danach noch wegen des gleichen Delikts und wegen Heiratsschwindel im Gefängnis gelandet bin, weiß ich nicht genau. Jetzt bin ich ein berüchtigter Heiratsschwindler.

Einmal kam ein Journalist zu mir und bat mich, ihm davon zu erzählen, er wolle es aufschreiben. Leser seien sehr interessiert an solchen Erlebnissen. Wenn sie meine Memoiren abdrucken wurden, würde ihre Auflage steigen. Mir wollten sie ein Honorar dafür zahlen.

Als ich dem jungen Reporter sagte, ich hätte in meinem ganzen Leben noch nicht einen einzigen Heiratsschwindel begangen, lachte er spöttisch: »Mir kannst du das doch nicht weismachen, Paschazade ...«

Diese Demütigung traf mich tiefer als die der Polizisten.

Dann schloß ich mit einem anderen Reporter ein Abkommen. Ich sollte ihm einiges aus meinem wirklichen Leben berichten, und meine Erlebnisse als Heiratsschwindler würde er allein schreiben – also erfinden.

Aus diesem Vorfall habe ich gelernt, wie verrückt die Leute auf Lügen aus sind. Sie rissen sich die Zeitung gegenseitig aus den Händen. Mein Ruhm verbreitete sich immer weiter. Menschen sind an Lügen viel interessierter als an der Wahrheit.

Der Reporter erfand auch einen Vater für mich, einen Pascha, Arif Pascha. Ich war Arif Paschazade. Ich war ein hübscher junger Mann gewesen. Die Prinzessinnen der Sultane, die im Schloß Kagithane ein- und ausgingen, interessierten sich für mich. An einem Freitag kamen die Prinzessinnen Naeiye und Emine zum Grabmal des Sultans Eyüp. Beide hatten die Hähne des Schicksalsbrunnens im Hof der Moschee geöffnet. Das bedeutete, sie suchten einen passenden Ehemann. Ich hatte die Gelegenheit wahrgenommen und mich ihnen als Enkel des osmanischen Fürsten Yusuf Izettin vorgestellt. Dann hatte ich begonnen, im Saray ein- und auszugehen.

Keiner dachte darüber nach, ob all das möglich war. Sie lechzten danach, lügen zu hören.

Bei meinen häufigen Besuchen im Saray lernte ich den Oberhofmeister kennen. Er mochte mich sehr und adoptierte mich.

Eines Tages fuhr ich mit einer Kutsche in Ciftehavuzlar spazieren und lernte Ruhsar, die Tochter von Arif Pascha, dem Chefarzt des Krankenhauses Gümüschsu, kennen. Ruhsars Vater hieß Arif, meiner auch ... Arme Ruhsar! Fünfzehn Jahre kam sie mir nicht aus der Schlinge, bis sie an Schwindsucht starb.

Viele Frauen gingen mir ins Netz, und alle waren aus vornehmen Familien. Muazzez, die Tochter von Behcet Pascha, lernte ich beim Rudern in Kütschüksu kennen. Dann war da noch das Fräulein Seher, Tochter von Fuat Bey, dem Direktor des Telegrafenamtes von Sogukceschme ... Die Hochzeit mit ihr hatte der junge Reporter so verlockend und breit geschildert, daß die Leser ganz begeistert waren und vor allen anderen Nachrichten meine »Memoiren« lasen ...

Ich trug eine Marineuniform mit goldenen Schulterstükken, als ich zu Fuat Bey ging, hatte mich als Kapitän der »Gülcemal« vorgestellt und gesagt, daß ich auf Allahs Befehl und Anweisung des Propheten seine Tochter Seher heiraten wolle. Weshalb ich eine Kapitänsuniform angezogen hatte? Weil Seher ganz verrückt nach der Marine war. Sie war ein schönes Mädchen, die Brautschauerinnen gaben sich die Türklinke in die Hand, aber Seher wollte nur einen Marineoffizier haben.

Weil damals Eheschließungen nur vom Imam vollzogen wurden und Scheidungen schnell gingen, habe ich eine Frau nach der anderen geheiratet. Nach Ruhsar Muazzez, nach Muazzez Seher ... So habe ich mich durchgeschlagen, das Geld zum Fenster hinausgeworfen und das Kapital dieser vornehmen Familien restlos verpraßt, ihre Häuser, Villen und Sommersitze verkauft und das Geld durchgebracht ...

All das habe nicht ich erfunden. Vor allem stimmten die Memoiren weder aus historischer Sicht, noch entsprachen sie meinem Alter. Aber weil alle die Lügen glauben wollten, hat niemand darüber nachgedacht.

Die Fortsetzungsreihe in der Zeitung dauerte monatelang. Als der junge Journalist das Interesse sah, zog er alles in die Länge und erfand immer mehr. Nur ein Ereignis aus meinen angeblichen Memoiren hatte ich selbst erzählt, aber tatsächlich nie erlebt.

Wollen Sie es hören? Ich war wieder einmal knapp bei Kasse und überlegte, was ich tun sollte. Unsereins hält ja Augen und Ohren immer offen. Es gab einen kleinen Baumwollschlägerladen. Als ich langsam vorbeiging, hörte ich eine Unterhaltung zwischen dem Besitzer und einem Mann in Hausmeisterkleidung. Der Hausmeister bat den Baumwollschläger wegen ein paar alter Matratzen, die weggeworfen werden sollten, in ein nahegelegenes Haus. Der Handwerker sagte, er habe viel zu tun und könne erst am nächsten Tag kommen. Als aber der Hausmeister entgegnete, daß seine Madame die Polster schnellstens loswerden wolle, merkte ich auf. Eine Frau ... In einer Wohnung ... Da er »Madame« gesagt hatte, also eine Ausländerin ... Zu dieser Zeit mußte ihr Mann seiner Arbeit nachgehen, und Madame war vielleicht allein zu Hause.

Damals übte die Polizei starken Druck auf Ausländer aus. Nicht nur Ausländer, auch andere Minderheiten standen Ängste vor der Polizei aus. Lassen wir die Minderheiten, den Mehrheiten ging es nicht anders ...

Der Baumwollschläger sagte, er käme morgen ganz in der Frühe. Der Hausmeister nannte nicht nur die Anschrift, er erklärte den Weg genau. Ich machte mich gleich auf den Weg zu der Wohnung. An der Tür stand ein ausländischer Name. Ich klingelte. Die Tür wurde nicht geöffnet. Von drinnen hörte ich eine Frauenstimme mit ausländischem Akzent fragen: »Wer ist da?«

»Madame, ich bin der Baumwollschläger ... Sie wollten mich sprechen ...«

Die Tür wurde geöffnet. Ich war wie erschlagen. Allah, Allah! … Es gibt ja schöne Frauen, aber das war atemberaubend. Ich dachte, ich stehe vor einem Feuer. Das Feuer war zwar in einen blauseidenen Morgenrock gewickelt, aber vom Schwanenhals bis zum Brustansatz war er offen … Ihre nackten Füße steckten in ebenso blauseidenen Pantöffelchen mit Pompons …

»Ich bin der Baumwollschläger …«, sagte ich noch einmal.

Kommt ein Handwerker mit leeren Händen? Die Frau war schlau. »Wo hast du dein Werkzeug?« fragte sie.

»Erst will ich mir die Matratzen ansehen, wir einigen uns über den Preis, und dann hole ich mein Werkzeug aus dem Laden«, sagte ich.

Jetzt ließ sie mich herein. Ich schloß die Tür.

Bevor ich die Frau gesehen hatte, war es meine Absicht gewesen, falls außer ihr niemand zu Hause war, zu sagen, ich sei von der Politischen Polizei und müsse die Wohnung durchsuchen. Ich wußte, daß sie am ganzen Körper zittern würde, wenn sie das hörte, selbst wenn sie sich nichts hatte zuschulden kommen lassen. Ich wollte alles gründlich durchsuchen und was Allah mir geben würde, sofern es leicht an Gewicht und schwer an Wert war, einsammeln. Aber als ich die Frau sah, war mein ganzer Plan dahin. Dieser Frau konnte ich doch ihre Juwelen nicht wegnehmen und sie kahl zurücklassen. Blieb also die Frage, wie ich es anstellen mußte, daß sie mit allem einverstanden war und nicht schrie.

Sie war höchstens fünfundzwanzig Jahre alt. Die Wohnung ließ Reichtum erkennen.

»Wo sind die alten Matratzen?« fragte ich.

Die Frau ging vor mir her. Efendi, sie ging nicht, sie schwebte. Und dabei schlingerte sie nach beiden Seiten; ich schmolz förmlich dahin, gleich würde ich ausrasten.

Wir betraten das Schlafzimmer. Der Duft warf mich fast um. So stellte ich mir das Paradies vor. Ich griff in meine Tasche, zog ein Stück Papier heraus und hielt es der Frau hin: »Polizei! Ich habe mir als Baumwollschläger Zutritt zu Ihrer Wohnung verschafft, aber das ist eine Hausdurchsuchung …«

Jetzt war es an der Frau, ohnmächtig zu werden. Das aprikosenhäutige Gesicht wurde kreidebleich. Wenn sie sich nicht an den Kleiderschrank gelehnt hätte, wäre sie zu Boden gefallen, dann hätte ich sie auffangen können ... Was ich der Frau als meinen Dienstausweis hingehalten hatte, war der Fahrplan der Vorortzüge gewesen. Aber nachdem ich »Polizei« gesagt hatte, war sie nicht mehr imstande gewesen, anzusehen, was ich ihr hinhielt.

»Ich fange jetzt an ...«

»Tun Sie das ...«, sagte sie mit Akzent.

»Zuerst Sie ... Hände hoch!«

Als sie das tat, öffnete sich der blaue Morgenrock vorn wie der Vorhang zum Haupteingang des Wonnegartens. Was kann ein Polizist bei dieser Kleidung an einer Frau durchsuchen? Aber ich wollte ja nur herausfinden, ob sie Widerstand leisten und schreien würde. Ich merkte, daß sie nicht einwilligen würde, wie sehr sie auch Angst hatte ... Als ob ich Feuer berührte, ließ ich meine Hände unter ihren Achselhöhlen entlanggleiten ...

Mir blieb kein anderer Weg, ich mußte die Frau dazu bringen, daß sie Mitleid mit mir hatte. Also sagte ich, sie werde ein gutes Werk tun ... Sie solle einem armen Kerl eine Freude machen. Ich konnte sagen, was ich wollte, es rührte ihr Herz aus Stein nicht. Auf mein lammfrommes Verhalten hin griff sie sogar plötzlich zum Telefon. Ich wußte, wenn ich eingriff, würde sie zu schreien anfangen.

»Ist gut, laß das Telefon, ich geh ja schon«, sagte ich.

In solchen Augenblicken kann nur noch Allah helfen. Kein anderer hat genügend Macht. Und Er hat mir geholfen. Ich hob zuerst die Bettdecke und dann die Matratze an. Als ich die erste anhob, was sehe ich da zwischen den beiden Matratzen ... Ach, Du mein Allah, wer außer Dir hilft einem Armen? Da lag doch zwischen den beiden Matratzen eine Fahne. Ich machte sofort ein böses Gesicht und zog die Augenbrauen hoch.

»Was ist denn das?« schrie ich.

»Eine Fahne ...«

Die junge Frau mit dem niedlichen Akzent zitterte wie Espenlaub.

»Eine Fahne also? Aber was für eine?«

»Eine türkische Fahne«, sagte sie kleinlaut.

»Richtig! Eine türkische Fahne! Und was hat diese türkische Fahne unter dem Bett zu suchen?«

»Wir hängen sie zu allen Feiertagen hinaus. Zum Tag der Republik, am Tag des Sieges, an allen nationalen Feiertagen. Ich habe sie dazwischengelegt, damit sie glatt bleibt und keine Falten bekommt …«

Ich mußte mir das Lachen bei ihrem Akzent verbeißen … Sonst wäre der Ernst der Lage hin gewesen.

»Sind Sie verheiratet?«

Sie glaubte, ihre Antwort würde mein Mitleid erregen, und sagte freudig ganz laut: »Ja!«

»Schlafen Sie mit Ihrem Mann in diesem Bett?«

»Ja …«

»Das heißt also, Sie schlafen jede Nacht mit Ihrem Mann auf der türkischen Fahne, was? Antworten Sie, aber ein bißchen schnell …«

»Jaaa …«

»Mit der türkischen Fahne darunter? Sie schlafen auf unserer Fahne, was?«

Sie sagte nichts. Sie zitterte nur.

»Was tun Sie nachts mit Ihrem Mann in diesem Bett?«

»Wir schlafen.«

»Das ist mir klar. Aber was tun Sie, wenn Sie zu Bett gehen?«

»Wir schlafen.«

»Meine Güte, schlafen Sie andauernd? Weiter tun Sie nichts? Was machen Sie sonst noch? Waaas? Was tun Sie auf der türkischen Fahne?«

»Nichts … Wir tun gar nichts.«

»Wieso tun Sie gar nichts … Schlafen Sie jede Nacht mit Ihrem Mann wie Bruder und Schwester?«

Sie schwieg.

»Sie tun also nichts in diesem Bett?«

Sie senkte den Kopf.

»Also doch? Und das auf der türkischen Fahne, was?«

Ich ging auf das Telefon zu und hob den Hörer ab.

»Was soll ich denn jetzt mit dir machen? Auf der türkischen Fahne!! ... Sag schnell, was soll ich jetzt mit dir machen?«

»Mach, was du willst ...«, sagte sie mit gesenktem Kopf.

Jetzt war die Sache gelaufen. Als wir das Bett verließen, meinte sie: »Die Fahne hat drunter gelegen ...«

Jetzt war ich blamiert.

»Ich bin Türke, da ist das etwas anderes«, sagte ich.

Aber glauben Sie ja nicht, ich hätte meine polizeilichen Pflichten vernachlässigt. Ich habe die Wohnung von oben bis unten durchsucht. Alles, was klein und teuer war, steckte ich ein, dann ging ich. Wo hatte ich nur meinen Verstand gelassen ... Wenn ich nichts hätte mitgehen lassen, hätte ich die schöne Frau jederzeit – natürlich wenn ihr Mann nicht zu Hause war – besuchen können.

Von meinen in der Zeitung veröffentlichten Memoiren, genauer gesagt, den von dem Reporter erfundenen Geschichten, gefiel die von mir ausgedachte den Lesern am besten. Der junge Reporter sagte sogar zu mir: »Ein Glück, Paschazade, daß du kein Journalist bist, du würdest uns alle unter den Tisch schreiben.«

»Ich bin ein vorbestrafter Betrüger«, gab ich ihm zur Antwort, »deshalb beschwindle ich immer nur einen einzigen Menschen, wenn ich einen Betrug begehe. Du bist ein Reporter, du betrügst alle Leser deiner Zeitung, Tausende, Zehntausende auf einmal. Wir gehen also beide der gleichen Tätigkeit nach, aber du bist mir über ...«

Der falsche deutsche Muslim

Die Kleine war ein nettes Mädchen. Ich will Ihnen erzählen, wie alles kam … Als ich aus dem Gefängnis entlassen wurde, wollte ich nicht in der Großstadt leben. Als Vorbestrafter hatte ich Angst vor neuem Unheil. Deshalb verließ ich Istanbul und reiste umher. Aber ich konnte hinkommen, wo ich wollte, nirgends fand ich Arbeit, alle waren darauf aus, mich auf den einzigen Weg zu treiben. Ich bemühte mich, diesen einzigen Weg nicht einzuschlagen, aber sie boten alles auf, mich hineinzustoßen … Ich fuhr durch viele Orte in Anatolien, langsam schwanden meine Hoffnungen. Nach einer Nachtfahrt mit der Eisenbahn stieg ich an einem Bahnhof aus. Bis zum nächsten Ort war es eine Dreiviertelstunde zu Fuß. Müde und hungrig machte ich mich auf den Weg. Der Ort erwachte gerade, an den Läden wurden die Rolläden hochgezogen. Ich erreichte eine Moschee, betrat den Hof, wusch mir das Gesicht und setzte mich dort an die Mauer. Ich dachte nach, was ich tun sollte. Wie lange ich dort gesessen hatte, weiß ich nicht; ich war ganz steif, vielleicht hatte ich sogar geschlafen. Durch ein »Selam aleikum« kam ich zu mir.

Ich hob den Kopf. Da stand ein Mann mit Bart, höchstens vierzig, fünfundvierzig Jahre alt … Bedrückt, wie ich war, hatte ich keine Lust zum Reden und erwiderte nicht einmal seinen Gruß. Er sagte noch einmal: »Selam aleikum …«

Ich antwortete wieder nicht.

»Hörst du nicht: Ich habe gegrüßt, Allahs Gruß!« Dann rief er ganz laut: »Selam aleikum.«

Ich reagierte immer noch nicht.

Ein Mann stellte sich zu dem Bärtigen.

»Wer ist denn das?« fragte er.

»Ich weiß nicht … Muß ein Ausländer sein … Spricht überhaupt nicht.«

»Vielleicht ist er schwerhörig, frag ihn doch mal ...«

Vor Hunger und Durst war ich zu keiner Unterhaltung fähig, deshalb schwieg ich weiter.

Der später hinzugekommene Mann hielt seine Hand wie ein Rohr an den Mund und schrie mir ins Ohr:

»Kannst du nicht hören? Hörst du schwer?«

»Yaaa ...«, sagte ich, um ihn loszuwerden.

»Wo kommst du her?«

Ich sagte wieder: »Yaaa ...«

Jetzt stellten sich noch ein paar Männer dazu. Der zuletzt Gekommene fragte: »Wer ist denn das?«

»Ich weiß nicht«, antwortete der Bärtige, »er spricht nicht, sagt immer nur ›Yaya‹ ...«

»›Jaja‹ sagt er? Wenn das nur kein Deutscher ist ... Bestimmt ... Die Deutschen sagen immer ›Jaja‹. Das ist doch richtig, nicht wahr, Korporal Hüseyin? Du mußt das doch wissen.«

»So ist es«, sagte ein alter Mann. »Die deutschen Ungläubigen sagen immer ›Jaja‹. Aber die deutschen Heiden sind die besten Heiden.«

»Das ist ein typischer Deutscher«, entschied ein anderer, »man sieht es schon an der Kleidung ...«

Das Gerede gefiel mir. Ich mußte nur aufpassen, daß ich nicht lachte. Da ich anfangs nicht gesprochen hatte, sagte ich jetzt auch nichts. Ich mußte also auf schwerhörig mimen oder auf Deutscher. Meine Kleidung bestand aus einem Tropenhelm und einer alten Samthose mit Lederflicken auf den Knien, deshalb hielten sie mich für einen Ausländer. Einer fragte mich: »Bist du Deutscher?«

»Yaa, yaa ...«

Er drehte sich zu den anderen um: »Darum spricht er nicht, und wir haben gedacht, der ist schwerhörig ... Kann denn hier keiner Deutsch? Onkel Hüseyin, du sagst doch immer, du bist mit den Deutschen im Krieg gewesen. Sprich mit ihm, und frag ihn, wie er hergekommen ist, der arme Kerl!«

Der Mann, den sie Onkel Hüseyin nannten, sagte: »Das ist doch Jahre her, was ich an Deutsch konnte, habe ich vergessen ...«

»Kann man so etwas vergessen?«

»Was denkst du denn, natürlich vergißt man das … Außerdem habe ich nur Soldaten-Deutsch gesprochen … Zwischen Zivilisten-Deutsch und Soldaten-Deutsch braucht man einen Dolmetscher.«

»Nun hör schon auf! Aber wir können den armen Deutschen doch nicht hier in der Ecke hocken lassen!«

Jetzt kam ein Mann aus dem Laden gegenüber gelaufen und fragte atemlos: »Das ist also der Deutsche?«

Einer der Männer fragte zurück: »Was ist denn, Ömer Efendi?«

»Was soll sein, Bruder. Heute früh bin ich zu meinem Laden gekommen. Als ich mit einem ›In Allahs Namen‹ auf den Lippen den Rolladen hochzog und herübersah, nahm dieser Deutsche gerade in der Moschee die rituelle Waschung vor. Ich habe mich noch gefragt, wo dieser fremde Glaubensbruder herstammt …«

Ich hatte mir doch im Hof der Moschee das Gesicht gewaschen, nicht wahr? Daraus war jetzt eine rituelle Waschung geworden …

Einer aus der Menge fragte Ömer Efendi: »Hat er schon gebetet?«

Da sagt doch Ömer Efendi: »Aber ja! Natürlich hat er gebetet. Das war so gegen zehn. Weil die Moschee geschlossen war, dort auf der Wiese …«

»Ein richtiges Gebet, Ömer Efendi?«

»Was denn sonst … Na ja, ein ganz richtiges Gebet war es ja nicht, aber so ähnlich …«

»Vielleicht ist der Deutsche hergekommen, um Muslim zu werden, Leute«, sagte einer.

»Ja, wahrscheinlich …«

»So muß es sein …«

»Was hat er sonst bei Morgengrauen in unserer Moschee zu suchen? Der will also Muslim werden …«

So wie man mit einem Ausländer redet, sprach Ömer Efendi jetzt mit Händen und Füßen zu mir, ein paar Worte nahm er zu Hilfe: »Du! … Du … Du Muslim? … Muslim du? … Muslim werden, he? …«

Ich befand mich finanziell in so aussichtsloser Lage, daß ich einfach nicht sagen konnte: »Landsleute, ich bin Muslim, und ich heiße Soundso.«

Ich hatte bisher nicht mit ihnen gesprochen, hatte ihre Fragen mit »Yaya ...« beantwortet; wenn ich jetzt türkisch spräche, würden sie denken, ich hätte mich am Anfang über sie lustig gemacht. Schließlich wollte ich mich hier nicht nur ein wenig ausruhen und dann weiterziehen ... Ich wußte, daß der vor mir hockende Mann mit dem Vollbart, der immer noch: »Du ... du ... Muslim? ...« fragte, Ömer Efendi war, und sagte zu ihm: »Ja ...«

Er fragte noch einmal: »Muslim werden du?«

»Ja! ...«

Kaum hatte ich das gesagt, als erst Ömer Efendi und dann die anderen mich der Reihe nach in die Arme nahmen und küßten. Mir blieb nichts übrig, als die Begrüßung zu erwidern.

Die Menge wurde größer. Einer sagte: »Wir müssen unseren Glaubensbruder aufnehmen ...«

Ömer Efendi nahm meinen Arm, zog mich vom Rasen hoch und sagte – als ob ein Deutscher das verstünde! –: »Komm, ich nehm dich mit zu mir nach Hause ...«

Zur Menge sagte er: »Das ist ein gutes Werk, einen Christen zum Muslim zu machen, und wenn er Muslim ist, ihn als Gast aufzunehmen. Das ist so viel wert wie sieben Pilgerfahrten.«

Wir gingen los. Ein paar Männer riefen hinter uns her:

»Ömer Efendi, morgen soll er mein Gast sein ...«

»Und abends bei mir, Ömer Efendi ...«

Als wir an dem Laden vorbeigingen, rief er hinein: »Junge, ich gehe nach Hause. Wenn einer nach mir fragt, sagst du: Er hat einen hochgeschätzten Gast, den hat er nach Hause gebracht ...«

Nachdem wir durch enge Gassen, bergauf, bergab, über Kopfsteinpflaster, mal rechts, mal links abbiegend, lange gelaufen waren, erreichten wir eine Anhöhe. Ich fiel fast um vor Hunger. Unterwegs merkte ich, daß Ömer Efendi mir etwas sagen wollte. Schließlich fragte er: »Wie heißt du? ... Name?«

Da ich mir nicht so plötzlich einen deutschen Namen ausdenken konnte, tat ich, als hätte ich nicht verstanden.

Unsere mangelnde Verständigung machte Ömer Efendi ganz nervös, er zog seine Gebetskette hervor, murmelte: »Es gibt keine Kraft und keine Stärke außer bei Allah, dem Erhabenen und Mächtigen« und sagte dann: »Wir lehren dich hier schon türkisch …«

Wir erreichten ein Haus mit Garten. Ömer Efendi betätigte mehrmals den Türklopfer, eine eiserne Frauenhand, die über der hölzernen Tür hing. Dann kam von drinnen eine Stimme: »Wer ist da?«

»Asiye! Mach auf, Tochter!« rief Ömer Efendi.

Die Tür wurde geöffnet. Niemand befand sich dahinter, sie war mittels eines Seils aufgezogen worden. Ömer Efendi sagte »In Allahs Namen« und trat ein. Wir gingen durch den Garten. Als wir den kühlen Flur des großen Hauses betraten, rief er: »Vorsicht! … Wir haben Besuch. Daß mir keiner herauskommt! …«

Wir begaben uns in ein großes Zimmer im ersten Stock. An drei Wänden standen mit Teppichen bedeckte Polsterbänke. Ich setzte mich. Ömer Efendi ging hinaus und kam kurz darauf zurück. Etwas später brachte ein junger Bursche Essen auf einer großen Kupferplatte herein. Die heiße Milch duftete wie Moschus. Sie stellten die Platte auf einen Dreifuß.

»Du bist von weither gekommen und wirst hungrig sein, bitte sehr …«, sagte Ömer Efendi. Damit ich es verstehe, legte er die Fingerspitzen seiner rechten Hand aneinander, führte sie ein paarmal zum Mund, brachte dabei ein schmatzendes Geräusch hervor und machte mir Zeichen, daß ich zugreifen solle.

»Du bist kein Fremder, wir sind Brüder … Glaubensbrüder … Das ist dein Haus … Mach dir keine Sorgen!« sagte er, klopfte mir auf die Schulter und ließ mich allein im Zimmer zurück, damit ich in Ruhe essen konnte.

Nachdem ich gesättigt war, begann ich nachzudenken. Wie sollte ich den Leuten erklären, daß ich Türke bin? Nein, das ging nicht mehr … Die Sache war verfahren, sie hielten mich für einen Deutschen. Das Beste würde sein, den Ort so schnell wie möglich zu verlassen. Ich mußte allerdings laufen, Geld hatte ich nicht.

Während ich noch nachdachte, kam Ömer Efendi mit einem anderen Mann, der ebenfalls einen Vollbart trug, herein. Der sagte: »Selam aleikum …«

Beinahe hätte ich »aleikum selam« geantwortet, und dann wäre alles aus gewesen.

Beim »alei …« hatte ich mich wieder in der Gewalt.

Ömer Efendi war ganz glücklich: »Er spricht, er spricht … Wenn wir doch nur einen im Ort hätten, der deutsch kann. Ach Allah … Aber wir lehren ihn türkisch …«

»Das werden wir tun, bei Allah«, bestätigte der andere Mann.

Sie ließen sich auf den Polstern nieder. Dann begannen sie sich zu unterhalten, wobei sie mich unverwandt ansahen. Ömer Efendi fragte den anderen: »Was sind die Deutschen im allgemeinen von Beruf?«

»Die Deutschen sind entweder Soldaten oder Wissenschaftler. Wie ein Soldat sieht der nicht aus … Der ist Wissenschaftler, das ist klar … Wenn man bedenkt, daß er Muslim werden will, ist er bestimmt Wissenschaftler … Aber deren Wissenschaft ist ganz anders als unsere Islamwissenschaft …«

»Ja, natürlich, ganz anders … Die Wissenschaft der Deutschen hat immer mit Maschinen oder Ingenieurwesen zu tun.«

»So ist es. Dieser Deutsche sieht wie ein Ingenieur aus …«

»Was für ein Ingenieur er wohl sein mag?«

»Das weiß man nicht … Aussehen tut er wie ein Flugzeug- oder ein Elektroingenieur.«

Ich konnte mir das Lachen kaum noch verbeißen und wußte auch, daß dieses Spiel ein schlechtes Ende nehmen würde, wenn ich den Ort nicht sofort verließ.

»Wenn er sowieso Muslim werden will und bis hierher gekommen ist, wollen wir die Sache nicht auf die lange Bank schieben«, sagte der bärtige Gast. »Was meinst du, Ömer Efendi, wir sollten unverzüglich den Mufti benachrichtigen. Wir müssen sagen, daß ein deutscher Ingenieurwissenschaftler gekommen ist und dem rechten Glauben die Ehre erweisen will …«

Schlau erwiderte Ömer Efendi: »Warte mal … Die Deutschen sind ein fleißiges Volk. Wenn der tatsächlich ein Ingenieurwissenschaftler ist, dann …«

Der Gast nahm ihm das Wort aus dem Mund: »Dann erweckt er unsere Stadt zu neuem Leben …«

»Wir müssen ganz Europa wissen lassen, daß der Deutsche in unseren Ort gekommen ist, um Muslim zu werden. Die Istanbuler Zeitungen werden voll davon sein.«

»Nur das nicht«, sagte der bärtige Besucher, »was redest du denn da, Ömer Efendi … Wenn bekannt wird, daß ein deutscher Ingenieurwissenschaftler zu uns gekommen ist, um Muslim zu werden, nehmen sie ihn uns weg, bringen ihn nach Istanbul und machen ihn zum Lehrer an der Ingenieurschule. Am besten wird es sein, wenn kein Fremder erfährt, daß wir den Deutschen hier haben. Wenn wir dem erst mal türkisch beigebracht haben, ist der Rest einfach … Wir werden ihn schon dazu bringen, daß er hierbleibt. Wenn die aus Istanbul eintreffen, bevor wir mit ihm haben reden können, nehmen sie ihn mit. Die haben da viele, die Deutsch können.«

»Scherif Efendi, du hast Recht … Du bist wirklich klug … Beinahe hätte ich unseren Paradiesvogel wieder fliegen lassen …«

Der Vorschlag, den der mit Scherif Efendi angeredete alte Mann gemacht hatte, paßte mir auch gut. Wenn die Istanbuler Zeitungen schreiben würden »Das ist der Deutsche, der Muslim werden will« und dazu ein Bild von mir erschiene, würde wieder der Teufel los sein. Ich wollte doch, daß die Polizei meine Spur verliert.

In diesem Augenblick wurde an die Tür geklopft. Es kam noch ein Mann. Ömer Efendi bot Zigaretten an. Beinahe hätte ich »Ich rauche nicht« gesagt, nach »Ich« kam ich zu mir, aber das Wort war nun einmal heraus, mit dem Schweigen war es vorbei.

Scherif Efendi war begeistert: »Richtig, richtig … Er ist auf dem Weg … Habt ihr es gehört, ›Ich‹ hat er gesagt …«

»Ich habe es auch gehört«, pflichtete Ömer Efendi bei.

»Mehr kann der Ärmste noch nicht sagen, aber mit Allahs Hilfe wird er es lernen.«

»Ein Kind kann bei der Geburt auch nicht sprechen«, fuhr Scherif Efendi fort, »und später redet es wie ein Wasserfall. Allah hat jedem Menschen die Sprache gegeben.«

Der andere Mann wendete ein: »Schön und gut, Scherif Efendi, aber ein Kind kann auch nicht gleich sprechen. Wie viele Jahre dauert es, bis es langsam alles lernt ...«

»Du Dummkopf, er wird es schon lernen, sage ich dir. Wenn ein Kind geboren wird, kann es überhaupt nichts. Der Deutsche spricht aber seine eigene Sprache ... Du kannst doch einen erwachsenen Deutschen nicht mit einem Säugling vergleichen. Und welche Macht hat Allah ... Was Er machen will, das macht Er.«

»Ja, so ist es ...«

Nachdem sie noch eine Menge zu diesem Thema gesagt hatten, meinte Ömer Efendi: »Der Mann muß müde sein von der Reise, kommt von Deutschland bis hierher ... Wir wollen ihn allein lassen, damit er ein wenig schlafen und sich ausruhen kann.«

Durch Handzeichen machte er mir klar, daß ich mich hinlegen solle. Er legte seine beiden Handflächen wie ein Kissen an seine rechte Wange, schloß die Augen und zeigte auf die Sitzbank. Zum Zeichen, daß ich verstanden hatte, nickte ich mit dem Kopf. Irgendwo hatte ich auch das deutsche Wort »Danke schön« aufgeschnappt. Also sagte ich jetzt: »Danke schön ...«

Ömer Efendi muß geglaubt haben, daß man eine fremde Sprache eher versteht, wenn sie laut gesprochen wird, also brüllte er mir in gebrochenem Türkisch zu: »Du etwas brauchen ... rufen Tür ... du verstehen?«

Ich nickte mit dem Kopf. Sie verließen das Zimmer. Da ich tatsächlich müde war, legte ich mich auf die Bank. Hätte ich in der Schule nur deutsch gelernt, dann wäre ich jetzt nicht so hilflos gewesen. Meine größte Angst war, daß sie einen finden, der deutsch kann, und ihn zu mir bringen.

Ich hatte die Absicht, die Nacht hier zu verbringen und früh am Morgen, bevor einer aufgewacht war, zu verschwinden. Ich gab mich wieder meinen Träumen hin. So groß wie früher waren sie nicht mehr. Ich meine, ich dachte nicht mehr daran, Millionär zu werden. Mein Ziel war nur, als ehrbarer Bürger zu leben. Ich dachte an das Vergangene, machte Pläne für die Zukunft und schlief darüber ein. Ich weiß nicht, wie lange ich geschlafen habe, aber da ich mich ausgeruht und frisch fühlte, muß es ziemlich lange gewesen sein. Vom Knarren der Tür wurde ich wach und richtete mich auf. Ich sah einen Dorfjungen, der ein mit Essen gefülltes Tablett auf dem Boden absetzte. Um mich nicht zu stören, ging er auf Zehenspitzen durchs Zimmer. Er legte die Tischdecke aus, stellte die Speisen darauf und ging wieder hinaus.

Lebte ich in einem Traum, oder was war geschehen? Ich konnte nicht begreifen, weshalb man einem einzigen Christen, nur weil er zum Islam übertreten wollte, soviel Beachtung schenkte, wo so viele Muslims in Armut und Hunger dahinvegetieren. Ich aß mich richtig satt. Etwas später kam der Junge zurück und räumte ab.

Dann wollte ich auf die Toilette gehen, aber wie sollte ich fragen, wo das war. Ich ging hinaus. Ein Mädchen schwebte wie ein Lichtstrahl durch die Halle. Weil ich dachte, es würde vielleicht jemand beobachten, sah ich ihr nicht nach. Es war wie eine Fata Morgana, die meine Augen einen Moment wie ein Blitz getroffen hatte.

Von der großen Halle gingen mehrere Türen ab. An einer hing ein Handtuch an einem Haken, dort mußte die Toilette sein. Sie hatten es wahrscheinlich hingehängt, damit der deutsche Ungläubige die Toilette findet.

Danach kehrte ich in das Zimmer zurück. Ich war satt und ausgeschlafen, meine Müdigkeit war verflogen. Ich sah aus dem Fenster ... Ömer Efendis Haus lag in einem großen Garten mit vielen Obstbäumen. Wenn diese Menschen mich doch nur als arbeitslosen Türken, der ehrlich schaffen und leben wollte, akzeptieren und mir in diesem netten Ort eine kleine Arbeit geben würden. Einen Augenblick dachte ich: Was würde passieren, wenn ich ihnen sage, daß ich kein Deutscher, sondern ein Landsmann bin? Wahrscheinlich nichts Gutes. Vielleicht würden sie mich verprügeln und dann fortjagen, oder sie würden mich der Gendarmerie übergeben. Dabei hatte ich mich doch nicht als Deutscher ausgegeben …

Der Garten gefiel mir so gut, daß ich ein bißchen hinausgehen wollte. Im Zimmer kam ich um. Kaum hatte ich die Tür geöffnet, da stand das Mädchen, das ich gerade in der Halle gesehen hatte, gebückt davor. Die Kleine war neugierig auf den Deutschen und muß versucht haben, mich durch die Ritzen der hölzernen Tür zu beobachten. Jetzt war sie weg wie der Wind. Es war mir peinlich. Ich verzichtete darauf, in den Garten zu gehen.

Als ich gegen Abend Ömer Efendi: »Vorsicht, Vorsicht!« rufen hörte, freute ich mich. Da er gerufen hatte, war er sicher nicht allein. Es waren Schritte von vielen Personen zu hören … Die Zimmertür ging auf. Zu dem ältesten Mann sagte Ömer Efendi »Bitte sehr, Mufti Efendi« und ließ ihm den Vortritt. Danach kamen noch fünf Männer herein. Einer war Scherif Efendi, den ich schon am Morgen gesehen hatte. »Selam aleikum«, sagte der Mufti.

Ich wußte nicht, was ich tun, was ich sagen sollte. Sollte ich dem Mufti die Hand drücken oder sie küssen? Ach, Allah, da saß ich wieder in der Tinte … Na, am Morgen würde ich sowieso verschwinden. Bis dahin mußte ich schweigen. Ich ergriff des Muftis Hand und küßte sie.

»Möge Allah uns auf den rechten Weg führen«, sagte er.

Alle nahmen Platz. Sie sahen mich an und unterhielten sich.

»Sein Gesicht hat so einen Glanz«, sagte Scherif Efendi, »man sieht ihm an, daß er Muslim wird … Der hat doch nichts von einem Ungläubigen an sich …«

Alle lächelten mich an.

»Wenn das Herz den rechten Glauben erlangt, leuchtet das Gesicht«, sagte der Mufti.

Dann wurde beschlossen, daß am nächsten Tag am Amtssitz des Muftis die Feier meines Übertritts zum Islam stattfinden sollte.

Einer der Gäste sagte: »Erst müssen wir ihm türkisch beibringen, die Deutschen sind sehr klug, er wird es schnell lernen.«

»Und dann muß er hier eine Arbeit finden …«

»Selbstverständlich … Das ist unsere Pflicht … Er ist doch unser Glaubensbruder …«

»Wir haben wieder einen Glaubensbruder gewonnen …«

Der hat euch noch gefehlt, dachte ich bei mir.

»Ja«, sagte der Mufti, »wir müssen ihm Arbeit verschaffen und Kapital geben … Dann muß er eine Familie gründen. Wir müssen ihn verheiraten …«

Alle blickten bei diesen Worten auf Ömer Efendi.

Die Tür ging auf, das Abendessen wurde gebracht. Sie setzten sich im Türkensitz um die Tafel. Mir boten sie das Sitzkissen an Muftis linker Seite an.

»Die Deutschen sind es nicht gewohnt, aus einer Schüssel zu essen. Sie essen jeder von einem extra Teller«, bemerkte der Mufti.

»Allah, Allah«, sagte Ömer Efendi, »wenn er den rechten Glauben annimmt, muß er auch unsere Sitten lernen …«

»Richtig … richtig!« pflichteten die anderen bei.

Der Mufti schob seine Ärmel hoch, nahm einen Löffel in die Hand, sagte »Im Namen Allahs …«, steckte ihn in die Schüssel und widmete sich der Suppe.

Mir hielten sie auch einen Löffel hin und sagten: »Bitte sehr, bitte sehr! …«

Wir löffelten die Suppe … Es freute sie, daß ich ohne Scheu, genau wie sie, den Löffel eintauchte. Danach gab es Fleisch.

Nach dem Essen trafen sie alle Entscheidungen für mich. Am nächsten Morgen sollte ich den rechten Glauben annehmen und nach ein, zwei Tagen beschnitten werden … Ich konnte mir das Lachen kaum noch verbeißen. Glücklicherweise blieben sie nicht mehr lange sitzen. Sie dachten daran, daß der Gast müde war.

»Möge Allah dir angenehme Ruhe geben!«

Sie gingen hinaus. Ich legte mich sofort hin. Am nächsten Morgen wollte ich vor Tagesanbruch aufstehen und fortlaufen. Aber ich fand die ganze Nacht keinen Schlaf. Und am Morgen wachte ich doch tatsächlich nicht auf! Als ich die Augen öffnete, stand die Sonne hoch am Himmel. Ich zog mich sofort an. Auf Zehenspitzen ging ich hinaus. Kaum hatte ich die Tür geöffnet, da sah ich schon wieder das Mädchen! Es lief weg. Zurück konnte ich nicht mehr, aber als ich die Treppe hinunterging, hörte ich es rufen:

»Papa, Papa, der Deutsche geht fort …«

Ich bekam Angst, ein Unheil werde sich wieder über meinem Kopf zusammenbrauen, und beschleunigte meine Schritte. Auf der Straße begegnete ich nur wenigen Menschen. Kurz darauf trafen meine Befürchtungen ein. Hinter mir rief Ömer Efendi: »Heee … heee …«

Wahrscheinlich rannte er, denn seine Stimme kam immer näher. Ich konnte doch nicht rennen … Ömer Efendis Stimme kam noch näher. Er führte ein Selbstgespräch: »Ach, Allah, ich weiß nicht einmal den Namen dieses Ungläubigen … Heee, Freund! … Wohin willst du, Glaubensbruder? … Dreh dich doch einmal um! … Bleib stehen, Mann, wo willst du denn um diese Zeit hin? … Bleib stehen, lauf doch langsamer, ich bekomme keine Luft mehr … Hee, Deutscher, bleib stehen!«

Die Leute mußten denken, ich hätte etwas in seinem Haus gestohlen, gleich würde der ganze Ort hinter mir herlaufen …

Wenn ich jetzt stehenblieb, würde er vielleicht merken, daß ich türkisch verstand … Während ich den Abhang hinunterlief und den Markt erreichte, fiel mir eine List ein. Ich rannte in den Hof der Moschee und ging, wie am Vortag, zum Wasserhahn. Ömer Efendi holte mich ein. Lachend sagte er zu mir, als ob ich es verstünde: »Du hättest aber auch sagen können: Ich gehe zur Moschee, Glaubensbruder … Hast du mich erschreckt, Bruderherz … Ach, Allah, du hast dem Deutschen einen Glauben ins Herz gepflanzt, daß er morgens zeitiger als wir Muslime zur Moschee läuft …«

Mit Worten, Händen und Füßen versuchte er mir verständlich zu machen, daß ich vor dem Übertritt zum Islam die Moschee nicht betreten, an der Andacht nicht teilnehmen dürfe. Ich tat, als hätte ich verstanden.

Wir kehrten zusammen nach Hause zurück. Mir wurde klar, daß ich hier nicht so einfach wegkäme. Jetzt ließ ich den Dingen ihren Lauf.

An jenem Tag gingen wir nachmittags zum Amtssitz des Muftis. Vor einer großen Menge sprach ich seine Worte nach und legte das Glaubensbekenntnis ab. Ich tat das als Deutscher, so gut ich konnte. Der Mufti las Gebete, ich war Muslim geworden – zum zweiten Mal ... Jetzt mußten sie noch einen muslimischen Namen für mich finden.

»Wie heißt du?« fragten sie mich.

Ich tat, als verstünde ich nicht.

»Ruft den Französischlehrer«, sagte der Mufti, »vielleicht spricht unser Glaubensbruder französisch ...«

Der wußte natürlich schon, was vorgefallen war. Als er wenig später ankam, fragte er die Männer: »Ist das unser muslimischer Bruder?«

»Ja«, sagten sie, »sprich mal französisch mit ihm.«

Bei seiner Bemerkung: »Mal sehen, ob er mein Französisch versteht«, war mir klar, daß es mit seinem Wissen nicht weit her sein konnte.

»Parlez-vous français?« fragte er mich.

Ich merkte, daß ich mit meinem Schulfranzösisch mit ihm fertig werden würde und antwortete: »Oui ...«

»Wie heißen Sie?«

Bis dahin hatte ich mir einen deutschen Namen zurechtgelegt.

»Karl ...«

Allah sei Dank, daß es hier keinen Deutschlehrer gab. Der Französischlehrer drehte sich zu den Leuten um: »Mitbürger, Efendis!« bestätigte er, »es ist, wie ihr gesagt habt – der Mann ist ein berühmter Wissenschaftler. Man kann in Europa und Amerika hinkommen, wo man will, jedes Kind kennt seinen Namen.«

Ich hatte mit ihm zwei kurze Sätze gewechselt, aber er redete, als hätten wir uns stundenlang unterhalten.

»Mitbürger, der Herr Karl sagt, wir sollen uns nicht wundern, weil er noch so jung ist. Er hat alle Religionen jahrelang geprüft und ist zu der Überzeugung gekommen, daß der Islam der rechte Glaube ist. So beschloß er, Muslim zu werden, sagt er.«

»Da sieh an! … Das hat er gesagt?« wurden Stimmen laut. Der Französischlehrer fuhr fort: »Ja, ich übersetze euch Wort für Wort, was er gesagt hat. Eines Nachts träumte er von einem alten, ehrwürdigen Muslim mit einem langen, weißen Bart.«

Ab und zu sagte der Lehrer zwei, drei Worte auf Französisch zu mir. Da ich ihn nicht verstand, antwortete ich entweder »Oui« oder gar nicht, machte ein Zeichen mit der Hand, das alles bedeuten konnte, und überging das Ganze lächelnd.

In der Menge hörte ich sie miteinander flüstern: »Donnerwetter, unser Lehrer kann aber gut französisch … bravo …«

»Ja … ganz vorzüglich!«

Der Lehrer fuhr fort: »Der Mann mit dem ehrwürdigen Gesicht hat zu ihm im Traum auf Deutsch gesagt: Karl, ich bin Seraph, der Engel des Lichts – Heil sei über ihm –, dein Herz hat den rechten Glauben gefunden. Mach dich sofort auf in die Türkei, trinke ihr Wasser und iß ihr Brot und Salz! Du wirst dort dein Glück finden. Werde dort Muslim. Da hat er zu Seraph – Heil sei über ihm –, gesagt: Wo liegt denn der Ort, ich kenne ihn nicht. Da hat er es ihm auf der Landkarte gezeigt, und außerdem hat er ihm den Namen des Ortes auf ein Stück Papier geschrieben. Dann entschwand er seinen Blicken. Als er die Augen öffnete, war er ganz ergriffen. Er nahm sofort die Adresse, die ihm Seraph – Heil sei über ihm – aufgeschrieben hatte, sagte keinem Adieu – sie sagen dort ›Adieu‹ statt ›Geh mit Allah‹ – und machte sich auf den Weg. Vier Jahre hat er gebraucht, um schließlich unseren Ort zu finden. Es war wirklich sehr schwierig, sagt er.«

Ein Mann in mittleren Jahren fragte den Lehrer: »Das alles hat der Mann gesagt?«

»Ja.«

»Meine Güte, wann denn? Du hast einmal ›Fan‹ zu ihm gesagt und er einmal ›Fin‹ zu dir. Ein Fan-Fin habt ihr gewechselt, weiter nichts … Und du erzählst uns eine Stunde: Das hat er gesagt, und das hat er gesagt … Wie paßt denn ein Sack Gefasel in ein Fan-Fin?«

Falls der Lehrer aus dem Gleichgewicht geriet, ließ er es

sich nicht anmerken. »Wenn es euch nicht gefällt, sucht euch doch einen andern, der mit ihm spricht …«

Panik brach aus. Ungerührt machte er Anstalten, sich zu entfernen, als sie ihn am Arm faßten: »Aber, Lehrer, kümmere dich doch nicht um den Schwätzer, sag uns lieber, was er noch erzählt hat …«

Der Lehrer machte ein mürrisches Gesicht: »Weiter hat er nichts gesagt. Das war alles …« Er schnalzte verächtlich mit der Zunge. »Es ist aber auch zu schwierig, ungebildeten Leuten etwas zu erklären. Die französische Sprache ist nun einmal so, wie Seife … Wenn man ein Stück nimmt und Schaum macht, das schäumt und schäumt … Genau so ist die französische Sprache. Der Mann sagt zwei Worte, und wenn man sie versteht, liegt so viel darin, daß man reden und reden kann …«

Der Mufti Efendi schnitt ihm das Wort ab: »Sei es, wie es sei … Möge es ein gutes Ende nehmen … Welchen muslimischen Vornamen geben wir ihm?«

»Was war sein ursprünglicher Vorname?«

»Karl …«

»Dann nehmen wir Kamil, das paßt …«

Ich hieß nun Kamil. Weil ich jetzt ein Muslim war, erwiesen sie mir die größte Ehrerbietung.

Ich verbrachte glückliche Tage in dem Städtchen. Es war, als wetteiferten sie miteinander, mich einzuladen, reichlich zu bewirten und zufriedenzustellen. Aber Ömer Efendi wollte mich nicht von seinen Mitbürgern wegnehmen lassen. Wenn mich einer der Wohlhabenden im Ort einlud, kam er mit. Wir aßen, ruhten uns ein wenig aus, dann brachte er mich wie ein ungezogenes Kind, das weglaufen will, wieder nach Hause.

Ich hatte mich ganz in der Gewalt und gewöhnte mich an das Leben. Ich dachte nicht mehr darüber nach, was aus mir werden sollte. Ich sagte mir: Soll kommen, was will. Ich hatte gemerkt, daß es auf dieser Welt nichts einbringt, Muslim von Geburt zu sein, man muß den Glauben wechseln und später Muslim werden, das ist viel angenehmer. Wenn Christen zu uns in die Türkei kommen, die in Europa oder Amerika oder wo auch immer in Armut gelebt haben, und sagen: »Ich bin zum Islam übergetreten!«, zieht so ein armer Schlucker bei uns seine einzige, geflickte Hose aus, gibt sie ihm und bewirtet ihn mit Essen und Trinken. Was mich dabei wundert, ist die Tatsache, daß die Christen nicht darüber nachdenken, wie sie uns ohne Hose und barfuß zurücklassen.

Es gab noch einen Grund, weshalb ich das Leben leicht nahm. Meine Beziehungen zu Ömer Efendis Tochter Asiye machten gute Fortschritte. Aber verstehen Sie das bitte nicht falsch. Es war eine reine, romantische Freundschaft. Nur wenn es im Haus keiner sehen und hören konnte, gelang es uns hier und da, ein paar Worte zu wechseln. Aber wir strampelten beide, um solche Gelegenheiten zu schaffen. Es war offensichtlich, daß Ömer Efendi mich unter allen Umständen zu seinem Schwiegersohn machen wollte. Wenn er es auch nicht offen aussprach, war doch klar, daß er es mit meiner Beschneidung eilig hatte, weil die Hochzeit bald stattfinden sollte.

Jetzt mußte ich mit einer zweiten Beschneidung fertig werden. Das war eine Sache, die mir in jenen Tagen viel Kopfschmerzen bereitete.

Asiye hatte solchen Eindruck auf mich gemacht, daß ich es nicht vergessen habe und nie vergessen werde. Sie war ein schönes und kluges Mädchen, ein Geschöpf, das nicht in die engen Grenzen jenes Ortes eingesperrt gehörte. Sie wollte den Rahmen sprengen, in dem sie unter Verschluß gehalten wurde. Ich glaube, ihr Interesse an mir kam daher. Eines Tages erzählte sie mir traurig, daß ihre Mutter dreiundvierzig Jahre alt und noch nie aus dem Ort herausgekommen war. Dabei standen Tränen in ihren großen, leuchtenden Augen.

Ich benahm mich, als würde ich langsam türkisch lernen. Sie wunderten sich, wie schnell das ging.

»Großartig … fabelhaft … Wie klug er ist …«, hieß es.

Die einzige Person, die es nicht schluckte, war Asiye. Eines Tages begegneten wir uns wieder in der Halle und flüsterten miteinander. Ich spielte Deutscher, zerhackte Sätze und verstümmelte Wörter. Asiye lachte pausenlos. Ich dachte, mein Anfänger-Türkisch gefiele ihr und sie lache deshalb. Plötzlich sagte sie: »Im Schlaf sprechen Sie aber fließend türkisch …«, und lief weg. Da war mir klar, daß sie horchte, wenn ich im Schlaf sprach. Verdammt, warum konnte ich denn nicht auch Deutscher spielen, wenn ich im Schlaf redete … Was ich wohl gesagt hatte? Ich habe Asiye ein paarmal danach gefragt, bis sie mir schließlich erzählte, ich hätte »Hefezöpfe«, »Der Pascha hat gegessen«, »Ich habe keine Schuld« und solche für sie unverständlichen Dinge gesagt. Ich hatte tatsächlich oft von der Kadettenanstalt geträumt.

Wenn Asiye nicht gewesen wäre, hätte ich den Ort schon lange verlassen. Aber von Tag zu Tag fesselte sie mich mehr. Ich wollte jetzt tatsächlich die Verbindung zu meiner befleckten Vergangenheit abbrechen. Ich wollte in diesem Ort ehrbar arbeiten, Asiye heiraten und Kinder mit ihr haben. Wenn nach fünf bis zehn Jahren alle vergessen hatten, daß ich vorbestraft war, würde ich Frau und Kinder nehmen, hier fortgehen und mich in Istanbul niederlassen. Was für schöne Träume hatte ich.

Jetzt war ich schon über einen Monat dort. Es war auch ans Tageslicht gekommen, daß ich Asiye heiraten sollte. Zur offiziellen Trauung fehlte nur noch meine Beschneidung. Da ich das Gefühl hatte, daß nun wieder Unheil bevorstand, verschob ich sie unter den verschiedensten Vorwänden von Tag zu Tag. Woran ich nicht alles gedacht habe … Ich wollte Asiye alles sagen. Alles wollte ich ihr erklären. Wenn sie mich so nähme, wie ich war, wäre es gut, wenn nicht, würde ich gehen. Asiye war ein so nettes Mädchen, ich brachte es nicht fertig, sie noch länger als Deutscher zu beschwindeln. Eines Tages würde die Lüge doch herauskommen. Asiye sprach jetzt schon davon, daß ich sie nach der Hochzeit in mein Land bringen solle, daß sie meine Eltern in Deutschland sehen wolle. Da ich nicht aus einer felsigen Steinwüste stammte, hatte ich mir über meine Familie in Deutschland eine Menge Lügen ausgedacht. Als mein Vater, der Millionär war, hörte, daß ich Muslim werden wollte, hatte er mich enterbt und aus dem Haus geworfen. Ich war ein Mensch, der für den rechten Glauben Millionen verschmäht hatte.

Tag und Nacht dachte ich darüber nach, aber ich hatte

nicht den Mut, Asiye die Wahrheit zu sagen. Ich konnte ja mit dem Beschneider reden und mit ihm zu einer Einigung kommen. Ich dachte daran, ihm die Wahrheit zu sagen.

Aber der Mann sah nicht aus wie einer, mit dem man reden konnte. Er war auch Barbier, Bader und Zahnarzt. Einen zweiten Beschneider gab es nicht im Ort. Ständig hatte er ein Rasiermesser oder eine Extraktionszange in der Hand und schnitt die Menschen hier und dort, der hatte keinen Tropfen Mitleid. Er war ein bulliger Typ mit einem starken schwarzen Bart und buschigen Augenbrauen. Diesem Mann konnte man nur mit Geld kommen. Ömer Efendi war sehr verständnisvoll, er sagte: »Du bist jetzt mein Sohn!« und gab mir ab und zu Geld, aber er drückte es mir nicht etwa in die Hand, er legte es aufs Bett.

Da ich alles hatte, was ich brauchte, gab ich dieses Geld nicht aus. Ich besaß inzwischen fünfzig Lire. Das war damals schon ein kleines Kapital. Beim Schneider im Ort hatte mir Ömer Efendi auch zwei Anzüge machen lassen.

Ich hatte mir überlegt, dem Beschneider die fünfzig Lire als Bestechung zu geben. Es mußte ein Geheimnis unter uns bleiben, daß ich bereits beschnitten, also schon Muslim war. Aber ich brachte es nicht über mich, dem Beschneider die Wahrheit zu sagen. Länger ließ sich die Sache aber auch nicht mehr aufschieben. Komme, was wolle, ich mußte mich dem Mann stellen. Entweder würde er etwas merken, und es gab einen Skandal, oder er würde mich zum zweiten Mal beschneiden.

Wenn er etwas merkte, würde ich mich ihm zu Füßen werfen, ihn anflehen und alles sagen. Falls er auch nur einen Funken Menschlichkeit besaß, mußte er Mitleid mit mir haben.

Der Tag für die Beschneidung wurde festgesetzt. Der Mufti Efendi nannte es das »Beschneidungsfest«, und mein Schwiegervater Ömer Efendi bestand darauf, daß dieses Fest glanzvoll verlaufen solle. Er wollte ein großes Essen geben und nicht nur die Honoratioren des Ortes, sondern auch die aus der Kreisstadt einladen.

Da ich wieder Angst bekam, mir würde in einem solchen

Trubel ein Unheil widerfahren, sagte ich, eine so große Feier sei nicht nötig, und bat meinen Schwiegervater um eine stille Beschneidung. Aber er hörte nicht auf mich und sagte: »Ich habe nur die eine Tochter. Du bist nicht mein Schwiegersohn, du wirst mir ein Sohn sein. Mein Hab und Gut wird eines Tages dir gehören. Das hier ist nur ein kleiner Ort, da gibt es viel Klatsch und Tratsch. Wenn wir dich ganz still beschneiden lassen, werden sie zu reden anfangen, du seist gar nicht beschnitten worden. Und über mich werden sie sagen, ich hätte meine einzige Tochter einem nicht beschnittenen Mann gegeben. Solange ich lebe, können sie nicht viel ausrichten, aber wenn Allah mich zu sich ruft, werden sie dich nicht in Ruhe lassen. Deshalb muß die Beschneidung mit viel Aufwand vollzogen werden, und alle müssen Zeuge sein.«

Da merkte ich, daß meine Situation hoffnungslos war. Nach diesen Worten meines zukünftigen Schwiegervaters hatte ich verstanden, daß ich im Beisein der Gäste beschnitten werden sollte.

Ich dachte angestrengt nach, wie ich dem Skandal entgehen konnte, aber da ich von Asiye nicht ablassen wollte, beschloß ich, mich der Konfrontation zu stellen.

Es war eine Woche vor meiner Beschneidung, als mein Schwiegervater eines Mittags zu mir sagte, daß jemand gekommen sei, der mich sprechen wolle.

»Wer ist es denn?« fragte ich.

»Ich kenne ihn nicht, er kommt aus der Provinzstadt.«

Als er das sagte, spürte ich einen stechenden Schmerz. Viel hätte nicht gefehlt, und ich wäre in Ohnmacht gefallen. Wer kannte mich, daß er aus der Provinzstadt anreiste, um mich zu besuchen? Jetzt kam wieder etwas Schlimmes auf mich zu.

»Was ist denn plötzlich mit dir los, du bist ganz grau im Gesicht?« fragte mein Schwiegervater.

»Ich habe nichts«, sagte ich, aber ich konnte mich nicht länger auf den Beinen halten und ließ mich auf das Sitzpolster fallen.

Zum Weglaufen war es zu spät ... Nun war alles vorbei. Vielleicht konnte ich den Mann abwimmeln und so tun, als spreche ich Deutsch, so tun, als verstünde ich ihn nicht. Ob ich wollte oder nicht, ich mußte gehen. Also sagte ich: »Dann wollen wir mal sehen, wer es ist. Ich lasse bitten.«

Ein Mann in meinem Alter betrat das Zimmer. An der Krawatte sah man ihm an, daß er lesen und schreiben konnte. Als ich sein fröhliches Gesicht sah, ließ meine Aufregung ein wenig nach. Er drückte mir die Hand. Von der Polizei war der nicht ... Mir wurde kühler, aber reden konnte ich immer noch nicht. Ich wartete darauf, daß er etwas sagte.

»Ich bin Reporter ...«, fing er an.

Er arbeitete beim Provinzblatt und als Korrespondent für zwei oder drei große Istanbuler Zeitungen. Vor Reportern habe ich noch größere Angst als vor Polizisten. Durch Journalisten ist schon viel Unglück über mich gekommen.

Ich lächelte verzerrt, aber ich sagte nichts.

»Der Übertritt eines jungen deutschen Wissenschaftlers zum Islam ist eine große Ehre für uns«, erklärte mir der Zeitungsmensch. »Ich habe zu spät davon gehört, sonst hätte ich Sie schon längst besucht. Entschuldigen Sie, daß ich mich erst jetzt um Sie kümmere ...«

Hol ihn der Teufel, dachte ich bei mir.

Wenn Schwiegervater nicht dabei gewesen wäre, hätte ich getan, als verstünde ich kein Türkisch. So fragte ich ihn mit Akzent: »Sie verstehen Deutsch?«

Als hätte er einen Ausländer vor sich, sagte er: »Ich nicht können ... aber Sie gut türkisch lernen ...«

»Wenig, wenig ... langsam, langsam ...«, sagte ich.

»Gut, gut ... In unserer Zeitung wir Meldung schreiben ... Den Zeitungen in Istanbul habe ich es telefonisch gemeldet ... Geh hin, mach eine Reportage, haben sie gesagt ... Sie sollen etwas erfunden haben ... Was haben Sie erfunden?«

Die richtige Antwort darauf wäre gewesen: »Ich habe herausgefunden, daß sich Leute um keinen Menschen kümmern, der aus einer Familie stammt, die seit hundert Jahren muslimisch ist, aber einem frischgebackenen Muslim zollen sie ihre ganze Wertschätzung ... Ich habe also unsere Einfältigkeit herausgefunden.«

»Ich habe nichts erfunden«, konnte ich auch nicht sagen, denn ich hatte mir bereits einen Namen als großer deutscher Erfinder und Entdecker gemacht.

»Ich habe Erfindung viele ... Aber Sie nicht verstehen ... denn verstehen ist schwer ...«

»Ja ... was denn für Erfindungen?«

»Ich viele Erfindungen ... Flugzeugmotor ohne Geräusch ... Motor macht nicht patpat ... Ich habe große Erfindung: Dampfer macht nicht Dampf und will nicht Diesel und will nicht Kohle und will nicht Elektrizität ...«

Nachdem ich noch ein paar Sachen gesagt hatte, versuchte ich nach allen Regeln der Kunst, ihn dazu zu überreden, das nicht in den Zeitungen zu bringen und nicht nach Istanbul zu melden. Wenn geschrieben würde, was ich gesagt hatte, und wenn in den Zeitungen etwas über mich erschiene, wäre das unvereinbar mir meiner Zurückhaltung. Muslim sein heißt bescheiden sein. Stolz und Arroganz sind nicht angebracht.

Aber der Reporter erwiderte, je größer das in der Zeitung aufgemacht werde, desto eher würden andere deutsche Wissenschaftler davon hören und auch Muslim werden. Ich bettelte vergeblich.

Der Tag der Beschneidung brach an. Ich wußte nicht, wann ich in meinem Leben einmal so aufgeregt gewesen war. Es war eine ganz normale, große Beschneidungsfeier. Lämmer drehten sich am Spieß, Reis garte, Süßspeise kochte. Haus und Garten waren voller Leute. In diesem Gedränge konnte ich Asiye nicht finden, um ihr alles zu erklären. Das Schlimmste war, daß auch Reporter kamen. Es war voll von Journalisten aus Istanbul und Ankara. Alle hatten eine Kamera bei sich. Als ich das sah, lief ich davon. Aber ich war noch keine hundert Schritt gelaufen, als sie mich einholten, als wollten sie mich beschützen. Vorneweg lief mein Schwiegervater, neben ihm der schwarzbärtige Beschneider. Ihren Gesichtern konnte ich ansehen, daß sie mich am liebsten gleich auf der Stelle, dort am Fuße des Gebüschs, niedergelegt und beschnitten hätten.

»Wo willst du denn hin?« fragte mein Schwiegervater.

»Nirgends, ich wollte nur ein bißchen an die frische Luft ...«

Mein Gesicht muß eine komische Farbe gehabt haben, denn er sagte: »Du brauchst keine Angst zu haben.«

Die anderen fügten erklärend hinzu: »Unser Beschneider hat eine leichte Hand, du wirst es nicht einmal spüren ...«

Der schwarzbärtige Beschneider versprach mir: »Ich lass dich nichts spüren ...«

Wir kehrten zurück ... Einer der Reporter stellte sich uns in den Weg: »Was haben Sie gefühlt, als Sie Muslim wurden?«

Ich sprach wieder mit Akzent »Ich nicht türkisch ... Ich nicht verstehen ...« und ging weiter. Das eigentliche Unglück geschah, als ich das Zimmer betrat, in dem ich beschnitten werden sollte. Ein Bett war vorbereitet und ausstaffiert. Ich hatte gedacht, ich würde mit dem Beschneider allein sein, aber da waren mehrere Männer im Zimmer. Die Journalisten hielten ihre Kameras bereit.

»Das geht nicht!« rief ich. »Alle sollen raus!«

Aber Schwiegervater wollte, daß sie dableiben. Mit Mühe und Not gingen sie hinaus – bis auf zwei.

»Die bleiben hier«, sagte der Beschneider, »die halten dich fest ...«

»Das ist nicht nötig«, widersprach ich, aber keiner hörte auf mich.

Als ich daran dachte, daß mein Schwindel in Kürze auffliegt, wurde ich fast ohnmächtig, ich zitterte am ganzen Körper.

Um mir Mut zu machen, erklärte der Beschneider mir den Vorgang: »Früher hatten wir auch Armenier im Ort. Ich habe mehrere von ihnen beschnitten. Ich habe eine leichte Hand. Ich mache das im Handumdrehen. Man spürt gar nichts ... Einer hieß Georg, der wurde mit neunundfünfzig beschnitten und hat auch den Namen Kamil angenommen wie du. Als ich ihn beschnitten hatte, meine Instrumente zusammenpackte und mir die Hände wusch, lag er auf dem Rücken und fragte: ›Wann beschneidest du mich endlich, mach schon!‹ ... Der alte Mann hatte nichts gespürt, hast du verstanden? ›Georg Efendi, du bist schon beschnitten‹, habe ich gesagt. Da hat er geantwortet: ›Mach dich nicht über mich lustig. Beschneide mich richtig, sonst bin ich mit deiner Arbeit nicht zufrieden!‹ Ich habe wirklich eine leichte Hand … Also los!«

Ich legte mich hin. Um die Verblüffung der Männer nicht sehen zu müssen, schloß ich die Augen und bewegte mich nicht. Dann riefen alle drei auf einmal: »Gepriesen sei Allah, gepriesen sei Allah! …« und liefen aus dem Zimmer. Sie waren nicht zu halten. Draußen hörte ich Stimmen. Ich hielt mein Ohr an die Tür. »Das ist Allahs wunderbare Weisheit!« sagte der Beschneider. »Er ist ein gesegneter Mensch …«

Ich hörte die Stimme meines Schwiegervaters: »Bist du fertig? Ist alles in Ordnung? Großartig … Und so schnell … Nun ist er also beschnitten …«

»Was redest du denn, Ömer Efendi, er brauchte nicht beschnitten zu werden«, erklärte ihm der Beschneider, »dein Schwiegersohn ist schon seit Geburt beschnitten … Ich hatte schon davon gehört, daß es so etwas geben soll, aber ich habe es nicht geglaubt. Es ist also wahr … Ich habe es mit eigenen Augen gesehen …«

»Was redest du da? …«

»Ja … es ist so, hier sind meine Zeugen … Sie haben es auch gesehen …«

Jetzt redete der Mufti: »Gepriesen sei Allah … Das kann kein Zufall sein. Daher ist es also gekommen, daß er nach dem rechten Glauben gesucht hat … Er hat den Islam in sich gehabt.«

»Wird er nun gar nicht beschnitten?« fragte mein Schwiegervater.

»Ein bißchen braucht er noch, er ist halb beschnitten.«

Kaum war das gesagt, meinte einer: »Wenn er nur kein Jude ist … die sind halb beschnitten …«

Die Tür ging auf, und sie kamen herein. Ich hatte mich schon wieder in der Gewalt. Als ob ich von nichts wüßte, fragte ich den Beschneider: »Wann wir machen Beschneidung? Oder ist fertig? Du ganz leichte Hand …«

»Ich mach es jetzt«, sagte er.

Jetzt fing ich wieder an: »Ich will außer dem Beschneider niemanden im Zimmer haben.«

Die Zeugen hatten gesehen, was sie sehen sollten. Ich blieb mit dem Beschneider allein im Raum. Ich wußte, weshalb er gesagt hatte, ich sei halb beschnitten. Sonst hätte er keine Arbeit gehabt und sein Geld nicht erhalten.

Ich sah den Mann mit dem schwarzen Bart an. Er traf seine Vorbereitungen und schien mich tatsächlich ein zweites Mal beschneiden zu wollen. Ich zog meine fünfzig Lire aus der Tasche und hielt sie ihm hin: »Ich bin nicht halb beschnitten, sondern ganz!«

Er sah mich blöd an.

»Ich brauche keine Beschneidung. Du sagst denen da draußen: ›Ich habe ihn beschnitten!‹ und fertig.«

Er murmelte »Im Namen Allahs« und steckte die fünfzig Lire ein.

»Gut«, sagte er, »aber du mußt schreien, damit die draußen glauben, du wirst beschnitten …«

Ich schrie.

»Lauter!« flüsterte der Beschneider. »Lauter!«

Ich stieg ins Bett. Die Pressefotografen kamen herein und begannen dankbar, Aufnahmen zu machen.

»Was haben Sie nach der Beschneidung gefühlt?« fragte einer.

»Eine große Erleichterung«, antwortete ich.

Gegen Abend gingen die Gäste.

In der Nacht dachte ich angestrengt nach. Wenn die Bilder in Istanbul und Ankara in den Zeitungen erscheinen, gibt es eine Riesenaufregung. Ich überlegte, ob ich mich irgendeines Vergehens schuldig gemacht hatte. Im Prinzip nicht, ich hatte niemandem einen Schaden zugefügt.

Die Vorbereitungen für die Hochzeit hatten auch begonnen. In einem Monat sollte sie stattfinden.

Die Zeitungen kamen im Ort immer mit dreitägiger Verspätung an. Ich verbrachte die drei Tage in großer Ungeduld. Ich glaube, in dem Ort sind bis zu diesem Tag noch nie so viele Zeitungen verkauft worden. Kaum mit dem Zug eingetroffen, waren sie in weniger als einer Stunde ausverkauft, und die Händler bestellten noch Hunderte von Exemplaren telegrafisch nach. Selbst die Analphabeten kauften eine Zeitung, um mein Bild zu sehen.

Auf der ersten Seite stand: Ein junger Deutscher ist Muslim geworden! Ein weltberühmter Wissenschaftler hat den rechten Glauben angenommen und ist beschnitten worden. Die Beschneidung des berühmten Wissenschaftlers Karl, der zum Islam übergetreten ist, hat in der christlichen Welt Panik verursacht.

Auf zwei Bildern war ich zwischen meinem Schwiegervater und dem Beschneider im Bett zu sehen.

Die Zeitungen mit meinen Bildern trafen gegen Abend im Ort ein. Ich lag angeblich beschnitten im Bett. Aus der Halle hörte ich lautes Reden. Plötzlich ging die Tür zum Schlafzimmer auf. Drei Polizisten auf einmal stürzten sich auf mich, als wollten sie einen Vogel fangen, der gerade losfliegen will.

»Aufstehen!«

»Schnell!«

»Anziehen!«

»Mitkommen!«

Das Unheil traf mich nicht unerwartet. Ich hatte damit gerechnet. Sie legten mir Handschellen an. Unter den schweigenden Blicken der Hausbewohner wurde ich zwischen den Polizisten aus dem Haus gebracht. Einmal traf sich mein Blick mit dem von Asiye, sie weinte und wischte sich die Augen mit den Spitzen ihres Batik-Kopftuches.

Unter den erstaunten Blicken der versammelten Einwohner liefen wir durch die Straßen, und ich hörte ihr Getuschel.

»Ein Spion soll er sein!«

»Was du nicht sagst!«

»Das habe ich mir gleich gedacht.«

»Er war ein Spion.«

»Das war doch klar, Bruder … Meinst du, wenn ein Ungläubiger Muslim werden will, kommt er ausgerechnet hierher! …«

»Dann ist er sicher auch kein Deutscher, sondern bestimmt Engländer!«

Ohne jede Vernehmung warfen sie mich im Polizeirevier in den Keller.

Als ich am nächsten Tag den Kommissar fragte: »Was habe ich denn verbrochen?«, gab er mir zwei Ohrfeigen und sagte: »Jetzt willst du uns auch noch als Deutscher betrügen, was?«

War es etwa strafbar, sich als Deutscher auszugeben? Wenn, dann höchstens nach deutschen Gesetzen.

Am nächsten Tag trafen zwei Dinge mit dem Zug ein, Polizisten, die meinetwegen aus Istanbul kamen, und Zeitungen, die über meinen Schwindel berichteten. Meinen Betrug hatte die Presse noch größer aufgemacht als vorher die Beschneidung: Falscher Deutscher festgenommen! Falscher deutscher Wissenschaftler wollte Muslim werden und hat einen ganzen Ort betrogen. Der vorbestrafte Betrüger Paschazade wurde bei seiner Beschneidung verhaftet. Wie sich herausgestellt hat, ist der Mann, der sich als berühmter deutscher Wissenschaftler ausgab und von dessen Beschneidung wir gestern berichteten, ein vorbestrafter Betrüger, der ein Mädchen getäuscht hat.

Zwei aus Istanbul eingetroffene Kriminalbeamte verhörten mich. Mit ihnen waren sieben Reporter gekommen.

Bei meiner Vernehmung verschwieg ich nichts, ich sagte alles. Als ich schließlich erzählte, wie ein paar Veteranen aus dem Ersten Weltkrieg mich für einen Deutschen gehalten hatten, mußten sie lachen.

»Sie sehen, ich habe nichts verbrochen … Ich habe niemandem etwas getan.«

»Sieh mal an! … Du hast also nichts verbrochen … Warum haben wir dich denn verhaftet, wenn du nichts verbrochen hast? Weshalb haben wir uns wohl die Mühe gemacht und sind von Istanbul hergekommen … Mann, bist du etwa nicht vorbestraft? Ist das etwa kein Vergehen, wenn du dich bei einem angesehenen Bürger als ›Deutscher Wissenschaftler, der Muslim werden will‹, einnistest und durchfüttern läßt? Eine unschuldige Jungfrau zu täuschen – ist das kein Vergehen?«

Ich verbrachte die Nacht auf dem Polizeirevier. Am nächsten Morgen hatten sich mehrere hundert Menschen davor versammelt.

Zuerst wurde ich meinem Schwiegervater gegenübergestellt. Sie fragten ihn, ob er Strafantrag stellen wolle. Ömer Efendi wollte.

»Er hat mich betrogen, Efendi … Pfui, pfui! (er spuckte mir ins Gesicht). Möge Allah ihn strafen, er hat mich betrogen. Dreitausend Lire hat er mir abgeknöpft. Allein das Beschneidungsfest hat mich fünfhundert Lire gekostet. Ich will mein Geld auf Heller und Piaster haben … Außerdem verlange ich Schmerzensgeld, weil er mich belogen hat, er sei Deutscher. Er hat mit meiner und der Ehre meiner Familie gespielt …«

Meine Schwiegermutter stellte auch Strafantrag.

Dann wurde ich Asiye gegenübergestellt. Ihre Augen waren rot geschwollen vom Weinen. Sie öffnete den Mund, brachte aber kein Wort heraus.

»Mädchen, du stellst natürlich Strafantrag, nicht wahr?« fragte der Kommissar.

»Nein«, sagte Asiye.

»Du willst keinen Strafantrag stellen?«

»Was hat er denn getan, das ich anzeigen soll? Er hat mir nichts getan. Er hat keine Schuld!«

»Er hat doch zu dir gesagt: Ich bin Deutscher …«

»Das hat er nicht gesagt! Wir haben zu ihm gesagt, daß er Deutscher sei …«

»Aber deine Mutter hat gesagt, er hat deine Armreifen, Ringe und Ketten mitgenommen …«

»Das ist eine Lüge! Gar nichts hat er genommen … Mich hat er auch nicht gewollt …«

Damit sie nicht die Tränen in meinen Augen sehen sollte, drehte ich den Kopf zur Wand.

Asiye taugte nicht dazu, sich zwingen zu lassen, mich anzuzeigen. Sie verließ den Raum. Dann kamen die anderen Kläger. Sie nahmen kein Ende. Das Polizeirevier war voller Einwohner, die von meiner Verhaftung gehört hatten. Einer sagte, ich hätte ihn um hundert Lire betrogen, bei einem anderen waren es tausend. Männer, die ich noch nie gesehen hatte, behaupteten, ich hätte sie betrogen. Der schwarzbärtige Beschneider sagte, ich hätte mir hundert Lire von ihm geliehen.

Das Ende war klar … Ich wurde wegen Betrugs und arglistiger Täuschung verurteilt.

Sie haben mich gefragt, ob mich nie eine Frau im Gefängnis besucht hat. Ja, es gab eine, das war Asiye … Ich befand mich im Gefängnis in der Provinzstadt. An einem Besuchstag ist sie gekommen. Ich schämte mich und habe um meine Verlegung nach Istanbul gebeten …

Das Geschäft mit dem Mitleid

Paschazade hat mir nicht in chronologischer Reihenfolge aus seinem Leben berichtet. Immer wenn er mein Interesse spürte oder ich ihn über ein Thema befragte, erzählte er eine Begebenheit. Darüber habe ich mir nachts Notizen gemacht, um sie später ergänzt zu Papier zu bringen.

In den ersten Tagen hatte Dandy-Fikret ihn »Mein Pascha« oder »mein Paschazade« angesprochen, aber als er seine Sachen verkaufte, wurde er für ihn »Mann, Pascha« und sogar »Mann, du Ochse« … Nachdem Paschazade auch noch seinen Koffer weggegeben hatte und Fikret wußte, daß er kaum noch etwas Verkäufliches besaß, rief er ihn »Alter« oder gar »Alter Ochse« …

Eines Tages ging ich im Gang auf und ab. Dandy-Fikret kam herangeschlurft. Seine Pantinen schepperten über den steinernen Fußboden. Er ging in unsere Zelle zu Paschazade. Um ihr Gespräch mithören zu können, stellte ich mich an die Tür.

»Mehr als zwanzig Piepen geben sie nicht, du alter Ochse«, hörte ich Fikret sagen. »Seit zwei Tagen laufe ich durch alle Zellen, aber mehr wollen sie nicht zahlen. Soll ich ihn für zwanzig losschlagen? Aber vergiß nicht, zwei davon bekomme ich …«

»Ich will ihn nicht mehr verkaufen«, antwortete Paschazade. »Bring mir den Mantel zurück …«

Jetzt sprach Fikret wieder.

»Mann, was bist du für eine alte Kuh! Frißt zehn Sack Stroh, gibst einen Viertelliter Milch und wirfst dabei den Eimer mit den Hinterbeinen um …«

Ich betrat plötzlich die Zelle, weil ich Fikrets Gemeinheiten, Paschazades weiteren Erniedrigungen zuvorkommen wollte. In meiner Gegenwart konnte er nicht so weiterreden. Mein abrupter Eintritt bewirkte das Gegenteil. Paschazade hatte sich in jahrelangen Gefängnisaufenthalten an solche Herabsetzungen gewöhnt, lediglich in meiner Gegenwart wollte er so nicht gedemütigt werden. Da er merkte, daß ich Dandy-Fikrets Schmähungen gehört hatte, war seine Ehre gekränkt.

Oder war ich aus einem anderen Grund so plötzlich in die Zelle gekommen? War ich etwa im Unterbewußtsein ärgerlich auf Paschazade? Wollte ich ihn damit konfrontieren, daß sein insbesondere mir gegenüber zur Schau gestelltes ehrbares Benehmen Lug und Trug war?

Als ich eintrat, sagte er nervös: »Wir sprechen uns später ... « und fuchtelte mit dem Handrücken in der Luft, daß Fikret die Zelle verlassen solle. Der übersah das und lehnte sich an die Tür.

Paschazade tat, als hätte er gerade gegessen, dabei wußte ich ganz sicher, daß das nicht der Fall war. Er benutzte ein abgebranntes Streichholz als Zahnstocher und säuberte sich die Zähne. Beiläufig bemerkte er: »Ich bleibe sowieso nicht länger in der Quarantäne-Station. Ich werde in eine andere Abteilung verlegt und brauche Geld, damit ich in eine gute Zelle komme ... «

Danach erklärte er mir: Um in eine gute Zelle zu kommen, mußte er Schmiergeld zahlen. Deshalb sei er gezwungen, seinen Mantel zu verkaufen.

»Kommen Sie, trinken wir einen Tee zusammen ... «

Wenn ich seinen Vorschlag ablehnte, wäre er gekränkt. Würde ich versuchen, den Tee zu bezahlen, wäre er beleidigt.

Ich setzte mich auf sein Bett.

Obwohl er ihn zum Gehen aufgefordert hatte, lungerte Fikret noch an der Tür herum, und Paschazade sagte wie ein Generaldirektor zu seinem Bürodiener: »Bestell uns zwei Tees! Du kannst auch einen auf meine Rechnung trinken«, rief er ihm noch nach. »Sag dem Teekocher, er soll ihn lange ziehen lassen. Sag, daß er für Paschazade ist ... «

Er hielt mir wieder die Serkildoryan-Schachtel hin. Für sich fingerte er wie immer eine billige Zigarette aus einer anderen Serkildoryan-Schachtel heraus. Er teilte sie und legte eine Hälfte in die Schachtel zurück. Die andere Hälfte steckte er in eine Papierspitze. Mit einem Streichholz gab er zuerst mir Feuer, dann zündete er sich seine Zigarette an.

Seine Gebetskette aus großen Bernsteinen, die er nie aus den Fingern ließ, ebenso wie seine Zigarettenspitze aus Bernstein hatte ich seit mehreren Tagen nicht mehr gesehen. Es war klar, daß er beides durch Fikret hatte verkaufen lassen. Kurz danach war auch sein prächtiger Siegelring vom Finger verschwunden.

Heute hatte er zu mir gesagt, das Leben eines Häftlings gleiche einem Existenzkampf, man müsse sich nur den Haftbedingungen anpassen.

Er streifte seine Zigarette an der kleinen Konservendose ab, die er als Aschenbecher benutzte.

»Mal sehen, wann sie mich in eine andere Zelle verlegen«, sagte er.

Ich hatte gedacht, der Gefängnisdirektor würde sein Wort halten und Paschazade – wie mich – nicht aus der Quarantäne-Station verlegen. Aber alles kam wie von ihm angekündigt. An jenem Abend legten sie noch zwei neu eingetroffene Häftlinge zu uns. Unsere Ruhe war dahin. Nach ein, zwei Tagen kamen noch vier Mann dazu. Jetzt waren wir – wie alle anderen auch – zu acht in der Zelle und konnten uns nicht mehr wie früher unterhalten. In Gegenwart anderer wollte er mir seine Lebensgeschichte nicht erzählen. So liefen wir meistens im Gang oder auf dem Hof auf und ab, wenn er mir aus seinem Leben berichtete.

Paschazades Mantel hatte einen Käufer gefunden. Ich weiß nicht, für wieviel Dandy-Fikret ihn verkauft und was er Paschazade als erzielten Preis genannt hatte. Ein paar Tage später hat wohl Paschazade auch sein letztes Paar Schuhe verkaufen lassen, denn weder trug er sie, noch standen sie unter seiner Koje. An diesem Tag verließ er die Zelle nicht. Als er am Abend auf den Gang hinaustrat, hatte er Dandy-Fikrets Pantinen an.

Es kam noch schlimmer: Er ließ auch seinen Anzug verkaufen. Jetzt besaß er nur noch einen seidenen Schlafanzug, braune Streifen auf dunkelrotem Grund, hübsch und ziemlich neu.

Eines Morgens in der Frühe holten sie Paschazade aus der Zelle. Als der Wärter ihn mitnahm, wusch ich mir gerade das Gesicht.

Ich hörte jemanden rufen: »Nimmst du dein Bettzeug nicht mit, Alter?«

Anstelle von Paschazade beantwortete Dandy-Fikrets näselnde Stimme die Frage: »Was denn für Bettzeug, Mann? Das gehört doch dem alten Ochsen gar nicht mehr ... Das hat er schon vor einer Woche verkauft!«

Um mich von Paschazade zu verabschieden, trocknete ich mir schnell das Gesicht ab. Aber als ich das Gespräch hörte, rührte ich mich nicht von der Stelle. Wenn er mich bei einem so trostlosen Abschied sehen würde, wäre seine Ehre wieder verletzt. Als er die Quarantäne-Station verließ, sah ich ihm nach. Er trug den weinroten Pyjama und lief so schwerfällig, daß nicht einmal die Pantinen auf dem Steinfußboden klapperten. Er trug nichts in der Hand, weder ein Paket noch ein Bündel … Er ging krumm und gebeugt …

Sie hatten Paschazade zu den Ärmsten gelegt, im Häftlingsjargon »die Erledigten« genannt. Er war so mittellos, daß für ihn nur die Armenzelle blieb.

Als er fortging, hatte ich nicht mit ihm gesprochen, um ihn nicht zu kränken. Aber ich war beleidigt, daß er gegangen war, ohne sich von mir zu verabschieden. Später dachte ich, er könnte ohne Abschied fortgegangen sein, damit ich seinen heruntergekommenen Zustand nicht sähe. Vielleicht dachte er auch, er begegne mir nicht noch einmal, und falls ich ihn außerhalb des Gefängnisses treffe, es so halte wie viele andere und ihn übersehe. Aber der Direktor hatte mir ja gestattet, in alle Abteilungen zu gehen. Ich konnte also Paschazade in der Armenzelle besuchen. Trotzdem ging ich nicht zu ihm.

Ich wurde das Gefühl nicht los, seine Erzählungen seien erfunden. Waren alle erfunden? Oder gingen Lüge und Wahrheit durcheinander…

Ich verbrachte meine Tage mit Lesen. In der Gefängnisbibliothek gab es eine Menge Bücher. Wenn man sich das Inventar-Verzeichnis ansah, merkte man, daß viele Bücher fehlten. Sie waren offensichtlich gestohlen worden. Aber im Vergleich zu den noch vorhandenen waren die gestohlenen wertlos. Die guten Bücher hatte keiner mitgenommen. Um ein weiteres Verschwinden von Büchern zu verhindern, war die Bibliothek für die Häftlinge geschlossen worden. Mir gestanden sie eine Ausnahme zu.

Nachdem Paschazade in die Armenzelle verlegt worden war, fiel mir etwas auf: Alle, die ihn kannten, die jahrelang mit ihm in Gefängnissen zusammengelebt hatten, waren ihm feindlich gesonnen. Selbst dieser heruntergekommene, heroinsüchtige Dandy-Fikret, der eine Menge an Paschazade verdient hatte, wenn er mit gefüllten Koffern wie ein reicher Tourist im Gefängnis eintraf, war sein Feind. Ich hatte aber gesehen, wie Paschazade in erstaunlicher Großzügigkeit hungerte, während er diesen Leuten Tee spendierte und Zigaretten an-

bot. Weshalb waren sie trotzdem seine Feinde? Ich habe viel darüber nachgedacht. Zum Schluß kam ich zu dem Ergebnis, daß Paschazade wohl einer von ihnen war, aber gleichzeitig spürten sie, daß er anders, daß er ihnen überlegen war. Hatte er Geld, dann wagten sie nicht, ihre Feindschaft offen zur Schau zu tragen, aber sobald er arm war, rächten sie sich. Nachdem er die Quarantäne-Station verlassen hatte, ließen alle ihre Feindschaft erkennen.

Es geschah etwas noch Erstaunlicheres. Nachdem Paschazade unsere Station verlassen hatte, waren die feindseligen Gefühle für ihn erst stark aufgelodert, aber nach einiger Zeit verloren sie sich nach und nach. Noch später begannen die Männer, Paschazade zu bedauern. Dann war es wieder wie früher, man erzählte sich, was er alles vollbracht hatte. Paschazade wurde erneut zum Helden.

Mich erstaunte, daß dieser Wandel sich innerhalb von zwei bis drei Wochen vollzog, und versuchte, eine Erklärung dafür zu finden. Aber viel schwerer war zu verstehen, wieso die ehemalige Feindschaft nach so kurzer Zeit wieder in Ehrerbietung und Bewunderung umschlug. Paschazade war sehr elend geworden. Hatten sie etwa Mitleid mit ihm? Das glaubte ich nicht. Diese Männer kannten kein Mitleid, im Gegenteil, wenn sie sahen, wie ein anderer abrutschte, glaubten sie sich – und sei es auch nur für kurze Zeit – davor bewahrt, und ein Gefühl der Überlegenheit kam in ihnen auf.

Wenn Paschazade bei ihnen war, wollten sie ihn gern als einen der Ihren sehen, aber da er ihnen überlegen war, rief die Gemeinsamkeit mit ihm bei ihnen ein Gefühl der Eifersucht und des Neides hervor, das letztlich zur Feindschaft führte.

Wenn Paschazade dann verschwand, änderte sich das Gefühl. Es war wie bei einem Toten, der von dieser Welt an einen Ort außerhalb der Rivalität entschwindet und nun hochgeehrt wird … Wenn Paschazade verschwand, schwärmten sie von ihm und stellten sich vor, sie seien wie er.

Alle Kriminellen brauchen einen Helden, den sie glorifizieren. Sie identifizieren sich mit seiner Persönlichkeit; das hebt ihr Selbstbewußtsein. Ihr Held war Paschazade. Sie hatten erneut begonnen, seine Taten zu schildern. Eine erfreute sich besonderer Beliebtheit. Sie war vor fünf oder sechs Jahren geschehen, als Paschazade wieder einmal im Gefängnis saß.

Er war ein gutaussehender junger Mann. Seine Wangen waren zartrosa, seine Lippen rosenrot, seine Wimpern sahen wie geschminkt aus …

Seit er seinen Fuß ins Gefängnis gesetzt hatte, weinte er ununterbrochen.

Aus Eifersucht hatte er auf seine Verlobte geschossen. Die Kugel hatte ihr Gesicht entstellt. Der junge Mann beteuerte ständig, daß es ein Unfall gewesen sei. Da er aus reichem Hause stammte, blieb er mit Hilfe von Rechtsanwälten bis zur Gerichtsverhandlung auf freiem Fuß, aber nun wurde er doch zu drei Jahren Haft verurteilt und mußte ins Gefängnis.

Seine Schönheit war nicht weibisch; man sah ihm nur an, daß er ein Mann ohne Widerstandskraft war. Solche Menschen sind ein gefundenes Fressen für abgefeimte Verbrecher. Der hübsche Jüngling war Gesprächsstoff in allen Zellen.

Zwei Wochen verbrachte er in der Quarantäne-Station in Paschazades Zelle. Kaum war er angekommen, als Paschazade ihm auch schon übertriebene Anteilnahme bekundete. Er nahm den Jungen mit in seine Ecke. In der oberen Koje schlief Paschazade, in der unteren der Jüngling. Sie waren ständig zusammen. Auf dem Gang und im Hof gingen sie spazieren und unterhielten sich flüsternd. Der Klatsch über Paschazade war in aller Mund. Sie wollten den jungen Mann von ihm trennen. Die alten Häftlinge redeten, er habe seine Veranlagung geändert und schlage nun in diesem Alter über die Stränge.

Es war eines Tages gegen Abend, als Häftlinge, deren Quarantäne abgelaufen war, in andere Zellen verlegt wurden. Ein junger Bursche kam zu Paschazade in die Zelle, ein Straßenhändler, der eine kurze Ordnungsstrafe abzusitzen hatte. Da es ihm nicht gelungen war, sich geschickt zu verteidigen, hatte der Richter seine Strafe auch nicht zur Bewährung ausgesetzt. Er war vom Dorf nach Istanbul gekommen, um Geld zu verdienen, und hatte ambulanten Straßenhandel betrieben. Von seiner kurzen Strafe mußte er noch zwei Wochen verbüßen. Er war ein naiver Junge, fast schon einfältig.

Paschazade begann sich auch für ihn zu interessieren.

Nachdem er angefangen hatte, sich um ihn zu kümmern, riß die Verbindung zu dem anderen Jüngling ab. Paschazade benutzte den Dorfjungen für alle seine Angelegenheiten. Der machte ihm das Bett, wusch seine Wäsche, brachte ihm Essen, Tee und Kaffee. Paschazade beobachtete ihn, er ließ ihm nicht einmal Zeit, mit anderen zu reden.

Der Dorfjunge wurde krank. Jetzt kümmerte sich Paschazade noch mehr um ihn. Er sagte, im Revier würden sie doch nichts für ihn tun, und ließ ihn nicht einmal zur Visite einschreiben.

Das Gefängnis erwachte. Die Stimme des Kalfaktors ließ die Fensterscheiben erzittern: »Listeee! Entlassungen ... Entlassungeeen!«

Er stand auf der obersten Treppenstufe und las die Namen der fünfzehn bis zwanzig zu Entlassenden von seiner Liste ab. Diese Häftlinge hatten bereits am Vorabend ihre Sachen zusammengepackt und standen jetzt, mit ihren Bündeln auf dem Rücken, Paketen und Taschen in den Händen, auf dem Hof. Die wohlhabenden unter ihnen ließen sich ihr Gepäck tragen. Die Häftlinge aus der Armenzelle standen aufgereiht, um von den zu Entlassenden ein paar Piaster zu ergattern.

Nach dem Abschied war es wie stets an solchen Tagen: enttäuschtes Schweigen bei den Zurückgebliebenen.

Der Tag hatte nichts Außergewöhnliches an sich. Der erbarmungslose Winterabend brach früh herein. Die Häftlinge hatten sich in ihre Zellen zurückgezogen und wurden gezählt.

Zusammen mit dem diensthabenden Wärter betrat der Oberwachtmeister Paschazades Zelle. Es geschah selten, daß er zur Zählung mitkam.

Einer fehlte. Sie wurden noch zweimal durchgezählt. Es blieb dabei. Jetzt las der Oberwachtmeister die Namen einzeln aus seinem Buch vor. Es stellte sich heraus, daß der junge Mann fehlte, der seine Verlobte angeschossen hatte und zu drei Jahren Haft verurteilt worden war ... Eine gründliche Suche begann. Auch auf den Aborten. Zusammen mit dem Kalfaktor klopften zwei Häftlinge an alle Türen, traten dagegen und öffneten sie. Eine Tür ließ sich nicht öffnen, sie war von innen verriegelt.

Sie schlugen mit Fäusten dagegen und riefen: »Wer ist hier drin?«

Außer Gewimmer war nichts zu hören.

»Komm raus, Mann!«

»Ich kann nicht«, jammerte es von drinnen, »ich hab Durchfall, Aga … Ich kann nicht rauskommen …«

»Komm raus, Mann, der Oberwachtmeister läßt dich rufen!«

Sie brachen die Tür auf, aber heraus kam nicht der hübsche Jüngling, sondern der Dorfjunge. Er hätte bereits am Morgen entlassen werden sollen. Der Junge schloß seinen Hosenschlitz und betrat die Zelle. Die Häftlinge lachten.

»Wo bist du denn gewesen, Junge?« schrie der Oberwachtmeister, und der Dorfjunge stöhnte gleich wieder, vielleicht aus Angst, vielleicht, weil er tatsächlich krank war, »O weh!«, faßte an seine Hose, drehte sich um und wollte wieder zum Abort laufen. Sie packten ihn.

Er wand sich unter ein paar Faustschlägen in den Magen und sagte: »Ich hab Durchfall, Efendi, ich hab Durchfall …«

»Warum bist du heute nicht entlassen worden?« fragte der Oberwachtmeister.

Der Junge krümmte sich und konnte nicht antworten. Er wollte nur möglichst schnell wieder aufs Klo.

»Warum bist du nicht entlassen worden?« fragte der Oberwachtmeister noch einmal.

»Ich kam nicht vom Klo, Efendi, ich war den ganzen Tag drauf … Ich weiß nichts von meiner Entlassung.«

Niemand hatte den Burschen den ganzen Tag über gesehen. Er mußte die Zeit tatsächlich auf dem Abort verbracht haben, auch die Zeit, als die Entlassungsliste verlesen worden war. Aber alle Häftlinge von der Liste waren doch entlassen worden … Das Rätsel war leicht zu lösen. Der zu drei Jahren Haft verurteilte junge Mann hatte sich unter die zu Entlassenden gemischt und war anstelle des Dorftölpels freigelassen worden. Beide waren noch so neu, daß man sie nicht namentlich kannte.

Nach kurzer Befragung stellte sich heraus, daß der Dorfjunge keine Schuld an der Flucht des anderen Häftlings hatte.

Unter Schwierigkeiten wurde er am nächsten Tag entlassen, denn sein Durchfall dauerte an. Auf dem Weg zum Gefängnistor mußte er noch ein paarmal aufs Klo zurück. Schließlich wurde er mit Mühe und Not, mit der Hand am Hosenbund, von Gendarmen geschoben und angetrieben, durch das Gefängnistor hinausbugsiert.

Da in einem Gefängnis nichts lange geheim bleibt, kam die Wahrheit nach einiger Zeit an den Tag, und die Hintergründe gingen von Mund zu Mund. Paschazade war es gewesen, der den Schwindel geplant hatte. Getan hatte er das, weil er den gutaussehenden jungen Mann befreien wollte. Dem Dorfjungen hatte er Geld dafür gegeben, daß er sich krank stellen solle. Aber dann hatte er ihn als angebliche Medizin doch noch Bullrich-Salz und Rizinusöl schlucken lassen, und zwar soviel, daß der Ärmste an seinem letzten Hafttag tatsächlich nicht vom Klo herunterkam. Alle hatten sich gewundert, daß der Bursche, der völlig abgebrannt eingeliefert worden war, bei seiner Entlassung, als die Häftlinge aus der Armenzelle sich in Reih und Glied aufgestellt hatten und ihm einen guten Weg wünschten, mit der einen Hand seine Hose hielt und mit der anderen Geld verteilte.

Ein Häftling, der im Krankenrevier arbeitete, hatte alles nach Paschazades damaliger Entlassung erzählt. Er mußte es wissen, denn er war es gewesen, der Paschazade für viel Geld das auf dem Revier gestohlene Rizinusöl und Bullrich-Salz verkauft hatte. Der Dorfjunge war tatsächlich nicht so dumm gewesen, wie er sich gestellt hatte. Wie man sich erzählte, hatte er sich jeden Löffel Bullrich-Salz, den er schluckte, von Paschazade mit zähem Feilschen bezahlen lassen. Der mit den Entlassenen anstelle des Dorfjungen durchgeschlüpfte und verschwundene junge Mann hatte sich später der Staatsanwaltschaft gestellt und war in ein anderes Gefängnis gekommen.

Auch ich wurde von der Quarantäne-Station in eine andere Zelle verlegt.

Nach einiger Zeit bekam ich richtige Sehnsucht nach Paschazade. Wenn Ersatz für ihn vorhanden gewesen wäre, hätte ich ihn vielleicht nicht vermißt, aber er war der einzige, mit dem ich mich unterhalten konnte, dem ich – selbst wenn er log – zuhören konnte. Ich war neugierig, wie er in seiner Armenzelle lebte. Außer seinem seidenen Pyjama, den er am Leibe trug, besaß er nichts mehr, was er hätte verkaufen können. Auf dem Hof sah man ihn nie. Bis zu dem Tag war ich noch nie in der Armenzelle gewesen. Sie lag im zweiten Stock. Als ich die Abteilung betrat, hörte ich Dandy-Fikrets näselnde Stimme. Er kam die Treppe herunter und leierte wieder seine Sprüche daher: »Diebesgesindel, Gauner, Schwindler, Räuber, Betrüger, Falschmünzer, Spitzbuben, Erpresser, Langfinger, Falschspieler! Heee! Hinterher soll keiner sagen, er hätte nichts gehört … Dandy-Fikret kommt und geht. Ist da einer, der einen solchen Hirtenmantel haben will? … Seht ihn euch an! Neben diesem Hirtenmantel ist Zentralheizung gar nichts! Ist da einer, der so einen Schlafanzug haben will? … Seht ihn euch an, Bruder! Wie geschaffen für einen Bräutigam … Echte Bursa-Seide, ganz weich und glatt wie die Schenkel einer Jungfrau … Wer diesen Pyjama trägt, braucht keine Braut mehr, er kommt auch so zu seiner Hochzeitsnacht … Seht ihn euch an! Mit einer Frau zu schlafen ist gar nichts dagegen … Ist da einer, der diesen Pyjama tragen möchte? … Sagt hinterher nicht, ihr hättet nichts gehört, dann ist es zu spät, meine Brüder! Dandy-Fikret kommt und geht …«

Als Fikret an mir vorbeiging, erkannte ich den weinroten Schlafanzug mit den braunen Streifen über seinem rechten Arm. Es war der des armen Paschazade …

Um etwas zu sagen, fragte ich: »Fikret, ist Paschazade in der Zelle?«

Maliziös fragte er zurück: »Wo soll er denn sonst sein? Jetzt, wo er den Pyjama auch noch ausgezogen hat, bleibt dem Alten doch nur noch sein Adamskostüm. Er liegt splitterfasernackt im Bett und zittert wie ein Jagdhund …«

Ich betrat die Armenzelle. Die Luft war schlecht, überall war es schmutzig, es drehte einem den Magen um, ein widerlicher, vor Dreck starrender Raum. Die Zelle war kalt.

Paschazades Bett war die untere Koje hinten links. Er war in eine zerrissene, schmutzige Decke gewickelt, die ihre Lebensdauer schon mehrfach überschritten hatte. Im Türkensitz hockte er gebückt auf einer mit trockenem Gras gefüllten Matratze, hatte den Kopf gesenkt und las in einem Buch. Es erstaunte mich, daß er eine Brille trug. Das war jetzt tatsächlich sein einziger Besitz. Unter der Decke war sein Unterhemd zu sehen, dessen ursprüngliche Farbe vor Schmutz nicht mehr feststellbar war. Es schien, als hätte er mit dem Schlafanzug auch seine Persönlichkeit abgelegt. Mein Gegenüber war ein anderer Mensch.

Ich grüßte. Er hob den Kopf und schaute über den Brillenrand. Als er mich erkannte, war er einen Augenblick unentschlossen, aber dann sagte er doch: »Guten Tag, Efendi …«

Mit dem Wort »Efendi« wollte er seine guten Manieren demonstrieren. Es gab ihm den Anstrich, als sei er irrtümlich in der Armenzelle gelandet.

Er wollte sich aufrichten, aber wenn die Decke dabei von seinem Rücken glitt, würde sein schmutziges Unterhemd und durch die zerrissene Unterhose seine bloße Haut zum Vorschein kommen. Also begnügte er sich mit einer angedeuteten Verbeugung.

»Bitte sehr …«, sagte er und zeigte auf sein Bett, damit ich mich setzen solle.

Ein Laken lag nicht darauf. Beim Sitzen fühlte ich mit der Hand das getrocknete Gras in der Matratze.

Er nahm seine Brille ab und legte das Buch beiseite.

»Wie geht es Ihnen?« fragte ich.

Dieser vorbestrafte Betrüger gestattete mir nicht einmal in dieser erniedrigenden Situation, ihn zu duzen.

Auf meine Frage legte er sein Gesicht wie üblich in Falten, so daß man nicht wußte, ob er weinte oder lachte.

»Das sehen Sie ja!«

Um etwas zu sagen, fragte ich: »Was lesen Sie denn?«

»Einen schlechten Roman, bei dem Anfang und Ende fehlen. In der Mitte sind auch ein paar Seiten herausgerissen … Trotzdem lese ich ihn schon zum vierten Mal.«

»Zum vierten Mal?«

»Wer weiß, wie oft ich den Schmöker noch lese. Ich denke darüber nach, was am Anfang, am Ende und auf den fehlenden Seiten steht. Bei jedem erneuten Lesen verstehe ich es besser. Es kommt mir vor, als hätte ich die fehlenden Seiten auch gelesen. Wenn ich das Buch noch ein paarmal lese, kann ich die fehlenden Seiten nachschreiben, und zwar fast so, wie sie der Verfasser wahrscheinlich geschrieben hat …

Ist das kein netter Zeitvertreib? Für einen Häftling ist es gut, wenn er sich beschäftigen kann und etwas findet, das ihn ablenkt. – Wie geht es Ihnen? Was tun Sie?« fragte er mich.

Ich erzählte ihm, daß ich auch lese, daß ich mich dazu in die Gefängnisbücherei setze, weil es in meiner jetzigen Zelle so voll und laut sei. Ich erwähnte, daß viele Bücher aus der Bibliothek gestohlen, aber die guten noch vorhanden seien.

»Warum lesen Sie einen Roman ohne Anfang und Ende, der Ihnen nicht gefällt, immer wieder? Ich kann Ihnen doch Bücher aus der Bibliothek bringen.«

Er legte sein Gesicht wieder in Falten.

»Weshalb lachen Sie?« fragte ich.

»Ich habe nicht gelacht ... Aber die Bücher dort habe ich schon alle gelesen ... Manche schon zwei Mal. Ich habe ja schließlich Jahre in diesem Gefängnis verbracht ...«

»Dann werde ich Ihnen Bücher von mir zu Hause bringen lassen«, schlug ich vor. »Was möchten Sie gern lesen?«

Ich wartete seine Antwort nicht ab, sondern trat ins Fettnäpfchen: »Möchten Sie vielleicht etwas von Dostojewskij lesen? ›Schuld und Sühne‹ oder ›Aufzeichnungen aus einem Totenhaus‹?«

Als ich das aussprach, hatte ich nicht an den Zusammenhang zwischen diesen beiden Romanen und Paschazades Persönlichkeit gedacht, aber vielleicht waren mir die beiden Titel im Unterbewußtsein eingefallen. Wie eine unsichtbare Maske veränderte sich sein Gesichtsausdruck, die Falten kamen wieder.

»Danke sehr«, sagte er, »ich habe beide schon gelesen ... Aber das macht nichts, sagen Sie ihnen, sie sollen sie mitbringen ... Ich hätte auch gern noch andere Romane.«

Er steckte seine Hand unter die Matratze und zog eine Serkildoryan-Schachtel hervor. Durch den Druck seines Körpers war die Schachtel krumm und schief geworden und mit der Zeit recht abgewetzt. Paschazade bekam den Deckel nur schwer auf. Er hielt mir die Schachtel hin.

Ich hatte Tränen in den Augen und konnte eine Weile gar nicht sprechen, tastete in der Schachtel herum und fand eine Zigarette. Vielleicht war es sogar die letzte gewesen. Sie war plattgedrückt, viel Tabak war herausgefallen.

Paschazade steckte sich wieder eine halbe Zigarette in sein Papiermundstück. Ich hatte gar nicht bemerkt, aus welcher Schachtel er sie genommen und wie er sie geteilt hatte. Dann suchte er nach Streichhölzern. Er suchte so demonstrativ, daß man merkte, er hatte keine, und wartete darauf, daß ich mein Feuerzeug hervorzog. Ich gab uns beiden Feuer.

Um wieder ein unbefangenes Gespräch in Gang zu bringen, kam ich auf das Thema Bücher zurück. Ich erinnere mich noch daran, wie er mich fragte: »Sind die Erlebnisse in Romanen eigentlich wahr, ich meine, tatsächlich geschehen?«

Diese Frage stellte er so, als hätte er meine Zweifel gespürt, ob seine berichteten Erlebnisse tatsächlich geschehen sein könnten.

»Einige sind wahr, andere nicht ... Die ›Aufzeichnungen aus einem Totenhaus‹ beispielsweise sind Tatsachen und geben Eindrücke wieder. ›Schuld und Sühne‹ basiert nicht auf tatsächlichen Begebenheiten.«

»Wenn ich einen Roman lese«, sagte Paschazade, »denke ich nie darüber nach, ob das tatsächlich geschehen ist ...«

»Ach ...«

»Auch wenn es nur ausgedacht sein sollte«, fuhr er fort, »ist das für die Leser bedeutungslos. Weshalb lesen wir eigentlich Romane, wenn wir wissen, sie sind erfunden und erlogen? Dann beeindrucken sie uns noch, machen uns traurig oder erfreuen uns. Wie kommt das?«

Hinter dieser Frage verbarg sich eine zweite: Warum glaubte ich seinen Erzählungen nicht? Er wußte also, daß ich an der Wahrheit seiner Geschichten zweifelte.

»Ich weiß es nicht«, gab ich zur Antwort.

»Doch, Sie wissen es«, widersprach er, »wichtig ist nämlich nicht, ob die Geschichte wahr ist, sondern daß wir sie glauben. Noch wichtiger ist, daß sie so berichtet wird, als sei sie wahr.«

Es war das ernsteste Gespräch, das ich bis zu diesem Tag mit Paschazade geführt hatte. Dabei habe ich auch erfahren, woher dieser notorische Betrüger so gebildet war. Er hatte sich als Richter, Arzt, Lehrer, Offizier ausgegeben und mußte daher über dementsprechende Kenntnisse verfügen. Ich kannte viele Lehrer, Offiziere und Richter, die nicht über seine Allgemeinbildung verfügten. Er war auch außerordentlich belesen. Ich glaube, hier lag die Quelle seines Wissens.

Einmal sagte er: »In den letzten Jahren habe ich bis auf ein paar kleine Vergehen niemanden bewußt oder vorsätzlich betrügen wollen. Trotzdem habe ich es ungewollt getan. Sie sind zu Recht erstaunt ... Es waren immer Zufälle. Was das bedeutet, versteht nur einer, dem es selbst passiert ist. Merken Sie sich eins: Die positiven Zufälle widerfahren immer den Guten. Es heißt zwar: ›Der Mensch bestimmt sein Leben selbst‹, und ganz falsch ist das auch nicht; es gibt wirklich Menschen, die ihr Leben selbst bestimmen. Aber die das behaupten, sind die Erfolgreichen. Wie viele sind das im Verhältnis zur Gesamtzahl? Erfolgreiche machen Karriere. Auf sie hört man. Wenn ich käme und sagen würde: ›Die Gesellschaft ist unaufrichtig. Was dem Menschen passiert, beherrscht ihn, der Mensch ist ein Spielball dessen, was ihm widerfährt‹, wer würde mir glauben? Ihnen sage ich es auch, und glauben Sie es? Kann ich für das, was mir passiert ist, habe ich dieses Leben gewollt? Ich wollte immer das Gegenteil und habe mich bemüht, dementsprechend zu handeln. Meinen Schulkameraden wollte ich nur einen Streich spielen und bin von der Schule geflogen. Den angeblichen Offizier und die Heiratsschwindeleien, habe ich die gewollt? Den falschen Muslim und den falschen Scheich hätte ich nicht einmal planen können. Aber wenn alle Straßen und alle Türen verschlossen sind und nur der eine Weg offen ist, der ins Böse führt, wenn man völlig hilflos dasteht, was kann man dann noch tun?«

In all seinen Themen kam dieser einzige Weg vor, eine konstruierte Begründung für ihn, im Recht zu sein.

»Sie erfinden nur ein Motiv«, sagte ich.

Die Insassen der Armenzelle machten solchen Lärm, daß er meine Antwort nicht verstand.

»Wie bitte?«

»Sie erfinden ein Motiv!« rief ich.

»Ich habe von Anfang an gewußt, daß Sie mir nicht glauben ...«, erwiderte er.

»Das stimmt nicht ... Warum soll ich Ihnen nicht glauben? Ich glaube, was Sie gesagt haben«, log ich ihn an.

»Sie sind nur höflich«, entgegnete er. »Ich habe Ihnen angesehen, daß Sie mir nicht glauben. Aber ich werde Ihnen beweisen, wie ein Mensch gewaltsam auf diesen einzigen Weg gestoßen wird.«

Paschazade beschrieb das Leben der Häftlinge, wie ich es auch kannte … Ein Mann kommt ins Gefängnis, Frau und Kinder bleiben hungrig und unversorgt zurück. Der Verurteilte sitzt seine Strafe ab. Aber welche Schuld haben seine Angehörigen? Gibt es einen, der für sie sorgt? Für seine Frau, die keine Arbeit hat, gibt es nur einen Weg: Sie muß sich verkaufen, um ihre Kinder ernähren zu können … Der Tochter bleibt auch nur der eine Weg: Sie wird eine Dirne … Die kleinen Kinder haben nur einen Weg: Diebstähle. Die alte Mutter hat nur einen Weg: betteln …

Ich warf ein, daß er ja keine Frau zurückgelassen habe.

Er beschrieb das Leben eines anderen Häftlings … Täglich bekommt er nur eine Ration trockenes Kommißbrot. Bei seiner Entlassung wollen sie das Brot bezahlt haben. »Ich habe das Brotgeld kein einziges Mal bezahlt«, sagte Paschazade. Wenn im Gefängnis das Wasser angestellt ist, kostet es nichts. Aber ein Häftling kann nicht jahrelang nur von Wasser, schlechter Luft und trockenem Kommißbrot leben. Um seine Lage aufzubessern, bleibt ihm nur ein Weg: Verkauf von Heroin, Glücksspiel und ähnliches …

Um diesen einzigen Weg nicht zu gehen, blieb Paschazade standhaft und lebte von Wasser und Brot … Er gab sogar das Rauchen auf – nach über dreißig Jahren … Er verzichtete auf Bad und Frisör. Er hatte ein Magengeschwür und hätte Diät halten müssen, hätte Arznei gebraucht …

»Ich habe Ihnen ja gesagt: Das Leben im Gefängnis ist wie ein Beruf … Mit seiner spezifischen Berufskrankheit. Woran leidet ein Häftling? An Magengeschwüren. Es gibt keinen Häftling ohne Magengeschwüre, denn er darf im Gefängnis seiner Erregung nicht freien Lauf lassen, darf seine Gefühle nicht zeigen. Er beherrscht sich, schluckt alles hinunter, seine Nerven sind angegriffen … Und dann beginnt das Magengeschwür.«

Er schwieg eine Weile.

»Sie sehen … Es liegt klar auf der Hand: Alle Wege sind mir verschlossen, nur diesen einzigen lassen sie mir offen. Sie zwingen mich zum Betrug. Mir bleibt nichts anderes übrig … Ich werde Ihnen vorführen, wie man auch hier Geld verdienen und sogar reich werden kann.«

Paschzade übertrieb! Hier konnte er weder betrügen, noch zu viel Geld kommen. Wenn er das könnte, hätte er es getan, bevor er in der

Armenzelle landete. Er prahlt, um seinen Aufenthalt in der Armenzelle zu bemänteln, dachte ich bei mir. Er wollte sagen, daß er mit Betrug Geld verdienen könnte, wenn er nur wollte. Aber er hatte nicht gewollt … Und jetzt zwangen sie ihn also dazu …

Ich sagte nicht, daß ich ihm nicht glaubte. Aber er schien es zu wissen, denn er sagte: »Sie werden es sehen!«

Etwas spöttisch, was ich nicht verhindern konnte, bemerkte ich: »Na gut, dann wollen wir mal sehen …«

»Die Nummer eines Zauberkünstlers kommt uns wie ein Wunder vor, aber wenn man das Geheimnis kennt, weiß man, wie einfach es ist. Beim Betrug ist es genauso …«

Wegen dieser Prahlerei verlor Paschazade wieder in meinen Augen. Ich mochte nicht einmal mehr reden. Er sprach auch nicht. Nach langem, beklemmendem Schweigen ging ich. Er deutete ein Erheben an.

Nach diesem Gespräch habe ich ihn lange nicht besucht. Die von zu Hause für ihn bestellten Bücher lagen in meiner Zelle. Ich hatte keine Lust, sie ihm zu bringen.

Eines Tages hörte ich wieder Dandy-Fikrets Verkaufsgeschrei: »Diebesgesindel! Gauner, Nachteulen … Dandy-Fikret kommt und geht … Sagt hinterher nicht, ihr hättet nichts gehört! Ist hier einer, der eine lange Unterhose haben will? Sie hilft gegen alles. Gegen Rheuma, gegen Ischias, gegen Reißen im Knie … Und frisch gewaschen, ihr Brüder … Und will hier einer so eine Brille? Wer die aufsetzt, ist nicht mehr von einem Direktor zu unterscheiden. Wenn ich ›Brille‹ sage, meine ich nicht nur so ein Ding zum Auf-die-Nase-setzen. Das hier ist eine Brille, durch die man eine unsichtbare Bazille so groß wie ein Kamel sieht … Neben dieser Brille ist ein Mikroskop gar nichts … Brüder, wenn ihr nicht sagen wollt, ihr hättet die Gelegenheit eures Lebens verpaßt, setzt euch so eine Brille auf! Durch sie sieht sogar diese Scheißwelt wie ein Paradies aus … Wenn ihr wollt, könnt ihr euch die Bazille auf eurer Nasenspitze ansehen oder die Sterne am Himmel …«

Was sagte Dandy-Fikret nicht noch alles über die Brille. Während er sie anpries, faßte er sie am Bügel und schwenkte sie hin und her. Die Brille sah aus wie die von Paschazade … Ob sie es etwa war?

»Fikret!« rief ich.

Obwohl er mindestens zwanzig Jahre älter war als ich, sagte er: »Ja, bitte sehr, großer Bruder.«

»Wem gehört die Brille?«

»Sie läßt die Welt rosarot erscheinen, großer Bruder!«

»Laß den Quatsch! Ich habe gefragt, wem sie gehört.«

»Es ist Paschazades. Der einzige Scheiß, den er noch zu verkaufen hat.«

Ich lief sofort in meine Zelle, nahm die Romane und ging zur Armenzelle. Es war, als hätte ich nur darauf gewartet, daß er keine Brille mehr hatte, ehe ich ihm die Bücher brachte.

Er lag auf dem Rücken auf seinem Bett in der Ecke und war wieder in die schmutzige, löchrige Decke eingewickelt. Beide Hände hatte er unter den Kopf geschoben und starrte an die Decke. Mit Dekke meine ich nicht die Zellendecke, sondern die Bretter der Koje über ihm ... Er lag da wie ein Toter. Aber wahrscheinlich hält ein Toter seine Hände nicht unter dem Kopf verschränkt.

Ich trat an sein Kopfende. Er bewegte sich nicht. Auch seine Augen zuckten nicht. Ob er doch tot war? Seine Wangen waren noch eingefallener, seine Kinnladen noch breiter geworden. Ich sagte: »Guten Tag!«

Ohne mich anzusehen, erwiderte er gleichgültig meinen Gruß. Aber dann drehte er doch den Kopf. Als er mich erkannte, richtete er sich auf, zog sich aber sofort die alte Decke wieder über die Schultern. Dann sagte er wie immer: »Bitte sehr!«

»Ich bringe Ihnen Bücher.«

Bei dieser Niedertracht ließ ich es nicht bewenden, sondern fügte hinzu: »Sehen Sie einmal, ob sie Ihnen gefallen.«

Ich wollte die Bestätigung, daß er keine Brille mehr hatte.

Nachdem er mir die Bücher abgenommen und sich bedankt hatte, sagte er: »Ich sehe sie mir später an ...«

Er sollte wissen, daß ich alles über seine Brille wußte, also sagte ich: »Dandy-Fikret schreit dauernd im Hof herum ...«

Ich weiß nicht, ob er verstanden hatte, was ich damit sagen wollte; jedenfalls antwortete er nicht.

Ich kann mich nicht erinnern, worüber wir uns an jenem Tag unterhalten haben, aber ich glaube, ich erwähnte Fikret noch einmal. Um abzulenken, fragte er mich, ob ich wüßte, weshalb dieser bei seiner

Aufzählung die verschiedensten Diebe anspreche, aber solche, die wegen Unterschlagung, Veruntreuung oder Bestechung säßen, nicht erwähnte.

Ich antwortete, daß ich es nicht wüßte.

Sogar Dandy-Fikret habe keine Achtung vor Menschen, die bestechlich seien, erklärte er mir; deshalb ignoriere er sie bei seinem Aufruf. Die beste Zelle im Gefängnis sei die Herrenzelle, sagte er noch, aber kein Häftling habe Achtung vor diesen Männern.

Auf alles, was er äußerte, hatte ich das Bedürfnis, ihn anzugreifen. Deshalb fragte ich: »Und die Mörder?«

Die hatte Fikret nämlich auch nicht angesprochen.

Nach Paschazades Worten waren Mörder die angesehensten Leute im Gefängnis. Man redete aber nicht darüber, das konnte gefährlich werden. Als Dandy-Fikret einmal sein Geschrei losließ, habe er Diebesbrüder, Erpresser-Kameraden, Taschendiebe, aber auch Mörder-Agas angesprochen und von einem dafür eine gehörige Tracht Prügel bezogen.

Zuerst hatte ich daran gedacht, ihn zu erinnern: »Na, du wolltest doch sogar hier einen Betrug starten und reich werden, was ist denn daraus geworden?«, aber ich brachte es nicht fertig.

Ungefähr einen Monat lang besuchte ich Paschazade nicht. Ohne den folgenden Grund wäre ich auch nicht hingegangen.

Der Frühling war gekommen; in den Zellen war es kälter als auf dem Hof. Die Häftlinge verbrachten deshalb ihre Zeit draußen.

Als ich eines Nachmittags auf dem Hof spazierenging, traute ich meinen Augen nicht. Paschazade, der noch vor einem Monat wie tot auf seinem Bett gelegen hatte, sprühte vor Vitalität und sah zehn Jahre jünger aus. Er trug einen Anzug, seine Schuhe glänzten. Zwei, drei Männer standen bei ihm und ließen sich etwas erklären. Aus unerfindlichen Gründen hatte ich keine Lust, zu ihm heranzugehen. Ich hätte ihn sonst nach dem Grund seiner Veränderung fragen müssen. Vielleicht hatte er Gerichtsverhandlung und war deshalb so angezogen, dachte ich bei mir, denn selbst ein Häftling aus der Armenzelle, der Termin hatte, trieb irgendwo etwas zum Anziehen auf und erschien ordentlich gekleidet vor Gericht. Unter den Häftlingen herrschte Solidarität. Kriminelle wollen nicht, daß einer von ihnen schäbig gekleidet vor den Richter tritt. Einer gibt seine Schuhe, einer sein Oberhemd, ein anderer seine Hose, sein Jackett. Der Mann wird ausstaffiert. Das mußte auch der Grund für Paschazades Kleidung sein. Aber mir war nichts von einem Termin bekannt, und in der Armenzelle besaß auch keiner einen so guten Anzug, den er ihm hätte leihen können.

Am nächsten Vormittag sah ich Paschazade wieder auf dem Hof, diesmal in einem anderen Anzug. Gestern hatte er schwarze Schuhe getragen, heute waren es braune.

Ich ging wieder nicht zu ihm, aber ich war neugierig … Deshalb begab ich mich ins Verwaltungsgebäude und wollte den Wärter ausfragen, um den Grund für Paschazades Veränderung zu erfahren. Mir hatte er gesagt, er habe keinen Menschen. Wer brachte ihm dann Sachen, daß er seine Kleidung täglich wechseln konnte? Wenn er mich damit belogen hatte, daß er anhanglos war, stimmten alle anderen Geschichten auch nicht. Ich mußte dahinterkommen … Nachdem ich mit dem Oberwachtmeister über dieses und jenes geplaudert hatte, fragte ich, ob Paschazade Besuch bekommen habe … Den habe schon jahrelang niemand besucht, sagte der Mann. Und die Veränderung in seiner Kleidung? Oder hatte ihm jemand Geld geschickt?

Der Oberwachtmeister begann zu reden. Der Gefängnissekretär, der alle Briefe, Geldüberweisungen und Pakete von der Post holte und den Häftlingen brachte, hatte dem Direktor gesagt – er habe es selbst gehört –, daß Paschazade alle zwei, drei Tage Pakete mit Anzügen, Unterwäsche und Schuhen erhielt, und das in solchen Mengen, daß er Schwierigkeiten hatte, die Riesenpakete und Säcke von der Post wegzutragen. Nicht nur für Paschazade kamen Pakete, für andere Häftlinge auch. Aber Paschazade erhielt die meisten. Ob der Herr Direktor wohl gestatten würde, zweimal wöchentlich den Dienstwagen zu benutzen, um die Pakete von der Post ins Gefängnis zu schaffen … Der Herr Direktor gestattete es. Ein naher Freund, vielleicht der treulose Recai, schickte also Paschazade Pakete …

Fast jeden Tag sah ich ihn im Hof, immer wieder anders gekleidet.

An den Besuchstagen fiel es mir schwer, die Zeit herumzubringen, bis meine Freunde kamen. Früher hatte ich Paschazades Erzählungen zugehört und gar nicht gemerkt, wie die Zeit verging.

An jenem Tag war ich zum Zeitvertreib ins Sekretariat gegangen. Der Direktor hatte mir ja erlaubt, mich frei im Gefängnis zu bewegen.

Der Sekretär blätterte im Telefonbuch: »Allah, Allah! … Was ist denn das? … Wie ist denn das möglich? …«

Da ich nicht wußte, um was es ging, schwieg ich. Mit lauter Stimme begann der Sekretär das Alphabet aufzusagen: »A, B, C …«

Bei jedem Buchstaben schlug er die Seiten im Telefonbuch um, und dann fragte er mich: »Bei Allah … L, M, O … Wo ist denn N? … N kommt doch nach M? …«

Dann begann er wieder von vorn: »A, B, C … L, M, N … Hier muß N sein. Das stimmt doch, nicht wahr?«

Der Sekretär hatte richtig durchgedreht. Plötzlich rief er ganz erstaunt: »Welcher Lump hat denn hier etwas herausgerissen?«

»Was ist denn geschehen?« fragte ich.

Er schob mir das Telefonbuch über den Tisch.

»Sieh dir das an«, sagte er, »alle Seiten mit dem Buchstaben N sind herausgerissen … So eine Unverschämtheit … Wo das doch keiner gebrauchen kann …«

Der Sekretär hatte jemanden anrufen wollen, dessen Name mit dem Buchstaben N begann …

Ein paar Tage später machte ich eine erstaunliche Entdeckung: Paschazade trug meinen Mantel … Das war doch nicht möglich … Er stand im Hof mit ein paar Männern zusammen. Es war doch unmöglich, daß der Mantel, den er trug, meiner war, denn ich hatte diesen Mantel zu Hause gelassen. Wie konnte Paschazade ihn hier tragen? Der sah aber meinem Mantel ähnlich … Natürlich ähneln Mäntel einander, sagte ich mir. Aber ich hatte meinen nicht von der Stange gekauft, sondern nach Maß anfertigen lassen. Auch der Stoff war keiner von der Sorte, die man überall findet. Ein Freund hatte ihn mir aus dem Ausland mitgebracht. Dunkelblaues Tuch, flauschig, mit grauen Tupfen. Sogar die Knöpfe hatte ich speziell für den Mantel anfertigen lassen. Nicht nur das: Der Mantel war kurz … Er reichte nur bis zum Knie. Da Paschazade größer war als ich, sah der Mantel an ihm wie eine Jacke aus. Er war auch breiter als ich. Deshalb paßte ihm der Mantel nicht richtig. Aber ich konnte doch nicht zu ihm gehen und kontrollieren, ob das mein Mantel war. Und fragen konnte ich ihn doch auch nicht … Mein Mantel war schon recht alt, deshalb hatte ich ihn auch zu Hause gelassen. Weil ich ihn sehr gern angezogen hatte, war ich bisher nicht bereit gewesen, ihn wegzugeben.

Daß einer meiner Angehörigen den Mantel ins Gefängnis gebracht hatte, hielt ich für ausgeschlossen. Wenn doch, wieso sollte ihn ausgerechnet Paschazade in die Finger bekommen? Bei dem Mantel, den er trug, mußte es sich, so erstaunlich das war, um ein Stück handeln, das meinem alten Mantel sehr ähnlich sah.

Am nächsten Besuchstag sagte meine Schwester am Ende der Besuchszeit etwas, was ich nicht verstand, weil der Wärter gerade pausenlos seine Pfeife trillern ließ, um zum Aufbruch zu mahnen. Jeder Besucher schrie deshalb schnell noch, was er bisher zu berichten vergessen hatte. Zum Schluß war es nur noch ein einziges Dröhnen. In diesem Lärm hatte ich nur ein paar Wortfetzen meiner Schwester verstanden wie: »Mantel … du weißt doch, dein alter Mantel … wir haben ihn mit der Post geschickt … der Ärmste …« Der Sinn blieb mir rätselhaft.

Nachdem meine Schwester gegangen war, kamen mir Zweifel, und ich ging zur Armenzelle, um mit Paschazade zu reden. Ich betrat die Zelle und sah mich um. Es war überfüllt wie immer, aber in der unteren Eckkoje lag ein anderer Mann. Ich fragte nach Paschazade.

»Ohoooo, der ist schon lange weg!«

»Wohin denn? »

»Weißt du das denn nicht? Der ist doch in die Herrenzelle gezogen … Bei dem laufen die Geschäfte wieder, da bleibt er doch nicht länger hier.«

Ich hätte wissen müssen, daß Paschazade nicht mehr in der Armenzelle war. Seit zwei, drei Wochen war er so gut gekleidet, daß er dort in diesem Aufzug nicht bleiben konnte. Sein Umzug in die Herrenzelle war trotzdem erstaunlich, denn dort kamen nur Schwarzhändler, Chefs großer Schmugglerbanden und hohe Beamte, die veruntreut, unterschlagen oder sich hatten bestechen lassen, unter. Ein notorischer Betrüger war noch nie in der Herrenzelle gewesen.

Ich ging hin. Paschazade saß an einer Seite des in der Zellenmitte stehenden langen Tisches mit ein paar Leuten zusammen und trank Kaffee. Die Herrenzelle war so sauber und aufgeräumt wie der Schlafsaal eines teuren Internats. Drei der vier Männer waren gut gekleidet und trugen sogar Krawatten, als ob sie an ihrem Schreibtisch im Büro säßen. Die anderen trugen Schlafanzüge und Morgenmäntel darüber. Paschazade hatte eine Hausjoppe mit Samtkragen und samtenen Ta-

schenklappen an. Darunter trug er wieder einen seidenen Pyjama und an den Füßen Hausschuhe mit Lackledersch aft. Als er mich sah, stand er auf und sagte: »Bitte sehr, Efendi.«

Wir gaben uns die Hand.

»Wir haben uns so lange nicht gesehen, als wären wir weit voneinander entfernt. Sie sind nie hergekommen«, sagte er.

»Sie sind ja auch nicht gekommen …«, erwiderte ich.

»Sie wissen doch, daß ich nicht in die Quarantäne-Station kommen kann. Aber Sie dürfen überall hin.«

Ich sagte ihm, ich sei auch verlegt worden. Er tat erstaunt, als wisse er nichts davon. Er entschuldigte sich am Tisch und ging zu seinem Bett. Dabei hakte er mich unter und nahm mich mit. Er bot mir Platz auf seinem Bett an. Es war dick wie ein Lederpuff. Über dem blauen Daunenbett lag eine flauschige Wolldecke.

Aus der Tasche seiner Hausjoppe zog er eine Schachtel Serkildoryan. Ich nahm eine Zigarette. Er nahm sich auch eine aus derselben Schachtel. Dann drückte er auf sein Feuerzeug. Es war ein schönes Stück mit dunklem Lederbezug. Zu dem Jungen, der dort bediente, sagte er: »Bring uns zwei Tees, mein Sohn. Und dann ruf mir den Dandy!«

»Paschazade«, sagte ich, »Sie haben einmal zu mir gesagt, die Häftlinge in der Herrenzelle sitzen wegen Unterschlagung, Veruntreuung und Bestechung und werden links liegengelassen …«

»Ja, und? Das stimmt …«

»Und jetzt sind Sie auch hier«, hielt ich ihm vor.

»Das ist richtig«, gab er zu, »die Insassen der Herrenzelle werden hier von niemandem geachtet. Jeder gewöhnliche Taschendieb oder Einbrecher ist angesehener. Sie wundern sich, wie ich in diese Zelle gekommen bin, und nun wollen Sie mich kränken … Haben Sie meine Worte vergessen, daß ich Ihnen einen Betrug vorführen wollte, der an ein Wunder grenzt? Sie haben mir nicht geglaubt. Das haben Sie zwar aus Höflichkeit nicht gesagt, aber ich habe es Ihnen angesehen. Sie wußten, daß mir alle Wege verschlossen waren. Nur ein einziger stand mir offen. Sie waren Zeuge, wie sehr ich mich bemüht habe, diesen einzigen Weg nicht zu gehen. Ich habe lange darauf gewartet, ob sich nicht noch ein anderer Weg fände. Schließlich habe ich den einzigen Weg eingeschlagen, auf den man mich gestoßen hat. Sie

sehen: Jetzt geht es mir wieder gut … Es fehlt mir an nichts … Jetzt kommen wir darauf, weshalb ich in der Herrenzelle bin, die niemand schätzt … Mit dem Nichtschätzen meine ich: In seinem Innern mag sie keiner. Aber da alle in dieser Zelle viel Geld haben, tut jeder so, als hätte er große Hochachtung vor ihnen. Das ist es, was ich brauche … Ins Gesicht hinein sollen sie mich respektieren, sollen tun, was ich sage, und mir Achtung bezeugen. Hinter meinem Rücken können sie reden, was sie wollen, das kümmert mich nicht. Den Bestechlichen, denen, die unterschlagen haben, den ungetreuen Beamten begegnet man mit Ehrerbietung, ohne sie zu achten. Und ich bin ja auch nichts wert …«

Wir hatten unseren Tee getrunken. Dandy-Fikret war gekommen. In den Gängen vor den anderen Zellen schrie er herum, aber hier tat er nichts dergleichen. Auf dem Arm trug er ein, zwei Mäntel, ein paar Anzüge und ein oder zwei Paar Schuhe. Er war ganz schön bepackt, als er ehrerbietig sagte: »Bitte sehr, mein Paschazade …«

Es war, als wäre er nicht derselbe Mann, der Paschazade noch vor ein paar Wochen »Alter Kerl« und »Ochse« gerufen hatte.

In energischem Ton sagte Paschazade: »Du hast noch keine Abrechnung gebracht, hast du nichts verkauft?«

»Den braunen Anzug habe ich verkauft und den Wollschal … Ach ja, und den blauen Pullover auch. Wollen wir jetzt abrechnen, oder soll ich heute abend wiederkommen, mein Paschazade?«

»Für wieviel hast du den Anzug verkauft?«

»Für fünfundsiebzig Mäuse … Den Pullover für vierzig und den Schal für zwanzig.«

»Gut … Komm am Abend wieder.«

Mir war klar, daß er Dandy-Fikret nur hatte rufen lassen, um eine Show vor mir abzuziehen.

»Machen Sie es sich bequem«, sagte er zu mir und nahm ein Kissen, um es mir in den Rücken zu schieben. Dabei sah ich unter dem Kissen herausgerissene Seiten aus einem Telefonbuch liegen. Ich nahm sie hoch und sah sie mir an: Es waren tatsächlich die mit dem Anfangsbuchstaben N …

»Ist das auch ein Roman, bei dem Anfang und Ende fehlen? Wie oft haben Sie denn dieses Fragment gelesen?« fragte ich ihn, um ihn in Verlegenheit zu bringen.

Es genierte ihn überhaupt nicht, er lachte sogar. »Ich habe Ihnen doch gesagt: Wenn man weiß, wie ein Zauberer eine Nummer macht, ist alles ganz einfach ... Diese Seiten waren das simple Material für meine außergewöhnliche Vorführung ...«

Bei diesen Worten holte er wie zufällig den Mantel unter seinem Bett hervor, der mit dem Futter nach außen auf seinem Koffer gelegen hatte. Ich nahm ihn in die Hand und sah auf das Futter, denn einmal hatte sich in der rechten Manteltasche die Kappe meines Füllfederhalters gelöst, die Tinte war ausgelaufen und hatte das Futter verfärbt. Als ich den Tintenfleck fand, bestand kein Zweifel mehr daran, daß es sich um meinen Mantel handelte.

»Das ist mein Mantel!« rief ich. Mein Ton war etwas ärgerlich.

»Das war Ihr Mantel«, antwortete Paschazade gleichmütig, »jetzt ist es meiner. Und wenn er verkauft wird, weiß man nicht, wem er gehören wird ...«

»Wie kommen Sie zu meinem Mantel?«

»Sie haben es anscheinend noch nicht kapiert ... Ich hatte versprochen, Ihnen das Geheimnis des Wunders zu verraten ... Also gut, ich sage Ihnen alles ...«

Er bückte sich, öffnete seinen auf dem Boden stehenden Koffer und nahm einige Briefumschläge heraus. Die gab er mir. Zuerst sah ich auf die Umschläge. Auf allen standen Nachnamen, die mit N begannen, und Anschriften dazu. Einige Umschläge waren zugeklebt, andere nicht. Aus einem offenen Umschlag zog ich einen Brief heraus und las ihn: »Wohltätige, hochgeschätzte und sehr geehrte Frau, Mit diesem Brief appelliere ich an Ihr gerechtigkeitsliebendes Gewissen und Ihre Großherzigkeit. Aus Gründen, die nicht in meiner Hand lagen, bin ich zu 36 Jahren Haft verurteilt worden. Meine Frau und mein zweijähriges Kind blieben in hoffnungsloser Lage zurück. Ich habe kein Vertrauen mehr zum Leben, aber auch keinen Anzug, keine Schuhe und keine Unterwäsche. Außer einem alten geflickten Schlafanzug habe ich nichts anzuziehen.

Hochgeschätzte, gutherzige Frau, ich benötige Garderobe, die Sie nicht mehr tragen. Allah ist mein Zeuge, daß ich Ihre gute Tat niemals vergessen werde.

Ich wünsche Ihnen ein Leben in Gesundheit und Zufriedenheit. Möge es Ihnen wohl ergehen.«

Unter dem Brief stand Paschazades richtiger Name.

Ich las einen zweiten Brief. Er war in fehlerhaftem Türkisch geschrieben.

»Ihr Name steht zwar darunter, aber ich nehme nicht an, daß Sie diesen Brief geschrieben haben«, sagte ich, denn der Brief enthielt nicht nur viele Fehler, die Handschrift war scheußlich.

Bei der Antwort legte er sein Gesicht wieder in Falten: »Ich habe das geschrieben, wer sonst sollte meinen Namen schreiben? ... Weshalb ich so schlecht und fehlerhaft geschrieben habe? Das zeigt, wie dumm und ungebildet der Verfasser ist. So etwas wirkt glaubwürdig. Menschen haben mehr Mitleid mit Dummen. Mein Problem ist es, das Mitleid der Menschen zu erwecken ... Ich mache ein Geschäft mit dem Mitleid. Wenn ich wie ein guter Geschäftsmann arbeiten würde, hätte ich Durchschriften von meiner Korrespondenz. Dann könnte ich Ihnen zeigen, was ich an Ihre Angehörigen geschrieben habe. Ihre Familie hat mir zwei Garnituren neue Unterwäsche und diesen Mantel geschickt.«

»Haben Sie die Anzüge, die Sie tragen, auch von draußen geschickt bekommen?« fragte ich, denn die Anzüge waren ungetragen.

»Nein!« sagte er. »Wenn ich ein Geschäft mit dem Mitleid mache, kann ich doch keine alten Anzüge tragen ... Wenn ich wollte, könnte ich mit diesen Briefen das ganze Gefängnis in ein riesiges Altkleiderlager verwandeln. Aber ich behalte die Vernunft. Ich betrüge nur so viel, wie ich brauche, um hier gut leben zu können. Das beweist doch mein gutes Herz, nicht wahr?«

Ich nahm noch ein paar von den Briefen und las sie. Paschazade hatte sie sämtlich unter seinem richtigen Namen geschrieben, aber jedesmal stellte er sich als ein anderer Mensch vor. Einmal schrieb er, er sei alt und krank, dann daß er als junger Dorfbursche ein Mädchen habe entführen müssen, weil er das Brautgeld nicht aufbringen konnte, ein anderes Mal hatte er angeblich eine schwere Operation hinter sich. Ich fragte ihn, weshalb er in jedem Brief einen anderen Grund angab.

Er taxierte die Charaktere der Adressaten nach ihren Namen, Anschriften oder dem im Telefonbuch angegebenen Beruf. Dann dachte er darüber nach, welche Situation welche Person wohl am meisten zum Mitleid anregen würde. Manche Menschen verabscheuen Mörder, andere sehen einen Menschen, der seine Hände für seine Ehre mit Blut *befleckt hat, als Helden an und empfinden Mitleid für ihn. Andere halten es für ihre Pflicht, einem Menschen zu helfen, der das Mädchen, das er heiraten wollte, wegen des Brautgeldes entführen mußte und dafür ins Gefängnis gekommen war.*

Dem Mann, der die Teegläser abräumte, gab er zweieinhalb Lire Trinkgeld. Ein Glas Tee kostete damals im Gefängnis fünfundzwanzig Piaster. Zweieinhalb Lire Trinkgeld waren ein Unding …

Paschazade setzte seine Brille auf und steckte die Briefe, die er mich hatte lesen lassen, in einen großen gelben Umschlag. Die Brille war die gleiche, die er Dandy-Fikret zum Verkaufen gegeben hatte. Der hatte sie also nicht verkaufen können …

Oftmals hat Paschazade mir angesehen und gespürt, was ich fragen wollte, und bereits geantwortet, bevor ich meine Frage gestellt hatte. Mit der Brille war es ebenso.

»Von meiner alten Brille kann ich mich einfach nicht trennen, ich habe mich so an sie gewöhnt. Ich hatte sie Dandy-Fikret zum Verkauf gegeben, aber es ist gut, daß ich sie wiederbekommen habe, bevor der Käufer entlassen wurde. Es war ein teurer Spaß. Ich mußte zwanzigmal soviel bezahlen, wie ich dafür erhalten hatte, um meine eigene Brille wiederzubekommen.«

Als er das Geschäft mit dem Mitleid begann, hatte er die Anschriften für die ersten Briefe aus Zeitungen entnommen. So hatte er sein Anfangskapital gemacht. Danach hatte er sich Teil N des Telefonbuches aus dem Sekretariat geholt und Briefe an die dort aufgeführten Adressen geschrieben.

Ich fragte ihn, wie es komme, daß er so viel Kleidung per Post geschickt bekommen habe, ohne die Aufmerksamkeit der Gefängnisleitung auf sich zu ziehen. Als ob die nichts davon gemerkt hätten! Natürlich war es ihr nicht entgangen. Aber er hatte weder mit Heroin gehandelt noch geschmuggelt, er hatte nichts Ungesetzliches getan. Außerdem hatte er bei diesem Geschäft mit dem Mitleid soviel Geld verdient, daß er so manchem, der mit seinem Taschengeld nur schwer auskam, helfen konnte.

»Wenn andere Mitleid mit mir haben, muß ich doch auch Mitleid mit anderen haben …«, sagte er.

Das bedeutete nichts anderes, als daß er auch Geld an die Gefängnisleitung verteilt hatte.

»Wir Schwindler und Betrüger sind die großzügigsten Menschen der Welt«, sagte er.

Ich wußte, daß Paschazade großzügig war. Am Abend seiner Einlieferung hatte er soviel Trinkgeld verteilt, daß er schon nach zwei oder drei Tagen seine fünfhundert Lire ausgegeben hatte.

»Warum sollen wir nicht großzügig sein, wessen Geld sollen wir denn vor wem beschützen? Wir geben doch sowieso das Geld anderer Leute aus«, sagte er und fügte hinzu: »Unsere Großzügigkeit kommt nicht nur daher, daß wir das Geld anderer Leute ausgeben. Wir wissen, daß wir vor Allah schuldig sind. Wir tun Gutes, um Allah mit unseren Sünden zu versöhnen. Aber bei mir liegt die Sache anders ... Wo ich doch nichts verbrochen habe und man mir soviel Schlechtes zutraut, mir immer wieder Dinge anlastet, für die ich nichts konnte. Ich will nicht um Allahs willen Gutes tun. Wenn Sie die Wahrheit wissen wollen: Das ist nicht der Grund für meine Großzügigkeit ... Wir Betrüger müssen großzügig sein. Wenn wir geizen, laufen unsere Geschäfte nicht. Was der Dietrich für den Einbrecher, ist für uns die Großzügigkeit. Unsere Trinkgelder sind sozusagen Unkosten. Meinen Sie, ohne diese Großzügigkeit hätte ich – sagen wir einmal – im Zimmer des Sekretärs die Seiten aus dem Telefonbuch herausreißen können?«

Er erklärte mir viel über das Geschäft mit dem Mitleid. Seine Briefe hatten auf Menschen in den verschiedenen Stadtteilen von Istanbul ganz unterschiedlich gewirkt. In den Bezirken der Wohlhabenden hatten sie die Leute weit mehr beeindruckt als in den armen Gegenden.

»Die Reichen glauben, sie hätten etwas für die soziale Gerechtigkeit getan, wenn sie einem armen Kerl ihre alten Anzüge und Unterwäsche geben, die sie nicht mehr tragen. Sie beruhigen ihr Inneres. Sie sehen also, was ich getan habe, ist kein Betrug ...«

»Und was ist es dann, Paschazade?« fragte ich.

»Ich gebe ihnen die Möglichkeit, Gutes zu tun, die soziale Gerechtigkeit wiederherzustellen. Wenn ich als Gegenleistung dafür ihre alte Unterwäsche, getragene Schuhe und Anzüge erhalte, bin doch tatsächlich ich der Gebende ... Ich erleichtere ihr Gewissen. Wo kann man ein ruhiges Gewissen sonst so billig bekommen? Ein ruhiges Gewissen für eine Garnitur alte Unterwäsche ...«

Tatsächlich hatte Paschazade mir ein Betrugswunder, ein Gaunerstück vorgeführt. Es wäre mir niemals in den Sinn gekommen, daß er meine Schwester dazu veranlassen könnte, ihm meinen Mantel zu schicken.

Paschazade machte Anstalten, mir meinen alten Mantel zurückzugeben. Ich nahm ihn nicht.

»Was Sie gesagt haben, stimmt, er gehört jetzt Ihnen«, sagte ich.

Ich setzte meine alten Beziehungen zu ihm fort. Nun erzählte er mir wieder fast jeden Tag von seinen Erlebnissen.

Dann war ich wieder einmal im Sekretariat.

»Jetzt ist Teil K auch aus dem Telefonbuch verschwunden ...«, berichtete mir der Sekretär.

Ich lachte ihn an, erwiderte aber nichts. Er war es ja, der die Pakete von der Post abholte und ins Gefängnis brachte ... Und Paschazade war sehr großzügig ...

Von unten drang Lärm herauf. Schreien, Kreischen, eine Frau weinte ... Das Gezeter wurde von der Pfeife eines Wärters übertönt.

Als ich hinunterkam, trugen Wärter eine Frau an Händen und Füßen aus dem Besuchsraum. Kurze Zeit später erfuhr ich, was geschehen war. Paschazade hatte mit einer der Frauen, die er um alte Garderobe und Wäsche angebettelt und deren Mitleid er erweckt hatte, zu korrespondieren begonnen. In seinem ersten Brief hatte er sich als junger betrogener Ehemann vorgestellt, der seine Frau umgebracht hatte und ein »Opfer des Schicksals« geworden war ... Angeblich hatte er seine geliebte Frau mit ihrem Freund erwischt ...

Wie es der Zufall wollte, hatte sich auch die Frau, der er geschrieben hatte, von ihrem Mann getrennt, weil er sie betrogen hatte. Deshalb hatte Paschazades erfundene Geschichte sie sehr beeindruckt. Der junge Mann, der die alte Frau, weil sie reich war, trotz ihrer Häßlichkeit geheiratet hatte, hatte sie mit ihrem hübschen Dienstmädchen betrogen. Die Frau sah zwischen sich und dem »Opfer des Schicksals«, das seine Frau umgebracht hatte, eine Parallele. Laufend schickte sie Paschazade neue Anzüge und Wäsche ... Sie schrieb wöchentlich zwei- bis dreimal. Paschazade hatte die Briefe beantwortet. Dann begann die Frau auch Geld zu schicken. Wenn auch nur brieflich, so machte die Angelegenheit doch gute Fortschritte. Die Frau wollte Paschazade besuchen kommen, aber er war nicht damit einverstanden. Er wußte, was dann passieren würde. Schließlich hatte er sich der Frau als junger Mann vorgestellt …

Aber eines Tages kam es, wie es kommen mußte. Mit Hilfe eines Bekannten tauchte sie am Besuchstag im Gefängnis auf und ließ Paschazade rufen. Sie hatte ein dreißigjähriges »Opfer des Schicksals« erwartet, und als sie dann Paschazade gegenüberstand, merkte sie den Betrug … Eine Welt brach für sie zusammen. Daher rührte das Geschrei, das Kreischen, das Handgemenge. Die Frau hatte eine Ohnmacht gespielt und sich zu Boden fallen lassen … Da hatten die Wärter sie an Armen und Beinen gefaßt und hinausgeworfen.

Paschazade hatte der Vorfall überhaupt nicht beeindruckt.

Wer bist du?

Bei meiner Entlassung aus dem Gefängnis besaß ich keinen Piaster. Weshalb soll ich es leugnen, ich war zu jedem Betrug bereit. Eine andere Möglichkeit gab es für mich nicht. Es mag Ihnen seltsam erscheinen, aber trotz mehrfacher einschlägiger Vorstrafen fiel mir nicht ein, was ich tun könnte. Aus dem Gefängnis kannte ich viele Kriminelle, zu ihnen wollte ich nicht gehen, denn zu jener Zeit herrschte in Istanbul wieder einmal Ausnahmezustand. Wurde ein Vorbestrafter gefaßt – ob schuldig oder nicht –, schob man ihn aus der Stadt ab. Wo immer ein Verbrechen begangen und der Täter nicht gefaßt wurde, trieb man alle, die einmal eine ähnliche Tat begangen hatten, sofort zusammen und verbannte sie in die Provinz. Das ging nicht so einfach, wie es sich anhört. Die Festgenommenen wurden tagelang durch Polizeistationen und Militärgefängnisse geschleppt, und zuletzt verbot man ihnen, den Verbannungsort zu verlassen.

Damit mir so etwas nicht widerfuhr, war es das Beste, ich hielt mich von Vorbestraften fern, verließ Istanbul von selbst, ging irgendwo hin und suchte mir Arbeit. Aber ich hatte nicht einmal Fahrgeld, um Istanbul zu verlassen. Sehen Sie, wenn ein Mensch mittellos dasteht, wird er mit Gewalt auf den Weg gedrängt, den er gar nicht einschlagen will. Meinen Sie, wenn ich Geld gehabt hätte, wäre ich zu dem treulosen Recai gegangen?

Da er nicht vorbestraft war, bedeutete er keine Gefahr für mich. Im Gegenteil, ich konnte ihm Unannehmlichkeiten bereiten. In Wirklichkeit war ja mein Schuldkonto im Vergleich zu seinem gleich Null. Aber ich war ein berüchtigter Vorbestrafter und er ein angesehener Bürger. Ich wollte ihn um Geld bitten und Istanbul so schnell wie möglich den Rücken kehren.

Ich suchte Recai auf, aber er war aus seiner alten Pension ausgezogen. Niemand wußte, wo er sich aufhielt. Jetzt hatte sich diese Hoffnung auch zerschlagen.

Die Kriminellen hatten sich aus Angst vor dem Ausnahmezustand in ihren Löchern vergraben. Da sie aber von irgend etwas leben mußten, konnten sie nicht ständig in ihrem Versteck bleiben, sondern mußten ab und zu auftauchen. Als ich einen meiner ehemaligen Haftgenossen besuchte, hörte ich jemanden sagen: »Ich habe dich im Himmel gesucht und auf Erden gefunden …«

Das war doch Recais Stimme … Wir umarmten uns … In Wirklichkeit hatte er mich natürlich nicht gesucht, aber so benahm er sich immer. Es war wie früher, er tat, als hätten wir uns erst kürzlich getrennt. Ich wollte ihm erklären, daß ich plante, Istanbul zu verlassen, aber er schnitt mir das Wort ab, nahm meinen Arm und begann zu reden. Er sprach so schnell, daß ich gar nicht richtig verstand, um was es ging. Eine italienische Delegation würde kommen … Wir betraten ein Bürohaus in der Nähe. Er redete pausenlos. Er wollte ein Geschäft mit den Italienern machen … Wir betraten den Fahrstuhl … Es war ein ganz großes Geschäft. Nach Erlaß des Gesetzes über ausländische Investitionen war sogleich ausländisches Kapital in die Türkei geflossen, die Ausplünderung hatte begonnen … Wir verließen den Fahrstuhl und betraten ein luxuriös eingerichtetes Büro … Die Ausplünderung war gesetzlich verankert, es war kein Vergehen, an dessen Ende das Gefängnis wartete …

Während Recai das erklärte, kam aus einem der Räume ein niedliches, junges Mädchen. In der Hand hielt es Bleistift und Stenoblock.

»Wieviel roten Paprika hast du gestern gekauft?« fragte Recai das Mädchen.

»Ein Kilo …«

»Das ist zu wenig.«

»Ich habe gesagt, sie sollen mehr bringen. Bis jetzt habe ich über zehn Kilo gekauft, aber nun wollen die Händler erst einmal Geld sehen.«

Recai schickte das Mädchen fort, das ich für eine Sekretärin hielt. Er erklärte mir das mit dem ausländischen Kapital weiter. Wenn ausländisches Kapital ins Land fließt … Was war das nur für eine Sache? Als ob in der Mitte eines großen Raumes Geld aufgestapelt wird, die Fenster und Türen des Zimmers stehen offen, es ist sehr windig … Was passiert? Der Geldhaufen wird durcheinandergewirbelt, das Geld fliegt in die Luft, als hätte es Flügel … Menschen balgen sich um das Geld … Die Dummen rennen sich gegenseitig die Köpfe ein, um es zu ergreifen. Was tut der Kluge? Er läuft den Scheinen nicht stückweise nach, sondern wirft sich auf den Stapel, nimmt, soviel er packen kann, und läuft damit fort … Das war auch der Grund, weshalb Recai diese ausländische Delegation in die Türkei eingeladen hatte. Er wollte das Geld tonnenweise einsacken. Sie wollten gemeinsame Sache machen.

Ich hörte Vogelgezwitscher. Recai öffnete eine Tür. Der Raum war voller Kanarienvögel. Ein Mann kam, grüßte und ging in ein Zimmer. Recai erwiderte nur den Gruß, weiter sagte er nichts. Pausenlos erklärte er mir das Gesetz über ausländische Investitionen. Nach einer Weile kam der Mann zurück. Er hatte eine Postmappe in der Hand und ließ Recai Briefe unterschreiben. Zu jedem Schreiben gab er eine Erklärung ab.

»An die Firma Allison Hovart …« – »Das ist unsere Antwort an die deutsche Firma … Wir teilen mit, daß wir ihr Angebot annehmen.« – »Aus Belgien bitten wir um eine Preisliste …«

Recai unterschrieb die Post. Der Mann ging in sein Büro zurück …

Recai sagte, er arbeite in zehn Firmen und beherrsche vier Sprachen, käme jede Woche einen halben Tag her und beantworte die Post aus dem Ausland.

Wir verließen das Büro. Auf der Straße blieben wir stehen. Autos fuhren an uns vorbei. Wir warteten ziemlich lange. Ich erkundigte mich nach dem Grund.

»Wir warten auf meinen Wagen«, erklärte Recai.

Er besaß also auch ein eigenes Auto … Das sollte zu einer

bestimmten Zeit vorbeikommen. Recai beobachtete die vorbeifahrenden Fahrzeuge. Dann rief er »Taxi!« und hielt einen Straßenkreuzer an. Wir stiegen ein.

»Läßt du deinen Wagen auch als Taxi laufen?« fragte ich.

Als ob er seine Worte von vorhin vergessen hätte, fragte er zurück: »Welchen Wagen?«

»Du hast doch gesagt, wir warten auf deinen Wagen ...«

»Ach so ... Du weißt doch, daß ich unbeständig bin. Ich habe ein Automodell und eine Farbe schnell über. Deshalb gehören mir alle Taxis, alle Fahrer sind meine Privatchauffeure. Ich steige nicht in jedes Taxi ein, sondern nur in eins, das mir an dem Tag gerade gefällt.«

Er nahm mich mit zu sich nach Hause. Seine alte Pension war nichts dagegen. Er hatte eine große Wohnung und eine Wirtschafterin dazu. Diese Frau mittleren Alters sprach nur gebrochen Türkisch. Vogelgezwitscher war zu hören. Ein Zimmer war für Kanarienvögel reserviert.

Ich sagte, daß ich die Tierchen auch gern hätte, aber da ich kein geregeltes Leben führe, könne ich mir keine halten.

»Aber nein, mein Lieber, ich habe für Kanarienvögel nichts übrig«, sagte Recai.

»Dann züchtest du sie also ...«

»Das auch nicht ... Es ist nur mein Hobby, ich mache das zu meinem Vergnügen ... Aber es ist kein normaler Spaß, es liegt ein wenig anders ...«

Als die Frau uns Kaffee brachte, fragte Recai sie: »Werden sie rot, Madame?«

»Ja, langsam schon ...«

Es war, als ob er chiffriert spreche. Ich konnte keinen Sinn in seine Worte bringen.

»Sie geben ihnen doch Paprika, nicht wahr?«

»Ja.«

»Sind schon welche ganz rot?«

»Drei sind schon gut.«

Nachmittags pflegte Recai noch einmal in sein Büro zu kommen. Ich ging um diese Zeit auch hin und erklärte ihm, daß ich die Zone des Ausnahmezustandes verlassen und mir irgendwo in der Provinz Arbeit suchen wolle. Offen bat ich ihn nicht um Geld, aber ich gab es ihm zu verstehen. Als Antwort meinte er, die italienische Delegation würde in Kürze eintreffen, er erwarte ein Telegramm, ich solle meine Reisepläne ein, zwei Tage aufschieben.

Ich verstand immer noch nicht genau, was der treulose Recai eigentlich tat, und fragte ihn direkt. Statt einer Antwort stellte er mir eine Gegenfrage: »Und was tust du?« Mit dieser Frage demütigte er mich geradezu.

»Was willst du denn damit sagen?« schrie ich ihn an.

»Nun werde doch nicht gleich böse«, sagte er, »ich mache dasselbe, was du getan hast, nur in größerem Maßstab … Ich will dir sagen, was ich mache: jede Art von Import, Export, Neubau, Zwischenhandel, Vermittlung, Transport … Hast du jetzt verstanden?«

Ich bin ein Betrüger mit jahrelangen Vorstrafen, aber bis heute habe ich weder solche Betrügereien begangen wie er, noch einen gesehen, der das getan hat, oder auch nur in den vielen Gefängnissen, in denen ich herumgekommen bin, von so etwas gehört …

Passen Sie auf, wie das lief: Recai und ich waren zusammen. Am Vortag hatte er ein Telegramm erhalten, daß die italienischen Geschäftsleute eintreffen. Recai rief bei einem Autoverleih an und mietete drei Wagen mit Fahrer. Er wies besonders darauf hin, daß es neueste Modelle sein müßten. Seine Wirtschafterin überredete er: »Es ist so schönes Wetter, Madame, kommen Sie, ich fahre Sie heute spazieren.«

Der sprachkundige Korrespondent war auch im Büro anwesend. Und eine Sekretärin … Wir waren jetzt zu fünft.

»Je mehr wir bei der Begrüßung sind, um so besser«, sagte Recai.

Er ließ die drei Mietwagen mit den Fahrern kommen. Wir stiegen ein. Ich befand mich mit Recai im gleichen Wagen. Wir fuhren zum Flughafen, um die Italiener abzuholen. Unterwegs ließ er den Fahrer neben einem Fußgänger halten. Es war ein Bekannter. Er stieg aus, nahm den Mann am Arm und zog ihn ins Auto. Den Fahrer wies er an: »Fahr los!«

Obwohl der Mann sagte, daß er etwas zu erledigen habe, überredete Recai ihn: »Wir machen eine kleine Spazierfahrt, komm mit, wir fahren bald zurück …«

Wir erreichten den Flughafen Yeschilköy. Die Wirtschafterin und der Mann, den wir auf der Straße aufgelesen hatten, wußten nicht einmal, weshalb wir hierhergekommen waren. Das Flugzeug landete. Da Recai die Italiener nicht kannte, ließ er sie über Lautsprecher ausrufen.

Bevor wir die Wagen bestiegen, machte er mich mit ihnen bekannt. Recai sprach türkisch, der Korrespondent dolmetschte. Recai zeigte auf mich und sagte: »Das ist der Generaldirektor unserer Gesellschaft …«

Ich drückte den Herren die Hand.

Er zeigte auf Madame: »Unsere Generaldirektorin für Öffentlichkeitsarbeit.«

Den Mann von der Straße stellte er als Chefberater vor und zeigte schließlich mit den Worten »Meine Sekretärin« auf das Mädchen.

Nachdem wir uns alle miteinander bekannt gemacht hatten, bestiegen wir die Wagen. In meinem Wagen waren wir zu viert: einer der Italiener, Recai, unser Dolmetscher und ich … Unterwegs sagte Recai, er werde zuerst das Büro zeigen, dann die Italiener ins Hotel bringen, und beim Abendessen könne man das Geschäftliche besprechen.

Vor dem Bürogebäude stiegen wir aus. Recai nahm den Arm des Mannes, den ich für den Delegationsleiter hielt, und ging – mit dem Dolmetscher an seiner Seite – vorneweg. Wir anderen folgten. Die Sekretärin ging neben mir. Ich fragte sie, wegen welcher Geschäfte diese Italiener nach Istanbul gekommen seien. Das Mädchen wunderte sich über meine Unkenntnis. Sie wollten Filme drehen, nicht einen, sondern viele, und das in Zusammenarbeit mit Recai. Die Italiener wollten eine Menge Geld investieren.

Recai ging nicht zum Fahrstuhl, sondern lief den Flur in entgegengesetzter Richtung entlang. Er öffnete die erste Tür auf dem Gang. Hier befand sich ein Lokal für die Mieter. Zu dem Italiener sagte er: »Das ist die Kantine für unser Personal.

Hier werden jeden Tag zweihundert Essen für unsere Angestellten ausgegeben.«

Der Dolmetscher übersetzte es ins Italienische.

Recai schloß die Tür wieder und öffnete eine andere. Hier befand sich ein Frisiersalon. Eine Dame saß gerade unter der Haube. Auf der anderen Seite – durch eine Zwischenwand abgeteilt – wurden einem Herrn die Haare geschnitten, ein anderer ließ sich maniküren. Recai lachte unverfroren, hob die rechte Hand zum Gruß und sagte zu den Angestellten: »Guten Tag! Machen Sie nur weiter …«

Die Frisöre waren zwar ein wenig verwundert, aber trotzdem sagten sie »Jawohl« und »Zu Befehl«.

Dem Italiener erklärte Recai: »Unser Schminkstudio …«

Er schloß die Tür und öffnete die gegenüber. Hier befand sich eine Polsterei. Der Meister sah auf und sagte: »Bitte sehr!«

Nachdem Recai gerufen hatte: »Mach nur weiter, mein Freund!«, erklärte er dem Italiener, dies sei eines der Dekorationsateliers, und schloß die Tür wieder.

Er öffnete die Tür einer Glaser-, Bilderrahmen- und Schilderwerkstatt. Auch zu den dortigen Arbeitern sagte Recai freundlich: »Guten Tag, meine Freunde«, und zu dem Italiener: »Das ist eine unserer Zubehörwerkstätten.«

Da er leise sprach, konnte keiner der Arbeiter seine Worte verstehen.

Jetzt öffnete er die Tür zu einer Konfektionsfirma. Auch dort grüßte er hinein, sagte abgebrüht: »Weitermachen!« und zu seinem Begleiter: »Unser Schneideratelier.«

Hinter einer Glastür befand sich die ziemlich große Teestube des Bürohauses. Drinnen war es sehr voll, rauchig und laut. Die Gäste spielten Karten, Trick-Track oder Domino. Mir ging gerade durch den Kopf: »Mann, jetzt bist du verloren, mal sehen, was du dir hier ausdenkst!«, als Recai dem Italiener mit Hilfe des Dolmetschers erklärte: »Die Cafeteria für unsere Komparsen. Hier warten sie auf ihren Aufruf.«

Da gab ich mich geschlagen.

Mit dem Fahrstuhl begaben wir uns in den zweiten Stock. Hier befanden sich mehrere Anwaltskanzleien. Da an jedem

Büro ein Schild hing, mußten das auch die Italiener verstehen. Recai erklärte, es handle sich um die Rechtsabteilung. Dann fuhren wir weiter in den dritten Stock. Dort öffnete er die Tür zu einem Maklerbüro. Zu dem Mann sagte er so, als sei er ein sehr guter Bekannter: »Wie geht es Ihnen, Beyefendi?«, und drückte ihm die Hand.

Der Makler war genauso abgebrüht und antwortete mit der gleichen Herzlichkeit: »Danke gut. Und wie geht es Ihnen? ... Bitte sehr, was kann ich für Sie tun?«

Mit der rechten Hand winkte Recai ihm zu: »Viel Erfolg!«, und draußen war er wieder. Dem Italiener erklärte er, dies sei eines der Sekretariate.

Er öffnete noch mehr Türen und machte sie zu den Verwaltungsräumen der Gesellschaft. Das Bürohaus war groß. Alle Türen konnte Recai nicht öffnen, das hätte die Gäste zu sehr ermüdet. Nur in sein eigenes Büro führte Recai die Herren nicht. Wir begaben uns wieder nach unten, sie bestiegen die Wagen und fuhren ab. Ich fuhr nicht mit.

Jedesmal, wenn ich kam, hatte Recai mir Geld gegeben, aber die Summe war nie groß genug gewesen, um damit Istanbul verlassen zu können.

Ob er schließlich mit den Italienern ins Geschäft gekommen ist, und wenn ja, wie, weiß ich nicht. Aber eins weiß ich: Sein Ziel war nicht, ein Geschäft zu tätigen, er wollte die Leute nur hereinlegen, ganz gleich, wen. Er wollte wieder beweisen, daß er schlauer war als sie.

Als ich zwei Tage nacheinander zu Recais Büro ging und es verschlossen fand, fragte ich den Pförtner. Nachdem er gesagt hatte, Recai sei schon eine ganze Woche nicht hier gewesen, fragte er mich: »Haben Sie auch Kanarienvögel von ihm gekauft?«

Um zu erfahren, was dahintersteckte, sagte ich: »Ja ...«

»Jeden Tag kommen an die zehn Leute und sagen, daß ihr Kanarienvogel seine Farbe verloren hat. Eine solche Gemeinheit habe ich noch nicht gesehen. Das ist doch kein Stoff, der ausbleichen kann. Allah, Allah! Da hat mal einer einen Esel gestrichen und als Pferd verkauft ...«

Ich verstand immer noch nicht, was hinter der Sache steckte. Abends ging ich zu Recai. Als er mich sah, benahm er sich wie immer: »Oh, es ist gut, daß du kommst ... Genau zur richtigen Zeit!«

»Was gibt's denn?«

»Morgen gebe ich eine Pressekonferenz.«

Ich mußte lachen. Ich konnte nicht an mich halten, ich lachte und lachte. Der treulose Recai gab eine Pressekonferenz! Im größten Hotel von Istanbul.

»Spotte nicht«, wies er mich zurecht, »du wirst schon sehen ... Du mußt auch kommen ... Am besten bleibst du heute nacht bei mir. Dann gehen wir morgen zusammen hin ...«

»Was denn für eine Pressekonferenz?«

»Das habe ich dir doch erklärt.«

»Was hast du mir erklärt?«

»Das Gesetz über ausländische Investitionen ... Drei amerikanische Geschäftsleute sind gekommen. Sie wollen von dem Gesetz profitieren und eine Riesensumme investieren.«

»Und was willst du dabei machen?«

»Was ich immer mache ... Bauernfängerei. Die wollen Kapital investieren, und ich soll ihnen hier die entsprechenden Partner suchen.«

»Wie willst du die denn finden?«

»Deshalb gebe ich doch die Pressekonferenz! Wenn in der Zeitung steht, daß die hier eine Riesensumme investieren, sollst du mal sehen, wie unsere Neunmalklugen angerannt kommen ...«

Ich betrat dieses Luxushotel zum ersten Mal in meinem Leben. Es wimmelte von Reportern und Pressefotografen. Aus Angst, daß einer darunter wäre, der mich kannte, hielt ich mich im Hintergrund. Es gab reichlich zu trinken. Die drei Amerikaner saßen zusammen. Zuerst ergriff der treulose Recai das Wort. Nachdem er sich über die Bedeutung des speziellen Gesetzes ausgelassen hatte, erklärte er, wie wir mit seiner Hilfe von dem ausländischen Kapital profitieren könnten. Er sagte, daß die drei eingeladenen amerikanischen Geschäftsleute in der Türkei groß einsteigen wollten. Dann sprachen die drei Ausländer nacheinander. Ihre Reden wurden von Recais Dolmetscher übersetzt.

Danach begannen die Reporter mit ihren Fragen. In welchem Geschäftszweig sie ihr Kapital investieren wollten? Einer von ihnen antwortete: in irgendeinem Bereich in großem Maßstab. Sie wollten Rohstoffe verarbeiten. Welche? Das hing von den Vorschlägen der einheimischen Geschäftspartner ab.

Einer von ihnen sagte, daß sie der Industrie ohne Umweltverschmutzung den Vorzug geben würden. Sie wollten ihr Kapital im Tourismus anlegen.

Die Geschäftsleute wurden ständig fotografiert.

Dann war die Pressekonferenz beendet, Gäste und Reporter gingen. Da kein Bekannter aufgetaucht war, atmete ich erleichtert auf. Recai sagte, daß er heute abend mit den Amerikanern zusammensein würde, morgen abend wollten wir uns bei ihm zu Hause treffen.

Am nächsten Tag wurden die Bilder und Erklärungen der drei Amerikaner in der Presse veröffentlicht und die einheimischen Geschäftsleute zur Zusammenarbeit aufgerufen. Die Amerikaner hatten Kapital und waren offen für alle Vorschläge. Sie würden eine Woche in Istanbul bleiben und die ihnen unterbreiteten Unterlagen prüfen.

Am Abend ging ich zu Recai und sah dort die Tageszeitungen durch. Alle hatten der Pressekonferenz der Amerikaner die nötige Bedeutung beigemessen, nur eine spottete über das Geschäft. Sie schrieb, daß die drei Amerikaner unser Land wahrscheinlich durch den Aufbau einer Kaugummi-Industrie entwickeln wollten.

Böse rief ich: »So eine Unverschämtheit!«

»Das ist der einzige Reporter, der es erfaßt hat«, sagte Recai spöttisch, »und du nennst das eine Unverschämtheit.«

»Was soll denn daran richtig sein?« fragte ich. »Da kommen drei Amerikaner, um Riesenkapital in unser Land zu pumpen, und die Zeitung schämt sich nicht zu spotten. Findest du das richtig?«

»Wer ist denn aus Amerika gekommen?« fragte Recai zurück.

»Diese drei Geschäftsleute.«

»Welche Geschäftsleute? ... Einer ist ein amerikanischer Gefreiter, er arbeitet hier in der Entwicklungshilfe. Einer ist Matrose, ich habe ihn nachts in einer Bar kennengelernt und ihm ein Hotelzimmer spendiert. Der dritte ist überhaupt kein Amerikaner. Aber er kann gut Englisch. Ich weiß nicht einmal, wo er herkommt. Er hat drei oder vier Striptease-Tänzerinnen für Nachtclubs hergebracht, also ein erstklassiger Sexfilm-Produzent, wie du zugeben mußt ...«

»Pfui! Möge Allah dich strafen!« rief ich empört. »Ich habe allen Leuten weisgemacht, daß die drei Amerikaner in der Türkei investieren wollen.«

»Aber, siehst du, die eine Zeitung hat es nicht geschluckt ...«

»Warum hast du das getan?«

»Das habe ich dir doch erklärt. Sobald das Gesetz über ausländische Investitionen herausgekommen war, kam Geld auf den Markt. Tür und Tor öffneten sich. Das Volk ist pfiffig ... Es wollte das Geld von der Straße aufheben. Und wenn es schon so ein Gesetz gibt – und ich habe großen Respekt vor den Gesetzen –, will ich auch etwas davon haben, mein Lieber.«

Der treulose Recai war ein gerissener Hund.

»Dann waren wohl die Italiener auch türkische Juden aus Tepebaschi?«

»Nein, die waren echt. Du bist doch selbst dabeigewesen, als sie mit dem Flugzeug in Yeschilköy gelandet sind.«

»Was hast du mit den Italienern gemacht?«

»Das Geschäft geht in Ordnung ... Ich fahre in Kürze nach Italien, um den Vertrag zu unterschreiben.« Nach einer Pause sagte Recai: »Nun laß die Italiener, wir wollen uns unserem ursprünglichen Geschäft zuwenden.«

»Was ist denn das?« fragte ich.

»Ich hatte doch Kanarienvögel. Die Sache ist schiefgelaufen ...«

»Ich verstehe nicht ...«

Er erklärte es mir. Während er sprach, blieb mir die Spucke weg. Was mir damals wir ein Geheimcode vorgekommen war, als ich die Gespräche mit seiner Sekretärin und später mit seiner Wirtschafterin mitangehört hatte, verstand ich jetzt. Er hatte billige Kanarienvögel gekauft. Die Sekretärin mußte getrocknete rote Paprikaschoten kaufen, pulverisieren und die Vögel damit füttern. Wenn die knallgelben Vögel den Paprika fraßen, wurde ihr Gefieder langsam rot. Dann hatte Recai sie als eine seltene Rasse teuer verkauft. Die Käufer nahmen ihre Tiere mit nach Hause, aber nach ein bis zwei Wochen verloren sie ihre Farbe, das Gefieder wurde gelb. Die Leute kamen in Recais Büro und beschwerten sich.

»Es ist besser, wenn du eine Weile nicht mit mir zusammen bist, du bist vorbestraft …«, meinte Recai.

»Ich will sowieso nicht mit dir zusammen sein«, antwortete ich ihm.

Nur eins wollte ich noch wissen: Er war doch so groß im Geschäft, daß er es gar nicht nötig hatte, Kanarienvögel mit rotem Gefieder teuer zu verkaufen.

»Komm, wir gehen irgendwohin, beim Essen erkläre ich es dir.«

Wir gingen in ein Lokal und begannen zu trinken.

»Als du die Kanarienvögel in meinem Büro und in meiner Wohnung gesehen hast, wolltest du von mir wissen, ob ich sie züchte. Ich habe dir geantwortet, das sei mein Hobby.«

»Das stimmt.«

»Ich mache so etwas nicht, um Geld zu verdienen, sondern zum Vergnügen.«

»Mir ist es nie gelungen, meine Haut vor der Polizei und dem Staatsanwalt zu retten«, sagte ich, »dabei wollte ich gar nichts Schlechtes tun. Ich wollte immer arbeiten und mir meinen Lebensunterhalt ehrlich verdienen. Aber ich kann tun, was ich will, ich komme nicht von den Betrügereien los.«

Er unterbrach mich: »Ich verstehe … Du willst sagen, da hast zwar Vergehen begangen, aber ungewollt. Ich dagegen betrüge jeden vorsätzlich. Woher kommt es, daß ich nie verhaftet werde? Das möchtest du doch wissen, nicht wahr? Ich will es dir erklären. Es gibt viele Gründe.«

Da er Abwechslung liebte, tat er nie zweimal dasselbe. Jeden Betrug legte er anders an. Kriminelle tun ihr Leben lang immer wieder dasselbe. Deshalb ist es leicht, sie immer wieder zu überführen.

Der treulose Recai erklärte es mir, als ob er mir Unterricht erteile.

»Viele Menschen können nicht von ihren Angewohnheiten lassen. Achte einmal darauf, wenn einer in ein Lokal geht und sich dort an einen Tisch setzt. Wenn er wiederkommt, will er an dem gleichen Tisch sitzen. Wenn einer dreimal an demselben Tisch gesessen hat und beim nächstenmal jemand anders an dem Tisch sieht, ist er geradezu beunruhigt.«

Recai brachte eine Tatsache zur Sprache, die mir bis dahin nie aufgefallen war.

Der zweite Grund, weshalb Recai nie verhaftet worden war, war der: Seine Betrügereien waren so unübersichtlich angelegt, daß sie niemand durchschauen konnte. Da er mit Partnern arbeitete, zog er so viele Leute in die Geschäfte hinein, daß hinterher keiner sagen konnte, wer schuldig war und wer nicht.

Das wichtigste war der Spaß, den er dabei empfand.

»Ich tue es nicht des Verdienstes wegen, es gefällt mir. Natürlich verdiene ich dabei. Aber das Geld ist nicht die Hauptsache für mich ...«

Er hätte korrekt arbeiten und sein Leben in geordnete Bahnen lenken können, davon bin ich überzeugt. Er hätte sich dabei sogar ein Leben in großem Stil leisten können. Aber er brauchte die ständige Abwechslung.

Recai gab mir zweitausend Lire. Er fand es richtig, daß ich das Gebiet des Ausnahmezustandes verlasse.

Wir hatten viel getrunken und beide eine schwere Zunge.

»Weißt du, ich fühle mich dir gegenüber immer schuldig ...«, sagte er.

»Weshalb?« fragte ich erstaunt.

»Weil ich schon lange von der Schule geworfen worden wäre, wenn du mir nicht geholfen hättest.«

Ich erinnerte mich nicht, ihm in der Schule geholfen zu haben. Er behauptete, ich hätte ihm in der schriftlichen Mathematik-Prüfung zweimal Spickzettel gegeben und so zur Versetzung verholfen.

»Weißt du, was ich als Gegenleistung für dich getan habe?« fragte er.

»Was denn?«

»Eine Niedertracht ...«

Es hätte nicht viel gefehlt, dann hätte ich gesagt: »Das hast du ja stets mit jedem gemacht ...«, aber ich schwieg.

Er redete weiter: »Du bist doch in der Uniform des Paschas in den Schlafsaal gekommen ... Als du dann wieder hinausgegangen bist, mit dem Stock auf den Boden geschlagen hast und den Gang entlanggegangen bist, bin ich aus dem Bett gesprungen, habe mich sofort angezogen und bin zum wachhabenden Offizier gelaufen, um ihm zu berichten, daß der Pascha durch die Schlafsäle gehe ... Ich wollte ihn auf mich aufmerksam machen und hatte nicht gemerkt, daß du es warst. Ich hatte dich tatsächlich für den Pascha gehalten ...« Recai begann zu weinen. »Ich weiß, daß du mir jetzt nicht glaubst. Aber wenn ich gewußt hätte, daß du in der Pascha-Uniform herumläufst, hätte ich es nicht um den Tod gemeldet. Ich hatte angenommen, daß Beschir Kersel in jener Nacht Offizier vom Dienst war. Aber er mußte etwas erledigen und hatte die Nachtwache Hakki Schmiedehammer übergeben. Als ich an die Tür klopfte und sie geöffnet wurde, stand er mir gegenüber, und ich dachte, ich falle in Ohnmacht. Als er fragte: ›Was gibt es?‹, war mir die Zunge vor Angst wie gelähmt. Zurück konnte ich nicht mehr und begann zu stottern: ›Pascha ... Pascha! Efendi, Pascha ...‹

›Was ist los?‹ schrie er.

›Der Pascha geht durch die Schlafsäle, Herr Hauptmann!‹ sagte ich und rannte die Treppe hinauf. Hakki Schmiedehammer kam hinter mir her. Dann hat er dich erwischt ... Ich war es, der dir diese Sache eingebrockt hat. Wenn ich nicht zu ihm gelaufen wäre, hätten sie dich nicht von der Schule geworfen.« Recai schluchzte so, daß ich auch zu weinen anfing. »Du hast mir bei den Prüfungen Spickzettel gegeben, und ich habe dir das angetan ... Ich bin versetzt worden, und was hat es genützt ... Ich wäre sowieso nie ein guter Offizier geworden, aber du ... Um dich ist es schade ... Und alles meinetwegen ... Verzeih mir ...«

Wir weinten beide. Ich bemühte mich, ihn zu beruhigen. »Es ist geschehen, Recai ... Sei nicht traurig. Du hast es doch nicht mit Absicht getan ...«

Weshalb Recai, den ich niemals jemandem etwas Gutes hatte tun sehen, mir geholfen, mir eingeschärft hatte, daß ich immer zu ihm kommen solle, wenn ich Sorgen hätte, mir Geld gab, das verstand ich nach diesem Geständnis.

Er weinte wie ein Kind.

»Was geschehen ist, ist geschehen, Recai. Nimm es nicht so tragisch.«

Nach Mitternacht verließen wir das Lokal. Zum Abschied umarmten wir uns. Diesmal umarmte ich den treulosen Recai von ganzem Herzen, brüderlich. Wir trennten uns.

Am nächsten Tag ging ich zum Bahnhof, um mir eine Fahrkarte zu kaufen, mit der ich so weit wie möglich fahren konnte. Die Züge waren ausverkauft. Ich wartete stundenlang auf dem Bahnhof, ehe einer seine Fahrkarte mit Aufschlag verkaufte. Ich zahlte den geforderten Preis und erhielt von dem Mann ein Billet nach Erzurum.

Ich wußte, daß ich in großen Städten nichts werden konnte. Als vorbestrafter Betrüger gewährte mir die Polizei kein Lebensrecht mehr. Vielleicht würde ich in einer Kleinstadt, in der Provinz, etwas Geeignetes finden.

Mir fiel auf, daß Paschazades Selbstvertrauen trotz des vielen Unheils, das ihn getroffen hatte, ungebrochen war ... Aber er säße jetzt nicht hier im Gefängnis, wenn es ihm diesmal gelungen wäre, sein Leben zu ändern.

Ich besaß zweitausend Lire. Das war damals eine Menge Geld.

Wir hatten Ankara hinter uns gelassen. Nachdem der Zug noch eine ziemlich weite Strecke gefahren war, stieg ich an einer Station aus. Für mich war es irgendein Bahnhof. Aber der Ort gefiel mir nicht, vielleicht lag er mir immer noch zu dicht bei Ankara. Nachdem ich gegessen hatte, ging ich zum Busbahnhof.

Da es für mich unwichtig war, wo der Omnibus hinfuhr,

fragte ich nur nach der nächsten Abfahrt. Es gab eine um drei Uhr nachts. Ich kaufte mir eine Fahrkarte. Wenn ich in ein Hotel ging, mußte ich meine Personalien angeben. Also ließ ich es, verbrachte die Nacht in Kaffeehäusern und lief durch die Straßen. Zur Abfahrtszeit saß ich im Omnibus. Außer einem neuen, schönen Koffer hatte ich nichts bei mir. Ich trug einen neuen Anzug von der Stange und ein weißes Oberhemd, zusammen mit einer schicken Krawatte war ich gut gekleidet. Alle drei, vier Stunden hielt der Omnibus irgendwo. Das Städtchen, in dem wir gegen Abend Station machten, gefiel mir so gut, daß ich beschloß, hier zu bleiben und mein Glück zu versuchen. Da ich sehr hungrig war, wollte ich von einem Jungen, der zwischen den Reisenden umherlief, eine Brezel kaufen, steckte meine Hand in die Tasche und merkte mit Schrecken, daß sie leer war. Vor der Abfahrt des Busses hatte ich mein ganzes Geld in die rechte Gesäßtasche meiner Hose gesteckt. Ich suchte auch in meinen anderen Taschen – nichts … Außer ein paar Münzen in meiner Hosentasche besaß ich kein Geld. Beim Besteigen des Omnibusses war ich angerempelt worden, das mußte ein Taschendieb gewesen sein. Ohne Geld blieb mir nicht anderes übrig, als wieder in den Omnibus einzusteigen. Wir fuhren ab, und ich bekam wieder Angst. Seit vierundzwanzig Stunden hatte ich nichts gegessen. Diesmal hatte der Dieb, der mein Geld gestohlen hatte, mein Leben in seine Hand genommen und mir alle Wege verschlossen, nur der eine war mir wieder offengeblieben.

Die Nacht brach herein. Unser Omnibus fuhr durch die Dunkelheit. Gegen Mitternacht hielt er vor einem Kaffeehaus an der Straße. Bis zur Endstation lagen noch zwei Stunden Weges vor uns. Ich wollte nicht aussteigen, aber die Blase drückte mich. Vorsichtshalber nahm ich meinen Koffer mit, als ich aus dem Bus sprang. Kaum war ich ausgestiegen, als ein paar Männer, deren Gesichter ich im Dunkeln nicht erkennen konnte, mich umringten und ansprachen: »Herr Lehrer, Herr Lehrer!«

Einer hatte eine Laterne in der Hand, hob sie hoch und hielt sie an mein Gesicht, als ob er mich erkennen wollte.

»Willkommen, Herr Lehrer!«

»Hier entlang, Herr Lehrer!«

»Herzlich willkommen, Herr Lehrer ...«

Ich mußte so nötig austreten, daß ich fast in die Hose machte, und war nicht in der Lage, den Männern zuzuhören. Auf ihren Willkommensgruß antwortete ich: »Gestatten Sie ... Wo ist hier die Toilette?«, schob sie beiseite und machte mir den Weg frei.

Ein alter Mann wies einen jüngeren an: »Los, zeig dem Herrn Lehrer den Abort!« und reichte ihm die Lampe.

Der junge Mann nahm sie, sagte: »Bitte sehr, Herr Lehrer!« und ging vor mir her.

Wir liefen los. Zum Schluß konnte ich es nicht mehr aushalten. »Bruder, ich muß Wasser lassen. Das kann ich doch auch hier tun ...«

»Das geht nicht, Herr Lehrer«, sagte der junge Mann, »wir sind auch gleich da! ...«

In der Dunkelheit konnte ich nicht erkennen, wo ich hintrat. Aber es war, als gingen wir über Felder oder Ödland. Erdklumpen blieben an meinen Schuhen haften, ich stolperte. Wir kletterten über Hecken und sprangen über Gräben.

»Ich kann nicht mehr weiter«, sagte ich, »ich erledige es hier ...«

»Das geht nicht, Herr Lehrer, dann schlägt mich der Onkel Imam, weil ich den Herrn Lehrer nicht zu einem Abort geführt habe. Hier ist es schon, wir sind da.«

Der Junge hatte mein häufiges Stolpern gesehen und wollte mir den Koffer abnehmen. Aber nachdem mir mein Geld gestohlen worden war, hatte ich Angst und war fest entschlossen, ihn nicht aus der Hand zu geben.

Der Junge war nicht weniger beharrlich. Er wollte den Koffer unbedingt tragen. Eine Weile diskutierten wir heftig. Er zog an dem Koffer und ich auch ... Gleich würde mir das Malheur passieren ...

»Laß los, Junge!«

»Lassen Sie los, Herr Lehrer.«

»Ich hab gesagt, du sollst loslassen ...«

»Ich laß aber nicht los …«

»Mach keinen Ärger!«

»Ich laß nicht los …«

Ich hätte ihm den Koffer überlassen, aber mitten auf dem Acker und in der Dunkelheit … Wenn er ihn nun nahm und verschwand … Ich kannte mich hier nicht aus und hatte kein Geld. Wenn mir jetzt noch einer den Koffer wegnahm, war ich verloren. So konnte ich wenigstens den Inhalt, zu welchem Preis auch immer, hier verkaufen und das Rückfahrgeld nach Istanbul zusammenkratzen, dachte ich. Aber der Junge ließ den Koffergriff nicht los. Und er war ein Hüne … Als ich merkte, daß ich nicht mit ihm fertig werden würde, verlegte ich mich aufs Bitten: »Nun laß doch los, mein Junge …« »Allmächtiger, Sie bitten vergeblich, Herr Lehrer, ich lasse ihn nicht los, ich hab es fest versprochen …«

Plötzlich wurde ich wütend und brüllte ihn an: »Hör auf mit deinem ›Herr Lehrer, Herr Lehrer‹ … Laß los, sage ich dir!«

Sie können sich vorstellen, wie ich gezogen haben muß, denn plötzlich hatte der Junge den Koffer in der Hand und ich den Griff. Ich fiel rückwärts zu Boden. Meine Beine flogen in die Luft. Ich schlug so hart mit dem Rücken auf, daß ich heftige Schmerzen verspürte. Bis hierher war mir der halbe Blaseninhalt sowieso schon in die Unterhose getropft. Den Rest gab ich her, als ich so schmerzhaft auf den Rücken fiel.

Der Junge half mir auf die Beine und sagte: »Wir sind schon da, Herr Lehrer, hier ist es!«

Direkt vor dem Abort waren wir also darüber in Streit geraten, ob ich ihm den Koffer überlasse oder nicht. Ein wenig weiter seitlich wäre ich in die Sickergrube gerollt.

Der Junge gab mir die Lampe und schob mich irgendwo hinein.

Die Abort genannte Stelle, die ich nach dem Weg über Stock und Stein erreicht hatte, stellte sich als eine stinkende Grube mitten auf dem Feld heraus, oben offen, an drei Seiten von Gestrüpp und einer Hecke umgeben und vorn mit einem Stück alten Sacktuches verhangen.

Meine Hose und Unterhose waren klatschnaß. Mir kam es

vor, als hätten wir eine halbe Stunde gebraucht, um diesen schmutzigen Abort zu erreichen. Tatsächlich waren wir höchstens zwei oder drei Minuten gelaufen.

Als ich vom Abort kam, war der junge Mann verschwunden. Weder er war zu sehen noch mein Koffer. Ach, Allah, was mußte mir auch immer passieren!

Den Koffergriff immer noch in der Hand, begann ich in die Dunkelheit hinauszurufen: »Junge, junger Mann! Wo bist du? Wo bist du hingegangen?«

Ein Rudel Hunde begann zu bellen. Es waren sicher vierzig bis fünfzig Köter. Das Bellen kam näher. Ich merkte, daß sie auf mich zuliefen, und begann zu laufen – natürlich nicht auf das Gebell zu, sondern in entgegengesetzter Richtung. Nach einer Weile hörte ich Stimmen, die die Hunde fortscheuchten. Einer rief:

»Herr Lehrer, nicht dorthin, Sie laufen in die falsche Richtung!«

Ich erkannte die Stimme des Jungen. Er kam angelaufen, nahm mir die Lampe aus der Hand, rannte vor mir her und jagte die Hunde fort.

Wir kamen vor dem Kaffeehaus an. Der Lampenschein fiel auf eine Menschenmenge. Sie umringten mich sofort. Ich entschlüpfte ihnen und machte mich auf den Rückweg. Von dem Omnibus war nichts mehr zu sehen.

»Omnibus … Omnibus!« begann ich zu schreien.

»Der Bus ist weg … Der ist abgefahren …«, erklärten sie mir. Als ich sagte: »O je, ich wollte doch mitfahren, und jetzt stehe ich hier …«, sagte ein Mann: »Nein, Sie mußten doch hier aussteigen, Sie bleiben doch hier …«, und dann streckte er mir die Hand hin: »Ich bin der Bürgermeister.«

Ich drückte ihm die Hand.

»Also, gehen wir, Herr Lehrer!« sagte er.

Sie ließen mich auf einen Wagen steigen, der Bürgermeister setzte sich neben mich und begann zu reden: »Hoffentlich gefällt Ihnen unser Städtchen … Der Weg vom Ort zur Landstraße beträgt mit dem Wagen eine Viertelstunde … Der Herr Direktor hätte Sie auch gern abgeholt, aber der Omnibus hatte Verspätung. Wir wußten nicht, wann er ankommt. Wir warten schon seit Tagen auf Sie. Als wir Ihr Telegramm erhielten, haben wir uns sehr gefreut. Wir machten uns sofort auf den Weg, um Sie abzuholen. Seit Mittag haben wir schon dagestanden. Ihr Omnibus hatte sehr viel Verspätung.«

Ich gab keine Antwort, sondern lächelte nur. Wir fuhren ins Städtchen ein. Vor einem Haus hielt der Wagen.

»Bitte sehr!« sagte der Bürgermeister.

Wir stiegen aus und gingen ins Haus.

»Unsere hiesigen Gasthäuser sind nicht besonders gut. Seien Sie vorerst mein Gast. Ich hoffe, Sie nehmen meine Einladung an!«

»Aber ich bitte Sie ...«

»Ihr Zimmer ist fertig, sicher sind Sie sehr müde. Ich wünsche Ihnen eine gute Nacht ...«

Ich betrat ein hergerichtetes Zimmer.

Nachdenklich ging ich zu Bett. Was sollte ich hier? Ich besaß kein Geld, um woanders hinzufahren. Aber was sollte werden, wenn ich hierblieb? Die Leute nannten mich ständig »Herr Lehrer« ... Da lag doch ein Mißverständnis vor. Ich fühlte, daß ich wieder einmal im Begriff war, in eine Sache hineinzugeraten, aus der es kein Entrinnen gab.

Am Morgen stand ich auf, zog mich an und ging hinaus.

»Guten Morgen, Herr Lehrer!« sagte der Bürgermeister.

Er fragte mich, ob ich gut geschlafen hätte. Dann erzählte er, der Schuldirektor sei gekommen, wir würden zusammen frühstücken.

Wir betraten ein Zimmer im unteren Stockwerk. Der Herr Direktor begrüßte mich mit großer Herzlichkeit. Er war ein grauhaariger, untersetzter, sympathischer Mann, vielleicht zehn bis fünfzehn Jahre älter als ich. Man merkte ihm an, wie sehr er sich über meine Ankunft freute. Er redete pausenlos, ohne mir eine Gelegenheit zu einer Erklärung zu geben. Inzwischen hatte der Sohn des Bürgermeisters das Frühstück gebracht. Ich sagte mir, ich würde mich satt essen, dann erklären, daß man mir mein ganzes Geld gestohlen hatte, und sagen, daß ich kein Lehrer war. Von dem Direktor erfuhr ich, daß die Mittelschule in diesem Jahr neu eröffnet worden sei. Er war zwei Wochen vor mir hier angekommen und wußte nicht, was er tun sollte, denn außer ihm war kein weiterer Lehrer da. Als Mittelschule war außer einem Fünf-Zimmer-Gebäude mit niedriger Lehmdecke, ihm selbst und einem runden Siegel mit der Inschrift »Türkisches Erziehungsministerium« nichts vorhanden. Er zog das Siegel aus der Tasche und zeigte es mir: »Sehen Sie, das ist die Schule!« sagte er lachend.

Optimistisch meinte er, daß wir beide, er und ich, eine Mittelschule würden in Gang bringen können. Andauernd nannte er mich Orhan Bey. Und das wichtigste: Orhan Bey hatte seine Ankunft für den Tag telegrafiert, an dem ich eingetroffen war. Jetzt brauchte dieser Orhan Bey nur noch tatsächlich ein bißchen später aus einem Omnibus zu steigen, und der Skandal war da!

»Wenn wir beide Hand in Hand arbeiten, schaffen wir das schon«, sagte der Direktor, denn seiner Meinung nach konnten auch der Landrat, der Amtsarzt und die Grundschullehrer Unterrichtsstunden übernehmen.

Die Ehrerbietung, die mir die Einwohner angedeihen ließen, rührte von der Furcht her, mir könne der Ort nicht gefallen und ich würde wieder abreisen. Seit fünf Jahren bemühten sie sich nämlich darum, eine Mittelschule zu eröffnen. Das Schulgebäude hatte die Bevölkerung selbst gebaut. Den unzähligen Eingaben, Telegrammen und Delegationen hatte das Erziehungsministerium sich nicht länger verschließen können und schließlich die Eröffnung der Mittelschule durch Übersendung eines Siegels und eines Direktors dokumentiert. Anstelle des Mathematiklehrers Orhan Bey war ich eingetroffen ...

Nach dem Frühstück sagte der Direktor: »Bitte sehr, lassen Sie uns zur Schule gehen!«

Ich dachte daran, ihm jetzt, wo wir allein waren, alles zu erklären. Was konnte mir passieren, wenn ich es richtig anfing! »So so, du bist also kein Lehrer ... Na dann, auf Wiedersehen!« würde er sagen. Aber ich hatte keinen Piaster in der Tasche, wo sollte ich hin? Unterwegs machte der Direktor mich mit einem Rechtsanwalt bekannt: »Das ist unser Mathematiklehrer Orhan Bey.«

»In Ihrem Telegramm stand, daß Sie mit Ihrer Frau Gemahlin und den Kindern kommen …«, sagte der Anwalt.

Der ganze Ort wußte also von Orhan Beys Ankunft.

»Ich lasse meine Familie nachkommen, Efendi. Ich will erst eine Wohnung finden.«

»Das ist richtig«, pflichtete er mir bei, »wir müssen Sie erst unterbringen … Ich hoffe, es gefällt Ihnen bei uns. Es gibt eine Menge leerer Häuser hier.«

Bis wir die Schule erreichten, begegneten wir noch fünf, sechs Leuten, mit denen der Direktor mich bekannt machte.

Dann betraten wir die Schule. Um das eine Schule zu nennen, bedurfte es hundert Zeugen. Die Bevölkerung hatte mit eigenen Mitteln schlecht und recht ein paar Pulte zusammengeschustert und damit zwei Räume gefüllt, nun war es eine Schule. Von den insgesamt fünf Räumen war einer das Zimmer des Direktors, weiter gab es ein Lehrerzimmer und das Sekretariat.

»Da Sie jetzt hier sind«, sagte der Direktor, »werden wir mit Hilfe der Einwohner die Schule sofort vergrößern und noch ein oder zwei Räume anbauen.«

Nach Besichtigung der Schule begaben wir uns ins Rathaus und tranken Kaffee.

»Seien Sie bitte mein Gast, bis Ihre Möbel kommen«, sagte der Bürgermeister zu mir. »Wir werden ein geeignetes Haus für Sie mieten. Wenn Ihre Sachen kommen, ziehen Sie um …«

Ich dankte ihm. Was konnte ich sonst tun? Ich stand Todesängste aus, der Omnibus würde eintreffen, aus dem Orhan Bey aussteigt. Das Mittagessen nahmen wir mit den Honoratioren und Intellektuellen des Städtchens in einem Lokal ein. So verging dieser Tag. Am Abend kehrte ich mit dem Bürgermeister in sein Haus zurück. Zum ersten Mal in meinem Leben dachte ich in dieser Nacht darüber nach, daß ich einen Mann betrog. Ich sollte zu dem Bürgermeister sagen: »Leider habe ich kein Geld. Sie wissen ja, wie es uns Beamten geht. Leihen Sie mir fünfzig Lire. Wenn ich mein Gehalt bekomme, zahle ich sie Ihnen zurück.«

Natürlich würde er mir das Geld geben. Ich würde sofort, ohne daß es einer sah, in den Omnibus steigen und von dort fliehen. Dann sollten sie mich nur suchen … Aber ich brachte es nicht fertig, das zu dem Bürgermeister zu sagen.

Am nächsten Tag ging ich zur Schule. Der Direktor war sehr beschäftigt.

»Herr Direktor, ich muß Ihnen etwas sagen.«

Als er antwortete: »Ich weiß, was Sie sagen wollen …«, bekam ich Angst. Hatten sie schon von meiner Vergangenheit erfahren?

Der Direktor legte mir die Hand auf die Schulter: »Wir dürfen uns nicht abschrecken lassen, ein Land kann nur mit einer Armee von Lehrern entwickelt werden, anders geht es nicht … In ganz Europa ist es so gewesen.«

Er sprach von diesem und jenem und muß wohl gedacht haben, ich wolle sagen, daß es mir hier nicht gefalle. Aber ich war fest entschlossen.

»Nein, nein, Herr Direktor, ich muß Ihnen etwas anderes sagen …«

Er ließ mich einfach nicht zu Wort kommen.

»Ja, ja, ich weiß, ich weiß, Efendi …«, sagte er wieder und begann von etwas anderem zu reden.

»Nein, Herr Direktor, das ist es nicht, ich wollte sagen …«

»Ich weiß, Efendi …«

»Sie wissen es nicht!« schrie ich.

Er hielt inne und richtete sich kerzengerade auf. Mein Brüllen hatte ihn erschrocken. Verstört sagte er: »Bitte sehr, ich höre Ihnen zu.«

»Lassen Sie uns hineingehen«, bat ich.

Wir betraten sein Zimmer, in dem nur ein Holztisch und zwei Schemel standen. Auf dem Tisch lag das Amtssiegel.

Wir setzten uns. Er sagte noch einmal: »Bitte sehr, ich höre Ihnen zu.«

Ich wußte nicht, wie ich anfangen sollte.

»Herr Direktor …«

»Efendi …«

»Wer hat Ihnen gesagt, daß ich Lehrer bin?«

Er war verblüfft. Nach einer Pause antwortete er: »Sie ...«

»Wer? Ich? Wann, wo? Ich habe Ihnen das nicht gesagt. Soll das heißen, daß Sie vor einem Gericht als Zeuge aussagen würden, ich hätte Ihnen gesagt, ich sei Lehrer?«

»Selbstverständlich.«

»Aber ich habe das weder zu Ihnen noch zu irgend jemand anderem gesagt.«

»Soll das heißen ... Sie ... jetzt ... Aber Sie haben doch telegrafiert ...«, flüsterte er.

»Nein, das habe ich nicht.«

»Wir haben Ihr Telegramm doch erhalten, Orhan Bey.«

»Erstens heiße ich nicht Orhan, und zweitens habe ich nicht telegrafiert ...«

Er schlug mit dem Schulsiegel auf den Tisch und dachte nach. Dann fragte er: »Wer sind Sie dann?«

Ich senkte den Kopf und schwieg.

»Oder ... sind Sie von der Geheimpolizei? Suchen Sie jemanden? Jaaa ... ich habe auch davon gehört, im Ort soll es Rauschgifthändler geben. Ich habe verstanden, deswegen sind Sie hier.«

Der Direktor wollte immer auf alles selbst kommen. Beinahe hätte ich zu ihm gesagt: »Ja, Sie haben recht, ich bin ein Geheimpolizist und suche hier jemanden«, um so aus der Sache herauszukommen. Ich dachte ein, zwei Sekunden daran, aber dann wurde mir klar, daß ich damit alles noch mehr komplizieren würde.

»Interessiert es Sie sehr, wer ich bin?« fragte ich.

»Warum haben Sie vorher nichts davon gesagt?«

»Dazu war ja keine Gelegenheit ...«

Dann erzählte ich ihm alles: wie ich aus dem Omnibus gestiegen war, weil ich austreten mußte, und sie mich gleich »Willkommen, Herr Lehrer« begrüßt hatten; wie ich in dem Zustand nicht in der Lage war, die Sache klarzustellen; wie dann der Omnibus abgefahren war; meine Verblüffung, als Orhan Bey angeredet zu werden, wie ich am nächsten Tag alles erfuhr, aber nichts sagen konnte, weil mir mein ganzes Geld unterwegs gestohlen worden war und ich keine Möglichkeit hatte, von hier wegzukommen. Ich sagte alles. Nur daß ich ein vorbestrafter Betrüger war, erwähnte ich nicht. Nachdem der Direktor mir sehr erstaunt zugehört hatte, sagte er: »Allah, Allah ... wie ist es möglich, daß Taschendiebe sogar einem Polizisten wie Ihnen Geld stehlen können?«

»Herr Direktor, ich bin nicht von der Polizei ...«

»Ja, ja, ich verstehe schon ... Natürlich werden Sie das nicht zugeben, das ist doch selbstverständlich ... Ich verstehe Sie. Ich verrate nichts, mir können Sie vertrauen. Am besten, ich weiß auch nicht, daß Sie ein Polizeiinspektor sind ... Ja, ja ... Ich habe nichts davon gehört ... Ich weiß von gar nichts ...«

»Herr Direktor, ich bitte Sie, ich bitte Sie sehr ... Ich bin bestimmt nicht von der Polizei ...«

»Aber nein, Efendi, aber nein ...«

Der Direktor konnte einen zum Wahnsinn treiben. Meine Angst war, vom Regen in die Traufe zu geraten.

»Ich bin kein Polizist, Herr Direktor ...«

»Aber nein ... natürlich nicht ... Keiner darf davon erfahren ... Nicht einmal die Polizei und die Gendarmen hier ... Vielleicht stecken sie mit den Rauschgifthändlern unter einer Decke, nicht wahr, Efendi ...«

»Woher soll ich denn das wissen, Herr Direktor ... Aber ich bin bestimmt ...«

»Ich habe verstanden, Efendi ...«

Ich konnte sagen, was ich wollte, der Direktor glaubte einfach nicht, daß ich kein Polizist war.

»Wie lange werden Sie hierbleiben?« fragte er.

Während ich darüber nachdachte, was ich ohne Geld in der Tasche tun könnte, um mir hier das Fahrgeld zu verdienen, antwortete ich: »Das weiß ich nicht, aber bei der ersten Gelegenheit werde ich natürlich fortgehen ...«

»Wenn Ihr Auftrag beendet ist ...«

»Welcher Auftrag, Herr Direktor?«

»Entschuldigen Sie, ich bin ganz durcheinander ... Wie lange schätzen Sie, daß Sie ungefähr bleiben werden?«

»Das weiß ich nicht, vielleicht sechs Monate, vielleicht ein Jahr ...«

»Oh, das ist gut ... Das freut mich sehr. Jetzt kann ich Sie um etwas bitten.«

»Aber gern ...«

»Es ist für unser Land ...«

»Um was geht's denn?«

»Es kommt Ihren tatsächlichen Aufgaben zugute. Wir wollen zusammenarbeiten, so lange Sie hier sind.«

»Gern ... aber wie?«

»Als Lehrer an der Schule ... Sie wissen doch, ich bin ganz allein. Die Leute halten Sie sowieso für den Mathematiklehrer. Lassen wir es dabei. Für Sie ist das auch besser, wenn Sie nach außen hin als Lehrer hier sind.«

Der Mann flehte mich an.

»Aber, Herr Direktor, ich gehe bei der ersten Gelegenheit fort.«

»Ich verstehe, ich verstehe ja ... Aber ist es denn nicht besser für Sie, wenn die Leute Sie für Orhan halten? Die sollen nur denken, Sie seien der Mathematiklehrer. Helfen Sie mir, die Schule zu eröffnen ...«

»Ich fahre weiter, Efendi ...«

»Bis dahin ... Selbst wenn Sie nur einen Monat bleiben, ist das schon eine Erleichterung für mich. Erfüllen Sie meine Bitte. Sagen Sie nicht, Sie könnten das nicht, Sie können es. Wir müssen sowieso ein improvisiertes Lehrerkollegium bilden und Hilfslehrer einstellen. Sie kennen die Situation ... Lassen Sie mich nicht im Stich ...«

»Aber, Herr Direktor, die Leute hier denken, ich sei Orhan Bey. Was geschieht, wenn der echte Orhan kommt? Vielleicht kommt er heute schon.«

»Lassen Sie ihn nur kommen ... Es gibt ja nicht nur einen Orhan auf dieser Welt ... Er ist ein Orhan, Sie sind ein anderer.«

Zu der Zeit, als das geschah, gab es noch keine Familiennamen, und der Direktor sprach so eindringlich – ein bißchen tat er mir auch leid –, daß ich es nicht übers Herz brachte, fortzugehen, sondern seine Bitte akzeptierte. Der Direktor und ich hatten jetzt ein Geheimnis.

Ich krempelte mir sofort die Ärmel hoch und machte mich an die Arbeit. Dabei begann ich mir pädagogische Kenntnisse anzueignen, mich dafür zu begeistern.

Ich will Ihnen etwas sagen: Ein Mensch lügt, und wenn die Lüge andauert, beginnt er mit der Zeit selbst daran zu glauben. Verbrecher, die lange im Gefängnis gesessen haben, wissen das. Unter den Häftlingen gibt es viele, die sich vor zwanzig oder dreißig Jahren eine Lüge ausgedacht haben, sie wieder und wieder erzählen und nun daran glauben. Menschen, deren Leben zerstört ist, haben das so an sich.

Die Arbeit faszinierte mich so, daß ich schon selbst glaubte, ich sei Mathematiklehrer. Tage und Wochen vergingen, und als der Mann immer noch nicht eintraf, hielt ich mich für ihn, ohne mir dessen bewußt zu werden.

Aber was war aus dem echten Orhan geworden, der seine Ankunft telegrafiert hatte? Ich fürchtete mich vor seinem Auftauchen, aber gleichzeitig hätte ich zu gern gewußt, weshalb er nicht kam. Als ich das dem Direktor sagte, meinte er: »Du hast ja keine Ahnung von der Arbeit in unserem Ministerium. Da geht alles drunter und drüber. Vielleicht ist Orhan Bey noch am gleichen Tag, als er uns seine Ankunft telegrafierte, an eine andere Schule versetzt worden.«

Nach den Worten des Direktors waren solche Dinge an der Tagesordnung. Seiner Meinung nach könnte es auch so gewesen sein, denn dieser Ort war bei den Lehrern und ganz allgemein bei allen Beamten nicht beliebt, es war eine arme Gegend. Deshalb wollte niemand hierher an die neu eröffnete Schule kommen. Vielleicht war der Mathematiklehrer Orhan Bey sehr unglücklich über die Versetzung gewesen und hatte ein paar Bekannte unter den hohen Ministerialbeamten um seine Versetzung an einen anderen Ort gebeten. Er hatte keinen Erfolg gehabt und mußte abreisen. Nach Aufgabe des Telegramms hatte die Protektion dann doch noch funktioniert, er war in letzter Minute an eine andere Schule versetzt worden.

»Mach dir keine unnötigen Sorgen, der kommt nicht mehr. Der ist bestimmt schon an einer anderen Schule«, sagte der Direktor.

Er wußte ein paar lustige Geschichten zu diesem Thema, die ihm selbst passiert waren. Einmal war er gleichzeitig an drei Schulen in drei verschiedene Städte versetzt worden, eine Versetzung geschah sogar als Englischlehrer.

»Dabei kann ich überhaupt kein Englisch«, sagte er.

Das Lustigste war, daß einem Kollegium elf Lehrer fehlten, dafür waren drei Turnlehrer auf einmal gekommen, einer davon er selbst.

»So etwas kommt vor ...«, sagte er.

Tatsächlich hatte es auch bei uns so ein Durcheinander gegeben.

Die Schule war gerade erst eröffnet, als zusammen mit einem Versetzungsschreiben ein weiterer Direktor eintraf. Das gab es doch nicht! Da war nur ein Lehrer an die Schule versetzt worden, der noch nicht einmal da war, aber es gab zwei Direktoren ... Gleich nach dem Eintreffen des neuen Direktors begann der Ärger.

Als sei er das Siegel des Großwesirs, begann der Kampf um den Schulstempel. Der Neue hielt sich für den wirklichen Direktor, weil er später hierher versetzt worden war. Der bisherige Direktor sollte entweder sein Stellvertreter oder nur Lehrer sein. Er erhob Anspruch auf das Siegel. Ein anderes Beweisstück für die Existenz der Schule gab es nicht. Der alte Direktor gab nach. Ohne zu warten, bis eine Erklärung vom Ministerium kam, übergab er das Siegel und das Direktorenzimmer mit dem Tisch und den beiden Schemeln an den Spätergekommenen. Bald darauf wurde der alte Direktor an eine andere Schule versetzt und verließ das Städtchen.

Der eigentlich Betroffene war ich, denn der alte Direktor wollte mich als Schulsekretär einstellen, hätte mich aber zur Aushilfe als Mathematiklehrer eingesetzt. Der Direktor hatte die Befugnis, einen Sekretär für die Schule einzustellen. Ich hätte ein Sekretärsgehalt empfangen, das wäre kein Verbrechen gewesen. Ich hatte mich darauf gefreut, erstmals, ohne eine Straftat zu begehen, mit einer Arbeit Geld verdienen zu können. Aber nachdem der neue Direktor an die Schule gekommen war, erfüllte sich auch diese Hoffnung nicht; denn da er mich für den Mathematiklehrer Orhan Bey hielt, hatte er mich auch so auf die Gehaltsliste gesetzt. Ich konnte dem neuen Direktor doch nicht sagen, wer ich wirklich war.

Selbst nach so vielen Vorstrafen kam es mir vor, als sei ich auf frischer Tat ertappt, als ich mein erstes Lehrergehalt in Empfang nahm. Da ich nun Geld in der Tasche hatte, konnte ich in den nächsten Omnibus steigen und mich davonmachen. Aber das hätte keine Rettung bedeutet, denn wenn ein Lehrer plötzlich spurlos verschwindet, bringt das eine Menge Aufregung, würde das vielleicht sogar in der Zeitung stehen. Die Polizei und die Gendarmerie würden sich einschalten. Es konnte sogar sein, daß mein Bild in den Zeitungen erschien mit der Frage, ob dieser Lehrer entführt oder umgebracht worden war. Dann würde herauskommen, daß Paschazade sich als Lehrer ausgegeben hatte. Deshalb konnte ich das Städtchen nicht verlassen …

Ich überließ alles der Zeit. Ich hatte eine Wohnung im oberen Stockwerk eines zweistöckigen Hauses. Es war eine abgeschlossene Etage mit drei Zimmern. Nach und nach kaufte ich mir Möbel und richtete mich ein. Ich gewöhnte mich an die Menschen dort, an meine Arbeit, an meine Schüler und fühlte mich wie ein richtiger Lehrer. Nur von Zeit zu Zeit überfiel mich Angst, alles würde herauskommen. Damit der Schwindel nicht aufflog, setzte ich meine ganze Kraft daran, ein guter Lehrer zu sein. Tag und Nacht kümmerte ich mich um die Schule und um meine Schüler. Ich lebte für nichts anderes mehr. Aus Istanbul ließ ich mir Bücher kommen und las pausenlos, um meine Wissenslücken aufzufüllen und mich weiterzubilden. Ich strampelte mich ab, um besser zu sein als ein richtiger Lehrer.

Nach und nach trafen auch die restlichen Lehrer für die Schule ein. Da die Bevölkerung das Ministerium ständig mit Eingaben überschüttete, war das Kollegium unserer Schule gegen Mitte des Schuljahres komplett. Es waren auch zwei weibliche Lehrkräfte darunter. Als die Anzahl der Lehrer stieg, wurde auf Betreiben des Direktors beschlossen, einen Lehrerbund zu gründen. Ein geeignetes Domizil wurde gefunden. Er erfreute sich großen Interesses. Es gab viele Grundschullehrer im Ort. Der Klubraum begann eng zu werden.

Es war erstaunlich: Kaum war der Lehrerbund gegründet, da spalteten sich die Lehrer unserer Schule zuerst in zwei, dann in drei Gruppen. Später brachen sie völlig auseinander, zwei, drei Lehrer bildeten eine Gruppe. Jeder aus jeder Gruppe trat nach und nach aus seiner Gruppe aus und einer anderen bei. Soweit ich mich erinnere, hatte sich der Lehrerbund schließlich in neun Abteilungen gespaltet.

Vor Gründung des Lehrerbundes hatte es solche Differenzen zwischen uns nicht gegeben, denn wir waren ja zu keinem Einvernehmen gekommen, das hätte in Stücke gehen können. Erst die Gründung der Vereinigung gab den Anlaß zur Spaltung. Dafür gab es eine Vielzahl von Gründen: politische Diskussionen, die Fußballmannschaften, Familienklatsch oder Poker und andere Glücksspiele.

Vor Gründung des Lehrerbundes gab es nur den Kaufmannsclub, wo die Honoratioren des Städtchens in Ruhe Karten spielen konnten. Als der Lehrerbund gegründet wurde, begannen die städtischen Beamten und Intellektuellen meistens in das Klublokal der Lehrer zu kommen. Es war unmöglich, alle Lehrer – nicht einmal während ihrer Unterrichtsstunden – in der Schule anzutreffen. An den Wochenenden und anderen Feiertagen waren alle Lehrer fast vollzählig – mehr als einer oder zwei fehlten nie – im Klublokal zu finden. Manche blieben gleich bis zum nächsten Morgen. Hier traf sich jetzt die Oberschicht des Städtchens: der Landrat, der Amtsarzt, der Staatsanwalt, der Richter, der Bürgermeister, die Kaufleute. Alle diese Beamten beteiligten sich an der Spaltung innerhalb des Lehrerbundes.

Was mich betraf, so lebte ich ständig in Angst, meine Schwindelei werde herauskommen, und stürzte mich deshalb in die Arbeit. Ich besuchte das Klublokal des Lehrerbundes nur sehr selten. Ich wollte nicht teilhaben an den Spaltungen, wollte keinen gegen mich aufbringen aus Angst, meine Vergangenheit käme ans Tageslicht. Ich ließ mich nicht – wie die anderen Lehrer – ständig entschuldigen oder krankschreiben, um meine Zeit im Klublokal verbringen zu können. Selbst wenn ich tatsächlich krank war, blieb ich meinem Unterricht nicht fern. Nachmittags gab ich zurückgebliebenen Schülern Nachhilfestunden. Wir gründeten Sportgruppen, es gab Volley- und Fußballmannschaften. Zusammen mit meinen Schülern richtete ich einen Sportplatz her. Das Schulgebäude wurde zu klein. Deshalb gründeten wir einen Verein zur Schulerweiterung. Die Stadtverwaltung unterstützte uns. Mit Hilfe einheimischer Kaufleute und wohlhabender Väter begannen wir unsere Schule zu vergrößern. Wir bauten zwei Klassenräume und eine Bibliothek mit Leseraum an.

In meinem ganzen Leben hatte ich nicht mit solcher Begeisterung und Freude gearbeitet.

Am liebsten wäre ich nie in den Lehrerklub gegangen, aber ich hielt es für klüger, mich ab und zu dort sehen zu lassen. Um nicht gefragt zu werden, wo ich früher als Lehrer gearbeitet hatte, freundete ich mich mit niemandem an. Ich vermied es, mich an den Gesprächen zu beteiligen. Der Klatsch darüber, daß meine Frau und die Kinder noch nicht nachgekommen waren, verstummte auch mit der Zeit.

Durch mein intensives Arbeiten bis tief in die Nacht hinein bemühte ich mich, ein guter Mathematiklehrer zu werden. Ich hatte das Gefühl, niemand nehme mir den Lehrer ab.

Wir wußten nichts davon, daß zwei Inspektoren in unsere Schule kommen würden. Als sie eintrafen, war schon Unterrichtsschluß, außer mir war kein Lehrer mehr in der Schule. Ich befand mich mit meinen Schülern in einer Theaterprobe für eine Schüleraufführung. Als ich den beiden Männern gegenüberstand und erfuhr, wer sie waren, dachte ich, mir bliebe das Herz stehen. Ich glaubte, mein Schwindel sei aufgeflogen und sie seien meinetwegen hier, aber meine Angst war völlig fehl am Platz.

Die Kollegen, die nach der Gründung des Lehrerbundes zu Feinden geworden waren, hatten sich laufend gegenseitig denunziert und das Erziehungsministerium mit Beschwerden überschüttet. Die städtischen Beamten, die Eltern der Schüler und die Honoratioren des Ortes hatten sich den Beschwerden angeschlossen. Deshalb hatte das Ministerium die beiden Inspektoren geschickt. Wie in allen solchen Fällen war vorher keine Mitteilung ergangen.

Sie blieben zwei Wochen. Jeder Lehrer wurde einzeln von ihnen befragt.

Bei meinem Verhör erfuhr ich, daß ich der einzige Lehrer war, über den sich niemand beschwert und der sich selbst auch über keinen beklagt hatte. Einer der beiden Inspektoren fragte mich lachend nach dem Grund. Wie konnte sich denn ein unechter Lehrer über einen echten beschweren ... Der Inspektor bestand auf seiner Frage.

»Weshalb haben Sie keine Beschwerde geführt wie die anderen Lehrer?«

Er sah mich dabei so zweifelnd und prüfend an, als wollte er mich beschuldigen, mich nicht über meine Kollegen beklagt zu haben.

»Alle Lehrer haben sich gegenseitig denunziert, nur Sie haben nichts dergleichen getan ...«

Er stellte das in einem Ton fest, als hätte ich eine Pflichtverletzung begangen. Jetzt überkam mich Angst, es könnte herauskommen, daß ich kein richtiger Lehrer war, weil ich meiner normalen Pflicht, Kollegen anzuschwärzen, nicht nachgekommen war. »Wenn du dich doch nur der Sitte angepaßt und auch ein oder zwei Kollegen zum Schein angezeigt hättest«, ging es mir durch den Kopf.

Als auch der zweite Inspektor mein Schweigen bemerkte, fragte er: »Oder ist diese anonyme Anzeige hier von Ihnen?«

»Ja«, hätte ich sagen müssen – statt dessen sagte ich mit fester Stimme: »Nein, ich habe niemanden angezeigt.«

Dreimal besuchten die beiden Inspektoren meinen Unterricht. Sie stellten meinen Schülern Fragen. Beim Verlassen des Klassenraumes bedankten sie sich jedesmal.

Sie fuhren wieder ab. Ich freute mich am meisten darüber. Danach ging in der Schule und im Ort das Leben wie früher weiter. Die Lehrerknappheit dauerte an. Eine der Lehrerinnen hatte Schwangerschaftsurlaub. Die andere, die unverheiratete, war mehr krank als gesund. Wenigstens zwei oder drei Lehrer waren für längere Zeit vom Amtsarzt krankgeschrieben und verbrachten ihre Tage entweder im Klublokal, oder sie gingen vorsichtshalber zum Kartenspielen doch lieber in den Kaufmannsklub, um keinen Anlaß zum Gerede zu geben. Der eine oder andere befand sich im Kreiskrankenhaus, und manche hatten Urlaub. Ein Lehrer brachte ein Attest für Luftverschmutzung, aber gleichzeitig sagte er, die Luft und das Wasser seien nirgendwo so gut wie hier, und verbrachte seine Zeit im Lehrerbund.

Haben Sie schon einmal einen falschen Lehrer gesehen, der vom Ministerium ein Anerkennungsschreiben erhalten hat? Hier steht einer vor Ihnen ... Etwa zwei Monate nach Abreise der Inspektoren kam ein Schreiben, in dem meine außergewöhnliche Arbeit und mein Erfolg gewürdigt wurden. Der Brief war ein offizieller Beweis für meine Lehrtätigkeit. Da ich kein Diplom besaß, mit dem ich mich wie meine Kollegen brüsten konnte, rahmte ich dieses Anerkennungsschreiben unter Glas und hängte es in meinem Zimmer an die Wand.

Danach arbeitete ich mit noch größerem Eifer. Ich hatte keine Angst mehr, erwischt zu werden, hatte ganz vergessen, daß ich kein richtiger Lehrer war. Jetzt besaß ich Selbstvertrauen. Ich ging nun auch häufiger in den Lehrerbund ... Und dann geschah etwas ganz Unvorhergesehenes: Ein Schreiben des Ministeriums setzte mich von der Versetzung an ein Großstadt-Gymnasium in Kenntnis. Der Mathematiklehrer Orhan Bey war zum Studienrat befördert worden. Ich glaube, auch diese Versetzung war auf den Bericht der Inspektoren zurückzuführen.

Das Ende des Schuljahres rückte näher. In Kürze würden die Prüfungen beginnen.

Um Abwechslung in das eintönige Kleinstadtleben zu bringen, erfanden die Beamten viele Vorwände, um ständig Partys zu veranstalten. Wenn ein neuer Beamter eintraf oder ein anderer versetzt wurde, gab es Willkommens- oder Abschiedspartys. Insbesondere die Abschiedsfeiern waren prächtig. Auch um mich zu verabschieden, hatten die Lehrerkollegen, die anderen Beamten und die Honoratioren des Städtchens eine Party vorbereitet. Diese Feier zeigte mir, wie beliebt ich war. Als die Lehrer die Party in unserem Vereinslokal abhalten wollten, wendeten die Honoratioren ein, es sei zu klein, und schlugen den Kaufmannsklub vor. Der Bürgermeister, mit dem ich jetzt befreundet war, sagte, das größte Restaurant im Ort sei der einzig geeignete Platz. Die städtischen Beamten und die Lehrer waren miteinander verfeindet, es konnte geschehen, daß die Lehrer nicht in den Kaufmannsklub oder die Geschäftsleute nicht in den Lehrerbund kommen würden. In das Restaurant würden alle kommen. Schließlich wurde der Vorschlag des Bürgermeisters angenommen.

Inzwischen sind viele Jahre vergangen, aber ich erinnere mich noch an alle Einzelheiten: Am Sonnabend sollte die Party zu meinen Ehren stattfinden, am Montag morgen wollte ich mit dem Omnibus abreisen. Meine Sachen hatte ich schon mit einem Lastwagen vorausgeschickt.

Ich gab zum letzten Mal Unterricht. Die Schüler wußten von meiner Versetzung und waren traurig. Es war recht wenig, was ich ihnen zum Abschied sagen konnte; wenn ich länger gesprochen hätte, wären mir die Tränen gekommen. Als ich sagte, ich hoffe, einmal Post von ihnen zu erhalten, begannen sie zu weinen. Sie überreichten mir ein Geschenk: einen kleinen Kelim, der im Ort hergestellt war … Die meisten meiner Schüler waren armer Leute Kinder. Deshalb war ihr Geschenk für mich sehr wertvoll. »Ich danke euch, Kinder! Ich wünsche euch allen ein langes und erfolgreiches Leben und viel Glück. Ich werde euch nie vergessen …«, sagte ich.

Wenn ich jetzt zurückblicke, war das die glücklichste Zeit meines Lebens.

Die Party werde ich nie vergessen. Die erste Rede hielt der Landrat. Dann sprachen nacheinander der Bürgermeister, der Gendarmeriekommandant, der Schuldirektor und noch ein paar Männer. Alle Redner beendeten ihre Worte mit dem Vorschlag, die Gläser auf mein Wohl zu erheben.

Während meiner Zeit dort hatte ich an vier, fünf solcher Partys teilgenommen. Natürlich ähnelten die Ansprachen einander; ich kannte sie schon auswendig. Aber als die gleichen

Worte auch über mich gesagt wurden, bekamen sie plötzlich mehr Wert. Ich war tief gerührt.

Der Landrat beendete seine Ansprache mit den Worten: »Nun lassen Sie uns die Gläser zu Ehren unseres unvergessenen Orhan Bey erheben, der uns verläßt!«

Der Bürgermeister sagte: »Wir werden Orhan Beys große Verdienste nie vergessen. Ich erhebe mein Glas ihm zu Ehren ...«

Diese Worte gaben mir zum ersten Mal in meinem Leben das Gefühl, ein nützliches Mitglied der Gesellschaft zu sein. Ich war beeindruckt. Wahrscheinlich hatte ich zuviel getrunken, denn mir war zum Weinen zumute. Am liebsten hätte ich gerufen: »Ich habe euch alle betrogen ... Ich bin ein Schwindler, ich bin kein richtiger Lehrer ... Ich habe eure ehrlichen Gefühle ausgenutzt ...« und meine Schuld gebeichtet. Zeitweise war mein Wunsch so stark, daß ich diese Dummheit fast begangen hätte.

Einem meiner Kollegen fiel auf, daß der Staatsanwalt nicht zu meiner Abschiedsfeier gekommen war, und er fragte mich, ob wir einander böse seien. Bis zu diesem Zeitpunkt hatte ich sein Fehlen gar nicht bemerkt. Weshalb sollte ich ihm böse sein? Ich war doch niemandem böse.

Die letzte Rede hielt der, für den die Party gegeben wurde. Die Worte waren immer die gleichen: »Falls ich unbewußt oder ungewollt irgendein schuldhaftes Verhalten an den Tag gelegt haben sollte oder es an der gebührenden Ehrerbietung habe fehlen lassen oder während meiner Arbeit meine Kollegen unbeabsichtigt gekränkt habe, so bitte ich, mir das zu verzeihen.«

Nach alter Sitte lautete der letzte Satz: »Meine lieben Freunde, Ihr Wohlwollen hat mich so ergriffen, daß ich vor Rührung keine Worte finde. Ich verlasse diesen Ort nur ungern, ich muß mich von hier losreißen. Glauben Sie mir: Ich gehe, aber mein Herz bleibt hier.«

Ich haßte dieses Getue. Ich hätte gern etwas ganz anderes gesagt. Aber es war eigenartig, als ich mich mit dem Glas in der Hand erhob, sagte ich doch die üblichen Worte, so als hätte ich sie auswendig gelernt!

Wir erhoben wieder unsere Gläser. Sie applaudierten. Ich spürte einen unerklärlichen Stachel in meinem Innern und hatte das Bedürfnis, meinen Schwindel zu erklären. Mir kamen die Tränen … Ich konnte nicht mehr an mich halten und sagte zu dem Direktor neben mir: »Ich leide Höllenqualen.«

»Weshalb?« fragte er.

»Weil ich kein richtiger Lehrer bin«, sagte ich.

Er faßte diese Worte so auf, als meinte ich, ich hätte meine Pflicht nicht so erfüllt, wie ich es gern getan hätte, und antwortete: »Wenn nur jeder Lehrer so gut und so fleißig wie Sie wäre …«

»Das meine ich nicht, Herr Direktor, ich bin ein Betrüger!« sagte ich.

Er verstand immer noch nicht, was ich sagen wollte.

»Nicht nur Sie, das sind wir alle … Wir Intellektuellen schulden dem Volk so viel, daß wir es gar nicht bezahlen können. Keiner von uns kann seine Pflicht so erfüllen, wie es nötig wäre, wir sind sozusagen alle Betrüger … Aber Sie sind sich wenigstens klar darüber. Die anderen haben das noch nicht einmal erkannt … Sie haben getan, was Sie konnten, ich bin Ihr Zeuge …«

Ich stöhnte.

Alle anderen waren noch betrunkener als ich, keiner verstand keinen, alle sprachen gleichzeitig, jeder sagte irgend etwas, keiner hörte dem anderen zu.

Ich weiß nicht, wie ich nach Hause gekommen bin. Am Sonntag gegen Mittag wachte ich mit Kopfschmerzen auf.

Am Montag packte ich ein paar Sachen zusammen und wickelte sie in den Kelim. Den Rest und meine Bücher brachte ich in zwei Koffern unter. Schüler waren in meine Wohnung gekommen und trugen alles zum Omnibus. Den mit einer Schnur zusammengebundenen Kelim nahm ich selbst. Die Koffer wurden im Omnibus verstaut. Alle meine Schüler waren gekommen. Ein paar Schülerinnen überreichten mir Blumen. Meine Lehrerkollegen, Bekannte, viele Einwohner und Beamte waren zu meinem Abschied erschienen.

Jeder einzelne umarmte und küßte mich. Ich bestieg den Omnibus. Er würde gleich abfahren. Ich winkte den Zurückbleibenden zu. Da sah ich einen Gendarmen durch die vordere Tür in den Omnibus einsteigen. Vor mir blieb er stehen. Hinter mir hörte ich eine Stimme: »Der Herr Staatsanwalt will Sie sprechen!«

Ich drehte mich um, hinter mir stand auch ein Gendarm. Der mußte durch die Hintertür eingestiegen sein.

Ich hielt mich so sehr für einen echten Lehrer, daß ich dachte, der Staatsanwalt hätte aus irgendwelchen Gründen nicht zu meinem Abschied kommen können und ließe mich deshalb rufen.

»Der Omnibus fährt jeden Augenblick ab ...«, sagte ich.

»Ich kann mich nicht mehr von dem Herrn Staatsanwalt verabschieden. Bestellen Sie ihm recht herzliche Grüße von mir ...«

Einer der beiden Gendarmen war ein Gefreiter. Als er sagte: »Nun mach schon, steh auf!«, merkte ich, daß etwas schiefgegangen war, erhob mich und stieg aus dem Bus.

Den aufgerollten Kelim hielt ich in der Hand.

Als ich zwischen den beiden Gendarmen durch die Menge ging, die zu meiner Abreise erschienen war, wurde mir klar, was jetzt geschehen würde. Mit neugierigen Blicken begannen sie zu flüstern.

Wir betraten das Büro des Staatsanwalts. Der Gefreite machte Meldung. Ich sah den Staatsanwalt an, der hinter seinem Schreibtisch saß. Es war, als sei er nicht derselbe Mann, der immer mit mir herumgespaßt hatte; eine kühle Fremdheit lag zwischen uns. In diesem Augenblick ahnte ich, weshalb er nicht zu meiner Abschiedsparty erschienen war.

»Wer bist du?«

Sein Mund glich einem Maschinengewehr, jedes Wort war ein Schuß ...

»Wer ... bist ... du?«

Später erfuhr ich, wie alles herausgekommen war.

Der Mathematiklehrer Orhan Bey hatte tatsächlich den Omnibus bestiegen, um seinen Posten anzutreten, so wie er es telegrafiert hatte. Einige Einwohner hatten ihn an der Landstraße erwartet. Aber der Omnibus, in dem Orhan Bey saß, war unterwegs aus einer Kurve gerast und hatte sich überschlagen. Zusammen mit ein paar anderen Reisenden war Orhan Bey dabei ums Leben gekommen. Die Einwohner hatten nichts von dem Unfall erfahren und weitergewartet … Die Ankunftszeit war schon lange überschritten.

Irgendwann war dann der Omnibus angekommen, in dem ich saß. Sie hatten einen Mann mit Koffer, Krawatte und ordentlich gekleidet aus dem Omnibus steigen sehen … Das muß der Lehrer Orhan Bey sein, sagten sie sich und drückten mir die Hand:

»Willkommen, Herr Lehrer …«

»Seien Sie gegrüßt, Herr Lehrer …«

Die Frau des bei dem Verkehrsunfall ums Leben gekommenen Orhan Bey hatte nach Erhalt der Todesnachricht beim Ministerium Witwenpension beantragt. Als die zuständigen Beamten die Eingaben der armen Frau lasen, waren sie sehr erstaunt, denn unsere Schule hatte dem Ministerium mitgeteilt, Orhan Bey habe seine Arbeit aufgenommen. Wie kann ein arbeitender Gehaltsempfänger verstorben sein?

Das Ministerium beantwortete den Antrag der Witwe abschlägig, sie schrieb zurück.

Die Korrespondenz dauerte an.

Die arme Witwe klagte ihr Leid, das Ministerium bestand darauf: Nein, er lebt noch. So einfach ist das uns nicht zu beweisen, ob einer lebt oder tot ist!

Das Hin und Her dauerte Monate.

Ich hatte mir ja auch Gedanken darüber gemacht, was aus dem Mathematiklehrer geworden sein mochte, dessen Stelle ich einnahm. Da hatte ich also das Gehalt eines Toten bezogen, und jetzt wurde ich überprüft …

Da die beiden Inspektoren mich in ihrem Bericht positiv erwähnt hatten, war ich inzwischen von einer anderen Abteilung des Ministeriums befördert und an ein Großstadt-Gymnasium versetzt worden …

Es ging wieder einmal durch alle Zeitungen: Paschazade

wurde als falscher Lehrer verhaftet. Der vorbestrafte Betrüger Paschazade wurde vom Erziehungsministerium befördert. Der falsche Lehrer Paschazade wurde von seinen weinenden Schülern ins Gefängnis geleitet.

Jahrelang habe ich den Kelim meiner Schüler von Gefängnis zu Gefängnis mitgenommen. Ich bedeckte meine Koje damit.

Ich war der falsche Lehrer, und die anderen – das waren die richtigen …

Was aus dem Kelim geworden ist? Ein Beamter – aber ein richtiger natürlich – sammelte Kelims … Haben Sie mich verstanden?

Wenn man die Bestechung »Geschenk« nennt, ist das nicht verboten. Ich mußte mich von dem Kelim trennen, aber es war weder eine Bestechung noch ein Geschenk – ich habe ihn sozusagen unfreiwillig gespendet.

Der einzige Betrug, der nicht strafbar war: übertriebene Atatürk-Verehrung

Ich habe Ihnen doch von meinem Leben als falscher Scheich erzählt … und wie sie mich verprügelt hatten.

Die Leute im Osten sind ein anderer Menschenschlag. Wenn die mir im Gefängnis nicht geholfen hätten, wäre ich schon lange tot. Von der falschen Scheichwürde hielten meine Haftgenossen nichts, denn schließlich war ich ja ohne einen Piaster im Gefängnis gelandet, aber sie taten für mich, was sie konnten. Am meisten half mir mein Bettnachbar Seydo. Wir freundeten uns an. Er war etwas jünger als ich.

Ständig fragte er mich: »Sag mal, Unglückspascha, für wen sitzt du eigentlich?«

Ich verstand nicht, was er damit meinte.

»Für wen denn wohl, für mich selbst natürlich«, sagte ich.

Er glaubte mir nicht und lächelte pfiffig. Mir gefiel sein Lachen. Seine langen Schnurrbartspitzen, die an gedrehte Widderhörner erinnerten, wippten dabei bis zu den Augen auf und ab. Dadurch lachte er am meisten mit dem Schnurrbart.

Nach ein paar Stunden oder am nächsten Tag fragte er wieder: »Also, Unglückspascha, für wen sitzt du?«

»Aber, Bruder Seydo, das habe ich dir doch gesagt, für mich selbst …«

Diese Fragerei dauerte Wochen.

Wir vorbestraften Häftlinge genossen die Immunität richtiger großer Krimineller, konnten uns draußen frei bewegen und wußten, wie man am besten lebt. Die meisten Insassen waren nur wegen kleiner Vergehen ins Gefängnis gekommen, weil sie einen geringen Geldbetrag gestohlen, unbedeutende Betrügereien oder Taschendiebstähle begangen hatten. Sie waren nicht wegen ihrer Vergehen bestraft worden, sondern dafür, daß sie keine großen Verbrechen begangen hatten. Aber jeder Mensch hat eben nicht die Fähigkeit, das Wissen, den Weitblick und die Vorbildung, um Verbrechen so groß anzulegen, daß er straffrei ausgeht … Es gibt eben kleine Leute auf dieser Welt und große … Es ist so, wie es Ziya Pascha formuliert hat: Ein Millionendieb ist ein geachteter Mann. Mit jeder Million, die er stiehlt, wächst sein Ansehen. Wenn einer ein paar Piaster maust, kommt er günstigstenfalls mit einer hohen Haftstrafe davon.

Wenn du stiehlst, mußt du Millionen stehlen, damit man deine Größe erkennt. Wenn du tötest, mußt du nicht ein oder zwei Menschen umbringen, sondern einen Krieg vom Zaun brechen und Tausende töten … Dann nennt man dich nicht einen Mörder, sondern einen Helden, und baut dir ein Denkmal … Wir Verurteilten sind der Meinung, daß wir anstelle derjenigen sitzen, die Verbrechen in großem Umfang begehen, aber ruhig und bequem draußen leben. So wie Abgeordnete das Volk vertreten und Rechtsanwälte Angeklagte, so vertreten wir die wahrhaft Schuldigen im Gefängnis und sitzen ihre Strafen ab.

Wenn Sie wollen, können Sie meine Worte als unberechtigte Verteidigung eines Vorbestraften betrachten, so als wollte ich meinen Schuldkomplex loswerden oder etwas Ähnliches …

Als mich Seydo eines Tages wieder fragte: »Also, Unglückspascha, nun sag schon, für wen sitzt du hier?«, antwortete ich: »Bruder Seydo, natürlich sitzen du und ich und alle anderen hier für irgend jemand. Aber woher soll ich wissen, für wen ich hier sitze? Vielleicht für einen, vielleicht für tausend.«

Seydo war so verblüfft über meine Worte, daß er gar nicht lachte wie sonst, ich meine, seine Schnurrbartspitzen wippten überhaupt nicht.

»Wenn das so ist, von wem hast du dann das Geld bekommen?« fragte er.

Jetzt war ich erstaunt. »Was denn für Geld, Bruder Seydo?«

Aufgrund meiner Gegenfrage nahm er an, mir behage sein Gerede nicht, und meinte: »Du traust mir nicht, Unglückspascha …«

»Warum sollte ich dir nicht trauen, Seydo? Du hast mir so viel Gutes getan und geholfen, du bist wie ein Bruder zu mir … Wenn ich dir nicht trauen würde, wem sollte ich dann trauen können!«

»Wenn du Vertrauen zu mir hättest, würdest du die Wahrheit sagen.«

Damit war unser Gespräch beendet.

Danach bezeugte mir Seydo eine Zeitlang nicht die alte Vertrautheit. Da ich den Grund nicht verstand, tat ich alles, um seine Reserviertheit abzubauen. Dann war wieder alles zwischen uns in Ordnung. Er begann erneut zu fragen: »Sag die Wahrheit, Unglückspascha, für wen sitzt du hier?«

»Bei Allah, ich sitze für mich selbst, Bruder Seydo.«

»Und von wem bekommst du das Geld?«

»Was für Geld, mein Freund?«

»Hast du denn das Geld noch nicht bekommen?«

»Nein.«

»Bekommst du es erst hinterher?«

Ich verstand überhaupt nicht, was er meinte. Als er fünf oder sechs Tage später zu mir sagte: »Du traust mir nicht. Wenn du mir trauen würdest, hättest du mir längst erzählt, für wen du sitzt …«, fiel mir plötzlich ein, ihn zu fragen: »Also gut, Bruder Seydo, dann sag du mir, für wen du hier sitzt …«

»Ich traue dir«, sagte Seydo, »ich weiß, du verrätst mich nicht. Ich sitze hier für den jungen Ferdo Aga.«

»Wer ist denn das?« fragte ich.

Es erstaunte ihn, daß ich nicht wußte, wer der junge Ferdo Aga war. Er war so verblüfft, daß er wieder mit seinem Schnurrbart lachte.

»Der junge Ferdo Aga ist der Sohn von Dschündoglu Aga, der mir das Geld gezahlt hat.«

Ich stellte Fragen, er antwortete; ich fragte weiter und weiter. Er sagte die Wahrheit, aber es klang unglaublich.

Seydo war wegen Mordes verurteilt worden. Er hatte einem Mann aufgelauert und ihn umgebracht. Bis dahin war mir nie der Gedanke gekommen, daß Seydo jemanden umgebracht haben könnte. Er war ein so weicher, gutherziger

Mensch, wie konnte der ein Mörder sein? Dann erfuhr ich von ihm, daß er keinen Menschen getötet hatte. Der Mörder war der junge Ferdo Aga, ein Bursche von vierzehn oder fünfzehn Jahren. Er war der Sohn des reichen Dschündoglu Aga. Der suchte jemanden, der den Mord für Geld auf sich nahm und anstelle seines Sohnes ins Gefängnis ging. Es gab viele. Aber er brauchte einen, der auch den Mund halten konnte. Deshalb fiel die Wahl auf meinen Freund Seydo.

Ich fragte, weshalb er das getan habe.

»Ach, Unglückspascha, Armut macht blind!« sagte er.

»Besser gefragt, warum nimmst du die Schuld auf dich, wenn du arm bist?«

»Das tut man für Frau und Kinder ...«

Er erklärte es mir: Dschündoglu Aga bezahlte ihm für jedes Jahr Haft fünfzehntausend Lire ...

Seit vier Jahren saß Seydo im Gefängnis. In sechs Monaten würde er frei sein. Insgesamt hatte er sechzig- bis siebzigtausend Lire erhalten. Soviel Geld hätte er in seinem ganzen Leben durch Arbeit nicht verdienen können.

Als ich mir die Häftlinge der Reihe nach betrachtete, fand ich heraus, daß mindestens die Hälfte für andere – also für wirklich Schuldige – gegen Bezahlung im Gefängnis saß, aber unschuldig war.

»Alle, die du hier siehst, sitzen für irgendeinen Bey oder Aga«, sagte Seydo.

»Gut, Bruder Seydo, aber sind dir denn die Verwandten des Toten, dessen Mord du vor Gericht gestanden hast, nicht feindlich gesonnen? Ob die nicht aus Blutrache versuchen werden, dich zu ermorden?«

»Was habe ich denn getan, daß sie mich umbringen sollten? Ich bin ein armer Mann, der Geld genommen hat. Denkst du etwa, die wissen nicht, daß der junge Ferdo Aga der Mörder war? Der Bote ist doch nicht verantwortlich für die Botschaft, nicht wahr? Bei mir ist das ähnlich ... Sie haben bezahlt und mir die Schuld zugeschoben. Ich bin nicht ihr Feind. Ihr Feind ist der junge Ferdo Aga. Natürlich werden sie den umbringen. Vielleicht auch seinen Vater. Danach werden sie auch einen Armen finden, den sie dafür bezahlen, daß er ins Gefängnis geht.«

Ich verstand, daß es ein paar Männer gab, die es sich zum Beruf gemacht hatten, gegen Bezahlung einen Mord auf sich zu nehmen und dafür ins Gefängnis zu gehen.

Es war ein großes Geheimnis, wer gegen Bezahlung für wen im Gefängnis saß, das man nur sehr zuverlässigen Leuten anvertraute. Seydo hatte mir sein Geheimnis preisgegeben, um mir sein Vertrauen zu beweisen. Als er mich gefragt hatte, für wen ich im Gefängnis sitze, und von mir keine Antwort erhalten hatte, glaubte er, ich vertraue ihm nicht, und war gekränkt. Er hatte mich nicht nur aus Neugier gefragt. Er wußte, daß ich ohne Geld im Gefängnis saß. Falls ich für einen anderen ins Gefängnis gegangen war und mein Geld noch nicht erhalten hatte, wollte er wissen, wer der Schuldner war, und mir helfen, zu meinem Geld zu kommen.

Er fragte wieder: »Also, Unglückspascha, für wen sitzt du?«

Er glaubte immer noch, daß ich – genau wie er – für einen anderen im Gefängnis war. Plötzlich fielen mir die Worte des Beys ein, der mich splitterfasernackt aus der Höhle auf dem Küntberg geholt und zum Scheich gemacht hatte: »Hier herrscht die Dreifaltigkeit. Eine ist der Bey, das bin ich! Eine ist der Scheich, das bist du! Und die dritte ist die Regierung, das ist der Gendarmerie-Kommandant!«

Wenn ich für jemanden saß, dann war es für diese drei. Einer war der Bey, der zweite der Abgeordnete Burhan Gong, und der dritte war der Gendarmerie-Kommandant Bedri-die-Maus …

»Bruder Seydo, ich sitze für drei Männer. Einer ist der Hund, den sie den Bey nennen, der zweite ist ein Hundesohn, und der dritte ist genauso ein Schuft …«

Dann müsse ich ja eine Menge Geld bekommen haben, meinte Seydo. Ich sagte, ich hätte gar nichts gekommen.

»Wie bist du dann ins Gefängnis gekommen, du Unglückspascha, wenn sie nichts gezahlt haben?«

Ich versuchte, es ihm so gut wie möglich zu erklären.

Ich dauerte ihn so, daß er sagte: »Wenn ich entlassen

werde, besorge ich dir einen, der dir Geld gibt, Unglückspascha …«

Wer für einen anderen ins Gefängnis ging, bekam dafür dreißig- bis vierzigtausend Lire. Damit war allen geholfen. Der wahre Schuldige war gerettet. Der Geldempfänger besitzt jetzt so viel, wie er nie in seinem Leben hätte verdienen können. Seine Familie kann endlich ordentlich leben. Und der Verurteilte? Hätte der es nicht zu Hause besser?

Im Gefängnis hat er Ruhe wie vorher und nachher in seinem ganzen Leben nicht. Das stimmt doch: Er braucht nicht zu arbeiten, ißt und trinkt auf anderer Leute Kosten. Er braucht keine Fronarbeit zu leisten, die Gendarmen üben keinen Druck auf ihn aus. Er braucht keine Angst vor der Regierung zu haben. Keine Steuern, keine Abgaben … Jetzt teilt ihm die Regierung seine Ration zu. Im Winter hat er es warm … Er hat Geld in der Tasche, liegt auf der faulen Haut und raucht sein Pfeifchen. Da kann er es sich doch gut sein lassen … Weil er Geld in der Tasche hat, ist er im Gefängnis ein angesehener Mann. Was will er mehr? Nach der Entlassung kauft er sich Kleinvieh, Ochsen und Kühe und hat sein Auskommen.

Wir Kriminellen sagen immer, daß wir für einen anderen sitzen, aber wir wissen nicht, für wen. Die wissen wenigstens, daß sie für den sitzen, der sie bezahlt.

Langsam setzte es sich in meinem Kopf fest, für Geld ins Gefängnis zu gehen. Haben Sie einmal darüber nachgedacht, wie praktisch das wäre, wenn die Regierung ein Gesetz erließe, daß man gegen Bezahlung für einen anderen ins Gefängnis gehen kann? So könnten Zehntausende von Arbeitslosen zu Geld kommen. Sogar die Arbeitslosigkeit könnte man dadurch beseitigen.

Ich habe das damals tagelang durchgerechnet. Man könnte den Preis für ein Jahr Gefängnis festsetzen, die Hälfte bekäme die Regierung und die andere der Mann, der ins Gefängnis geht … Damals schätzte man die Zahl der Häftlinge auf drei- bis vierhunderttausend. Und das Jahr zu dreißigtausend Lire … mal dreihunderttausend … und davon die Hälfte …

Eines Tages, als ich mir auf einer alten Zeitung mit einem Stift die Zeit damit vertrieb, meine Berechnungen anzustellen, war ich plötzlich wie vor den Kopf gestoßen, als mein Auge auf eine kleine Meldung fiel. Wissen Sie, was da stand? Der treulose Recai hatte Selbstmord begangen … Der arme Recai … Ich hatte gar nicht gewußt, wie lieb er mir war. Selbst wenn wir die Liebe beiseite lassen, ich hatte gedacht, ich hasse ihn, aber kein Tod war mir jemals so nahe gegangen wie seiner.

In der Zeitung stand nichts über das Motiv seines Selbstmordes, aber ich kannte es. Er hatte sich für so schlau und gerissen gehalten, daß er meinte, er könne jede Betrügerei begehen, ohne einmal geschnappt zu werden. Bei seiner ersten Verhaftung hatte er sich sogleich im Keller eines Polizeireviers an seinem Gürtel erhängt. Dabei war sein Vergehen ganz geringer Devisenbesitz gewesen, man hatte ein paar Dollars bei ihm gefunden oder etwas Ähnliches. Das hatte er nicht ertragen und seinem Leben ein Ende gemacht. Dabei wäre er vielleicht sogar freigesprochen worden. Aber es war für ihn ohne Bedeutung, ob er bestraft wurde oder nicht; es hätte ihm nicht passieren dürfen, erwischt zu werden. Sein Selbstvertrauen war erschüttert worden …

Tagelang mußte ich an Recai denken. Wie verschlossen und verschlagen er in der Schule gewesen war und deshalb so unbeliebt. Vielleicht wollte er mit seinen späteren Anstrengungen, sich allen überlegen zu beweisen, nur seine Komplexe aus der Schulzeit bewältigen.

Als ich eines Abends Gast bei ihm zu Hause war, stahl er mir Geld aus der Jackentasche. Dabei hatte er mir dieses Geld vorher selbst gegeben.

Eines Abends war er mit mir in eine Bar gegangen. Gegen Morgen gingen wir nach Hause. Ein Wagen verlangsamte seine Geschwindigkeit und hielt. Ein Pärchen stieg aus. Plötzlich trennte sich Recai von mir und trat an den Mann heran, der aus dem Wagen gestiegen war. Da er sich nur drei, vier Schritte vor mir befand, konnte ich hören, wie er mit vor Angst zitternder Stimme sagte: »Entschuldigen Sie, daß ich Sie belästige, mein Herr… Gestatten Sie, daß ich Ihnen etwas erkläre …«

»Bitte sehr«, sagte der Mann verwundert.

»Wir sind zwei Studenten ... Ich hatte Geld. Aber entweder habe ich mein Portemonnaie verloren, oder es muß mir gestohlen worden sein ...« Mit zaghafter Stimme fuhr er fort: »Wir wohnen in Pendik. Der letzte Dampfer ist schon lange weg. Ob Sie uns wohl eine kleine Hilfe angedeihen lassen würden, damit wir hier in einem Hotel nächtigen können?«

Der Mann zog seine Brieftasche und gab Recai Geld. Er bedankte sich und nahm den Schein.

Weshalb hatte er das getan? Er hatte die Taschen voller Geld. Er hatte nur ausprobieren wollen, ob es ihm gelang, jemanden zu betrügen ... Er hatte ständig das Gefühl, seine Macht unter Beweis stellen zu müssen.

Ich fragte ihn: »Schämst du dich nicht, Recai?«

Kaum hatte ich das ausgesprochen, da lief er zu dem Mann hin, der gerade mit seiner Begleiterin ein Haus betreten wollte: »Mein Herr, ich möchte Ihnen das Geld zurückzahlen. Geben Sie mir bitte Ihre Karte.«

Der Mann tat auch das.

»Weshalb mußtest du denn den Mann betrügen?« fragte ich ihn.

»Ich habe ihn doch nicht betrogen ...«

»Was hast du denn getan?«

»Erstens habe ich dem Mann die Freude einer guten Tat bereitet ... zweitens habe ich ihm Gelegenheit gegeben, seiner Begleiterin zu zeigen, was für ein hilfsbereiter Mensch er ist ... Ist das etwa eine Kleinigkeit, zwei Studenten zu helfen, die nachts auf der Straße liegen? Heute wird er ganz beruhigt schlafen, weil er eine gute Tat vollbracht hat. Morgen erzählt er jedem, den er trifft, davon ... Wenn du es genau nimmst, war es nicht er, der eine gute Tat vollbracht hat, sondern ich habe ihm die Freude gemacht, uns helfen zu dürfen.«

»Na gut, aber warum bist du dann nochmal zu ihm hingegangen und hast ihn um seine Karte gebeten, weil du das Geld angeblich zurückzahlen willst?«

»Wenn ich einem schon etwas Gutes antue, mache ich es auch richtig! Schließlich sollen ihm ja keine Zweifel kommen, ob er betrogen wurde, er soll ruhig schlafen. Hast du schon einmal jemandem für so wenig Geld eine so große Freude gemacht? Der schuldet mir direkt noch etwas, so viel Freude habe ich ihm bereitet. Die Karte habe ich mir von ihm geben lassen, weil ich schon noch eine Möglichkeit finden werde, mir noch mehr von ihm zu holen.«

Er würde bestimmt eine Gelegenheit finden, die Karte des Mannes zu Geld zu machen.

So schamlos war er …

Später wurde mir klar, weshalb sein Tod mich so betrübte. Der treulose Recai war der einzige Mensch auf der Welt, der mir nahestand. Nach jeder Entlassung aus dem Gefängnis war ich zu ihm gegangen. Jedesmal hatte er mir geholfen. Ich konnte mich auf ihn verlassen. Jetzt stand ich ganz allein da. Schon vor geraumer Zeit hatte ich gehört, daß meine Eltern gestorben waren. Wo meine Geschwister sich aufhielten, wußte ich nicht.

Aus meiner Haft im Osten kannte ich auch einen Barbesitzer. Er hatte nur eine kurze Strafe abzusitzen. Man erzählte sich, daß er mit der Bar viel Geld verdient hatte.

Ich habe Ihnen gesagt, daß wir Kriminelle große Träumer sind. So wie Dichter … Aber wir schreiben keine Gedichte und deklamieren sie auch nicht, wir leben sie. Ich habe auch geträumt. Ich wollte eine Bar in einer Stadt im Osten eröffnen. Und das Geld dafür? Seydo hatte mir ja erzählt, wie man zu Geld kommen kann.

Er hatte seine Strafe abgesessen, war ein paar Monate vor mir entlassen worden und hatte mir seine Adresse gegeben. Nach meiner Entlassung sollte ich zu ihm kommen.

Seydo hatte mich nicht vergessen, zweimal brachte er mir Käse, Butter, Honig und noch andere Lebensmittel.

Nach meiner Entlassung ging ich zu ihm. Ich fragte ihn, ob er mir eine Haft gegen Bezahlung verschaffen könne, wie wir es monatelang besprochen hatten. Für ein, zwei Jahre war ich bereit, für einen anderen ins Gefängnis zu gehen. Dafür wollte ich eine Summe haben, die mir die Gründung einer neuen

Existenz ermöglichte ... Ich wollte eine Bar eröffnen. Daß damit viel Geld zu verdienen war, hatte ich nicht nur von dem Barbesitzer im Gefängnis gehört, sondern auch gesehen, als ich mich in den Städten im Osten aufgehalten hatte. Dort, wo ich mich niederlassen wollte, gab es nur ein Casino mit Musik. Wenn die Leute, die dort Geld hatten, das Wort »Bar« hörten, würden sie es schon ausgeben. In kurzer Zeit würde ich viel verdienen. Ich wollte arbeiten, aber ein gutes Geschäft kann man nur mit Kapital aufziehen.

Seydo versprach mir, etwas für mich zu tun. Ich sollte einen Mord auf mich nehmen. Aber ich wollte kein Verbrechen, das eine lange Haft nach sich zog. Seydo meinte, das sei einfach, hier gebe es auch ständig Körperverletzungen, davon würde ich schon eine Gefängnisstrafe mit einem guten Handel auf mich nehmen können.

Ich wartete, aber es bot sich keine Gelegenheit. Seydo sagte, ich sei wirklich ein Unglücksrabe. Immer gab es hier eine, zwei Taten in der Woche, aber seitdem ich eine auf mich nehmen wollte, war nichts passiert. Dann geschah endlich ein Mord. Aber das war ein Kapitalverbrechen. Wenn ich das auf mich nahm, würde ich zwar viel Geld dafür erhalten, aber mindestens fünf oder sechs Jahre ins Gefängnis gehen müssen. An dieser Sache wollte ich mir nicht die Finger verbrennen. So blieb noch Schmuggel. Aber wenn zu meinem Vorstrafenregister noch ein Vergehen wegen Schmuggel käme, würde ich die Polizisten und Gendarmen niemals mehr loswerden.

Was für eine Dummheit es gewesen war, den Mord nicht auf mich zu nehmen, erfuhr ich später. Es war wirklich so, wie Seydo gesagt hatte: Das Pech verfolgte mich. Aber woher konnte ich denn wissen, daß bald darauf eine Generalamnestie erlassen wurde! Als erfahrener Häftling hätte ich voraussehen müssen, daß sie fällig war! Ein anderer hatte den Handel für dreihunderttausend Lire perfekt gemacht. Der tatsächlich schuldige Bey hatte noch dazu zwei Rechtsanwälte für den Mann beauftragt. Der angebliche Täter kam mit sechs Jahren Haft wegen erwiesener Notwehr davon. Als die Generalamnestie erlassen wurde, hatte er noch kein Jahr abgesessen.

Nach langem Warten gab es endlich eine geringfügige Körperverletzung, die ich dankenswerterweise auf mich nehmen durfte … Sie konnte höchstens ein Jahr kosten.

Nach beharrlichem Feilschen einigten wir uns bei zwanzigtausend Lire. Soviel Geld wollten die Leute eigentlich gar nicht zahlen, aber sie brauchten den falschen Schuldigen sehr schnell. Die Polizei wollte sofort ein Protokoll von dem Vorfall aufnehmen. Ich stand zu diesem Zeitpunkt auf Abruf bereit.

Seydo kam zu mir ins Hotel gelaufen und weckte mich aus tiefstem Schlaf. Er brachte mir die frohe Botschaft: »Unglückspascha, ich gratuliere, dein Problem ist gelöst, endlich ist einer angeschossen worden …«

Im Hotelzimmer begann ich mit dem Vater des Täters zu feilschen. Unten, im Teeraum, wartete ein Polizist.

Laufend trafen Anweisungen vom Revier ein, der Täter solle schnellstens verhaftet werden. Der Geschädigte war nämlich ebenfalls der Sohn eines angesehenen Mannes. Der Polizist konnte ihn mit der Protokollierung nicht mehr lange hinhalten. Der Täter war in der Klemme. Ich nahm die Gelegenheit wahr und verhandelte hartnäckig, um mehr Geld herauszuschlagen. Es war wirklich sehenswert. Wir waren fünf Mann, die in dem Hotelzimmer schacherten. Andauernd wurde an die Tür geklopft, entweder war es der Hotelsekretär oder der Portier, die Nachrichten vom Kommissar brachten.

»Sie sollen sich beeilen. Er kann nicht länger warten … Sonst holt er sich den Täter …«

Das war der Zeitpunkt, als ich darauf bestand, es unter dreißigtausend nicht auf mich zu nehmen. Aber ich stand Ängste dabei aus, sie könnten einen anderen statt meiner finden. Ich zog den Handel so in die Länge, daß der Vater des Täters wütend und laut wurde. Gleich würde er zur Pistole greifen und hinterher dafür nicht einmal verurteilt werden, denn nachdem er mich umgebracht hätte, würde er natürlich einen finden, der den Mord auf sich nahm. Als er seine Pistole zog, gab ich deshalb lieber schnell nach und war mit zwanzigtausend einverstanden.

Sie übergaben mir die Tatwaffe. Damit hatte ich also den Mann, den ich gar nicht kannte, angeschossen. Wir begaben uns zum Tatort. Dort erklärten sie mir in allen Einzelheiten, was ich auszusagen hatte. Was recht ist, muß recht bleiben: Die Polizei war sehr hilfsbereit. Wir gingen zum Revier. Und wenn ich da bei meiner Aussage etwas falsch oder unvollständig gesagt habe, haben die Polizisten es so berichtigt, wie es sein mußte.

Ich wurde festgenommen und ins Gefängnis gebracht.

Der wahre Täter beauftragte einen Rechtsanwalt für mich. Die Verhandlung begann. Die Zeugen und der Geschädigte sagten uns, sie hätten mich bei der Tat gesehen.

»Warum haben Sie den Mann angeschossen?« fragte mich der Richter.

Wo wir uns doch gar nicht kannten ... Ich meine, es gab keine offene Rechnung zwischen uns. Warum also ...?

»Das war so, Efendi ... Wir haben am Abend im Lokal getrunken. Wegen nichts kam es zwischen mir und dem Mann, den ich gar nicht kannte, zu einem Disput. Der Mann spielte sich auf. Ein Wort gab das andere. Der Mann hat mich schwer beschimpft. Da habe ich meine Pistole gezogen und auf ihn geschossen ... Die Zeugen haben das ja auch gesagt ...«

Was mich am meisten in Erstaunen versetzte, war der angeschossene Mann, der vor Gericht meine Aussage bestätigte. Er war aus dem Krankenhaus entlassen worden und hatte sich erholt. Er sagte aus, ich hätte ihn angeschossen, er stelle aber keinen Strafantrag, da er selbst schuld sei. Er hatte nicht einmal Anzeige gegen mich erstattet, es war von Amts wegen ermittelt worden.

Ich fragte Seydo, warum der Mann nicht die Wahrheit gesagt hatte.

»Das wirst du schon noch merken, Unglückspascha«, sagte er.

Es war, als ob wir alle zusammen, Täter und Zeugen, vor Gericht ein Theaterstück aufführten. Mir kam es vor, als ob die Richter und der Staatsanwalt die Wahrheit genauso kannten wie die Polizisten auf dem Revier und ich selbst, aber es war ihnen unmöglich, die gut verpackten Lügen, das Polizeiprotokoll, die Zeugenaussagen und die Angaben des Geschädigten zu torpedieren und die Wahrheit ans Licht zu bringen.

Bis zur Verhandlung hatte der wahre Täter die zwanzigtausend Lire noch nicht bezahlt. Wenn er sie nun gar nicht zahlen würde und mich abwimmelte, nachdem ich meine Strafe abgesessen hatte? Ich sprach mit Seydo über meine Befürchtungen, aber er machte mir Mut. Ich solle mich nicht sorgen, die Leute seien sehr ehrbar, hier breche man sein Wort nicht, sonst finde man beim nächsten Mord keinen Ersatztäter.

Die Rechnung ging nicht auf. Als erfahrener Knastologe hoffte ich, mit einem Jahr Gefängnis davonzukommen, aber ich erhielt sechzehn Monate. Der Aga, für den ich saß, bewies jedoch seine vornehme Gesinnung und gab mir für die weiteren vier Monate fünftausend Lire mehr als ausgehandelt. Am Tag meiner rechtskräftigen Verurteilung zahlte er mir fünfundzwanzigtausend Lire.

Ich war aber doch nicht so ein Pechvogel, wie Seydo gesagt hatte, denn einen Tag nach der Geldübergabe ist der junge Mann, für den ich ins Gefängnis gegangen war, von dem angeschossenen Mann erstochen worden. Wäre er einen Tag früher ermordet worden, hätte ich kein Geld bekommen und für nichts und wieder nichts gesessen. Vielleicht hat der Mörder auch gewartet, bis ich das Geld bekommen hatte, ehe er den jungen Mann erstach. Er war ja ein ehrbarer Mann!

Jetzt verstand ich auch, weshalb der Angeschossene, der mich gar nicht kannte, vor Gericht gesagt hatte, ich hätte ihn verletzt. Er wollte sich an dem Täter eigenhändig rächen, ihn selbst umbringen. Weshalb sollte er ihn also ins Gefängnis bringen? Dort hätte er seinen Plan nur schwer ausführen können.

Soviel mir zu Ohren kam, soll der Mann, der meinen Geldgeber umgebracht hat, sehr umsichtig gehandelt haben, vor dem Mord ständig mit seinem Opfer zusammengewesen sein. Dabei hatte er eine günstige Gelegenheit abgewartet, ihn erstochen und dann das blutige Messer meinem Geldgeber sofort in die Hand gedrückt.

Ich zog daraus folgenden Schluß: In manchen Teilen unseres Landes bedient man sich bezahlter Mörder. Sie sind billiger zu mieten als eine Wohnung. In dieser Gegend heuerte man keine Mörder an, man machte sich die Hände selbst schmutzig, aber gleich nach dem Mord suchte man sich für viel Geld einen angeblichen Täter.

Ich fragte Seydo, ob ich das so richtig sehe. Er erklärte mir, es reiche als Rache nicht aus, dem Gegner lediglich den Tod zu geben. Man mußte ihn mit eigener Hand umbringen, die Wärme seines Blutes spüren, darin lag der Reiz. Manchen genügte es noch nicht, den Gegner umzubringen, sie tranken von dem Blut des Ermordeten, erst dann war für sie die Rache vollkommen. Wenn der Gegner eines natürlichen Todes starb oder ihn gar ein anderer umbrachte, hatte man sich nicht gerächt …

Das Schicksal war mir ein zweites Mal wohlgesonnen. Ein paar Monate nach meinem Einzug ins Gefängnis wurde eine allgemeine Amnestie erlassen. Auch ich war frei. Fünfundzwanzigtausend Lire … Das erste Mal in meinem Leben besaß ich soviel Geld. Ich begann sofort mit den Vorbereitungen zur Eröffnung einer Bar. Als erstes suchte ich nach einem geeigneten Platz in jenem kleinen Städtchen im Osten. Ich brauchte einen großen Raum mit kleiner Miete. So etwas gab es. Aber als sie hörten, ich wolle eine Bar eröffnen, lehnten sie ab. Schließlich gab ich einem Raum am Stadtrand den Vorzug vor dem Ortskern.

Ich schuftete und plagte mich ab, endlich war es soweit: Ich eröffnete meine Bar. Unter Schwierigkeiten hatte ich eine Konzession erhalten. Ich wollte eine vornehme Bar eröffnen, in der sich sowohl die Beamten aus jenem Städtchen als auch aus der Kreisstadt und den benachbarten Kreisen amüsieren sollten. Aber ich kann nicht behaupten, daß es mir gelungen wäre.

Ich hatte sowohl eine türkische Streichergruppe als auch eine Vier-Mann-Kapelle engagiert. Eine Künstleragentur hatte mir drei Frauen als Sängerinnen und Tänzerinnen sowie vier Tischdamen vermittelt. Sie kamen aus Vergnügungsetablissements im Süden.

Alles war vorbereitet. Am nächsten Tag sollte die Bar eröffnet werden. Seydo kam mit einem Mann, der hier als Rechtsbeistand tätig war. Er war früher Protokollführer bei Gericht gewesen und hatte von so vielen Leuten Bestechungsgelder genommen, daß er deswegen nicht einmal mehr aus dem Staatsdienst geworfen werden konnte. Man hatte ihn wegen übermäßigen Alkoholgenusses entlassen. Er hatte jede Nacht durchgetrunken und war erst gegen Mittag zum Dienst erschienen. Für ihn war es gut, daß er seine Stellung als Protokollführer verlor, denn er mietete sofort einen kleinen Laden und eröffnete ein Büro als Rechtsbeistand. Es gab dort damals nur einen Rechtsanwalt, und der war schon sehr alt. Lange danach eröffneten zwei junge Rechtsanwälte eine Kanzlei, aber sie hatten längst nicht soviel zu tun wie er … Aufgrund seiner früheren Tätigkeit hatte er alles fest im Griff, wußte, wie er jede Sache anzufassen und wem er wieviel zu zahlen hatte. Er war so beschäftigt, daß er den jungen Anwälten aus Mitleid sogar einige Fälle übertrug, die er nicht mehr schaffte. Diese Zugereisten sollten auch ihr Auskommen haben …

Da er jede Bar in der Türkei kannte, hatte Seydo ihn zu mir gebracht, er sollte mich bei meinem Vorhaben beraten.

Der Rechtsbeistand sah sich die Bar genau an. Sie gefiel ihm.

»Besser hätte es gar nicht sein können, es ist perfekt«, beglückwünschte er mich.

Dann blieb er stehen, als ob ihm plötzlich etwas eingefallen wäre, sah sich suchend um und sagte streng zu mir: »Nein, es ist doch nicht perfekt, das Wichtigste haben Sie vergessen! So geht das nicht!«

»Was habe ich denn Wichtiges vergessen?« fragte ich ihn ganz verblüfft.

»Wo ist Atatürk?« schrie er. Ich verstand nicht, was er damit sagen wollte.

»Was ist mit Atatürk? Wo ist er?«

Seine Stimme war so scharf, daß ich mich wie vor Gericht angeklagt fühlte. Was wollte der Mann? Atatürk war schon Jahre tot. Was hatte Atatürk hier zu suchen?

»Ich verstehe Sie nicht …«

»Was gibt's denn da nicht zu verstehen? Du willst doch hier eine Bar eröffnen …«

»Ja … und?«

»Oder bist du etwa kein Atatürk-Verehrer?«

Allah, Allah … Was redete der Mann da?

Noch schärfer als bisher fragte er: »Sag schon, bist du kein Atatürk-Anhänger? Das muß ich wissen …«

Ich fand meine Fassung wieder: »Was soll das heißen, wir sind doch alle Atatürk-Anhänger, Allah sei Dank! Ich verehre ihn genauso wie alle.«

»So, so … und wo ist hier ein Denkmal für ihn? Du bist ja ein eigenartiger Verehrer!«

Ich bekam Angst vor dem Mann. Ob er mich einschüchtern wollte, weil er Bestechungsgeld von mir erwartete? Nachgiebig sagte ich: »Beyefendi, das ist doch hier nicht der Platz der Republik, um ein Denkmal für Atatürk aufzustellen. Das ist eine Bar …«

»Das ist ja noch besser, noch viel besser … Wenn ich Denkmal gesagt habe, dann meine ich doch keins in Lebensgröße. Wenn man hier irgendwo einen abgeschnittenen Kopf von ihm hinstellt, das genügt … Das schützt dich und die Bar auch. So wie Atatürk dieses Land befreit und beschützt hat, wird er das hier auch schützen.«

Ich hatte verstanden. Der Rechtsbeistand wollte, daß ich in der Bar eine Büste von Atatürk aufstelle. Aber er hatte nicht »eine Büste von Atatürk« gesagt, sondern: »Stell einen abgeschnittenen Kopf von ihm hin« … Dabei war in seinen vom Trinken blutunterlaufenen Pupillen ein Funke aufgeflammt und sofort wieder erloschen. Er war ganz offensichtlich ein Atatürk-Gegner.

»Eine Büste reicht nicht, wir müssen auch ein paar Bilder von ihm aufhängen … verschiedene.«

Vielleicht hatte der Mann recht, aber ich wollte die Bar bereits am nächsten Abend eröffnen. Die Einladungen an den Bezirksgouverneur, den Polizeidirektor, die Militärkommandanten, an alle Honoratioren und Notabeln, mir zur Eröffnung die Ehre zu geben, waren abgesandt. Ich hatte Karten mit Goldrand drucken lassen.

»Laß dir das von mir gesagt sein«, belehrte mich der Rechtsbeistand, »ohne eine Büste von Atatürk bringt die Bar dir nichts Gutes …«

Mich überkam Angst. Das war ja schön und gut, aber im ganzen Ort fand ich trotz intensiver Suche keine verkäufliche Büste von Atatürk. Einer sagte mir, es gäbe im Nachbarort Büsten von Atatürk zu kaufen. Dort hinzufahren und eine herzubringen, dauerte drei Tage. Ich mußte aber die Bar morgen eröffnen. Nach langem Suchen fand ich schließlich in einer kleinen Kneipe eine ehemals goldfarbene, stumpf gewordene Büste von Atatürk in Faustgröße. Der Kneipenwirt hatte sie auf dem Radio im Schankraum abgestellt. Sie ähnelte Atatürk überhaupt nicht, aber da jeder wußte, daß man keine andere Büste hinstellt, mußte sie ihn darstellen. Ich hatte zwar zwei Männer in den nächsten Ort geschickt, um eine Atatürk-Büste zu kaufen, aber bis dahin bat ich den Wirt, mir die Büste kurzfristig zu leihen.

»Das kann ich nicht«, sagte er.

Ich flehte ihn an. Vergebens.

»Das ist, als ob du einem Kutscher sagst, er soll dir eines seiner Räder geben!« erklärte er mir.

»Hilf mir, mein Freund. Eine Kutsche ohne Rad kann nicht fahren, aber dein Lokal läuft auch, wenn Atatürks Kopf nicht dort steht.«

Spöttisch lachte der Wirt über meine Worte: »So hast du dir das also gedacht … Dann ist mein Lokal ohne Atatürk, und du hast einen! Ganz dumm bist du ja nicht! Aber ob der Verstand dazu reicht, eine Bar zu betreiben, das bezweifle ich …« Er streckte seinen Finger aus. »Sieh mal, was dort hinter der Tür ist …« Er öffnete sie und zeigte auf ein an der Wand befestigtes beschriebenes Stück Papier. »Weiß du, was das ist? Das ist ein Bittgebet … Und was ist gegenüber von dem Bittgebet? Der Kopf von unserem Atatürk. Ohne diese beiden läuft der Laden nicht, mein Freund … Ein Wagen kann notfalls mit einem fehlenden Rad noch schlecht und recht ein Stück weiterfahren, aber ohne Atatürk und Bittgebet läuft das Geschäft hier nicht eine Nacht.«

Durch Fürsprache von Bekannten von Seydo gelang es mir am Ende, die Atatürk-Büste zu mieten. Mit seinen Einwänden hatte der Mann nur den Preis hochtreiben wollen. Nachdem ich den goldbeschmierten Gipskopf für hundert Lire pro Nacht ausgeliehen hatte, stellte ich ihn in meiner Bar gut sichtbar auf.

Mit Allahs Segen eröffnete ich am nächsten Abend. Allerdings hatte ich zu diesem Zeitpunkt keinen Piaster mehr in der Tasche, ich war sogar ein wenig verschuldet. Aber ich war voller Hoffnung. Ich glaubte an mein großes Geschäft.

Schon am ersten Abend, in den ersten Stunden war die Bar voller Gäste. Dabei war von den Honoratioren, den hohen Beamten und einflußreichen Einwohnern, denen ich meine goldumrandeten Einladungen geschickt hatte, nicht einer erschienen.

»Die kommen nicht«, sagte der Rechtsbeistand, »aber das macht nichts, sollen sie wegbleiben. Es war trotzdem sehr klug von dir, sie einzuladen. So haben sie wenigstens gesehen, daß du ihnen deinen Respekt bezeugt hast. Sie werden dir später noch sehr nützlich sein. Für jetzt genügt es, wenn sie deinen Namen kennen.«

Drei Tage später trafen die beiden Atatürk-Büsten aus der Nachbarstadt ein. Zwei riesige Büsten – Atatürk auch ähnlich –, beide gleich. Ich gab dem Kneipenwirt seine kleine, gemietete sofort zurück. Eine der beiden neuen Büsten stellte ich so im Gastraum auf, daß sie gleich ins Auge fiel.

Die Bar ging sehr gut. Kurz nach dem Eintreffen der Tischdamen engagierte ich über die Künstleragentur noch zwei weitere. Wenn das so weiterging, würde ich noch schneller reich werden als erhofft ... Aber sie ließen mich nicht ... Wer?

Es war eines Abends. Ich glaube, es war der fünfte oder sechste Tag nach der Eröffnung, Mitternacht war vorbei, als ein großer Streit ausbrach. Ich wußte nicht, um was es ging, aber die Bar wurde zum Trümmerhaufen. Stühle und Gläser flogen durch die Luft, die Frauen kreischten. Nur gut, daß ein

Telefonanschluß zu den Konzessionsbedingungen gehörte. Ich griff sofort zum Hörer und rief alle erreichbaren Dienststellen an: die Polizeidirektion, die Stadtverwaltung und das Revier: »Kommen Sie sofort! Hier gibt es ein Blutbad. Sie haben die Bar ruiniert ... Hilfe!« Niemand griff ein, obwohl ich pausenlos telefonierte: »Ich bin am Ende ... Die Bar sieht aus wie ein Kriegsschauplatz. Es wird geschossen. Alles ist durchlöchert. Kommen Sie schnell!«

»Wir kommen ... gleich ... sofort ... Wir sind in Kürze da ... Jawohl ... Geht in Ordnung ...«, lauteten die Antworten. Ich wartete ...

Ob sich nun die Streithähne von selbst trennten oder getrennt wurden ober ob einige wegliefen und andere blieben, jedenfalls hörte der Kampf nach einer Stunde auf. Die Bar sah aus wie ein Schlachtfeld. Die Verletzten wurden hinausgetragen, die Streithähne hinausgeschickt und die Betrunkenen hinausgeworfen. Ich ließ meine Angestellten mit den Aufräumarbeiten beginnen. Sie sammelten die zerbrochenen Stühle ein, stellten die umgeworfenen Tische wieder auf, fegten die Scherben zusammen, und dann – Allah sei Dank – traf auch schon die Polizei ein.

»Was war los? Was ist geschehen?«

Die konnten Fragen stellen ... Ich hätte die entsprechenden Antworten schon gewußt, aber dann wäre ich wegen Beamtenbeleidigung festgenommen worden.

Nach jenem ersten Streit wurde es zur Gewohnheit, es wiederholte sich jede dritte oder fünfte Nacht. Die Streithähne schlugen alles kurz und klein. Jedesmal telefonierte ich der Polizei. Die Antwort lautete stets: »Wir kommen ... gleich ... Wir schicken ein Einsatzkommando ... sofort ... gut ... jawohl ...«

Aber es kam niemand. Wenn alles vorbei war, erschienen die Polizisten und fragten: »Was war los? Ist etwas?«

Die Antwort lag mir auf der Zunge, aber ich brachte es fertig zu schweigen.

Es war zum Verrücktwerden! Als ob diese dummen Fragen nicht reichten, setzten sie sich hin und begannen zu dieser frühen Morgenstunde zu essen und zu trinken. Vorspeisen wurden aufgetragen, Raki eingeschenkt. Aber damit noch nicht genug: Die Kapelle mußte aufspielen, die Mädchen tanzen … So vergnügten sie sich bis zum Morgen, dann zogen sie wieder ab.

Soviel Schaden konnte ich nicht überstehen. Bevor ich entschied, die Bar zu schließen, stellte ich eine Gewinn- und Verlustrechnung auf. Dabei fand ich heraus, daß die Bar trotz der ganzen Scherben mit Gewinn gearbeitet hatte! Allah, Allah … Da konnte man doch nicht schließen. Während ich noch darüber nachdachte, was ich tun sollte, gab mir der Rechtsbeistand einen Rat: »Du verstehst nichts vom Bargeschäft, mein Sohn. Du wirst einen von diesen Raufbolden für die Bar engagieren. Der bringt seine Meute mit. Das wird weitere Schlägereien verhindern. Wenn einer auch nur ›Piep‹ sagt, packen sie ihn am Kragen und werfen ihn hinaus … Es wird keinen Mucks mehr in der Bar geben.«

Das war eine gute Idee. Ich hörte mich um, fand einen berüchtigten Schläger und handelte ein Jahressalär mit ihm aus. Er brachte fünf Männer mit und ließ sich mit ihnen in der Bar häuslich nieder. Während ich davon ausging, daß es jetzt keine Raufereien mehr geben würde und keine zerbrochenen Möbel, begannen sie immer mehr zu trinken und fingen Händel miteinander an. Wenn in einer Nacht keiner der Gäste einen Streit vom Zaun brach, taten es meine Wächter. Ich rief die Polizei. Die Beamten trafen gegen Morgen ein, aßen, tranken, krakeelten und schlugen die Barfrauen. Aber ich machte immer noch Gewinn … Trotzdem hatte ich die Nase voll vom Bargeschäft. Ich war fest entschlossen, zu verkaufen und abzureisen. Als ich noch dabei war, meinen Entschluß in die Tat umzusetzen, und nach einem Käufer für die Bar suchte, gab es eines Nachts die übliche Prügelei. Wie so einer auf den anderen losging, stießen sie gegen die Atatürk-Büste. Sie fiel zu Boden und ging in tausend Stücke. Haben Sie schon einmal eine zerbrochene Büste gesehen? Es war entsetzlich … Hier die Nase, dort ein Ohr, da das Kinn. Ich hatte mich so an die Büste gewöhnt, daß es mir vorkam, als sei ein lebendiger Kopf hinuntergefallen und zerbrochen.

Obwohl ich wußte, daß sie erst gegen Morgen kommen würden, telefonierte ich wieder nach der Polizei und bat um Hilfe. Wie immer hieß es: »In Ordnung! Gut … gleich … Überfallkommando … schon unterwegs … wir kommen … schnellstens …« und ähnliche Floskeln.

Die Raufbolde beruhigten sich wieder. Später kam auch die Polizei: ein Kommissar, ein Oberwachtmeister, vier Polizisten … Hinter ihnen noch zwei Wachmänner. Die Angestellten der Bar waren beim Aufräumen. Das Einsatzkommando besetzte den gleichen Tisch wie immer. Der Kommissar rief nach dem Ober. In diesem Augenblick entdeckte einer der Polizisten die Scherben der Büste: »Was ist denn das? Meine Güte! … Das ist doch nicht etwa Atatürk? … O weh … Er ist es!« Er schlug sich mit den Händen auf den Oberschenkel.

»Ja«, sagte ich, »es ist Atatürk …«

Der Polizist begann zu schreien: »Herr Kommissar, Herr Kommissar! … Atatürk … Atatürk … Sie haben Atatürk zerschlagen!«

Als der Kommissar die Scherben betrachtete, schrie er: »Wer hat diese Büste zerschlagen? Wo ist der Atatürk-Gegner?«

»In dem Durcheinander habe ich nicht gesehen, wer es getan hat«, sagte ich.

Sie aßen nicht, sie tranken nicht und blieben auch nicht am Tisch sitzen. Sie nahmen das gesamte Personal der Bar, die Ober, Tänzerinnen, Musiker, den Koch und die Tischdamen fest und brachten sie aufs Polizeirevier, dort wurden sie vernommen. Ich ging auch mit. Das hätten Sie einmal sehen sollen … Soviel war dort noch nie gearbeitet worden … Die Polizisten rannten hin und her … Sie hämmerten auf ihren Schreibmaschinen und telefonierten … Meldungen an den Provinzgouverneur und die Staatsanwaltschaft gingen ab und wurden beantwortet. Die Wachmänner schnappten sich diesen und jenen und brachten ihn zum Verhör. Der Staatsanwalt hatte auch die Gendarmerie eingeschaltet. Am Abend darauf stellte ich anstelle der zerbrochenen Büste mein Ersatzstück auf. Meine Leute hatte ich gleich in den Nachbarort geschickt, um Nachschub zu holen.

In den nächsten zwei, drei Nächten gab es keinen Streit in der Bar. Aber eines Nachts brach der Krawall wieder los.

Da ich mich an die Reaktion der Polizei erinnerte, als die Atatürk-Büste in Stücke gegangen war, wußte ich, was ich zu tun hatte. Die Schlägerei hatte kaum begonnen, da stieß ich die Atatürk-Büste unbemerkt zu Boden. Sie ging in tausend Stücke. Ich lief sofort zum Telefon: »Hallo, ist dort das Revier? Hier ist die Republik-Bar. Sie haben die Atatürk-Büste zerschlagen.«

Das genügte. Ich legte den Hörer auf. Keine zwei Minuten vergingen … Es war, als hätten die Polizisten schon vor der Bar Wache gestanden! … Da konnte man nur staunen. Sie stürmten herein, packten die Streithähne am Kragen und brachten sie aufs Revier.

Früher konnte die Bar einstürzen, Menschen niedergestochen werden, Blut fließen, die Polizisten kamen erst, wenn alles vorbei war. So begann meine übertriebene Atatürk-Verehrung. Aus dem Nachbarort ließ ich laufend neue Büsten anliefern …

Ich hatte die Bar jetzt gut im Griff. Solche Schlägereien wie früher gab es nicht mehr. Die Raufbolde waren eingeschüchtert. Die Schläger, die ich zum Schutz der Bar angeheuert hatte, schickte ich auch fort. Wenn sie mir Schwierigkeiten gemacht hätten, wäre ich zur Polizei gegangen und hätte gesagt, daß sie die Atatürk-Büste zerschlagen haben, dann hätte man ihnen die Rauflust ausgetrieben.

Meine Geschäfte liefen, ich verdiente viel Geld. Aber dann kam der Sommer. Die Bar ging nicht so gut. Ich dachte daran, auf dem freien Platz zur Straße hin einen Teegarten anzulegen, aber natürlich mit Alkoholausschank. Der Platz war eine Schutthalde. Ich ließ ihn räumen, richtete alles schön her, stellte Tische und Stühle auf und eröffnete. Das Geschäft ging gut. Aber die Stadtverwaltung gab keine Ruhe. Die Beamten kamen und verlangten, daß ich die Tische fortnahm. Der Bürgermeister hatte kategorisch befohlen, den Platz zu räumen. Dabei war es ein Müllhaufen gewesen, bevor ich etwas daraus gemacht hatte. Ich konnte sagen, was ich wollte, er gab nicht nach. Ich nahm den Dietrich, der alle verschlossenen Türen öffnet, und gab Schmiergeld. Sie nahmen es, aber das Verbot wurde nicht aufgehoben. Mir war klar, daß ich selbst zum Bürgermeister gehen mußte. Also suchte ich ihn auf und erklärte ihm die Situation: »Beyefendi, mein Teegarten liegt nicht auf der Straße, dort ist kein Verkehrsweg. Früher war es eine Schutthalde, deren Gestank nicht einmal die Fliegen aushielten. Ich habe alles räumen und bepflanzen lassen. Die Stadt hat ein schönes Plätzchen gewonnen. Ich zahle jeden Preis, verpachten Sie es mir.«

Ich konnte sagen, was ich wollte, die Antwort blieb nein. Die Beamten der Stadtverwaltung trieben es zu weit. Sie stürzten die Tische um und zerschlugen die Stühle. Ich ging wieder zum Bürgermeister. Er sagte: »Na und ...« Ich schwor Rache: »Wenn ich dich nicht dazu bringe, dort auf dem Platz, den du mir verboten hast, die Eröffnungsrede zu halten, will ich nicht mehr Paschazade heißen ...« Einen Meter von der Hausmauer zu meiner Bar entfernt ließ ich auf dem verbotenen Platz ein Postament aufstellen und schön anstreichen. Darauf stellte ich eine meiner Atatürk-Büsten. Dann ließ ich eine Kordel aus dunkelrotem Samt anfertigen. Ich zog sie rund um das Postament und begrenzte das Ganze mit eisernen Pfosten. Zu beiden Seiten der Büste stellte ich Blumentöpfe auf. Jetzt gab es hier einen kleinen Platz von etwa zehn bis fünfzehn Quadratmetern, eingefaßt von einer Kordel, in der Mitte eine Atatürk-Büste. Unterhalb der Kordel stellte ich im Halbmeterabstand Blumentöpfe auf. Rechts hinter der Büste ließ ich einen Tisch und einen Stuhl aufstellen. Auf dem Tisch einen kleinen Samowar. Und eine Wasserpfeife. Ich setzte mich auf den Stuhl, schlug ein Bein über das andere, begann Tee zu trinken und die Wasserpfeife blubbern zu lassen. Gegen Abend kamen vier Beamte der Stadtverwaltung auf einmal. Als sie mich hinter der Atatürk-Büste entdeckten, gingen sie wieder.

Am nächsten Tag verlängerte ich die Kordel und vergrößerte den Platz. Die Beamten liefen außen herum und blieben stehen. Jeden Tag vergrößerte ich den Platz ein wenig mehr. Aus einem Tisch mit einem Stuhl wurden drei Tische und vier Stühle … Das Ganze war ein Park, der sich sehen lassen konnte … Dann ließ ich ein schönes Eingangstor anfertigen. Darüber stand »Atatürk-Teegarten«. In der Mitte des Gartens noch ein Postament aus Beton und eine zweite, riesengroße Atatürk-Büste. Dieselben Beamten, die vorher Stühle zerschlagen und Tische umgeworfen hatten, kamen sogar herein, um Tee zu trinken. Jetzt ließ ich goldumrandete Einladungskarten drucken, bat »der Eröffnung des Atatürk-Teegartens die Ehre zu geben« und verschickte sie an alle Honoratioren und höheren Beamten. Das war noch nicht alles … Ich ging zum Bürgermeister und fragte ihn, ob er die Eröffnungsrede halten wollte; falls nicht, würde ich einen seiner Konkurrenten bitten. Hatte er noch die Wahl … Sein Rivale würde ihn sofort als Atatürk-Gegner bezeichnen.

Ja, so war das. Der Bürgermeister kam, stellte sich auf einen Tisch und hielt die Rede zur Eröffnung des Atatürk-Teegartens.

Mein Geschäft lief wieder … Nachdem alle merkten, wie sehr ich Atatürk verehrte, konnte mir niemand mehr gefährlich werden. Am Revers trug ich eine Atatürk-Plakette, zu Hause hingen Bilder von Atatürk … Ich hatte Atatürk ständig auf der Zunge, in meinem Herzen trug ich Atatürk …

Ich sage Ihnen die Wahrheit: Natürlich bin ich ein Atatürk-Anhänger. Schließlich bin ich ja auf der Kadettenanstalt dazu erzogen worden. Aber was ich damals dort getan habe, war geradezu Atatürk-Heuchelei. Nur so konnte ich mich über Wasser halten.

Es war mein sicherster Schwindel, der zuverlässigste. Ein Betrug war es nicht. Ein Atatürk-Heuchler ist nicht zu fassen. Nicht nur, daß man die Atatürk-Heuchelei nicht von der Atatürk-Verehrung unterscheiden kann, die Atatürk-Heuchler schreien so laut, daß sie die wahren Atatürk-Verehrer niederbrüllen. Denken Sie nur einmal daran: Hunderte von Malen haben Sie schon in der Zeitung von der Verhaftung falscher Ärzte, falscher Rechtsanwälte, falscher Offiziere gelesen, aber haben Sie schon einmal gelesen, daß ein falscher Atatürk-Verehrer verhaftet wurde? Dabei übertrifft ihre Zahl die der anderen Betrüger bei weitem. Aber erstens ist es kein Vergehen und zweitens nicht zu beweisen …

Wie es zu meiner Verhaftung gekommen ist? Die hatte mit Atatürk nichts zu tun.

In jenen Tagen war über unsere Großstädte der Ausnahmezustand verhängt worden. Sofort ging telegrafisch der Befehl heraus, mich zu verhaften. Wenn ich die Bar nicht unter meinem richtigen Namen eröffnet hätte, wäre ich nicht gefaßt worden.

Bei meiner Festnahme wußte ich nicht, welchen Grund es dafür in Verbindung mit dem Ausnahmezustand gab. Unter Bewachung von zwei Gendarmen wurde ich nach Istanbul gebracht. Während der ganzen Fahrt dachte ich über den Grund meiner Verhaftung nach. Wenn ich den vor meiner Vernehmung wußte, konnte ich mir entsprechende Ausreden einfallen lassen. Ich kam nicht darauf.

Der größte Betrüger, den wir je hatten, war Mahmut Saim, der Reporter. Er war besser als alle anderen. Er hatte mich auch angelernt. Ich war oft mit ihm zusammen im Gefängnis und habe viel von ihm profitiert. Da er besser log als die Presse, nannten sie ihn Mahmut Saim, den Reporter. Er war sehr gebildet. Er wußte alles …

Einmal saß ich mit dem Verstorbenen in einer Zelle. In der Zeitung hatte ich eine Meldung gelesen: In Amerika hatte ein Mann in der Zeitung annonciert, er habe ein Medikament gefunden, durch das die Hautfarbe der Neger weiß werde. Es handelte sich um eine gelbe Flüssigkeit. Der Verkauf war so rasant, daß der amerikanische Betrüger bis zu seiner Festnahme nach einem Monat Millionär geworden war.

»Das nenne ich Betrug, Bruder Mahmut«, sagte ich, »hör dir das an.«

»Mein Sohn«, sagte Mahmut Saim, »jedes Land hat seine Art von Betrügern. Die Idee dieses Amerikaners war prächtig, aber eben nur für Amerika. Fünfzehn Prozent der amerikanischen Bevölkerung sind Neger … Die Hälfte von ihnen wünscht sich sehnlichst, weiß zu sein. Wenn du die Arznei hier verkaufen wolltest, würdest du keine zwei Flaschen loswerden. Um ein guter Betrüger zu werden, mußt du eine Idee haben, die in unser Land paßt …«

Um ihn anzustacheln, fragte ich: »Was denn zum Beispiel?«

Er erklärte es mir: »Sieh mal, der amerikanische Betrüger hat gesagt: Ich habe ein Mittel erfunden, durch das schwarze Haut weiß wird. Wenn du den Schwindel nach Norwegen verlegst, zieht er nicht … Was tust du in der Türkei? Na los, denk nach! Die Neger wollen ihre Hautfarbe wechseln, was wollen wir Türken ändern?« Ich dachte über seine Frage nach, aber ich kam nicht darauf, was wir Türken wechseln wollen. Da fragte mich Mahmut Saim: »Wie groß bist du?«

»Einseinundsechzig …«

»Was ist deiner Meinung nach die Durchschnittsgröße der Insassen dieser Zelle?«

Ich dachte nach und antwortete: »So um die einssechzig …«

»Das nehme ich auch an … Die maximale Durchschnittsgröße aller Häftlinge wird auch nur so um einsfünfundsechzig liegen … Ob du nun in ein Ministerium gehst oder in eine Kaserne, die Durchschnittsgröße wird mit einer Abweichung von drei nach unten und fünf nach oben überall dieselbe sein. Wenn du dagegen die Durchschnittsgröße in einer amerikanischen Gefängniszelle oder einer Kaserne nimmst, liegt sie bei einssiebzig bis einsfünfundsiebzig. In Europa ist es genauso, im ganzen Norden … Das bedeutet: Die Menschen bei uns sind im allgemeinen von kleiner Gestalt. Gut, und nun sag mir, was bei unseren Menschen kürzer ist.«

Da ich die Frage nicht verstand, konnte ich sie nicht beantworten. Er fragte noch einmal: »Also … ist unser Oberkörper nun kürzer oder der untere Teil? Sieh mich an, und sieh dich an, dann weißt du es …«

»Sind unsere Beine kürzer?«

»So ist es … Im allgemeinen sind wir unterhalb der Taille kürzer. Gut, aber warum ist das so?« fragte Mahmut Saim weiter. Woher sollte ich wissen, weshalb die Neger längere Beine haben als wir …

»Sieh mal, mein Sohn, hast du noch nie auf amerikanische Matrosen geachtet? … Und dann sieh dir unsere an … Die Amerikaner und die Nordeuropäer haben Beine so lang wie Störche … Warum?«

»Allah hat sie so geschaffen …«, wollte ich sagen, aber um Mahmut Saim nicht zu verärgern, schwieg ich.

»Das kommt nicht von selbst, mein Sohn, für alles gibt es einen Grund … Sieh mal, ein Windhund hat ganz dünne Beine, die hinteren sind länger als die vorderen. Warum? Weil er ein Lauftier ist … Er wird zur Jagd gezüchtet … Zehntausende von Jahren hat der Hund gejagt, beim Laufen und Springen sind seine Beine lang und dünn geworden … Nehmen wir den Löwen: Er schlägt seine Beute mit der Pranke, wirft sie zu Boden, stößt sie herum … Das tut er seit Zehntausenden von Jahren … Dadurch sind seine Vorderbeine länger als die hinteren. Die Hinterbeine sind kürzer, damit er beim Kampf schneller zu Boden gehen, sein Gleichgewicht besser halten kann … Hast du jetzt verstanden?«

Ich verstand überhaupt nichts. Also schwieg ich. Er fuhr fort: »Warum gewinnen immer die Neger beim Laufen und Springen? Weil sie lange und dünne Beine haben … Warum sind unsere Beine kurz und dick … Weil wir Türken seit Zehntausenden von Jahren hoch zu Roß sitzen, mein Sohn … Schon seit wir aus Fernost und Mittelasien gekommen sind … Immer zu Pferde …«

So hat er mich wie ein Lehrer gefragt und unterwiesen. »Was heißt es, tagelang auf einem Pferd zu sitzen? Die Beine kräftig an den Leib des Pferdes pressen, damit man nicht hinunterfällt. Das Pferd galoppiert davon … Die Beine der Reiter wurden kürzer und dicker … Warum haben wir Türken so gute Ringer? Weil es bei uns so ist wie bei den Löwen, unser Unterteil ist kurz und stämmig … Die amerikanischen Neger würden alles darum geben, eine weiße Haut zu haben. Und die Türken? Sie würden alles für längere Beine geben …«

Ich verstand nicht, wo der Zusammenhang zwischen seinen Erklärungen und Betrug lag. Aber er fuhr fort: »Was hat der

Amerikaner getan? Er hat dem geheimen Wunsch der Neger entsprochen … Gut, und was willst du tun? Jedes Land hat seine eigenen Bedingungen, mein Sohn … Wenn du ein Instrument erfunden hast, das den Körper streckt, oder ein Medikament oder eine Methode, komm damit heraus … Hast du verstanden? Du wirst sehen, wie es Geld regnet … Du wirst darin ertrinken …«

Das war Mahmut Saim … Die Zeit verging … Er starb. Jahre verstrichen.

Ich wurde aus dem Gefängnis entlassen. Nirgends fand ich Arbeit. Ich mußte ein Ding drehen, ob ich wollte oder nicht. Als ich in meinem Hotelzimmer darüber nachdachte, was für eine krumme Tour ich reiten könnte, kam mir plötzlich Mahmut Saim in den Sinn. Ich mietete sofort ein Postfach und gab in den Zeitungen kleine Anzeigen auf: Amerikanische Methode zur Körperstreckung! Gegen Einsendung von 1 Lire in Briefmarken erhalten Sie portofrei eine Broschüre von folgender Adresse: Postfach Nr. soundso – Istanbul.

Genau wie mein Lehrmeister Mahmut Saim es vorausgesagt hatte, begann es Briefmarken zu regnen. Ein Brief kostete damals fünfzig Piaster Porto, Drucksachen zehn Piaster. Bei jeder Broschüre blieben neunzig Piaster bei mir hängen.

Die Briefmarkeneinsender mußten jetzt unbedingt eine Broschüre erhalten, damit ich sie später ausnehmen konnte. Ich hatte aber noch keine … Also setzte ich mich sofort hin und schrieb. So ungefähr weiß ich heute noch, was ich damals zu Papier gebracht habe: Kann ein erwachsener Mensch noch größer werden? Diese Frage kann heutzutage mit gutem Gewissen positiv beantwortet werden. Nach unserer Methode können Sie Ihren Körper in jedem Alter – sofern Sie noch nicht über fünfzig sind – strecken. Mit der *wissenschaftlichsten* Methode unseres Jahrhunderts, der *amerikanischen Naturmethode zum Strecken und Wachsen* ist das möglich.

Unser System des natürlichen Wachstums ist auf der ganzen Welt bereits von vielen Schauspielern und Filmstars erfolgreich angewendet worden.

Großgewachsene Frauen erregen Aufmerksamkeit, sie sind auffallender und begehrter. Großgewachsene Männer sind attraktiv, sie werden von Frauen bevorzugt und finden überall Beachtung.

Vergessen Sie nicht: Die *amerikanische Naturmethode zum Strecken und Wachsen* ist international. Nur acht Firmen auf der Welt sind zur Instruktion autorisiert. Verlieren Sie keine Zeit! Wenden Sie sich sofort an uns.

Bei Anwendung dieser modernsten Technik der amerikanischen Wachstums-Methode können Sie schon in kürzester Zeit die gewünschte Körpergröße von fünf bis zehn oder sogar zwanzig Zentimeter mehr erreichen.

Forschungen von Prof. Dr. Herdüka, Direktor des Smithson-Instituts für Anthropologie in New York, haben ergeben, daß ein Mensch bis zum Alter von fünfzig Jahren noch wachsen kann. Viele Ärzte, Professoren, Orthopäden und Institute in aller Welt haben unsere Methode überprüft und empfehlen sie. Nach jahrelangen Verhandlungen darf die *amerikanische Naturmethode zum Strecken und Wachsen* auch in unserem Land angewendet werden.

Treffen Sie Ihre Entscheidung schnell! Die Zeit bleibt nicht stehen, Sie werden jeden Tag ein wenig älter. Vergessen Sie nicht: Selbst wenn Ihr weiteres Wachstum auch dann noch nicht unmöglich ist, so wird es doch schwieriger. Wenn Sie dieses System anwenden, gehen Sie keinerlei Risiko ein und können in kürzester Zeit erleben, wie Sie wachsen.

Um noch attraktiver und begehrter zu werden, brauchen Sie nur den Bestellschein und den Fragebogen 2 auszufüllen, zu unterschreiben und unsere ersten drei Lektionen oder den kompletten Kursus anzufordern.

Achtung: Unser Unterrichtsmaterial erhalten Sie verschlossen per Einschreiben. Der Inhalt ist auf dem Umschlag nicht ersichtlich. Denken Sie nicht lange nach, verlieren Sie keine Zeit! Werden auch Sie größer und attraktiver!

Wichtiger Hinweis: 1. Falls Sie in unseren Lektionen oder unserem Verfahren irgend etwas nicht verstehen oder irgendwelche Bedenken haben, erhalten Sie unsere Erläuterungen gegen Einsendung von 500 Piaster in Briefmarken. 2. Die Durchführung der Gymnastikübungen und Diätvorschriften unserer Methode muß ohne jede Abweichung eingehalten werden. Bei Zuwiderhandlungen lehnt unser Unternehmen jegliche Verantwortung ab. 3. Füllen Sie den Bestellschein gut leserlich aus, und senden Sie ihn unterschrieben zum Verbleib bei den Akten bitte sofort zurück.

So ähnlich habe ich geschrieben. Es wird Ihnen aufgefallen sein, daß ich viele psychologische Erkenntnisse angewendet habe. Kurzgewachsene Menschen wollen nicht, daß andere von Ihrem Wunsch nach Wachstum erfahren. Das habe ich beachtet. Ich habe auch Fremdwörter benutzt, das wirkt und flößt den Menschen Respekt ein.

Die richtige Wortwahl ist ein Teilgebiet des Betrugs. Menschen haben Respekt vor einem, dessen Gerede sie nicht verstehen. Man muß immer solche Worte einfließen lassen, das fasziniert die Zuhörer. Das wird auch der Grund dafür sein, weshalb die Imame auf Arabisch beten und nicht auf Türkisch … Denken Sie nicht, daß ich darauf gekommen bin. Das habe ich alles von Mahmut Saim gelernt.

Als ich die Broschüre absandte, hatte ich noch keine Lektion zum Wachstum geschrieben. Ich schaffte nicht einmal, das eingehende Geld zu zählen. Die ersten drei Lektionen kosteten je fünf Lire, das machte fünfzehn. Jede weitere Lektion kostete zehn Lire … Es regnete Geld.

Als ich merkte, daß ich die Arbeit allein nicht schaffen würde, wollte ich eine Hilfskraft engagieren. Aber außerhalb des Gefängnisses kannte ich keinen Menschen. Meine Wahl fiel auf einen Mann mit einem relativ kurzen Vorstrafenregister, dem ich vertraute. Vom Hotelzimmer aus ließ sich das nicht mehr dirigieren. Ich mietete ein Büro. Dann stellte ich eine Sekretärin ein. Das Geschäft lief … Damit mein Assistent kein Auge auf das Geld wirft und keine Dummheit begeht, machte ich ihn zu meinem Partner und gab ihm ein Drittel des eingehenden Geldes. Aber man darf den Menschen nicht trauen. Dieser Kerl von Partner hat mich zwar nicht finanziell übers Ohr gehauen, aber er hat etwas viel Schlimmeres getan. Er war ein richtiger Schurke.

Der Hundesohn hat das ganze Geschäft ruiniert ... Er hat an die Leute, die unsere Wachstums-Methode angefordert hatten, geschrieben: »Mensch, du Rindvieh, ein Kamel ist auch hochgewachsen. Was hast du denn davon, wenn du wächst?« – »Glaubst du, du wächst noch mit vierzig, du Esel?«

Ich erfuhr zufällig davon, als ich etwas auf seinem Schreibtisch suchte. Ich wollte mir die ausgehende Post ansehen. Und dann las ich: »Gnädige Frau, am besten tragen Sie Schuhe mit hohen Absätzen und Hüte mit langen Federn, wenn Sie größer erscheinen wollen. Ihre Körpermaße kenne ich aus dem ausgefüllten Fragebogen. Du magere Ziege, was macht das denn für einen Unterschied, ob du wächst oder nicht ...« – »Mann, Beyefendi, hast du denn überhaupt keinen Verstand? Komm her und sieh dir an, wie groß wir sind, du Dussel. Wenn ein Glatzkopf ein Haarwuchsmittel verkauft, schmiert er sich zuerst selbst ein.« – »Ich habe Ihren Brief gelesen, Sie tun mir leid. Wenn Sie nicht nach oben wachsen, können Sie ja in die Breite gehen. Essen Sie pausenlos, dann wird das schon klappen.« – »Du Dummkopf, nehmen wir einmal an, du wächst tatsächlich, was machst du dann mit deiner alten Garderobe? Wäre es nicht schade darum?«

Ich drehte durch, als ich die Briefe las. Er hatte schon viele solcher Briefe geschrieben und abgesandt. Aber um die eigene Dummheit nicht zur Sprache zu bringen und keinen wissen zu lassen, daß man wachsen wollte, hatte niemand Betrugsanzeige erstattet. Aber das hieß ja nicht, daß es nicht noch einer tun könnte ... Ich dachte darüber nach, weshalb mein Partner diese Niedertracht begangen hatte. Finanziell hatte er mich nicht betrogen, obwohl er dazu Gelegenheit gehabt hätte. Der Kerl war so klein, daß man ihn einen Zwerg nennen konnte. Ich glaube, er litt deshalb an Minderwertigkeitskomplexen.

Ich wußte, die Sache würde ein schlechtes Ende nehmen. Also packte ich meine Siebensachen und verschloß das Büro. Dem Postamt teilte ich schriftlich die Aufgabe des Postfaches mit.

Als ich im Gewahrsam der beiden Gendarmen nach Istanbul gebracht wurde, habe ich nachgedacht. Wenn man meine Atatürk-Heuchelei nicht mitrechnete, war mein letzter Betrug diese Wachstumsnummer. Von den um ihr Geld Betrogenen werden einige Anzeige erstattet haben, die monatelang auf irgendeinem Schreibtisch vor sich hindämmerten. Als dann der Ausnahmezustand ausgerufen wurde, muß sie irgendjemand aufgegriffen haben. Vielleicht war einer der Kläger ein Verwandter der Befehlshaber des Ausnahmezustandes. Aber wie waren sie nur darauf gekommen, daß ich hinter diesem Schwindel steckte? Vielleicht hatte mein damaliger Teilhaber, dieser niederträchtige Kerl, in der Polizeifolter gestanden.

Während der ganzen langen Fahrt dachte ich darüber nach, was ich aussagen mußte, um mit geringer Strafe davonzukommen oder gar freigesprochen zu werden. Aber nachdem ich in Istanbul angekommen, übergeben und verhört worden war, merkte ich, daß ich aus einem viel schlimmeren Grund verhaftet worden war: wegen einer Heereslieferung Speiseöl, das mit Maschinenöl gestreckt war.

Sie sehen, ich sage offen, was ich getan habe. Die Wachstumssache war ein Schwindel, das will ich gar nicht beschönigen. Aber an der Schweinerei mit der Mischung von Maschinen- unter Speiseöl trug ich keine Schuld, nicht die geringste. Ich wußte noch nicht einmal etwas davon.

Ich saß im Gefängnis … Ich weiß nicht mehr, in welchem Jahr es war und warum; da wurde ein griechischer Ölhändler eingeliefert. Er war ein Mann in mittleren Jahren. Damals, zur Zeit des Befreiungskrieges, gab es ein Gesetz zur Vorbeugung gegen Preiswucher, Schwarzhandel und übermäßige Profite … Wer Ware zu überhöhten Preisen verkaufte oder Lebensmittel durch Zusätze streckte, wurde vor ein Sondergericht gestellt. Der Händler war wegen einer solchen Sache im Gefängnis gelandet … Er hatte eine kurze Haftstrafe erhalten. Sie legten ihn in meine Zelle.

Wenn reiche Kaufleute ins Gefängnis kommen, ist das ein

gefundenes Fressen für einsitzende Gauner und Heroinsüchtige. Auch der Ölhändler wurde laufend von ihnen geschröpft.

Eines Nachts, es war schon gegen Morgen, wachte ich durch Geräusche und Geflüster auf. Ein junger Bursche hatte den Ölhändler geweckt und stieß ihn aus der Zelle.

Im Gefängnis soll man sich grundsätzlich in nichts einmischen. Also sagte ich keinen Ton, sondern verfolgte die Sache nur unter meiner Bettdecke. Kurze Zeit später kam der Händler zurück. Er kroch wieder in sein Bett und zog sich die Decke über den Kopf.

Dann vergingen keine fünf Minuten, ein anderer Bursche kam und trieb ihn wieder aus dem Bett. Er brachte ihn hinaus. Aus Neugier ging ich hinterher. Auf dem Gang drängten zwei, drei Männer den Ölhändler in den Abort. Um zu hören, was sie sagten, ging ich auch hinaus. Sie verlangten Geld von ihm. Ich kannte sie, es waren Heroinsüchtige …

Nach mir kam auch der Kaufmann in die Zelle zurück. Er ging wieder ins Bett und schluchzte. Ich fragte ihn nach dem Grund. Anfangs wollte er mir nichts sagen. Ich ließ nicht lokker. Er hatte den Leuten gesagt, daß er kein Geld habe und erst am Morgen zur Verwaltung gehen und sich welches holen könne. Aber so lange wollten sie nicht warten. Die Verwaltung ließ den Häftlingen keine großen Geldbeträge, damit sie keine Glücksspiele veranstalteten und nicht zu erpressen waren.

Die Süchtigen hatten ihn in den Abort gebracht, damit niemand seine Schreie hörte. Sie hatten ihm eine Handvoll Läuse ins Hemd gesteckt. Zu jener Zeit warf man Läuse in kochendes Wasser, DDT gab es noch nicht.

Die Burschen wollten nicht auf den Morgen warten, sie waren auf dem Entzug. Ich wußte, daß sie wiederkommen und dem Ölhändler zusetzen würden, damit er ihnen Geld gab. In dem Zustand war nicht mit ihnen zu reden. Und dann kam einer und scheuchte den weinenden Griechen wieder aus dem Bett: »Los, steh auf, du Heide!« trieb er ihn erbarmungslos an.

»Brauchst du Stoff?« fragte ich ihn.

»Wir sind alle blank, Onkel Pascha«, sagte er.

Wenn Heroinsüchtige auf dem Entzug sind, kennen sie Vater und Mutter nicht. Ich stand auf, weckte einen Dealer und kaufte ihm drei Briefchen Heroin ab. Auf dem Gang gab ich den drei Heroinsüchtigen, die sich in ihrer Krise blaß auf dem Steinboden krümmten und denen die Schweißperlen auf der Stirn standen, die Briefchen. Damit war der Grieche für diese Nacht gerettet. Am Morgen gab er mir das Geld für die drei Briefchen Heroin.

Danach sagte er ständig, er würde mir das niemals vergessen, er werde mir diese gute Tat lohnen. Er gab mir seine Adresse, ich solle ihn nach meiner Entlassung unbedingt besuchen. Nach diesem Vorfall kamen wir uns näher. Ich erzählte ihm, daß ich mein bisheriges Leben satt hatte. Er versprach mir, eine Arbeit für mich zu besorgen. Was hatte ich nicht schon alles erlebt. Ich wußte sehr gut, daß Haftfreundschaften im Gefängnis begannen und endeten. Aber meine Welt war die Hoffnung. Wenn so einer wie ich einen Regenbogen sieht, hängt er sich dran und hofft, er landet in den Wolken …

Ich wurde entlassen und sagte mir, ich gehe den Kaufmann besuchen. Was hatte ich zu verlieren, wenn er mich nicht empfing … Sein Öldepot lag in einer engen Gasse auf dem Fettmarkt … Es war voller Fässer, Kanister und Tonnen. Am Ende der Lagerhalle befand sich sein Büro, ein kleiner, verglaster Raum, in dem er arbeitete. Hoffnung hatte ich nicht, aber ich wünschte mir so sehr, er möge sich über meinen Besuch freuen …

Als er tatsächlich immer wieder sagte: »Ich werde deine gute Tat niemals vergessen …«, war ich richtig beschämt. So groß war doch meine Tat gar nicht gewesen … Er ging mit mir essen.

»Ich richte dir ein Geschäft ein, du handelst auch mit Öl«, sagte er, obwohl ich doch gar nichts davon verstand.

Ölgroßhandel! … Aber was sollte aus mir werden, wenn ich sagte: »Das kann ich nicht«?

Als er mein Zögern bemerkte, meinte er: »Wenn du willst, kannst du eine Weile in meiner Firma arbeiten und lernen, wie das geht … Du brauchst keine Angst zu haben, es ist ganz einfach. Ich laß dich nicht im Stich, ich helfe dir.«

Allah, Allah! Daß es auf dieser Welt noch solche Menschen gab!

»So gut ist noch niemand zu mir gewesen, danke sehr«, sagte ich.

Im Restaurant gab er mir hundert Lire.

»Erst einmal kleidest du dich ein, bummelst ein, zwei Tage herum, und dann kommst du zu mir!«

Es war wie ein Traum … Ich kaufte mir einen Anzug von der Stange und Wäsche. Dann ging ich in ein Bad. Als mich der Bademeister abfrottierte, war mir, als seien meine Vorstrafen abgewaschen und weggespült.

Ich machte mir zwei schöne Tage, am dritten ging ich zu dem Ölhändler.

»Ich bin auf der Suche nach einem geeigneten Büro für dich, das ist hier sehr schwer. Aber wir werden schon etwas finden … Bis dahin bleibst du bei mir«, sagte er.

In seinem Lager beschäftigte er zwei Arbeiter und einen Lastenträger, mit denen war ich zusammen. Er saß in dem kleinen Glaskasten, führte seine Bücher, telefonierte oder unterhielt sich mit dem einen oder anderen Besucher. Da Wagen in die enge Gasse nicht hineinfahren konnten, mußten die ein- und ausgehenden Öltonnen von dem Lastenträger auf dem Rücken hin- und hergetragen werden. Um die Arbeit zu erlernen, sperrte ich meine Augen auf, aber ich entdeckte nichts, was es zu lernen gab. Das ging so an die zwei Wochen. Dann sagte der Ölhändler, er habe ein Büro für mich gefunden. Wir gingen zusammen hin. Es war ein Kellerraum mit einer niedrigen Decke unter einer Lagerhalle. Man mußte vier Stufen hinuntersteigen, es war dunkel, feucht und roch nach Schimmel, das Ganze war nicht viel größer als ein Abort … Mit ein paar angezündeten Streichhölzern besahen wir uns den Raum.

Ich fragte, wie ich an einem solchen Ort Geschäfte machen solle. Ich sollte hier gar nicht arbeiten, es sollte nur ein Schild angebracht werden, damit ich eine Geschäftsadresse hatte.

Wenn der Grieche das sagte, mußte es wohl so sein – woher sollte ich das wissen … Es war ja nicht meine Sache, einem so erfahrenen Geschäftsmann zu sagen, was er zu tun hat … Da gab es noch einen wendigen Mann, der sich um die Geschäfte des Ölhändlers kümmerte. Der schloß den Mietvertrag ab und erledigte die notwendigen Formalitäten bei den Behörden. Meine einzige Tätigkeit bestand darin, Papiere dort zu unterschreiben, wo sie es mir zeigten. So bin ich Ölhändler geworden.

Da an meinem Kellerraum kein Schild angebracht werden konnte, hingen wir es seitlich neben dem Lager darüber auf. Wissen Sie, so mit weißer Schrift auf rotem Grund »Ölhandlung Vertrauen« … Darunter stand mein Name. Ich hatte den Schlüssel zu der eisernen Kellertür. Da der Raum völlig leer war, ging ich nach dem Anbringen des Schildes nicht noch einmal hin. Trotzdem gab mir der schwere Schlüssel in der Tasche das Gefühl des Selbstvertrauens, wie ich es noch nie genossen hatte. Mir schwoll die Brust.

Tagelang saß ich im Kontor des Ölhändlers. Eines Tages fragte ich ihn, wann ich wo welches Geschäft tätigen würde. Gut, er gab mir reichlich Geld, aber ich hatte nichts zu tun.

»Du bist kein kleiner Gemüsekrämer«, sagte er, »du bist Ölkaufmann, du machst alle ein oder zwei Jahre einen großen Abschluß … Das reicht dir, das ist schon mehr als genug …«

»Und wo bekomme ich diese großen Abschlüsse her?«

»Warte nur ab! Das hat keine Eile … Ich gebe dir schon rechtzeitig Bescheid, ich helfe dir in jeder Weise.«

»Und das Öl?«

»Das habe ich in meiner Fabrik, von dort kaufen wir es.«

Eines Abends sagte er zu mir: »Es ist soweit, morgen beteiligst du dich an einer Ausschreibung.«

»Was für eine Ausschreibung?«

»Die Ölausschreibung für das Heer … Sie erfolgt in verschlossenen Umschlägen.«

Er bemerkte mein Zögern.

»Wir gehen zusammen hin … Ich werde die ganze Zeit an deiner Seite sein …«

Am nächsten Tag gingen wir zum Heeresbeschaffungsamt. Es herrschte großes Gedränge. Andere Ölhändler waren ebenfalls anwesend. Der Kaufmann mit dem billigsten Angebot sollte den Zuschlag für den Jahresbedarf an Öl zweier großer Einheiten erhalten. Das war alles, was ich verstand. Bis dahin hatte ich zwar in den Zeitungen Anzeigen mit der Überschrift »Ausschreibung in geschlossenen Umschlägen« gesehen, aber ich hatte nicht gewußt, was das bedeutet.

Der Ölkaufmann war wirklich nett, er erledigte alles auf meinen Namen, lief hierhin und dorthin, vom Oberstabsveterinär, einem Mitglied der Einkaufskommission, zum Indentanturrat und von dort zum Stabsarzt. Ich hielt mich hinter ihm. Es gab Submissionsbedingungen. Der Ölkaufmann hielt ein solches Pflichtenheft in der Hand. Der Jahresbedarf von soundsoviel Tonnen Öl für die und die beiden Heereseinheiten sollte folgende Qualitätsmerkmale aufweisen ... Das Öl sollte soundso sein ... Da gab es nichts, was ich verstand. Gut, daß der Ölkaufmann alles erledigte. Es kannten ihn dort sowieso alle, mit dem Oberstabsveterinär und dem Indentanturrat stand er auf du.

In seiner Hilfsbereitschaft ging der Ölkaufmann so weit, das Formular, das im verschlossenen Umschlag eingereicht werden mußte, eigenhändig auszufüllen. Dann zeigte er mir, wo ich zu unterschreiben hatte.

Während ich meinen Namen daruntersetzte, blieb mein Blick am Preis hängen: Ich verkaufte das Öl für zwei Lire und zehn Piaster pro Kilo.

Allah, Allah! Das war doch nicht möglich! Soviel ich wußte, verkauften wir das ab Lager en gros für viereinhalb Lire. Beim Kaufmann kostete es sechs bis sieben Lire.

Ich konnte nicht an mich halten und fragte: »Für zwei Lire zehn? Das können wir doch gar nicht! Ist da auch kein Fehler?«

»Spiel dich nicht auf!« antwortete er mir. »Unterschreib schon!«

Dann fügte er hinzu: »Wir machen schon keinen Verlust ...«

Mit meinen Fragen wollte ich ihn, der so viel Gutes für mich tat, warnen.

»Unterschreib endlich, was ist denn los mit dir?« fragte er mich.

Alle gaben ihre verschlossenen Umschläge ab.

Der Ölkaufmann war sich ganz sicher, daß ich den Zuschlag bekommen würde.

»Deinen Preis kann keiner unterbieten!«

Ich hatte ja gar keinen Preis gemacht, der nicht zu unterbieten war, das hatte alles der Ölkaufmann getan; trotzdem war ich doch irgendwie ganz stolz darauf, daß niemand so billig anbieten konnte wie ich.

Es war, wie er gesagt hatte. Ich hatte das billigste Angebot abgegeben und erhielt den Auftrag. Aber vorher mußte noch eine Sicherheit hinterlegt werden. Falls ich die übernommene Lieferung nicht durchführen konnte oder die Lieferfrist nicht einhielt, war dieses Geld verloren. Der Ölhändler regelte auch das für mich mit seiner Bank. So bin ich Vertragshändler geworden. Und dann saß ich – mit Verlaub gesagt – in der Scheiße. Soll ruhig jeder sagen, daß Paschazade ein Esel ist, denn wer tut schon wem etwas Gutes auf dieser Welt, und da sollte ausgerechnet dieser Ölschieber etwas für mich tun! Wo war nur mein Verstand geblieben? Ich flog auf, und wie ich aufflog …

Die Ölmühle meines Großhändlers war am Goldenen Horn, ein winzig kleiner Raum. Um das eine Mühle zu nennen, bedürfte es hundert Zeugen … Ich holte das Öl in verschlossenen Kanistern von der Mühle, brachte es in die Kasernen und lieferte es im Magazin ab.

Stellen Sie sich vor, wie dumm ich war, daß ich überhaupt nicht darüber nachdachte, wo die Mühle ihre Ware einkaufte und wie sie das Öl herstellte. Das, was man Öl nennt, wird nämlich anders gemacht. Welche Ölmühle arbeitet denn in dem stinkenden, schmutzigen Wasser vom Goldenen Horn … Lastwagenweise wurden Kartoffeln angeliefert, und lastwagenweise wurde Öl ausgeliefert …

Und ich verkaufte Öl für zwei Lire und zehn Piaster. Die Leute, die das Öl zu diesem Preis kauften, hatten wohl noch nie Öl im Geschäft gekauft … Wenn ich das Kilo für zehn Piaster verkauft hätte, wäre auch keinem eingefallen, Fragen zu stellen.

Natürlich kam ich mit der Zeit dahinter. Es wurde etwas Öl angekauft, das wurde mit Kartoffelmus und billigem Talg und was weiß ich gestreckt und nannte sich Ölherstellung. Die Untersuchungskommission nahm das Öl als vertragsgerecht an. Aber vielleicht haben sie auch nicht dieses Öl untersucht, sondern ein anderes …

Mein Ölhändler erhöhte die Menge der Zusätze von Tag zu Tag. Anfangs waren es zehn Prozent, mit der Zeit wurden es neunzig. Zuerst mischte er dem Öl Kartoffelmus bei, zuletzt tat er etwas Öl ins Kartoffelmus …

Das Geld holten wir zusammen ab. Ich unterschrieb. Er nahm das Geld. Es war selbstverständlich für mich, daß er es nahm … Ich hatte keine Einwände, er war ja sehr großzügig zu mir. Ich hätte wirklich nirgends so viel Geld verdienen können. Aber ich will ehrlich sein: Ich tat so, als merkte ich nichts, vielleicht auch, weil ich mehr Geld hatte, als ich brauchte. Es ist nicht recht, wenn ich dem Ölhändler die ganze Schuld gebe. Ich war schließlich kein neugeborenes Kind …

Eines Tages sagte er zu mir: »Ich werde dir nie vergessen, was du für mich getan hast« und drückte mir dreitausend Lire in die Hand. »Nimm das Geld, verschwinde aus Istanbul, und geh irgendwohin … Nimm dir nicht die Zeit, dich noch einmal umzudrehen!«

»Was ist denn geschehen?« fragte ich.

Sie hatten gemerkt, daß in unserem Öl gar kein Öl war. Natürlich hat er das nicht so ausgedrückt. Er hat gesagt, das Öl sei schlecht gewesen. Der Vertragshändler war ich, er hatte ja nichts damit zu tun …

Stellen Sie sich vor, wie dumm ich war, daß ich fragte: »Und was soll aus meiner Firma werden?«

Ich war mit dem Firmenschild so verwachsen, daß mir die Trennung richtig schwer fiel.

Der Ölhändler brach in Gelächter aus.

»Von welcher Firma träumst du denn? … Dein ganzes Inventar besteht doch nur aus Kellerasseln … Wirf das Schild und den Schlüssel ins Meer, und hau sofort ab! Sonst erwischen sie dich noch …«

Der Schweinehund hatte mir nicht gesagt, daß er Maschinenöl untergemischt hatte. Glauben Sie mir, das habe ich nicht gewußt. Kartoffelmus und Talg geht ja noch an, aber Maschinenöl …

»Deine gute Tat werde ich dir mein Leben lang nicht vergessen«, hatte der Mann zu mir gesagt und mich dabei so erbarmungslos hereingelegt.

Da seitdem viel Zeit vergangen war, hatte ich die Ölgeschichte ganz vergessen. Aber die Befehlshaber des Ausnahmezustandes hatten die Angelegenheit nicht auf sich beruhen lassen. Ein paar Nachforschungen und Befragungen, dann war klar, daß es sich bei dem Ölvertragshändler um den vorbestraften Betrüger Paschazade handelte. Telegramme an die Polizeibehörden in den Provinzen und Kreisstädten, um Paschazades Festnahme zu veranlassen. Wegen dieser Ölgeschichte hatten die Gendarmen mich nach Istanbul gebracht. Wenn ich gewußt hätte, was auf mich zukommt, hätte ich die Bar unter einem anderen Namen eröffnet. Aber ich wollte doch keinen neuen Betrug begehen … Während ich dachte, ich mache mir neuen Ärger, wenn ich wieder einen falschen Namen benutze, bekam ich ihn, weil ich die Bar unter meinem richtigen Namen eröffnet hatte.

Während der tagelangen Fahrt kam mir diese Ölgeschichte nicht in den Sinn. Ich glaubte die ganze Zeit, ich sei wegen meiner letzten Sache, dieser Körperstreckungsmethode, festgenommen worden. So war ich unterwegs nur darauf fixiert, was ich bei meiner Vernehmung auf die diesbezüglichen Fragen antworten wollte.

Da sie mich im Polizeipräsidium seit Jahren kannten, war mein Umgang mit Polizisten ein recht vertrauter. Als einer der Kommissare der Abteilung zwei zu mir sagte: »Mann, Paschazade, wie konntest du nur so eine Lumperei begehen und Menschenleben aufs Spiel setzen!«, dachte ich, er meine die Diät- und Gymnastikratschläge in den Broschüren und antwortete: »Ich habe doch nichts Schlimmes getan, ich habe ihnen nur eine Diät empfohlen, damit sie wachsen …«

Der Kommissar wurde wütend: »Du bringst wohl die Menschen erst um, und dann läßt du sie wachsen, was? Hättest lieber selbst wachsen sollen … Was geht dich denn der Wuchs unserer Soldaten an?«

Er sagte »Station« und ich verstand »Bahnhof«.

»Ich wußte nicht, daß es Soldaten waren … Nur mit Diät geht es nicht, Herr Kommissar, Gymnastik müssen sie auch treiben, damit sie wachsen …«

»Soso, Gymnastik auch noch … Erst drückst du den Leuten Maschinenöl in die Hand, dann läßt du sie turnen! Geräte oder am Boden? Wachsen sollten sie also … Dann sieh mal zu, daß du wächst, ich verschaff dir hier ein prima Geräteturnen …«

Was wirklich los war, merkte ich erst bei der Gerichtsverhandlung. In dem chemischen Gutachten stand, daß es anstelle von Speiseöl ein Gemisch aus Kartoffeln, Talg und Maschinenöl war. Ich ging wieder einmal durch die Presse: Der vorbestrafte Betrüger Paschazade hat sich als Vertragslieferant ausgegeben und tonnenweise Maschinenöl als Speiseöl an die Armee verkauft.

Glauben Sie nur nicht, daß ich den Ölhändler aus Heldenmut nicht preisgegeben habe. Ich habe ihn nicht verraten, weil es mir nichts genutzt hätte; denn offiziell war ich ja als Vertragslieferant aufgetreten.

Wenn der Ölkaufmann dieses Spiel nicht mit mir getrieben hätte, würde ich jetzt im Osten als ergebener Atatürk-Anhänger wie ein Pascha leben. Niemand hätte erfahren, daß ich ein Gauner war.

Der einzige Weg

Wenn Paschazade aus seiner Vergangenheit erzählte, schwirrte mir der Kopf; es war, als ob ich bei stürmischem Wetter die rauhe See beobachtete oder einen tosend herabstürzenden Wasserfall. Ständiger Wechsel, ein buntes, aber trauriges Leben, oft auch lustig, tragikomisch, aber nie langweilig … Konnte ein Mensch sich das alles ausdenken?

Eines Tages sagte er zu mir: »Haben Sie sich noch nie bei einem Roman, den Sie zum zweiten Mal lesen, ein anderes Ende gewünscht? Oder bei einem Film? Wissen Sie, was das ist? Das ist ein leerer Wunsch … Man weiß, es ist nicht möglich, aber trotzdem möchte man eine feststehende Tatsache ändern … Mir ist das oft so gegangen. Aber wie viele Male Hamlet schon gespielt wurde und wie oft er noch gespielt werden wird, das Ende steht immer fest. Ich denke: Was wäre, wenn Ophelia diesmal nicht den Verstand verlieren, wenn Hamlet sie nicht umbringen würde … Ich habe mir immer gewünscht: Was wäre, wenn etwas nicht geschehen und etwas Geschehenes anders verlaufen würde …«

Ich sah Paschazade erstaunt an. Den gleichen Wunsch hatte ich auch schon mehrmals verspürt.

»Als ich Ihnen meine Erlebnisse erzählte, hatte ich das gleiche Gefühl«, fügte er hinzu.

Er wollte sein Leben nicht so, sondern wie er es sich wünschte, gelebt haben. Er hatte die Uniform des Paschas angezogen, war erwischt worden und von der Schule geflogen. Als er das erzählte, hätte er das Ende beispielsweise gern so verändert: Er hatte die Uniform des Paschas angezogen, wurde erwischt, erhielt eine Disziplinarstrafe, aber das Ganze wurde als eine Kinderei angesehen, und er flog nicht von der Kadettenanstalt.

Er wollte das böse Ende seiner Erlebnisse abändern. Nachdem er dieses Gefühl so aufrichtig dargelegt hatte, war es mir unmöglich, ihm nicht mehr zu glauben.

Er hatte seine Strafe fast verbüßt, ich sollte zwei Monate nach ihm entlassen werden. Er war schon lange nicht mehr in der Herrenzelle, schrieb auch keine rührseligen Briefe mehr hierhin und dorthin, um Kleidung zu bekommen.

Ich fragte ihn, was er nach seiner Entlassung tun wolle. Nach einer längeren Pause antwortete er: »Ich möchte unter einer anderen Identität leben, aber trotzdem ich selbst sein, wenn das möglich wäre … Der alte Paschazade bin ich sowieso nicht mehr!« Er lächelte: »Ich kann die Welt nicht mehr aus den Angeln heben.«

»Was sollten Sie auch mit der Welt anfangen, nachdem Sie sie aus den Angeln gehoben haben?«

»Schöner würde sie dadurch nicht werden, nur vielleicht ein wenig besser. Aber ich habe keine Kraft mehr. Ich bin alt. Vielleicht begehe ich noch ein paar ganz kleine Betrügereien … Vielleicht sogar ein paar kleine Diebstähle … Um satt zu werden, um es warm zu haben, um zu leben.«

Seine Augen wurden wässerig. Er versuchte wieder zu lächeln; es war wie die Sonne, wenn sie nach dem Regen wieder hervorkommt …

Wenn er aus seiner Jugendzeit erzählte, begann er immer damit, daß er seinen Eltern hatte Geld schicken wollen. Bei den Erlebnissen aus späteren Jahren erwähnte er seine Eltern nicht.

Er war nie verheiratet gewesen, hatte auch unverheiraet nicht einmal eine Zeitlang mit einer Frau zusammengelebt. Wann immer er ein Heim hatte gründen wollen, waren seine Vorstrafen ans Tageslicht gekommen, und er konnte seine Pläne nicht zu Ende führen.

Militärdienst hatte er nie geleistet und dem Staat niemals auch nur einen Piaster Steuern gezahlt.

Als seine Entlassung aus dem Gefängnis näherkam, schien er keine Lust mehr zu haben, aus seiner Vergangenheit zu erzählen. Ich drang nicht weiter in ihn. Vielleicht gab es nichts mehr, was des Erzählens wert war.

Es war Besuchstag. Ich hatte meinen Besucher verabschiedet und kam zurück. Im Hof traf ich Dandy-Fikret. Über beiden Schultern trug er alte Kleidung, die zum Verkauf bestimmt war … Über seinem linken Arm hing Paschazades Schlafdecke. Ich kannte sie, es war eine teure Decke und gehörte zu den Dingen, die er auf seine Klagebriefe hin geschickt bekommen hatte. Fikret rief wieder mit nä-

selnder Stimme: »Meine unglückseligen Diebesbrüder! Betrüger, Gauner und Langfinger ... Spitzbuben, Erpresser ... Taschendiebe, Schwindler und Bankräuber! ...«

Er war sehr aufgeregt. Vielleicht hatte er eine einträgliche Beschäftigung gefunden, sich Heroin leisten können, und war deshalb so aktiv.

»Sagt nachher nicht, ihr hättet nichts gehört ... Dandy Fikret ist da ... Ist einer unter euch, der so eine Decke haben will? ... Echte englische Ware, meine Brüder ... Das ist die Decke von dem Ochsen Paschazade ... Ist da einer, der so eine Decke haben will?«

Sonst sagte Fikret nie, wessen Sachen er verkaufte; denn niemand wollte, daß das bekannt wurde. Aber jetzt schrie er, daß es Paschazades Decke war.

Ich wurde mißtrauisch und fragte: »Wo ist Paschazade?«

»Hohoooo ... Paschazade ist ausgeflogen. Er ist entlassen worden ...« Ich mußte während meines Aufenthaltes im Besuchsraum bei dem Abschiedslärm das Verlesen der Entlassungsliste überhört haben. Dabei hatte ich gewußt, daß es Paschazades Entlassungstag war. Er hatte mich sicher gesucht, um sich von mir zu verabschieden ... Als Fikret sah, daß es mir leid tat, sagte er: »Mach dir keine vergeblichen Gedanken darüber, daß du dich nicht von ihm verabschieden konntest, du wirst sehen, bevor du hier herauskommst, ist der Ochse schon wieder hier. Vielleicht dreht er sein nächstes Ding schon, wenn er noch im Gefängnistor steht, und sie schnappen ihn sofort.«

An die zwei Monate später wurde ich ebenfalls entlassen. Die Gefängniswelt ist eine andere, sie ähnelt der draußen in keiner Weise ... Es war, wie Paschazade gesagt hatte: Die im Gefängnis gegebenen Versprechungen, die Freundschaften waren nach der Entlassung schnell vergessen. Ich benahm mich genauso. Alles, was ich im Gefängnis geschrieben und notiert hatte, packte ich zusammen und legte es in meinem Arbeitszimmer weg. Ich sah es mir nicht ein einziges Mal an ...

Ein paar Monate später sah ich Paschazade in dem Lokal am Meer in Pendik als Oberkellner wieder. Als er sich damit brüstete, wie er einen alten Socken ins Essen getan und damit vornehme Gäste zufriedengestellt hatte, drehte sich mir der Magen um. Die Geschichte ekelte mich und Paschazade auch. Er war degeneriert. Ich ärgerte mich darüber, daß ich einem solchen Mann – auch wenn es nur im Gefängnis war – meine Zeit geopfert hatte. Diesem Mann, dessen Gerede ich draußen nicht ertrug, hatte ich im Gefängnis ganze Tage gewidmet und die Nächte dazugegeben, es aufzuschreiben. Weshalb hatte ich das getan?

Das ist der Unterschied zwischen dem Werturteil eines freien Menschen und dem eines eingesperrten. Mit den Maßstäben dieser anderen Welt hatte ich Paschazade meine Zeit gewidmet. Als er mir bei unserer Begegnung in dem Uferrestaurant die Geschichte von dem Essen mit dem Socken erzählte, hatte er sich meine Sympathie verscherzt. Vielleicht war es unter dem Eindruck dieses Gespräches im Lokal, daß ich nicht noch einmal ein Auge auf die Notizen seiner Erzählungen warf.

Ich hatte Paschazade vergessen. Hätte ich nicht eines Tages in einer Zeitung eine Überschrift gelesen, hätte ich mich vielleicht niemals mehr an ihn erinnert. Es war ein langer Artikel mit der Überschrift »Paschazade, König der Betrüger«. Natürlich interessierte es mich … Ich las die lange Geschichte, die mit Gavsi Ozansoy unterzeichnet war. Dann schnitt ich sie aus der Zeitung aus. Um den Ausschnitt abzulegen, suchte ich den Ordner mit meinen Gefängnisaufzeichnungen. Nach ziemlich langem Suchen fand ich ihn.

PASCHAZADE, KÖNIG DER BETRÜGER

Möge Allah ihnen ihre Sünden verzeihen, alle drei hatten einen schlechten Ruf, aber sie waren keine schlechten Menschen.

Mahmut Saim, der Reporter, der Schürzenjäger Halit aus Eyüp, und Paschazade, König der Betrüger … Meiner Meinung nach besteht ihre Schuld darin, daß ihre Namen vor Jahren ins Polizeiarchiv gerieten. In einer Zeit ohne Männer von Bedeutung wurden sie berühmt.

Die Reporter von heute würden sogar Mahmut Saim schlagen, wenn er ihnen in die Hände fiele; ohne ihnen nicht zehn Lire für ein Abonnement in die Hand zu drücken, käme er nicht wieder frei. Wenn Halit aus Eyüp gern noch einmal wissen wollte, wie es vor seinem Tod war, und alte Erinnerungen wiederauferstehen lassen, würde er seinen Fuß nach Beyoglu setzen und in Richtung Schischli gehen, würde er kurz in ein paar Empfänge hineinschauen und die Gesellschaften durcheinanderbringen – ich bin sicher, er würde sich schämen, jahrelang ein Leben als Schürzenjäger geführt zu haben.

Und Paschazade? Man nennt ihn den König der Betrüger und sagt, es gibt keinen, der besser ist, als er es war. Aber wenn wir uns die Menschen heute ansehen, braucht man tausend Zeugen, um ihn als Betrüger zu bezeichnen.

Jedenfalls waren alle drei sympathische Menschen. Die Dienste (!), die sie uns erwiesen haben, waren groß. An Tagen, da absolut nichts los war, tauchten sie plötzlich mit einem amüsanten Vorfall auf. Daß sie diese Welt verlassen haben, ist für die Polizeispalten der Zeitungen ein echter Verlust. Vor allem Paschazade … Ohne ihn ist die Arbeit der Polizeiredaktion beinahe fade geworden …

Weshalb Paschazade Journalisten nicht mochte, geht aus diesem Artikel klar hervor. Obwohl Gavsi Ozansoy den drei berüchtigten Kriminellen Sympathien entgegenbrachte, sah auch er sie nur als amüsantes Material, das an Tagen ohne Thema die Lücken in den Zeitungen füllte; als Menschen sah er sie nicht. Daher kam es, daß die Zeitungen Erlogenes und Falsches über Paschazade schrieben; amüsante Dinge wurden erfunden, um das Interesse der Leser zu wecken …

Ich erfuhr aus diesem Artikel, daß Paschazade gestorben war. Vorher hatte ich die Todesnachricht in den Zeitungen nicht gelesen. Ich hatte nie gedacht, daß sein Tod mich so berühren würde.

Paschazade war ein echter Paschasproß, er war der Sohn von Arif Pascha. In einer Wochenzeitschrift, die inzwischen ihr Erscheinen eingestellt hat, berichtete er über seine ersten Episoden in seinen Memoiren: »Ich war ein gutaussehender junger Mann. Im Saray des Sultans in Kagithane ging ich ein und aus und sah die Frauen … Achtzehn war ich damals …«

Konnte Paschazade dort ruhig bleiben? Begnügte er sich etwa mit der ersten Frau und dem ersten Vermögen, das ihm in die Hände fiel? Es machte ihm Freude, Menschen hinters Licht zu führen.

So etwas hatte Paschazade nie zu mir gesagt. Er hatte nie einen Betrug begehen, nie jemanden prellen wollen. Die Gesellschaft war es, die ihn zum Betrug getrieben hatte.

Er kannte das Geheimnis, wie man das Herz einer Frau erobert, wie man Menschen zu etwas überredet. Es gab keinen Beruf, in dem er sich nicht versucht hätte, ob Richter, Landrat, Offizier, Arzt, Ingenieur oder Vertragshändler, und sei es nur als Betrüger.

Als Landrat war er bei der Bevölkerung so beliebt, hatte ihr so große Dienste erwiesen, daß Eingaben mit Tausenden von Unterschriften und Telegramme ans Innenministerium abgesandt wurden, als er unter dem Vorwand, versetzt worden zu sein, dort verschwinden wollte. Das Volk geriet in Erregung, daß ein so tüchtiger Landrat abberufen werden sollte. Erst dadurch erfuhr das Ministerium, daß in jenem Kreis ein falscher Landrat existierte. Der arme Paschazade wurde verhaftet.

Als er wegen eines anderen Vergehens nach Istanbul gebracht wurde, fragte ich ihn im Polizeipräsidium, weshalb er seine sichere Landratstelle hatte aufgeben wollen. Er erzählte mir, er habe gehen müssen, weil das Versetzungsschreiben des echten Landrats eingetroffen sei. Damals hatten die Zeitungen sogar geschrieben: »Wenn doch alle Landräte so wären wie er. Sollen sie doch Betrüger sein, wenn sie nur so viel arbeiten wie er und den gleichen Erfolg aufzuweisen haben.«

Ach ja, Paschazade ... Mußte er so sterben? Ich dachte, er wäre auf seine alten Tage zur Ruhe gekommen und hätte ein Leben in Sicherheit und Geborgenheit geführt. Wer hätte gedacht, daß er, halb im Wasser liegend, von Wellen überspült, am Pier der Mülldampfer gefunden und ins Leichenschauhaus geschafft werden würde ...

Eine Zeitung schrieb in der Meldung von seinem Tod, daß er fast ein halbes Jahrhundert kriminell war, daß er von dieser Zeit mehr als die Hälfte im Gefängnis zugebracht und mehr als achthundert Straftaten begangen hatte. Das stimmt. Mit dem Abdruck seiner Memoiren hörten seine Vorstrafen nicht auf. Jede einzelne ist eine Geschichte für sich und wird von Zeit zu Zeit in Zeitungen und Illustrierten veröffentlicht.

Ich kann mich noch sehr gut daran erinnern, wie traurig er war, als ich ihn kennenlernte, weil er wegen eines kleinen, seinem Ruf unwürdigen Vergehens verhaftet worden war.

Er hatte in den Zeitungen annonciert: »Lastwagenfahrer gesucht, Monatslohn dreitausend Lire«. Als Anschrift hatte er eine nicht existierende Zimmernummer in einem Bürohaus angegeben, dazu eine Uhrzeit für die Bewerbung, nicht mehr als zwei Stunden. Meinen Sie, Paschazade, der große Paschazade, hätte von morgens bis abends gewartet, und sei es zum Betrügen? Zur angegebenen Zeit hatte er sich in das betreffende Stockwerk des Bürohauses begeben. Wenn er einen sah, der eine Zimmernummer suchte, wußte er, daß sein Opfer gekommen war. Schließlich ist es keine Kleinigkeit, dreitausend Lire im Monat zu verdienen. Man vertraute dem Mann einen riesengroßen Lastwagen an … Da muß der Fahrer schon tausend Lire als Sicherheit hinterlegen, um die Stellung zu erhalten. Wer stellt nicht tausend Lire als Unterpfand, um dreitausend im Monat zu erhalten …

Wir befanden uns im Pressezimmer des Polizeipräsidiums. Die anderen Journalisten fragten Paschazade spöttisch, weshalb er sich auf so wenig Geld eingelassen habe. Er erklärte es ganz gemütlich. In jenen Tagen war die Polizei wegen einer anderen Betrügerei hinter ihm her. Er mußte aus Istanbul verschwinden. Aber ausgerechnet zu diesem Zeitpunkt hatte er kein Geld. Um zu ein paar tausend Lire zu kommen, bevor er Fersengeld gab, hatte er diese Sache abgezogen. Jeden Tag nahm er ein paar Trotteln ihr Geld ab. Überall gab er sich als Ingenieur aus … Wenn er irgendwo aufs Land ging, war er Elektro-, oder Wasserbau-, oder Tiefbau- oder, wenn dort gebaut wurde, Hochbauingenieur. »Ich beschaffe Ihnen Strom!« – »Ich baue Ihnen eine Straße …« Mit solchen Worten kassierte er Geld von Reichen und Geschäftsleuten. Die Landräte und Provinzgouverneure unterstützten Paschazade noch beim Geldsammeln, damit Strom, Wasser oder die Straße schnellstens realisiert wurden.

Wenn er nicht knapp bei Kasse gewesen wäre, hätten sie ihn niemals gefaßt. Er wollte nur drei Tage lang Lastwagenfahrer ausnehmen. Aber aus irgendeinem Grund lief die Sache schief. Die Anzeige erschien weiterhin jeden Tag in den Zeitungen, Paschazade ahnte nichts davon. Er war schon längst als Ingenieur in der Provinz.

Die Anzeige steht jeden Tag in der Zeitung. Ja, findet der Mann denn keinen Fahrer? Das erregte die Aufmerksamkeit der Polizei. Dann kamen die betrogenen Fahrer und erstatteten Anzeige. Man zeigte ihnen Fotos von Betrügern aus der Lichtbildkartei. So kam es, daß der falsche Ingenieur bei einem Empfang, den der Landrat ihm zu Ehren gab, in einer kleinen Kreisstadt verhaftet wurde.

Paschazade, ein treuer und ständiger Gast in den Strafanstalten bis zu dem Tag, als er seine Augen für immer schloß, eine vertraute Gestalt auf den Gerichtskorridoren und ein alter Freund (!) der Polizei, hatte nie in den Ruhestand treten können, obwohl er die Altersgrenze längst überschritten hatte. Oft, wenn er Reporter auf der Straße traf, sagte er zu ihnen: »Ich bin jetzt im Ruhestand«, aber es vergingen nur ein paar Monate, dann trat er bestimmt mit einer neuen Tat wieder ins Rampenlicht.

Ich glaube, ich sollte hier von einer Begebenheit berichten, die sich vor etwa zwei Jahren zutrug. Paschazade war wegen Quacksalberei verhaftet worden. Genau wie Fachärzte hatte er unfruchtbaren Frauen nicht zur Schwangerschaft verhelfen können. Wenn stimmte, was er sagte, hatte er sich niemals als Wunderdoktor ausgegeben. Die Sache war so gekommen: Er wohnte zur Untermiete und begann ein Verhältnis mit seiner alleinstehenden Zimmerwirtin. Sie ermutigte Paschazade damit, sie sei unfruchtbar. In zehnjähriger Ehe hatte sie kein Kind bekommen. Aber als sie mit Paschazade zusammenlebte, wurde sie schwanger. Aus Angst brach Paschazade die Verbindung zu ihr ab. Aber die Frau machte Reklame für ihn und schickte ihm sterile Frauen. Dabei stellte die Schwangere Paschazade als Wunderdoktor hin. Sie nannte ihn einen Hodscha, der die Frauen besprach und anhauchte, wodurch sie schwanger wurden. Wie sollte die arme Frau sonst ihren Zustand erklären …

Täglich kamen zwei, drei Frauen zu Paschazade und hielten ihn an: »Hodscha Efendi, Ihr müßt mir helfen …«

Paschazade erklärte ihnen, er sei kein Hodscha, und schickte sie fort, aber sie ließen sich nicht wegschicken … Da Männer nun einmal nicht akzeptieren, daß sie steril sind, geben sie stets ihren Frauen die Schuld an der Kinderlosigkeit. Was sollten die Frauen tun, wenn sie nicht geschieden werden wollten, ihre Ehe nicht zerbrechen sollte – sie mußten schwanger werden und liefen deshalb zum Hodscha Efendi Paschazade. Sie zwangen ihn buchstäblich dazu, sie zu bequacksalbern.

Wenn die unfruchtbaren Frauen zu Paschazade kamen, um schwanger zu werden, und sie waren ungeschminkt und hatten keinen Schmuck angelegt, sagte er: »Liebe Frau! Geh schnell nach Hause, leg allen Schmuck an, den du besitzt, Armreifen, Ringe, Ohrgehänge und Halsketten, und dann komm wieder!«

Dazu erklärte er: »Ich werde dich besprechen, anhauchen und den Elfenkönig herbeirufen. Ich werde dich mit ihm vermählen, er wird dich schwängern. Du mußt ihm gefallen, damit er die Hochzeit mit dir vollzieht. Deshalb lauf schnell nach Hause, mach dich schön, leg all deinen Schmuck an, und schminke dich …«

Es ist keine Sünde, sich mit dem Elfenkönig zu vermählen, das ist keine eheliche Untreue, denn der Elfenkönig ist unsichtbar; aber er macht sterile Frauen schwanger, das ist Allahs Weisheit … Die unfruchtbaren Frauen schmückten, schminkten, parfümierten sich und kamen zurück, um mit dem Elfenkönig die Hochzeit zu vollziehen und schwanger zu werden.

Paschazade nahm die Frau mit in sein Zimmer, malte mit Kreide einen Kreis auf den Fußboden und sagte zu ihr: »Leg all deinen Schmuck hier in diesen Kreis!«

Die Frau fragte nicht nach dem Warum … Sie zitterte sowieso am ganzen Körper vor Aufregung, mit dem Elfenkönig vermählt zu werden. Es war schließlich keine Kleinigkeit, die Hochzeitsnacht mit einem König zu verbringen.

Dann ließ er die Frau auf ein Kissen außerhalb des Kreises sitzen und begann zu sprechen … Was immer er daherredete – wenn es lange genug gedauert hatte, kam das Anhauchen an die Reihe.

»Heb den Rock hoch, Frau!« sagte er streng, damit es wirkte und die Frau Angst bekam …

Wenn ab und zu doch eine den Mut hatte zu fragen, weshalb sie ihren Rock hochheben solle, wies er sie zurecht: »Wie soll ich dir helfen, wenn ich dich nicht anhauche … Wenn du unter Kopfschmerzen leidest, hauche ich deinen Kopf an … Wenn's der Magen ist, hauche ich dort … Aber du bist unfruchtbar, also heb den Rock hoch …

Er hauchte. Er besprach, er hauchte …

»Los, Frau, schließ die Augen, jetzt kommt der Elfenkönig!« Wenn alles vorbei war, sagte er: »So, Frau, Allah sei mit dir!«

Wenn die Frau fragte, was aus dem Schmuck im Kreidekreis werden solle, erklärte er: »Von einem Anhauchen ist deine Unfruchtbarkeit nicht geheilt. Wenn du das nächste Mal kommst, nimmst du alles wieder mit, und so Allah will, wirst du schwanger sein …« und schickte die Frau fort.

Die um ihren Schmuck betrogenen Frauen getrauten sich nicht, ihren Ehemännern etwas davon zu sagen. Dann würden diese von der Hochzeit mit dem Elfenkönig erfahren und davon, daß der Hodscha Efendi sie besprochen und angehaucht hatte … Wenn die Ehemänner nach dem Schmuck fragten, blieb den armen Frauen nichts anderes übrig, als zu sagen, er sei gestohlen worden.

Das hat Paschazade den Reportern selbst erzählt. Die Presse berichtete damals tagelang darüber. Sie hätten hören müssen, wie Paschazade es erzählte … Die Zuhörer lachten Tränen. Die Polizeibeamten auch. Paschazade hätte es vielleicht nicht berichtet, aber die beiden Frauen, die ihn angezeigt hatten, waren auch da.

Auf Fragen ihrer Ehemänner hatten sie gesagt, ihr Schmuck sei gestohlen worden. Diese liefen zur Polizei und erstatteten Anzeige wegen Einbruchs. Aber da gab es nicht nur einen Einbruch, sondern zwei, fünf, zehn … Laufend wurde Schmuck aus Wohnungen gestohlen. Aber es gab keinerlei Spuren. So wurden die Polizisten mißtrauisch. Beim Verhör einer angeblich bestohlenen Frau entschlüpfte dieser ein unbedachtes Wort. Daraufhin gingen zwei Kriminalbeamtinnen in Paschazades Wohnung, um ihn auf frischer Tat zu ertappen. Eine der beiden war jung, die andere mittleren Alters. Sie gab sich als Schwiegermutter der jungen aus. Beide Frauen waren von oben bis unten mit Schmuck behangen. Als Paschazade die Geschmeide sah, gingen ihm die Augen über.

»Ach, Hodscha Efendi«, sagte die Schwiegermutter, »Ihr seid unsere letzte Hoffnung. Meine Schwiegertochter ist ein Engel. Aber mein Sohn will sich von dieser Blume scheiden lassen, weil sie kein Kind bekommt, ein Heim wird zerbrechen …«

Paschazade ließ auch keinen Blick von dem Schmuck der Schwiegermutter: »Und du, meine Tochter, du bist doch auch noch jung, willst du denn nicht auch ein Kind haben?«

Als die Frau antwortete: »Ich habe das hinter mir …«, begann Paschazade: »Aber nicht doch … Wer wird denn so etwas sagen!«

»Kümmern wir uns erst einmal um meine Schwiegertochter«, sagte die ältere Polizistin und schob ihre junge Kollegin in Paschazades Zimmer. Sie blieb draußen.

Paschazade ging der jungen Frau ins Zimmer nach. Gespielt energisch sagte er: »Jetzt legst du deinen Schmuck ab und wirfst ihn in diesen Kreis …«

Die junge Frau tat wie befohlen …

»Leg dich hierher … ganz locker … gleich wird der Elfenkönig kommen …«

Er begann zu sprechen. Er redete und redete. »Heb den Rock hoch … höher … noch höher … ich will dich besprechen und anhauchen«, befahl Paschazade dann.

Vor der Tür wartete die zweite Beamtin mit der Pistole in der Hand. Sie mußte genau im richtigen Augenblick ins Zimmer kommen.

»Los«, sagte er, »laß den Elfenkönig nicht warten …«

In diesem Moment öffnete die Beamtin die Tür und stürmte mit gezogener Pistole ins Zimmer. Weitere Polizisten standen vor der Wohnungstür. Sie nahmen Paschazade fest und brachten ihn ins Präsidium. Von dort wurde die Presse benachrichtigt, und wir Polizeireporter kamen.

Das sind nur ein paar Seiten aus Paschazades Leben, dem Mann, der in seiner fünfundvierzigjährigen Verbrecherlaufbahn an die zwanzig Jahre im Gefängnis zugebracht hat.

Aus diesem Artikel erfuhr ich von Paschazades Tod. Nachdem ich ihn gelesen hatte, sah ich zu Hause die Zeitungen der letzten Tage durch und fand auch die Meldung … Man hatte seinen Leichnam in Samatya am Fuße der Stadtmauer gefunden. Seine Füße hatten im Wasser gelegen, sein Körper auf den Kieseln. In seiner Tasche war sein Ausweis gefunden worden. Sie hatten ihn ins Leichenschauhaus gebracht. Dort wurde sein natürlicher Tod festgestellt. Dann hatten sie noch einen Mann geholt, der Paschazades Leiche identifizierte.

Die Tage vergingen, ich vergaß Paschazade wieder. Die Zeitung, für die ich arbeitete, hatte mich an die Grenze geschickt; ich sollte meine Beobachtungen als Reisebericht veröffentlichen. Da der Auftrag ziemlich lange dauern würde, nahm ich mir einige Bücher mit, für die ich nie Zeit gefunden hatte. Ich wollte sie an den langen Abenden lesen. Durch das Vorwort eines dieser Bücher wurde ich fast zwei Jahre nach der Todesmeldung plötzlich wieder an Paschazade erinnert.

Mitternacht war vorbei, als ich in meinem ungemütlichen Hotelzimmer die Memoiren eines Prinzen aus dem Fernen Osten las. Er war Ministerpräsident gewesen und hatte die Wahrheit erst nach seiner Flucht aus der Heimat erkannt. Die Memoiren waren sehr interessant. Ein führender europäischer Politiker hatte das Vorwort für die französische Übersetzung geschrieben. Dieses Vorwort war es, das mich in dem Hotelzimmer nach Mitternacht an Paschazade erinnerte. Der Politiker hatte geschrieben:

… Nur handelt all das von der Vergangenheit. Was wird die Zukunft bringen?

Die Imperialisten haben wieder einmal eine bittere Lektion erteilt. Wenn sie sich in den Kopf gesetzt haben, ein Land zu erobern, lassen sie der Bevölkerung dieses Landes nur einen Weg, ihre Freiheit wiederzuerlangen. Dieser einzige Weg ist der bewaffnete Kampf. Dabei scheuen die Betroffenen kein Opfer; das bedeutet ihr völliges Ende. Wir stehen vor dem gleichen Problem wie der geflohene Prinz und sein Volk: Der einzige Weg, der uns bleibt, ist der bewaffnete Kampf … Auf diesen einzigen Weg haben uns die Imperialisten gestoßen.

Jedes Volk muß sein Schicksal in die Hand nehmen und für Demokratie und Freiheit kämpfen. Die Länder dieser Erde, die in die Falle des aggressiven Imperialismus geraten sind, müssen sich weltweit verbünden, denn der Aggressor bedient sich der gleichen Mittel.

Diese Formulierung vom »einzigen Weg« erinnerte mich plötzlich an Paschazade. Jenes Volk war auf den »einzigen Weg« gestoßen worden, alle anderen waren blockiert, nur dieser einzige stand dem Land offen.

Am nächsten Morgen erwachte ich spät.

Ich habe viele Leute gefragt: Kann es geschehen, daß man jemandem unerwartet gegenübersteht, an den man unvermutet gedacht hatte? Sie sagten, daß es so etwas gibt; am unmöglichsten Ort, zur unmöglichsten Zeit denkt man an jemanden, der einem vorher lange nie in den Sinn gekommen war, und wenig später begegnet man ihm. Manche Leute interpretieren das als Telepathie. Warum es so ist, weiß ich nicht, aber solche erstaunlichen Zufälle geschehen.

Einen Tag, nachdem ich das Buch gelesen hatte, dessen Vorwort und der darin erwähnte »einzige Weg« mich an Paschazade erinnert hatten, sah ich ihn …

Es war in einem kleinen Zimmer, der Putz war von den Wänden gefallen, bei jedem Schritt knarrten die Dielen, von der Decke rieselte Kalk. Es war eine Amtsstube in diesem Grenzstädtchen. Paschazade saß über einen Tisch gebeugt, der aus grobem Holz zusammengeschustert war, und las etwas. Der ungehobelte Tisch war voller Akten und beschriebenem Papier. Die Zimmertür stand offen. Ich hatte ihn gesehen, als ich die Treppe zum Zimmer des Direktors hinaufging und zufällig durch die geöffnete Tür in den Raum sah. Aber Paschazade war seit mehr als zwei Jahren tot! Natürlich konnte der unter Aktenbergen begrabene Mann an dem Tisch in der Amtsstube nicht Paschazade sein. Aber er sah ihm so ähnlich, daß ich nicht widerstehen konnte, das Zimmer zu betreten und mir den Mann aus der Nähe zu betrachten. Zwei Schritte vor ihm blieb ich stehen und sah ihn eine Zeitlang an. Ob er nun so in seine Arbeit vertieft war oder sich nur nicht um mich kümmerte, jedenfalls hob er nicht einmal den Kopf, um mich anzusehen. Aber das war er doch, unverkennbar! Eine solche Ähnlichkeit gab es doch nicht! Ich sprach ihn mit seinem Namen an. Kaum hatte er mich erkannt, da spürte ich ein kurzes Erschrekken. Seinen Augen entwich kaum merklich Bestürzung, aber er fing sich sehr schnell.

»Sie wünschen?« fragte er so kühl, daß mir Zweifel kamen.

Ob er es wirklich nicht war? Aber diese Ähnlichkeit ... So etwas gab es doch nicht. Andererseits war Paschazade seit über zwei Jahren tot ... Aber dieses breite Kinn, das aussah, als könne es Eisen zermalmen ... Die dunklen Ringe um die Augen ... Diese schwarzen, leuchtenden Pupillen, so groß wie ein Stecknadelkopf, die ständig in Bewegung waren ... Die breiten Schultern ...

Ich fragte ihn, ob er Paschazade sei.

Barsch fragte er zurück: »Was für ein Paschazade?«

Diese Frage war mehr eine Abweisung. Er wies den Pascha zurück.

Und wie verhielt es sich mit seiner Stimme? Es war seine typische Sprechweise: jede Silbe einzeln hervorstoßend und monoton ...

Wie kann ich mich mit einem Toten unterhalten? Mir fiel ein, daß er mir im Gefängnis erzählt hatte, er sei der älteste von sieben Geschwistern. Vielleicht war dieser Mann einer seiner Brüder. Diesmal benutzte ich nicht den Spitznamen Paschazade, sondern nannte seinen richtigen Namen und fragte ihn, ob er sein Bruder sei. Als er: »Wie kommen Sie denn darauf?« fragte, klang es, als spucke er jede Silbe einzeln aus.

Damit hatte er sich verraten. Wenn er nicht Paschazade gewesen wäre, hätte er meine Frage mit »Nein« abgetan oder mit »Sie verwechseln mich«. Aber er hatte geschrien: »Wie kommen Sie denn darauf?«

Folglich wußte er, wer Paschazade war.

Um zu zeigen, daß er nicht verstand, weshalb ich immer noch vor ihm stand, setzte er seine Brille ab, legte sie auf den Tisch und sah mir in die Augen. Er wollte damit sagen: Worauf warten Sie noch? Aber zu diesem Zeitpunkt war für mich bereits alles klar. Der Beweis war die Brille. Es war die, die Dandy-Fikret im Gefängnis zum Ver-

kauf angeboten hatte. Ich erkannte sie wieder ... Paschazade hatte gesagt, er habe sich so an diese Brille gewöhnt, daß er niemals ohne sie sein könne. Deshalb hatte er sie auch zum zwanzigfachen Verkaufspreis zurückgekauft. Aus alter Gewohnheit benutzte er sie also immer noch.

Ich faßte die Brille mit zwei Fingern am Bügel und klopfte sie ein paarmal auf den Tisch. Dann hielt ich sie ihm vors Gesicht und sagte: »Ich habe Sie erkannt, Sie sind Paschazade.«

Barsch sagte er: »Nein!«

»Beinahe hätte ich Sie für einen Ihrer Brüder gehalten.«

Ich verließ sein Büro. Nachdem ich bereits auf der zweiten oder dritten Treppenstufe war, kam er hinter mir hergelaufen und faßte mich am Ellenbogen: »Lassen Sie uns miteinander reden ...«

»In Ordnung ...«, sagte ich.

»Wann?«

Man merkte ihm an, daß er es eilig hatte, er wollte sofort mit mir sprechen. Ich sagte ihm, daß ich mit dem Direktor verabredet sei.

»Aber Sie verraten mich doch nicht?«

»Ich kenne Sie doch gar nicht ...«, sagte ich.

»Danke sehr. Ich vertraue Ihnen ...«

»Wie heißen Sie?« fragte ich ihn.

»Dschemal Altintasch ...«

Während meines Gesprächs mit dem Direktor waren meine Gedanken die ganze Zeit bei ihm. Natürlich hatte ich nicht die Absicht, die falsche Identität von Dschemal Altintasch als die von Paschazade zu enthüllen, wenn ich nicht dazu gezwungen war. Er war also nicht gestorben ... Selbst sein Tod war ein Schwindel. Und mich hatten sein Ableben und der Artikel darüber so getroffen ...

An einer passenden Stelle stellte ich ganz beiläufig die Frage, wer der Beamte in dem kleinen Büro am Fuße der Treppe sei.

Der Direktor machte ein Gesicht, als hätte er in eine Zitrone gebissen. »Hat er sich ungebührlich benommen?«

»Nein, nein«, sagte ich, »ganz im Gegenteil ...«

»Kennen Sie ihn, ist er ein Bekannter von Ihnen?«

Er machte ein so säuerliches Gesicht, daß ich es ihm bestimmt nicht gesagt hätte.

»Nein, es hat mich nur gewundert ... Er ist sehr eifrig ...«

Der Direktor redete lange. Es war, als suche er einen Vorwand, um mir etwas zu erklären. Der Mann hieß Dschemal Altintasch und arbeitete seit fast zwei Jahren hier. Er gehörte nicht zum Beamtenstab, sondern war nur Verwaltungsangestellter. Ein unsympathischer Mann. Niemand mochte ihn. Als ich nach dem Grund fragte, sagte er, sie hätten alle ihre Zweifel. Als ich fragte, woran sie zweifelten, sagte er nichts Konkretes. Er machte ihn schlecht, ohne etwas Genaues zu sagen.

Ich zog meine Arbeit absichtlich in die Länge und schob meine Abreise hinaus. Jeden Morgen ging ich auf das Amt, steckte meinen Kopf in die offene Tür seines Büros und grüßte ihn: »Guten Morgen, Dschemal Bey ...«

Wenn die Tür geschlossen war, öffnete ich sie, rief ihm einen Gruß zu und zog die Tür wieder ins Schloß. Ich glaube, mein nervenaufreibendes Benehmen tat seine Wirkung, denn eines Morgens sagte er: »Wollen Sie nicht hereinkommen? Lassen Sie uns einen Kaffee trinken ...«

Ich dankte ihm, trat ein und setzte mich. Aus einem alten Schrank, in dem eine Ordnung herrschte, wie man sie nur im Gefängnis findet, holte er einen kleinen Stieltopf, Mokkatassen, Zucker, eine Kaffeebüchse und einen kleinen Spirituskocher. Auf dem Kocher bereitete er Kaffee.

»Ich bin ein Typ, der nicht leicht zu vergessen ist«, flüsterte er, »Sie haben mich sofort erkannt ...«

»Wie sollte ich nicht«, sagte ich, »wo wir monatelang Tag und Nacht zusammen waren ...«

»Bis hier an die Grenze bin ich gegangen, damit mich niemand erkennt ... Daß ich Ihnen hier begegnen würde, hätte ich nie erwartet.«

»Ich auch nicht ...«

»Sie haben den Direktor nach mir gefragt, nicht wahr?«

»Ja. Aber ich habe keinerlei Andeutungen gemacht. Er weiß nicht, daß ich Sie kenne.«

»Danke sehr. Ich habe Ihnen schon im Gefängnis vertraut.«

Wir verabredeten uns für Sonnabend im Kaffeehaus.

Als ich am nächsten Abend in das Lokal ging, saß Paschazade schon an einem Tisch und wartete auf mich. Er hatte bereits eine Reihe von Vorspeisen bestellt. Wir stießen miteinander an.

»Wer hätte gedacht, daß wir eines Tages hier an der Grenze zusammensitzen und trinken ...«

»Das ist wahr ...«, sagte ich.

Im Radio spielten sie das Lied »Es gibt eine Möglichkeit, du sagst, das sei der Tod ...« Wenn Paschazade nicht den Ober gerufen und gesagt hätte, er solle einen anderen Sender einstellen, hätte ich gar nicht darauf geachtet.

»Wenn ich das Lied höre, werde ich ganz nervös«, sagte er.

»Haben Sie dabei eine unangenehme Erinnerung?« fragte ich.

»Eine Erinnerung? ... Ein ganzes Leben ... Es waren immer ›diese Möglichkeiten‹, die mein Leben zerstört haben.«

Ich sagte, daß ich nicht verstehe, was er meine.

»Es gibt viele Möglichkeiten«, sagte er, »unzählige. Niemals gibt es nur eine. Denken Sie an die Silbe ›Ach!‹, wenn ein Mensch telefoniert. Eine Silbe ... Aber man kann sie auf so vielfältige Weise sagen, in so vielen Bedeutungen ... Um eine Frage zu stellen: Ach? Zur Bestätigung: Ach! Um Erstaunen auszudrücken: Ach! Ängstlich: Ach? Daß man endlich verstanden hat: Aaaach ... Tadelnd: Aaach! ...«

Wie ein Stimmenimitator sagte er »Ach« in den verschiedensten Tonlagen.

»Denken Sie nur, wenn ein einziges ›Ach‹ so viele verschiedene Bedeutungen haben kann, rechnen Sie einmal aus, auf wieviele Arten und Möglichkeiten man einen Satz mit acht bis zehn Wörtern sagen kann ... Und dann soll es nur eine Möglichkeit geben, das soll der Tod sein ... Blödsinn! Ich bin der Feind jeder Sache, die einem keine Wahl läßt. Bei Dingen, die einem keine zweite Wahl lassen, ist immer ein Betrug, irgendein Schwindel dabei ...«

Er sprach wie einer, der nicht selbst ein vorbestrafter Betrüger war.

»Was bedeutet der eine Preis in einem Laden, der als Sonderangebot angepriesen wird? Man will den Absatz steigern, indem man dem Volk weismacht, es sei billig, nicht wahr?«

Paschazade lenkte unser Gespräch. Sein Gerede schien mir leeres Geschwätz zu sein. Wo ich doch nur in Erfahrung bringen wollte, wie er für tot erklärt worden war. Ich war neugierig, wie er die Presse dazu gebracht hatte, die Nachricht und den Artikel darüber zu bringen. Aber er führte das Gespräch, wie er es wollte.

Schließlich unterbrach ich ihn und fragte, wie er Dschemal Altintasch geworden war.

»Ich habe Ihnen doch gesagt, wie der Zufall mein Leben immer gelenkt hat … Wie ich über einen Stein gestolpert, wie ich irgendwo zwei Minuten zu spät gekommen bin …«

Jetzt sprach er von Möglichkeiten, die nur zwei Minuten in Anspruch nehmen.

»Ich muß wieder an den treulosen Recai denken. Er hat gesagt, daß sein erfolgreichster Betrug der Vertrieb eines schmerzstillenden Medikamentes war. Aufmerksam verfolgte er die Reklame. Er machte immer sofort den Artikel nach, für den es die meiste Werbung gab, profitierte davon und eroberte den Markt. Recais Meinung nach war das die ungefährlichste Art von Betrug. Er sagte, unsere großen Firmen besäßen die Lizenzen auch nicht und würden alles stehlen, sie seien die größten Fälscher. Da die Ware nicht in Lizenz hergestellt werde, tauge sie nichts, die Weltkonzerne gerieten in Mißkredit und könnten sich nicht einmal verteidigen.

Was Recai sagte, stimmte tatsächlich. Bei uns wird die Nachahmung der Ware einer anderen Firma sehr gering bestraft. Man kann es fast Straffreiheit nennen. Recai brachte die Imitation eines bekannten Mittels gegen Kopfschmerzen auf den Markt. Er fuhr nach Ankara, um von einigen Großhändlern Geld zu kassieren. Ich begleitete ihn zum Flugplatz, wollte ihn verabschieden und umkehren. Obwohl wir noch zehn Minuten bis zum Start des Flugzeuges hatten, waren die Rollfeldzugänge bereits verschlossen. Recai konnte nicht mitfliegen. Er war wütend, schimpfte lauthals und ließ sofort protokollieren, daß er zehn Minuten vor dem Abflug dort gewesen sei, und stellte Zeugen. Er sagte, er würde die Fluggesellschaft auf Schadensersatz verklagen. Und er tat es auch … Die Maschine startete. Das Personal der Fluggesellschaft behauptete, Recai sei nicht zehn, sondern erst zwei Minuten vor dem Abflug erschienen. Aber ob nun zwei Minuten oder zehn … Recai konnte nicht mitfliegen.

Wir fuhren zurück, Recai nahm mich zu einem ihm bekannten Rechtsanwalt in die Kanzlei mit. Er ließ seinem Zorn freien Lauf und erzählte, was ihm passiert war. Der Anwalt sagte, er könne auf Schadensersatz klagen. Der Schriftsatz wurde sofort aufgesetzt, Recai gab Prozeßvollmacht, dann beruhigte er sich und lud den Juristen und mich zum Essen ein. Im Lokal brachte der Rundfunk gerade die Mittagsnachrichten. Eine Meldung ließ den treulosen Recai sein Besteck auf den Teller fallen. Der Rechtsanwalt ließ sein Weinglas stehen, das er gerade zum Mund führen wollte. Ich saß wie versteinert da. Der Nachrichtensprecher hatte gesagt, daß das Flugzeug, zu dem Recai sich verspätet hatte oder das nach Recais Behauptung zu früh gestartet war und ihn nicht mehr mitgenommen hatte, abgestürzt sei. Recai bat den Rechtsanwalt um die Klageschrift. Der nahm sie aus seiner Aktentasche und gab sie ihm. Recai zerriß sie. Ja, zwei Minuten – Verspätung oder Frühstart – hatten Recai das Leben gerettet ... Der gleiche Recai, der dem Absturz entronnen war, hat sich später das Leben genommen. Sehen Sie, so rettet ein Zufall ein Leben oder löscht es aus ... Mein Tod war auch ein Zufall, der mir half, meinen langgehegten Plan zu realisieren. Zuerst will ich Ihnen meinen Plan erklären. Was bin ich?« Paschazade beantwortete seine Frage selbst: »Ich bin ein Betrüger ... Als Sie mich erkannten und zu mir sagten: ›Sie sind Paschazade!‹, wollte ich Ihnen hinterherlaufen und Sie fragen: ›Haben Sie Paschazade überhaupt gekannt?‹ Ich kann machen, was ich will, kann anziehen, was ich will, mich hinter jeder Identität verbergen, ich bleibe immer Paschazade ... Selbst wenn ich sterbe, komme ich nicht davon los. Seit fast zwei Jahren lebe ich hier als Dschemal Altintasch, und ich habe es satt. Es hat mich fast umgebracht, daß ich so lange mit keinem Menschen offen reden konnte. Sie wissen gar nicht, wie glücklich ich bin, daß Sie hier sind ... Ach ja, ich hatte von meinem Beruf gesprochen ... Ich bin ein Betrüger. Wissen Sie, daß im türkischen Strafgesetzbuch Betrug das geringste Vergehen ist? Wenn Sie einem, sagen wir mal, zehntausend Lire stehlen oder einen Straßenraub begehen, ist die Strafe viel höher. Wenn Sie den gleichen Mann um zehntausend Lire betrügen, ist die Strafe bedeutend geringer. Denn Betrug beruht auf Gegenseitigkeit. Der Betrüger und der Betrogene wollen sich gegenseitig begaunern. Beide sind gleich schuldig. Ich werde Ihnen das erklären. Der König der Betrüger verkauft ein in Goldwasser getauchtes Stück Blei als Antiquität aus massivem Gold. Der Käufer ersteht es billig, er hält es für Gold. Er will also den Verkäufer übervorteilen. Deshalb ist die Strafe dafür so gering. Aber der schlimmste Betrug ist der Selbstbetrug ... Wie und womit betrüge ich mich selbst? Ich tue es mit dem angeblichen ›einzigen Weg‹, über den ich monatelang mit Ihnen im Gefängnis gesprochen habe … Nein, nein, Sie wollte ich damit nicht täuschen. Ich habe selbst daran geglaubt … Mit der Geschichte vom einzigen Weg betrügen die Menschen sich selbst. Eine Frau versucht zu begründen, weshalb sie eine Dirne geworden ist: ›Was hätte ich denn machen sollen, ich hatte doch gar keine andere Möglichkeit.‹ Aber hatte sie tatsächlich keine? Eine andere Frau in der gleichen Lage findet einen Weg, keine Dirne zu werden. Sie hat nur den einfachsten Weg gewählt oder den bequemsten.«

»Ihrer Meinung nach liegt es also nicht an der Gesellschaftsordnung, wenn einer vom Weg abkommt?«

»Natürlich liegt es auch daran«, sagte er, »sie hat sogar großen Einfluß darauf … Aber wir sind keine Maschinen, bei denen das defekte Teil ausgewechselt wird, und dann läuft sie wieder, oder sie funktioniert immer noch nicht. Menschen haben nicht nur zwei Möglichkeiten, ihre Probleme zu lösen; sie übersehen die schwierigen Wege und wählen den einfachsten.«

Paschazade sagte, daß sogar Regierungen ihr Volk mit dem »einzigen Weg« düpieren würden. Als Beispiel führte er den Eintritt der Türkei in den Ersten Weltkrieg an.

»Der Ausbruch des Zweiten Weltkrieges war ein Selbstbetrug vieler Deutscher … Sie hielten den Krieg für den einzigen Weg«, sagte er.

Paschazade hatte sehr spät gemerkt, daß er sich selbst betrog … Dann wollte er in eine andere Haut schlüpfen, ein anderer Mensch werden.

Wer ist hier der Betrüger?

Als mir klar wurde, daß ich falsch gelebt hatte, wollte ich mich umbringen. Aber es sollte ein Tod sein, bei dem nur meine falsch gelebte Vergangenheit starb. Verstehen Sie, was ich meine? Ich wollte Paschazade umbringen.

Sie glauben, daß alle Straftaten vorsätzlich begangen werden. Ich möchte Ihnen an zwei Beispielen das Gegenteil beweisen.

In der Herrenzelle saßen viele Männer wegen Bestechung. Zwei von ihnen waren so anständige Kerle, daß ich nicht verstand, was sie dazu gebracht hatte, sich bestechen zu lassen. Beide waren arm. Sie konnten sich im Gefängnis kaum über Wasser halten. Wie kann ein wegen Bestechung Verurteilter arm sein? Das gibt es doch nicht! Aber beide hatten wirklich kein Geld. Einer war Steuerinspektor, der andere Zolldirektor gewesen. Der Steuerinspektor stammte aus Istanbul, der Zolldirektor aus dem Osten …

Der Steuerinspektor hatte nicht, wie viele andere, in der Gerichtsverhandlung behauptet, es handle sich um eine falsche Anschuldigung; er hatte die Annahme von Bestechungsgeldern zugegeben. Mir hat er erzählt, wie es dazu gekommen ist.

Da seine Unbestechlichkeit bekannt war, wurde er in Fällen großer finanzieller Unregelmäßigkeiten und bei Steuerhinterziehung eingesetzt. Es war während des Zweiten Weltkrieges … Alles war knapp. Besonders den Beamten ging es sehr schlecht.

Ein bekannter Großkaufmann war wegen Steuerhinterziehung angezeigt worden. Dieser Inspektor wurde mit der Buchprüfung beauftragt. Der Geschäftsmann rief ihn in sein Büro. Auf einem großen Tisch lagen die Geschäftsbücher.

»Bitte sehr, sehen Sie hinein!« forderte er den Inspektor auf.

Während der die Bücher prüft, geht der Kaufmann um ihn

herum; er prüft den Inspektor: Seine Schuhe sind ausgetreten, sein Anzug ist alt …

»Trinken Sie Tee?« fragt er.

»Nein.«

»Kaffee?«

»Nein.«

»Limonade oder Obstsaft?«

»Nein.«

Bei jedem »Nein« des Inspektors lacht der Kaufmann hinterhältig.

Er setzt sich in seinen Sessel. Auf der einen Seite des großen Tisches prüft der Inspektor die Bücher, ihm gegenüber sitzt der Kaufmann. Hinter ihm steht ein riesiger Tresor … Der Kaufmann hatte ihn geöffnet; er war vollgestopft mit Geld … Daß der Kaufmann den Tresor wie eine Theaterkulisse vorher bestückt hatte, war klar … Er nimmt Geldbündel aus dem Tresor, legt sie auf den Tisch, beginnt zu zählen. Er zählt Fünfhundert-Lire-Scheine, stapelt sie aufeinander, bis es zehntausend sind, dann schiebt er sie beiseite. Immer wenn ein Stapel fertig ist, stellt er dem Inspektor eine Frage: »Haben Sie ein eigenes Haus?«

»Nein, ich wohne zur Miete.«

»Ach, herrjeh …«

Er zählt weiter: achtundvierzigtausend, neunundvierzigtausend, fünfzigtausend …

»Haben Sie Kinder?«

»Ja.«

»Wieviele?«

»Vier …«

»Studieren sie?«

»Einer ist beim Militär, einer geht nicht mehr zur Schule … Die anderen beiden gehen noch …«

»Ach ja … Ich habe zwei Söhne, einer studiert in England, der andere ist in der Schweiz im Internat.«

Er zählt wieder Geld: zweihundertachtundvierzigtausend, zweihundertneunundvierzigtausend, zweihundertfünfzigtausend …

»Wie hoch ist Ihr Gehalt?«

»Achtundsiebzig Lire und ein paar Piaster ...«

»Ach, herrjeh ... Dann müssen Sie aber ziemlich darben ... Bei mir bekommt nicht einmal der Bürodiener weniger als zweihundert im Monat. Es ist eine Schande! Sie wissen Ihren Wert nicht zu schätzen.«

Er holt neue Geldbündel aus dem Tresor und zählt weiter: dreihundertachtundvierzigtausend, dreihundertneunundvierzigtausend, dreihundertfünfzigtausend ...

Der Inspektor wird nervös: »Ich bitte Sie, zählen Sie Ihr Geld woanders ...«

»Machen Sie nur Ihre Arbeit, Efendi ... Lassen Sie sich nicht stören, ich werde leise zählen ...«

Nachdem er das Geld gezählt hat, stapelt er es und schiebt die Stapel zum Inspektor.

»Ich versuchte, nicht auf den Kerl zu achten. Aber meinen Sie, das gelang mir? Während ich die Bücher prüfte, war ich ganz durcheinander. Meine Augen brannten, alles verschwamm, meine Hand mit dem Stift zitterte. Die Zahlen in dem Journal begannen vor meinen Augen zu tanzen. Der Mann schob immer mehr Geldstapel auf mich zu. Die Zahlen, die ich mit meinem Füller zu Papier gebracht hatte, liefen aus, denn eine Träne war darauf gefallen,« erzählte mir der Inspektor.

Der Kaufmann zählt weiter: vierhundertfünfundfünfzigtausend, sechsundfünfzigtausend, siebenundfünfzigtausend ... und dem Inspektor tränen die Augen ...

Sie tränten ihm auch, als er mir das schilderte.

»Der Kerl wußte, daß ich umkippen würde; er hatte mehr Geld als ich Widerstand ...«

Zum Schluß fiel der Inspektor um.

Als er mir das Geld auf die Hand zählte, lächelte er so ekelhaft, daß mich das mehr erniedrigte als die Annahme der Bestechung ...«, sagte er.

Nachdem er sich das erste Mal hatte bestechen lassen, ging es so weiter. Schließlich wurde er gefaßt. Meinen Sie, dieser Mann hat die Bestechung vorsätzlich angenommen? Wer ist hier der Schuldige? Der ehrbare Kaufmann oder der Mann, der im Gefängnis gelandet ist?

Nun zu dem Zolldirektor aus dem Osten. Er war ein so anständiger Mann, wie man ihn selten findet.

An einem der Grenzübergänge hatte die Korruption überhand genommen, die Anzeigen hatten sich so gehäuft, daß das Ministerium echt beunruhigt war und die Unredlichkeiten dort unterbinden mußte. Aber wo fand man einen Zolldirektor, der das schaffte? Nach langem Suchen fanden sie den Mann, von dem ich spreche. Er wurde an die Grenze versetzt, gönnte sich keine Ruhe und ließ keinen Piaster Bestechung durchgehen. Er ging so weit, daß er nicht einmal nachts mehr als zwei, drei Stunden schlief. Sobald er sich hinlegte, nahmen seine Beamten Schmiergeld. Es war eine Schande!

Die Zollbeamten flehten den Direktor an: »Wir gehen kaputt, wir sind vernichtet ...« Denn die Zöllner an dieser Grenzstation zahlten sechs bis zwölf Monatsgehälter für eine Versetzung dorthin. Das Geld borgten sie sich, trieben es irgendwo auf und wurden dann auf ein halbes oder ein ganzes Jahr dorthin versetzt. Danach kamen sie woanders hin. In diesen sechs oder zwölf Monaten nahmen sie mit, was sich ihnen bot ... Der armseligste Zollbeamte baute sich nach einem Jahr ein riesiges Mietshaus. Es war nicht einfach, dorthin versetzt zu werden ... Da die Männer nicht einmal das Geld, das sie für die Versetzung investiert hatten, wieder hereinbrachten, waren sie dem Direktor feindlich gesonnen. Wissen Sie, was sie getan haben: Sie begannen, ihm Abführmittel ins Essen zu tun. Der arme Kerl kam nicht mehr von der Toilette herunter.

Wenn er dort saß, ließen sich die Zöllner von den Durchreisenden schnell etwas zustecken. Die Grenzgänger schmierten sie nur zu gern, denn sie führten Schmuggelware bei sich ... Zum Schluß merkte der Direktor, daß er nichts erreichen würde, und ließ den Dingen ihren Lauf ... Als er das tat, begannen die Beamten, ihrem Direktor einen Anteil zu geben. Sehen Sie, die waren so ehrlich, daß sie ihm den nicht unterschlugen. Am Ende wurden sie gefaßt. Wollen Sie nun behaupten, daß der Direktor die Tat vorsätzlich begangen hat? Er ist zwar schuldig, denn er hat sich bestechen lassen, aber sind die Leute, die die Bestechungsgelder gegeben haben und straffrei ausgegangen sind, unschuldig?

Als ich Steuerinspektor war – jaja, das war ich auch mal und sogar recht lange –, bin ich zu großen und kleinen Firmen gegangen, von Schneidern über Lebensmittelhändlern bis zu Importeuren und Exporteuren, und habe gesagt, ich müßte ihre Bücher prüfen. Keiner ... jaja, nicht einer war sich seiner Buchführung sicher, alle hatten etwas zu verbergen, deshalb hat auch keiner an meinem offiziellen Auftrag gezweifelt. Manche bestachen mich schon, bevor ich mit der Arbeit anfing. Manche boten mir nichts an. Bei denen prüfte ich die Bücher und ließ mir das Geld als »Steuernachzahlung« geben. Es war immer eine krumme Summe, bis hinter das Komma, nie ein abgerundeter Betrag. Das war glaubwürdiger. Siebenhundertfünfundvierzig Lire und fünfunddreißig Piaster oder so ... War ich da schuld oder die, die mich von sich aus bestochen haben, weil ihre Bücher nicht in Ordnung waren? Aber nicht sie kamen ins Gefängnis, sondern ich. Wenn das Mißgeschick nicht passiert wäre, hätte kein Mensch jemals gemerkt, daß ich kein echter Steuerinspektor war.

Da kam doch tatsächlich – so etwas gibt es – eine Weile, nachdem ich in einer Firma die Bücher geprüft und sechshundertachtunddreißig Lire und fünfundzwanzig Piaster Steuernachzahlung gefordert und erhalten hatte, ein echter Steuerfahnder. Der Firmenchef erklärte ihm, er sei bereits geprüft worden und habe sogar eine Nachzahlung geleistet. Der Inspektor wollte die Quittung sehen, es gab keine ... Das passierte noch bei mehreren Firmen.

Ein Ladenbesitzer, dessen Bücher ich prüfte, lud mich abends in ein Casino ein, um mich gnädig zu stimmen. Der Casino-Fotograf machte ein Bild von uns, es sollte eine Erinnerung an diesen Abend sein ... Als der echte Steuerprüfer zu dem Ladenbesitzer kam und erfuhr, daß der Inspektor von ihm eine Steuernachzahlung erhalten und keine Quittung ausgestellt hatte, bohrte er weiter.

Der Ladenbesitzer gab ihm das Foto aus dem Casino. So

kam heraus, daß ich der betrügerische Inspektor war. Damals ging eine Meldung mit Foto an die Presse: *Aus dem Finanzministerium – Ein falscher Steuerprüfer. Der auf dem nebenstehenden Foto abgebildete Mann gibt sich als Steuerinspektor Fahrettin Tekin aus und hat auf diese Weise viele Personen betrogen. Die Kriminalpolizei Ankara wurde eingeschaltet.*

Der Täter ist mittelgroß, korpulent, dunkler Typ, hat buschige, schwarze Augenbrauen, ein breites Kinn und dichtes, schwarzes Haar.

Wer weiß, wo sich dieser Mann aufhält, oder ihn kennt, wird gebeten, das nächstgelegene Polizeirevier zu verständigen, um seine Festnahme zu veranlassen. Die Bevölkerung wird um Mithilfe gebeten.

Wer ihn kennt … Wer kennt mich? Die Polizei. Zudem war ich abgebildet. Ich ging wieder durch die Presse: *Paschazade wurde als falscher Steuerinspektor verhaftet. Er hat sogar Schneider und Frisöre betrogen.*

»Gut, ich bin ein Hochstapler, ich bin auch ein Betrüger, aber sind die Geschäftsleute, die mir Bestechungsgelder gegeben haben, keine Gauner?« fragte ich den Kriminalbeamten.

Zufall habe ich gesagt … Es war ein kalter, regnerischer Tag. Ich war in Samatya aus dem Omnibus gestiegen und wollte die Straße überqueren, als ich mich plötzlich auf dem Gehweg wiederfand. Ein Auto hatte mich angefahren, weggeschleudert und war weitergefahren. Zuerst fürchtete ich, mir irgend etwas gebrochen zu haben. Ich erhob mich vorsichtig, tastete mich ab, mir fehlte nichts … Aber ich hatte einen Schock erlitten. Ich lehnte mich eine Weile an die Mauer vor den Eisenbahnschienen und ruhte mich aus. Als ich da stand, sagte einer: »Paschazade …«

Es war der Zocker Dschemal … Bei diesem kalten Wetter steckten seine Füße in zerrissenen Schuhen … Die Kleidung fiel ihm vom Leib, sein Bart war struppig, die Haare ungekämmt. Er zitterte vor Kälte.

Dschemal war immer so gekleidet; denn heroinsüchtig war er auch. Um zu Stoff zu kommen, kochte er Kartenspieler ab.

Ich kannte ihn schon lange. Obwohl er seit dreißig Jahren heroinsüchtig war, lebte er noch … Aber das war schlimmer für ihn, als wenn er tot gewesen wäre.

Im allgemeinen habe ich für Falschspieler und Heroinsüchtige nichts übrig. Aber mit Dschemal war das anders. Ich mochte ihn. Er hatte mir seine Vergangenheit erzählt, deshalb … Er war ein guter Schuhmachermeister gewesen, hatte ein eigenes Geschäft gehabt, gut verdient. Er war verheiratet gewesen. Seine Frau war hübsch … Sie hatten zwei Kinder. Aber dann wurde er süchtig. So einer kann nicht arbeiten … Er verlor seine Werkstatt und begann zu stehlen, kleine Sachen … Noch schlimmer: Aufgrund des Rauschgiftes war er impotent geworden und hatte Angst, seine Frau würde sich einen anderen suchen. Also machte er sie auch süchtig. Einem Heroinabhängigen ist nichts heilig. Es dauerte nicht lange, da verkaufte er seine Frau eigenhändig an andere Männer, um zu zwei Briefchen Heroin zu kommen … Als er mir das erzählte, weinte er. Dann starb sie. Er gab sich die Schuld daran.

»Jetzt bin ich mutterseelenallein … Ich weiß nicht, wo ich hin soll …«

Er wollte eine Straftat begehen und im Gefängnis überwintern. Aber der wahre Grund war, daß so einer wie er im Gefängnis leichter ans Heroin herankam als draußen.

Das war die Zeit, in der ich ständig darüber nachdachte, wie ich mich verändern, ein neues Leben beginnen könnte. Dschemal fragte mich, was er tun könne.

»Wenn du willst, kannst du vom Heroin loskommen. Ich bringe dich in eine Klinik …«

Wenn er sechs Monate in Bakirköy bliebe, konnte er die Entziehung schaffen. Es war schwierig, aber nicht unmöglich …

Plötzlich sagte er: »In Ordnung …«

Weil das so plötzlich kam, wußte ich, daß es gelogen war. Ein bißchen widerstrebender hätte er schon zustimmen müssen.

»Morgen bringst du mich in die Klinik, aber heute will ich noch mal eine starke Dosis nehmen … Ein letztes Mal.«

Ich durchschaute ihn sofort … Er hatte kein Heroin. Von

mir wollte er Geld dafür haben. Er wollte mich damit ködern, daß er morgen in die Klinik ginge. Ich tat so, als glaubte ich ihm, vielleicht hatte er ja auch die Wahrheit gesagt.

»Wo treffen wir uns morgen?« fragte ich ihn.

Er wohnte nicht weit weg. Wir gingen zusammen hin, an der Stadtmauer vorbei zum Meeresufer hinunter. In der Mauer zeigte er mir eine Nische. Den Eingang hatte er mit einem Sack verhangen. Er hörte die Meereswellen anschlagen und war dem Südwind voll ausgesetzt, der die Unwetter bringt. Es war unmöglich für einen Menschen, hier zu leben, aber Dschemal tat es … Ich gab ihm einen ziemlich großen Geldbetrag.

»Jetzt mach ich mir einen schönen Abend … Das wird mein letzter Trip. Bring mich morgen in die Klinik …«

Ich wußte, daß er log, trotzdem ging ich am nächsten Tag hin. Vielleicht … Ein ganz schwaches Vielleicht …

Ich schob den Sack beiseite und sah in die Nische, sie war leer … Ich rief nach ihm, keine Antwort. Ich blickte mich um, weit und breit war niemand zu sehen. Ich wollte schon umkehren, da entdeckte ich Dschemal am Fuß eines großen Felsens zwischen der Stadtmauer und der Nische. Er lehnte an dem Stein und sah aufs Meer hinaus. Ich rief seinen Namen und stieß ihn leicht mit dem Fuß an … Da fiel er um. Ich fühlte seinen Puls, er schlug nicht mehr. Er war tot … Die Dosis Heroin war wohl zu stark gewesen. Vermutlich war das die Todesursache … Aber vielleicht … Vielleicht hatte er tatsächlich in die Klinik gehen wollen, wer weiß …

Sogleich kam mir der Gedanke, daß die Gelegenheit da war, in eine andere Haut zu schlüpfen. Ich durchsuchte seine Taschen. In der Brusttasche seiner zerschlissenen Jacke fand ich seinen Personalausweis: Dschemal Altintasch … Ich nahm ihn an mich und steckte ihm statt dessen meinen zu.

Es war ein Versuch. Wenn er nicht gelang, hatte ich nichts verloren. Vielleicht würden sie merken, daß es nicht mein Leichnam war, aber vielleicht auch nicht … Sie merkten es nicht. Zwei, drei Tage später stand in den Zeitungen, daß Paschazade, der Verbrecher, in Samatya am Meeresufer, der halbe Körper von Wellen umspült, tot aufgefunden worden war.

Sie hatten ihn ins Leichenschauhaus gebracht. Zuerst ging ich dorthin, danach zur Staatsanwaltschaft. Ich mußte es riskieren … Keiner erkannte mich. Wenn ein Polizist dort gewesen wäre, besonders ein älterer, wäre ich bestimmt erkannt worden. Weshalb ich ins Leichenschauhaus gegangen bin? Natürlich nicht, weil ich neugierig auf meine Leiche war, aber ich mußte mich doch identifizieren … Sie zeigten mir mehrere Leichen. »Ja«, sagte ich, »das da ist der Verbrecher, den sie Paschazade nennen!« Bei der Staatsanwaltschaft unterschrieb ich das Protokoll. Als Dschemal Altintasch. Am gleichen Tag erschien der Nachruf auf Paschazade von Gavsi Ozansoy, von dem Sie mir erzählt haben … Wissen Sie, was der Amtsarzt als Paschazades Todesursache eingetragen hat: Auszehrung …

Ich wollte auch bei meiner Beerdigung dabei sein, wollte sehen, wie Paschazade begraben wird. Aber daraus wurde nichts. Als ich am nächsten Tag ins Leichenschauhaus ging, sagten sie mir, sein Leichnam sei fortgeschafft worden; ich weiß nicht, weshalb und wohin.

Jetzt mußte auch meine Polizeiakte geschlossen werden. Es gab keinen Paschazade mehr.

In Istanbul konnte ich nicht bleiben, sonst hätte mich womöglich doch noch ein alter Polizist erkannt.

Bedenken Sie nur: Wenn ich beim Überqueren der Straße nicht angefahren worden wäre und mich dann nicht an die Mauer gelehnt hätte, um mich von meinem Schock zu erholen, hätte ich den Zocker Dschemal nicht getroffen. Dieser Zufall machte mich zu einem anderen Menschen, zu Dschemal Altintasch …

Ich wollte fort, ganz weit weg. Deshalb bin ich hier an die Grenze gegangen. Paschazade war tot, und Dschemal Altintasch kannte hier keiner. Jetzt konnte ich endlich leben, ohne mich selbst zu betrügen. Ich würde nicht mehr sagen, daß mir alle Wege verschlossen waren und mir nur einer offenstand. Ich würde nie mehr sagen: Was soll ich denn machen, ich hatte doch keine andere Wahl.

Ich fand eine kleine Arbeit, dort, wo Sie mich gesehen haben. Das war nicht schwierig für mich.

Ich hatte gerade zwei Wochen dort gearbeitet, als kurz vor Dienstschluß ein junger Beamter zu mir ins Zimmer kam und mir Geld auf den Tisch legte.

»Was soll das?« habe ich gefragt, und so, als sei es ganz normal, hat er geantwortet: »Das ist Ihr Anteil ...«

»Was für einen Anteil?«

Der junge Mann lachte anbiedernd.

»Ich will nicht!« habe ich gesagt und das Geld weggeschoben.

Mein Anteil war mehr als ein Monatsgehalt.

Der junge Mann nahm das Geld wieder an sich und verließ mein Zimmer. Zwei oder drei Tage später rief mich unser Direktor zu sich, der, den Sie über mich befragt haben. Er bot mir Platz an. Und Tee. Er muß geglaubt haben, ich hätte das Geld zurückgewiesen, weil es mir zu wenig war, denn er erklärte es mir: Der Anteil sei nicht immer gleich. Manchmal war es viel mehr, manchmal weniger. Diesmal war es eben soviel ... Hier begehe niemand eine Unregelmäßigkeit. Es sei mein ganz gerechter und genauer Anteil. Das müsse ich ihm glauben.

Leute wie ich, die keine Beziehungen zu den Arbeitern hätten, die den ganzen Tag am Schreibtisch zubringen würden, vergäßen die Arbeiter oft. Die hätten aber zu einem gewissen Teil auch ein Anrecht an dem zusammengekommenen Geld. Diese Männer könnten ja von ihrem Monatslohn nicht einmal ihre Miete bezahlen. Zwischendurch wollte er immer, daß ich ihm zustimme: »So ist es doch, nicht wahr?«

Ich äußerte mich nicht, sagte weder ja noch nein.

Jetzt arbeite ich seit fast zwei Jahren hier. Alle vierzehn Tage legen sie mir einen Anteil auf den Tisch. Jedesmal schiebe ich ihn zurück. Deshalb fühlen sie sich sehr unbehaglich mir gegenüber. Sie mögen mich überhaupt nicht ... Sie sind immer mißtrauisch. Wenn die wüßten, wer ich bin ...

Indirekt haben sie mir zu verstehen gegeben: Hier besteht keine Gefahr, erwischt zu werden, denn sie benutzen keine Mittelsmänner. Ein paarmal war ich Zeuge, wie sie der Bevölkerung das Geld abnahmen ... Ich habe ja schon viel gesehen, aber so etwas noch nicht ...

Ich hatte im Zimmer des Kollegen zu tun, der ein Meister seiner Kunst ist. Ein Mann kam herein. Er wollte irgendeine Bescheinigung oder einen Führerschein ... Deshalb mußte er ein Formular unterschreiben lassen. Plötzlich fragte ihn der zuständige Beamte: »Wie weit können Sie sehen?«

Der Mann war erstaunt. Was macht ein Mann, der plötzlich und ohne jeden Bezug zu seiner Angelegenheit gefragt wird: »Wie weit können Sie sehen?«

Er sagt: »Ich verstehe Sie nicht ...«

Der Beamte hob seine Stimme: »Wie weit Sie sehen können, habe ich gefragt!«

»Wie meinen Sie das?«

»Wie soll ich das denn meinen ... Wie weit können Ihre Augen sehen?«

»Das kommt auf das Wetter an«, sagte der Mann. »Wenn es neblig ist oder diesig, kann ich nicht weit sehen ...«

»Und wenn das Wetter klar ist?«

»Das kann man nie sagen ...«

Der Beamte wurde böse über soviel Schwerfälligkeit ... »Wieviele Stockwerke hat das Haus, in dem Sie wohnen?«

Als der Mann »Einstöckig ...« sagte, geriet der Beamte völlig außer sich.

Der hatte wirklich eine lange Leitung. Der verstand einfach nicht, was er zum Ausdruck bringen wollte.

»Wieviele Kinder hast du?«

»Eins ...«

»Wie alt?«

»Noch kein Jahr ...«

Als ob der Mann wüßte, worauf der Beamte hinaus wollte, aber so tat, als verstünde er ihn nicht, nannte er keine Zahl. Oder er hatte wirklich nicht verstanden ...

Jetzt tat der Beamte so, als langweile er sich, und schlug zehn Mal mit seinem rechten Zeigefinger auf den Tisch.

»Wie geht's?«

»Danke, gut ...«

Der Beamte war am Explodieren. Er ächzte und stöhnte, als ob ihm zu heiß sei und er sich Luft zufächeln wolle, spreizte die fünf Finger seiner rechten Hand und wedelte vier Mal in Richtung auf sein Gesicht.

»Was sagst du dazu?« fragte er.

Der arme, dumme Bürger hatte immer noch nicht gemerkt, daß er den Beamten schmieren solle und begann deshalb auch nicht zu feilschen.

»Was soll ich denn sagen … Ich weiß nicht …«

»Bis du denn so dumm? Nun sag schon etwas«, schrie der Beamte.

»Was soll ich denn sagen, Bey?« fragte der Mann einfältig.

»Allah, Allah … Du machst mich verrückt … Wie lange brauchst du von deiner Wohnung bis zum Markt?«

»Das kommt darauf an, wie schnell ich laufe. Wenn ich renne, bin ich schneller da, wenn ich trödle, dauert es länger.«

Der Beamte wurde immer böser: »Hau ab … Geh mir aus den Augen«, schrie er.

»Und die Unterschrift?« fragte der Mann.

Der Beamte schöpfte neue Hoffnung: »Um wieviel Uhr kannst du morgen kommen?«

»Ich habe keine Uhr«, sagte der Mann, »aber ich komme, wenn Sie es sagen … Wenn Sie am Morgen sagen, komme ich am Morgen, wenn ich am Abend kommen soll, komme ich dann …«

Der Beamte stieß einen Schrei aus. Was er gesagt hatte, war nicht zu verstehen, aber der Mann ging. Wegen des Schreies kamen die Kollegen aus den anderen Zimmern gelaufen. Der Beamte ließ sich auf seinen Stuhl zurückfallen. Er war mit den Nerven fertig, legte seine Hände an die Wangen, sein Gesicht war kreidebleich, er war einer Ohnmacht nahe.

Seine Kollegen hielten ihm Kölnisch Wasser unter die Nase, rieben ihm die Handgelenke ein und die Schläfen.

»Da bin ich nun schon so lange Beamter, aber einen so schwerfälligen Mann habe ich mein ganzes Leben noch nicht gesehen«, stöhnte er. »So ein Dummkopf.«

Als ob der Mann noch dastünde, schrie er: »Kannst du Tölpel denn keine Zahl ausspucken?«

Ja, so ist das … Was könnte ich hier anstellen, wenn ich

noch der alte Paschazade wäre. Aber ich bin jetzt der Angestellte Dschemal Altintasch ... Ich weiß, daß ich hier noch Ärger bekomme, denn ich passe nicht zu ihnen. Als neulich ein anderer Beamter meinen Anteil brachte und ich ihn wieder nicht nahm, sah er mich mit Abscheu an und fragte: »Was willst du eigentlich?«

Ich gab keine Antwort.

Da hob er den Zeigefinger, so wie man einem Kind droht, und sagte: »Das ist aber nicht gut für dich!«

Sie wollen mich unbedingt in ihre Taten hineinziehen, damit sie sicher sind vor mir.

Offen gesagt, finde ich gar nicht, daß sie etwas falsch machen. Ich weiß, daß sie mir nur Ärger bereiten werden, um selbst heil davonzukommen. Es wäre am besten, ich ginge woanders hin ... Ich habe es vor. Ich habe aber große Angst, der Polizei als Dschemal Altintasch in die Hände zu fallen. Wenn sie merken, daß selbst mein Tod ein Schwindel war, steht womöglich eines Tages in der Zeitung: Paschazade ist aus dem Grab auferstanden.

Es war sehr spät, als ich in mein Hotel zurückkehrte. Ziemlich betrunken war ich auch. Deshalb konnte ich in dieser Nacht nicht mehr aufschreiben, was Paschazade mir im Lokal erzählt hatte. Am nächsten Tag war mein Kopf auch noch nicht klar. Aber am übernächsten brachte ich zu Papier, was mir im Gedächtnis geblieben war.

Um meine Reportage zu vervollständigen, mußte ich noch weitere Grenzorte bereisen und dort recherchieren ... Ohne mich von Paschazade – ich meine Dschemal Altintasch – zu verabschieden, fuhr ich ab. Auf der Rückreise würde ich wieder durchkommen und Paschazade vor meiner Rückkehr nach Istanbul noch einmal sehen können.

Meine Reise dauerte zwei Wochen. Ich fotografierte, sammelte Unterlagen und machte mir Notizen. Dann kehrte ich in das Städtchen zurück. Nachmittags fuhr mein Omnibus. Die Fahrkarte hatte ich bereits.

Ich ging in Paschazades Büro. Die Tür stand diesmal nicht offen. Ohne anzuklopfen öffnete ich sie und sagte wie stets: »Guten Morgen!«

An seinem Tisch saß ein anderer Mann. Ich hatte überhaupt nicht daran gedacht, daß Paschazade nicht da sein könnte.

Ich war überrascht.

»Wo ist Dschemal Bey?« fragte ich.

Der Mann am Tisch zögerte etwas mit der Antwort.

»Er ist fort ...«

Ich fragte nicht, wo er hingegangen war, mir schien, der Mann befürchtete diese Frage. Ich ging zum Direktor und sagte, ich sei gekommen, um mich von ihm zu verabschieden. Zwischendurch fragte ich nach Dschemal Bey. Wie beim ersten Mal runzelte der Direktor die Stirn. »Ich wußte, daß er etwas anstellen würde ...«, sagte er.

Erst dachte ich, Paschazades Identität sei ans Tageslicht gekommen, aber dann sagte der Direktor, er sei bei der Annahme von Bestechungsgeldern erwischt worden.

Plötzlich hörte ich mich schreien: »Das ist unmöglich!« Ich hatte Paschazades Erzählungen an dem Abend im Kaffeehaus geglaubt.

Der Direktor erklärte mir, daß er die Nummern der Geldscheine aus der Bestechungssumme vorher notiert hatte; Dschemal habe die Tat in Gegenwart von Zeugen begangen, das Geld sei hinterher bei ihm gefunden worden. Zuerst hätten sie Paschazade zur Staatsanwaltschaft gebracht und dann ins Gefängnis.

Ich erinnerte mich an seine Worte: »Ich habe Angst, noch einmal ins Gefängnis zu kommen.«

Hatte er sich tatsächlich bestechen lassen? Hatte die Gesellschaft ihn etwa wieder dazu gezwungen, eine Straftat zu begehen? Hatte er sich das wieder eingeredet, weil er keine andere Möglichkeit gehabt hatte? Oder? ... Oder hatte er sich gewehrt, diesen einzigen Weg zu gehen, und war in eine Falle seiner Widersacher geraten, die diese ihm aus Angst gestellt hatten?

Meine Zeit war zu knapp, um ihn im Gefängnis zu besuchen.

Nachdem es jetzt so lange her ist, kann ich die Wahrheit sagen: Ich wollte es gar nicht. Die Zeit dafür hätte ich schon gehabt.

Ich kehrte nach Hause zurück. Die Notizen über die Geschichten, die er mir im Lokal erzählt hatte, legte ich zu den anderen, die ich im Gefängnis geschrieben hatte, und dann sah ich mir alles an. Da stand ein halber Satz:

Paschazade hatte gesagt: »Ich kann meine Memoiren wirklich nicht veröffentlichen. Oder soll ich? Wenn ich es so mache wie viele Leute, die man für ehrbare Bürger hält,«

Hier hatte ich aufgehört. Ich muß wohl gedacht haben, den Rest schreibe ich später. Vielleicht hatte ich auch gerade etwas Eiliges zu tun und mich deshalb an dieser Stelle unterbrochen. Ich hatte ein Komma gesetzt. Das Ende des Satzes fehlte. Es war, als ob ich den Satz bewußt nicht zu Ende gebracht hätte. Paschazades Leben war ja auch noch nicht beendet.

Jedes Leben ist eine unvollendete Angelegenheit und endet mit einem unvollständigen Satz. Da der Tod nicht der Punkt hinter dem letzten Wort ist, sondern der Abbruch in der Mitte des Satzes, hatte Paschazade – wie alle anderen Menschen – das letzte Wort nicht gesagt.

Ich kenne sein Ende nicht. Aber eins weiß ich: Er wird ein unvollendetes Wort, einen halben Satz ohne Punkt hinterlassen. Vielleicht wird er so lauten wie in meinen Notizen: »... wie viele Leute, die man für ehrbare Bürger hält ...«

Yaşar Kemal im Unionsverlag

Memed, mein Falke
Memed, der schmächtige Bauernjunge, wird zum Räuber, Rebell und Rächer seines Volkes. Ein Roman, der selbst wieder zur Legende wurde.
344 Seiten, UT 2

Die Disteln brennen – Memed II
Der zweite Band der Memed-Tetralogie: Memed kehrt zurück.
400 Seiten, UT 12

Das Reich der Vierzig Augen – Memed III
Kann sich Memed von den Märchen und Mythen, die sich um ihn ranken, befreien und wieder Mensch werden? 816 Seiten, gebunden

Der Wind aus der Ebene – Anatolische Trilogie I
Wenn der Wind die Disteln aufwirbelt, ist für das ganze Dorf im Taurusgebirge die Zeit gekommen, in die Ebene auf die Baumwollfelder zu ziehen.
376 Seiten, UT 7

Eisenerde, Kupferhimmel – Anatolische Trilogie II
In einem anatolischen Dorf wird ein uraltes Stück Menschheitsgeschichte Realität. Ein Heiliger entsteht. 472 Seiten, UT 17

Das Unsterblichkeitskraut – Anatolische Trilogie III
»Ich wollte zeigen, daß der Mensch nicht nur in der realen Welt lebt, sondern ebensosehr auch in seinen Träumen. Denn wenn das Leben ihn so hart an den Abgrund führt, dann muß er sich, um zu überleben, eine Welt der Mythen und Träume schaffen.« 446 Seiten, UT 35

Töte die Schlange
Eine wahre Begebenheit wird zum Stoff einer Tragödie: Wie kann es soweit kommen, daß ein Sohn seine geliebte Mutter tötet? 114 Seiten, gebunden

Auch die Vögel sind fort
Kemals Istanbul ist eine brodelnde, gnadenlose Welt im Umbruch. Hier sind Spitzbuben und Tagträumer, Gestrandete und Gescheiterte die letzten Unversehrten. 128 Seiten, gebunden oder als UT 45

Unionsverlag Taschenbuch

Aitmatow, Tschingis: Aug in Auge **UT 30**

Djebar, Assia: Fantasia **UT 31**

Aitmatow, Tschingis: Die Klage des Zugvogels **UT 32**

Anand, Mulk Raj: Gauri **UT 33**

Rytchëu, Juri: Traum im Polarnebel **UT 34**

Kemal, Yaşar: Das Unsterblichkeitskraut **UT 35**

Machfus, Nagib: Die segensreiche Nacht **UT 36**

Löwengleich und Mondenschön **UT 37**

Hoffmann, Giselher W.: Die Erstgeborenen **UT 38**

Aziz, Germaine: Geschlossene Häuser **UT 39**

Das Mädchen als König **UT 40**

Giuseppe Fava: Bevor sie Euch töten **UT 41**

Amos Tutuola: Der Palmweintrinker **UT 42**

Nagib Machfus: Miramar **UT 43**

Eine von tausend Nächten **UT 44**

Yaşar Kemal: Auch die Vögel sind fort **UT 45**

Salim Alafenisch: Die acht Frauen des Großvaters **UT 46**

Pramoedya Ananta Toer: Kind aller Völker **UT 47**

Die Braut im Brunnen **UT 48**

Juri Rytchëu: Wenn die Wale fortziehen **UT 49**

Nagib Machfus: Die Kinder unseres Viertels **UT 50**

Lorna Goodison: Der Schwertkönig **UT 51**

Patricia Grace: Potiki **UT 52**

Aziz Nesin: Der einzige Weg **UT 53**

Sahar Khalifa: Memoiren einer unrealistischen Frau **UT 54**

Die Liebe der Füchsin **UT 55**

Tahar Ben Jelloun: Der öffentliche Schreiber **UT 56**

Wollen Sie mehr über Aziz Nesin wissen?
Seine Autobiographie informiert Sie:

So geht's nicht weiter ...
Teil 1, 225 Seiten, broschiert, ISBN 3-88677-927-0
Teil 2, 217 Seiten, broschiert, ISBN 3-88677-943-2
jeweils DM/sFr. 24.80, öS 194.–

Wollen Sie mehr von Aziz Nesin lesen?

Wie Elefanten-Hamdi verhaftet wurde
Satiren rund um die Polizei
ISBN 3-88677-918-1

Ein Schiff namens Demokratie
Politische Satiren und ein Stück
ISBN 3-88677-917-3

Die Umleitung
Frivole Geschichten
ISBN 3-88677-940-8

Heimatfilm
Politische Satiren
3-88677-937-8

Wie bereitet man einen Umsturz vor?
Politische Satiren
ISBN 3-88677-902-5
jeweils 144 Seiten, broschiert, DM/sFr. 14.80, öS 115.–

Brigitte Grabitz ikoo Buchverlag
D-95704 Pullenreuth